D1080454

eda

De Daisy Sisters

Henning Mankell

De Daisy Sisters

Vertaald uit het Zweeds door
Edith Sybesma

DE GEUS

Oorspronkelijke titel *Daisy Sisters*, verschenen bij Ordfront förlag
Oorspronkelijke tekst © Henning Mankell 1982
Published by agreement with Leopard Förlag, Stockholm, and
Leonhardt & Høier Agency, Copenhagen
Nederlandse vertaling © Edith Sybesma en De Geus bv, Breda 2009
Omslagontwerp Berry van Gerwen
Omslagillustratie © Luis Lemus/Condé Nast Archive/CORBIS
ISBN 978 90 445 1505 3
NUR 302

Dit is een roman. Alle eventuele overeenkomsten met levende of overleden personen berusten op toeval.
De auteur

Voor Marius, Mårten en Thomas

Proloog

Geen poespas, hier is ze! Eivor Maria Skoglund, achtendertig jaar oud en sinds drie jaar kraanmachinist; vanaf oktober 1977 om precies te zijn.

We ontmoeten haar in november bij de westelijke poort van Domnarvet in Borlänge; haar dienst zit erop en ze huivert in de schemering. Langzaam, bijna met tegenzin, bukt ze om de ketting van het voorwiel van haar gammele, aftandse fiets te halen. Ze voelt een stomme verbittering omdat ze vanmiddag verdorie ongesteld is geworden; ze is deze maand weer niet zwanger geraakt, ondanks het temperaturen om de eisprong in de gaten te houden, de kussens onder haar achterste, en niet in de laatste plaats een hardnekkig, koppig seksleven. Over haar gaat het hier, over haar en over niemand anders.

Over Eivor Maria Skoglund, midden in het leven, dat ze als één lange kwelling ervaart.

Maar natuurlijk is er ook een man op de achtergrond, haar derde welgeteld, de nachtwaker Peo, die op dit moment als een uitgetelde bokser op de donkerrode kunstleren bank in hun gemeenschappelijke woning ligt en lijdzaam probeert te slapen. Hij heeft zijn slaap en zijn dromen nodig, anders houdt hij de eindeloze nachten in verlaten warenhuizen en gemeentekantoren niet vol.

Hij ligt met opgetrokken knieën, zijn bezwete knuisten in zijn kruis, en hij doet zijn uiterste best om niet te denken. Maar alle pogingen zijn tevergeefs, hij blijft wakker liggen, uur na uur, totdat Eivor thuiskomt.

Bovendien zijn er op de achtergrond ook de resultaten van de eerdere huwelijken. Haar kinderen, gelukkig, bedrogen, bitter, halfvolwassen, van alles wat. Maar nu komen zij met zijn allen op de tweede plaats, dat moet wel, anders vliegt dit verhaal uit de bocht.

Maar goed, er zijn veel denkbare uitgangspunten voor dit verhaal over Eivor.

Maar één springt eruit.

Haar moeder. Elna met het donkere haar.

Zonder grote gebaren, vanuit een soort verbazing die plotseling de kop opstak, kon ze aan de eettafel in de trieste, gehorige huurflat in Hallsberg uitbarsten: 'Als ik niet zo ontzettend stom was geweest om bij de Noorse grens in Dalarna te gaan fietsen, dan was ik je vader niet tegengekomen en dan was jij er nooit geweest, meisje. Vergeet dat niet! Vergeet dat nooit!'

Dat was in 1952 of 1953, Eivor weet het niet meer zo precies. Is haar moeder dan een slecht mens? Ongevoelig, gemeen zelfs? O, nee, integendeel! Eivors moeder Elna heeft een helder verstand, een groot hart en ze belijdt bovendien een zeldzaam geloof: eerlijkheid! En haar dochter lijkt op haar, niet alleen van uiterlijk, dat zegt iedereen. Ze vloekt weliswaar niet zo vaak en zo grof als haar moeder, maar vaak zou ze dat wel graag willen.

Maar Hallsberg?

Ja, ik weet het, het is te vroeg, het verhaal slaat op hol.

Dus klimmen we vanuit de rivierdalen omhoog, naar de Noorse bergen, terug in de tijd, naar 1941.

1941

1941. Het derde oorlogsjaar. Het is een vreselijk koude winter geweest, maar dat wordt nu goedgemaakt door een zomer die in het hele land lang, droog en heet is.

En daar komen ze aanfietsen, Vivi en Elna, in een land dat nog steeds niet in oorlog is. De 'Daisy Sisters' noemen ze zich, naar Amerikaans voorbeeld. Twee meisjes die graag zingen, moeten een naam hebben, ook al bestaat het repertoire uit Zweedse volksliedjes en suffe smartlappen. Eerst wilden ze zich de 'Ziegler Sisters' noemen, naar zangeres Lulu Ziegler, en toen Rosita Serrano ter sprake kwam overwogen ze of de 'Serrano Sisters' niet beter klonk. Elna vond van wel, maar ze gaf toe. Ze waren Älvdalen, waar ze met de trein waren aangekomen, nog maar net uit gefietst of ze was al gezwicht. Vivi heeft al laten zien dat ze koppig is.

Maar, hoe dan ook, het is zomer, zoveel is zeker, en Elna wordt straks verkracht, of bijna.

'Bijna', dat zegt ze zelf. Want in het diepst van haar vernedering dwingt ze zichzelf om eerlijk te zijn, hoeveel pijn dat ook doet. Heeft ze uit alle macht geschopt, gebeten en geprobeerd los te komen? Lag er echt nergens iets in de buurt waarmee ze kon slaan, een steen, wat dan ook, waar ze naartoe had kunnen kruipen terwijl hij hijgend bezig was? Iets waarmee ze hem uit zich had kunnen slaan? Bovendien is ze eigenlijk geen moment bang wanneer ze onder hem ligt. Hoe zou ze bang kunnen zijn? Hij is maar een bleke, puisterige dienstplichtige, die zelf al net zo bang is!

Twee grijze damesfietsen van het merk Monark en de wereld ligt aan hun voeten. Op de pakjesdrager hebben ze identieke bagage. Eerst een klein koffertje, daarbovenop een slaapzak en vervolgens de regenjas met touw over alles heen gebonden. Dat is alles, meer hebben ze niet nodig. Het enige verschil is dat Vivi ook nog een kleine grijze fietstas heeft, die naast het achterwiel bungelt.

Ze zijn even oud, en allebei Watervrouw. Ze zijn geboren op 22 januari en 2 februari 1924, in verschillende plaatsen. Want ze mogen zich dan wel de Daisy Sisters noemen, zussen zijn ze niet. Vivi woont in Landskrona, Elna in Sandviken. Toen Elna in de hoogste klas van de lagere school zat, kwam de juffrouw op een dag met een grijze envelop in haar hand en vroeg of iemand een correspondentievriendin wilde. Elna zei ja zonder te weten waarom. Ze had in haar leven nauwelijks eerder een hele brief geschreven. En het had weinig gescheeld of er was nu weer niets van gekomen, want toen ze naar de lessenaar was gelopen en de brief met een knicksje in ontvangst had genomen, had de juf gezegd dat ze hoopte dat haar schoonschrijven het stadium van de hanepoten zou ontstijgen. Toen had ze de brief bijna in het gezicht van de juf gesmeten en er ook nog achteraan gespuugd. Maar haar rapport zou zo al slecht genoeg worden, dus ze had zich moeten inhouden.

Thuis in de keuken van hun arbeidershuisje, waar de fabriek voor het raam opdoemt, leest ze de brief. Moeder Dagmar, die met het eten bezig is, vraagt wat ze doet, maar ze geeft geen antwoord, ze weet dat ze nu moet lezen, snel en grondig, voordat haar vader en haar twee oudere broers uit de fabriek komen, want als de brief dan op tafel ligt, zullen de vragen niet van de lucht zijn.

'Je hebt toch geen post gekregen?' vraagt moeder.

Op zo'n domme vraag geeft ze geen antwoord en ze leest verder. Ze leest de verbluffende brief een paar keer door.

'Ik heet Vivi Karlsson. Ik heb een speld boven de kaart van Zweden laten vallen. Eerst kwam de kop in zee terecht, ergens bij Kvarken. Maar daar woont toch niemand? Toen heb ik hem nog eens losgelaten, toen kwam de kop op Skillingaryd terecht, maar dat klonk zo saai. De derde keer werd het Sandviken, en daarvan weet ik tenminste dat ze er een voetbalclub hebben. Ze hebben hier tegen BOIS gespeeld en dat ging geloof ik niet zo goed. Mijn vader werkt op de werf, hij is groot, hij is worstelaar geweest voordat hij last kreeg van zijn darmen, aambeien heet dat. Mijn moeder is huisvrouw. We wonen in een kamer met keuken, ik heb twee broers, Per-Erik en Martin. Martin vaart als matroos en Per-Erik wordt metselaar. We zijn communisten, mijn vader in ieder geval wel. Ik ken je niet, maar als je zin hebt om te schrijven, mijn adres is …'

Keer op keer leest ze de brief en probeert ze Vivi Karlsson voor zich te zien. Maar moeder begint borden en dekschalen op tafel te zetten, er klinken zware stappen op de trap en ze stopt de brief gauw weg.

Maar ze wordt niet met rust gelaten!

De aardappels zijn nog maar half geschild, de lucht van de stinksokken van haar vader en haar broers heeft haar neus nog maar net bereikt, of haar moeder begint al te kletsen.

'Elna heeft vandaag een brief meegekregen van school.'

Vader Rune prikt met zijn vork in de lucht. 'Wat heb je nou weer gedaan?' bromt hij geërgerd.

Elna besluit geen antwoord te geven.

Haar broer Nils is nog maar zestien, hij heeft puistjes en ziet bijna altijd geel onder zijn neus. Hij maakt vaak ruzie met haar, maar toch mag ze hem graag, misschien juist omdat hij haar vastpakt, zich iets van haar aantrekt, ook al draait het meestal op pesten uit.

'Ze heeft een vrijer, natuurlijk', zegt hij en blozend werkt hij zijn eten naar binnen. En zo gaat het verder. Ze zeuren maar door over een brief die ze geen van allen hebben gezien, terwijl de haring en de aardappelen van de borden verdwijnen.

Maar Elna houdt voet bij stuk, het is haar brief, ze zegt niets.

Na de maaltijd verdwijnt haar oudste broer Arne naar de kelder om zich te wassen. Het is woensdag en hij gaat met de trein naar Gävle om te dansen in het cultureel centrum. Hij is twintig jaar, de leeftijd waarop je alles aankunt, zwaar werk en nachten doorhalen.

Nils boert en gaat op de keukenbank liggen. Hij vertikt het om zijn stinksokken uit te trekken. Haar vader gaat in de slaapkamer op bed liggen en valt meteen in slaap. Elna en haar moeder wassen af, daarna gaan ze koffiedrinken.

Aangezien niemand het over de brief heeft wanneer ze om de keukentafel koffie zitten te drinken, maakt ze van de gelegenheid gebruik om iets te vragen wat ze niet begrijpt. Ze doet net alsof de vraag iets met school te maken heeft.

'Papa,' zegt ze, 'wat zijn aambeien?'

Haar vader zet grote ogen op, zijn mond zakt open en zijn kopje blijft halverwege steken. Maar in tegenstelling tot de meeste volwassenen die ze kent, draait hij niet om de hete brij heen.

'Die zitten in je kont', verklaart hij zakelijk. 'Die krijg je als je een paar jaar lang stenen schijt.'

'Niet onder het koffiedrinken', zegt moeder. Nisse grijnst alleen maar, hij is nieuwsgierig en wil alles weten wat met de geheimen van het lichaam te maken heeft.

'Hoezo, zitten?' vraagt Elna.

Vader zet zijn kopje neer en knijpt in zijn neus. 'Je weet wie Einar is? Die collega van me die boven de bakkerij woont? Die heeft dat. Hij zegt dat het net lijkt of er druiven in je reet groeien en dat hij graag zou willen stoppen met eten alleen omdat hij dan niet meer zou hoeven schijten, zo zeer doet dat.'

'Is het nou nog niet klaar met die vieze praatjes?' vraagt moeder, terwijl ze van tafel opstaat.

'Als dat kind iets vraagt, moet ze toch een antwoord krijgen!' zegt vader resoluut. 'Vrouwen kunnen het trouwens ook krijgen als ze te hard persen bij de bevalling.'

Dan gaat moeder naar de slaapkamer en slaat de deur dicht. Maar daar trekt niemand zich iets van aan.

'Een ziekte dus?' vraagt Elna.

Haar vader knikt en houdt zijn kopje bij voor nog een slok koffie.

'Kunnen flikkers dat ook krijgen?' vraagt Nisse plotseling en bloost over al zijn puistjes.

'Nou hou je je kop', zegt vader scherp. Ook hij heeft zijn grenzen, en over flikkers praat je überhaupt niet.

Elna heeft het idee dat ze wel weet wat flikkers zijn. Alle gesprekken op het schoolplein in de pauze hebben haar minstens evenveel algemene ontwikkeling opgeleverd als de lange, donkere uren in het klaslokaal.

Flikkers doen het met elkaar.

En ze zouden doodgeschoten moeten worden, net als al die verdomde nazi's, die gek van een Hitler, de communisten …

Vivi Karlsson schrijft dat haar vader communist is, misschien hun hele gezin wel, dat laatste blijkt niet duidelijk uit de brief. Elna kijkt naar haar vader, die tabak onder zijn bovenlip stopt, waar hij binnenkort geen gezonde tand meer overheeft. Ze bekijkt hem goed. Hij is sociaal-democraat, moeder ook, net als Arne. Wat Nisse is, weet niemand, maar in ieder geval geen communist. Dat zou nooit getolereerd worden. Vader Rune is een onverzoenlijke vijand. Dus kan Vivi's vader er onmogelijk zo uitzien of zich zo gedragen als hij.

'Ze kunnen oprotten met hun revolutie', zegt hij. 'Bij ons gaat het langzamer, maar dan wordt ook elk grassprietje netjes geknipt.'

Dat zegt hij altijd. Maar zo veel politiek wordt er eigenlijk bij hen thuis niet besproken. Tenzij je met politiek de voortdurende gesprekken bedoelt over de slechte tijden, de voortdurende angst voor ontslag, de beperkingen, de loonsverlagingen, kortom: het brood op de plank. Alleen als vader heeft gedronken kan hij weleens tekeergaan. Dan veranderen alle mensen om hem heen in een soort spoken die irritant veel lijken op rechtse rakkers en hun vrouwen. Dan kan hij zo woedend worden in zijn profetische ijver dat hij niet meer rustig nadenkt – wat hij normaal wel doet – het keukenraam openrukt, een pan naar buiten gooit die vervolgens met een enorme dreun op het erf terechtkomt, en een razende voordracht houdt, recht de nacht in. Als moeder het raam probeert dicht te trekken, loopt ze kans meteen een klap te krijgen, dus ze verdwijnt naar de slaapkamer en slaat de deur achter zich dicht. Dat is haar enige, eeuwige protest, om de deur achter zich dicht te slaan en onzichtbaar te worden. Een andere manier om haar woede te uiten kent ze niet. Dat heeft ze nooit geleerd.

Maar Rune drinkt niet vaak, niet eens regelmatig in het weekend. Hij doet zijn werk op de fabriek goed, gaat gehoorzaam naar de vergaderingen van de vakbond en van de partij. Hij gaat altijd achteraan zitten, 'daar is meer frisse lucht', zoals hij het uitdrukt, en hij zegt nooit iets, vraagt nooit het woord (Ja, misschien heeft hij dat in een grijs verleden eens gedaan toen hij lid was van de jonge socialisten, maar dat is zo onvoorstelbaar lang geleden …).

Nu is hij tweeënveertig en hij wordt al oud! Van de voortdurende wisselingen van enorme hitte naar bijtende kou heeft hij reumatiek en vaatkramp gekregen. Elke nacht moet hij eruit om met zijn benen te schudden en te schoppen om het bloed weer in beweging te krijgen. Maar aan zijn humeur mankeert nog niets, er is weinig voor nodig om hem aan het lachen te krijgen. Een schuine mop of roddels over een voorman, dat is meer dan genoeg om hem een glimlach te ontlokken. En het maakt hem niet uit dat hij tanden in zijn bovenkaak mist. Hij wordt oud, het is niet anders …

Elna lijkt op haar vader, ze heeft hetzelfde donkere haar dat alle kanten op steekt, lichtblauwe ogen en een scheve mond die iets naar links afwijkt wanneer ze lacht. Ze heeft een levendig gezicht. Ze is misschien niet zo mooi, maar ze is heel erg aanwezig.

Ze vraagt zich af hoe Rune zou reageren als ze vertelde dat ze een communistische correspondentievriendin heeft opgedaan.

Maar waar ligt in vredesnaam Landskrona? Dat moet ze eerst weten, eerder kan ze de brief niet beantwoorden.

's Avonds rent ze de trap af naar Ester en haar gezin. Ze zijn familie van haar zonder dat ze precies weet hoe. Ester heeft een kaart boven de keukenbank hangen, en daarop zoekt ze met veel moeite de stad op die Landskrona heet.

Skåne. Wat is dat? Een provincie, maar wat nog meer? Elna staart naar de kaart en probeert iets anders te zien, mensen die zich bewegen tussen de vreemde, nauwelijks leesbare plaatsnamen, streepjes, wegen en kastelen.

Weet je waar Nils Holgersson op reed? Op een gans die schreeuwde, krijste en scheet, rijmt ze in gedachten. Daar woont Vivi dus ook …

Elna en Nisse slapen in de keuken. Arne eigenlijk ook, maar hij ontvlucht de krappe keuken zo vaak mogelijk en hij is bijna nooit thuis. Zijn verklaring luidt dat verschillende vrouwen graag een plekje voor hem vrijmaken in hun bed, maar Elna weet dat hij zich meestal oprolt op de koude vloer bij een vriend die in een van de vrijgezellenwoningen van de fabriek woont. En als hij zo veel vrouwen heeft als hij zegt, waarom zou hij dan onder de deken liggen te rukken als hij een enkele keer in de keuken slaapt en denkt dat hij als enige wakker is? Elna heeft het wel gemerkt en geprobeerd het gehijg niet te horen …

Als Nisse zwaar en regelmatig ligt te snuiven, stapt Elna stilletjes van de keukenbank, ze steekt een kaars aan en gaat bij de klaptafel zitten om Vivi een brief terug te schrijven. De kaarsvlam flakkert in de tochtige keuken, het lijkt net of het licht weg wil, of het uit de donkere keuken wil ontsnappen. Ze trekt haar voeten onder zich op de stoel, de vloerplanken zijn koud. Dan scheurt ze voorzichtig een blaadje uit haar blauwe schrift en ze slijpt haar potlood met de nagel van haar duim.

Maar wat zal ze schrijven?

Ze haalt de brief tevoorschijn en leest hem nog eens. Het handschrift is ongedurig, grote halen die in niets herinneren aan de ronde, bleke letters waar Elna altijd op zit te ploeteren. Ze heeft het idee dat het ook iets over de onbekende Vivi zegt dat haar letters hun eigen rebelse leven leiden.

Ten slotte begint ze de brief over te schrijven, het verschil is alleen dat ze over zichzelf vertelt en dat haar letters onwillekeurig rond worden als weldoorvoede biggen.

Vanaf die dag schrijven ze met elkaar. Ze wisselen niet alleen woorden en gedachten uit, die steeds vertrouwelijker worden, maar ook poëzieplaatjes, gedroogde bloemen, ansichtkaarten en krantenknipsels. Maar de jaren gaan voorbij zonder dat ze ooit op de foto komen. Ze beschrijven zichzelf in woorden en zinnen, maar foto's worden nooit gemaakt of verzonden. Waarom niet? Dat vragen ze zich allebei af ...

Kort nadat ze met hun briefwisseling zijn begonnen, gaan ze van school. Vivi schrijft dat ze als kamermeisje in het Stadshotel van Landskrona begint, nog op de middag van haar laatste schooldag. Ze moet rennen uit de kerk om niet te laat te komen. Ruim tien minuten duurt haar overgang van school naar werk. Elna heeft het beter voor elkaar, pas twee dagen na de laatste schooldag staat ze op de stoep van de villa waar ingenieur Ask van de fabriek woont en maakt ze een knicksje bij de keukendeur. Ze begint er als hulp in de huishouding. Na een paar weken veranderen hun brieven al van karakter. De gedroogde bloemen worden vervangen door een steeds intensievere uitwisseling van toekomstdromen en ze beginnen serieuze plannen te maken om elkaar te ontmoeten.

Maar in 1939 komt de oorlog, die smerige Hitler, die vijf jaar geleden al doodgeschoten had moeten worden (of in ieder geval ontmand) schreeuwt zo hard op de radio dat Elna bijna bang wordt in het donker. En in tijden van onrust durf je je baan er niet aan te geven, en al helemaal niet op reis te gaan naar een verre penvriendin. Dat laat je wel uit je hoofd. Bovendien heeft ze het best goed bij ingenieur Ask, ook al is het loon belabberd en heeft ze bijna nooit vrij.

'Dan komt dat later nog wel', schrijven ze aan elkaar. De oorlog kan niet eeuwig duren, vroeg of laat moet het weer vrede worden en zullen ze weer op adem kunnen komen. De oorlog kan niet eeuwig duren, net zomin als dat je je hele leven kamermeisje in een hotel of hulp in de huishouding bij een ingenieur kunt blijven. Daarvoor hebben ze te weinig tijd en zijn de dagen te kort ...

'We zien elkaar heus nog wel', schrijven ze. Intussen blijven we dromen uitwisselen.

Maar plotseling verandert er iets. Hitlers troepen lijken onoverwinnelijk en Vivi's brieven worden anders, korter, bijna ontwijkend. Er is iets met haar vader.

'Het valt niet mee om communist te zijn nu', schrijft ze ten slotte, ronduit. En Elna denkt dat ze weet hoe het zit. Ze heeft ook een heleboel gezien en gehoord, niet in de laatste plaats in huis bij de familie Ask, waar mevrouw haar bewondering voor Hitler en voor datgene wat de Nieuwe Orde wordt genoemd niet onder stoelen of banken steekt. De ingenieur zelf, iets te dik en altijd zenuwachtig, ook al heeft de oorlog de staalproductie van de fabriek alleen maar gestimuleerd, staat er daarentegen weifelend en aarzelend tegenover.

Elna hoort hem mompelen: 'Rare jongens, gevaarlijke jongens', wanneer ze hem 's avonds koffie serveert in de rookkamer, waar de radio knetterend het laatste nieuws brengt over de veldtocht van de Duitse Attila tegen een schijnbaar willoze omgeving.

Behalve Zweden dan, voorlopig. Willoos, maar nog niet omgeven door de lopen van kanonnen.

Op een dag is Elna er getuige van dat een gipsen buste van Hitler uit zijdepapier wordt gehaald en op de zwarte vleugel wordt gezet in de grote kamer van waaruit je het hele fabrieksterrein kunt overzien. Achter een deur hoort ze de man voorzichtig aan zijn vrouw vragen of dat nou echt nodig is, het is ondanks alles maar een kleine gemeenschap en de huishoudelijke hulpen hebben ook ogen en oren …

Maar zijn vrouw sist als een kat die zich gebrand heeft en ingenieur Ask kruipt meteen weer in zijn schulp. Elna blijft 's middags de *Dagens Eko*, uitgegeven door het twijfelachtige Manhemgenootschap, naast het kopje thee van mevrouw neerleggen.

De oorlog is zowel ver weg als heel dichtbij. Maar thuis heeft vader natuurlijk alles op een rijtje. Hebben die ellendige rotzakken geen pact gesloten met de gorilla in het Kremlin? Wat betekent dat? Stalin en Hitler die samen een dansje maken. En dat steunen de communisten! Strategie noemen ze dat! Landverraad en hoogverraad, dat is het! Dat valt verdomme toch niet te ontkennen?

Elna probeert het allemaal praktisch te bekijken. De melkwinkel bij het station wordt gedreven door de oude mevrouw Ekblom, die een decimeter hoge zwarte schoen draagt vanwege haar klompvoet. Ze heeft wit haar, is vriendelijk en altijd bereid je iets op de pof mee te geven. En ze hangt het communisme openlijk aan.

Een landverraadster?

Elna probeert te luisteren en te vragen, maar de antwoorden zijn te groot voor haar. Namen van mensen. Hess, die naar Schotland vliegt en het ene moment een gestoorde spion is (dat is de mening van mevrouw Ask) en het andere moment, in de woorden van haar vader, een 'voor een Duitser verbazingwekkend verstandige overloper'. Himmler, München, Reichskanzlei, Obersturmbannführer, Messerschmidt, allemaal losse kreten zonder onderlinge samenhang. En moeder die haar rantsoenbonnen nerveus vasthoudt en dikke sokken breit, als een bezetene, stom, een razend breien alsof de dag des oordeels elk moment kan aanbreken.

Wat doet ze?

Nou, uiteindelijk schrijft ze een brief aan haar vriendin Vivi en vertelt eerlijk dat ze het verwarrend vindt. Een lange brief.

De verbanden, de oorzaken?

Kan Vivi het uitleggen? Begrijpt zij het?

Ze schrijven elkaar brieven, proberen elkaars gedachten te begrijpen, proberen zich de duidelijkheid en het overzicht te verschaffen die je zo ontzettend nodig blijkt te hebben in dit gecompliceerde leven.

Het wordt lente, Vivi en Elna zijn zeventien geworden en deze zomer zullen ze elkaar ontmoeten, oorlog of geen oorlog. De tijden blijven onrustig, hun ongeduld wordt te groot. De vraag is alleen hoe ze elkaar kunnen ontmoeten. Ze hebben geen van beiden iets wat je vakantie zou kunnen noemen. (Vivi loopt zelfs het risico op een opzegging als ze ook maar één dag ziek is, dat heeft ze in een verontwaardigde brief aan haar vriendin in Sandviken geschreven, na een keelontsteking die haar werkdagen tot een dubbele kwelling had gemaakt.) De weg tussen Sandviken en Landskrona is lang. Maar een paar armzalige kronen kunnen ze wel opsparen, een fiets kun je lenen en er heeft altijd wel iemand een oude slaapzak ...

Het toeval helpt hen aan zowel de mogelijkheid als aan een reisdoel. Op een dag begin mei 1941, wanneer de winter zich eindelijk terug begint te trekken en een lente tevoorschijn laat komen die de verkleumde mensen aarzelend verwarmt. Op een dag waarop het ondanks alles mogelijk lijkt om weer in groen en zomervogels te geloven, gebeurt het onvoorstelbare: Rune komt de trap op stommelen, doet de deur open en zegt dat er een bericht is gekomen van een oom van hem die in Skallskog woont, ten zuiden van de rivier de Siljan. Als de kinderen van Rune zin hebben om langs te komen en hem te helpen met hooien, zijn ze welkom.

'Die is nooit familieziek geweest', zegt Rune geërgerd. 'Maar nu is het zeker belangrijk. De oorlog brengt je nader tot elkaar. Nou, nou, maar het is een vrek, die kerel, dus het zal hem wel om goedkope hulp te doen zijn, zou ik denken. Misschien zijn zijn knechts opgeroepen voor dienst en staat hij voor de

verbijsterende mogelijkheid dat hij zelf de hooivork moet vastpakken.'

Er is nooit veel gepraat over deze oom, de welgestelde boer
uit Skallskog. En als dat al gebeurde werd hij altijd Jan Kip genoemd. Elna voelde wel aan dat er sprake was van afgunst op
de rijke boer in de familie. Door gebruik te maken van gemene
bijnamen kun je welgestelde parvenu's en familieleden altijd
kleiner maken ...

Er is geen sprake van dat ze allemaal gaan, besluit Rune
krachtig en hij duldt geen tegenspraak. 'Maar misschien wil jij
er wel naartoe, Elna. Bovendien zou het die kerel ergeren als er
een meisje komt in plaats van een paar sterke jonge kerels.'

Nou, dat wil ze wel. En Rune ziet niet wat erop tegen zou
zijn als Vivi meegaat. Integendeel.

'Twee magere meiskes, dat is vast niet wat hij zich had voorgesteld', grinnikt hij tevreden bij de kans om zijn onfatsoenlijk
rijke familielid een poets te bakken.

Elna kijkt haar moeder aan. Die zegt niets, maar het lijkt
alsof ze zelf ook wel mee had gewild. Maar wie vraagt haar iets?
Wie denkt erbij na dat zij ook weleens een paar weken van alles
af zou willen zijn?

Elna heeft geleerd dat geloof en hoop niet genoeg zijn. Integendeel, datgene wat haar lokt, dat moet ze van zichzelf met
grote scepsis bekijken. Nu ook weer. Maar gek genoeg komt het
allemaal goed. In een brief die overloopt van tomeloze blijdschap vertelt Vivi dat de gehate directeur van het Stadshotel
waar ze werkt haar in een toestand van sentimenteel berouw na
een vreselijk drinkgelag twee weken vrij heeft gegeven. Onbetaald, natuurlijk, maar daar had Vivi toch niet op gerekend. Ze
zendt een dankbare gedachte naar de twee handelsreizigers die
de hoteldirecteur onder de tafel gedronken hebben, waarna hij
zich zo beroerd voelde dat hij boete deed door een van zijn ka-
merslaven het gevraagde verlof te verlenen. En Elna hoeft haar
baan bij ingenieur Ask ook niet op te geven. Genadig krijgt ze

voor de gevraagde periode onbetaald verlof; in de zomer gaat het gezin toch een paar weken op strandvakantie met mensen van hun eigen stand, naar de scherenkust van Stockholm.

En dus, op een dag, op een middag vlak na midzomer 1941, staat Elna op het perron in Borlänge te wachten tot de trein naar het noorden het station binnen zal komen puffen. Daar, in een van de wagons, moet Vivi zitten, haar fiets in een goederenwagon, wuivend met een rode zakdoek achter een raampje. Drie jaar hebben ze met elkaar geschreven, meer dan honderd brieven heeft Elna geteld, en nu zullen ze elkaar ontmoeten, met de trein naar Älvdalen reizen, naar de verre Noorse grens en de bergen fietsen, en daarna uiteindelijk weer naar het zuiden, naar het Ejenmeer en naar Jan Kip in Skallskog om te hooien. De eeuwigheid is plotseling, eindelijk, meetbaar. Veertien dagen lang zal hun elke ochtend opnieuw de vrijheid worden onthuld.

Elna ziet er mooi uit zoals ze daar op het perron staat met haar koffer bij haar voeten.

Een wit lint dat het donkere, weerbarstige haar in bedwang houdt, witte kniekousen, een gele jurk en sandalen. Ze is zeventien en ze ademt snel, alsof de aanblik van de toekomst haar de adem beneemt. Maar natuurlijk is ze ook zenuwachtig. Ze stelt zich voor dat Vivi, die uit het zuiden van het land komt, vast veel mooier en sterker is dan zij, die in alle nederigheid in een nietig stadje is geboren, een verzameling bouwvallige huizen rondom een fabriek, waar je de zee niet eens kunt zien, hoe hoog je ook op de kerktoren klimt.

Ze wacht, onrustig en verwachtingsvol, precies zo tegenstrijdig als de situatie vereist. (Maar had ze geweten dat ze als gevolg van deze reis een dochter zal krijgen die in een verre toekomst ongelukkig rond zal lopen door deze zelfde stad, dan had ze waarschijnlijk rechtsomkeert gemaakt, dan had ze zich uit de voeten gemaakt en was ze net zo lang over de stoffige landwegen blijven rennen tot ze thuis in Sandviken was. Maar zo is het leven niet. Toeval kun je misschien sturen en beteugelen, maar je kunt het niet voorbereiden of dwingen. De toekomst laat zich alleen maar zien als het plagerige puntje van een neus om de hoek van een gordijn.)

Daar is Vivi. Eerst de blazende en puffende locomotief, rook en gepiep, daarna plotseling een rode zakdoek die voorbijflitst achter het raampje van een derdeklascoupé, nauwelijks zichtbaar in de sissende stoom. En door dat alles heen snijdt een gil in een eigenaardig dialect.

'Daar ben je dan, Elna!'

Vivi, Vivi Karlsson. Dochter van een werfarbeider uit Landskrona. Zo ziet ze eruit: ze heeft bijna spierwit haar, ontzettend veel sproeten, een wipneus en een donker verkleurde boventand na een nachtelijke val van de trap van de latrine. Ze is klein van stuk en spichtig. En recht voor zijn raap.

Elna klimt in de trein en laat zich op de houten bank tegenover Vivi neerploffen, waarbij haar koffer en haar slaapzak om haar benen slingeren. Ze kijken elkaar zwijgend aan tot de trein zich met een schok in beweging zet.

Ze zijn op reis. Eindelijk hebben ze elkaar ontmoet.

'Hoi', zegt Elna.

'Hoi', antwoordt Vivi.

Dan lachen ze. Ook al hebben ze elkaar nog nooit eerder ontmoet, toch weten ze nu al zo veel van elkaar. Alleen als je niets van elkaar weet is het uiterlijk van belang. Nu constateren ze snel dat ze er geen van beiden uitzien zoals ze zich hadden voorgesteld en daarmee zijn alle voorstellingen verdwenen, het gaat nu om de werkelijkheid.

Insjön, Leksand, het glinsterende water van de Siljan. Mora, en tegen de avond, de lichte zomeravond, stappen ze uit in Älvdalen en nemen hun fietsen in ontvangst. Een rustig, mals buitje begroet hen. Ze maken de deur van een eenzame, uitgerangeerde goederenwagon open en gaan daar de eerste nacht slapen. In de wagon stinkt het naar mest, maar Vivi snuffelt rond als een terriër die ergens lucht van heeft gekregen en ze vindt kranten op het stationsplein die ze op de vloer van de wagon kunnen uitspreiden. In het halfduister liggen ze te praten, soms zijn ze even stil en dan luisteren ze naar het tikken van de regen op het gewelfde dak.

De hele zomernacht praten ze, slapen hoort in een andere wereld thuis, in de oude wereld die ze achter zich hebben gelaten. Ze kruipen steeds dichter naar elkaar toe, totdat ze opeens elkaars adem kunnen voelen. Kun je nog dichter bij elkaar komen?

Tegen twee uur 's nachts vraagt Vivi opeens of Elna nog maagd is. Ze giechelt niet eens, ze vraagt het gewoon.

Elna weet niet goed hoe ze moet antwoorden of hoe ze het moet zeggen. Ze had niet gedacht dat iemand haar dit ooit zou vragen.

Maar is ze het nou of niet? Ja, natuurlijk is ze maagd. Ze heeft nooit tijd gehad om met jongens uit te gaan. En vader Rune houdt haar continu in de gaten, zijn waarschuwende ogen volgen haar waar ze ook gaat. Hij – en niet haar moeder – heeft haar ook voorgelicht, met onbeholpen, ongesorteerde informatie. Het enige wat ze er eigenlijk van heeft begrepen is de noodzaak tot totale onderwerping aan de opgestoken vinger van de onthouding. Er heeft weleens iemand onder haar rokken mogen tasten, maar daar is het bij gebleven. Op één keer na, toen ze overrompeld werd door een pummel uit Hofors en ze zich niet zo snel kon verweren; toen voelde ze een vinger toesteken! Birger heette hij, hij werkte net op de fabriek, en hoe het zo gekomen was weet Elna haast niet meer, ze ontmoetten elkaar en knoopten een onschuldig contact aan. Ze vindt Birger aardig, hij lacht vaak en hard, is lang en heel schoon op zichzelf. Maar op een zaterdagavond toont hij zijn ware gezicht en is hij niets anders dan een wellustige jongeman, die zijn kracht gebruikt om haar te overmeesteren.

Het voelde inderdaad anders nadat die nerveuze en enthousiaste pubervinger aan het prikken was geweest! Ze heeft zelf, in het bleke schijnsel van de straatlantaarn op haar deken, terwijl genot en schaamte elkaar afwisselden, grondig gespeurd naar de gevoelens in haar onderlichaam, voorzichtig om Nisse niet wakker te maken. En die gevoelens heeft ze gevonden, pesterig, beangstigend, verleidelijk. Maar ze houdt zich in als ze met jongens uit is, of het nu pummels zijn of niet. Zwanger raken zou het einde betekenen, dan leg je je hoofd op het blok ...

Ze heeft nog nooit met iemand gepraat zoals deze nacht met Vivi. Ze bloost en giechelt en krijgt bepaalde woorden nauwelijks over haar lippen; ze verwacht dat elk moment de deur van de goederenwagon opengerukt wordt en dat haar vader Rune daar staat en bulderend vraagt waar ze het in godsnaam over hebben. Hij kon hen in Sandviken helemaal horen. Maar natuurlijk komt hij niet en ze fluisteren en hikken van de lach. Tegen de ochtend kunnen ze alles met elkaar bespreken. Ook dat is een soort levenshonger, armpje drukken en je krachten meten met vooroordelen, verboden gedachten, gevaarlijke gedachten.

'Hitler', zegt Vivi. 'Stel je voor dat die hier tussen ons in lag.'

Ze fantaseren een eind weg.

Ze geven hem de vreselijkste namen die ze kunnen bedenken, ze maken een zo afstotelijk mogelijk monster van hem.

Een adder, een rottend kadaver, een bruine rat met vlekken en pestvlooien in zijn staart ...

Ook in dit zomerland kun je de hogepriester van de Nieuwe Orde aanvallen.

Het wordt ochtend, het is nog maar vier uur wanneer ze de goederenwagon uit sluipen, hun spullen op de fiets binden en op weg gaan. Het regent niet meer, maar het is zwaarbewolkt en guur; op de eerste heuvels trappen ze zich warm en in het zweet. Op de hobbelige landweg beginnen ze te zingen, het duurt een paar kilometer voor ze de naam Daisy Sisters hebben gevonden. Ze fietsen naast elkaar met de zon in hun rug.

God, denkt Elna. Als u bestaat, als u bestaat ...

Bij Rot rusten ze, ze zetten koffie (Vivi heeft koffie bij zich, smeuïg vertelt ze dat ze die op het laatste moment nog heeft meegepikt toen haar bazin met de rug naar haar toe ging staan in de grote voorraadkast van het Stadshotel), ze delen hun beleg met elkaar, beleven hun eerste ochtend samen. Plotseling begint Vivi heen en weer te rennen over de met gras begroeide heuvel waar ze zijn gaan zitten, alleen vanwege het plezier van het heen en weer rennen.

'In Skåne heb je alleen maar trappen', joelt ze. 'Als je hier valt, gaan je tanden er niet meteen aan.'

Dan laat ze zich pardoes in het gras vallen en ze gaat droog-zwemmen. Wanneer ze haar gezicht optilt, is het bruin en plak-kerig, ze is midden in een koeienvlaai terechtgekomen. Maar ze lacht erom en gaat zich wassen in een slootje.

Ze zijn op weg, regelrecht de zomer in.

Maar na een paar dagen kunnen ze opeens niet verder. Even ten noorden van de Gröveldalsvallen, waar ze in het noordwes-ten Långfjället al vaag kunnen zien, worden ze bij een brug over de Grövlan tegengehouden. De wachtpost is dik en bezweet, zijn geweer hangt als een juk over zijn schouder. Ze stappen van hun fiets en staan oog in oog met het Zweedse leger. Maar ook al lijkt de wachtpost sprekend op de acteur Sigurd Wallén, een ongelukkige Sigurd Wallén, ze voelen dat het ernst is. Aan de andere kant van de onzichtbare grens, die niet ver weg is, woedt de oorlog. De wachtpost vraagt lijzig waar ze naartoe willen en zegt dan dat ze nog een klein stukje verder mogen. Maar verder dan tot Lövåsen, aan de voet van Långfjället, mogen ze niet. En daarvandaan is het nog tien kilometer naar de grens. Ze verlaten de wachtpost en fietsen verder, maar ze zingen niet meer.

Een half ingestorte schuur wordt hun huis, een bergbeekje hun zee. Op een boerderij kunnen ze het weinige kopen dat ze op het gebied van eten nodig hebben, en ze hoeven niet eens rantsoenbonnen te tonen. In die warme zomerdagen probe-ren ze de oorlog te ontdekken. Maar alles is eigenaardig stil, de mensen op de verspreid liggende boerderijen voeren rustig hun verschillende bezigheden uit, op de landweg komt af en toe een zwarte auto in een wolk van stof voorbij. Misschien is dat net zo goed het gezicht van de oorlog als het gebulder van kanonnen en gierende gevechtsvliegtuigen, denken ze. Stilte, een wolkeloze hemel en een zon die oneindig langzaam van oost naar west beweegt.

Ze tasten zich een weg door de stilte, ze struinen rond, liggen te zonnebaden en te praten. Als ze later dertig zijn, wat doen ze dan, is de oorlog dan afgelopen? Hoe zullen ze er dan uitzien? In 1953? En nog eens tien jaar later, in 1963? Naar wie luisteren ze dan op zaterdagavond op de radio? En nog weer verder in de tijd, wanneer zullen ze doodgaan? Zullen ze het jaar 2000 nog meemaken? Net zoals ze over de bergen dwalen, zo maken ze ook ontdekkingstochten in hun gedachten en hun dromen. Ze laten hun voeten en hun gedachten hetzelfde spoor volgen.

Vivi droomt ervan de wijde wereld in te gaan. Waarheen weet ze niet en nog minder hoe. Elna's dromen zijn minder groots; in Stockholm gaan wonen zou al heel wat zijn. En op een kantoor mogen werken … God, als u bestaat, meer vraag ik niet. Maar Vivi snuift. Ze zitten bij de beek en ze graaft met haar handen in de vochtige aarde naast de stroom. Zo ziet zij haar leven, probeert ze uit te leggen. Overal zit iets anders onder, iets onverwachts. Dat wil ze ontdekken, blootleggen, ze wil zien wat daar verborgen ligt. Ze meent dat het archeologie heet, maar dat weet ze niet zeker. Elna kan haar niet helpen, ze heeft nog nooit van dat woord gehoord.

Op een dag vertelt Vivi van haar vader. Hij heeft ooit een lange reis gemaakt naar een stad in Zuid-Frankrijk. Daar werd hij tegengehouden en teruggestuurd. Hij was op weg naar Spanje, naar een andere oorlog. Elna heeft erover gehoord, maar in bewoordingen die haar ongerust maken. Vader Rune heeft meermalen geschreeuwd over martelaren, dat is zijn spottende benaming voor degenen die vrijwillig aan de burgeroorlog hebben deelgenomen. Wanneer Elna dat vertelt, trekt Vivi een lelijk gezicht en schopt met haar voet in het water van de beek. Heel even denkt Elna dat ze kwaad wordt, maar dan is het alweer over. Vivi haalt alleen haar schouders op.

'De toekomst zal uitwijzen wie er gelijk had', zegt ze. (Dat zijn de woorden van haar vader, zijn troost wanneer het allemaal zo erg is dat het niet meer erger kan.)

Elna zou graag meer gevraagd hebben, maar ze doet het niet; ze heeft gemerkt dat Vivi gesloten en geheimzinnig wordt wanneer het over de politieke opvattingen van haar gezin en vooral van haar vader gaat. Wanneer ze vertelt van zijn afgebroken reis naar Spanje, zegt ze weinig of niets over de reden. De reis wordt gewoon een reis, spannend omdat die naar verre landen gaat en bovendien al snel wordt afgebroken. Maar het doel van de reis geeft ze niet prijs, ze zegt alleen dat hij onderweg was om zich aan te sluiten bij de internationale brigade.

'Brigade', wat is dat? Uit Vivi's mond komen woorden en begrippen die aangeven dat ze veel meer ervaring heeft dan Elna. Vaak moet ze naar de betekenis vragen, maar even vaak doet ze dat niet. Ze weet niet waarom niet, maar dan voelt ze gewoon aan dat ze een vraag, een gedachte beter onuitgesproken kan laten.

Op een dag fietsen ze verboden gebied binnen. Ze doen het met opzet, dat besluit hebben ze de avond ervoor in hun schuurtje genomen. En net als altijd is het Vivi die ermee komt. Plotseling springt ze uit haar slaapzak, Elna slaapt al bijna, en ze stelt fluisterend voor om een verboden expeditie te gaan maken.

'Ze kunnen ons hooguit tegenhouden', zegt ze beslist. 'En wat kunnen ze dan anders doen dan ons terugsturen? We zeggen gewoon dat we verkeerd gefietst zijn.'

Elna hoeft niet te vragen waarom Vivi zich op verboden terrein wil wagen, dat weet ze wel. Het is de grens die lokt, het punt in het landschap dat duidelijk zegt: achter mij ligt een ander land, daar is het oorlog. Ze hebben vage voorstellingen van hoe de grens eruitziet. Een hek? Een schutting? Wachttorens met kettingen eromheen? Een landschap dat snel van karakter verandert?

Even na vieren 's ochtends fietsen ze weg op zoek naar antwoorden. Het is een vochtige nacht geweest en ze huiveren in de ochtendschemering. Het landschap is verlaten, een witte mist die laag over de grond strijkt omsluit hen en begrenst hun gezichtsveld. De weg is hard en het grind knarst onder hun rubberen fietsbanden. Vivi fietst voorop, zij is de leider van de expeditie, Elna volgt op een paar meter afstand.

Naar de grens, de stilte uit, naar de oorlog.

Maar ze komen niet ver, de grens blijft hun ontglippen. Uit de mist maken zich opeens twee jonge wachtposten los, en in tegenstelling tot de dikke brugwachter die ze op de heenweg waren tegengekomen, zijn deze twee vastbesloten, wakker en paraat ondanks het vroege uur. In de mist hebben hun gebruinde gezichten een onwerkelijke glans. Ze staan op de weg met hun geweer in de hand. Vivi doet wat ze hebben afgesproken, ze leidt haar fiets een paar meter aan de hand en vraagt in haar schelle, luide Skåns waar ze zijn. Ze zijn vast verkeerd gefietst in de mist.

Een van de wachtposten, degene die later Olle zal blijken te heten, bijgenaamd de Knuist, grijnst naar haar.

'Hier is maar één weg', zegt hij. 'Hier kun je niet verkeerd fietsen.'

Elna wil het liefst zo snel mogelijk omkeren en wegfietsen, maar Vivi is iemand die meteen de koe bij de hoorns vat in lastige situaties. Ze negeert het antwoord dat ze heeft gekregen en vraagt waar ze zijn. Olle de grenssoldaat tuurt naar haar door zijn wimpers. Hij weet dat het Skåns is wat ze spreekt, hij komt zelf uit Växjö en heeft familie in Tomelilla. Hij zet een stap in haar richting en begint een snel verhoor, zoals dat hoort wanneer onbevoegden in het verboden deel van de grenszone worden aangetroffen. Vivi antwoordt, vertelt van het schuurtje en van het Stadshotel in Landskrona, en zonder zich er iets van aan te trekken dat ze de regel overtreedt die zegt dat een burger zich moet voegen naar de bevelen van een soldaat, vraagt ze of er niet toch een mogelijkheid is om de grens te zien.

Olle begint opeens te grijnzen, er gist iets in hem.

'Jawel, hoor', zegt hij. 'Kom vanavond maar terug. Om zeven uur. Op deze zelfde plek.'

Vivi belooft het, ook namens Elna.

Olle zwaait met zijn geweer en ze keren om, met hun fiets aan de hand lopen ze terug over de weg waarlangs ze zijn gekomen. Na een paar honderd meter blijven ze staan. Vivi is bijna opgetogen over het feit dat de grens eindelijk bereikbaar zal worden. Maar Elna weifelt, ze is een beetje bang.

'Wat kun je 's avonds nou zien?' vraagt ze.

'Misschien zijn er schijnwerpers', antwoordt Vivi.

'Misschien komen ze niet', houdt Elna vol.

'Dan gaan we alleen', antwoordt Vivi. 'We hebben toch toestemming gekregen of niet? We mochten de grens zien als we om zeven uur zouden komen.'

Om zeven uur ja. Hoe moeten ze weten wanneer dat is, ze hebben geen van beiden een horloge. Maar dat wuift Vivi weg, het duurt nog minstens twaalf uur voor het zover is, dat probleem lossen ze ook nog wel op.

'We weten niet eens hoe ze heten', zegt Elna flauwtjes.

Vivi kijkt haar verbaasd aan. 'Wat maakt dat uit?' vraagt ze.

Nee, wat betekenen een paar namen? Elna haalt haar schouders op, ze vindt het zelf opeens ook een stomme vraag.

De mist trekt op, ze slaan een bijna overwoekerd pad in en duwen hun fiets een steile helling op. Ze zoeken een zwemmeertje. Het is nog steeds vroeg in de ochtend, het terrein wordt steeds onbegaanbaarder en de mist komt weer opzetten. Wanneer ze op de top van de heuvel zijn gekomen gaat het pad naar beneden, een nauw dal in. De fietsen dansen over het pad vol boomwortels, ze trappen op de rem en Vivi roept naar Elna, die zoals gewoonlijk een paar meter achter haar aan komt. Ze heeft honger, roept ze. Konden ze dit witte maar drinken ...

Onder in het dal houdt het pad op bij een klein onooglijk en verweerd boerderijtje. Een laag, grijs woonhuis waarvan de splinters van de houten muren doen denken aan de stoppels van een zwerver. Een kleine stal en een latrine. Een zwart-witte koe graast op een helling, er komt rook uit de schoorsteen. De boerderij lijkt wel een spookschip in de mist, alleen de koe en de dunne rookzuil ademen leven. Ze zetten hun fiets neer en willen een liter melk kopen; brood hebben ze bij zich, in een broodtrommeltje dat Elna met haar leven als onderpand van haar oudste broer Arne heeft mogen lenen. Elna klopt op de vermolmde voordeur, ze hebben geleerd dat Vivi's Skånse dialect bijna onverstaanbaar is voor de mensen die in de grensstreek wonen.

Er wordt niet opengedaan en Elna wijst verbaasd naar de lage ramen. De gordijnen zitten dicht. Ze vragen zich af of de boer en boerin nog slapen, maar beseffen dat dat vrijwel onmogelijk is. Er komt rook uit de schoorsteen en mensen met een koe zijn altijd vroeg uit de veren. Elna klopt nog eens, ditmaal wat harder, niet alleen met haar knokkels, maar met haar gebalde rechtervuist. Er klinkt gerammel en dan staat er een oudere man in de deuropening. Hij knikt onderzoekend, Elna maakt een knicksje en vraagt om melk. Hij geeft niet meteen antwoord, hij lijkt na te denken voordat hij een stap opzij doet en hen binnen vraagt. In het krappe keukentje zitten vier personen in het donker. Twee vrouwen en twee kinderen, een jongen en een meisje. Een van de vrouwen, de jongste, ze is een jaar of dertig, kijkt Vivi en Elna, die in de deuropening staan, geschrokken aan. De tweede vrouw, die ouder is, zit luizen uit het haar van het meisje te plukken. Het jongetje, dat nog maar een jaar of vijf, zes is, zit op de vloer en houdt zijn handen stevig om een stuk hout geklemd.

'Ze willen alleen melk kopen', zegt de man. 'Een liter zullen we toch wel hebben?'

De vrouw die aan het ontluizen is kijkt van de hoofdhuid van het meisje naar de twee die in de deuropening staan. Ze knikt vriendelijk, instemmend.

'Ja, maar niet meer dan een liter', zegt ze. 'Dat kunnen we niet missen.'

De man neemt hen mee naar de achterkant van het huis waar een kelder is uitgegraven op het erf. Hij vraagt voorzichtig wie ze zijn, hoe ze in dit afgelegen deel van de wereld verzeild zijn geraakt. Hij glimlacht wanneer hij Vivi Skåns hoort praten, vermoedelijk heeft hij geen idee waar ze het over heeft. Hij schenkt ruim een liter geurige ochtendmelk in de grijze melkkan die Elna hem voorhoudt. Elna betaalt vijfentwintig öre en de man stopt het muntstuk in zijn versleten beurs. Dan staan ze voor het woonhuis. De mist hangt om hen heen.

'Ik heet Isak Fjällberg', zegt de man op gedempte toon, alsof hij bang is dat buitenstaanders het kunnen horen. 'Dat waren mijn vrouw en een paar Noorse vluchtelingen die jullie in de keuken zagen. Daar is niets onwettigs aan, maar jullie moeten er maar niet over praten.'

Op dat moment komt het meisje dat van haar luizen is bevrijd het erf op. Ze is een jaar of elf, twaalf. Ze gaat een paar meter van Vivi af staan en staart naar haar hoofd.

Vivi heeft een kammetje in het haar, het houdt tijdens het fietsen het haar uit haar gezicht. Bovendien is het mode, ze heeft de kam in een winkel in Landskrona gejat. Het meisje kijkt er met grote ogen naar.

'Ze zijn vannacht overgekomen', zegt Isak Fjällberg. 'Ze zijn moe, later op de dag moeten ze verder. Ze hebben een week door de bossen gelopen voordat ze hier kwamen.'

Vivi is impulsief, ze heeft een gloeiende hekel aan weifelen. Ze maakt het kammetje los en geeft het aan het Noorse meisje, dat het aarzelend aanneemt. Dan maakt ze een buiginkje en holt weer naar binnen.

Buigt ze voor Vivi? Lieve help, dan moeten ze heel wat meegemaakt hebben. Want je buigt toch niet voor een gewoon meisje, de dochter van een werfarbeider? Als ze nou een prinsesje of zoiets was geweest, dan viel het nog te begrijpen, maar een gewoon meisje uit Landskrona?

Isak Fjällberg glimlacht en mompelt iets onverstaanbaars.

Vivi en Elna kijken elkaar aan. Hier in de mist hebben ze de oorlog eindelijk in het oog gekregen. Elna beseft plotseling dat dit een gebeurtenis is die ze altijd zal onthouden, zo lang als ze leeft. In ieder geval hoopt ze dat.

Ze mogen op de veranda gaan zitten ontbijten. Isak Fjällberg staat werkeloos op het erf, het lijkt wel of hij luistert. Maar hij is alleen moe. Hij is grensgids, de laatste beslissende schakel in de keten die in dit gebied, ten zuiden van Röros en ten noorden van Trysil, 's nachts de grens met Noorwegen overgaat en Noorse vluchtelingen in veiligheid brengt, buiten bereik van de nazi's en de gevreesde aangeversbendes.

Vivi en Elna blijven op deze eenzame boerderij in de bergen. Wanneer de mist optrekt hebben ze de gedachte al opgegeven op zoek te gaan naar een meertje om te zwemmen. Niemand lijkt hier iets op hun aanwezigheid tegen te hebben, misschien vindt Isak Fjällberg het ook wel het veiligst om hen hier te houden totdat hij in de middag de drie vluchtelingen naar het dal heeft gebracht, naar het verzamelpunt. Het meisje dat Vivi's kam heeft gekregen, heet Toril. Terwijl haar moeder en haar broertje, die doodop zijn na de lange, angstige dagen op de vlucht, in huis uitslapen, zoekt zij Vivi en Elna op. Haar verlegenheid gaat over, ze heeft behoefte aan praten, door te vertellen raakt ze haar angst kwijt. En Isak Fjällberg vult de lege plekken in, hij ijsbeert heen en weer en wacht totdat de moeder en het jongetje wakker worden en weer genoeg energie hebben om verder te gaan. Zijn vrouw Ida laat zich vrijwel niet zien. Ze waakt over de twee slapers, die dicht tegen elkaar aan in de slaapkamer liggen, in het bed van Isak en haarzelf. Toen Noorwegen in april 1940 werd aangevallen en de vluchtelingenstroom op gang kwam, aarzelden ze geen moment, natuurlijk hielpen ze, dat sprak vanzelf. En ze hebben allebei goede contacten met hun buren aan de andere kant van de grens. Isak staat hoog aangeschreven in het grensgebied, op hem kun je vertrouwen, hij is niet bang en altijd bereid om op pad te gaan als het zijn beurt is. Soms slaapt hij nachten achtereen niet, en overdag moet hij zijn werk als houthakker doen. Alleen vandaag moet hij de vluchtelingen ook verder brengen naar het verzamelkamp; degene die dat normaal gesproken voor zijn rekening neemt, is ziek. Ida zorgt voor de vluchtelingen als ze de grens over zijn. Dan komt vaak de reactie, ze schreeuwen en storten in, worden apathisch en dan gaat de honger knagen. Niemand weet hoe ze erin slaagt al die mensen te eten te geven en zo nodig van kleren te voorzien. Zij en Isak zijn arme boeren, ze hebben geen overvloed om van uit te delen. Maar hoe ze het doet, ze krijgt het allemaal voor elkaar … En natuurlijk helpt ze kinderen van hun luizen af, waarom zouden ze door ongedierte geplaagd moeten worden? Ze hebben al genoeg meegemaakt.

Toril heeft echte Duitsers gezien. Voor Vivi en Elna is dat de grote sensatie. Het is nog maar twintig uur geleden. Ze vertelt in haar zangerige Noors (dat tot Vivi's en Elna's verbazing gemakkelijk te verstaan is) over het laatste, kritieke deel van de vlucht, net voordat ze het bos in zouden gaan om overgedragen te worden aan de Zweedse gids, Isak dus. In het donker moeten ze een weg over die bewaakt wordt door Duitse soldaten. Haar broertje Aage heeft rode wijn gekregen zodat hij kan slapen, rode wijn met iets erin. De Noorse gids heeft het jongetje gedragen. Maar wanneer ze op het punt staan de weg over te steken, komt er opeens een Duits troepentransport aan in een vrachtwagen en ze moeten in een sloot springen. De Duitsers hebben het tijdstip van de wisseling van de wacht veranderd en dat konden de Noorse grensgidsen nog niet weten. Beneden in de sloot begint Aage wakker te worden uit zijn slaap en zijn moeder moet zijn gezicht hard tegen haar borst duwen. In een kort, vreselijk moment ziet Toril hoe twee Duitse soldaten blijven staan op minder dan twee meter van de plek waar zij in de sloot liggen. Ze ziet de stalen helmen, de groene uniformen, ze hoort een paar scherpe opmerkingen in de gevreesde Duitse taal. Maar ze worden niet ontdekt en kunnen verdergaan. Toril heeft hen gezien en gehoord en ze heeft alle reden om bang voor hen te zijn. Ze weet dat ze hun woonplaats Hamar halsoverkop hebben moeten verlaten, aangezien haar vader ergens in de bergen zit, bij het Noorse verzet, en dat hun verteld is dat ze elk moment gegijzeld kunnen worden. Ze hadden een half uur om te vertrekken, alles hebben ze moeten achterlaten. Haar broertje mocht zijn beer niet eens meenemen.

Vivi en Elna kijken naar het bleke meisje dat van de andere kant van de grens komt. Zo ziet de oorlog er dus uit, tenminste, een stukje ervan.

Isak komt en zegt tegen haar dat ze ook moet gaan slapen. Ze moeten vanmiddag vijf kilometer lopen, heel misschien kan hij voor het laatste stukje een paard en wagen regelen. De auto die ze normaal gesproken gebruiken, is kapot. En ze kunnen niet wachten tot die gerepareerd is, hun huis is niet groot genoeg, er kunnen nieuwe vluchtelingen komen. Hij heeft van zijn contactpersoon aan de andere kant van de grens gehoord dat de Gestapo een aantal verzetscellen heeft opgerold, en dan komen de vluchtelingen altijd in grote groepen.

Toril gaat gehoorzaam naar binnen.

'Voor hen is het nog gevaarlijker dan voor de anderen', zegt hij ernstig. 'Haar vader zit niet alleen in het verzet, hij is ook nog lid van de communistische partij …'

Daar heb je het weer! Elna luistert gespannen, Vivi ook. Weer dat communisme.

's Middags brengt Isak de Noorse vrouw en de twee kinderen naar het oosten, het dal in, en Ida zwaait hen na. Toril houdt haar kam stevig vast, het is het enige wat ze nu in de wereld heeft, en dan zijn ze weg. Vivi en Elna nemen afscheid van Ida en gaan met hun fiets aan de hand dezelfde weg terug als ze gekomen zijn. Op de top van de heuvel blazen ze uit, warm en bezweet laten ze zich op het schrale gras zakken. Het is gaan waaien, maar de lucht is zacht. In het noordwesten rijzen donkere wolkenbanken op als een eigenaardig decor. Net voordat ze Isak gedag hadden gezegd, had Elna er nog aan gedacht te vragen hoe laat het was. Na een blik op de hemel zei hij dat het vier uur was. Dus resten hun nog een paar uur voordat ze terug moeten naar de wachtposten om naar de grens geëscorteerd te worden.

'Het is zaterdag', zegt Vivi.

Zaterdag?

Elna schrikt ervan. De tijd is voorbij gevlogen, het is al vijf dagen geleden dat ze op het station van Borlänge op haar vriendin stond te wachten. Binnenkort moeten ze de terugreis alweer aanvaarden, om hooi te gaan harken en optasten in Skallskog.

De korte tijd wordt opeens oneindig kostbaar, ze moeten er goed gebruik van maken. In een soort tijdloos spel zijn de dagen voorbijgegaan, maar nu hebben ze zo veel nachten dicht bij elkaar geslapen dat ze elkaar kennen, dat ze een basis hebben. Naakt hebben ze in beken en meertjes gezwommen, er zit geen vlekje op hun huid dat de ander niet heeft gezien. Ze hebben zich naar elkaar geschikt, hun verschillende kanten samengevlochten tot een min of meer stevig geheel.

Nu lijkt het of die stevigheid op de proef gesteld moet worden.

Ze zitten op de top van de heuvel uit te kijken over het landschap. Het is een geografisch grensland, bergen, bos en weilanden in één oogopslag. Een stukje Zweden, dat lijkt op wat ze al kenden, maar toch weer anders is, eenvormig dennenbos rond Sandviken, vlakke onafzienbare akkers rond Landskrona (behalve de Sont, natuurlijk).

Vivi krabt aan een muggenbult, peinzend, afwezig. Het ligt niet aan Elna, zo is ze gewoon. Een persoonlijkheid zonder geleidelijke overgangen, vol met abrupte wisselingen, het ene moment brutaal en uitdagend, het volgende moment ver weg in haar eigen wereldje, met alle deuren dicht, verzonken in de gedachten of droombeelden die haar aandacht hebben opgeëist. En dan is ze zomaar opeens weer terug in haar omgeving.

Zoals nu. Ze zwiept het haar uit haar gezicht (maar de kam is ze alweer vergeten, die bestaat niet meer …) en ze kijkt Elna aandachtig aan.

'Begrijp je het nu?' vraagt ze. 'Begrijp je nu hoe het voor mijn vader is? Je hebt gehoord wat die man zei. Je hebt het gehoord!'

Elna staat erom bekend dat ze aardig en inschikkelijk is. Juist in dat laatste, die blijmoedige tevredenheid, stelt ze een eer. De blijmoedige slaat zijn ogen meestal neer en vermijdt op die manier besmetting met het onplezierige feit dat de wereld bijzonder onrechtvaardig is ingericht. Resultaat: blik op de grond, kromme rug, geen opstandig gemoed.

Maar is ze echt zo? Nee, natuurlijk niet. Maar haar vuur brandt onder een zwarte stolp, dat zie je niet, het valt niet op; je hoeft het dus niet in de gaten te houden en het ook niet aan een hardhandiger behandeling bloot te stellen. Maar ze heeft gemerkt dat deze vijf dagen met Vivi belangrijk voor haar zijn geweest. Ze is de beroete stolp aan het schoonvegen zodat het licht zichtbaar zal worden. Ze heeft moed gevat en heel voorzichtig ontstaat er in haar een ander beeld van de wereld dan ze voorheen had. Vivi kauwt op een grassprietje en vraagt of ze het begrijpt. Of ze wat begrijpt? Dat er verschil is tussen communisten en sociaal-democraten begreep ze eerder ook wel, dat is niet vreemder dan dat er verschil is tussen de ene mens en de andere. Maar dat het om een wezenlijk verschil gaat, dat er mensen zijn die vrijwillig kiezen voor gevaar en risico's, dat een overtuiging iets kost, dat begint ze nu pas te ontdekken.

Vivi heeft gezegd dat ze op haar vader lijkt, en Elna weet dat zij een verkleinde uitgave is van Rune, niet in alles, dat zou niet best zijn, maar in veel opzichten wel. En zij en Vivi zijn verschillend. Wat betekent dat? Dat ze allebei dochters van de werkende klasse zijn verbindt hen, maar het is de vraag of er niet evenveel dingen zijn die hen scheiden.

'Rune is sociaal-democraat', zegt Elna en ze leunt met haar hoofd op haar opgetrokken knieën.

'Als je zo zit, kan ik je onderbroek zien', zegt Vivi met een grijns. Het is niet gemeen, maar wel een rare opmerking. Elna trekt haar jurk naar beneden en merkt dat ze zich schaamt.

Ze vindt het een rare reactie. Het is niet eens een reactie!

'Mijn vader vindt sociaal-democraten het allerergst', gaat Vivi verder. 'Dat meent hij niet, de meeste van zijn vrienden en collega's zijn socialisten. Maar hij zegt het wel. Hij is net als ik, hij kraamt van alles uit.'

Vivi gaat languit in het gras liggen en knijpt haar ogen dicht tegen de zon. Elna weet niet hoe ze moet reageren.

'Met Rune is dat ook zo, maar dan omgekeerd', zegt ze ten slotte. 'Hij heeft vooral een hekel aan niet-socialistische politici. Ik ook. Jij niet?'

Vivi tilt haar hoofd op, steunt ermee op haar ene hand en kijkt haar met half dichtgeknepen ogen aan. 'Natuurlijk', zegt ze. 'Maar wat kunnen we tegen hen beginnen als wij het onderling niet eens zijn?'

Wie wij? Wij kunnen het toch weleens worden? denkt Elna. Of kan dat alleen maar in brieven of tijdens een gezamenlijke fietstocht van een paar zomerdagen?

Ze begint het zich af te vragen.

Maar meer komt er niet, de zon is te warm, de prille discussie verwatert. Dat Vivi's manier van doen, recht op de man af en vrijmoedig, sporen heeft nagelaten bij Elna is iets waar ze later nog eens over moet nadenken. Nu begint de zon te zakken aan de hemel, ze moeten zo naar de grens. Maar voor het zover is nog één opmerking van Vivi op de rustplaats op de heuvelrug.

'Ze zijn leuk', zegt ze.

'Wie?'

'Die wachtposten natuurlijk. Wie anders?'

Maar wanneer ze op de weg staan zijn het niet dezelfden van die ochtend, ze herkennen alleen Olle.

Vivi en Elna staan al een poosje te wachten op de landweg, wanneer de twee van achter een bosje opduiken. Elna krijgt het sterke gevoel dat ze hebben liggen spioneren.

'We hebben vanavond verlof', zegt de jongen die Olle heet, wanneer hij zich voorstelt. 'Maar ze noemen me altijd de Knuist', voegt hij eraan toe. Vivi heeft haar fiets in de slootkant gelegd en vraagt onbeschaamd om uitleg, nadat ze heeft verteld dat zij Vivi en Elna heten. Geen bijnamen. De Daisy Sisters, dat is iets anders, dat is een kinderlijk spel, daar heb je het niet over tegen buitenstaanders als je zeventien bent.

'De Knuist, omdat niemand van me kan winnen met vingertrekken', antwoordt hij, terwijl hij wijdbeens en met zijn handen in zijn zakken heen en weer staat te schommelen op de landweg. De andere jongen, een bleke, lange slungel, zegt niets. Alleen zijn voornaam, Nils.

Als stukken in een soort eindspel staan ze in het grind. In het midden Vivi en Olle – of de Knuist als hij dat nou zo graag wil – tamelijk dicht bij elkaar, op grijpafstand. Schuin achter Vivi staat Elna, en Nils staat op dezelfde manier achter Olle.

De Knuist dirigeert hen een bosweg in.

'Mag dit wel?' vraagt Vivi.

'Het is zo verboden als wat', antwoordt de Knuist. 'We riskeren de doodstraf hiervoor. Of op zijn minst het intrekken van verlof. Maar wat zou het, verdomme ...'

Vivi is naast hem gaan lopen, Elna en de bleke jongen sjokken zwijgend een paar stappen achter hen.

Elna kijkt stiekem naar hem. Hij is niet knap, hij heeft nog puistjes ook, al zijn het niet van die erge; rode puntjes, geen bulten. Hij is verlegen en gegeneerd, hij zou over zijn eigen voeten kunnen struikelen, denkt ze en daar moet ze om giechelen.

'Wat is er?' vraagt hij mompelend.

'Niets', antwoordt Elna. 'Wat zou er moeten zijn?'

Dat laatste zou ze nooit gezegd hebben voordat ze Vivi had ontmoet, die kaatst altijd elke vraag terug. Ze geeft nooit zomaar een antwoord, maar heeft altijd een tegenvraag. Ze sjokken verder en de Knuist vertelt dat hij niets mag vertellen.

'Als de luit opduikt, zeg dan niet dat jullie weten hoe we heten, alleen dat we nummer 34 en nummer 72 zijn. Meer niet.'

'De luitenant', verduidelijkt Nils. Maar dat is overbodig, zoveel weten ze wel van oorlogsjargon.

Volgens de Knuist is hun grensbewaking de belangrijkste en meest riskante van het hele land. Hij geniet ervan om niets te vertellen, om de grote geheimen alleen maar aan te duiden. Aldoor met zijn handen in zijn broekzakken.

Ze komen op een heuvel, dicht bij een groot meer dat in de verte overgaat in een donker bos.

De grens. Ergens midden op het meer. Onzichtbaar, maar desalniettemin een echte grens.

Er knerpt een roeiboot op het meer, het water versterkt het geluid van de knarsende en klagende dollen.

Meer is het niet, alleen stilte.

Elna vraagt zich af waar ze eigenlijk naar staat te kijken, wanneer iets anders opeens belangrijker wordt. Nils is ongemerkt naast haar komen staan. Bovendien heeft Olle Vivi's hand vastgepakt, voor het eerst heeft hij een hand uit zijn broekzak gehaald.

'We gaan zitten', zegt de Knuist wanneer hij voelt dat hij zweethanden krijgt.

Elna duikt in elkaar zodat Nils haar hand niet kan pakken.

Maar er is geen gevaar. Ze zitten gewoon naar de zomeravondzon te kijken, die boven de boomtoppen glinstert, en daarna is het tijd om weer weg te gaan. 's Avonds worden de muggen hardnekkiger en ze zetten stevig de pas erin. Het wordt een kort afscheid op de landweg, maar de Knuist wil betaald worden voor het escorte en de gelopen risico's, in natura, en

Vivi laat zich zoenen, maar trekt zich snel terug wanneer zijn tong te opdringerig wordt. Nils en Elna doen niets.

Ze spreken af dat ze elkaar de volgende avond weer zullen zien. Dan kunnen ze er weer een paar uur tussenuit knijpen. Vivi legt uit waar het schuurtje staat en dat was het dan.

Ze fietsen zo hard ze kunnen om warm te blijven en wisselen geen woord; alleen de rubberbanden knarsen over het grind. In het schuurtje kruipen ze snel in hun slaapzak en hijgen uit van het harde fietsen.

'Ze waren allebei leuk', zegt Vivi. Daarna verdraait ze haar stem en bromt met haar zwaarste basstem: 'Puike kerels, een sieraad voor ons Zweedse leger.' En dan vraagt ze met haar gewone stem of Elna het heeft herkend. Wie deed ze na?

Elna weet het niet.

'Was het zo slecht?' vraagt Vivi chagrijnig. 'Het was Per Albin, verdorie. Luister je nooit naar de radio? Hij is nog socialist ook, je vader zal toch wel aan de radio gekluisterd zitten?'

'Hij zegt dat het nieuws in de krant beter is', antwoordt Elna en ze voelt dat ze geïrriteerd raakt. Ze vindt het niet prettig dat haar vader wordt beschreven als iemand die ergens aan gekluisterd zit. Ze heeft natuurlijk lange tenen, maar toch.

'Nou?' vraagt Vivi vanuit de diepte van haar slaapzak.

Wat zij ervan vindt?

Ja hoor, ze waren best leuk.

Morgen zien ze elkaar immers weer.

Dan is het zondag. Uiterlijk maandag moeten ze naar het zuiden karren. De tijd is kort, hun vrijheid krimpt. Maar ze hebben de grens gezien, ook al was het maar een meer met een knerpende roeiboot erop.

Ze verdwijnen in hun slaapzak, trekken hem helemaal dicht om de muggen buiten te houden en vallen in slaap.

Het is zeven uur 's avonds, het is zondag en de twee dienstplichtigen zijn de schuur binnengekropen, met een mondharmonica en brandewijn, de eerstgenoemde van een kameraad geleend, nummer 42 Ekström, en het laatste buiten het rantsoen om stiekem gekocht bij bakker Lundström in Särna, arak, die smaakt naar de zweetsokken van de duivel, maar waar je flink dronken van wordt. Lundström is een uitkomst voor degenen die in deze omgeving de grens bewaken, hij is een fanatieke Duitslandhater, en aangezien hijzelf is afgekeurd vanwege zijn omvang en zijn platvoeten, steekt hij het Zweedse leger een hart onder de riem met zijn bakkersbrandewijn. Zo draagt hij zijn steentje bij, en hij is van plan de drank tot de laatste druppel uit te schenken, tot de dag waarop de instanties niet alleen maar mopperen over de enorme hoeveelheden arak die er in de bakkerij doorheen schijnen te gaan, maar komen controleren, of erger nog, zijn rantsoen intrekken.

Twee flessen hebben ze bij zich. Een hebben ze op de heenweg al half leeggedronken. Ze zijn aangeschoten, onder het fietsen over de landweg hebben ze schuine moppen tegen elkaar geschreeuwd. En de verdeling hebben ze de vorige avond al gemaakt, toen ze in de bosjes lagen te gluren terwijl de meisjes bij hun fiets op hun verschijnen stonden te wachten. Het hooi in de schuur is muf, maar ze hebben hier minder last van muggen dan buiten. De slungel die Nils heet, kan matig mondharmonica spelen, om de haverklap klinken er valse noten, maar als aansporing om te gaan dansen werkt het prima. Een liedje hier en een liedje daar, ze doorlopen alle stadia. Eerst een poging om eenstemmig te zingen en te laten horen dat je goed bij stem bent, daarna komen de houtskoolbranders uit de gedichten van Dan Andersson en de bossen van Luossa. Dan een poosje pure flauwekul, bosbessenstruiken en schapenwol, spinnetjes en het kleintje dat ter wereld komt. En ten slotte Taube en onbegrijpelijke swing.

Het is de bedoeling dat Vivi en Elna gaan drinken. Vivi aarzelt niet, ze klokt het naar binnen en trekt een vies gezicht. Elna pakt de fles aan die haar toegestoken wordt. Ze heeft nooit eerder gedronken, haar ervaring beperkt zich tot die keer dat ze het puntje van haar tong in Runes borrelglaasje mocht dopen. Maar het lijkt wel of Vivi eerder een brandewijnfles aan haar mond gezet heeft, zelfs de Knuist kijkt ervan op. Ze drinkt op een koppige, zelfbewuste manier. De Knuist raakt bijna iets van zijn opgepompte mannelijkheid kwijt. Weliswaar krijg je min of meer weerspannige boerenmeisjes gemakkelijker op de knieën als je ze eerst een borreltje kunt laten drinken, maar dit meisje drinkt alsof ze nooit anders gedaan heeft. Wat betekent dat?

Voor Elna is het snel afgelopen. Ze krijgt een prikkende, brandende keel, en de vlammen slaan haar uit. Ze moet onbedaarlijk lachen, terwijl ze ook heel zeker weet dat ze opeens de kunst van het mondharmonica spelen verstaat. Wanneer ze bukt om de mondharmonica te pakken valt ze voorover, maar dat maakt niet uit, de slaapzakken en het hooi zijn zacht. Er hangt een plezierig waas in haar hoofd, al wordt het wel moeilijk om haar gedachten en bewegingen onder controle te houden. Zelfs haar tong doet raar, die glibbert door haar mond wanneer ze iets wil zeggen, en dat wil ze continu. In tegenstelling tot Vivi, die voelt wanneer ze haar grens bereikt heeft en pertinent weigert die te overschrijden, heeft Elna die barrière nog niet ervaren. Als ze de fles te pakken krijgt drinkt ze, lekker is het niet, ze moet er bijna van overgeven, maar het moet erin en ze houdt het binnen.

Plotseling zijn Vivi en de Knuist opgeslokt door de duisternis in de donkerste hoek van de schuur, en wanneer Elna opeens voelt dat ze naar buiten moet, de nacht in om frisse lucht te happen, heeft de bleke Nils er niets op tegen om haar gezelschap te houden. Maar waarom trekt hij in vredesnaam een van de slaapzakken mee? Knap is hij niet, maar hij kan dus wel grappige dingen verzinnen! En natuurlijk kunnen ze wel even buiten in de zomernacht gaan liggen. Het ligt lekker, het vocht is verkoelend, en de matte zomersterren draaien als glimmende wespen aan de hemel rond. Of zijn het de lichtflitsen in haar hoofd, achter haar oogleden? Daar kan ze echt niet achter komen …

En wanneer hij koppig op haar klimt laat ze hem begaan, het zal er wel bij horen, en ze weet immers wel wanneer ze ho zegt. Maar hij neemt geen genoegen met handen, hoofd, gezicht en hals; het is niet normaal hoe hij wroet en trekt. Wanneer hij onder haar jurk komt en in haar ene borst begin te knijpen, heeft ze er genoeg van en ze rolt op haar buik. Nu lijkt het erop dat hij haar verder met rust laat, ze hoort hem naast haar in de weer, maar wat maakt haar dat uit? Het gras is vochtig en koel aan haar gezicht, eigenlijk zou ze nu moeten slapen, ze voelt dat ze belangrijke dromen kan krijgen ... Maar dan ligt hij weer boven op haar, en voordat ze kan reageren heeft hij haar jurk al omhooggeschoven en haar onderbroek op haar knieën getrokken. Nu wordt ze kwaad, dit wil ze niet, maar zijn opwinding maakt hem sterk en ze moet een hele poos slaan en wrikken voordat ze erin slaagt zich om te draaien. Dan ziet ze dat hij geen broek aanheeft, zijn lid steekt onder de rand van zijn hemd uit, en het is niet bleek zoals zijn gezicht, maar blauwrood en opgezet. Hij trekt haar onderbroek helemaal uit en wrikt zich tussen haar benen. Wanneer ze zijn haar vastpakt en eraan trekt, geeft hij haar een klinkende klap in het gezicht en houdt daarna haar armen vast. Hij stoot en stoot, maar kan de goede plek niet vinden. Ze knijpt in zijn zak, zodat hij in elkaar krimpt, maar het is net of hij extra kracht krijgt van de pijn en nu heeft hij het gevonden, hij dringt zich met een gekwelde grom naar binnen, en Elna beseft dat ze verkracht wordt. De klap gloeit nog na, de drank maakt alles wazig, zowel in haar onderlijf als in haar hoofd. Ze spartelt tegen, maar ze komt niet los, hij hijgt en stoot en ze heeft het gevoel dat hij helemaal in haar maag zit. Dan schokt hij een paar keer heftig, hij kreunt en kwijlt en valt met zijn hele gewicht boven op haar. Ze slaat hem op zijn rug, maar daar trekt hij zich niets van aan, ze wurmt zich los en hij ligt uitgeteld in het gras te hijgen. Elna vindt haar onderbroek in het gras, trekt hem aan en merkt dat ze plakkerig is van onderen, maar nu heeft ze maar één gedachte: slapen. Ze pakt de slaapzak beet, wankelt naar de muur van de schuur en kruipt in de slaapzak die ze tot boven haar hoofd dichtritst. Slapen, alleen slapen. Wat gebeurd is, is niet gebeurd; morgen ziet alles er weer anders uit en moeten ze een heel eind fietsen …

's Ochtends zijn ze weg. Wanneer Elna wakker wordt zit Vivi koffie te zetten op het kleine spiritusstelletje, het is weer een mooie ochtend en er zoemt een hommel boven hun hoofd. Ze heeft een droge mond en haar hoofd bonst.

'Goedemorgen', zegt Vivi. 'Wat zie jij eruit!'

Hoezo? Ze kruipt uit de slaapzak en strompelt de schuur binnen. Ze heeft een stukje spiegel in haar tas. Wanneer ze haar gezicht ziet, herinnert ze zich de klappen en ze heeft een schram op haar wang en een blauwe plek in haar hals. Maar komt dat van een zuigende mond of van een klap? Dat zou ze niet kunnen zeggen.

Ze drinkt koffie en vraagt hoe het met Vivi gaat. Ja hoor, prima. Het was gezellig met de Knuist. (Hoewel hij wel door bleef drammen en kwaad werd toen hij zijn zin niet kreeg en ze hem niet eens wilde aftrekken. Maar goed, als hij eenmaal doorheeft dat hij haar, ondanks de brandewijn en de belofte om voor het zingen de kerk uit te zijn, niets kan laten doen wat ze niet wil, is hij wel geschikt. Ze zitten verder de hele nacht in een hoekje weggedoken.) Uiteindelijk stond Nils in de deur van de schuur en zei dat ze weer eens moesten gaan. Toen hadden zij en de Knuist Elna allang horen snurken aan de andere kant van de muur.

'En jij dan?' vraagt Vivi.

Elna wil er niet aan denken, het is een nare droom die vast wel zal verdwijnen zodra ze weer op de fiets zitten.

'Ook zoiets', zegt ze. 'Maar hij liet me pas met rust toen ik in mijn slaapzak was gekropen.'

Vivi zegt weer dat ze het aardige jongens vindt. Elna zegt niets, ze mompelt alleen iets onduidelijks.

De week in Skallskog vliegt voorbij. Jan Kip is boos wanneer hij beseft dat Rune hem twee spichtige meisjes heeft gestuurd, hij had op een paar flinke hulpen gerekend. Dat zegt hij ook ronduit, maar dat laten Vivi en Elna niet op zich zitten, en ze sloven zich flink uit met hun harken om te laten zien dat zij verdorie ook wel kunnen werken. In de aanhoudende warmte werken ze van 's ochtends vroeg tot 's avonds laat en daarna kunnen ze niet veel meer dan eten, zich een beetje wassen en slapen in de lege kamer van de knecht. Rune had het helemaal goed gezien, de zoon en de knecht van Jan Kip horen bij een grote groep dienstplichtigen die zijn opgeroepen voor neutraliteitsbewaking, en ondanks herhaalde brieven van Jan Kip naar de betrokken militaire instanties hebben ze geen verlof gekregen voor de hooioogst. Wat hij echter volstrekt niet begrijpt, is wat die arme jongens in de scherenkust van Blekinge te zoeken hebben, het ontbreekt hun totaal aan capaciteiten voor marinewerkzaamheden. Maar het leger schijnt ingericht te zijn volgens de verwarde wet van het toeval en het gerucht gaat dat boerenjongens uit hartje Lapland wachtlopen op de Kärnantoren in Helsingborg, dus wat dat betreft … Maar Jan Kip ziet na een paar dagen van grommende twijfel dat hij echt wel iets aan deze beide meisjes heeft. Het was helemaal prachtig geweest als hij ook nog had kunnen verstaan wat dat meisje uit Skåne zei, praten kan ze als de beste …

Ze krijgen het hooi onder dak zonder dat ook maar één regenbui voor oponthoud heeft gezorgd. Wanneer het werk gedaan is en ze op de fiets naar het station van Rättvik zullen gaan om daar de trein te pakken, stopt Jan Kip hun in een aanval van goedmoedigheid allebei tien kronen toe. Een flink lunchpakket krijgen ze ook mee, de groeten aan Rune en de rest van de familie, en ze moeten maar gauw eens weer komen. Je weet er immers niets van hoelang de oorlog nog zal duren, en de jongens krijgen voorlopig vast nog geen toestemming om hun eilandjes te verlaten, daar klinkt het tenminste niet naar in de korte brieven die met onregelmatige tussenpozen arriveren.

Op een ochtend om zes uur nemen ze afscheid op dezelfde plek waar ze elkaar hadden ontmoet, op het perron van Borlänge. Ze zijn gebruind en uitgerust, ondanks het harde werken in het hooi. En natuurlijk blijven ze schrijven, nog enthousiaster nu ze elkaar hebben ontmoet en hebben gemerkt dat ze elkaar aardig vinden en graag met elkaar optrekken. Ze staan op het perron en houden elkaars handen stevig vast, ze beloven elkaar dat ze brieven zullen schrijven en dat ze elkaar gauw weer zullen zien, wat er ook gebeurt, oorlog of geen oorlog.

Vivi's trein vertrekt het eerst en Elna holt mee naast de wagon totdat het perron ophoudt, en zwaait.

Wanneer ze daarna op het houten bankje in haar eigen trein zit, tussen Borlänge en Falun, komt datgene weer boven dat ze de laatste week heeft weggestopt. Ze is ontzettend bang dat ze zwanger is geraakt. Keer op keer heeft ze de gebeurtenissen bij de schuur opnieuw doorgemaakt, en ja, wat niet mocht gebeuren is gebeurd. Ze kijkt uit het raam, over het Runnmeer, dat glinstert tussen de dennenstammen, en denkt: God in de hemel, het mag gewoon niet waar zijn …

Hoe heette hij? Nils? Maar hoe nog meer? En waar woont hij als hij niet in dienst is? Wat doet hij? Godnogaantoe, ze weet ook helemaal niets van hem …

De trein knarst en schudt. Falun, Hofors en dan is ze weer thuis.

Vijf weken later, halverwege augustus, weet ze dat ze in verwachting is.

Ze woont nu in het huis van ingenieur Ask. Direct na thuiskomst is ze bevorderd tot eerste hulp in de huishouding, aangezien haar collega Stina de benen heeft genomen tijdens het verblijf nabij Stockholm. Dat ondankbare wicht heeft het aanbod van een weduwe aan de Kommendörsgatan aangenomen – midden in Stockholm! – en is er brutaalweg vandoor gegaan. Maar op Elna vertrouwen ze natuurlijk, zij is zo meegaand en tevreden …

Een eigen kamer achter de keuken, zo krap als de box van een kalf, maar toch, een eigen kamertje. En in dat bed wordt ze elke ochtend wanhopig wakker en dan hoopt ze dat er bloed op het laken zal zitten. Maar dat zit er nooit, ze is een maand over tijd, en wanneer ze op een ochtend het ontbijt van de ingenieur klaarmaakt, moet ze opeens overgeven. Dan valt haar laatste verschansing, het ongeluk is echt, ze heeft een kindje in haar buik.

Ze doet het enige wat ze kan doen, ze schrijft aan Vivi, ze vertelt wat er voor de schuur echt is gebeurd, terwijl Vivi en de Knuist binnen zaten. Ze vertelt alles, het geweld, de klappen, de stekende pijn in haar onderlijf, de laatste pompende stoten, haar dijen die plakkerig waren na afloop, de witgele, stijve vlekken in haar onderbroek. Ze schrijft ook dat ze zich natuurlijk uit alle macht heeft verzet, maar dat hij te sterk was, en zij te dronken. En nu wordt ze niet ongesteld, ze is vast in verwachting. Of zou ze het mis kunnen hebben? Schrijf, antwoord zo snel je kunt. Ik heb alleen jou, Vivi, en verder niemand. Thuis kan ik het niet vertellen. Was je maar niet zo ver weg, ik verdrink mezelf, antwoord me, help me. Ik wil dit niet ...

Nee, ze overdrijft niet. Wie moet ze in vredesnaam om raad vragen? De gedachte alleen al om het aan haar moeder of aan Rune te vertellen is beangstigend, erger dan alle nachtmerries. Ze weet dat ze meteen voor een gevallen vrouw zou worden uitgemaakt. Haar moeder zou waarschijnlijk alleen naar de slaapkamer vliegen en de deur dichtslaan, maar haar vader zou vast tekeergaan, haar slaan uit woede en schaamte en haar dan de deur uit schoppen met de woorden dat ze nooit meer terug hoeft te komen, dat ze beter nooit geboren had kunnen worden ...

Ze weet toch ook niets! Over dit soort dingen praat je gewoon niet. Toen ze voor het eerst ongesteld werd, toen het daar begon te bloeden, dacht ze dat ze doodging, dat ze helemaal leeg zou bloeden. In paniek holde ze toen naar Ester, die haar hielp en vooral ook uitlegde hoe of wat. Ze gaf haar een van haar eigen maandverbanden en leerde haar hoe ze die zelf kon maken. Dat je bij mannen uit de buurt moet blijven is het enige wat ze weet. En haar broer Arne dan? Als van zijn grote verhalen over contacten met vrouwen ook maar een tiende waar is, en het niet alleen maar dromen en leugens zijn, hoeveel kinderen heeft hij dan? Hij heeft geen kinderen, dat weet ze zeker. Er is zo veel wat ze niet begrijpt …

In 1937 komt er een wet die de verkoop van voorbehoedsmiddelen toestaat, dan hoort ze erover, eerst denkt ze dat het voorhoedemiddelen zijn, maar dan hoort ze op het schoolplein hoe het echt heet. En ze heeft een keer een kapotje gezien, glibberig en doorzichtig, vies vond ze het. Moet een vrouw zo'n ding in zich hebben? Nooit!

Ze zet haar tanden op elkaar en voert haar duizenden taken uit onder het toeziend oog van mevrouw Ask. Maar de oorlog interesseert haar nu helemaal niets meer; het maakt haar niet uit waar mevrouw Ask en de bezorgde man het aan de eettafel over hebben. Als ze het over het laatste nieuws van het front hebben, wil ze het soms wel uitschreeuwen dat ze in verwachting is. Horen jullie dat? In verwachting en ik wil dat kind niet! Maar natuurlijk schreeuwt ze niet, ze zegt niets.

Voordat ze antwoord krijgt van Vivi is ze apathisch, ze kan geen zinnige gedachte denken.

Er is in haar hart alleen plaats voor een groot 'nee', ingepakt in een wolk van wanhoop.

Wanneer de brief van Vivi komt, rukt ze de envelop open en slaat de deur van haar meidenkamer dicht, ook al zou ze eigenlijk op de binnenplaats matten moeten kloppen. Maar dat moet maar even wachten, nu zijn alleen Vivi's woorden belangrijk.

Vivi blijft haar verbazen. Het eerste wat ze schrijft is dat ze met haar moeder heeft gesproken, 'want die heeft een paar keer een abortus gehad, dus zij weet er meer van dan ik!'

Het is een lange brief, een heleboel dichtbeschreven velletjes, met doorhalingen, inktvlekken en toevoegingen, en Elna is innig dankbaar wanneer het tot haar doordringt dat Vivi zich echt druk maakt om haar. En Vivi's moeder zelfs ook!

Elna moet de brief een paar keer lezen voordat het allemaal tot haar doordringt, en daar is ze nog mee bezig wanneer mevrouw Ask zonder kloppen de deur openrukt en vraagt of brieven lezen tot Elna's taken hoort. Elna stopt de brief in de zak van haar schort, biedt haar excuses aan en gaat snel naar de binnenplaats. Daar slaat ze zo hard op de dikke matten dat het stof opwervelt, terwijl de brief onafgebroken als een film door haar hoofd blijft draaien.

Vivi en haar moeder zijn realisten. Ze geloven niet dat het zin heeft aangifte te doen van verkrachting. Ze hebben de twee dienstplichtigen zelf uitgenodigd, ze hadden gedronken … Nee, dat gaat niet. En dan rest er niets anders dan datgene waartoe zo veel vrouwen zich elk jaar genoodzaakt zien, de illegale vruchtafdrijving.

'Ik weet niet hoe het in Sandviken is,' schrijft Vivi, 'maar Gävle is een grote stad, met een haven en alles. Daar zit vast wel iemand die het kan doen. Maar let goed op naar wie je toe gaat, het kan gevaarlijk zijn. Zoek iemand die het zelf heeft laten doen en vraag het aan haar.'

Gävle? Ze klopt de matten, ze slaat er zo hard op dat ze gaat zweten. Wie kent ze in Gävle? Vivi, je bent zo ver weg … Ik red dit niet zonder jouw hulp. Ze klopt en klopt. Mevrouw Ask, die haar in de gaten houdt van achter de grote ramen van de woonkamer, knikt tevreden. Het is een flink meisje, ze ontziet zichzelf niet. Je zou het haar bijna vergeven dat ze een brief zat te lezen, als je ziet hoe ze nu aanpakt. En dat het meisje een verloofde heeft die haar schrijft is alleen maar logisch …

's Avonds, in de eenzaamheid van haar kamertje, neemt ze haar wanhopige besluit. Het moet geheim blijven, als het uitkomt dat ze in verwachting is, snijdt ze haar keel door. Er blijft niets anders over dan Vivi's advies op te volgen en naar Gävle te gaan. Maar ze heeft hulp nodig, ze kan moeilijk in Gävle op het station gaan staan roepen dat ze iemand zoekt die een sonde in haar wil steken. Wie moet ze het vragen, wie kan haar helpen en vertelt het niet door? Uiteindelijk komt er maar één persoon in aanmerking. En ze doet het schoorvoetend, ze kent hem zo slecht, ze weet niet hoe hij zal reageren, of ze hem kan vertrouwen. Maar ze heeft niemand anders dan hem. Arne, haar oudste broer. Hij kent Gävle, hij gaat er dansen, hij ontmoet er vrouwen, hij kan haar misschien helpen. Ze heeft geen keus en ze huilt zichzelf in slaap; ze probeert er niet meer over na te denken nu het besluit eenmaal genomen is.

Op zondag wordt er gevoetbald, Sandviken tegen Degerfors in het Jernvallenstadion. Sandviken wint met 3-1. Voor de tribune met staanplaatsen blijft Elna staan kijken of ze Arne ziet. En daar komt hij aan, niet alleen, maar met vrienden. Ze aarzelt, hij is haar al bijna voorbijgelopen, maar dan ziet hij haar en hij blijft abrupt staan. Iets in haar gezicht verraadt waarschijnlijk dat ze daar niet zomaar per ongeluk staat. Hij roept naar zijn maten dat hij even met zijn zus wil praten.

'Ik wist niet dat je van voetbal hield', zegt hij.

'Ik stond op jou te wachten', weet ze moeizaam uit te brengen. Maar dat merkt hij niet, het was een schitterende overwinning en vooral het laatste doelpunt was prachtig.

'Een vrije trap van vijfentwintig meter', zegt hij. 'Precies in het linkerkruis. De keeper had het nakijken. Hij bewoog niet eens, hij stak geen vinger uit! En wat kom jij doen?'

Ze lopen naar het Storsjön en gaan op een steiger bij het meer zitten. Arne kijkt zijn zus vragend aan. Wat is er in vredesnaam met haar aan de hand?

Ze vertelt het, nadat ze hem eerst keer op keer op het hart gebonden heeft dat hij er niet over mag praten. Dat moet hij plechtig beloven. Dat doet hij natuurlijk, hij zegt toch nooit iets? Maar wat is er dan?

Ze vertelt alleen het noodzakelijkste, ze is in verwachting en ze moet van het kind af, anders pleegt ze zelfmoord. Ze heeft hulp nodig om iemand te vinden in Gävle die … Weet hij iemand? Hij kent toch zeker wel iemand? Dat moet, dat moet!

'O, verdomme', zegt hij. 'Wat heb je nou weer uitgespookt? Wat zullen ze er thuis wel van zeggen?'

Thuis gaat niemand iets zeggen, want ze komen het niet te weten!

Hij heeft beloofd dat hij niets zal zeggen. En zij huilt. Hij kijkt hulpeloos om zich heen, maar er komt niemand langs, er is geen mens. Een huilend zusje op een steiger kan anders een zware last zijn voor een jongeman als hij.

Hij wil details weten, wie, waar? Maar ze schudt alleen haar hoofd, daar gaat het niet om. Ze grijpt hem bij de arm, krabt in zijn eeltige vuist en zegt dat hij haar moet helpen.

'Ik weet niets van dat soort dingen', zegt hij slap. 'Ik hoor alleen weleens wat. Maar dat zijn maar praatjes.'

'Maar een van je vriendinnen dan?' vraagt ze smekend. 'Je hebt er zo veel. Een van hen?'

Dan is hij eerst trots en vervolgens beledigd. Ja, natuurlijk kent hij veel meisjes in Gävle, maar hij brengt ze niet in de problemen. Hij kijkt wel uit dat hij niet jarenlang voor een kind hoeft te betalen. Maar …

Nee, ze accepteert geen gemaar. Hij moet het voor haar doen.

Hij gaat er vanavond heen, zegt hij ten slotte. Hij zal zien wat hij kan doen. Maar hoe heeft ze verdomme zo oliedom kunnen zijn om zich zo in de nesten te werken?

'Zo dom ben ik nou eenmaal', schreeuwt ze. Hij zegt 'st' en kijkt om zich heen. Lieve help, ze is compleet hysterisch. Het is toch niet het eind van de wereld …

Ze staat op en geeft haar wanhopige woorden zo veel mogelijk gewicht.

'Ik wacht morgen op je bij de fabriek', valt ze hem in de rede. 'Ik verzin wel iets om vrij te krijgen. En geef papa en Nisse een grote voorsprong.' (Dat doet haar eraan denken dat de jongen die haar in het ongeluk heeft gestort ook Nisse heette, net als haar broer. Was hem dit maar overkomen, denkt ze vals en ze huivert.)

Ja, hij belooft het, hij zal het proberen. Maar ze moet zich er niets van voorstellen. En hoe kan ze zo godvergeten stom zijn geweest om niet beter op te passen. Zich zo te laten gebruiken … En dat is dan zijn familie, verdomme!

De dag daarna glipt ze stiekem weg uit het witte huis en ze rent naar de poort van de fabriek, verstopt zich achter een laadplatform dat vol staat met cementen buizen en kijkt door de kieren hoe vader Rune en Nisse de fabriekspoort uit komen, midden in de vermoeide horde die naar de arbeiderswoninkjes kronkelt. Even later staat Arne bij haar.

'Nou, misschien', zegt hij.

Iemand die iemand weet die iemand weet die het heeft laten doen.

Meer kan hij nu nog niet zeggen. Maar woensdag gaat hij weer naar Gävle om te dansen en dan kan hij misschien meer aan de weet komen. Het is een rotklus die hij op zich heeft genomen, maar als je een zus hebt die zich de mannen niet van het lijf kan houden, dan moet je wel …

Die woensdag is er echt iemand die iemand kent die op haar beurt Rutan noemt, een oude arbeidster op de brouwerij die zich niet te goed voelde om de hoer te spelen toen de honger voor de deur stond. Arne zit een sapje te drinken in het danscafé tijdens een pauze, en dan noemt Viola haar naam. Maar waarom is Arne geïnteresseerd in zo iemand? Nee, hij vraagt het zomaar, nergens om, straks gaan ze weer dansen en dan maakt het niet meer uit. Maar waar woont die Rutan dan? Viola heeft plotseling geen behoefte meer aan zijn gezelschap, ze staat op om naar het toilet te gaan en haar haar te kammen. Maar volgens haar woont ze in een krot achter een van de biercafés aan de haven, Het Anker of zo …

'Nu moet je het verder zelf opknappen', zegt Arne wanneer hij weer door zijn zus wordt opgewacht bij de fabriekspoort. Hij vindt het een rotsituatie, hij wil er helemaal niets mee te maken hebben. Maar nu heeft hij in ieder geval gedaan wat hij kon.

De volgende dag gaat Elna naar mevrouw Ask, die in haar uitverkoren kranten zit te lezen, en gnuift om liberale en sociaal-democratische beschouwingen over het verloop van de oorlog. Moeten ze nou echt zo laf en onoprecht zijn in al hun beklemmende voorzichtigheid? Zien ze niet dat het maar één kant op kan gaan met de oorlog? En was Hitlers verrassende en tactisch superieure bliksemaanval op het Russische bolsjewistische nest niet het begin geweest van een beslissende kruistocht waar alle fatsoenlijke mensen al vijfentwintig jaar op zaten te wachten, al vanaf 1917? Nee, Zweden is waarachtig een klein land. Maar ook hier zal de Nieuwe Orde het democratische schorriemorrie weg-vagen, als Hitler de tijd maar krijgt en de grote taken uitgevoerd zijn ... 'Wat wil je, meisje?'

'Of ik een middag vrij kan krijgen', zegt Elna met een bui-ginkje.

'Maar Elna heeft toch de zondag vrij en om de week een woensdagmiddag', antwoordt mevrouw Ask over de rand van de krant heen. Ze vindt het niet prettig als ze wordt gestoord terwijl ze de krant leest. Nu ze geen kinderen heeft gekregen, vormen de kranten de wereld waar ze haar overtollige energie in stopt. En dan wil ze niet gestoord worden, dat heeft ze uitdruk-kelijk gezegd. Ja, toch?

'Ik heb een vriendin in Gävle die zware brandwonden heeft opgelopen bij een ongeluk', liegt Elna, die zich goed heeft voor-bereid. 'Misschien gaat ze wel dood.'

Mevrouw Ask fronst haar voorhoofd en laat de krant zakken. Brandwonden?

'Ze zat op haar hurken voor het fornuis toen er een grote ketel water omkiepte', gaat Elna verder. 'Ze heeft kokend water over zich heen gekregen, over haar rug en op haar hoofd. Haar haar is verschroeid.'

Mevrouw Ask huivert en wil niet meer horen. Ze krijgt vrij, maar met de strenge vermaning dat het niet weer mag gebeuren.

'Dank u beleefd, mevrouw Ask', zegt Elna en ze buigt weer. Maar in haar hart verwenst ze de bleke steekneus achter haar kranten, ze vindt het vreselijk dat ze hier als een voetveeg wordt behandeld.

Wanneer ze Rutan de volgende dag ontmoet, staat ze tegenover een vijfendertigjarige vrouw die wel zestig lijkt. Een uitsmijter voor een biercafé heeft loom met zijn hand naar de binnenplaats gewuifd, waar de vrouw tussen de vuilnisbakken, de latrine en de ratten woont.

Ze klopt aan bij een scheve deur in een onverlicht portiek, een vies papiertje op de deur deelt mee dat dit de woning is van Rut Asplund (of Asklund, dat kan ze niet goed zien). Na wat geschuifel gaat de deur op een kiertje open en een vrouw met bloeddoorlopen ogen staart haar aan.

'Wat mot je?' vraagt ze en de dranklucht slaat Elna in het gezicht.

Dan is ze binnen. Een keuken, smerig, beroet, het enige raam vettig beslagen. Een kamer, verlicht door een kaal peertje aan het plafond. Een kamer met een paar kapotte stoelen waarvan de veren onder de beschimmelde stopplekken schommelen, bergen flessen, sigarettendoosjes, en voor de tweede keer in haar leven ziet Elna een kapotje. Maar ditmaal is het niet gebruikt, het ligt boven op een stapel kleren in een hoek van de kamer. Daar staat een onopgemaakt bed, met vieze, vlekkerige lakens en er zijn een paar matrassen tegen de muur gezet. Het is muf in de kamer, alsof die duizend jaar dicht heeft gezeten ...

Verder nog iets? Ja, twee bleke, geschrokken kinderen, in een hoek weggedoken, bereid om hun jas aan te trekken en naar buiten te rennen als er herenbezoek komt. Dan moeten ze buiten blijven, op de binnenplaats of op straat, totdat ze het bezoek weer zien weggaan. Het zijn twee meisjes, een van tien en een wat jonger.

Elna wil rechtsomkeert maken en weghollen. Niet dat ze geschokt is door wat ze ziet, het is niet zo veel erger dan bij de meeste mensen. Nee, ze durft gewoon opeens niets meer. Maar ze gaat niet weg, ze blijft. Rutan stuurt haar kinderen naar buiten, ze vraagt of Elna een biertje blieft en ze wil weten waar ze voor komt.

'Als je hoer wilt worden, moet je naar Stockholm', zegt ze en ze schopt een ruigharige kat opzij, die onder het bed vandaan was gekropen. 'Daar heb je op jouw leeftijd nog een kans op iets beters en hoef je niet op een stinkend halfdek liggen neuken. Al zijn zeelieden vaak de kwaadsten niet, ze betalen wat ze schuldig zijn en kunnen bovendien aan jenever komen, maar ze zijn vaak zo geil dat ze nooit tevreden zijn. En dan heb je al die buitenlanders op de schepen met hun speciale wensen die niet altijd even leuk zijn.' Nee, ze moet naar Stockholm, als ze daar tenminste voor komt …

'Of heeft iemand je met kind geschopt? Waarom zeg je niets? Je komt toch niet uit pure nieuwsgierigheid? Wie heeft je naar mij toe gestuurd?'

Rut is dronken. Niet zo dat ze wankelt of niet meer weet wat ze zegt, ze is gewoon net dronken genoeg om zich staande te kunnen houden. Het vieze huisje wordt er niet minder beklemmend door, de kinderen niet minder bleek, maar toch wordt het draaglijker. Maar wat wil dat arme kind nou dat tegenover haar zit? Ze ziet er tamelijk goed gevoed uit, bovendien gebruind, en haar kleren zijn heel. Waarom zou ze willen tippelen? Heeft de krankzinnige droom van geluk en een rijke man haar in zijn macht? Nee, daar lijkt ze het type niet voor. Rut heeft de mensen goed leren inschatten, anders had de een of andere gek haar allang doodgeslagen of opengereten. Nee, het meisje zal wel zwanger zijn. Ze is het gewend dat ze dan bij haar komen voor adressen en redmiddelen.

'Nu moet je je mond eens opentrekken', zegt Rut en ze schopt naar de kat die weer onder het bed wil kruipen waar hij zijn onderaardse leven leidt.

Wanneer Elna haar verhaal heeft gedaan en Rutans vermoedens heeft bevestigd, begint ze te huilen. Rutan trekt een vies gezicht, van huilen is ze niet gediend. Tranen zijn zo duivels waar, het enige echt ware wat er is. Ze kan het weten, ze heeft zeven kinderen van wie ze er maar één heeft hoeven begraven. Maar de vier die ze hier niet heeft, die is ze kwijtgeraakt, ze zijn door vreemden geadopteerd, ze weet niet waar ze wonen. Zeven kinderen, van vijf verschillende vaders. Alleen de twee meisjes hebben dezelfde vader, al zat er nog een jongetje tussen, het kapotje knapte op het dek van een Engels vrachtschip. Maar hoeveel abortussen en miskramen ze heeft gehad, weet ze haast niet eens meer. In ieder geval acht, dat weet ze zeker. En nu is haar baarmoeder zo kapot dat ze er niet meer kan krijgen, godzijdank niet. Het is een wonder dat ze het heeft overleefd. Ze werkt niet meer op de brouwerij, daar is ze eruit gevlogen nadat ze een keer dronken en onder de kots was komen bottelen. Haar leven is een stinkzooi; ze raakt die stank nooit meer kwijt en vecht er allang niet meer tegen. Nu staat haar maar één doel voor ogen, en dat is goed zorgen voor de twee kinderen die de instanties nog niet van haar hebben afgepakt, en hen klaarstomen voor het leven. Wat er verder gebeurt, kan haar niet schelen. Maar soms vraagt ze zich af of de specifieke stank van dit leven met haar mee zal gaan de kist in. Daar is ze bang voor, daar kan ze het ontzettend benauwd van krijgen als ze te veel heeft gedronken en dan smeekt ze wie het maar wil horen ervoor te zorgen dat ze na haar dood wordt verbrand. Ze kan de gedachte aan de stank die met haar mee zal gaan de kist in niet verdragen.

Alles, maar dat niet.

Het is net wat Rutan, de wijze hoer, zegt. Zwanger raken is

voor Elna een ernstige ziekte. En ziektes moeten bestreden worden.

'Er zijn zo veel manieren', zegt Rutan wanneer Elna is gestopt met huilen. 'Er zijn zo veel manieren omdat geen enkele zeker is. Bij de een kunnen kinacapsules en vijftien centiliter jenever al genoeg zijn om de vrucht af te drijven. Of kweekgras vermengd met amandelspijs. Er zijn natuurlijk ook medicamenten, maar dan moet je een recept hebben, Mangaan, Teton, en hoe die middelen ook allemaal heten, en vind maar eens een arts die ze voorschrijft en niet meteen de politie belt. Maar geen enkele manier is zeker; iets waar de een baat bij heeft, haalt bij de ander niets uit ... Hoe ver ben je heen, meisje? Een maand? Nou, dat valt mee. Weet je de Österportsgatan te vinden?'

Nee, dat weet Elna niet, Rutan moet het uitleggen. 'De heuvel op, de loods voorbij waar het naar naftaleen ruikt, daarna links en dan weer rechts. Er staat Johansson op de deur, de ingang zit aan de binnenplaats, drie keer lang en twee keer kort bellen. Ik ben zelf bij hem geweest en toen ging het goed. Maar zorg dat hij zijn handen wast en niet te dronken is. Dat hij nuchter is hoef je van hem niet te verwachten, maar hij moet wel met zijn ogen dicht zijn wijsvingers tegen elkaar kunnen zetten. Anders moet je weggaan ... Wat het kost? Dat is verschillend.'

Ze weet het wel, maar ze wil haar niet onnodig bang maken. Ze komt er straks gauw genoeg achter wat voor kunsten Johansson heeft. En waarom zou ze haar van tevoren bang maken door te zeggen dat het vreselijk veel pijn doet, vooral als ze nog nooit een kind heeft gebaard? Nee, waarom zou ze het erger maken dan het al is? Dit ongelukkige wicht moet er zelf maar achter zien te komen, net als iedereen ...

Hopelijk gaat het goed. Want zelfs dat is niet zeker. Je kunt een infectie krijgen of een abces, de dood ligt altijd op de loer wanneer er stiekem foetussen afgedreven moeten worden. Het had een man eens moeten overkomen, een politicus, een dominee, of wat voor hotemetoot dan ook. Had die maar eens gevoeld hoe het is, op een vieze tafel liggen met je benen wijd, terwijl een trillende dronkelap probeert raak te prikken met een smerige sonde … Dan piepten ze wel anders. Dat je kinderen met smart moet baren is nog tot daaraan toe. Maar dat je moet sterven of langzaam creperen omdat de een of andere stumper zich niet kan beheersen of niet voor het zingen de kerk uit kan zijn, daar gaat het om. Dat betekent de wet die abortus verbiedt.

Bedankt voor de hulp? Waarvoor zou je me bedanken? Betalen? Heb je geld, dan?

Wegwezen nu, en goed onthouden: linksaf en dan weer rechts, drie keer lang en twee keer kort. Niet verkeerd bellen want dan doet hij niet open. Het is immers verboden wat hij doet, dat weet je. Ga nu maar. Niet meer terugkomen … Meisje. Ik vind het zo jammer voor je, ik kan me er zo kwaad om maken, deze schurkenmaatschappij … Vort met jou en bid tot God …

Buiten botst Elna tegen een beschonken meneer aan, die een elegante hoed over zijn gezicht heeft getrokken. Hij strompelt langs haar heen en gaat bij Rutan naar binnen. Ze zit nog niet helemaal aan de grond, er komt nog af en toe een deftige meneer bij haar op bezoek. Sommige mannen vinden het opwindend om in vuiligheid en verval ontvangen te worden, om af en toe de onderwereld te bezoeken, om een echte gevallen vrouw te ontmoeten …

Drie keer lang, twee keer kort. De laatste trein naar Sandviken vertrekt al bijna, maar eerst moet ze een afspraak maken bij deze dokter.

Maar het is geen dokter die opendoet. Een kale man van een jaar of vijftig laat haar zwijgend binnen in een donkere hal. Hij draagt een zwarte ochtendjas. Elna had zich een man in een witte jas voorgesteld. Hij is ongeschoren en zijn ogen zijn flets. Is hij het echt?

Over een week kan ze komen. Hij moet er honderd kronen voor hebben. Of iets van vergelijkbare waarde. Dan jaagt hij haar weg, het is net of ze gejammer hoort achter een gesloten deur …

In de donkere augustusavond zit ze in de trein terug naar Sandviken. Tegenover haar zit een zwangere vrouw. Ze is arm, en haar buik puilt uit. Ze staart met een lege blik uit het donkere raam, misschien is ze maar een paar jaar ouder dan Elna.

Honderd kronen. Waar moet ze dat geld vandaan halen? Dat is drie keer een maandsalaris. Een voorschot vragen is haar enige mogelijkheid. Godzijdank krijgt ze haar geld niet van de steekneus, maar van de zorgelijke man. Hij kijkt haar af en toe met een weemoedige glimlach aan; als het van zijn vrouw mocht, was hij misschien zo aardig geweest als hij eruitziet.

Ze probeert niet meer aan de kale man te denken. Van alle narigheid die haar omgeeft is hij ook niet het ergste, en nu weet ze ook hoe ze zich er doorheen kan slaan.

Als ze het kind niet kwijtraakt, kan ze alleen nog maar zelfmoord plegen. Maar ze wil immers leven.

Ze kijkt uit het raam, de stations liggen ver uit elkaar. Af en toe glinsteren er lichtjes in de duisternis. De trein gaat hortend verder, de zwangere vrouw op het bankje tegenover haar verschuilt zich achter haar doffe blik.

Wanneer Elna de ingenieur koffie serveert na het avondnieuws maakt ze een buiginkje en ze stelt haar vraag. Hij kijkt haar verbaasd aan.

'Drie maanden loon vooruit, dat is nogal wat', zegt hij weifelend.

'Ik zou het niet vragen als het niet nodig was', antwoordt Elna.

'Nee, natuurlijk niet … Ik zal erover nadenken.'

'Ik heb het snel nodig', zegt Elna.

Hij knikt. Hij zal er vanavond over nadenken.

Ze krijgt vijftig kronen. Hij heeft het er met zijn vrouw over gehad en een hoger voorschot is wat haar betreft uitgesloten. Elna beseft dat smeken geen zin heeft, als de steekneus haar zegje heeft gedaan, durft de ingenieur haar niet tegen te spreken. Ze neemt het briefje van vijftig in ontvangst – en buigt. Zo dankbaar, zo dankbaar. Maar waar moet ze de rest vandaan halen? Het beetje geld dat ze heeft, gaat op aan het retourtje met de trein.

Lenen van thuis? Waarvoor, gesteld al dat er geld zou zijn?

Nee, dat durft ze niet. Ze zou bekogeld worden met vragen en vader Rune is niet dom, hij zou iets vermoeden en ze zou zijn woede niet kunnen weerstaan als hij zijn vermoeden bevestigd zou willen zien.

Maar plotseling schiet haar iets te binnen wat de kale man heeft gezegd. Iets over vergelijkbare waarde … Als ze een zilveren beker had die vijftig kronen waard was, zou hij die dus aannemen. Maar ze heeft geen zilveren beker, ze heeft niets, helemaal niets!

Tijdens het afstoffen kijkt ze naar het glimmende zilveren servies achter het glas van een grote kast in de eetzaal. Ze hangt een schilderij recht dat naast de open haard hangt. Tijdens een diner heeft ze eens een opmerking over dit schilderij opgevangen. Was het nou drie- of vierduizend kronen waard? Ze weet het niet precies meer, alleen dat het een ontzaglijk hoog bedrag was. En in dit huis kan zij geen voorschot van meer dan vijftig kronen krijgen?! Alleen al in de eetzaal zou ze voorwerpen genoeg kunnen vinden om vijftig abortussen mee te betalen. En het is de vraag of ze het wel zouden merken als er een paar lepels verdwenen. Nou, vast wel, de steekneus die niets anders te doen heeft dan Hitlers successen te volgen en haar hulp achter de broek te zitten, zou het natuurlijk vroeg of laat ontdekken.

En hier staat Elna met haar stofdoek en ze vraagt zich af wat Vivi in haar plaats gedaan zou hebben. Natuurlijk zou die op de een of andere manier aan het benodigde geld hebben weten te komen …

Plotseling laait er een enorme woede in haar op, even machtig als de onderdrukte razernij die soms bij haar vader Rune bovenkomt wanneer hij drinkt. De tranen schieten haar in de ogen als ze daaraan denkt, en aan de gigantische onrechtvaardigheid in de wereld om haar heen, waarin zij de boel afstoft. Als dat de woede is die Vivi bedoelt als ze het over de politieke opvattingen van haar vader heeft, begrijpt ze die nu beter. Want nu ziet ze het. Al die porseleinen vazen, waar zij voorzichtig de stofjes van afveegt, waarom staan die in vredesnaam hier bij elkaar? Op één plek? Opeens houdt ze een paar zilveren lepels in haar hand. Die vormen het verschil tussen een ongelukkig leven – tenzij ze er een eind aan maakt met een sprong in donker water – en het tegenovergestelde, waarvan ze even een glimp heeft opgevangen tijdens de twee korte zomerweken: een leven waar je iets van kunt maken.

Maar natuurlijk steelt ze niets, zo is ze niet. Bezit is heilig, ook al is het toevallig bijzonder oneerlijk verdeeld. Niet omdat ze er tijdens de catechisatie mee om de oren is geslagen, maar omdat ze het haar moeder nog hoort zeggen: 'Wees schoon op jezelf en wees eerlijk, dat siert je. Dat siert ons. Schoon en eerlijk, dan komt de heiligheid vanzelf ...'

Vijftig kronen is alles wat ze heeft. Ten slotte ziet ze geen andere uitweg dan te hopen dat de kale man haar de rest zal laten afbetalen, ze heeft per slot van rekening een vaste baan, ze kan zelfs een werkgeversverklaring laten zien.

De avond voordat ze naar Gävle zal gaan, wast ze zich in de waskelder, ze kleedt zich helemaal uit en boent haar hele lichaam zorgvuldig schoon. Ze gebruikt niet haar gewone zeep, maar een paar flinters die ze van de badzeep van de steekneus heeft geschraapt. Ze hebben een zoete parfumgeur, die haar aan de afgelopen zomer doet denken.

Ze blijft staan met haar hand op haar buik en probeert zich voor te stellen dat daar iets zit wat een kind moet worden. En ze beseft dat ze in deze situatie zelfs niet de kans krijgt om zich af te vragen of ze het zou willen houden. Die gedachte is onmogelijk. Zo mag ze helemaal niet denken ...

Ze legt schone kleren klaar en kruipt in bed. Ze begint aan een brief aan Vivi, maar na een paar regels ('Hier ben ik weer. Morgen gaat het gebeuren ...') komt ze niet verder, de pen valt gewoon uit haar hand. Ze is bang en voelt dat ze hartkloppingen krijgt. Om niet te gaan zweten, gooit ze het dekbed van zich af, ze wil wel schoon zijn de volgende dag, dat in ieder geval. Ze doet het licht uit en ligt muisstil in het donker; ze vraagt zich af of ze tot God zou moeten bidden, die alles ten beste leidt en bestuurt. Nee, dat kan ze niet. Maar wat kan ze dan? Niets.

Helemaal niets.

Plotseling staat Nils voor haar, niet haar broer, maar die andere. Zijn broek slobbert om zijn witte benen, zijn lid staat recht naar voren en hij wil haar hebben, nu meteen.

'Wat maakt het uit?' vraagt hij. 'Nu kan er immers niets gebeuren. Je kont omhoog, dan gaan we het eens van die kant proberen ...'

Als hij in de buurt was geweest, had ze hem vermoord. En honderd kronen uit zijn portemonnee gehaald.

Daarna zou ze hem slachten en opeten. En gekotst hebben als een zieke kat ...

Die nacht ligt ze urenlang wakker.

's Middags neemt ze de trein naar Gävle. Hoe ze het ook probeert te voorkomen, het zweet staat onder haar oksels.

En dan staat ze in de donkere hal en is er geen ontkomen meer aan. De ogen van de kale man zijn bloeddoorlopen, net als de vorige keer dat ze hem zag, maar hij lijkt niet dronken. Wat had Rutan haar ook weer op het hart gebonden? Dat hij met zijn ogen dicht zijn wijsvingers tegen elkaar moest kunnen zetten? Maar hoe zal ze hem dat durven vragen? Hij wijst zwijgend naar een kleerhanger en ze trekt haar jas uit. Dan doet hij de deur open, waarachter ze de vorige keer iemand zacht had horen jammeren. Ze komt in een gewone kamer met somber bruin behang, het lijkt in niets op een kliniek. Of het moest zijn dat er in één hoek van de kamer een scherm staat en een roltafeltje met een zinken blad. Elna deinst terug wanneer ze de instrumenten ziet en een handdoek met bloedvlekken in een hoek. De gordijnen zitten dicht, matte gloeilampen geven de kamer een wazig, onwerkelijk karakter. Midden in de kamer staat een langwerpige tafel. De poten rusten op houten klossen, zodat de tafel hoog genoeg staat. Op het tafelblad liggen een zeiltje en een kussen, onder de tafel staat een emmer. Door een onzichtbare deur komt opeens een vrouw naar binnen, ze draagt een grijze schort, alsof ze van haar werk in een magazijn komt. Ze kijkt Elna onderzoekend aan en verdwijnt dan zonder ook maar één woord te zeggen achter een gordijn. Elna was van plan geweest om pas na afloop te zeggen dat ze maar vijftig kronen heeft. Maar nu durft ze dat opeens niet langer te verzwijgen. Ze zegt het eerlijk tegen de kale man. Hij staat bij de roltafel met instrumenten te prutsen. Wanneer ze heeft gezegd wat ze te zeggen heeft, is hij gek genoeg niet boos, niet eens onvriendelijk. Hij kijkt haar alleen maar aan en neemt haar van top tot teen op. Opeens glimlacht hij en doet een stap in haar richting.

'Dan wordt het vijftig kronen plus een nummertje.' Zijn stem is zacht en wellustig, maar tegelijkertijd vastbesloten. En hij blijft maar glimlachen.

Bedoelt hij ... Onwillekeurig deinst Elna naar achteren, dat kan toch niet? Wil hij haar echt ... In deze toestand? Lieve help, wat walgelijk!

'Het is zo gebeurd', zegt hij op gedempte toon. 'Dan zijn we minder gespannen en dan gaat het allemaal beter. En ik zal je matsen. Je hoeft hem alleen maar in je mond te nemen.'

Hij begint de knopen van zijn gulp los te maken, maar stopt daarmee, loopt naar een kast en schenkt iets in een glas.

'Drink dit maar op', zegt hij met een stem die zacht en toonloos is. 'Daar word je rustig van. En kleed je dan van boven uit, dan heb ik iets om naar te kijken.'

Ze drinkt. Het herinnert haar aan wat ze in de schuur had gedronken, die zomernacht. 'Nee', zegt ze dan. 'Ik doe het niet.

Ik kan het immers wel betalen, ik heb een vaste baan, ik heb een verklaring bij me.'

Plotseling snauwt hij, met trillende mondhoeken: 'Geen betaling achteraf', piept hij. 'Nu, nu! Zoals ik het zei. Anders ga je maar weer weg.'

Hij spreekt staccato, als een kind dat nog maar net kan praten, terwijl hij met de knopen van zijn gulp in de weer is ...

Wat er gebeurt, behoeft nauwelijks beschrijving. Het gebeurt. Elna wordt op haar knieën geduwd, hij staat hijgend voor haar en zij kan niets anders doen ... Het gaat snel, ze stikt bijna en wil alleen maar overgeven. Maar opeens staat de in het grijs geklede vrouw weer in de kamer en nu moet ze zich van onderen uitkleden. Rustig helpt ze haar om haar hemd en blouse weer aan te trekken; haar handen zijn vriendelijk, haar ogen bedroefd en meelevend. En bang.

Dan ligt ze op de tafel met haar benen wijd, de vrouw legt een handdoek over haar knieën, zodat ze het zelf niet ziet. Elna heeft een rubberen speelgoedbootje in haar mond. De grijsgeklede vrouw heeft haar toegefluisterd dat ze niet mag schreeuwen, ze moet in het bootje bijten. Elna doet wat haar is gezegd, en hoort dat de vrouw een onbekend buitenlands accent heeft. Achter de handdoek rammelt een emmer en ze doet haar ogen dicht.

Het doet zo vreselijk, zo onvoorstelbaar veel pijn. De vrouw houdt haar schouders vast en duwt ze tegen het zeiltje. Het voelt alsof er een gloeiende spijker in haar onderlijf steekt, ze bijt het rubberen speelgoedbootje doormidden. Maar nu gebeurt het, denkt ze wanhopig. En straks is het voorbij, dan is het voorbij ... Hoelang die pijn duurt, weet ze niet. Het kan een paar seconden zijn of een uur, de pijn is zo hevig dat ze nergens meer weet van heeft en in haar hoofd fladdert maar één eenzame gedachte rond als een radeloze vogel in een kooi: waarom valt ze niet flauw?

Ze is ver weg als de kale man opeens iets zegt en de grijsgeklede vrouw schrikt. Ze geeft antwoord, buigt zich over de handdoek heen en barst los in een razende woordenstroom in een vreemde taal. Maar Elna registreert het nauwelijks, de pijn is minder geworden en vervangen door een warme stroom in haar onderlijf, alsof er warm badwater over haar benen stroomt. Wat maakt het haar uit dat die twee ruziemaken, opgewonden naar elkaar schreeuwen, het ergens over oneens schijnen te zijn? Wat maakt haar dat uit, zij is weer op weg terug naar het leven ...

Plotseling krijgt ze een schok en ze kijkt naar haar benen, ze tilt zelfs haar hoofd op, en dan ziet ze bloed en twee geschrokken gezichten. De vrouw in het grijs is bezig een opgerolde linnen lap tussen haar dijen te stoppen die ze met witte linten omwikkelt. Dan pakt ze haar benen vast en duwt ze tegen elkaar.

'Knijpen', roept ze. 'Knijpen, knijpen!'

Wat is er aan de hand? Ze lijkt ruzie te hebben met de kale, die er sullig bij staat met een bloederige sonde in zijn hand. Hij schudt zijn hoofd, en zij schreeuwt tegen hem. Maar plotseling brult hij iets, en dan spreekt hij haar taal, hij slaat met de sonde naar haar, en zijn apathie is verdwenen.

Terwijl Elna nog onderuitgezakt op de tafel zit, wordt ze aangekleed en hij rent zelfs naar de hal om haar jas te halen.

Ze wil haar portemonnee uit haar jaszak halen, maar hij slaat haar hand heftig weg.

Wil hij geen betaling?

'Naar het ziekenhuis', zegt hij. 'Meteen. De straat door en dan de eerste straat links. Dan zie je het ziekenhuis. Daar moet je heen. Niet te snel en niet te langzaam. Knijp je benen tegen elkaar en haal diep adem. Niet blijven staan. Blijven lopen. Direct naar binnen. En zeggen dat je bloedt. Dat alleen en meer niet.'

Zijn stem klinkt vastberaden, maar zo helder is ze toch wel dat ze hoort dat hij bang is. Maar waarom? Nee, ze is te moe om zich dat af te vragen. Dan pakt hij haar bij haar schouders, hard, en zijn ogen kijken haar doordringend aan.

'Je bent hier niet geweest', zegt hij. 'Dan kan het slecht met je aflopen. Als je zegt dat je hier geweest bent, zit je misschien de rest van je leven in de gevangenis. Denk eraan. Je bent hier niet geweest.'

'Taxi', roept de vrouw. 'Taxi, taxi. Bellen.'

Maar de kale man snauwt, een grommend keelgeluid dat niets anders betekent dan dat ze haar mond moet houden. Dan pakt hij Elna bruusk bij de arm en brengt haar naar de hal. Voorzichtig kijkt hij in het trappenhuis, daar is niemand. Vervolgens duwt hij haar naar buiten.

'Meteen gaan lopen', zegt hij. 'Niet te snel, niet te langzaam. En knijpen, je knieën tegen elkaar. En hier ben je nooit geweest. Ik heb je nooit gezien.' Dan slaat hij de deur dicht.

Ze begint te lopen. Ze voelt iets stromen tussen haar benen, het is een vreemd warm gevoel. Ze voelt zich slap en zou het liefst willen gaan zitten, ergens tegen leunen. Maar wanneer er iemand aankomt over het trottoir haalt ze diep adem en loopt verder. Haar hoofd is leeg, het bonst alleen maar zwaar en langzaam bij haar slapen. Niet te snel en niet te langzaam, geen gedachte, alleen dat warme dat blijft stromen en waar ze zo moe van wordt. Eén keer struikelt ze, ze zakt bijna door haar benen, maar ze valt niet, ze loopt door, haar knieën schuren langs elkaar, en ze komt bij het ziekenhuis. Ze belt aan, even later ziet ze een glimp van iemand in het wit, alles is zo wazig geworden voor haar ogen dat ze nauwelijks ziet wat het is en dan raakt ze buiten kennis en weet nergens meer iets van ...

Ze wordt wakker in een bed in een witte kamer.

Bij het voeteneinde zit haar moeder.

Ja, dat is ze. Ze heeft haar zwarte, oude hoed in haar handen en daar knijpt ze onophoudelijk in. Wanneer ze ziet dat Elna wakker is, loopt ze zonder een woord te zeggen weg en gaat een zuster halen.

De zuster is jong, ze pakt Elna's pols en zoekt de hartslag, ze telt en laat de hand daarna op het laken vallen. Het lijkt of ze iets wil zeggen, maar niet weet wat. Nadat ze een steelse blik op de lijkbleke moeder heeft geworpen, die krampachtig in haar hoed knijpt, zegt ze met een glimlach tegen Elna: 'Het gaat goed zo. Je moet veel water drinken. Je moeder roept mij of een andere zuster als er iets is. Heb je pijn?'

Elna gaat na wat ze voelt. Nee, ze heeft geen pijn, ze schudt haar hoofd en de verpleegster gaat weg nadat ze nog een blik op Elna's moeder heeft geworpen.

Haar moeder, wat doet die hier? En een ziekenhuis? O ja, ze weet het weer. Niet te snel en niet te langzaam. Alles was wazig geworden ...

Dan krijgt ze het heel koud. Wat doet ze in het ziekenhuis? Lieve hemel, als haar moeder hier is, weet ze dus wat er is gebeurd!

Maar wat is er eigenlijk gebeurd? Haar moeder ziet lijkbleek! En waarom zegt ze niets?

De stilte wordt uiteindelijk ondraaglijk. De stilte en de zwarte hoed die ze alleen bij plechtige gelegenheden draagt.

Is dit een plechtige gelegenheid?

'Wat doe ik hier?' vraagt Elna en ze kijkt haar moeder aan.

Haar moeder deinst bijna terug voor die vraag. Maar dan leunt ze naar voren nadat ze om zich heen heeft gekeken, alsof er nog iemand in de kamer is.

'Dat je je ouders dit aandoet', fluistert ze. Elna kan haar bijna niet verstaan.

Maar ze weet er dus van. Hoe heeft dat in vredesnaam kunnen gebeuren? Heeft Arne zijn mond voorbijgepraat?

'Het is een vreselijke schande voor ons', fluistert haar moeder. In Elna's oren klinkt ze als een blazende kat ...

Elna probeert na te denken. Ze zal zich wel beroerd gevoeld hebben na de abortus en daarom naar het ziekenhuis zijn gegaan. En daar hebben ze natuurlijk haar naam gevonden die in de boord van haar jas genaaid zit. Daar staat alles, haar naam en adres.

Maar wat maakt het uit dat haar moeder hier is en zegt dat het een schande is? Ze weet toch nergens van. Alleen dat … Ja, wat? Dan herinnert ze zich al het bloed en ze begrijpt dat ze daarom naar het ziekenhuis moest.

'Iedereen kan toch gaan bloeden?' zegt ze.

Haar moeder lijkt het niet te horen. De hoed wordt tussen haar handen gekneed, en ze blijft blazen over die schande, die vreselijke schande.

'Je had wel dood kunnen zijn', zegt ze, zonder dat Elna ook maar iets van medelijden in haar stem kan horen.

Ze overdrijft natuurlijk. Aan een beetje bloedverlies ga je niet dood.

Elna doet haar ogen dicht en bedenkt dat het nu voorbij is. Nu kan ze weer verdergaan met haar leven. Als haar moeder zich wil schamen omdat zij in het ziekenhuis ligt, dan gaat ze haar gang maar. Dat moet zij weten. Als Elna niet had gedaan wat ze heeft gedaan, dán had ze het over schande kunnen hebben. Maar nu niet.

'Hoelang lig ik hier al?' vraagt ze zonder haar ogen open te doen. Ze ziet de hoed die door de handen wordt bewerkt zo ook wel.

'Twee dagen', antwoordt haar moeder.

Twee dagen. Maar haar werk …

Het is alsof haar moeder haar gedachten kan lezen.

'Ik heb mevrouw Ask natuurlijk op de hoogte gesteld', zegt ze in een hopeloos onpersoonlijke taal. Mevrouw Ask op de hoogte gesteld, het klinkt als domineestaal.

'En je moet natuurlijk meteen stoppen', zegt haar moeder.

Dan pas doet ze haar ogen weer open. Waarom?

'Zo iemand als jij willen ze natuurlijk niet houden', gaat moeder verder en Elna verafschuwt plotseling de bitterheid in haar stem. Maar toch interesseert eigenlijk niets haar, behalve het feit dat ze vrij is. Maar het is raar dat die kale geen geld wilde hebben … Aan dat andere wil ze niet denken, dan gaat haar maag opspelen. Haar moeder merkt het en vraagt of ze moet overgeven. Nee, ze hoeft niet over te geven, dat is nu afgelopen. Hoe afschuwelijk het allemaal ook was, ze is toch dankbaar dat het vóór de ingreep is gebeurd, misschien kun je op die manier ook wel zwanger raken, wat weet ze er eigenlijk van? Niets. Hoe zou het eigenlijk komen dat alles wat dáármee te maken heeft zo onbereikbaar en geheim is?

'Je vader is heel erg ontdaan', zegt haar moeder en ze staat op. Weer die hoogdravende taal.

'Ik kom je morgen halen', gaat ze verder. 'Dan mag je naar huis. En waar moet je anders heen?'

Dan vertrekt ze, met haar hoed in de hand. De deur slaat achter haar dicht.

Het is fijn om alleen te zijn. Elna denkt aan Vivi. Zodra ze uit het ziekenhuis is, zal ze schrijven en vertellen dat alles eindelijk voorbij is. En dan zal ze er nooit meer een gedachte aan wijden. Nou ja, aan Rutan zal ze nog weleens denken. En ook aan de vrouw in het grijs die een vreemde taal sprak. Aan haar handen en haar droevige ogen.

Een stille blijdschap verspreidt zich in haar. Nu alles voorbij is, zal ze de confrontatie met haar vader ook wel aankunnen. Ze put ook kracht uit deze ellendige situatie.

Het enige waaraan ze nu wil denken zijn de twee zomerweken samen met Vivi. De ongelukzalige nacht bij het schuurtje wist ze uit. Maar al het andere … dat wil ze onthouden.

Ze wordt wakker wanneer er een dokter en twee verpleegsters bij haar bed staan. De zuster met de glimlach is er niet bij; de twee die op een paar onderdanige stappen afstand van de grijsharige arts staan, kijken ernstig. Geen glimlach te bespeuren …

'U hebt geluk gehad', zegt de dokter bars. 'U hebt veel bloed verloren. Had u dat zelf gedaan? Waarmee? Met een breinaald? Een garde?'

Elna denkt koortsachtig na en herinnert zich de woorden van

de kale. Dus knikt ze. Ja, zijzelf. Niemand anders.

De dokter blijft haar een hele poos aankijken.

'U hebt geluk gehad', zegt hij weer. 'U hebt veel kapot weten te maken met wat u ook maar hebt gebruikt. Aderen en weefsels. Maar het vlies niet. We hebben de vrucht kunnen redden. Die is niet beschadigd.'

En dan, wanneer hij al op weg is de kamer uit: 'Morgen mag u naar huis.'

Het gaat zo snel, het overvalt haar. Het is dus allemaal mislukt. De kale hoefde haar geld niet omdat hij het verprutst had, hij had haar alleen maar beschadigd. Ze is nog steeds zwanger, de vrucht zit onder haar huid en wordt met elke seconde meer mens.

Dan begint ze te schreeuwen. Ze wil het niet hebben, ze wil het niet. Ze schopt en slaat, maar wat helpt dat? Iemand geeft haar iets te drinken en dan dommelt ze weer weg. En ditmaal wil ze nooit meer wakker worden.

In de keuken zit vader aan tafel. Zijn handen liggen als twee voorhamers voor hem op het tafelzeiltje. Nils is de kamer uit gestuurd, Arne blijft uit zichzelf weg. Achter het raam op de benedenverdieping heeft ze een glimp opgevangen van Esters gezicht achter het gordijn. Maar het kan haar allemaal niets meer schelen, alles is al voorbij. Met een beetje geluk raakt haar vader zo buiten zinnen dat hij haar doodslaat. Of hij smijt haar de binnenplaats op, zoals hij met de pannen doet als hij dronken is. Maar hij doet geen van beide. Er gaat alleen een compact zwijgen van hem uit, alsof er een standbeeld aan het hoofd van de tafel zit. Geen woord. Alleen die blik die haar continu volgt.

Ze begrijpt best dat hij zich schaamt. Maar begrijpt hij ook dat ze bij hem op schoot zou willen wegkruipen? Begrijpt hij dat? Dat haar moeder het niet begrijpt, weet ze al. Die is verdwenen in het moeras van de grote schande, daarin is ze al tot over haar oren weggezakt. De zwarte hoed dobbert erbovenop als een dode, zwarte vogel ...

Er gaat een uur voorbij, misschien meer. Moeder is naar de slaapkamer gegaan.

Elna zit op het puntje van de keukenbank en kijkt uit het raam. Vaders ademhaling is zwaar en moe, het reutelt en knarst alsof elke ademteug een kwelling is. En dat is immers ook zo.

'Wie is het?' vraagt hij ten slotte.

Wie het is? Dat vraagt zij zich ook af. Een voornaam kan ze hem geven, zelfs zijn militaire registratienummer weet ze nog. Maar verder? Een signalement: een lange, puisterige slungel, verlegen (ze hoort een spottende lach in haar binnenste), met een heel gewoon gezicht. Een dienstplichtige, een neutraliteits-bewaker. Ergens uit Zweden. Ze zegt eerlijk dat ze niet meer weet. Er volgt een lange stilte en ze vraagt zich af wat hij denkt. Wanneer ze weer de kamer in kijkt, ziet ze dat hij naar het tafel-zeiltje staart.

Ze moet het vragen.

'Papa', zegt ze, een woord dat ze bijna nooit gebruikt. 'Papa, je moet me helpen.'

Hij blijft naar het tafelzeil staren, terwijl hij nog een vraag stelt.

'Wil je hem?' vraagt hij.

Nee, dat wil ze niet. In de verste verte niet.

'Maar we moeten hem misschien toch gaan zoeken', gaat hij verder. 'Hij moet toch betalen voor zijn pleziertjes, en misschien interesseert het hem dat hij een kind heeft. Of krijgt. En inte-resseert het hem niet, dan kan het nog geen kwaad dat hij het hoort.'

Het is net of ze een vaargeul in het ijs hebben weten open te breken. Hij zucht en kijkt haar aan.

'Ik wilde niet', zegt Elna. 'Maar hij heeft me zo geslagen dat ik niet weg kon komen.'

'Heeft hij je geslagen?' vraagt hij en ze ziet een zenuwtrek in zijn gezicht.

Mijn hemel, straks gaat hij nog huilen. Maar hij beheerst zich, zoals gewoonlijk.

'Ja', zegt Elna. 'Hij heeft me geslagen. Ik wilde niet.'

'Ik kan de vader van het kind van mijn eigen dochter moeilijk doodslaan', zegt hij langzaam en met trillende stem. 'Maar ik zou het graag doen. Dat mag je best weten.'

'Als jullie dat willen, ga ik hier weg', zegt Elna. 'Dan hoeven jullie je niet te schamen.'

'Waar zou je naartoe moeten?' Zijn stem verraadt meer ongerustheid dan verbazing, en ze weet opeens zeker dat hij nog steeds om haar geeft. Maar dan barst hij plotseling uit in de woede die altijd in de voetsporen van de zachtaardigheid volgt.

'Wat wou je doen, verdomme?' brult hij. 'Tippelen?'

Verder komt hij niet, want dan staat moeder in de slaapkamerdeur.

'Niet zo hard', maant ze hem tot stilte. 'Denk aan de buren.' Natuurlijk windt haar vader zich daar alleen nog maar meer over op, hij kan haar niet aan het verstand brengen dat de buren hem geen fluit interesseren. Wat ze horen of niet horen, daar maakt hij zich niet druk om. Want als je je daar iets van aantrekt, moet je elkaar briefjes schrijven om zeker te weten dat er niets door de bordkartonnen muren heen dringt.

'De buren? Wat hebben die ermee te maken, verdomme?' Hij staat op, grist zijn wollen vest mee en gaat weg.

'Ik ga naar buiten', brult hij weer. 'Dan krijg ik misschien even rust en ben ik even van al die rottigheid af. Als ik niet doodgetrapt word door een op hol geslagen paard, natuurlijk ...'

Tot Elna's verbazing begint haar moeder niet met haar gebruikelijke geweeklaag wanneer hij weg is. Integendeel, ze gaat aan tafel zitten, strijkt haar schort recht en vraagt voorzichtig hoe het met haar gaat.

Dat is zo bijzonder dat Elna tegen wil en dank nieuwsgierig wordt. Ze kan zich niet heugen wanneer haar moeder voor het

74

laatst zo vriendelijk is geweest. Een keer toen ze nog heel klein was, waarschijnlijk. Verder zijn het altijd alleen maar vermaningen, vragen en nog eens vermaningen. Elna ziet dat ze het echt wil weten.

Het dringt tot Elna door dat ze eigenlijk niets van haar weet. Moeder is moeder, ze heeft haar vaste routines, het fornuis, het washok, de binnenplaats, de winkel, de slaapkamer, het fornuis … Een eeuwige kringloop die zo onveranderlijk is en zo zonder verrassingen dat je hem gewoon niet meer ziet.

Haar moeder is onzichtbaar aanwezig in het leven.

'Natuurlijk gaat het verrekte slecht met me', antwoordt Elna. Haar moeder zegt gek genoeg niet eens dat ze haar mond moet spoelen.

Vanaf dat moment vloekt Elna ongeremd wanneer het haar uitkomt.

'We moeten er het beste van maken', gaat haar moeder voorzichtig verder. 'We moeten aan de nieuwe omstandigheden wennen. Dat wordt nog wat, zo krap behuisd als we zijn.'

'Ik ga weg', zegt Elna. Wanneer haar moeder vraagt waarheen, antwoordt ze niet, daar kan ze immers niets op zeggen.

Er gaan enkele dagen voorbij en Elna merkt dat haar ouders haar echt proberen te helpen, haar aan te moedigen en te steunen, maar nooit tegelijkertijd. Het is net of ze het van elkaar niet mogen weten. Wanneer ze allemaal bij elkaar zijn, zeggen ze helemaal niets. Nils grijnst, maar is niet onaardig, hij vindt het alleen vervelend, weet niet hoe hij zich moet gedragen. En Arne stopt haar snoepjes toe en knipoogt onzeker.

Ze huilt niet en schreeuwt niet, ze reageert helemaal niet. Als ze twee dagen thuis is, komt er bericht van de steekneus in het witte huis dat ze verwachten dat Elna zo lang mogelijk door blijft werken op haar oude werkplek. Het voorgeschoten loon is natuurlijk één reden, maar de opzegging hoeft niet meteen in te gaan, ze kan zo lang mogelijk doorwerken.

Zolang je het nog niet ziet, met andere woorden. Maar het

hok achter de keuken heeft toch een voordeel, daar heeft ze rust. Dat liever dan de keuken en de ondraaglijk stille maaltijden met haar ouders en haar broers.

Dus is ze weer aan het werk, ontbijt, ramen, avondeten, boodschappen en het eeuwige stof dat van een onzichtbare berg valt …

Het komt er nog steeds niet van om Vivi te schrijven, ook al komt er minstens één keer per week een brief uit Landskrona. Vivi maakt zich zorgen, wat is er aan de hand? Dan huilt Elna, want zo veel medeleven, daar kan ze niet tegen. Maar antwoorden, nee, dat kan ze niet. Nog niet.

De steekneus doet nu nog spottender en nog meer uit de hoogte, maar Elna duikt gewoon weg, laat het over zich heen komen. De bezorgde ingenieur kijkt haar medelijdend aan. Soms doet hij zijn mond open alsof hij iets wil zeggen, maar dan maakt hij er een gaap van, hij zegt nooit iets …

Er gaat een week voorbij, twee weken. Het is alweer bijna half september. De maand van de lijsterbessen. In de grote wereld lijkt Hitlers heerschappij steeds onwrikbaarder, in de kleine wereld zit Elna met een kind opgescheept. Het is er, wat ze ook bedenkt, wat ze ook doet, waar ze ook gaat. En zelfmoord plegen … Ze is leeg, ze heeft haar verzet gestaakt. De buitenwereld en haar innerlijke wereld zijn hetzelfde neutrale niets.

Ten slotte schrijft ze toch een brief aan Vivi. In alle eenvoud luidt die als volgt:

'… het groen van de afgelopen zomer is nu rood en geel. Is dat bij jou in Skåne ook zo? Het is mooi. Ik heb het geprobeerd, maar het is mislukt, het kind zit er nog. Ik kom er niet van af. Ik droom dat ik wegren, maar ik kom nergens. Ik blijf op mijn plaats, terwijl alles om me heen beweegt. De bomen, de huizen, de mensen. Ik heb geen idee wat ik moet doen. Ik heb een boekje gevonden toen ik laatst aan het afstoffen was, het lag achter de rij boeken. Misschien was het erachter gevallen, maar ik denk eerder dat het verstopt was. Ik begon te bladeren en dit stond erin: "Het eerste kind is over het algemeen welkom, wellicht ook nummer twee, indien de kinderen en de moeder gezond zijn en vader een redelijk goed betaalde baan heeft. Maar dan ... het gehuil, de doorwaakte nachten, de lieve baby wordt die akelige baby, en op een dag ontdek je dat het verlangen dat je ooit hebt gehad naar kinderen vervangen is door angst dat moeder weer in verwachting raakt ..." Dat stond er en nog veel meer. *Kinderen die niet welkom zijn* heet het en ik denk dat alles anders was gegaan als ik dat van tevoren had geweten. Nu kan ik niet verder schrijven, maar een volgende keer ...'

Ze besluit de brief met een noodkreet. Maar Vivi kan immers niets voor haar doen, dus streept ze de woorden weer door zodat ze onleesbaar worden. De brief blijft dagen liggen voordat ze hem uiteindelijk verstuurt.

De laatste november is Elna's laatste werkdag bij de familie Ask. De nieuwe hulp is er dan al een week; het was Elna's laatste taak om haar in te werken. Het is een vrouw die minstens tien jaar ouder is dan Elna. Ze komt uit Linköping en Elna merkt algauw dat ze dezelfde politieke overtuiging heeft als de steekneus, zij het minder uitgesproken. Elna vermoedt dat ze op een advertentie in de door de ingenieur zo gehate en gevreesde *Dagens Eko* heeft gereageerd. Maar wat maakt Elna dat uit, als de nieuwe maar leert dat de ochtendthee van de ingenieur niet te sterk mag zijn.

De laatste dag, wanneer Elna de boorden van de ingenieur staat te strijken, komt hij plotseling binnen.

'Nee, ga maar gewoon door', zegt hij wanneer ze het strijkijzer neer wil zetten om de verwachte nieuwe opdracht aan te horen.

'Ik wilde Elna alleen dit geven', zegt hij en hij reikt haar een briefje van tien kronen aan, een nieuwe met de beeltenis van Gustav Vasa en het lege spiegelende ovaal ernaast.

'Dit is heel vervelend', zegt hij vervolgens. 'Als ik het voor het zeggen had ...' Hij onderbreekt zichzelf en gaat mompelend weg. Elna bedenkt dat ze dankbaar zou moeten zijn, maar dat is ze niet. Daar is ze te moe voor.

Om zes uur loopt ze door het dorp. Het sneeuwt en ze heeft last van haar rug. Ze schuifelt voort en voelt zich net een versleten oud mens. Zeventien jaar … Ze kijkt naar de grond om niet uit te glijden. Als iemand haar zo zag, zou hij vast uit haar neergeslagen ogen opmaken dat ze zich schaamt. Maar ze schaamt zich helemaal niet!

Haar leven is voorbij, dat is het ongeluk.

Wanneer ze bij de roodgekalkte arbeiderswoningen komt staat Ester bij de deur op haar te wachten.

'Kom even binnen', zegt ze. 'Je hebt toch geen haast?' Nee, ze heeft geen haast, helemaal niet. Ester helpt haar uit haar jas en zegt dat ze in de keuken moet gaan zitten, dan gaat ze echte koffie voor haar zetten, geen surrogaat. Ze heeft nog wat bonen bewaard. Als Elna wil malen, dan zet zij iets voor bij de koffie op tafel.

Ester is klein en mollig, ze is een verschrikkelijk dik propje. Haar benen zijn gezwollen en omzwachteld, haar gezicht is hoogrood en ze zweet altijd. Ze ademt zwaar en moeizaam, maar beweegt met een verbazingwekkende lichtheid. Dat ze op haar knieën vloeren kan zitten boenen is onbegrijpelijk. Toch leeft ze daarvan, en niemand kan vloeren zo schoon krijgen en zo lekker laten ruiken als zij. Soms helpt ze bovendien als extra kok als er iets te doen is in de feestzaal van het hotel. Haar man werkt in de fabriek, haar twee dochters werken als manusje van alles in een verfwinkel en een fourniturenzaak, beiden met de mogelijkheid om op te klimmen tot winkelbediende.

'Hoe zijn wij familie van elkaar?' vraagt Elna opeens.

Ester lacht en veegt haar hals af met een zakdoek die ze uit de holte van haar elleboog trekt.

'Hoe jij en ik familie van elkaar zijn weet ik niet', zegt ze. 'Maar jouw moeder en ik zijn achternichten van elkaar. Of verre nichten. Ik weet het niet zeker. Pak maar wat!'

Elna neemt een stukje cake. Ze heeft tegenwoordig een on-bedwingbare trek in alles wat zoet is – of hartig. Ze neemt aan dat het met haar zwangerschap te maken heeft, onlangs schoot haar een gesprek te binnen dat ze in het laatste schooljaar op het plein had gevoerd. Een klasgenootje had haar toevertrouwd dat ze een broertje of zusje zou krijgen. Toen Elna vroeg hoe ze dat wist, had ze verteld dat haar moeder opeens op sparren-naalden was gaan zuigen en dat ze dat ook had gedaan voordat haar broertje ter wereld was gekomen. Ja, het heeft er vast mee te maken.

Het is lekkere cake en bij Ester voelt ze zich opeens veilig. Had ze maar bij haar kunnen logeren, had ze de trap maar niet op hoeven gaan naar haar zwijgende ouders die er niet uit ko-men of ze haar nou moeten helpen of dat ze zich de ogen uit het hoofd moeten schamen.

'Neem nog maar een plakje', zegt Ester. 'Ik heb hem voor jou gebakken. Ik wist dat je vandaag hier zou komen.'

Hier komen? Waarom zegt ze niet thuiskomen? En voor haar gebakken?

'Het komt vast wel goed', vervolgt ze. 'Je bent niet de eerste die dit meemaakt. En je zult ook de laatste niet zijn.'

Dat laatste zegt ze met onverholen bitterheid.

'Als een van mijn meisjes was thuisgekomen,' zegt ze, 'als een van hen was thuisgekomen en haar was hetzelfde overkomen als jou, dan had ik zo goed mogelijk moeten helpen. En dan moest die kerel het niet in zijn hoofd halen om tegen te sputteren. Ik ben dan wel zo vet als een gans, maar dan was ik zo kwaad ge-worden dat ik hem een klap had verkocht als dat nodig was.'

En dan, op zachte toon: 'Ik weet dat het niet zo makkelijk voor je wordt boven. Ik heb het wel gehoord. Maar je kunt al-tijd bij mij komen als het je te veel wordt. Niet omdat we fami-lie zijn en niet omdat ik medelijden met je heb, maar omdat ik je graag mag. Dat wilde ik even tegen je zeggen voordat je naar boven gaat.'

Elna krijgt tranen in haar ogen, ze moet tegenwoordig overal om huilen.

Maar Ester schenkt haar gewoon het laatste restje koffie in en doet net of ze het niet merkt.

'Kom maar weer eens langs', zegt ze wanneer Elna weggaat. En dat belooft ze. Natuurlijk zal ze langskomen. Ze heeft straks zeeën van tijd, ze kan nu alleen nog maar wachten.

Waarop? Op die onvoorstelbare gebeurtenis, de geboorte van het kind. Maar verder dan de bevalling kan ze niet denken, daar houdt haar voorstellingsvermogen op. Ze kan dus alleen maar wachten totdat alles echt voorbij zal blijken te zijn.

In de deuropening draait ze zich om en ze kijkt Ester aan.

'Hoe moet het straks?' vraagt ze. 'Met …'

Ester waggelt naar de deur en legt haar grote rode handen op haar schouders.

'Dat zie je dan wel', zegt ze. 'Dan pas voel je hoe het is.'

'Ik wil dat kind niet', schreeuwt ze.

Soms barst de dam en spuit de wanhoop uit haar. Ester laat haar begaan, ze zegt niet dat ze moet kalmeren, maar spoort haar aan om te huilen, te krabben, te trekken … Wat ze maar wil. Maar nu komen er geen tranen, alleen die ene schreeuw.

'Natuurlijk wil je het niet', zegt Ester. 'Maar het kind zit er nu eenmaal en daar kunnen we niets aan doen. We moeten straks maar zien.'

De sneeuw valt, het dorp wordt wit. Elna ligt 's nachts wakker op haar keukenbank. Aan de andere kant van de keuken, tussen de eettafel en het aanrecht, ligt Nisse op zijn matras te snurken. Hij plaagt haar niet meer, hij kijkt haar niet eens meer aan, hij lijkt in de war en onzeker. En zij doet ook niets om hem tegemoet te komen. Wat haar 's nachts wakker houdt is een mengeling van haat en ongerustheid. Haat jegens de jongen die haar in het ongeluk heeft gestort, ongerustheid over wat er straks gaat komen. Ze kan het leven gewoon nog niet vaarwel zeggen. Ze heeft er immers een glimp van opgevangen, samen met Vivi. Ze vermoedt kansen, ze heeft in de toekomst gekeken. Ook al is er geen rechtvaardigheid op aarde, toch is er altijd nog het leven en zolang er leven is ...

Soms heeft ze ook het idee dat niet alles diepe duisternis is, een eeuwigdurende nacht, maar dat er een uitweg is.

Ze kan afstand doen van het kind. Er zijn kinderloze echtparen die ze er een enorm plezier mee zou doen. Ja, ze hoeft het waarschijnlijk zelf nauwelijks te zien als ze dat niet wil.

Maar wil ze dat? Toen ze voor het eerst leven voelde, het kind voelde schoppen in haar buik, toen werd er ook iets anders wakker. Wat weet ze niet, ze kan dat gevoel niet onder woorden brengen. Het was geen blijdschap, geen nieuwsgierigheid, geen verlangen, geen ... Nee, ze heeft er geen woord voor. En dat brengt haar ook in verwarring. Vragen en gedachten die zich vastklampen en bovenkomen terwijl ze wakker ligt in de winternacht.

Het is een paar dagen voor Kerstmis. Elna heeft haar moeder geholpen met bakken. Nu is het bijna etenstijd en de bloedworst staat al te dampen op het fornuis. Er klinkt gestamp op de trap – vandaag komt ook Arne thuis eten. Met hem houden ze nooit rekening, dus Elna zet er nog een bord bij. Vader Rune lijkt moe, hij zegt niets en staart naar de vloer. Dat is ook een gewoonte, hij is de hele herfst al moe en wat Elna is overkomen zit hem dwars. Bovendien heeft hij last van zijn benen, dat verdomde bloed dat niet uit zichzelf door zijn lichaam wil stromen, maar dat hij op gang moet brengen met zijn voortdurende nachtelijke dans. Hij heeft ook geen eetlust meer, de bloedworst blijft bijna onaangeroerd op zijn bord liggen. Het is weer zo'n zwijgende maaltijd, noch Arne noch Nisse verbreekt het zwijgen. Ze horen wel een fikse ruzie bij de buren, Wretman en zijn vrouw. Wretman werkt bij het spoor, zijn vrouw is thuis en terwijl hun woning net zo klein is als alle andere in het gebouw, krioelt het er van de kleine kinderen. In negen jaar tijd hebben ze zeven kinderen gekregen en eigenaardig genoeg is er niet één meteen op het kerkhof beland of in het eerste levensjaar overleden. Het is gek, zo mager als zij is, en Wretmans hoest klinkt niet goed, waarschijnlijk heeft hij een longziekte. Maar daar barst nu een ruzie los, de kinderen schreeuwen, er wordt met deuren geslagen, er wordt iets tegen een muur gegooid en het is onmogelijk om het niet te horen. Maar het is net of de stilte aan hun eigen eettafel alleen maar groter wordt door het kabaal aan de andere kant van de dunne wand.

Vader Rune schuift zijn bord opzij, neemt wat van de tabak die Arne hem aanbiedt en zegt dan tegen Elna: 'Ik heb bericht gekregen.'

Het wordt zo mogelijk nog stiller rond de tafel. Iedereen weet waar hij op doelt, hij heeft de zware taak op zich genomen om te proberen de ellendeling op te sporen die zijn dochter in het ongeluk heeft gestort. Hij is voor de politiecommissaris door het stof gegaan en heeft gevraagd hoe hij eigenlijk een stuk onbenul moet opsporen dat zijn dochter te grazen heeft genomen. De commissaris was echter heel geschikt, hij heeft er nauwelijks woorden aan vuil gemaakt, hij heeft enkel een paar vragen gesteld en iets op een blaadje geschreven. Wanneer hij merkt dat er bijna geen informatie komt, trekt hij een grimas en krabt in zijn nek. Maar hij zal gaan zoeken, het is alleen een ellende dat de politie zo veel tijd moet steken in het zoeken naar gasten die zich niet kunnen beheersen, of niet voor het zingen de kerk uit weten te zijn. Maar als vrouwen nou eens wat meer ... Nee, daar houdt hij op. Hij ziet Runes ernstige blik en het meisje is immers nog maar zeventien. Zelf heeft hij drie dochters die ook hard op weg zijn vrouw te worden. De vijand is overal, buiten de landsgrenzen en erbinnen, om nog maar te zwijgen van alle kinderen die verwekt worden door het ijverige Zweedse leger. Als ze even wakker en alert waren geweest als ze op hun post stonden, was dat een hele verbetering geweest, vergeleken met alle sloomheid die er aantoonbaar heerst. Hoe stellen ze zich

Hitler eigenlijk voor? Als een hinderlijke jodelaar uit de Zuid-Duitse Alpen die iedereen zand in de ogen strooit? Die man zou er niet voor terugdeinzen de lucht die we inademen in brand te steken als hij dat kon ... Nou, hij zal zijn best doen. Het leger heeft zelfs een speciale eenheid die zich met alle vaderschapszaken bezighoudt die de slechte tijden helaas met zich meebrengen. Als hij half december weer komt, hebben ze misschien wel iets gevonden. Weet zijn dochter echt niet hoe de man in kwestie van achternaam heet? Nee, dat zal wel niet. Die lummel had zijn voornaam ook voor zich moeten houden. Ja, het is me allemaal wat. 'Nou, half december, dat is dan afgesproken.'

En nu is het bericht er, hij is er onder werktijd achteraan gegaan nadat de voorman bij de smeltoven had geknikt, en de commissaris zijn map had gevonden.

'Helaas', zegt hij. Van een vel papier met een militair briefhoofd leest hij voor dat er geen dienstplichtige die beantwoordt aan de genoemde gegevens is opgeroepen voor grensbewaking in de betreffende periode, en dat er ook geen andere informatie van belang naar voren is gekomen, en dat de zaak daarmee wordt terugverwezen, getekend ...

'Hoe die kerel heet die dit heeft geschreven, kan ik niet lezen', zegt de commissaris. 'In het leger zijn schrijfmachinelinten kennelijk schaars. Wat een vod, verdomme!'

Hij legt de brief neer, klapt de map dicht en trekt een lelijk gezicht.

'Ze kan een oproep doen in een landelijke krant', adviseert hij. 'Misschien kan die man lezen en kijkt hij af en toe een krant in. Persoonlijke advertenties worden veel gelezen, naast de sport en de strips, natuurlijk. Of de advertenties voor dameslingerie. Maar ik weet niet of dat iets oplevert. En we kunnen niet iemand laten opsporen die Nils heet. In dit land hebben we een half miljoen mannen met die naam. Nee, ze moet het maar nemen zoals het is en inzien dat er niks over de vader bekend is. Behalve dat hij voor nageslacht heeft gezorgd, natuurlijk ...'

Maar dat vertelt Rune natuurlijk allemaal niet. Hij vertelt alleen de kern, dat er geen vader te vinden is.

En dan is het weer stil. Elna kijkt naar haar vader en wordt verdrietig, ze vindt het naar dat hij eronder lijdt. En haar moeder … Ze kan veel hebben, maar niet dat verwijtende zwijgen, niet hun verdriet. Ze kan er niets aan doen, ze voelt zich toch schuldig. Het ligt immers ook aan haar dat ze zo bedroefd zijn, of ze nu verkracht is of niet. Zo gaat het, het slachtoffer moet zelf boeten voor haar zonden.

Oudejaarsavond. Twaalf slagen en dan is het 1942. Er is een kaart gekomen van Vivi. Een wazige luchtfoto van Landskrona. Elna schaamt zich dat ze er zelf niet aan heeft gedacht. Maar ze gaat een brief schrijven, zodra het weekend voorbij is en het rustig is in de keuken.

De oorlog blijft woeden. Op oudejaarsavond wordt vader Rune dronken en hij begint een verhaal over de toestand in de wereld, over hoe de bazuinen van de dag des oordeels steeds harder klinken, dat de wereld bijna aan zijn eind is, tenzij …

'Wat?'

Tot ieders verbazing doet Nils zijn mond open en waagt het een vraag te stellen. En hij krijgt antwoord, een antwoord dat tot diep in de nacht duurt, zo lang dat Elna bijna in slaap valt op haar stoel. Haar rug doet pijn, haar buik is zwaar en het kind schopt harder dan anders. Wat doet hij daarbinnen? Draait hij zich om? Hij? Waarom niet zij?

'Hitler', zegt Rune nadrukkelijk. 'Hitler is iets wat eens in de honderd jaar terugkomt. Als je even niet oplet, walst zo iemand de hele aarde plat. Dan kost het honderd jaar om alles weer op te bouwen, en dan staat de volgende alweer klaar. Napoleon, Caesar en onze eigen gek, Karl XII. Stel je voor, toen moesten we de Noren vragen om er een eind aan te maken. We konden onze eigen zaakjes niet eens oplossen. Ja, ja, godnogaantoe. Begrijp je wat ik bedoel?'

Nee, Nils begrijpt er niets van. En op deze oudejaarsavond trekt hij zich er niets van aan dat hij bloost over al zijn puistjes als hij zich opwindt; met ingang van het nieuwe jaar zal hij van zich af bijten. Hij zal niet alleen tegen zijn vader ingaan, maar tegen de hele wereld als dat nodig mocht blijken. Maar hij kan altijd met zijn vader beginnen, en dit verhaal dat Hitler een terugkerend fenomeen zou zijn begrijpt hij niet.

Maar nu lopen we op de zaken vooruit. Op oudejaarsavond wordt Kerst nog eens dunnetjes overgedaan. In de tussenliggende dagen zijn de fabrieksarbeiders nog niet al hun energie kwijtgeraakt op hun werk en ze kunnen er best nog een feestdag bij hebben. Daar willen ze alles uit halen wat erin zit, want daarna komt de echte winter, met ijzige kou en de hele dag duisternis. De tijd van het jaar waarin voorjaar en zomer minstens even onvoorstelbaar ver weg lijken als het eind van de oorlog.

Op Arne na, die Oud en Nieuw viert met zijn vrienden, zijn ze compleet. In de trappenhuizen van het gebouw hebben de nieuwjaarswensen geklonken, ze zijn bij elkaar binnengelopen, de mannen hebben borrels uitgewisseld en de vrouwen hebben elkaar op koffie met iets lekkers getrakteerd. Surrogaat bij de meesten, bij een enkeling echte bonen. En het zijn de gewone gesprekken, over het jaar dat – ondanks alles – voorbij is gegaan. Over de steeds krappere rantsoenen. En hoe zijn die en dic in vredesnaam aan koffie gekomen? In dit gat wonen toch geen zwarthandelaren? Er worden verhalen verteld, een gek heeft ingebroken in het hotel om aan gerantsoeneerde drank te komen en is klem komen te zitten in een kelderraam; hij moest door de vrijwillige brandweer worden bevrijd. Hij schijnt ook op gevoelige plaatsen schrammen opgelopen te hebben. Wel jammer dat het hem niet was gelukt, gewone mensen hebben immers geen enkele kans op de zwarte markt, die is voor mensen met geld. En had niet een andere gek aan de koning geschreven met het nederige verzoek om een extra koffierantsoen, omdat zijn hart het zou begeven als hij zijn dagelijkse dosis niet kreeg? Van het surrogaat werd hij kennelijk nog gek ook, hij maakte amok alsof hij vliegenzwam had gegeten. Nee, het is een ellendig jaar geweest en het wordt er niet beter op. Denk maar aan die omzetbelasting die niemand begrijpt. Het is toch al duur genoeg, je mag blij zijn als je je broek kunt ophouden, zoals een derde gek zei, die zich daarmee onsterfelijk maakte. Proost en gelukkig Nieuwjaar. Je mag nog van geluk spreken dat de fabriek op volle toeren draait en dat je werk hebt. Maar het is niet leuk om in een wapensmederij te werken zoals de wereld er nu uitziet.

De wereld, ja. Waar je ook kijkt op de kaart of de wereldbol, overal is het oorlog, zwarte pijlen, zigzagvormige frontlinies, nieuwe pijlen. En dat die verrekte spleetogen de vs en Engeland hebben aangevallen, is verdomme nog erger dan dat ze ons vijf jaar geleden met voetbal hebben ingemaakt. Overal is het oorlog, er zijn steeds minder witte vlekken. Zwitserland, Turkije, Zuid-Amerika en een paar rare Afrikaanse staten die niemand iets kunnen schelen. En Zweden. Het is nogal stom om te denken dat wij afzijdig kunnen blijven. Dus, hoe het je ook tegenstaat, je zult wel moeten accepteren, zoals het zo mooi heet, dat het belastinggeld naar defensie gaat. Wanneer arbeiders over de hele wereld verplicht worden om elkaar dood te schieten, hoef je geen illusies meer te hebben. Nee, we hebben het ergste nog niet gehad, misschien krijgen we nog een jaar in vrijheid, of Zweden wordt ook bezet door de Duitsers. Dat zou in een boel opzichten jammer zijn. Want het volgend jaar, de volgende nieuwjaarsnacht, zal ook dit gat worden opgestoten in de vaart der volkeren en een stad worden. En dat is geen dag te vroeg als je bedenkt dat boerendorpen als Bollnäs en Kumla dat vannacht al worden. Wat is Kumla nou helemaal? Een plein met een paar krotten eromheen waar de boeren elkaar een paar keer per jaar belazeren op hun markt. Een paradijs voor marskramers. En Bollnäs, mijn hemel. Een plaats waar de trein af en toe stopt, waar ze weliswaar heel behoorlijk bandy kunnen spelen, maar wat nog meer? Nee, proost, op een goed Nieuwjaar. Je moet hoop houden en niet in je broek schijten. Vannacht gaan de laatste druppels erdoorheen, het boekje is vol en niemand hier in huis viert een kroonjaar wat een reden zou kunnen zijn om extra te krijgen.

Tegen de avond is het afgelopen met de bezoeken en zit iedereen weer in zijn eigen huis. Nisse heeft een paar slokken van vader Rune gepikt en de fles met water bijgevuld. Hij maakt zich geen zorgen, vanavond zijn er zo veel die trakteren dat het risico op ontdekking vrijwel nul is. Hij wordt er warm van, en spraakzaam.

'Leverworst', zegt hij. 'Hoeveel woorden kun je met die letters maken? Iemand?'

Ja, er worden veel woorden genoemd. Het is natuurlijk suf, maar een spelletje doen kan af en toe best. Vader Rune heeft een goed humeur, hij bedenkt de woorden 'veer' en 'vrees'. Ook moeder zoekt naar woorden en komt met 'ree' en 'vloer'. Elna wil graag naar de radio luisteren, maar dat is onmogelijk in de lawaaiige keuken. Pas wanneer de klokken beginnen te luiden en Jerring het woord neemt, kun je op stilte rekenen.

'Tor' en 'lover', zegt ze. 'Wee' bedenkt ze ook.

Niemand wint, maar wat maakt dat uit? Ze kunnen voor de verandering proberen het gewoon gezellig te hebben. En bovendien is het bijna tijd om de leverworst te vergeten, die trouwens ook al bijna op is, en over te gaan tot het gieten van lood. Dat is traditie, dat doen ze elk jaar. Op de fabriek is het niet moeilijk om aan een paar stukjes pijp te komen die met lood omhuld zijn. De schep heeft Rune van zijn vader, daarmee werden in een grijs verleden toen hij klein was tinnen soldaatjes gemaakt.

Rune is als eerste aan de beurt. Hij doet het deurtje van het fornuis open en stopt de schep erin en wanneer het lood gesmolten is giet hij het in de emmer water. Het sist en dan belandt het vormeloze klompje op tafel. Net als gewoonlijk lijkt het op het eerste gezicht helemaal nergens op, hooguit op een grijze hondendrol, maar als je maar goed kijkt, zie je vast wel wat het klompje zegt over het nieuwe jaar. Rijkdom, macht en eer. Of dood en verderf. Natuurlijk is het maar bijgeloof, maar ach …

'Het lijkt wel een motorfiets', zegt Rune ten slotte en maait daarmee het gras voor ieders voeten weg. Wat betekent dat nou? Dat ik aangereden word door agent Lundin, die een motorfiets heeft en belazerd rijdt? Nou, bedankt voor de waarschuwing, ik zal extra goed uitkijken als ik die gek zie aankomen. De volgende! Dat is Nils. Volgens moeder heeft het klompje de vorm van een mooie engel, terwijl iedereen zo kan zien dat het een auto is. Maar wat heb je daaraan als er toch geen benzine is en je nog niet eens een rijbewijs mag halen. Nee, misschien is het toch een engel, een vrouwelijke engel, een vrouw. Het mooie van het lood gieten is dat je zelf bepaalt wat je ziet. Het is een naakte vrouw! Moeder is aan de beurt. Vader Rune zegt tevreden grinnikend dat het klompje hem aan een eland doet denken. Gaat ze misschien op jacht? Elandvlees is lekker. Of komt er misschien een verdwaalde eland zomaar hun dorp binnenlopen, regelrecht hun keuken en hun voorraadkast in? Moeder ziet geen beest, ze ziet een zomerlandschap. Maar dat zegt ze niet, dat houdt ze voor zich.

'Een radiotoestel', zegt ze. 'Maar dat hebben we toch al?'

Dan blijft alleen Elna nog over. Ze ziet het lood smelten in de schep en giet de grijze massa daarna voorzichtig in de emmer.

Wat is het geworden? Ze vindt het net Vivi, van achteren gezien. Of een vliegtuig als ze het klompje op de kop houdt. Of een sparappel. Nee, ze komt er niet uit.

'Ik zie niet wat het is,' zegt moeder plotseling, 'maar je hebt wel het mooiste klompje.'

Iedereen is vanavond zo aardig tegen elkaar. Ze schenken elkaar koffie in, geven de schaal met koekjes door, knikken vrolijk en goedmoedig wanneer vader Rune het een goed moment vindt om nog een borrel te nemen of een scheutje van iets in de koffie te doen. In het hele gebouw heerst een vredige, rustige sfeer. Niemand maakt ruzie, er wordt niet gevochten en er zijn geen huilende kinderen. Al vraag je je wel af of een van de kinderen Wretman misschien toch een longziekte heeft opgelopen. Een van de kleintjes hoest zo akelig.

Het is bijna twaalf uur. De sneeuw valt in de donkere nacht. Moeder doet het keukenraam open en de kerkklokken in het dorp beieren in koor met die van de domkerken op de radio. Maar eerst heeft De Wahl zijn machtige gedicht voorgelezen en alles is net zo plechtig als het hoort te zijn. Vader Rune heeft tranen in zijn ogen, hij bedenkt dat hij oud wordt, ook al is hij nog geen vijftig. Maar voor een arbeider die dag in dag uit moet zwoegen, kan het hard gaan. Zijn bloed wil niet rondstromen. Nee, hij kan er niet zeker van zijn dat hij nog een jaar zal leven. Maar toch moet dat wel. Dat arme kind dat zo in de nesten zit. Natuurlijk wil hij graag helpen, maar wat moet hij doen, wat kan hij doen? Aardig zijn, natuurlijk, maar wat helpt dat? Aardig is hij altijd wel. Stopten die klokken nu maar eens met luiden, dan kon hij de rest opdrinken. Een geluk dat hij wat heeft bewaard, er is nog minstens vijftien centiliter over. Dat heeft hij nodig, daar wordt hij rustig van, want die oudejaarsnachten zijn zwaar, je wordt aan zo veel dingen herinnerd, dood en vergankelijkheid, een stap dichter bij het grote zwarte niets waar je anders nooit zo over nadenkt, maar dat er altijd is, het enige waar je echt zeker van kunt zijn. De klokken van de dom van Lund hebben werkelijk een machtige klank. En dan komt Växjö ...

Moeder staat naar Elna te kijken, die de nacht in staart. Ze kijkt naar haar buik en vraagt zich af hoe het zal gaan. Ze is toch ook veel te jong. Ze is natuurlijk blij dat ze goed in elkaar zit, dat ze kinderen kan krijgen, dat ze een echte vrouw is, maar wat heeft ze eraan? Even weinig als aan de gedachte dat ze natuurlijk altijd graag een kleinkind heeft gewild. Maar niet op deze manier ... Ze voelt hoe moe ze is, ze is bekaf na het kerstfeest, dat alles vergt van alle miljoenen vrouwen die het huis schoon willen hebben en eten op tafel. Maar dat is niet het enige waar je moe van wordt, alles is zo onzeker. De oorlog, Elna, en niet in de laatste plaats haar lieve Rune, die zo veel last heeft van zijn benen dat hij geen nacht door kan slapen, maar er altijd uit moet om zijn benen los te schudden. Het enige wat je over de toekomst weet is dat er altijd zo veel dingen zijn waar je doorheen moet. En hoe doe je dat? Maar het moet, er moet altijd zo veel. En als Arne zich nu maar gedraagt, waar hij ook is. Als hij maar niet te veel drinkt en geen domme dingen doet ... Jerring heeft zo'n prettige stem. Daar wordt ze op de een of andere manier rustig van. Maar het gedicht dat nu door iemand voorgelezen wordt is zo zwaar dat het haar eigenlijk niet veel doet. En dat was toch de bedoeling? Geslachten komen en geslachten gaan ... Dat je een deel van iets groots en onvoorstelbaars bent ...

Nils staat met zijn hand in zijn zak. Hij is hitsig en pakt zijn lid vast. Hij heeft geleerd dat zo te doen dat niemand het ziet. Dit is zijn laatste oudejaarsavond hier thuis, dat belooft hij zichzelf heilig. Over een jaar ligt hij bij een meisje in bed, daar kunnen ze vergif op innemen. Hij vindt het maar stom om naar een heleboel klokken te luisteren die maar door blijven beieren. Morgen begint er een nieuwe dag, meer is het niet. Misschien mag hij 's middags Åkes schaatsen lenen in ruil voor een paar Robin Hoodplaatjes. Als het maar niet de hele nacht blijft sneeuwen, zodat hij de hele ochtend sneeuw moet schuiven op het meer ...

Elna. Ze staat maar te kijken naar de vallende sneeuw, geluidloze witte tonen van nergens. De desolate klank van de kerkklokken versterkt het gevoel dat ze naar een afbeelding kijkt, iets wat stil is blijven staan. Ze denkt aan niets in het bijzonder, kijken is meer dan genoeg. En denken doet ze immers altijd al, dat eeuwige malen, waarom het allemaal zo is gelopen ... Wanneer ze daar bij het raam staat en de koele nachtlucht op zich af voelt stromen, begint het kind opeens te schoppen. De bewegingen in haar buik zijn heftiger dan ooit. Zonder dat ze weet waarom draait ze zich om, de klokken zijn net gestopt met luiden, en moeder steekt haar hand uit om de radio uit te zetten.

'Het kind schopt', zegt ze.

Vader Rune verstijft en krijgt een rood hoofd. Hij kijkt weg, zijn lippen bewegen alsof hij iets wil zeggen. Ten slotte is hij echter in staat om haar over de wang te aaien met zijn grove hand en ze ziet nog net dat hij tranen in zijn ogen heeft. Dan mompelt hij iets en verdwijnt naar het trappenhuis. Hij gaat naar buiten om te pissen. Normaal gesproken doet hij dat in de wastafel, maar deze keer niet. Nils lacht, veel te snel en overdreven. Maar wat wil je dan? Hij griezelt van het idee dat vrouwen met een kind in hun buik rondlopen en dat het er uiteindelijk aan die kant uit moet. En dat zijn zus datgene heeft gedaan waar hijzelf continu over na loopt te denken, maakt het niet minder ingewikkeld. Alleen moeder reageert heel rustig en volstrekt normaal. Ze zet de radio uit, loopt naar Elna toe en legt haar hand op haar buik. Ja, ze voelt beweging.

'Het gaat vast goed met hem', zegt ze glimlachend.

'Hem'. Zij denkt ook dat het een jongetje wordt.

'Misschien wordt het wel een meisje', zegt Elna.

'We moeten het maar afwachten', zegt moeder. En meer wordt er niet gezegd. Maar toch wordt op dat moment haar kind werkelijk voor hen allemaal. Het is er echt en het blijft. Hoelang weet natuurlijk niemand. Natuurlijk zou moeder het er met haar dochter over moeten hebben dat ze het kind kan afstaan voor adoptie, maar nee, dat kan ze niet. Nog niet. Eerst moet het maar eens geboren zijn, dan zien ze daarna wel verder.

Wanneer Rune klaar is met plassen en weer rustig is, komt hij weer naar boven en is in een stralend humeur. Dat is zijn manier om een streep te zetten onder zijn gedrag van een paar minuten geleden, toen hij te veel emotie toonde en te weinig mannelijke onbewogenheid. Nu is het tijd voor de laatste borrels, tijd voor een scheut waarmee hij dat verdomde surrogaat een beetje kleur en smaak kan geven.

'Gelukkig Nieuwjaar', roept hij. 'We vergeten helemaal om elkaar gelukkig Nieuwjaar te wensen.' En dan geeft hij moeder een pets tegen haar achterste, dat hoort erbij. Dat betekent niets anders dan dat hij nou eenmaal in een goed humeur is. En waarom niet? Het duurt nog uren voor hij weer naar de gloeiende hitte van de fabriek moet en de eerste nacht van het nieuwe jaar is nog jong … 'Kan iemand misschien nog wat van die zogenaamde koffie zetten? En daarna moeten we het even over de oorlog hebben. Dringt het tot jullie door dat de oorlog al zijn vierde jaar ingaat? Om met het ergste te beginnen, Hitler, dat is een voorbeeld van hoe alle zonden van een eeuw bij elkaar leiden tot de geboorte van zo iemand, één keer in de honderd jaar duiken ze op …'

Nils begrijpt niet wat hij bedoelt en dat zegt hij ook gewoon, zijn toon is zelfs wat scherp. Vader Rune kijkt kwaad; wanneer hij heeft gedronken wil hij zoals bekend liever niet tegengesproken worden, en al helemaal niet door zijn eigen zoon, uiteraard. Maar tot ieders verbazing blijkt Nils zijn protest zelfs te kunnen verdedigen. Dat is het resultaat van stukjes informatie die hij hier en daar heeft opgevangen op het werk, uit krantenkoppen en van de radionieuwsdienst. En wat hij heeft opgepikt, daar heeft hij over nagedacht, het gecombineerd tot iets wat feitelijk veel weg heeft van wat ze 'een eigen mening' noemen. Hij is het over de meeste dingen met zijn vader eens, wat de Duitse opmars betreft, maar wat Rusland betreft lopen hun meningen ver uiteen. Om nog maar te zwijgen van de Zweedse neutraliteit, hoe het daarmee gesteld is en hoe je die moet handhaven. Een land dat Duitse divisies doorlaat die van de ene oorlogsplaats naar de andere vervoerd worden, kun je dat neutraal noemen? Nee, dat is gewoon hopeloze onderdanigheid. Deze natie is op zijn rug gaan liggen als een teckel die een buldog ziet aankomen.

'Ik ben het met je eens, dat zit mij ook helemaal niet lekker', zegt zijn vader. 'Maar dat was maar één keer. En het is altijd nog beter dan in oorlog te raken ...'

Nils valt hem in de rede, nu wil hij zijn mening geven.

'Ze hadden ons echt niet bezet als we hadden geweigerd', zegt hij. 'De Duitsers hebben zo ook al genoeg aan hun hoofd. En in tegenstelling tot Noorwegen en Denemarken hebben wij een leger. En we hebben de tijd gehad om ons voor te bereiden.'

'Mag ik dan misschien vragen waar alle vluchtelingen naartoe hadden gemoeten als wij ook in de oorlog betrokken waren geraakt?' vraagt vader en hij begint zich op te winden. 'Hier kunnen mensen weer op adem komen, hier kan het verzet georganiseerd worden.'

'Als de Duitsers ons hadden aangevallen, waren ze zwakker geworden in Noorwegen en Denemarken. En dan had het verzet daar sterker kunnen worden.'

'Nou klets je onzin, jongen. De Duitsers hebben reserves bij de vleet die ze in kunnen zetten.'

'Tegen twintig miljoen Russen?'

'Waar haal je die Russen vandaan?'

'De Sovjets.'

'Word je nou brutaal?'

'Het is gewoon zo!'

'En ik vraag of je praatjes krijgt! Hoe kan Stalin nou twintig miljoen man mobiliseren als hij sinds het midden van de jaren dertig niets anders heeft gedaan dan zijn boeren doodschieten? Nu zou hij hen goed kunnen gebruiken, maar nu heeft hij ze al doodgeschoten.'

'Dat is natuurlijk niet waar. En ik zie het verschil niet met dat wij een heleboel van onze eigen mensen het bos in sturen, naar interneringskampen.'

'Dat zijn landverraders. Als Stalin hier kwam, zouden zij op de kade staan om de trossen op te vangen.'

'Maar waarom sluiten we dan niet iedereen op die bereid zou zijn Hitlers troepen in te halen? Die dat feitelijk al doen?'

'Wat een flauwekul!'

'Zo denk ik erover!'

Een van vaders vuisten valt als een voorhamer op tafel.

'Een snotjongen zoals jij heeft geen eigen mening. Een grote mond hebben is niet hetzelfde als weten waar je het over hebt.'

Elna luistert. Zelfs moeder blijft zitten. Het is ondanks alles oudejaarsnacht en ze vindt het ook wel leuk om te zien dat haar zoon zijn krachten begint te meten met zijn vader. Als hij nu maar niet te ver gaat. De gemoederen beginnen al onrustbarend verhit te raken.

En natuurlijk loopt het uit de hand. Wanneer Nils in pure woede uitroept dat degenen die echt bereid zouden zijn het land te verdedigen de communisten zijn, dan breekt de hel echt los. Brullend vliegt Rune van zijn stoel, hij wankelt maar hervindt zijn evenwicht, wijst naar de deur en roept dat hij geen communisten in zijn huis wil hebben. En Nils staat op om weg te gaan, hij is zo door het dolle heen dat hij geen woord kan uitbrengen. Maar de wonderen zijn de wereld nog niet uit, want dan steekt Elna haar hand op en zonder stemverheffing vraagt ze hun of ze rustig kunnen zijn. Ze voelt zich niet echt lekker …

En zo maakt het kind de dienst uit. Vader Rune schudt zijn hoofd, hij kijkt Nils even kwaad aan en loopt dan mopperend de slaapkamer in. Tegengesproken worden door je eigen zoon, waar moet dat heen?

Nils slaapt op zijn matras en Elna ligt wakker. Door de muur hoort ze iemand hoesten bij de Wretmans. Een verdrietige hoest die maar niet over lijkt te gaan.

1942. Over een maandje wordt ze achttien. En over drie maanden krijgt ze een kind, een winterkind, een kind op de grens tussen winter en voorjaar. Heel even probeert ze zich voor te stellen waar de vader van het kind zich bevindt, staat hij ergens op zijn post in de winternacht? Maar ze kan zich zijn gezicht niet eens voor de geest halen, en dat is maar goed ook. Hij bestaat immers niet ...

Op een dag midden in januari, het is een heldere en koude winterzondag, loopt Elna door het dorp. Het is vroeg in de ochtend en er is geen mens op straat. De geruimde sneeuw ligt in hoge bergen tegen de muren van de huizen en op de hoeken van de straat samengepakt. De sneeuw die tegen de muren drukt, bedekt kieren en gaten, de warmte moet koste wat het kost binnengehouden worden. Want deze winter, 1942, wordt waarschijnlijk niet zachter dan de vorige. Het is net of het klimaat ook protesteert tegen wat er in de wereld gebeurt en zijn kou als wapen in de strijd gooit. Elna loopt snel ondanks haar dikke buik en raakt al snel buiten adem. Maar ze wil het niet koud krijgen, haar donkere jas en de sjaal die ze een paar keer om haar nek heeft gewikkeld, houden de kou maar net buiten. Gelukkig is het windstil, dus het is te doen. Ze loopt door het dorp, langs de fabriek die met zijn hoge schoorstenen als twee hoorns boven alles uittorent, langs de witte huizen waar de ingenieurs en de fabrieksdirecteur wonen en dan staat ze op de landweg. Daar slaat ze op goed geluk een bosweg in die sneeuwvrij is gemaakt, de sporen van brede glij-ijzers en paardenhoeven vertellen dat dit een weg is waarover boomstammen worden vervoerd. Een kraai stijgt fladderend op uit een sparrentop, dikke sneeuwvlokken tuimelen geluidloos naar de grond.

Ze heeft geen doel, ze loopt gewoon, laat haar gedachten de vrije loop. De lucht die ze inademt is koud, maar ook fris. Lopen is rustgevend, ze kan niet gewoon blijven zitten wachten ... Opeens staat ze op een open plek in het bos. Naast de weg die verder tussen de dennen en de sparren door kronkelt, staat een luchtwachttoren. Hij ziet eruit als alle andere, een grijs houten skelet, een gebroken ladder tot boven bij het platform. Ze kijkt omhoog en ziet dat er geen wacht in de toren staat. Aan de voet van de trap hangt een bordje waarop staat dat de toegang voor onbevoegden verboden is. Het is stil in het bos, ze is alleen en zonder dat ze goed beseft waarom, begint ze de torentrap op te klimmen. Ze doet het kalm aan, van traplopen raakt ze snel bezweet en als ze niet oppast wordt ze duizelig. Ze telt de treden: drieënveertig, vierenveertig, vijfenveertig, en bij tweeënzestig is ze boven. Het platform bestaat alleen uit een vloer van grove ongeverfde planken en een hekje dat tot haar buik reikt. Hier bevindt ze zich boven de boomtoppen en er waait een zwakke wind over het bos.

Ze kijkt uit over het winterlandschap, ze laat haar ogen over de donkere, beboste hellingen dwalen die zich in hun eigen oneindigheid verliezen. Witte velden als uitgespreide lakens vormen de enige onderbreking van het eindeloze bos. Hier en daar een eenzame schuur. In de verte meent ze een skiër te ontwaren, die een van de witte velden oversteekt. Ze knijpt haar ogen tot spleetjes en het duurt even voordat ze zeker weet dat er iets beweegt. Maar het is een skiër, die zich langzaam verplaatst en uiteindelijk in het bos verdwijnt; dan is het net of hij er nooit is geweest.

Wat ze ziet bevalt haar, het is een winterlandschap, koud en eenvormig, maar het is van haar, dit kent ze. Haar rijk, een verlaten sneeuwwrijk, maar toch kan ze zich niets mooiers voorstellen. Hier leeft ze, ze kent niets anders. En kun je wel houden van iets wat je niet kent? Ze gaat op haar tenen staan en hoewel haar buik in de weg zit, kan ze zo ver over het hekje heen leunen dat ze de grond beneden kan zien, haar eigen voetsporen in de diepte.

Als ik spring is het in een paar seconden voorbij, denkt ze. Ik zou geen tijd hebben om te denken, ik zou midden in een ademteug sterven en geen pijn voelen. Zo simpel zou het zijn, ik zou op mijn eigen voetsporen vallen en het zou allemaal voorbij zijn.

In een hoek van het platform staat een wankel bankje. Ze klimt er voorzichtig op. Nu zou ze zich over het hekje heen kunnen laten vallen, niets zou haar tegenhouden.

Ze voelt de verleiding, het is niet zomaar een los idee dat door haar hoofd schiet. Ze is zo moe, de lange nachten dat ze piekerend wakker ligt hebben haar veel energie gekost, zelfs Esters geruststellende gezelschap helpt niet meer. Steeds vaker is de drang er een eind aan te maken het enige wat in haar hoofd zit. Het bos in lopen en gewoon gaan liggen slapen. Of het ijs op lopen totdat ze bij een wak komt, er gewoon in glijden en opgeslokt worden door het water. Of het spoor … En nu staat ze op de luchtwachttoren. Ze voelt de diepte zuigen en trekken.

Ze staat een hele poos met haar bovenlichaam over het hekje geleund voordat ze van het bankje stapt en in elkaar zakt. Dan heeft ze het zo koud dat ze ervan rilt. Maar nu weet ze het. Ze gaat niet springen. Niet omdat ze het niet durft, maar omdat ze het niet wil.

Doodgaan lost gewoon niets op. Naast haar op het bankje ligt een roestige spijker. Daarmee grift ze haar voornaam in het hekje, voornaam en datum.

Elna. 16-1-1942.

Dan blijft ze nog even bij het hekje staan ook al heeft ze het koud, en als een koningin kijkt ze uit over haar land. Daar ligt het in de stilte en ergens tussen de bomen verplaatst een skiër zich zwetend over het onbegaanbare terrein naar een doel dat hij – of zij – alleen kent.

Ze loopt de trap af, voorzichtig om niet uit te glijden, en volgt dezelfde weg waarlangs ze is gekomen. Ze loopt naast haar eigen voetsporen die in tegengestelde richting gaan.

Daar is het dorp weer. De kerk begint bijna en enkele mensen zijn ploeterend op weg naar de dienst. Heel even heeft ze het idee dat ze daar ook heen moet, maar die impuls verdwijnt even snel als hij gekomen was. Wat heeft ze daar nou te zoeken?

Bovendien heeft ze het koud, dus zet ze de pas erin.

Die avond schrijft ze een brief aan Vivi. Ze zijn er inmiddels allemaal aan gewend dat ze een plaatsje opzoekt aan de klaptafel en pen en papier tevoorschijn haalt. Niemand vraagt wat ze schrijft, maar ze doen hun best om stil te zijn en ze houden zo veel mogelijk rekening met haar.

'Ik heb besloten te leven', schrijft ze. 'Dan zien we wel hoe het verder gaat. Daarna.'

En dan de gewone dingen. Dat het koud is, maar dat ze gezond is. En hoe gaat het met haar daar in het verre Skåne? Moet ze nog altijd even hard zwoegen in het hotel? Heeft ze nog niet hetzelfde loon gekregen als de andere kamermeisjes? En ligt er sneeuw in Landskrona? Anders mag ze die hier in Sandviken komen halen. Er ligt hier een dik pak. Het wordt vast een lange winter, misschien blijft de sneeuw wel tot ver in mei liggen … En haar vader? Zit die nog steeds in dat kamp in Noord-Zweden? Hij heeft immers niets gedaan, dus hij zal vast wel gauw weer worden vrijgelaten. Nu is het immers ook oorlog tussen Duitsland en Rusland … Denk je dat de oorlog ooit ophoudt? Of gaat die net zo lang door tot er geen levende soldaat meer over is? Of geen mens. Hartelijke groeten van Elna.

Ze heeft gelijk.

Het wordt een lange winter.

Zo lang dat er nog niet het minste teken te zien is van een naderende lente wanneer ze vroeg in de ochtend van 16 maart 1942 een dochtertje baart. Het meisje weegt 3450 gram en krijgt de namen Eivor Maria.

Skoglund wordt haar achternaam, want zo heet Elna immers.

Wanneer ze haar kind voor het eerst ziet, is het net of ze zichzelf ziet. Even hulpeloos, even onbeschermd.

Buiten valt de sneeuw.

Aan één stuk door.

1956

Je kunt van alles tegenkomen.

Wie heeft bijvoorbeeld ooit gehoord van een man die gedurende een deel van zijn leven in zijn onderhoud voorziet door middel van de jacht op muggen? Die baan heeft hij weliswaar niet heel lang gehad, maar hij beweert toch dat hij er zeven maanden van heeft geleefd. Hij heeft zelfs een zwaar gehavend document dat zijn verhaal bevestigt. Dat draagt hij altijd bij zich, in zijn linkerbinnenzak, vlak op zijn hart. Maar zelden of nooit komt het zo ver dat hij het schriftelijke bewijsstuk tevoorschijn haalt. Zijn toehoorders zijn dan vaak al aan een ander tafeltje gaan zitten of hebben hem gevraagd of hij zijn mond kan houden, anders krijgt hij een pak slaag.

Naar dat soort flauwekul hoeven ze toch niet te luisteren, ook al is het maar in een gewoon Zweeds biercafé.

En hij houdt zijn mond natuurlijk. Hij is altijd bang geweest voor klappen, en wat heeft het voor zin om mensen iets te vertellen over de grote wereld als ze toch niet kunnen begrijpen waar hij het over heeft. Maar soms vraagt hij zich weleens af wat ze zouden zeggen als hij had verteld dat zijn naam Abd-ur-Rama is. Dan hadden ze hem waarschijnlijk met stokken uit dit onooglijke Zweedse dorpje verdreven. En misschien was dat het beste geweest wat hem had kunnen overkomen. Ook al is hij bijna zeventig, toch zit de oude rusteloosheid er bij hem nog diep in. Als je het grootste deel van je leven over de wegen hebt gezworven, dan raak je die drang nooit meer kwijt.

Hij zit in het stationscafé van Hallsberg achter een biertje te mijmeren over zijn lot. Het is begin april en hij vraagt zich af wat er van de lente is geworden. En de tijd die gewoon voorbij vliegt. Lieve help, hij woont nu al drie jaar in dit gat! Drie jaar waarin er niets is gebeurd, behalve dat hij nog ouder is geworden, nog een paar tanden is kwijtgeraakt, en steeds moeilijker zijn plas kan ophouden.

Drie jaar geleden mocht hij volgens het testament van zijn zus haar huisje aan de rand van Hallsberg, aan de kant van Pålsboda, overnemen. Natuurlijk is hij dankbaar dat zijn zus in haar testament aan hem heeft gedacht, ze had huis en roerend goed net zo goed aan de zending kunnen geven. Natuurlijk is het mooi om een plek te hebben om te wonen; in een bejaardentehuis was hij vast meteen doodgegaan en 's winters in een schuur slapen kan hij niet meer. Vroeger kon hij overal slapen, of het nu onder een ijskoude brug in Holland was of in een greppel bij Staffanstorp. Hij kon als vagebond leven omdat hij altijd overal goed kon slapen. Maar de laatste jaren van zijn zwervende leven sliep hij steeds slechter, en dan is het een ware hel om elk uur weer te constateren dat je in elkaar gedoken in een vochtige greppel ligt en dat de volgende dag alleen maar nieuwe zorgen voor je in petto heeft. Nee, natuurlijk is hij dankbaar wanneer hij op een dag Hugo Håkanssons sigarenwinkel in Vetlanda binnen komt sjokken en er daar al een maand een brief op hem ligt te wachten. Hugo en hij kennen elkaar al sinds ze in de jaren twintig samen kermissen afreisden. Toen was Hugo slangenmens. Hij was zo verstandig om wat geld opzij te zetten en hij paste goed op dat hij geen kinderen achterliet op zijn reizen door het land. Met zijn spaargeld kon hij een sigarenwinkel kopen. Hugo's winkel was zijn postadres en een paar keer per jaar ging hij naar Vetlanda. Meestal was er niets en ging hij weer verder nadat hij een paar nachten in een fatsoenlijk bed had geslapen, zich had schoongewassen en misschien ook nog wat hele kleren van de gemoedelijke Hugo had overgenomen. Maar drie jaar geleden lag de brief van Åkermans advocatenkantoor uit Örebro dus op hem te wachten. Hij kon per direct over het huis en de roerende goederen beschikken.

Het had allemaal zo mooi kunnen zijn als het huis niet in Hallsberg had gestaan. Hij vindt het er vreselijk, het is er klein en benauwd en alles draait er om de treinen die komen en gaan.

Het ergste is dat er niemand uitstapt om daar te blijven. In Hallsberg stappen ze alleen maar uit om onmiddellijk verder te rennen naar een andere trein. Ze stappen over om zo snel mogelijk weer verder te reizen. En voor iemand die zijn leven lang niets anders heeft gedaan dan zich verplaatsen is het verschrikkelijk om langs de kant te staan en niet mee te kunnen.

Natuurlijk heet hij geen Abd-ur-Rama. Dat is maar een van zijn vele artiestennamen (ja, hij heeft er meer!). Toen hij in 1886 in Broddebo werd geboren, kreeg hij de doopnaam Anders, naar zijn grootvader Anders uit Björkhult. En het arme jonge boerenechtpaar dat zo gelukkig was met hun eerstgeboren zoon had nooit kunnen denken dat dat kleine wurm nog eens fakir zou worden. Of muggenjager met een vast weekloon. Of al die andere dingen waar hij zijn rusteloze leven mee heeft gevuld ...

Godsamme, nee! Wat is er veel om over na te denken als je de middagen in het stationscafé van Hallsberg doorbrengt. Hij mag van zichzelf drie pilsjes per dag, en als hij om het uur een nieuw flesje neemt, heeft hij ruim de tijd om na te denken.

Zoals over die muggen. Het is waar en hij kan het bewijzen, maar niemand wil hem geloven. In dit ellendige gat draait schijnbaar alles om goederenwagons. Ja, daarnaast hoor je de mensen hier er natuurlijk ook over hoe onbegrijpelijk goed het allemaal gaat. Gaat de werkweek dit jaar, in 1956, niet al van achtenveertig uur terug naar vijfenveertig uur per week? En is het registratieboekje voor het kopen van alcohol niet al een half jaar geleden afgeschaft? Nee, het gaat de goede kant op, de industrie draait op volle toeren, de lonen stijgen en straks blijft er warempel genoeg geld over voor een auto en een zomerhuisje. Zo klinkt het om hem heen. Hallsberg is een spoorwegknooppunt, niet meer en niet minder, en het stationscafé is de plaats waar de spoorwegwerkers hun koffie en hun melk bestellen en hun meegebrachte boterhammen opeten. Ze zijn met veel, er wordt in continudienst gewerkt op het rangeerterrein, dus de ploegen wisselen elkaar onafgebroken af in het café. Slechts een enkele keer loopt hier een verdwaalde reiziger naar binnen, die terugdeinst voor de scherpe lucht van tabak en natte rubberlaarzen.

En hier slijt dus de oude komediant, de fakir, de paljas Anders Jönsson zijn droeve, oude dag. Wie zou geloven dat deze onverzorgde en ouderwets geklede man vroeger zelfs een baan heeft gehad in de wonderlijke wereld van de film? Dat had met die muggen te maken. Laten we het daar nu meteen maar over hebben, dan kunnen we door.

In het begin van de jaren dertig is hij een moedeloze, trieste zwerftocht begonnen door Europa. Hij is vertrokken met het vaste voornemen om nooit meer terug te komen. In Zweden heeft geen mens meer interesse voor zijn kunsten. Nu wil men danseressen en variétés, revues met alles erop en eraan in luxueuze zalen. Ook al had hij zijn beste kleren aangetrokken, dan was het nog maar de vraag of ze hem zelfs maar in de zaal zouden toelaten. De tijd van de onemanshows lijkt onherroepelijk voorbij, niemand wil meer luisteren naar een man in een gebloemd vest, die watten onder zijn bovenlip heeft gestopt om een sluwe boer met een mond vol pruimtabak na te doen. Op een wiebelig toneel staan en soldatenliedjes zingen of moppen tappen loont de moeite niet meer. Daar komt niemand op af. Misschien was er in het openluchtmuseum nog een plaatsje voor hem geweest, als overblijfsel uit de oude tijd, maar zelfs dat is niet waarschijnlijk. Want hij is geen bekende komediant, hij is nooit landelijk doorgebroken. In tegenstelling tot nationale bekendheden als 'Lasse uit Skåne' of 'Böx uit Kôvra' is 'Anders uit Hossamåla' maar een gemiddelde komediant, die het publiek voor de grote sterren mag opwarmen. Dus gaat hij net zo lief weg. Europa door en dan sterven. In het zuiden is het ook warmer, de winters zijn er niet zo hels koud als in Zweden. En wie weet, de wereld is groot …

Nee, je weet het nooit. Op zeker moment zwerft hij door Frankrijk en even ten zuiden van Parijs loopt hij recht tegen een filmstudio aan. Gewoontegetrouw vraagt hij of ze een klusje voor hem hebben, hij neemt elk karwei aan voor een paar centen waar hij wat brood voor kan kopen en misschien een paar glazen van die rode wijn die zo onvoorstelbaar goedkoop is in dit land. Anders heeft veel taalgevoel. Tijdens zijn jaren als komediant heeft hij een heleboel verschillende dialecten geleerd, daar lag zijn talent. Zo grappig was hij niet en zijn zangstem liet veel te wensen over. Van zijn vermogen om snel een dialect op te pikken moest hij het hebben. Nu hij door Europa reist, komt dat talent hem goed van pas en het duurt niet lang voor hij de noodzakelijke woorden heeft geleerd.

De kleine man met het muizengezicht en een mond vol amalgaam die bij de poort van het studioterrein staat, heeft inderdaad iets voor hem. Als hij even mee wil lopen? Een paar franc per dag kan hij deze Zweedse zwerver bieden, hij heeft vandaag net op zijn kop gekregen van een producent die razend vroeg waarom er nog steeds niemand is gekomen om het catastrofale probleem op te lossen waar ze mee zitten.

De hele studio is in gebruik voor een reusachtige melodramatische productie. Een moeder die met de minnaar van haar dochter trouwt, die op zijn beurt de geheime vriend van de dochter vermoordt, die op haar beurt ... En dat alles in een interieur waar heel wat geld en moeite in is gestoken. En dat is nou juist het probleem, dat alles in de studio wordt opgenomen. De gevoelige schijnwerpers barsten zomaar kapot met een oorverdovende knal. De zenuwachtige acteurs worden hysterisch van angst dat hun waardevolle gezichten misvormd zullen raken door glassplinters en de producent is woedend over alle kostbare vertragingen. En dat allemaal omdat er muggen tussen de decorstukken vliegen. Muggen die naar het licht vliegen, die tegen de lenzen van de schijnwerpers vliegen, die daardoor exploderen.

Zeven maanden lang jaagt de voormalige komediant Anders uit Hossamåla dus in deze studio op muggen. En hij is energiek, hij klimt op ladders en over fragiele lichtbakken. Met de vliegenmepper deelt hij rake klappen uit en hij legt werkelijk zijn ziel in het werk. Het is aan zijn volharding te danken dat de producent na een paar weken kan vaststellen dat de vertragingen minder geworden zijn, en de boekhouder krijgt meteen opdracht de muggenjager een hoger loon te betalen. Eerst volgt Anders de filmopnames nog met interesse, maar wanneer hij langzamerhand de samenhang tussen de verschillende scènes ontdekt, die in een merkwaardige, springerige volgorde worden opgenomen, beseft hij dat het alleen overspannen romantiek is in schitterende woningen, en dan interesseert hij zich opeens alleen nog maar voor de muggen. Met de francs die hij verdient kan hij zijn eten en de rode wijn ruimschoots betalen, evenals een bed bij een van de studiomedewerkers op zolder. Wat zou hij nog meer willen? En als het dan ook nog aangenaam zacht weer is, ook al is het al bijna Kerst ...

Dus het is echt waar dat hij in zijn onderhoud heeft voorzien met de klopjacht op muggen, maar dat is een geheim dat hij zal meenemen in zijn graf als het eenmaal zover is.

Dit spoorwegknooppunt waar niemand wil blijven zal dus zijn eindbestemming worden. Het leven heeft altijd tragische en komische kanten gehad, maar dit is toch wel heel erg.

Doodgaan en begraven worden in Hallsberg. Alsjeblieft zeg ...

Tegen zevenen staat hij op, hij gaat door de piepende deur naar buiten en volgt de weg die van het stationsterrein wegvoert.

Het kleine rode huisje staat midden in een verwilderde tuin. Hij zorgt alleen voor het aardappellandje en de knoestige appelboom, en aardappelen en schriele appeltjes heeft hij elk jaar volop. Het huis bestaat uit een keuken en een kamer met een kleine alkoof achter een wand van houtvezelplaat. Het jaar voordat zijn zus overleed had ze elektriciteit laten aanleggen, linoleum op de vloer gelegd en de oude keukeninrichting weggegooid. Nu glimt het van roestvrij staal en hij heeft zowel een elektrisch fornuis als een koelkast. De oude ijskast ligt half verrot achter het huis. Maar haar meubels staan er nog en alle wandkleden met geborduurde bijbelteksten hangen er nog net zo als op de dag dat hij hier kwam wonen. Hij was met de trein van Örebro naar Hallsberg gekomen, nadat hij bij Åkermans advocatenkantoor voor zijn erfenis had getekend en sleutels en een spaarbankboekje in ontvangst had genomen. Meer dan een kapotte koffer, die dicht bleef zitten dankzij de touwen die hij er kruiselings omheen had gebonden, had hij niet bij zich. De koffer bevatte een paar schoenen, een paar vuile overhemden, een gebloemd vest, een gebarsten schminkspiegel en een paar oude reclamekaarten voor 'Abd-ur-Rama', 'Anders uit Hossamåla', en de 'gegarandeerd grappige zingende zandhaas Klinga 42'. Dat is alles wat hij heeft, afgezien van een paspoort en diverse certificaten en diploma's.

De meeste tijd brengt hij in de keuken door. Hij zit aan de keukentafel te dromen, urenlang. Meestal neemt hij niet de moeite om het licht aan te doen, in het donker wordt hij minder snel afgeleid. Drie jaar zit hij hier al met zijn herinneringen, haalt hij ze een voor een tevoorschijn, bekijkt ze en stopt ze weer terug in de donkere krochten van zijn hoofd ... Maar zo simpel is het natuurlijk niet. Ondanks alles leeft hij immers nog en hij heeft een verwilderd katje in huis gehaald. Het beestje zat op een ochtend voor de deur te miauwen, met een gehavende pels en onder de luizen. Hij had zich erover ontfermd en nu is hij hem eindeloos toegewijd. Alleen wanneer de poezen 's nachts misbaar maken verdwijnt hij, maar hij komt altijd weer terug, lelijk toegetakeld en met zijn oren aan flarden. Maar wat maakt dat uit, als hij maar terugkomt en zich thuis voelt bij Anders op schoot.

Naast zijn huis staat een gele huurflat. Door zijn keukenraam kan hij een goed en bijzonder gevarieerd beeld krijgen van het dagelijkse leven van de moderne mens. Zelf maakt hij er nauwelijks meer deel van uit, zijn leven is verstard tot afbeeldingen van zichzelf op de oude reclamefoto's. Hij heeft uitzicht op drie keukenramen en drie slaapkamerramen, en dat is zijn oog op de wereld. In de flat wonen uitsluitend mensen die bij het spoor werken, de ramen die hij kan zien zijn van twee spoorwegwerkers en van een machinist op een rangeerlocomotief. Met andere woorden: drie moderne arbeidersgezinnen. De familie Sjögren woont op de benedenverdieping en dat is een meevaller voor hem. Mevrouw Sjögren is een sjieke jongedame die nooit ver in de dertig kan zijn. Ze heeft de prettige gewoonte om zich uit te kleden zonder het rolgordijn naar beneden te trekken. Ze heeft donker haar en is knap, ze heeft grote borsten die schommelen en trillen als ze beweegt. Als het helemaal meezit, bukt ze om iets van de vloer op te rapen en dan kijkt hij recht de grote heerlijkheid in …

Ze staat altijd voor het raam haar haar te kammen. Maar soms laat ze de hand die de kam of de borstel vasthoudt zakken en dan blijft ze stilstaan en staart ze recht de nacht in. Anders probeert zich voor te stellen waar ze aan denkt. Zorgen kan ze nauwelijks hebben, het wordt immers alleen maar steeds beter. Nee, ze zal wel de gave hebben om in de toekomst te kijken, ook al is de nacht in Närke nog zo zwart en ondoordringbaar …

Soms betrapt hij zich erop dat hij zit te piekeren. Is alles echt vergankelijk? Blijft er nergens iets van over? Verandert de wereld zo, dat het ene behangetje over het andere heen wordt geplakt en dat niemand meer weet hoe het vorige eruitzag?

Hij heeft negenduizend kronen geërfd van zijn zus, die haar hele leven wagons heeft schoongemaakt. Hoe heeft ze dat bedrag bij elkaar weten te sparen? En het is nog gekker dat ze dat enorme bedrag aan hem heeft vermaakt. Ze hebben wel af en toe contact gehad; als hij in de buurt van Hallsberg was, probeerde hij altijd even langs te gaan. En ook al was ze actief in de zending, toch liet ze nooit een kans voorbijgaan om hem te zien optreden. Misschien vond ze het net zo belangrijk om hem te bevrijden van de vernederingen van de oude dag als om heidenen in het verre Afrika te bekeren. Dat is de enige verklaring die hij kan verzinnen en hij onderhoudt haar bescheiden graf op het kerkhof, dat is het minste en tevens het enige wat hij kan doen als blijk van zijn dankbaarheid.

Tenzij hij op zijn beurt na zijn dood het huis aan de zending nalaat, zodat ze het kunnen verkopen en het geld kunnen gebruiken voor een heilige oorlog in Afrika?

Nee, verdomme, er zijn grenzen. En hij weet waar hij het geld voor zal gebruiken.

Het is dus april 1956 en hij heeft een beslissing genomen. Binnenkort moet het afgelopen zijn. Nu het hem niet eens meer lukt zijn blaas onder controle te houden, en om de nacht wakker wordt in een zeiknat bed, nu de kat zelfs zijn neus ophaalt voor de vreselijke pislucht, kan hij maar beter onder ogen zien hoe laat het is. Wat heeft hij nog meer te verwachten dan dat de verrotting langzaam maar zeker toeneemt? Helemaal niets. En dat wil hij niet. Hij heeft het nu zeventig jaar uitgehouden, vooral door zijn enorme wilskracht. Die wilskracht moet hem nu ook de laatste dienst maar bewijzen.

Tweeduizend kronen heeft hij nog over. Met dat geld kan hij het nog tot aan Kerstmis uitzingen, dan is het op. Dat komt precies goed uit. In acht, negen maanden moet hij zichzelf wel dood kunnen drinken. Dat is namelijk wat hij heeft besloten. Het geld verzuipen, wat zitten dromen en voor de kat zorgen.

En daarna? Er is geen 'daarna'. Dan is hij dood. Mooi voor oudejaarsavond, mooi voor de koudste winterperiode. En het zal hem een waar genoegen zijn de winter van zijn ijskoude buit te beroven. Hij heeft altijd al een hekel gehad aan de winter en nu heeft hij eindelijk de kans om wraak te nemen voor alle nachten dat hij in elkaar gekropen en rillend van de kou in parken, portieken en onder bruggen heeft gelegen. Zijn wraak zal vreselijk zijn …

Nee, drinken zal hij, de dood en de ondergang in. En het kan toch ook geen sterveling iets schelen wat Abd-ur-Rama doet? In ieder geval niemand in dit verrekte gat waar de trein niet eens zou moeten wíllen stoppen.

Dat denkt hij. En hij zal wel gelijk hebben. Maar af en toe gebeuren er onverwachte dingen.

Op een avond eind mei wanneer hij in zijn donkere huis een mix van rode wijn en heldere brandewijn zit te drinken hoort hij gekrabbel aan het huis. De kat kan het niet zijn, die ligt voor hem op tafel te slapen, tussen de flessen. Wat is het dan? Een andere kat? Een smachtende minnares? Een egel? Na een poosje sterft het geluid weg en hij vergeet het meteen weer. Hij bevindt zich in gedachten op de kermis van Skänninge op een zomerdag in 1917. Dan is hij niet Anders uit Hossamåla of de gegarandeerd grappige Klinga 42. Nee, hij heeft van kermisdirecteur Cederlund een tijdelijk engagement gekregen als fakir, met het eten van spijkers als specialiteit. Van August Cederlund staat vast dat het een van de ergste schurken is die er ooit in het Zweedse amusementsleven zijn geweest. Het verwachtingsvolle publiek heeft daar natuurlijk geen idee van, maar de artiesten die voor hem hebben gewerkt weten het maar al te goed. In slechte tijden neemt hij geen enkele vrouw aan, of ze nu slangen bezweert of achter de kassa zit, als hij niet eerst drie dagen achtereen met haar mag neuken. Geen nachten, want 's nachts speelt hij poker en troggelt hij zijn werknemers het loon af dat ze nog niet ontvangen hebben. Hij wordt door iedereen gehaat, maar dát neemt niet weg dat hij altijd wel mensen kan krijgen voor het verplichte variéténummer van de kermis. Als je moet kiezen tussen honger lijden en de bank in Cederlunds woonwagen, dan heb je eigenlijk geen keus. En er een hoge artistieke moraal opna houden hoeft niet hetzelfde te zijn als het vermijden van de akelig vlekkerige bank. Cederlund schrikt er ook niet voor terug mannelijke artiesten op dezelfde voorwaarden aan te stellen. Hij is kwistig met zijn driften en volgens de geruchten voelt hij zich ook niet te goed om eventueel aan te nemen dieren aan te randen. Veel mensen zouden die verdomde Cederlund de nek wel willen omdraaien, maar hij is nog nooit aangevallen, en misschien leeft hij nu nog steeds. Al moet hij dan inmiddels honderd jaar oud zijn.

Bij deze Cederlund moet Abd-ur-Rama negen keer per dag spijkers slikken, drie kermisdagen lang. Zevenentwintig keer dus, en tussendoor moet hij ook voor de tent gaan staan om de boeren naar binnen te lokken. Hij krijgt vijfentwintig kronen per dag, waarvan hij gek genoeg de helft vooruitbetaald krijgt. En dan staat hij spijkers te slikken terwijl het morrende publiek zich afvraagt hoe hij dat doet. Ja, dat is beroepsgeheim, maar zoveel kan hij wel vertellen dat hij tussen de optredens door in de tochtige coulissen staat om de spijkers weer een voor een uit zijn keel te trekken, aan de dunne draadjes die hij zo handig voor het publiek verborgen houdt. En een voor een komen ze weer boven, gevolgd door gal en speeksel.

Hij wordt in zijn mijmeringen gestoord doordat iemand de voordeur probeert binnen te komen. Normaal gesproken is hij doodsbang voor het kwaad in de wereld, maar nu is hij zo dronken dat hij vooral nieuwsgierig is. Wie wil er nou in vredesnaam bij hem komen inbreken? Het is weliswaar donker in huis en de slecht onderhouden tuin geeft aan dat het onbewoond zou kunnen zijn, maar toch. Wat denkt een dief hier te kunnen vinden? Hij blijft zitten. De kat is wakker geworden en heeft zijn oren gespitst.

Op het moment dat de voordeur openglijdt, draait Anders de schakelaar om die aan de muur achter hem zit, en de keuken baadt in het licht. In de deuropening staat een magere tiener, vies en bemodderd. Net als een dier wordt hij verlamd door het licht en hij staart Anders geschrokken aan.

Anders ziet meteen dat dit geen gevaarlijk iemand is. Je mag weliswaar bij mensen en bij honden niet op het uiterlijk afgaan, maar deze besmeurde gestalte zal echt geen serieuze bedreiging vormen voor zijn leven of zijn bezittingen.

Anders staat op en het jeugdige modderbeeld deinst achteruit.

'Blijf staan', zegt Anders. 'Nu moet je verdomme niet proberen ertussenuit te knijpen! Want dan kom ik achter je aan.'

De jongen doet wat hem gezegd wordt en Anders commandeert de modderberg naar de keukentafel. De jongen beweegt voorzichtig en Anders ziet dat de schrik niet alleen een masker is, het is zijn echte gezicht.

'Zitten. En kop houden!'

Anders bekijkt de indringer. Hij loopt er maar raar bij. Stevige schoenen aan zijn voeten, een veel te korte plusfour, een gescheurd ruitjesoverhemd onder een open leren jack. Eigenlijk past alleen het zwarte leren jack bij hem, de rest lijkt inderhaast bij elkaar geraapt, vermoedelijk is het gestolen.

De jongen heeft donker haar. Hij heeft er een vettig goedje in gedaan en het staat in pieken alle kanten op. Anders probeert zijn leeftijd te schatten en komt uit op achttien.

'Zeventien', luidt het antwoord als hij het vraagt.

'Hoe heet je?'

'Lasse.'

'Hoe nog meer?'

'Nyman. Ik dacht dat hier niemand woonde. Het was niet mijn bedoeling ...'

'Kop houden als je niets gevraagd wordt!'

Anders kan autoritair zijn als hij dat wil, en dat is precies wat hij nu wil. Maar tot zijn verbittering merkt hij dat hij bezig is in zijn broek te plassen. Het loopt al langs zijn broekspijpen en hij kan niet naar de gootsteen rennen om de rest te lozen; dan kan hij de jongen net zo goed meteen vertellen wat voor een oude stumper hij in feite is. Hem neerslaan zou niet moeilijker zijn dan een gat slaan in een ei. Dus hij laat zijn plas lopen en gaat zitten om de groter wordende vlek te verbergen.

Plotseling begint de jongen te huilen. Uit woede en verbittering. Zijn gezicht is vertrokken en wordt zo grauw als de as van een sigaar. Op slag is Anders de tijdelijke warmte die bij broekplassen hoort vergeten en hij kijkt de huilende jongen verbaasd aan. Zelf heeft hij al meer dan dertig jaar geen traan gelaten. Hij dacht dat mensen tegenwoordig alleen nog huilden in de bioscoop.

Maar de zeventienjarige Lasse Nyman huilt wel, ook al beheerst hij zich weer snel en veegt hij boos de tranen van zijn gezicht.

'Gaat het?' vraagt Anders. 'Hier kun je het rustig aan doen. Hier zit ik alleen te zuipen met de kat.'

Een zuipende kat?

Lasse Nyman schijnt een veranderlijk humeur te hebben, want opeens moet hij lachen en verraadt daarmee dat zijn gebit er hopeloos slecht aan toe is.

'Wil je een borrel?' vraagt Anders en de jongen knikt. Anders wijst naar het aanrecht. De jongen haalt een glas en laat grote modderkluiten achter op de vloer.

Hij wil jenever en dat mag. In dit land wordt wijn trouwens waarschijnlijk alleen bij koninklijke diners en in de hogere klassen naar waarde geschat, bedenkt Anders, en hij schenkt de jenever in. Lasse Nyman drinkt het glas in één teug leeg en zet het neer zonder te huiveren.

'Nu is het jouw beurt', zegt Anders. 'Maar niet liegen, want dan word ik kwaad.'

'Geef je me een kans?' vraagt Lasse Nyman. Aan zijn dialect hoort Anders meteen dat hij uit Stockholm-Zuid komt. Hij besluit gebruik te maken van zijn taalvaardigheid.

'Waar wil je die kans dan voor gebruiken, als ik vragen mag?' reageert hij snel in hetzelfde dialect. De jongen is stomverbaasd en zijn mond zakt open. Anders gaat snel terug naar de taal waarvan hij zich normaal gesproken bedient.

'Nou, vertel op', zegt hij. 'Wat kom je in het holst van de nacht in Hallsberg doen?'

Lasse Nyman reageert prompt.

'Hallsberg?' vraagt hij verbaasd. 'Hallsberg …'

Hij weet dus niet waar hij is. Is hij uit de trein gevallen? Anders ziet hem aarzelen, hij bijt de nagel van zijn middelvinger tot de wortel af.

'Dan moet ik het maar vertellen', zegt hij ten slotte. 'Ik ben ontsnapt. Uit de jeugdgevangenis van Mariefred. Ik ben er afgelopen vrijdag vandoor gegaan.'

Vandaag is het maandag. Hij is dus in vier dagen van Mariefred naar Hallsberg gegaan.

'Nu moet je me verdomme wat uitvoeriger antwoord geven', zegt Anders. 'Maar niet liegen, want dan krijg je op je sodemieter.'

Zegt hij, de oude broekplasser, die zijn blaas niet eens in bedwang kan houden. Maar Lasse Nyman vertelt en het lijkt hem op te luchten. En wat hij vertelt, in onafgemaakte bijzinnen, zinnen waaraan hij begint maar die nergens heen gaan, in zijn armoedige taal die van vloeken aan elkaar hangt, is geen bijzonder schokkend verhaal. Het is eigenlijk gewoon het oude liedje: als het eenmaal fout gaat, dan komt het ook niet meer goed.

Om kort te gaan: Lasse Nyman is de nazaat van een los werkman, die aan de alcohol verslaafd en gewelddadig is. Die zijn vrouw slaat en haar daarnaast ook nog af en toe zwanger weet te maken. Een vochtig, verkrot eenkamerflatje aan de Hornsgatan vormt het milieu waarin Lasse is opgegroeid en zodra hij kan lopen vlucht hij de straat op. Hij wordt geslagen en hoe zou hij zich op zijn huiswerk kunnen concentreren wanneer hem elke middag een nieuw gevecht te wachten staat? Op zijn twaalfde probeert hij verbetering aan te brengen in zijn ellendige situatie door domweg met een bijl op het hoofd van zijn vader te slaan. Maar het is een slordige slag, hij heeft zo veel boze kracht achter de slag gezet dat hij vergeten is te richten, dus hij komt niet verder dan het afhakken van een van de oren van zijn vader. Het bloed spuit eruit, zijn moeder valt flauw en de politie komt de krakende trappen op stampen. Dan krijgt hij zijn eerste dossier bij de 'Götaverken' (ja, zo wordt de Gezondheids- en Welzijnsraad genoemd, naar de ijverige Göta Rosén) en krijgt het stempel opgedrukt van iemand die opgroeit voor galg en rad. Natuurlijk wordt hij in een pleeggezin geplaatst, midden op het platteland. Dat wordt de enige juiste maatregel geacht waar het gaat om kinderen die ontsporen vanwege een afgrijselijke thuissituatie. Maar daar blijven ze verder van af, het valt nooit goed te praten dat je je vader een oor afhakt. Nee, hier komt de genetisch bepaalde criminele aanleg naar boven en die moet ingetoomd worden tussen de koeien op de vlakte van Västergötland. Naar school gaan hoeft hij ook niet meer. Dat hij nauwelijks kan schrijven, dat is dan maar zo. Waar zou hij die vaardigheid trouwens voor nodig hebben? In het beste geval gaat hij met zijn handen werken in een geschikte fabriek. Maar goed, Vara wordt de plaats waar hij over zijn zonden moet nadenken en zijn lesje moet leren. Meteen op de avond van zijn aankomst probeert de boer hem te verkrachten, en dan grijpt hij naar de enige oplossing die hij kent: zijn vuisten. Een nieuw rapport en een nieuwe boerderij, ditmaal in Strömsund. In dit verlaten en melancholieke binnenland zal de herinnering aan de Hornsgatan snel verjaagd zijn. Om vier uur opstaan, om negen uur naar bed, nooit een vriendelijk woord. Op zijn veertiende steelt hij de auto van de dokter en slaagt erin helemaal naar Slussen in Stockholm te slippen. Maar in het drukke verkeer redt hij het niet en hij botst pal tegen een taxi. Nu heeft hij de definitieve stap van crimineeltje naar misdadiger gezet. 'Die arme ouders', hoort hij vaak. Daarna gebeurt er niet veel meer, nu is hij bijna oud genoeg voor de jeugdgevangenis en na een paar minder geslaagde inbraken kan hij eindelijk daar geplaatst worden waar hij waarschijnlijk het meest thuishoort. Maar het hek in Mariefred forceert hij en door de bossen is hij naar Hallsberg gegaan. Het huis leek leeg, hij heeft buikpijn van de honger, en wat heeft hij te verliezen?

Niets, natuurlijk.

Anders kan hem een paar koude aardappelen en een stukje worst aanbieden. Lasse Nyman schrokt het eten op en drinkt een kan water leeg.

Dan valt hij in slaap. Pardoes, met zijn hoofd op tafel. Wat heeft hij in vredesnaam voor belang bij de volgende dag?

Geen enkel, natuurlijk. Iemand die wegloopt kan de perfecte schuilplaats eigenlijk alleen in zijn eigen slaap vinden.

Lasse Nyman blijft bij Anders. Simpelweg omdat Anders geen reden ziet waarom hij niet zou blijven. Voorlopig althans, daarna zien ze wel.

'Blijf maar', zegt hij gewoon. 'Knap je wat op, was je kleren en koop nieuwe schoenen. Geld krijg je van mij. En ga de straat op. Net als altijd, niet omkijken. Je bent een familielid dat bij me op bezoek komt. Doe dat maar.'

Lasse Nyman mag in de slaapkamer slapen, terwijl Anders een matras in de keuken legt. Dat vindt hij het beste plekje; dat hij tot nu toe in de slaapkamer heeft geslapen is alleen omdat het bed daar stond toen hij kwam.

En Lasse Nyman doet wat hem is gezegd. Hij kamt zijn zwarte haar tot een gladde, absoluut perfecte hanenkam, zijn kleren wrijft hij schoon in de gootsteen en wanneer ze droog zijn loopt hij rustig en waardig bij Oscaria naar binnen om een paar zwarte puntschoenen te kopen van het kwaliteitsmerk Örebro. En hij kijkt niet om. Hij is natuurlijk continu gespannen, maar toch voelt hij zich tamelijk veilig in dit gat. De klopjacht naar hem vindt uiteraard in Stockholm-Zuid plaats. Laat die klootzakken daar maar lekker zoeken ...

Zoeken tot ze een ons wegen.

Wanneer hij terugkomt met zijn nieuwe schoenen aan, de oude heeft hij in een sloot gegooid, wordt hij bijna aangereden door een meisje op de fiets dat van de binnenplaats van de flat komt. Hij springt vloekend opzij, zij krijgt een kleur en fietst door. Hij mag niet omkijken, maar ditmaal kan hij het niet laten.

'Wie is dat meisje?' vraagt hij wanneer hij tegenover Anders in de keuken zit.

Meisje. Welk meisje?

O, die. Aan de beschrijving te horen moet het de dochter van Sjögren zijn. Donker haar, een mooi gezichtje, spichtig, slingerende armen, en goedgebekt. Anders weet dat mevrouw Sjögren de moeder van het meisje is, maar dat Erik Sjögren niet haar vader is. Bovendien is ze enig kind, het echtpaar heeft samen geen kinderen.

'Ik denk dat je Eivor bedoelt', zegt Anders.

Toen Anders naar Hallsberg kwam om hier zijn intrek te nemen, was ze een spichtig klein meisje dat huppelend naar school ging. En al de eerste dag riep ze naar hem toen hij zijn huis uit kwam. 'Komt u hier wonen?' had ze in het breedste dialect van Närke gevraagd. 'Dan worden we buren. Ik heet Eivor. Hoe heet u?'

Dat is drie jaar geleden. Nu is ze een nieuwe fase ingegaan, ze heeft borsten gekregen, ze maakt zich op en draagt andere kleren. Ze groet nog steeds, maar niet met dezelfde vanzelfsprekende spontaniteit.

'Hoe bevalt het leven je?' vraagt hij aan Lasse Nyman. Er zijn een paar dagen verstreken en de ontsnapte gevangene heeft voornamelijk geslapen, vooral overdag. Hij lijkt een uitgesproken nachtmens, zo jong als hij is.

'Wat is dat nou voor een vraag?!' is de reactie.

Ja, het is natuurlijk ook een rare vraag. Veel te direct. Maar hij wil het graag weten, dus hij geeft het niet op.

'Wat wil je? Waar loop je voor weg? Waar droom je van? Waar ben je bang voor? Begrijp je?'

Ja, hoor, Lasse Nyman is slim. Bovendien is hij gefascineerd door deze man die aardig voor hem is zonder daar iets voor terug te willen hebben. Die hem zelfs geld geeft voor schoenen, sigaretten en eten en er bovenal geen behoefte aan schijnt te hebben dat Lasse wordt teruggestuurd naar die verrekte gevangenis.

Is hij seniel? Nee, daar lijkt het niet op. Ook al zuipt hij de godganse dag, toch blijft hij wel enigszins helder. Lasse heeft andere ervaringen met dronkenschap. Vechtpartijen, geschreeuw en geruzie, een kater en hartkloppingen. Hij heeft sympathie voor deze oude baas die naar pis stinkt. Bovendien is dat iets waar hij begrip voor heeft. Zelf heeft hij jaren in bed geplast en het overkomt hem af en toe nog weleens dat hij wakker wordt omdat hij de boel heeft ondergeplast. Maar dat komt steeds minder vaak voor. Godzijdank, of wie hij daar ook maar voor moet bedanken ... Al begrijpt hij natuurlijk wel dat de oude man hopeloos achterloopt. Van wat er in de wereld gebeurt, schijnt hij niet veel te begrijpen.

Van auto's bijvoorbeeld. Een auto hebben, dat is het belangrijkste van alles. En een auto, daarmee bedoelt hij natuurlijk een Amerikaan. Een Ford of een Chevrolet.

Hij probeert het uit te leggen.

Dat je je snel kunt verplaatsen. Dat je het portier dicht kunt slaan en weg kunt rijden, waarheen je maar wilt. Dat het warm is in de auto, ook al is het buiten bitter koud. Dat je er met een heel stel in de auto op uit kunt gaan. Of dat je alleen met een meisje op zoek kunt gaan naar een geschikt stukje bos om je daar te laten betalen voor de lift.

Zonder auto sta je letterlijk op straat en zie je alles voorbijrazen. Dan doe je niet mee.

Zoals hij het ziet, met de beperkte ervaring van zijn jeugd, loopt daar de grote scheidslijn, de grens met vroeger. Tegenwoordig kan iedereen een auto kopen. Over het algemeen. Al heeft Lasse Nyman tot nu toe die van anderen moeten lenen, maar daar zal nog wel verandering in komen ...

Anders drinkt en luistert. Lasse is geen domme jongen. Hij spreekt begrijpelijke taal. Dat van die auto begrijpt hij wel.

Godsamme, had hij er maar een gehad toen hij nog leefde.

'Kun je erin slapen?' vraagt hij.

Nou, reken maar!

Snapt hij het nu?

Jawel, jawel, maar er zijn toch meer dingen belangrijk? Er zijn nog steeds armen en rijken. De politiek ...

'Politiek interesseert me geen drol', zegt Lasse Nyman. 'Dat sommigen vanaf het begin alles al hebben, dat hun wieg al vol geld ligt, dat is gewoon zo. Maar nu kan iedereen kopen wat hij nodig heeft, als je maar een beetje slim bent, snel denkt en brutaal genoeg bent.'

Het zijn geen lange gesprekken. Lasse Nyman slaapt zo veel mogelijk en maakt zich gereed om weg te gaan. Na twee dagen heeft hij ingezien dat Hallsberg een uitstekende schuilplaats is, maar alleen voor een korte herstelperiode. Daarna moet hij verder, hier zijn geen mogelijkheden voor iemand als hij. Iemand met zijn ambities ...

Wanneer hij 's ochtends wakker wordt, heeft Anders een vreselijke kater. Maar hij heeft altijd een paar pilsjes binnen handbereik staan en die gedachte geeft hem rust totdat het tijd is om naar de slijter te gaan. Maar voor die tijd moet hij zijn ochtendritueel nog uitvoeren.

Een van de verbeteringen van de moderne tijd is ook voor hem van belang. Hij heeft een paar plastic zakken gekocht waar hij twee gaten in heeft geknipt. Die trekt hij als een onderbroek aan en zo heeft hij een bijna perfect werkende luier. Natuurlijk lekt het hier en daar door, maar toch is de matras niet altijd doorweekt wanneer hij wakker wordt. Elke ochtend verwijdert hij de zak, wast zijn ontstoken schaamstreek en kleedt zich aan. Hij draagt de plastic zak alleen 's nachts; overdag probeert hij zijn blaas zo goed mogelijk te bedwingen. Hij moet zich vooral nergens over opwinden, langzaam bewegen en zich niet laten opjagen bij de slijter. Op zaterdag gaat hij daar nooit naartoe, want dan staat er een rij in de winkel, en ook nooit wanneer de winkel net opengaat en alle dronkelappen naar binnen willen om iets te kopen ter bestrijding van hun kater. Nee, tien uur is een mooie tijd, dan kan hij meteen doorlopen naar een kassa om te halen wat hij wil hebben.

Hij rekent zichzelf niet tot de dronkelappen. Hij drinkt bewust, hij heeft een diep filosofisch motief voor zijn zuipen. Je kunt hem met zijn zelfmoordprocedure niet vergelijken met de trillende figuren met gesprongen aderen, die voortdurend in spanning zitten of ze wel iets zullen mogen kopen. Hij knikt beleefd, bestelt op heldere en resolute toon wat hij wil hebben en zegt hoffelijk gedag wanneer hij weggaat. Dat is wel een verschil met alle oude spoorwegwerkers die voor de deur staan te bibberen.

Dat de mensen pensioen hebben en dus geld om te drinken is eigenlijk het merkwaardigste verschijnsel van deze nieuwe tijd. Waar komt al dat geld vandaan? Dat ze elke maand een postcheque krijgen of met hun pensioenboekje naar het postkantoor kunnen gaan zonder dat ze er iets voor hoeven doen, hoe kan dat toch?

Hoe heeft dit land, dat in zijn ervaring een rijk van arme mensen en luizen was, zo enorm kunnen veranderen?

Op die vraag zou hij graag een antwoord krijgen van Lasse Nyman, voordat die besluit te verdwijnen.

Wanneer hij thuiskomt met zijn sterkedrank en zijn rode wijn en bovendien een nieuwe terlenka broek, zit de deur van de slaapkamer dicht en hij hoort gefluister daarbinnen. Lasse Nyman heeft dus bezoek. Wie kan dat zijn? Hij blijft in de hal staan luisteren. Even later hoort hij gegiechel. Lasse Nyman heeft dus vrouwelijk gezelschap gevonden in Hallsberg, al na een paar dagen. Maar zo moet het waarschijnlijk ook, snel en brutaal. En dat hij de deur dichtdoet, moet hij natuurlijk zelf weten. Anders gaat de keuken binnen en trekt de keukendeur achter zich dicht. Eerst geeft hij de kat te eten, vervolgens schenkt hij de eerste forse dosis alcohol van die dag in en gaat aan de keukentafel zitten. Een half uur later is hij weer dronken en kunnen zijn gedachten voorzichtig teruggaan in de tijd. Wat Lasse Nyman aan het doen is – en vooral met wie – daar zal hij te zijner tijd wel achter komen. Maar dat gegiechel, dat roept ook herinneringen op. In zijn beste jaren, die weliswaar niet goed waren, maar toch de beste die hij ooit heeft meegemaakt, zat hij ook waarachtig niet stil. Tijdens de eindeloze reizen door Zweden, de ijskoude verenigingszalen, de tenten en later ook de pasgebouwde culturele centra, was er na afloop altijd iets te doen. Na de voorstelling werd er vaak gedanst en soms vroeg iemand hem mee naar een feest. Altijd viel er iets te beleven en vaak kon hij de nacht doorbrengen in het bed van een gewillige vrouw. Ze flitsen door zijn hoofd. De gezichten herinnert hij zich nog, soms ook hun lichaam, maar zelden hun naam. En de daad zelf ziet er bijna altijd hetzelfde uit. Eerst giechelend verzet wanneer hij in het donker haar nachthemd uit wilde trekken, dan de plechtige belofte dat hij voorzichtig zou zijn terwijl hij zich een weg zocht, en ten slotte de vaak korte gemeenschap die eindigde met zijn terugtrekking en een zaadlozing op haar warme, bezwete buik. Nooit is hij te snel klaargekomen, niet één keer heeft hij het risico gelopen een vrouw met wie hij sliep zwanger te maken.

Alleen met Miriam was het anders. Dan probeerde hij altijd zijn zaad zo diep mogelijk bij haar naar binnen te brengen als hij klaarkwam, maar wat had dat geholpen? Zij raakte niet zwanger, ook al bleven ze het vier jaar lang hardnekkig proberen. Ze wilden een kind, maar kregen er geen … Hij had Miriam in 1914 in Varberg ontmoet. Het was oorlog, hij had een tournee uitgestippeld samen met de bekende 'Schwente uit Flena' en op een zaterdagavond zouden ze optreden in het culturele centrum van Varberg. Daar ontmoet hij Miriam, die in de ziekenhuiskeuken van de stad werkt. En voor het eerst van zijn leven wordt hij echt verliefd, zo verliefd als hij nooit voor mogelijk had gehouden. En zij beantwoordt zijn hevige verliefdheid. Na een week voegt ze zich bij hem in Göteborg en volgt hem daarna vier jaar lang op zijn reizen door het hele land. Ze hebben beiden meteen de wens om kinderen te krijgen en ze proberen elke kroon opzij te leggen om ergens een huisje te kunnen kopen. God, hij weet het allemaal nog. De lange reizen, in schuddende derdeklaswagons, in tochtige bussen, met paard en wagen. En altijd hielden ze elkaars hand vast … Miriam met haar blauwe ogen en haar lichtbruine haar. Wat kon het hun schelen dat ze zo arm waren dat ze soms geen eten hadden? Dat de droom van een eigen huis maar een droom was? In ieder geval zolang hij zo nodig moest blijven optreden. Zolang hij een artiest bleef die nooit wist of hij een engagement zou krijgen. Dat maakte niks uit, hun geluk gaf hun meer dan genoeg kracht.

Nog wat brandewijn. Half brandewijn, half rode wijn uit Algerije. Een duivelse mix, een echte Hossamålare met een vreselijke smaak, maar die kan hem wel de das omdoen voordat het weer winter wordt. En hij kan het beter nu drinken, nu hij aan die gelukkige jaren denkt. Buiten is het eindelijk voorjaar, het aprilzonnetje schijnt en het klein hoefblad bloeit. Het zijn goede tijden en er liggen voortdurend nieuwe, interessante waren in de winkels. Maar dat kan hem geen bal schelen. Hij is heel ergens anders. In 1917, in Vagnhärad. 's Ochtends zijn ze uit Trosa gekomen waar hij voor een groep boeren heeft opgetreden die een jaarvergadering hielden van een of andere plaatselijke vereniging. Een publiek van een man of dertig. Vooral zijn soldatenliedjes sloegen aan. De boeren waren dronken en dachten terug aan hun eigen diensttijd. En verderop is het immers oorlog. Dan is het prettig om aan je eigen manoeuvres op de Zweedse hei te denken. Het is een goede avond geweest, hij heeft zijn geld gekregen en Miriam, die altijd in de coulissen staat – als die er zijn – heeft hem bemoedigend toegezwaaid. Het is zo'n avond waarop het leuk is om op te treden, waarop hij zijn ziel in de voorstelling legt, grimassen maakt, harder en verder spuugt dan anders, raar beweegt en op de meest verrassende manieren dwaas en sluw kijkt ... Een goede avond. Een avond waarop hij voelt dat hij toch nog wel ergens goed voor is.

Ze logeren in een pension en gunnen zich de luxe van een behoorlijk ontbijt. Ze hebben een vrije dag voor zich. Anders hoeft pas de volgende avond weer op te treden, in Tystberga, enkele tientallen kilometers hiervandaan. In tegenstelling tot veel van zijn collega's komt hij liever pas op de dag zelf aan in een plaats waar hij moet optreden, en dan nog liefst zo laat mogelijk. Alleen als hij in een gebied komt waar ze een voor hem onbekend dialect spreken, is dat anders. Maar normaal gesproken probeert hij zo laat mogelijk te komen. Ze hebben een goedkope kamer genomen, het is winter en ze kruipen onder de dekens om warm te blijven. Ze liggen dicht tegen elkaar aan en luisteren naar elkaars ademhaling. Een moment van teerste stilte ... Ergens in de verte reutelt een klok en ze horen een paard hinniken. Maar verder wordt alles omsloten door de roerloze winter.

'Ik heb zo de pest aan de winter', zegt Anders.

'Ik heb een beetje buikpijn', zegt Miriam en ze kruipt in elkaar.

'Het gaat wel weer over', zegt Anders. 'Je hebt te snel gegeten.'

's Avonds is ze dood. De buikpijn is overgegaan in een razendsnelle darmafsluiting. Ze halen er een dokter bij, maar die staat machteloos, en voordat er vervoer geregeld is naar het ziekenhuis van Nyköping is het allemaal voorbij. Miriam sterft onder vreselijke pijnen, haar nagels krabben Anders' handen helemaal kapot. Ze kijkt angstig. En dan is het voorbij.

Miriam wordt begraven op het kerkhof van Vagnhärad en hij staat alleen bij haar kist. Verder zijn op deze koude winterdag alleen de dominee en de doodgraver, die in een verborgen hoekje staat te wachten, op het kerkhof aanwezig.

Na de begrafenis ontvlucht hij alles, in machteloze woede. Hij maakt zijn engagement in Tystberga af en reist vervolgens naar Stockholm, waar hij het op een drinken zet. Het duurt meer dan een jaar voor hij weer door het land trekt. Hij is veranderd, dezelfde komediant, maar met diepe littekens op het onbekende lichaamsdeel dat 'ziel' wordt genoemd.

Nog een beetje brandewijn en nog wat rode wijn. Niet vergeten minstens elk half uur een keer in de gootsteen te plassen, zodat hij het niet in zijn broek doet. Buiten schijnt de zon, mevrouw Sjögren komt door de bruine deur van de flat naar buiten en gaat naar het dorp om te shoppen, zoals dat heet. Hallsberg, Vagnhärad. Het is bijna veertig jaar geleden. Volgend jaar, de volgende winter, in februari. Maar dan is hij er niet meer. En het is minstens vijfentwintig jaar geleden dat hij voor het laatst haar graf heeft bezocht. En ontdekte dat het geruimd was, verdwenen ...

Hij loopt naar de gootsteen om te plassen en vraagt zich af waarom hij werkelijk nog geen traantje laat. Terwijl zo iemand als Lasse Nyman dat wel kan. Nee, drink op en schenk nog maar eens in. De wereld van nu is vast beter dan die waarin hij heeft geleefd, maar dat is niet anders. Hij heeft zijn deel gehad. Je hebt er niets over te zeggen wanneer je geboren wordt. Zoals je over zo veel andere dingen ook niets te zeggen hebt. Er schiet hem een naam te binnen, Rådom. Hedlund uit Rådom. De boer in de coalitieregering. Die vaak op de foto staat met die lange, Erlander, die zo mooi Värmlands spreekt. En altijd kijkt alsof hij elk moment in huilen kan uitbarsten. Nee, nu gaan zijn gedachten met hem op de loop. Terug naar de keukentafel, hij wiebelt wel wat, maar er is nog rode wijn. En brandewijn ...

Maar wie zit er in vredesnaam bij Lasse Nyman in de slaapkamer?

Ach ja, die stakker heeft het vast niet gemakkelijk gehad. En hij zal het waarschijnlijk ook niet gemakkelijker krijgen. Altijd maar weglopen en je leven lang vluchten.

Hij valt bij de tafel in slaap en wordt wakker wanneer er op de voordeur wordt geklopt. Lasse Nyman komt de keuken in stormen en staart hem verschrikt aan.

'Nee, rustig maar, ga naar je kamer en doe de deur dicht. Ik doe wel open. Ik weet ook niet wie het is, maar goed … Nu wegwezen!'

Het is niemand minder dan mevrouw Sjögren. Ze knikt.

'Goedendag', zegt ze. 'Ik hoop dat ik niet stoor.'

'Helemaal niet.'

'Ik wilde vragen of Eivor misschien bij u is, meneer …'

'Jönsson heet ik. We hebben geloof ik nooit officieel kennisgemaakt. Anders Jönsson.'

Ze deinst terug wanneer hij praat, en hij begrijpt dat hij waarschijnlijk vreselijk stinkt naar drank en ongepoetste tanden. Nog een geluk dat hij niet in zijn broek heeft geplast vandaag. Of wel …

Nee, niet dus. Een snelle blik naar beneden geeft uitsluitsel.

'Ik ben dus mevrouw Sjögren.'

'Dat weet ik.'

'Mijn voornaam is Elna.'

'Dat wist ik niet.'

'Tegenwoordig weet je nauwelijks meer hoe je buren heten.'

'Nee, dat is zo.'

Zal hij haar vragen binnen te komen? In de keuken die eruitziet als een slagveld? En wat zei ze nou? Het is wazig in zijn hoofd en hij zou minstens een paar glazen van zijn mix nodig hebben om helder te worden. Maar hij kan haar toch verdomme niet in de keuken vragen?

Ach, natuurlijk wel! Hij is toch bezig zichzelf dood te drinken! Hij hoeft niet te huichelen. En hij heeft zo vaak stiekem naar haar gekeken. Verdomme, nou krijgt hij ook nog een stijve.

'Komt u verder', zegt hij snel, terwijl hij opzij stapt en naar de keuken wijst.

Ze lijkt zich niet te storen aan hoe het er daar uitziet; ze gaat gewoon op een stoel zitten en neemt de kat op schoot.

Hij raakt in de war van de situatie. Het is net of hij mevrouw

Sjögren – of Elna, zoals ze kennelijk heet – nooit als werkelijk heeft ervaren. Hij heeft haar gezien, terwijl zij zich daar niet van bewust was, en nu ze hier zo zit maakt dat het eerdere beeld kapot. Tegelijkertijd lijkt het er werkelijk op dat de hoop op een vrouw het laatste is wat de man kwijtraakt, ook al is hij een oude man van zeventig in het ergste stadium van verloedering. Maar hij heeft een stijve en hij vraagt zich even af of er misschien toch nog een kans is …

Nu ze zo dicht bij hem is, ontdekt hij dat ze zo mogelijk nog mooier is dan hij al dacht. Ze straalt een onverholen weelderigheid uit terwijl ze geraffineerd en resoluut de kat aait.

'Eivor', zegt ze weer. 'Ik dacht dat ik haar hier naar binnen had zien gaan.'

Dus zij zit bij Lasse Nyman op de kamer te giechelen. Opeens is Anders ongerust en verontwaardigd. Ongerust over wat die gangster zou kunnen flikken en verontwaardigd omdat hij zonder om toestemming te vragen met Anders' buren omgaat. Hij beseft dat hij daar nauwelijks iets tegen kan doen en hij heeft zelf tegen de ex-gevangene gezegd dat hij zich normaal moet gedragen. Maar wat weet hij er nou van wat normaal is voor Lasse Nyman? Donkere bospaadjes en de achterbank van een auto, daar heeft hij het over gehad. Al dacht hij dat dat vooral opschepperij was. Nee, wie weet waar hij toe in staat is.

Hij moet reageren. Maar in plaats van iets te zeggen staat hij bruusk op en probeert niet al te scheve schommelpassen te zetten. Hij loopt de hal in en doet zonder kloppen de deur van de slaapkamer open. Hij kan de waarheid beter onder ogen zien, bedenkt hij. Als er een waarheid is. En als die maar een beetje draaglijk is.

Eivor en Lasse Nyman zitten een potje te kaarten.

Ze kijken op. Lasse Nyman kijkt bijna beledigd dat hij wordt gestoord.

'Hoi', zegt Eivor vrolijk.

Anders staat bedrukt in de deuropening, maar is toch opgelucht dat zich niets ernstigers heeft voorgedaan dan een spelletje kaarten.

'Je moeder is hier', zegt hij. 'Ze zit in de keuken.'

Eivor trekt een lelijk gezicht, aarzelt even en gooit dan demonstratief de kaarten neer. Ze staat op en loopt langs Anders heen de keuken in.

'Wat is er?' vraagt ze aan haar moeder.

'Ik vroeg me alleen af of je hier was.'

'Dat weet je dan nu.'

Dat is alles. Daarna loopt ze terug naar de slaapkamer en pakt haar kaarten op. Lasse Nyman kijkt Anders dringend aan. Wat hij wil is duidelijk, Anders moet de deur dichtdoen.

Anders gaat terug naar de keuken.

'Ik heb mijn neef op bezoek', zegt hij. 'Ze zijn leeftijdgenoten. Ik wist niet dat de jeugd van tegenwoordig nog kaartte.'

Het is duidelijk dat het niet allemaal koek en ei is. Het brutale gedrag van het meisje, het strakke gezicht van de moeder en de handen die gestopt zijn met het aaien van de kattenrug. Zal hij koffiezetten? Hij kan haar toch moeilijk rode wijn aanbieden? En al helemaal geen borrel. Midden op de dag …

Hij weet totaal niet wat hij moet doen en plotseling zou hij veel liever alleen willen zijn. Herinneringen kunnen onaangenaam zijn, maar je kunt er iets aan doen als ze al te hinderlijk worden. Met de werkelijkheid ligt dat moeilijker.

Wanneer ze niets zegt, vraagt hij of ze uit Gävle komt.

'Kun je dat horen?' vraagt ze geamuseerd.

'Ja.'

'Maar het klopt niet.'

'Ergens daar uit de buurt dan?'

'Uit Sandviken.'

Heeft hij ooit in Sandviken opgetreden? Ja, vast, ook al zou hij het zo voor de vuist weg niet meer weten. Vermoedelijk kan hij gemakkelijker onthouden waar hij niet geweest is.

'Ik ben hier vlak na de oorlog komen wonen', zegt ze. 'Ik heb mijn man ontmoet toen ik onderweg was naar een vriendin in Skåne. We zaten tegenover elkaar in een coupé en raakten aan de praat. Zo is het gekomen.'

Voordat ze verder kan gaan, vliegt de deur van de slaapkamer open en Eivor komt de keuken in. Plotseling ziet Anders dat het meisje op haar moeder begint te lijken. Hetzelfde gezicht, hetzelfde haar.

Eivor is razend. Wanneer ze haar mond opendoet, praat ze zo heftig dat de woorden er bijna in de verkeerde volgorde uit komen.

'Wat doe je hier nog? Waarom ga je niet naar huis?'

Elna beheerst zich. Anders zou niet kunnen zeggen of haar dat moeite kost.

'Ik zit hier met Anders te praten.'

'Je zit mij in de gaten te houden.'

'Nee, dat is niet zo. Maar mag ik dan niet kennismaken met degene die jou hier heeft uitgenodigd?'

'Nee, dat mag je niet.'

Eivor draait zich om en smijt de deur dicht. Nu is ze te ver gegaan. Elna staat zo abrupt op dat de kat wegspringt en geschrokken achter het fornuis verdwijnt. Ze rukt de deur van de slaapkamer open, stapt naar binnen en steekt haar hand uit naar Lasse Nyman.

'Ik heet Elna', zegt ze.

'Lasse Nyman.'

Eivor gooit de kaarten op de grond en schreeuwt: 'Verdomme! Stom mens!'

'Zo praat je niet tegen mij, als je dat maar weet. Rotkind!'

In de keuken kan Anders het allemaal horen. Hij is stomverbaasd.

Net als Lasse Nyman. Normaal gesproken raakt hij niet van zijn stuk als mensen tegen elkaar schreeuwen, dat is hij van jongs af aan gewend. Maar het gaat er hier zo heet aan toe dat hij onzeker wordt. Als die moeder nou opeens op het idee komt tegen hem te schreeuwen? Wat doet hij dan? Hij sluipt de keuken binnen.

'Waarom schreeuwen ze nou?' vraagt hij.

'Weet ik niet', antwoordt Anders.

Tja, waar gaat de ruzie over? Over alles tegelijk, lijkt het wel. Dat Elna haar helemaal niet in de gaten houdt, maar eindelijk eens de knoop heeft doorgehakt en kennis heeft gemaakt met de buurman. Dat zij zich zorgen maakt omdat Eivor er op school de kantjes van afloopt, en dat het belangrijk is om goede cijfers te halen. En dan komt Eivors snerpende stem ertussendoor. School kan haar geen donder schelen, ze zit de tijd gewoon uit totdat ze kan gaan werken. Niemand zal haar dwingen naar de middelbare school te gaan, niemand. Waar zal ze van leven? Snapt ze niet dat ze verder moet leren nu gewone mensen die kans ook hebben? Begrijpt ze niet wat goed voor haar is? Begrijpt ze niet dat zij, Elna, er alles voor over gehad zou hebben om naar school te mogen gaan, toen zij jong was, maar dat het toen niet kon? Omdat ze in verwachting raakte. Brutaal wicht!

En dan volgt een klinkende draai om de oren en er klinkt een gil. Eivor huilt en Elna komt de keuken binnen, waarna ze ook begint te huilen.

Lieve help, wat een gedoe! Wat een middag! En de dag was nog wel zo goed begonnen met lekker lenteweer en een nieuwe broek.

De oude man en de ontsnapte gevangene staren elkaar aan. Ze bevinden zich in een eigenaardig soort niemandsland midden tussen de huilende vrouwen in. Onzeker blijven ze in de hal staan. Van daaruit hebben ze een goed overzicht over zowel de slaapkamer als de keuken. Wat doen ze?

'Waarom heb je haar dan ook meegenomen?' sist Anders. Nu hij de situatie niet meer in de hand heeft, ziet hij geen andere uitweg dan op zijn logé te foeteren.

'Sodemieter op', krijgt hij als antwoord, en nu spreekt de ontsnapte gevangene zijn gewone taal. De oude baas moet zich niets verbeelden. Natuurlijk kan hij netjes en vriendelijk zijn, maar hij heeft ook een andere kant.

Hoe dan ook, ze gaan elk een kant op. Lasse Nyman gaat naar Eivor toe, die in elkaar gedoken op de grond zit te huilen en Anders zwalkt de keuken binnen, waar Elna op een stoel zit met haar hoofd in haar handen.

Lasse Nyman heeft geen idee hoe je iemand moet troosten. Niemand heeft hem ooit getroost. En hoe moet hij in vredesnaam een eind maken aan dat geblèr? De enige aanpak waar hij ervaring mee heeft, is slaan en daarna schreeuwen dat het uit moet zijn met dat gejank. Maar hij aarzelt, hij kan dit meisje geen klap geven. Hij moet oppassen, hij is immers op de vlucht. Dus hij raapt de kaarten bij elkaar en begint patience te leggen.

Wat moet hij doen?

Anders gaat achter Elna staan en klopt haar op de schouder. Ze schrikt niet wanneer ze zijn hand voelt, maar ze stopt ook niet met huilen. Hij blijft staan, geeft zachte klopjes op haar schouder, zonder iets te zeggen.

En buiten schijnt de zon en het wordt al laat in de middag.

Maar allengs wordt alles rustiger, eerst in de keuken en daarna ook in de slaapkamer. Eivor komt de keuken in, gaat op het aanrecht zitten en staart met een lege, wezenloze blik voor zich uit. Lasse Nyman duikt op in de hal en neemt een kijkje in de keuken, maar hij vindt de stilte er zo onaangenaam dat hij snel teruggaat naar zijn kaarten. Elna veegt haar gezicht af en kijkt uit het raam naar haar eigen raam, zoals Anders dat zo vaak heeft gedaan. Dat bezorgt hem een onplezierig gevoel en hij loopt snel de binnenplaats op om tegen de muur van het huis te gaan plassen. Dan blijft hij weifelend staan. Moet hij weer naar binnen gaan? Waar kan hij zitten? De keuken is bezet, in de slaapkamer zit een lummel een potje te kaarten. Maar hij kan toch niet op sokken buiten blijven staan? Wanneer hij binnenkomt, is Eivor tegenover haar moeder gaan zitten. En nu praten ze met elkaar. Ook al merken ze allebei dat Anders in de hal staat, toch praten ze gewoon door. Ze bedoelen zeker dat hij het best mag horen.

Of niet?

Elna vindt dat haar dochter te veel make-up gebruikt.

'Anders kom ik nooit een film voor boven de achttien binnen.'

Elna is in de aanval en Eivor verdedigt zich. Hun meningen over bepaalde dingen lijken mijlenver uiteen te lopen. De oogschaduw en de knalrode lippenstift stellen in dat verband niets voor.

Ze hebben het over het belangrijkste wat er maar bestaat. De toekomst.

De middelbare school.

'Misschien wil je dat ik nog ga studeren ook', zegt Eivor, terwijl ze onophoudelijk over haar haar strijkt, alsof ze zich zorgen maakt of het er allemaal nog wel zit.

'Ja, natuurlijk', zegt Elna. 'Maar je moet op zijn minst naar de middelbare school. Dan kun je in ieder geval een kantoorbaan krijgen.'

'Dat wil ik niet.'

'Wat wil je dan?'

'Mijn rijbewijs halen.'

'Daar kun je toch niet van leven?'

'Wat ik wil, kan ik toch niet worden.'

'Waarom niet?'

'Mijn benen zijn te lelijk. En mijn neus is te groot. Alleen mijn ogen en mijn mond zijn goed. Daarom gebruik ik make-up. Omdat ze gezien mogen worden. Maar mijn neus en mijn benen niet.'

'Ik vind je een mooi meisje. En niemand kan toch van zijn uiterlijk leven?'

'Dat kan best. Als je maar iets hebt om mee voor de dag te komen.'

'Je zit gewoon te dromen.'

'Dat maakt jou toch geen donder uit?'

'Let op je taal.'

'Let zelf op je taal. Ik heb van jou zo leren praten.'

En zo gaat dat maar door.

Anders staat in de hal heen en weer te schuifelen en voelt zich een ongenode gast in zijn eigen huis. Wat heeft hij eigenlijk met hun problemen te maken? Het kan hem niets schelen waar zij het over hebben. Het enige waar hij zich aan kan optrekken is dat het er in deze moderne tijd kennelijk ook niet probleemloos aan toegaat. Jonge kinderen zitten in de jeugdgevangenis en moeders en dochters schelden elkaar uit en slaan elkaar, en zijn midden op de dag aan de drank. In de keuken van andere mensen. Dat Elna mooi is en haar dochter hard op weg dat te worden is één ding. Voor de rest gaat het hem allemaal niet aan.

'Nu moeten jullie weg', zegt hij beteuterd, als een kind dat een mislukt verjaarspartijtje heeft gehad. En dan is het net alsof het gewone leven, de keurige routine, weer de overhand krijgt. Elna verontschuldigt zich voor alles wat er gebeurd is. Ze bloost zelfs en Eivor mompelt zachtjes dag tegen Lasse Nyman wanneer ze de deur uit sluipen. Daarna is de keuken weer even leeg als altijd, de kat durft weer tevoorschijn te komen, maar kijkt wel achterdochtig om zich heen. Anders laat zich weer op een stoel bij de tafel zakken en in de slaapkamer hoort hij Lasse Nyman kwaad zijn kaarten op tafel smijten, een voor een.

'Morgen ben ik weg', zegt hij wanneer hij een poosje later de keuken in komt. De toon is veranderd, die is nu agressiever. Niet tegen Anders, maar tegen de wereld.

'Vond jij dat ze te veel make-up ophad?' vraagt Anders, die nu weer flink dronken is.

'Te weinig', antwoordt Lasse Nyman spottend. 'En ze had puistjes in haar nek.'

'Wat had jij in haar nek te zoeken?' bromt Anders.

'Ach, ga toch fietsen', antwoordt Lasse Nyman. En daarmee is het gesprek afgelopen.

De volgende ochtend geeft Anders hem vijftig kronen en hij krijgt een knikje als dank.

Dan verdwijnt Lasse Nyman zonder te zeggen waarheen.

Er gaan een paar weken voorbij en het wordt 1 mei.

De enorme heisa van een paar weken geleden lijkt iets wat zich alleen in zijn hoofd heeft afgespeeld. Wanneer hij Elna tegenkomt of Eivor lusteloos voor de deur ziet hangen, terwijl ze continu over haar donkere haar strijkt, doen ze net alsof er niets gebeurd is. Ze knikken en glimlachen weer gewoon. Het zonlicht is zo fel dat hij hen bijna niet recht in de ogen kan kijken. Door het voortdurende zuipen kan hij niet zo goed meer tegen licht. Nu gaat hij er het liefst op uit om brandewijn en wijn te kopen wanneer het bewolkt is, wanneer het regent en de lucht koel is. De lente is zo snel gekomen dat hij zich bijna overrompeld voelt. Hij houdt zichzelf voor dat dit zijn laatste lente is, dat hij er de volgende keer dat het warm wordt na een lange winter niet meer is. Maar hij voelt alleen een donkere onmacht in zijn binnenste, en soms ook een brok in zijn keel. En dat wil hij niet, dan vlucht hij snel weer weg in zijn herinneringen. Hij denkt terug aan winternachten, aan duistere landweggetjes door oneindige bossen die nergens heen leidden.

Maar hij blijft toekijken wanneer Elna zich uitkleedt, en elke keer raakt hij opgewonden. Het is eigenaardig dat die drift nooit schijnt af te nemen of te bekoelen.

Op een avond kijkt ze plotseling naar beneden, naar zijn keukenraam, en hij deinst achteruit alsof hij is ontmaskerd. Maar hij weet dat ze hem niet kan zien, hij zit zo ver achter in de keuken dat het licht hem niet kan bereiken. Maar toch ... Na die avond wordt hij voorzichtiger. Misschien heeft ze het door? Of was ze alleen op het idee gekomen dat hij daar weleens zou kunnen zitten in zijn vieze keuken ... Maar ze trekt het gordijn niet naar beneden. Integendeel, nu de wind 's avonds warm is, heeft ze het raam vaak openstaan.

En Lasse Nyman? Die lijkt wel door de aardbodem verzwolgen, hij is weg. Anders betrapt zichzelf er vaak op dat hij hoopt dat hij het redt, dat hij zijn weg vindt in het leven. Maar hij betwijfelt het; sommige mensen zitten altijd in de hoek waar de klappen vallen, dat is zijn ervaring. Je zit meteen bij je geboorte al in een bepaald hokje en er zijn maar weinigen die daar levend en wel uit weten te ontsnappen. Maar je kunt altijd hopen. Wie weet, misschien is de jonge Lasse Nyman wel zo'n uitzondering met een zeldzame gave. Misschien heeft hij een onvermoed talent dat plotseling aan het licht komt. Een natuurlijke aanleg? Een mooie zangstem? Misschien krijgt hij een religieus visioen en kan hij een sekte om zich heen verzamelen.

Wie weet?

Anders kan hij altijd nog een verschrikkelijk goede kaartspeler worden.

Maar nog vaker vraagt hij zich af hoe Lasse Nyman eigenlijk de puistjes in Eivors nek had ontdekt. Wat waren ze eigenlijk aan het doen? Het meisje is minderjarig, nog maar veertien. Nog nauwelijks ontwikkeld, ook al verraden de zomerkleren die ze nu draagt dat ze op de juiste plaatsen rondingen krijgt.

Het hart tikt en God beschikt, er gaat zo veel om in zijn hoofd.

In die tijd begint hij hardop in zichzelf te praten in zijn keuken. Vaak zet hij Miriam op de stoel tegenover zich neer, hij schenkt nog een glas wijn in, ook al dronk ze nooit, en dan praten ze. Alles loopt in elkaar over. Die idioot van een Cederlund en kreukvrije nylon overhemden, wandelingen langs de kades van Göteborg en het autoverkeer dat steeds drukker wordt, voorstellingen waar hij werd uitgefloten, voorstellingen die hij graag had gegeven, maar die hij nooit mocht uitvoeren ... Miriam is een ideale luisteraar. Ze wordt nooit moe en ze geeft nooit een antwoord dat hem niet zint.

Dagelijks wisselt hij ook een paar woorden met de kat. En de kat is het met hem eens als hij zegt dat Amerika het land op de wereld schijnt te zijn waar de toekomst het verst is gevorderd. Nee, de kat protesteert niet, die geeft hem gelijk.

Het is 1 mei. Stapelwolken aan de hemel, regen in de lucht, het is broeierig weer. Een dag om in de keuken door te brengen. Daar staan de flessen in het gelid als soldaten die wachten tot hun kop eraf gaat en hun bloed wordt afgetapt …

Plotseling krijgt hij het idee een uitstapje te maken naar de echte wereld. Hij heeft gezien dat er een betoging zal worden gehouden en dat iemand die Kinna wordt genoemd een toespraak zal houden. Ook zoiets raars. Treden politici nu ook al onder een artiestennaam op? Net als komedianten? Nou ja, het verschil is misschien ook niet zo groot. Maar zijn ze nu ook geschminkt en lopen ze verkleed rond? Brengen ze hun boodschap zingend? Hij zal zichzelf verdorie eens bij de lurven pakken en dit allemaal vanaf de zijlijn bekijken … Een schoongeboend overhemd, de nieuwe broek, het oude jasje, zijn schoenen met knopen en een hoed ter bescherming tegen dat verrekte licht. Dan is hij klaar. Nog een glaasje en dan op pad.

Hij gaat in de schaduw van een boom voor het station staan en ziet de optocht langskomen. Er lopen weinig mensen in mee; het is een korte, rustige stoet. Je hoort alleen de schoenen klepperen over het asfalt, een hond die ernaast loopt te blaffen en af en toe een claxon. Zelf heeft hij nog nooit aan een optocht meegedaan, maar hij heeft vaak net als nu langs de weg staan kijken. Voor de borden en spandoeken van de deelnemers heeft hij meestal maar weinig belangstelling, hij wil een boodschap, een doel van hun gezicht aflezen.

ZEKERHEID VOOR HET GEZIN — WETTELIJK AANVULLEND PENSIOEN, leest hij moeizaam met zijn pijnlijke, bloeddoorlopen ogen. Dat klinkt natuurlijk prachtig. Wie is nou tegen zekerheid voor het gezin? Dat van dat aanvullende pensioen is verwarrender. Hij heeft er iets over opgevangen in het spoor-wegcafé en weet dat de meningen verdeeld zijn over het ATP. Zo heet het, maar wat het eigenlijk inhoudt, daar heeft hij geen idee van.

Hij had een fles mee moeten nemen, hij krijgt een droge keel en wordt bijna duizelig van het lange staan. Maar de stoet is niet zo lang, nauwelijks langer dan een railbus, denkt hij. En die past goed hier in Hallsberg ...

De gezichten, ja. Wat zeggen die? Dat niemand honger heeft en dat niemand ziek is. De winterbleekheid is er natuurlijk nog, het voorjaar is nog maar net begonnen; maar als hij het verge-lijkt met de gezichten die vijftig jaar geleden langskwamen, dan is het een verschil van dag en nacht. En die wirwar van kleuren! Vroeger was alles bruin, zwart en grijs. Nu ziet hij lichte pastel-kleuren, een bloemenweide in tegenstelling tot de begrafenis-stoet en de ondervoede, spookachtige gezichten die vroeger het uiterlijke kenmerk van de demonstraties waren.

Het ziet er allemaal zo verbijsterend gezellig uit. Geen boze spreekkoren, geen dicht opeengepakte stoet die door de stra-ten gaat om eensgezinde kracht uit te dragen. Dit lijkt nog het meest op een groep reizigers die achter een onzichtbare gids aan loopt naar een onbekend doel. Ja, het is een welvarende stoet. Maar ...

Nee, het heeft geen zin zich dat af te vragen. Bovendien heeft hij zo'n dorst en doen zijn ogen zo zeer dat hij beter naar huis zou kunnen gaan. Maar hij wil de politicus graag zien die zijn boodschap onder pseudoniem ten gehore zal brengen, en die wens wint het. Wanneer de korte stoet de boom waarnaast hij staat gepasseerd is, loopt hij erachteraan, aan de schaduwkant van de straat ...

Hij gaat op een met gras begroeide heuvel zitten en waait zich koelte toe met zijn hoed. Hij voelt zich misselijk en zou eigen-lijk naar huis moeten gaan, maar nu moet en zal hij verdorie dat optreden zien.

Voor een klein spreekgestoelte staan een paar rijen banken en daarachter zijn mensen in het gras gaan zitten. Een plaatselijke sociaal-democraat neemt als eerste het woord, maar hij praat zo zachtjes dat Anders hem niet kan verstaan. Raar dat mensen die in het openbaar moeten optreden niet met ademsteun kunnen leren spreken. Wat heeft het voor zin naar deze in het grijs geklede man te kijken? Geen enkele, natuurlijk ...

Hij zou in een opwelling bijna de heuvel af gestrompeld zijn om de spreker zonder stem opzij te duwen en vervolgens een van zijn oude succesnummers op te voeren. Bijvoorbeeld de sketch over *August, die naar de apteek ging om drank voor de verrekes te kopen*. Zou dat aanslaan? Nee, natuurlijk niet. Hij moet lachen om zijn eigen onnozelheid.

Maar hij moet toegeven dat hij onrustig wordt bij de aanblik van een publiek en een wankel podium. Het publiek was zijn brood, een publiek dat niet kwam opdagen of niet reageerde, dat was ooit zijn grootste nachtmerrie.

Het is niet zo gemakkelijk om te beseffen dat het allemaal voorbij is. En hij had het vast beter gekund dan die grijze gehaktbal ...

Plotseling wordt hij zo duizelig dat hij moet gaan liggen. De wolken draaien boven hem aan de hemel rond en opeens wordt hij bang. Hij zal hier op dit grasveld toch niet doodgaan? Dat wil hij niet. Zo heeft hij het zich allemaal niet voorgesteld, dat gaat hem veel te snel ... Lieve hemel, alles draait en zijn hart slaat haast niet meer ... Ik heb hulp nodig, ik kan hier niet zomaar liggen doodgaan. Dat wil ik niet ... Wat doe ik hier eigenlijk ...

Hoelang hij ligt te denken dat hij doodgaat weet hij niet. Misschien is hij een paar minuten buiten kennis geweest, maar hij gaat niet dood, hij komt weer tot leven en slaat zijn ogen op.

Hij ziet geen wolken, maar kijkt recht in Eivors opgemaakte, maar ongeruste ogen.

'Bent u ziek?' vraagt ze.

Hij pakt haar smalle hand vast en is zo ontzettend blij dat hij niet alleen is. Hij heeft iemand aan wie hij zich kan vastklampen. Hij voelt dat ze schrikt van zijn harde greep, de greep van de angst, maar ze trekt haar hand niet terug.

'Het gaat wel over', mompelt hij. 'Blijf even zitten … het gaat over. Ik ben alleen een beetje duizelig …'

'Moet ik iemand roepen?' vraagt ze.

'Nee, blijf zitten', antwoordt hij en hij probeert te glimlachen. 'Blijf even zitten.'

Hij doet zijn ogen dicht en voelt dat het al wat beter gaat. De kleine, warme hand geeft hem een veilig gevoel. De duizeligheid wordt minder en moeizaam gaat hij rechtop zitten.

'Ik ben oud', zegt hij. 'Dan word je weleens draaierig. Niets aan de hand.'

'U hebt in uw broek geplast', zegt ze terwijl ze haar hand losmaakt.

Natuurlijk, het zal ook eens niet. Er zit een donkere vlek op het linkerbovenbeen van de bruine terlenka broek. En het ruikt naar urine. Gadverdamme. Kan ze niet weggaan? Dit kan hij niet aan.

Maar ze gaat niet weg. Ze schuift alleen een eindje op en gaat in elkaar gedoken met haar armen om haar opgetrokken benen op een grassprietje zitten kauwen. Tegelijkertijd begint er beneden op het spreekgestoelte iemand met een Västgöts accent en een autoritaire stem een betoog.

'Dat is Kinna-Ericsson', zegt ze. 'Ik had u hier niet verwacht.'

'Dat had ik van mezelf ook niet verwacht', antwoordt Anders.

'Ik ben hier alleen', zegt Eivor. 'Mijn moeder en Erik zijn naar een tweedehands auto aan het kijken.'

'O?'

Ze luisteren naar de spreker.

'Begrijp jij waar hij het over heeft?' vraagt Anders na een poosje.

'Nee', antwoordt ze vrolijk. 'Ik snap er geen fluit van. U wel?'

'Niet echt.'

De spreker heeft een goede ademsteun en er spreekt wilskracht uit zijn stem. Maar hij vertoont geen kunsten en draagt geen gebloemd vest. Hij staat in hemdsmouwen en af en toe maakt hij een weids, zwaaiend gebaar met zijn arm. Elk gebaar wordt gevolgd door een pauze en dan krijgt hij een beleefd applaus als reactie.

'Gaat het al wat beter?' vraagt Eivor zonder hem aan te kijken.

'Jawel', antwoordt Anders. 'Maar ik denk dat ik maar beter naar huis kan gaan.'

Zonder iets te zeggen gaat ze met hem mee.

Bij het hek blijven ze staan. Ze schopt rusteloos in het harde grind.

'Wil je even binnenkomen?' vraagt Anders.

Daarna zit ze tegenover hem en kijkt hoe hij met trillende hand een paar flinke borrels inschenkt die hij onmiddellijk achterover slaat. Ze lijkt niet verbaasd of nieuwsgierig, ze zit gewoon te kijken.

'Vertel eens', zegt Anders.

'Waarover?'

'Ja, waarover? Maakt niet uit. Nu voel ik me weer goed. Nu kan ik luisteren.'

'Ik wou dat ik iets te zeggen had.'

'Iedereen heeft iets te zeggen.'

'Ik niet.'

'Jij ook.'

Natuurlijk heeft ze iets te zeggen. Niet dat hij zich nou zo veel van zijn eigen jeugd herinnert, dat is net een akelige, troebele smurrie waar hij liever niet in roert, maar zij zit er middenin en moet toch iets kunnen vertellen. De jeugd! Die gelukkige tijd! Ze lijdt geen honger en ze kan elke dag andere kleren aantrekken. En, godnogaantoe, geen broers of zussen, ze is enig kind. Kan ze niet ten minste vertellen dat ze het eigenlijk geweldig getroffen heeft?

Maar natuurlijk gaat er iets anders in haar om, dat had hij moeten begrijpen.

'Waar is Lasse?' vraagt ze zachtjes. Hij krijgt het gevoel dat ze bang is voor het antwoord.

Maar hij zegt eerlijk dat hij het niet weet. Hij heeft geen idee. En hij vraagt zich af hoeveel ze eigenlijk weet. Een neef, had Anders gezegd. Maar waar zaten ze over te fluisteren toen ze samen achter die dichte deur zaten?

'Hij zou contact opnemen', zegt ze.

O, ja? Dat verbaast Anders niet. Het is de standaardbelofte van een man op de vlucht die aan de ene kant vrij en ongebonden wil zijn, en aan de andere kant alle opties wil openhouden.

Maar Lasse Nyman zal niets van zich laten horen. Hij is een moderne woudloper en vogelvrijverklaarde.

'Vond je hem aardig?' vraagt hij slap.

'Ach', antwoordt ze en bevestigt daarmee zijn vermoeden.

'Ik ook', zegt hij.

En dan steekt ze opeens van wal, haar gezicht begint te stralen in de benauwde keuken. Anders luistert, eerst nieuwsgierig, dan steeds verbaasder naar wat Eivor bijna ademloos van spanning vertelt. Hoe is het mogelijk? Heeft Lasse dat echt tegen haar gezegd? Het lijkt er wel op. Maar dat Lasse Nyman een rijke fantasie heeft, daar hoef je kennelijk niet aan te twijfelen. Of is het misschien juister om te zeggen dat zijn dagdromen een soort naïeve logica hebben die ze geloofwaardig maakt, ook al ontstijgen ze de werkelijkheid op duizelingwekkende wijze? Ondanks zijn verbazing voelt hij toch een weemoedige vreugde over Lasse Nymans vermogen om te dromen. Dat het arme meisje droom en werkelijkheid vervolgens niet van elkaar kan onderscheiden is wat anders. Dat ze niet volwassen genoeg is om waar en onwaar te schiften hoeft van Lasse Nymans verzonnen huzarenstukjes en toekomstvisioenen nog geen leugens te maken.

Of wel?

Hij weet het niet. Het fascineert hem en hij weet het niet.

Het is wel zo dat er met Lasse Nyman eindelijk weer eens een frisse wind door Hallsberg en door Eivors leven waait, daar bestaat geen twijfel aan. Dat deze hemelbestormer een uit Mariefred ontsnapte, jeugdige delinquent is, die helemaal geen familie is van Anders, doet niet ter zake. Voor Eivor is hij degene die haar is komen vertellen wat ze echt vindt, wat ze echt wil, zonder dat ze dat zelf had kunnen formuleren.

Maar wat heeft hij dan gezegd, deze opmerkelijke jongeman?

Ze waren elkaar op straat tegengekomen. Hij hing voor haar portiek rond toen zij blozend kwam aanrijden op haar rammelende fiets. Hij was een gesprek begonnen door in onvervalst Stockholms te zeggen dat ze haar achterband beter moest oppompen. Of rijden ze hier in Hallsberg op de velgen? Hij vraagt het maar. Ze weet niet meer wat ze toen heeft gezegd, waarschijnlijk niets. Ze bloost altijd zo snel, vertelt ze giechelend. Anders verbaast zich over haar openhartigheid. Zij, een meisje van veertien, en hij, een incontinente oude man, en ze praat honderduit alsof hij haar hartsvriendin is, of een roze dagboek met een slotje. Nee, dat begrijpt hij niet, maar wat maakt het uit? Wat hij begrijpt of niet begrijpt kan niemand iets schelen, ook hemzelf niet. Vertel maar Eivor, ga door.

Hij stak een sigaret op, die hij aan zijn onderlip liet vastkleven, hij pakte de pomp uit haar hand en pompte de achterband zo hard op dat die bijna knapte. Toen stak hij zijn sigaret opnieuw aan met zijn hand er als een kommetje omheen, hij schoot de lucifer met zijn gele wijsvinger weg en vroeg hoe ze heette. Zelf komt hij uit Stockholm en heet Lasse Nyman. Het lijkt hem godsonmogelijk om op het platteland te wonen, maar Eivor is een mooie naam, echt een ontzettend mooie naam. Waarom woont zij niet in Stockholm? Daar gebeurt het immers. Hallsberg, wat stelt dat nou voor? Wijs dan ten minste die berg eens aan …

Inwendig hoort Anders zijn stem. Hard, nasaal, brutaal. En natuurlijk weet hij dat je iemand kunt imponeren met arrogantie. Hij kan zich gemakkelijk voorstellen dat Eivor het in alles wat hij zegt met hem eens is, dat je in Stockholm moet wonen en niet in zo'n klein gat als dit.

'Met één lullig straatje', zoals hij het zo treffend had geformuleerd. 'Eén straat, van niks naar niks. Ga je mee naar binnen? Die ouwe is er niet.'

'Toen zijn we gaan kaarten', vervolgt ze. 'En hij zei dat hij op weg was naar Göteborg om zijn nieuwe auto op te halen. Een Ford Thunderbird. Daarna zou hij gewoon rustig een beetje rondrijden. Omdat hij zelf autoverkoper is, kan hij immers werken wanneer het hem uitkomt. Geen vaste werktijden, gewoon wanneer hij zin heeft.'

En daarna de belangrijkste toevoeging.

'Zo wil ik ook leven. Niet zoals nu.'

'Je bent nog maar een kind. Je zit toch nog op school?'

Nee, dat was een stomme opmerking. Op hun veertiende willen kinderen wat hun rechten betreft als volwassenen worden beschouwd. Als het om plichten gaat zijn het opeens weer onnozele kinderen. Maar zeg niet hardop dat een veertienjarige een kind is, dat is een belediging.

Hij ziet dat ze in elkaar kruipt, ze voelt zich in de hoek gedrongen.

'Zo bedoelde ik het niet helemaal. Begrijp me niet verkeerd. Op mijn leeftijd raak je weleens in de war met wat je denkt en wat je zegt.'

'Wat bedoelde u dan?'

'Je zei dat je zo wilde leven. Hoe leef je nu dan?'

'Dat weet u wel.'

'Ik weet van niets.'

Eivor giechelt en hij weet meteen waarom. Het is vast heel

grappig om een ouder iemand met zo veel nadruk te horen zeggen dat hij absoluut van niets weet. (Ik ben barones X en ik weet absoluut nergens van ...) Maar die mop vertelt hij niet.

'Ik heb mijn echte vader nooit gezien', zegt ze plotseling.

Hij krijgt de rode wijn in zijn keel en voelt een steek, maar het lijkt erop dat zijn maag het heeft opgegeven. Of is die verlamd? Het is hem opgevallen dat hij bijna nooit meer hoeft over te geven.

'En ik zit me hier dood te drinken', zegt hij.

Eivor vertelt, spontaan en direct.

'Ik zit me hier dood te drinken', zegt hij nog eens. Maar ze gaat door over haar vader.

'Mijn moeder weet ook bijna niets van hem. Er is geen enkele foto en ze kan nauwelijks vertellen hoe hij eruitzag. Hij heette Nils, en het is in de oorlog gebeurd. Maar het ergste is dat hij niets weet van mijn bestaan. Hij loopt ergens rond en weet niet dat hij mij heeft. Misschien is hij wel dood. Niemand weet iets. Logisch dat ik boos word op mijn moeder. Erik wordt nooit mijn vader, hoe hard hij zijn best ook doet. Maar hij is wel aardig.'

Anders vindt het raar dat ze niet meer weet, maar waarom zou hij twijfelen aan wat ze zegt? Ze zal heus niet liegen, dat lijkt hem niets voor haar, nog niet in ieder geval. Wie weet was dat anders geweest als Lasse nog wat langer de kans had gehad om haar te beïnvloeden.

'Wat naar', zegt hij langzaam en onzeker.

'Wat?'

'Dat je geen vader hebt.'

'Het is niet leuk om een ongelukje te zijn.'

Alsjeblieft, zeg! Kijkt ze echt zo tegen zichzelf aan? Als een ongeluk dat afgewend had moeten worden?

'Kind toch', zegt hij en hij strekt zijn hand uit over de tafel. Maar hij bereikt haar niet, ze schuift achteruit op haar stoel.

En dat valt wel te begrijpen. Zo vies als hij is. En nooit kun je ergens zo van griezelen als wanneer je jong bent. Van vieze handen, van hondenpis in pasgevallen sneeuw, van scheve tanden … Nee, dat klopt niet. Het gebit van Lasse Nyman was ook niet bepaald het schoonste dat ooit vertoond was. Maar misschien was hij zich daarvan bewust en had hij ervoor gezorgd dat ze zijn tanden niet zag wanneer hij met haar praatte.

'Maar wat wil je dan?' vraagt hij.

Dat weet ze natuurlijk niet. Iets onduidelijks. Een onrustig verlangen naar elders, dat in de eerste plaats. Weg, daarna ziet ze wel. Alles, maar dit niet, geen minuut langer dan nodig is. Daarbuiten is het leven, dat weet ze wel. Heeft er ooit iets over Hallsberg in het weekblad *Filmjournalen* gestaan? Wat heeft Hallsberg met de wereld te maken? Wie stapt hier uit?

Hij knikt. Ze denkt net als hij, haar gedachten gaan in dezelfde richting.

'Verlangen naar iets anders is goed', zegt hij. 'Maar laat dat verlangen je niet de das omdoen.'

'Daarom wil ik toch juist weg. Snapt u nou helemaal niets?'

'Nee. Dat zei ik net al.'

'Bent u boos?'

'Boos? Nee, nee … Maar er valt toch niets op je moeder aan te merken? Op Elna? Of op je stiefvader?'

'Dat zeg ik ook niet.'

Het is een warme middag, het gesprek kabbelt langzaam verder. Anders weet niet of het hem nou wel echt interesseert wat ze zegt. Aan de ene kant is hij nieuwsgierig, maar aan de andere kant zit hij net zo lief rustig alleen. Jezelf dood drinken is niet eenvoudig, dat beseft hij inmiddels wel. Het leven, de troebele herinneringen, de weemoed die zo vaak stilletjes binnen komt sluipen en hem overvalt, de angst; dat zijn allemaal dingen waar hij mee te maken krijgt. Het leven interesseert zich schijnbaar alleen voor zijn eigen instandhouding. Ongeacht ouderdom en verval, eenzaamheid en een bestaan in de marge van de werkelijkheid, die met de dag kleiner wordt. En soms is het net of hij niet eens kan vertrouwen op zijn eigen wil om op eigen kracht te sterven. En wat is hij zonder zijn wil, in de steek gelaten door zijn enige wapendrager? Niets. Compleet hulpeloos. Hij kijkt naar haar. Merkt ze het? Nee, natuurlijk. Ze heeft het te druk met zichzelf, net als hij. Net als iedereen. Het is vast niet gemakkelijk om een van je ouders niet te kennen. Maar, aan de andere kant ...

'Lasse Nyman heeft zijn vader een oor afgesneden', zegt hij. 'En dat was een misser. Hij had het op zijn hoofd voorzien.'

'U bent niet wijs', sist ze.

'Ik zeg niets verkeerds over Lasse', verdedigt hij zich. 'En trek je niets aan van wat ik zeg, ik ben een oude man.'

'U bent dronken.'

'Dat ook. Ik zit me hier dood te drinken. Wil je weten waarom?'

Daar gaat ze niet op in, maar hij probeert het toch te vertellen. Natuurlijk is dat geen succes, ze weet niet eens wat een komediant is.

'Wat leren jullie eigenlijk op school?'

'De rivieren: Viskan, Lagan, Nissan, Åtran', antwoordt ze. 'En nog wat andere dingen. Maar dat is straks afgelopen.'

Maar wat weet hij?

Errol Flynn? Alan Ladd? Bogart? Heeft hij 'Guitar Boogie' weleens gehoord?

Ze zingt het voor hem, dom, do-do-do-do ...

'Lasse Nyman verkoopt geen auto's', onderbreekt hij haar. 'Hij steelt ze.'

Dan gaat Eivor weg. Dat wil ze niet horen. En hij kan haar wel begrijpen. Je wilt rustig kunnen dromen en daar pas mee ophouden als je zelf voelt dat de tijd daar rijp voor is. Hij heeft het recht niet om op haar ziel te trappen, alsof hij sneeuw van zijn voeten stampt voor de buitendeur.

Of wel? Hoe moet zij zich redden in de wereld als ze van niets weet? Als ze niets wil weten?

'Wat geven de mensen hun kinderen tegenwoordig eigenlijk voor opvoeding?' mompelt hij. Maar dan is ze dus al buiten in de zon. Ze heeft haar fiets gepakt en is weggereden. In dezelfde richting als waarin Lasse Nyman is verdwenen.

Nergens heen.

Om vijf uur klinkt er getoeter voor de flat en daar zijn Erik en Elna met hun nieuwe auto.

'Kom eens kijken', roept ze, en hij staat moeizaam op van tafel en loopt naar buiten. Het is nog steeds veel te warm voor hem, het licht prikt in zijn ogen en hij knijpt ze tot spleetjes. Maar daar staat de auto, een tweedehands PV 444. Aan de sleutelbos hangt een metalen plaatje dat je rond kunt draaien. Dan staat er dat Volvo van blijvende waarde is.

'Was hij duur?' vraagt hij.

'Een koopje', antwoordt Erik.

Anders staat hem met zijn opgezette ogen te bekijken. Hij draagt een pak dat net zo zwart is als de auto. Je trekt dus je beste kleren aan als je een auto gaat kopen. En de vreugde is werkelijk onmiskenbaar. Is dit echt dezelfde man die anders altijd met kromme schouders naar zijn werk op het rangeerterrein sjokt?

'Is hij niet mooi?' vraagt Eivor die uit de auto kruipt en er weer in. De motorkap staat open, net als de klep van de kofferbak en de portieren. Het lijkt wel een vlieg die net is geland en vergeten is zijn vleugels in te klappen.

'Heel mooi', antwoordt Anders. 'Echt heel mooi. Van wie hebben jullie hem gekocht?'

'Van een bakker.'

'Van een banketbakker', verbetert Elna. 'We hebben ook nog een suikerbrood meegekregen.'

Opnieuw wordt er gelachen. Het is een prachtige meimaand, een jubelend voorjaar. 'Wil je ook een kopje koffie? Je bent nog nooit bij ons binnen geweest … Dat dat er nou nog steeds niet van gekomen is …'

Twee kamers, een keuken en een badkamer. De koffie wordt in de woonkamer geserveerd. Anders werpt een steelse blik in de slaapkamer. Ja, daar staat een tweepersoonsbed, en daar staat de tafel met de spiegel, daar ligt de borstel.

'Hier slaap ik', zegt Eivor. Ze trekt een gordijn opzij en onthult een kleine alkoof in de woonkamer. De muur boven het bed hangt vol met uit bladen geknipte foto's van filmsterren.

Op een lichte houten tafel bij het raam staan ingelijste foto's. Eivor wijst en geeft de foto's een naam en een thuis.

'Dit is mijn opa Rune', zegt ze. 'En oma Dagmar. Dit zijn Arne en Nils, mijn ooms. Ze wonen allemaal in Sandviken.'

'Arne niet', zegt Elna, die net binnenkomt met de koffiepot. 'Die is naar Huskvarna verhuisd.'

En dan Eriks ouders, een oude luchtfoto van Hallsberg, een ver familielid in Arizona. Anders gaat op de hem aangewezen plaats op de bank zitten, die lekker zacht is. Hij concentreert zich tot het uiterste om zijn plas op te houden.

'Oom Anders en ik hebben vandaag gedemonstreerd', zegt Eivor opeens. 'Maar we zijn weer naar huis gegaan.'

'Goh?' zegt Erik, met een mengeling van verbazing en verstrooidheid. Tussen de koffiekopjes en de schaal met broodjes liggen de autopapieren, en af en toe loopt hij naar het raam om te controleren of de auto er nog staat.

'Goh', zegt hij weer. 'Was het druk?'

'Er waren een paar collega's van je. Van het spoor.'

'Ja, ja … ja, ja … Zelf ben ik er een paar jaar geleden ook nog bij geweest.'

'Het heeft geen zin', zegt Elna. 'Nu niet meer.'

Nee, natuurlijk niet. Als je op 1 mei ook een auto kunt kopen … En Anders blijft niet lang zitten, hij heeft het idee dat hij de rust verstoort. Laat ze maar lekker genieten van hun nieuwe auto. Hij bedankt, zegt dat ze mooi wonen en bedankt nog een keer. Hij knipoogt naar Eivor vanuit de deuropening.

Dan bloost ze.

Een paar dagen later komt Erik op een avond langs en vraagt of hij zin heeft om in juli mee te gaan op autovakantie. Ze hebben het erover gehad, als hij zin heeft, als hij geen andere plannen heeft. Die heeft hij natuurlijk niet, maar …

'Geen tegenwerpingen', zegt Erik. 'In de auto is ruimte genoeg voor vier. En we hebben een eenpersoonstentje dat jij mag gebruiken. Als je mee wilt dus. Een week gewoon wat rondtrekken.'

Anders krijgt een brok in zijn keel, hij wil zowel ja als nee schreeuwen, het is een enorm kabaal in zijn hoofd.

'Denk er over na', zegt Erik. 'We gaan morgen nog niet weg. Maar we dachten zo naar het Mälarenmeer te rijden en dan misschien afzakken naar Öland. Het hangt ook van het weer af. Denk er eens over na.'

Hij wil graag mee, het heeft geen zin om net te doen of dat niet zo is. Nog één keer, een laatste keer, weg uit Hallsberg, het land door om van die onrust af te komen. En daarna thuis overal een eind aan maken. Ja, dat wil hij wel. Maar waarom vragen ze hem? Uit medelijden of uit vriendelijkheid? Bestaat er vriendelijkheid in deze nieuwe wereld?

Waarom zou die niet bestaan?

Hij mixt zijn rode brandewijncocktail. Het is een mooie lenteavond en hij weet dat hij meegaat. Hij is zelfs dankbaar. Zijn praktische problemen moet hij maar zo goed mogelijk zien op te lossen. Niet te veel drinken, niet meer dan nodig is om de angst eronder te houden. En het zal hem heus wel lukken zijn plas op te houden als hij zich concentreert. Als dat niet genoeg is, zal hij er wel een knoop in moeten leggen.

Anders is naar buiten gestrompeld en op een half verrotte tuinstoel gaan zitten die in de schaduw van een berk op het overwoekerde erf staat. Het is begin juni. Mistroostig heeft hij in het aardappellandje staan prikken, hij dacht dat hij dit jaar misschien ook weer aardappels zou moeten poten. Maar hij laat de schop bij de kelderdeur staan, hij heeft er geen kracht voor.

Nee, dan zit hij liever hier in de schaduw van de hoge boom. Maar zijn glas en zijn fles laat hij binnen staan. Er komen wel af en toe mensen voorbij en wie weet wat voor praatjes ervan kunnen komen in een gat als dit? Voor je het weet staan er een paar bemoeials van de commissie tegen alcoholisme bij het hek en moet hij naar een ontwenningskliniek. Daar schijnen er nogal wat van te zijn in dit land.

Vroeger brachten ze landlopers naar de bergen om stenen te bikken voor de aanleg van wegen. Nu is dat niet meer nodig, er is nu asfalt, dus leidt de weg rechtstreeks naar een kliniek, en daarmee naar onbegrip en een delirium. Nee, als hij een aanvulling nodig heeft op zijn roes, dan gaat hij naar de keuken. In de tuin zit hij alleen maar, hij voelt de zoele zomerwind en luistert naar de vogels.

En daar zit hij wanneer Eivor in haar witte jurk terugkomt van haar laatste schooldag. Ze is niet alleen, ze heeft haar beste vriendin bij zich. Åsa, Åsa Hansson, dochter van een winkelbediende. Ze zwaaien naar hem vanaf de weg en hij zwaait terug.

'Het zit erop', roept Eivor. 'Eindelijk. Dit is Åsa.'

Ze komen naar hem toe en hij geeft hun elk een vijfje voor een ijsje of een gebakje.

'Hoe is het nu?' vraagt hij.

Åsa Hansson gaat naar de middelbare school in Örebro. In de zomer gaat ze bij een oom aardbeien plukken.

'Ze heeft een ontzettend goed rapport', zegt Eivor.

'Jij toch ook?' zegt Åsa, die continu alle kanten op kijkt, als een vogel die in alle windrichtingen en op alle luchtstromen naar een onzichtbare prooi zoekt.

'Heb je geen spijt?' vraagt Anders.

'Waarvan?'

'Dat je niet verder gaat leren.'

'Nooit. Ik red me toch wel.'

'Is dat zo? Åsa?'

'Ja, ze redt zich vast wel.'

Langer duurt het gesprek niet. 's Avonds hebben ze ergens een feest met de hele klas, en zo vlak na de plechtige slotdag kunnen ze onmogelijk stilzitten. Terwijl je eerder had gedacht, besproken en gepland dat je het lekker rustig aan zou doen, lijkt die verwachte loomheid nu ver te zoeken. De grote vrijheid gaat altijd gepaard met onrust. Of wordt erdoor verstoord, net hoe je het bekijkt. Ze gaan ervandoor in hun lichte jurken en Anders is weer alleen in zijn tuin.

Zo ziet mijn leven eruit, denkt hij. Zoals deze tuin. Alles staat erin, maar wel allemaal door elkaar. Hier zie je door het bos de bomen niet. Maar het is er allemaal wel, zowel het bos als de bomen. Mijn leven ...

Het is 3 juli 1956. Een mooie ochtend na een nacht van aanhoudende regen. Anders, die geen oog heeft dichtgedaan vanwege de reiskoorts, heeft Erik een paar keer voor het raam van de slaapkamer zien staan, waar hij somber naar de regen staarde. Maar tegen vijven wordt het minder en om zes uur is de hemel bijna wolkeloos.

Het vertrek staat gepland voor acht uur. Om zes uur zijn Erik en Elna de auto aan het inpakken, terwijl Eivor nog slaapt. Anders heeft zijn nieuwe koffer al een paar dagen ingepakt klaarstaan. Hij heeft lang getwijfeld wat hij moest doen: zijn oude tourneekoffer gebruiken of een nieuwe kopen. Toen hij zijn koffer uit het stof onder zijn bed trok, raakte het handvat los en toen besefte hij dat hij een nieuwe moest kopen. Maar het doet hem wel verdriet als hij de oude koffer weer terugschuift in het stof. Hij heeft hem al die jaren overal mee naartoe genomen. Ja, hoeveel jaar eigenlijk? Opeens staat hem weer levendig voor de geest hoe hij deze koffer in zijn ene hand droeg, terwijl hij met de andere Miriams hand vasthield op de laatste dag van haar leven.

Hij heeft zijn nieuwe aankopen in de koffer gestopt: ondergoed, sokken, overhemden en een tandenborstel, en hij heeft er zo veel flessen tussen gestopt als hij maar kwijt kon. Van

Erik mag hij een slaapzak lenen, die heeft hij vroeger in zijn zwerversjaren nooit gehad, toen moest hij genoegen nemen met hooi, kranten en dozen, of hij moest gewoon rechtstreeks op de straatstenen gaan liggen of in een portiek. Ze moesten eens weten … Maar waarom zou hij het vertellen? Hij heeft het immers al eens geprobeerd, bij zijn duizenden pilsjes in het spoorwegcafé. Natuurlijk heeft Erik zijn collega's daarover gehoord. Maar hij doet net alsof hij van niks weet.

Erik, ja. Wat een eigenaardige man is dat toch. Hij ziet eruit als een strompelend, onderdanig slachtvarken wanneer hij naar zijn werk sjokt, maar hij straalt als een dronken lentevlinder wanneer hij de auto kan poetsen, proefstarten en tot in het kleinste detail inspecteren. Anders verbaast zich erover dat er niets tussen die twee uitersten in zit. Wie is hij eigenlijk, de man van de mooie Elna en de stiefvader van Eivor? Iemand moet hij toch zijn? Geen anonieme goederenwagon die voortdurend van spoor wisselt. Maar wie …

Nou ja. Een week bij hem in de auto, dan komt hij er vast wel achter.

Om acht uur is de auto ingepakt. De tent ligt onder een grijs stuk zeil op het dak en de kofferbak zit propvol. Anders' koffer ligt bovenop.

'Wil jij voorin zitten?' vraagt Erik. Als het om de auto gaat, heeft hij het voor het zeggen.

'Ik zit net zo lief achterin', antwoordt hij.

'Word je niet wagenziek?'

'Niet dat ik weet.'

Hij gaat bij Eivor achterin zitten. Hij wordt meteen misselijk, maar hij zet zijn tanden op elkaar. Niets zal hem tegenhouden, hij zal niet wagenziek worden. Als hij zegt dat hij niet wagenziek wordt, dan zal hij dat verdomme niet worden ook.

Ze rijden meteen fout. De bedoeling is dat ze het de eerste dag kalm aan doen en niet verder gaan dan tot een camping bij Västerås. Dat wil dus zeggen dat ze via Örebro en Arboga moeten rijden, ten noorden van de meren Hjälmaren en Mälaren. Maar Erik heeft de kaart bestudeerd en een heleboel 'interessante' routes gevonden, die volgens hem korter zijn. Dat houdt in dat ze de hoofdweg naar Örebro verlaten en ergens bij het Kvismarekanaal belanden. Dan pas geeft Erik toe dat hij verkeerd gereden is. Maar wat maakt dat in vredesnaam uit? Ze hebben twee hele weken vakantie. Wie haast heeft, gaat maar met de trein.

Er is uiteraard niemand die haast heeft; het is mooi bij Odensbacken aan de zuidkant van het Hjälmarenmeer, maar het is nog te vroeg voor een picknick. Dus zoeken ze de hoofdweg weer op. Met een auto kom je uiteindelijk altijd waar je wezen wilt. Je kunt verkeerd rijden, maar je kunt je vergissing zelf weer goedmaken en je fout herstellen. Dat is het voordeel van een eigen auto, en zolang de benzine niet duurder is ...

Eivor zit in haar hoekje weggedoken, met haar neus tegen de autoruit. Anders gluurt naar haar en ziet dat ze zit te dromen. Waarvan? Van de toekomst? Van Lasse Nyman? Hij buigt naar haar toe en vraagt het fluisterend. Zijn lippen raken haar oor, maar vanochtend heeft hij zijn tanden gepoetst en hij is fris gewassen.

'Waar zit je met je gedachten?' fluistert hij.

Ze kijkt hem geschrokken aan, maar zegt niets. Ze glimlacht alleen en verzinkt weer in haar mijmeringen.

Erik levert luidkeels commentaar op tegemoetkomende auto's en auto's die hen inhalen. 'Kijk, een auto met een P. Die komt uit de provincie Älvsborgs län ... Dat was verdorie een Ford Consul. 59 pk onder de motorkap. Kost een slordige tien- of elfduizend. Zonder belasting. Ja, ik heb die scooter wel gezien. Wat had die een hoop bagage achterop. Waar zou hij naartoe gaan? Niet naar Västerås, hoop ik. Kijk, Elna! In de achteruitkijkspiegel. Nu worden we door zo'n nieuwe Citroën DS 19 ingehaald. Die schijnt een fantastische vering te hebben, met een soort van pomp. Maar goedkoop is hij niet, minstens vijftienduizend. Duizend kronen belasting ... Zit je goed, meisje?'

Ja, Elna zit goed. Ze heeft weliswaar weinig ruimte voor haar voeten, want daar staat de picknickmand. De thermosfles sluit niet goed, dus die durft ze niet achterin te zetten, maar och, wat is het heerlijk om weg te zijn uit Hallsberg. Er even helemaal uit.

Bij Glanshammar maken ze hun eerste stop. Erik neemt bijna niet de tijd om de koffie te proeven die in een metalen mok geserveerd wordt. Hij moet onder de motorkap om te controleren of alles in orde is. De andere drie gaan in het gras naast de parkeerplaats zitten. De smalle strook groen gaat over in een vlakke, glooiende helling die afloopt naar het grote meer. Het is warm. Eivor gaat op haar rug liggen en doet haar ogen dicht tegen de zon. Elna zit uit te kijken over het meer, terwijl haar donkere haar om haar hoofd wappert. Anders staart naar zijn kopje. Het duurt even voor hij doorheeft dat die van hetzelfde materiaal gemaakt is als waarvan hij in benauwde ogenblikken onderbroeken maakt. Van plastic.

'Er zijn zo veel nieuwe dingen', zegt Elna, die ziet dat hij zijn kopje zit te bestuderen. 'Zo veel nieuwe spulletjes waarvan je meteen denkt dat je ze móét hebben.'

'Dat zal best. Maar voor mij geldt dat niet. Daar ben ik te oud voor.'

'Hij is komediant geweest', zegt Eivor opeens, zonder haar ogen open te doen. 'Weet je wat dat is, mam?'

'Een soort artiest, zeker?' vraagt ze aarzelend. 'Maar dat wist ik niet.'

Anders merkt dat hij het vervelend vindt dat Eivor hem heeft verraden. Als iemand onverwacht interesse toont voor zijn persoon en zijn verleden, klapt hij meteen dicht. Raar is dat. Bij een paar pilsjes in een rokerig café had hij dat probleem niet gehad.

'Het stelt niets voor', zegt hij.

'We hebben het er weleens over gehad wat je gedaan had',

zegt Elna. 'Vooral toen je er net was komen wonen. We hadden gehoord dat je de broer was van Vera, die er eerst woonde. Maar meer wisten we niet.'

'Je moest eens weten hoe je over de tong bent gegaan', zegt Eivor, die half overeind komt. 'Je moest eens weten wat er allemaal over de buren wordt gezegd. Roddel, roddel, roddel.'

'Iedereen roddelt toch?' reageert Elna gestoken.

Eivor haalt haar schouders op en gaat weer liggen. Maar dan schiet ze overeind, ze kan niet in de zon liggen, ze heeft er geen geduld voor.

'Ga je mee naar het meer?' vraagt ze.

Wie? Elna of Anders? Anders schudt zijn hoofd en Elna zegt dat ze daar te moe voor is. Eivor rent in haar eentje de heuvel af.

Heel even moet Elna denken aan haar vriendin Vivi, die jaren geleden ergens ten noorden van Älvdalen op deze manier van een heuvel af rende. Die onder het hollen Skånse kreten uitstootte, viel en midden in een koeienvlaai terechtkwam.

Dat is zo onvoorstelbaar lang geleden.

Ze wordt in haar gedachten onderbroken doordat Erik de motorkap dichtslaat en naar hen toe komt. Hij heeft vette vingers van de olie en wrijft zijn handen met een dot poetskatoen schoon.

'Het ziet er allemaal goed uit', rapporteert hij tevreden. 'Is er nog koffie?'

'Ik denk dat het op is.'

'Zullen we weer verder?'

'Nog even wachten. Het is hier zo mooi …'

Anders vraagt zich stilletjes af of het hebben van een auto rusteloosheid in de hand werkt. Erik lijkt zo snel mogelijk weer de weg op te willen. Hij draaft heen en weer en Elna vraagt of hij vergeten is dat hij vakantie heeft. Dan gaat hij zitten. Met tegenzin.

'Waar is Eivor?' vraagt hij en hij kijkt om zich heen.

'Daar beneden. Ik denk dat ik haar voorbeeld ga volgen. Ik ga ook even pootjebaden.'

'Heb jij het naar je zin?' vraagt Erik als ze alleen zijn overgebleven. Anders knikt. Hij heeft het prima naar zijn zin. Hij is zo blij dat ze hem hebben meegenomen.

'Ik heb een tijdje terug een mop gehoord', zegt Erik opeens. 'Een jongen en een meisje zijn naar Kopenhagen gegaan om daar de bloemetjes buiten te zetten. Maar omdat ze niet getrouwd zijn, mogen ze niet bij elkaar op de kamer. Dan boort hij een gat in de muur tussen de kamers en ze spreken af dat als zij drie keer op de muur bonst, hij hem door het gat zal stoppen. En zo doen ze dat een paar dagen. Maar op een keer is de werkster in haar kamer, terwijl zij even weg is om een krant te kopen. Hij hoort eerst één bons, als ze haar emmer neerzet, dan weer een bons wanneer ze een asbak op de grond laat vallen, en dan de derde bons wanneer ze een stoel verschuift. Hij trekt natuurlijk snel zijn broek uit en stopt hem in het gat. De werkster ziet hem, ze rent de gang op en schreeuwt: "Help, er zit hier een kale rat." Of hoe dat ook maar klinkt in het Deens. Tja, het is me wat.'

Anders kijkt hem verbluft aan voor hij op het idee komt te gaan lachen. (Dat was een van de eerste dingen die hij als kind had geleerd, om een natuurlijke lach te laten horen ook als de tranen hem in de ogen stonden.)

'Da's een goeie', zegt hij.

'Ja, hè?'

Dan rijden ze verder de zomer in.

De camping bij Västerås is maar klein. Als ze aankomen staat het er vol tenten, fietsen, auto's en kinderwagens, maar ze weten een hoekje te vinden waar nog plaats is. Erik heeft hen royaal op eten getrakteerd in Västerås, in een melksalon waar je voor een redelijke prijs tartaar en melk kon krijgen. Anders probeert van Erik gedaan te krijgen dat hij mag betalen, maar dat weigert hij pertinent. Anders is hun gast, hij mag nog niet eens aan de benzine meebetalen. In Västerås gaat Erik gauw even naar de slijter en wanneer de beide tenten staan, met de PV pontificaal in het midden als scheidingswand, wil hij op een cognacje trakteren. Hij wil dat ze voor de tent gaan zitten. Elna en Eivor protesteren, maar Erik houdt voet bij stuk. Daarginds zitten toch ook een paar Italianen wijn te drinken en aan één stuk door 'Asea, Asea' te roepen? Dat is hetzelfde. Je mag toch verdorie wel buiten een glaasje nemen als je op vakantie bent? 'Ik wou jou ook wat inschenken, Elna.'

Elna bedankt ervoor en gaat samen met Eivor een eindje wandelen. Anders was in zijn krappe tentje gekropen, zodra Erik en hij dat hadden opgezet. Daar had hij snel een paar flinke borrels genomen en een halve fles rode wijn leeggedronken van de voorraad die tussen zijn onderbroeken verstopt zit. Nu probeert hij bij Erik uit de buurt te blijven. Het zou onbeleefd zijn als hij naar drank rook wanneer hem een drankje wordt aangeboden.

Hoewel Erik vast wel weet dat hij alcoholist is en dat hij niets anders doet dan drinken ... dag en nacht. Dat kan hem niet ontgaan zijn. Elna en Eivor moeten hem toch iets hebben verteld? En hij heeft met eigen ogen gezien hoe het er bij hem in de keuken uitzag, toen hij hem kwam uitnodigen voor de autovakantie.

Erik heeft een plank gevonden die hij nu op een paar stenen legt.

'Nu gaan we zitten', zegt hij. 'Het is zomer en dan moet je het rustig aan doen.'

Het duurt niet lang of Erik is dronken. Hij is schijnbaar geen alcohol gewend en hij drinkt veel te snel. Anders ziet dat hij vuurrood wordt in zijn gezicht, dat zijn bewegingen slap worden wanneer hij opstaat om te gaan plassen. Maar het grootste verschil is wel dat hij spraakzaam wordt. Hij komt terug met zijn gulp nog open. De punt van zijn overhemd steekt eruit, maar Anders neemt niet de moeite er iets van te zeggen. Dat heb je als je dronken bent. En hij heeft een vrouw en een stief-dochter om op hem te passen.

Anders zit in het avondlijk duister naar hem te kijken. De spoorwegwerker Erik Sjögren. Een aardige man. Vriendelijk, oppassend, vaak stil. Zo anders dan Elna en Eivor.

Anders vat moed en vraagt op de man af hoe het is om stief-vader te zijn.

'Dat wisselt', antwoordt Erik ontwijkend. 'Nu eens zus, dan weer zo.'

'Het is een leuke meid.'

'Elna zou haar niet zo aan het hoofd moeten zeuren.'

'Aan het hoofd zeuren?'

'Over school. Je moest eens horen hoe het er af en toe aan toegaat. Ze schreeuwen en vloeken en slaan zo hard met de deu-ren dat de deurposten losraken. Als ze niet wil leren, dan gaat ze maar werken. Dat heb ik ook gedaan en Elna ook, en daar was niks mis mee. Ik kan me af en toe wel een beetje kwaad maken over dat geruzie. Waarom moet zij zo bijzonder worden? Ze is en blijft een arbeiderskind, of haar vader nou generaal was of landloper. Ze groeit op in ons huis.'

'Dat heb je vast ook tegen Elna gezegd?'

Erik kijkt verbaasd.

'Ik? Nee. Het is mijn kind niet. Ik hou me erbuiten. Maar ik denk er het mijne van.'

'Ik vind toch dat je het moet zeggen. In het belang van het meisje.'

'Ik heb haar op de koop toe gekregen. Ik bemoei me er niet mee. Maar als ik die vader van haar ooit in mijn handen zou krijgen, dan zou ik zijn keel dichtknijpen. En daarna zou ik zijn portemonnee leeghalen. En zijn lul afsnijden.'

Nu is hij echt flink aangeschoten en hij zit heen en weer te wiegen. Anders meent een donkere ondertoon bij hem te horen, en hij spiedt in het donker of hij Elna en Eivor ziet. Het was prettiger geweest als die hier waren. Erik schijnt een ingrijpende verandering door te maken als hij drinkt. Nauwelijks heeft hij lucht gegeven aan zijn woede jegens Eivors onbekende vader, of hij draait om als een blad aan de boom en begint te zingen. 'Wat kost het hondje in de etalage'. Telkens weer de eerste regel. Veel te hard.

'Misschien moet je wat zachter zingen', zegt Anders voorzichtig. 'De mensen slapen en in een tent hoor je alles.'

Hij krijgt een spotlach als antwoord.

'Zaten er net niet een paar Italianen te zingen? Te zingen en rode wijn te drinken?'

En dan doet hij hen na, schel, boos en hard: 'Asea, Asea ...'

Anders heeft ze niet eens zien aankomen. Opeens staan ze er gewoon. Twee Italianen op blote voeten, in hun hemd en broek. Een jaar of vijfentwintig. Hoe dan ook, ze zijn razend. Er komt een vreselijke woordenstroom uit hun mond, een merkwaardige mengeling van Italiaans en Zweeds. Ze hebben het tegen Erik, op Anders slaan ze geen acht. Erik zit daar met zijn glas te zwaaien, hij begrijpt er niets van. Hij heft zijn glas met een glimlach en proost. Maar dat had hij natuurlijk niet moeten doen, want een van de Italianen slaat woedend het glas uit zijn hand. Het spat aan stukken tegen het portier van de auto. Erik kijkt er verbaasd naar en dan dringt het tot hem door.

'Godverdomme', zegt hij, terwijl hij overeind komt.

Het wordt geen lang gevecht. Alle drie slaan ze wild om zich heen en het is bijna nooit raak.

De plank kiept en Anders valt achterover de tent in. Op dat moment komt de campingbeheerder als een gek aangerend, hij struikelt over haringen en scheerlijnen. Van alle kanten komen er mensen op het lawaai af en allemaal storten ze zich op de Italianen. Erik wordt opzij getrokken en daarna worden de Italianen door vloekende en schoppende mensen naar hun tent gejaagd.

'Verdomde spaghettivreters. Ellendige ...'

Erik zit op de grond en veegt bloed van zijn neus. Zijn overhemd is gescheurd en hij is geschokt. Anders heeft natuurlijk in zijn broek geplast. Als er één omstandigheid is waarbij hij onmogelijk zijn plas kan ophouden, dan is het een vechtpartij. Hij is altijd al bang geweest voor klappen, dat komt door de herinnering aan de zweep uit zijn kindertijd.

'Wat is er gebeurd?' vraagt Erik hijgend en hij drukt een zakdoek tegen zijn neus. 'Ik bloed, verdorie.'

'Ik denk dat je hen hebt beledigd.'

'Wat?'

'Door "Asea, Asea" te roepen.'

'Is dat ook al beledigen?'

'Misschien vatten zij het zo op.'

'Wat een smerige ...'

Hij staart naar het bloed. Beledigd?

Op dat moment komen Elna en Eivor terug. Ze hebben de ruzie van een afstand gehoord toen ze op een bankje bij het water zaten. Terwijl Elna voor Erik zorgt, probeert Anders uit te leggen wat er is gebeurd. En hij trekt partij voor de Italianen, ze waren echt beledigd, daar doet hij niets van af. Maar wat hij zegt, klinkt niet overtuigend en wanneer de beheerder terugkomt en verontschuldigend meedeelt dat de beide Italianen is verzocht de camping onmiddellijk te verlaten, willen Erik en Elna dat de politie erbij wordt gehaald.

'Zo kun je nog niet eens rustig op een camping staan', zegt Elna verontwaardigd. 'Vanwege dat soort lieden.'

'Het is toch mooi genoeg als ze weggaan?' probeert Anders.

'Ze zouden het land uit gezet moeten worden.'

Erik is nu van de schrik bekomen en is uiteraard woedend.

'Die klootzakken slaan je op je bek, terwijl je rustig voor je tentje zit. Mogen ze dat zomaar ongestraft doen? Ik ga verdomme hun tent in zulke kleine stukjes scheuren dat ze hem nooit meer op hoeven te zetten.'

Elna houdt hem tegen en de beheerder maant hem tot stilte.

'Het moet nu stil zijn', zegt hij. 'We willen geen slechte naam krijgen.'

En weg is hij.

Langzamerhand slaagt Elna erin Erik te kalmeren en ze helpt hem de tent in. Anders neemt een grote slok uit de cognacfles en probeert zijn ademhaling onder controle te krijgen.

Maar waar is Eivor?

Nou, die is op de achterbank van de auto gaan zitten met haar handen voor haar oren. Daar zit ze te huilen wanneer hij haar vindt.

'Het is nu voorbij', zegt hij.

'Wat?' vraagt ze. 'Wat is voorbij?'

'Eh … alles?'

'Niks is voorbij', antwoordt ze. 'Niks. Laat me met rust.'

Ze duikt in elkaar en hij laat haar alleen. Hij kruipt in zijn tent, trekt met moeite zijn vieze broek uit, gaat boven op de slaapzak liggen en neemt een grote slok brandewijn uit de fles. Een zacht licht sijpelt door het vergane tentdoek, hij hoort het zoemen van een mug …

Zo is Erik dus. Een echte lompe Zweed wanneer hij wat cognac opheeft. Het kan best zijn dat de Italianen onnodig heftig reageerden, ze hadden het best bij schelden kunnen laten, maar hij begrijpt hen wel. Natuurlijk heb je overal klootzakken, hij is er een heleboel tegengekomen tijdens zijn reizen door Europa. Maar die Zweedse lompheid is verschrikkelijk en bijna altijd is er alcohol in het spel. Ze huilen de ogen uit hun kop of ze hebben een kwade dronk en veroorzaken ellende.

Erik heeft met andere woorden een normale kant van zichzelf laten zien toen hij aan de cognac was. Maar voor Anders blijven er nog een heleboel vragen over. Wat denkt hij echt? Waar hadden ze het ook alweer over …

Zijn gedachtegang wordt onderbroken wanneer hij hoort hoe Elna de achterdeur van de auto opendoet en zachtjes met Eivor praat.

'Hij slaapt', zegt ze. 'Kom maar in de tent slapen.'

Wat Eivor in de auto zegt kan hij niet verstaan, maar uit Elna's reactie maakt hij op dat ze daar wil blijven en dat ze misschien later nog in de tent komt. Elna protesteert niet.

'Wat jij wilt', zegt ze alleen. 'Slaap lekker.'

En dan klapt het portier dicht.

Om vier uur steekt Anders zijn hoofd naar buiten, in de dauw en de mist. Hij heeft een paar uurtjes geslapen, is met onrustige droombeelden in gevecht geweest en nu is hij opeens klaarwakker. Zijn rug is stijf en zijn benen doen zeer, de tent is zo klein dat hij bijna niet door de opening kan komen zonder het tentdoek als een slakkenhuis mee te nemen.

Buiten zit Erik op de bumper van de auto.

En op de achterbank ligt Eivor te slapen, in elkaar gedoken als een jong katje.

Erik is wakker. Zwijgend kijkt hij voor zich uit. Zijn neus is blauw en dik en zijn ogen zijn lodderig.

'Ook al wakker?' zegt Anders.

Wat moet hij anders zeggen? Hij begrijpt hoe Erik eraan toe is, het berouw straalt uit zijn ogen. En hij kan niet even een paar borrels nemen tegen de ergste kater, hij moet immers rijden.

'Wat is er gebeurd?' vraagt hij mompelend. 'Mijn neus ...'

Anders vertelt het in het kort.

'Maar het was gezellig', eindigt hij. 'We zouden eens vaker met elkaar moeten praten.'

Erik kijkt hem smekend aan. Meent hij dat? Of zit die ouwe te liegen? En waarom ligt Eivor in de auto?

'Je weet hoe kinderen zijn. Op die leeftijd. Dan wil je met rust gelaten worden. En dan val je zomaar in slaap. Maakt niet uit waar.'

'Ik vraag me één ding af', zegt Erik even later zachtjes. Zijn stem verdwijnt in de mist. 'Waarom ze "Asea" riepen.'

'Misschien werken ze daar wel', zegt Anders. 'We zijn per slot van rekening in Västerås. Of misschien willen ze daar solliciteren. Ik heb eens gelezen dat ze arbeiders uit het buitenland willen halen.'

'Waarom?'

'Omdat er geen Zweden te vinden zijn die het werk willen doen. Misschien zijn die er gewoon niet.'

Erik knikt. 'Ja, zo zal het wel zitten. Maar …'

'Wat?'

'Nee, niets. Ik voel me alleen hondsberoerd.'

'Dat gaat wel weer over. Dat weet ik. En ik ben een stevige drinker, zoals je weet.'

Erik gaat er niet op in, maar gaat gewoon door met zijn eigen gekreun.

'Heb ik iets stoms gezegd gisteren?'

'Nee …'

'Echt niet?'

'Nee, echt niet.'

'Verdomme zeg.'

'Zo gaat dat soms.'

Anders maakt een langzame wandeling over de camping. Voorzichtig schudt hij zijn benen wakker, hij let goed op dat hij niet over haringen of scheerlijnen struikelt. De mist heeft de hele camping in een eigenaardig grijs licht gehuld. Hij krijgt plotseling de gewaarwording dat de hele camping verlaten is. Als een slagveld dat haastig is geëvacueerd.

Een kerkhof met grijswitte grafstenen.

Pas wanneer hij in een tent iemand een paar keer keihard hoort snurken komt hij weer terug in de werkelijkheid.

Hij huivert en loopt langzaam terug.

Opeens blijft hij staan.

Erik zit met zijn handen voor zijn gezicht te huilen.

Pas wanneer Erik zijn tranen heeft gedroogd, loopt Anders naar hem toe. De nevel is opgetrokken, de zon breekt door en de dauw droogt op …

Ze breken vroeg op. Ze nemen niet eens de tijd om koffie

te zetten op de spiritusbrander voordat ze vertrekken. Het is duidelijk dat de familie Sjögren zo snel mogelijk uit Västerås wil verdwijnen. Anders kijkt naar de drie bleke gezichten en de ogen die elkaar ontwijken.

Ik had thuis moeten blijven, denkt hij. Hoe zal dit aflopen?

Maar wanneer ze goed en wel op de weg zitten, is het weer vakantie. Eriks kater en opgezette neus zijn niet te onderschatten vakantieherinneringen, het is geen slechte start. En de Italianen hebben hun verdiende loon gekregen. Rotzakken … Nog een geluk dat hij niet bij Asea werkt …

Richting Hummelsta en dan naar rechts, over het glinsterende water van het Mälarenmeer naar Strängnäs en Sörmland. Weer een mooie dag, geen wolken en aan alle kanten blauwe lucht. Hier stoppen we. Wat staat er op dat bord? 'Dunkers kerk'? Wat een rare naam. Nu moeten we dan eindelijk maar eens ontbijten. Wie als eerste een winkel ziet, moet een gil geven …

Ze komen rond drie uur in Stockholm aan. Erik ziet op tegen het rijden in een grote stad. Ze willen naar Skansen en Anders kent de weg in Stockholm het best, maar hij heeft geen idee hoe je er met de auto moet komen. Maar omdat hij toch iets zou moeten herkennen, wisselt hij van plaats met Elna en gaat voorin zitten.

Maar natuurlijk herkent hij niets. Erik kan de straatnaambordjes zo snel niet lezen en ze dwalen een hele poos door Zuid voordat Anders hen naar Slussen weet te loodsen. Maar ze zijn de Hornsgatan gepasseerd en in de achteruitkijkspiegel ziet Anders Eivor gespannen kijken naar de mensen die over het trottoir lopen.

Lasse Nyman, Lasse Nyman …

Verstop je je hier, op je eigen terrein?

Maar natuurlijk is hij hier niet.

En natuurlijk wordt Stockholm één grote teleurstelling voor haar. Niet dat de verleidingen ervan vals blijken te zijn, helemaal niet, maar ze heeft zulke andere behoeftes dan Erik en

Elna. Anders sjokt gewoon achter hen aan, als een vermoeide hond die geen eigen wensen heeft. Het is duizend jaar geleden dat hij een jonge hond was en voorop rende, als één brok impulsiviteit. Nee, ze heeft gewoon geen zin om voor het paleis heen en weer te lopen en naar de soldaten te kijken die op wacht staan. Dat kan een andere keer wel, als ze meer tijd hebben. Dat dit de hoofdstad is, dat zie je toch wel, daarvoor hoef je niet uit te stappen en een heleboel tijd te verdoen. Er zijn winkels waar ze naartoe wil, ze wil bioscoopaffiches bekijken en misschien naar het betoverde paradijs dat Nalen heet. Ze wil ongezien haar leeftijdgenoten in de hoofdstad kunnen bekijken. Hoe zien ze eruit? Hoe kleden ze zich, hoe zien hun haar en hun handen, hun ogen en monden eruit? Al die stenen kolossen komen later wel. Die hebben toch niets met het leven te maken? Maar haar protesten halen niets uit, Elna snauwt en Erik stuurt de auto waarheen hij wil. Niet dat de koning of de prinsessen nou zo'n bezienswaardigheid zijn, maar je weet het nooit … Maar ze zullen wel op paleis Haga zijn, op zo'n warme dag als vandaag.

Dus Eivor doet het enige wat ze kan doen, ze sluit zich volledig af, trekt haar rolgordijnen naar beneden, barricadeert de voordeur, begint te mokken. Als het zo moet, kunnen ze net zo goed weer weg …

Vier mensen, drie verschillende ervaringen. Anders is moe en neemt soms niet eens de moeite om uit te stappen. Hij blijft zitten met de deur open, past op de auto en neemt stiekem een slok uit een van zijn flessen. Hij heeft nog geluk ook, op een keer remt Erik vlak bij een slijterij af en terwijl zij zich haasten naar iets wat ze willen bekijken, wat dat dan ook mag zijn, kan hij mooi een paar nieuwe flessen inslaan. En dan vindt hij het prima om naar de voorbijgangers te kijken. Hier zit ik en nooit zullen we elkaar ontmoeten …

Elna en Erik kijken naar wat hen interesseert, en Eivor blijft een paar passen achter hen hangen. Zij kijken de ene kant op en

Eivor de andere. Zij kijken naar de gevels van huizen en Eivor kijkt naar de mensen.

Nou ja, helemaal zo erg is het niet. Af en toe kruisen verbijsterende figuren hun pad en naar sommigen kijken ze alle drie.

Een man met onwaarschijnlijk lang haar en een trompet in zijn hand. Echt zo'n malloot uit Stockholm, maar dan een hele erge. Hier moet je nogal wat doen om op te vallen in de massa.

En die vrouw met die hoge hakken en dat haar. Dat geloof je toch niet ...

Maar over het algemeen zijn hun ervaringen verschillend.

Ik kom hier terug, denkt Eivor met opeengeklemde kaken. Zonder die twee. Dan mogen ze later naar mij komen kijken.

Ze brengen de avond door in Gröna Lund. Anders, die moe is na de lange, warme dag, is in het hotel gebleven. Die luxe hebben ze zich gegund. Het is een klein en muf hotel, weggestopt tussen andere gebouwen in de Klarawijk. Elna en Erik kijken eerst wat bedenkelijk wanneer ze in de donkere hotelingang staan en een bezwete portier met een bierwalm uit een achterkamertje zien komen. Maar de kamers zijn goedkoop, het is maar voor één nacht, en waar zou je eigenlijk bang voor moeten zijn? Bovendien is Erik zo slim om kamers op de begane grond te vragen. Het grootste gevaar is brand, en op de benedenverdieping zou je heelhuids uit het raam moeten kunnen kruipen, als het ergste mocht gebeuren.

Anders laat zich niet overhalen om mee te gaan naar Gröna Lund.

'Zo'n oude man als ik, zeker?' probeert hij er een grapje van te maken. 'Ik dacht dat jullie daar voor jullie plezier naartoe wilden ...'

Dus hij blijft alleen achter in de kamer die hij met Erik deelt. Hij zet het raam open dat uitkijkt op een binnenplaats met kloprekken, vuilnisbakken en oude, dichtgespijkerde latrines. Zodra hij alleen is, pakt hij zijn flessen uit de zak en bereidt zijn rode cocktail. De geluiden van de stad hoort hij in de verte als een zwak, onbestemd geruis, af en toe verdreven door claxonnerende auto's.

De oude dag, denkt hij. Die lelijke oude dag.

Plotseling, toen hij in de auto zat nadat hij naar de slijter was geweest, en naar de dolende mensen in de hoofdstad keek, had hij het idee dat hij eindelijk begreep hoe machteloos je staat als je ouder wordt en op weg bent naar de grote duisternis. Wanneer hij de intensiteit van het leven ziet in lichte zomerjurken, wapperende broekspijpen en luchtige, soepele bewegingen, dan kan hij gewoon niet begrijpen waarom iemand oud zou willen worden. Alsof er ergens een soort ouderdom bestaat die prettig is, of zelfs mooi. Dat maken ze hem niet wijs. Oud worden is de keerzijde van het leven, en dat zal het altijd blijven. Het is illusie en zinsbegoocheling. Als het mooi moet zijn om zeventig te zijn met zo'n lichaam als het zijne, dan kun je bankbiljetten inwisselen voor mica, of iets anders wat glimt. Nee, oud worden betekent rimpelig worden en verschrompelen ...

Dan weet hij dat ook maar weer. Eindelijk, definitief. Wilde hij mee op reis om tot dit inzicht te komen?

Hij weet het niet.

Maar nu is het tijd voor de bloedrode cocktail. Dezelfde kleur als zijn bloed, maar oneindig veel gezonder. Hij vraagt zich af of hij verbitterd is, maar het antwoord is nee, daar gaat het niet om. Het gaat nergens om, het is gewoon zoals hij zegt, hardop in de lege hotelkamer met alleen het vlekkerige behang als toehoorder: 'Oud worden is alleen maar lelijk, dat weet ik nu. Dit wordt mijn laatste zomer.' En dan drinkt hij, alleen in de zomeravond, in zijn hotelkamer met uitzicht op een binnenplaats.

Hij wil met rust gelaten worden. Dus zullen we hem maar alleen laten en op zoek gaan naar de familie Sjögren, die al verdwenen is in de drukte van het amusementspark Gröna Lund, tussen lantaarns en draaiorgels, carrousels en schommels.

Voor het eerst sinds het vertrek treffen we een blij, tevreden gezin aan, niemand die zit te mokken, zelfs Eivor niet. Ze is in de schemering helemaal opgeknapt door de bedwelmende ervaring van een pretpark. Ze is zelfs blij dat ze de armen van haar moeder en stiefvader Erik beschermend om zich heen voelt, zodat ze geen gevaar loopt om in de krioelende mensenmassa te verdwijnen.

Het wordt een volkomen geslaagde avond. Eivor wint een beer. Ze weet er meteen een mooi plekje voor in haar alkoof. Elna en Erik dansen op een van de dansbanen in de open lucht, en samen proppen ze zich in een van de wagentjes van het Blauwe Treintje. En ten slotte een ritje in de achtbaan waarbij ze gillen als magere speenvarkens. Hoe leefden de mensen vroeger, toen ze nooit vakantie hadden? En al helemaal geen auto.

Eivor moet opeens aan Lasse Nyman denken. Stel je voor dat het waar is wat Anders zei die keer toen ze aan zijn keukentafel zaten. Dat Lasse Nyman geen auto's verkoopt, maar auto's steelt.

'Als hij maar niet gestolen wordt', zegt ze opeens tegen Erik, wanneer ze in de rij staan voor een van de vele worstkraampjes.

'Wat? Je beer?'

'De auto, natuurlijk.'

'Ik zou degene weleens willen zien die mijn auto durft te stelen.'

Maar Elna en Eivor zien allebei dat hij schrikt van het idee.

'We blijven niet lang meer', zegt hij. 'Hij staat er straks vast nog wel.'

Ze eten hun worst op en rennen dan rond in een wanhopige zoektocht naar een urinoir voor Erik. Wanneer ze die eindelijk vinden, staat er een rij voor en terwijl Erik staat te trappelen en te snuiven achter een stelletje soldaten met hoge nood, trekken Elna en Eivor zich discreet terug.

Wat hadden ze trouwens de vorige avond gedaan? Toen Erik en Anders op de wiebelige plank zaten en een cognacje zouden drinken? Nou, ze wandelden langs de oever, ze waren allebei merkwaardig opgewekt. Ze begrepen elkaar beter dan in lange tijd het geval was geweest. Voor de gelegenheid lukt het hun om over Eivors toekomst te praten zonder ruzie te maken, en voor het eerst krijgt Elna ook een antwoord dat meer is dan een grauw en een snauw. Eivor wil naaister worden. Kleren naaien. En nu ze zo zeker weet dat ze niet verder wil leren, vindt Elna dat een goede keus. Ze belooft meteen dat ze haar dochter alles zal leren wat ze van naaien weet. En misschien is er in Hallsberg iemand die haar nog meer kan leren. Of in Örebro. Maar Eivor zegt dat ze eerst wil werken, het maakt niet uit wat voor werk, om haar eigen geld te verdienen, om kleren te kopen uit etalages van winkels waar ze eerst niet naartoe kon. Ook dat begrijpt Elna en ze voelt plotseling een innige warmte voor haar dochter, die in zo veel opzichten op haar lijkt. En toen barstte het tumult op de camping los en waren ze allebei meteen bang dat Erik erbij betrokken was.

Ze hebben hem immers wel eerder zien drinken. Helaas …

Maar nu staan ze dus onder een paar bomen en zien Erik in het gedrang tussen de lawaaiige, dronken soldaten.

'Heb je het leuk gehad, meisje?'

Ja, zeker.

'Stel je voor dat hij hier vanavond is', zegt ze.

'Wie?'

'Mijn echte vader. Nils.'

Voor de gelegenheid slaagt Elna erin aan hem te denken zonder dat het pijn doet.

'Dan had ik het wel gezegd', antwoordt ze.

'Zou je hem herkend hebben?' vraagt Eivor verbaasd.

Elna schudt haar hoofd.

'Nee, maar hij zou mij vast wel herkend hebben.'

Eivor begrijpt niet goed wat ze bedoelt, maar dat maakt niet zo veel uit. Niet nu ze eindelijk eens met haar moeder kan praten zonder dat het meteen op ruzie uitdraait.

'Wij lijken op elkaar', zegt ze.

'Ja', antwoordt Elna. 'Heel veel.'

'Jij bent alleen mooier dan ik.'

'Vind je?'

Ze zien hoe Erik er met moeite in slaagt het urinoir binnen te dringen.

'Waarom ben je met hem getrouwd?' vraagt ze.

'Ik vond hem aardig.'

'Je vond hem aardig?'

'Dat vind ik nog steeds.'

'Stel je voor dat jullie elkaar niet ontmoet hadden in die trein.'

'Ja, stel je voor.'

'Het zal wel moeilijk geweest zijn.'

'Wat?'

'Nou ... Om alleen te zijn met mij.'

Het is toch niet waar? Moet je naar een druk amusementspark gaan om een verstandig gesprek te kunnen voeren met je dochter? Het leven is vol verrassingen.

Ze kijkt haar aan. Haar dochter is geen kind meer. Ze is volwassen. Ze is drie jaar geleden voor het eerst ongesteld geworden en twee jaar geleden heeft Elna een bh voor haar gekocht.

Een dochter die op het punt staat weg te glijden van de oever. Om eigen beslissingen te nemen over route en richting. Iemand die zelf een horizon ontwaart waar ze zich op moet concentreren.

Ze raakt bijna ontroerd, maar dan komt Erik en pakt haar hand vast, opgelucht dat hij van zich af heeft kunnen bijten, vriendelijk boos op die verrekte soldaten. Hij zou bijna zin hebben zijn vrouw te vertellen wat ze op de muren van het urinoir stonden te schrijven. Nee, te kerven, met messen en losgerukte deurkrukken. Dat waren nou niet bepaald kinderversjes.

Maar dat doet hij niet. Hij zegt: 'Hier staan jullie. Jullie kunnen niet anders.' Een van zijn vaste uitdrukkingen.

Een van die trekjes van hem, dat hij altijd een rookgordijn over zijn onzekerheid en gegeneerdheid legt door in kant-en-klare opmerkingen te converseren, waar Elna al snel aan gewend raakte nadat ze hem had ontmoet.

Mijn leven, denkt ze. Binnenkort kan ik daar weer over gaan nadenken, nu Eivor bijna op eigen benen staat. Ik ben nog maar tweeëndertig. Dat mag ik niet vergeten, nooit.

'Wat kijken jullie geheimzinnig', zegt Erik.

'Nou en of', antwoordt Elna.

En dan lopen ze naar het hotel, via Djurgården, over de Strandvägen, de Hamngatan en het Hötorget.

Wanneer ze elkaar op de gang welterusten hebben gewenst en Erik voorzichtig zijn kamerdeur openmaakt, ligt Anders klaar-wakker in bed.

Maar natuurlijk doet hij net of hij slaapt.

Hij begroet Erik Sjögren met een vriendelijke snurk.

De rest van de nacht ligt hij wakker. Af en toe staat hij op en drinkt een glas.

De inhoud is rood als de avondzon die hij weerspiegeld zag in een van de ramen achter de binnenplaats.

Rood als bloed.

Welke kleur heeft de dood?

Is het wel zo zeker dat die zwart is?

Wie weet dat?

De volgende dag betrekt de lucht, en betrekken de gezichten.

Het begint zo onschuldig.

Waar zullen ze eigenlijk heen? Ze hebben het over Öland ge-had, maar waarom nou juist naar Öland? Is er niets anders?

Die vraag wordt door Eivor en Elna opgeworpen. Anders zegt niets, hij zit in zijn hoekje te genieten van het onderweg zijn. Dat is alles wat hij verlangt. 's Ochtends heeft hij nog een paar flessen kunnen kopen. Nu komt hij de rest van de week wel door.

'Is er iemand die iets op Öland tegen heeft?' vraagt Erik verbaasd.

Nee, dat niet. En zeker, ze hebben het van tevoren afgesproken. Maar houdt de vrijheid van het reizen met een eigen auto niet in dat je van gedachten kunt veranderen? Ja toch?

'Ik rij waarheen jullie willen', zegt Erik galant.

'Kunnen we niet gewoon zien waar we terechtkomen?' stelt Eivor voor.

Op dat moment beseft Elna waarom ze eigenlijk niet naar Öland wil. Er is iets anders wat haar trekt en lokt. Iets wat te maken heeft met het verbeterde contact met Eivor.

Nu weet ze het. Heel zeker.

'Naar Skåne', zegt ze. 'We gaan bij Vivi op bezoek.'

'Gadver, nee', zegt Erik. 'Dat is veel te ver.'

'Niet veel verder dan naar Öland. En je zei dat je overal heen reed waar wij naartoe wilden. Toch?'

Het plenst van de regen, de ruitenwissers zijn slecht, en hij heeft niet zo'n best zicht. Maar moet hij nou zo kwaad worden dat hij bijna de sloot in rijdt? Hij stuurt de berm in en komt abrupt en schokkerig tot stilstand.

'Gadverdamme', zegt hij. 'Niet naar Skåne.'

Het idee spreekt Eivor ook wel aan.

'We kunnen dan ook naar Denemarken', probeert ze hem te paaien.

Maar nee, hij is in zijn wiek geschoten. Afspraak is afspraak. Het moet geen ongeregeld zootje worden. Je kunt niet zomaar wat rondrijden ... Het is wel wat laat om dat nu te bedenken.

'Erik', zegt Elna vastberaden. 'Als ik nou naar Skåne wil ...'

'Ik ook!'

Hij rijdt naar Skåne zonder een woord te zeggen. Elna en Eivor trekken zich weinig aan van zijn mokkende gedrag, en Anders maakt zich er helemaal niet druk om. Skåne of Lycksele, dat is hem om het even. Rij maar gewoon ...

Midden in de nacht komen ze aan in een plaats die Häglinge

heet. In de stromende regen gooit Erik de twee tenten op een klein grasveldje naast de weg. Hij gromt als Elna en Eivor willen uitstappen om hem te helpen.

'Laat hem maar', zegt Elna. 'Als we hier blijven zitten en medelijden hebben met hem, is het morgen weer goed.'

Beide tenten lekken, het wordt een vreselijke nacht, en om zeven uur zijn ze alweer onderweg. Erik zit doornat en chagrijnig achter het stuur. In Höör vinden ze een café dat open is, en daar doet Erik eindelijk zijn mond weer open.

'Ken je de weg in Malmö?'

Nee, die kent Elna niet. Anders dan? Nee, Anders ook niet.

'Ik rij de stad in', zegt Erik. 'Daarna zoeken jullie het verder zelf maar uit.'

'Skåne is mooi', zegt Elna ontwapenend en ze aait over zijn wang. 'Je bent een goeie chauffeur, weet je dat?'

Vivi Karlsson, de dochter van een werfarbeider uit Landskrona. De jaren gaan voorbij, nu is het zomer 1956. De oorlog is alweer meer dan tien jaar voorbij. Acht jaar geleden hebben zij en Elna elkaar voor het laatst gezien. Ze schrijven nog vaak, maar niet meer zo vaak als toen en ook niet met dezelfde vertrouwelijkheid als toen ze zo oud waren als Eivor nu.

Wat is er gebeurd?

Die vraag heeft Vivi Karlsson zichzelf vaak gesteld. En wanneer ze zichzelf in het nauw drijft en vraagt wat ze doet met haar tijd, dan volgt er geen rustig gesprekje. Dan heeft het meer weg van vechtende tijgers. Ze verstaat de kunst om met zichzelf te vechten, daar heeft ze niemand voor nodig. Maar wat ze minder goed kan is zichzelf weer oplappen wanneer het gevecht afgelopen is, wanneer ze uitgeteld in een hoekje ligt, met overal kapotte meubels, serviesgoed, kleren en mannen.

Ooit was ze in de buurt van Älvdalen met haar gezicht in een koeienvlaai beland. Dat is ze nooit vergeten. Die gebeurtenis bewaart ze als een voortdurend aanwezige spotprent van haar eeuwige geklungel in dit leven dat ze toch nooit op orde krijgt.

Het leven dat zo goed begon, met een hechte familieband in haar ouderlijk huis in Landskrona. Ze hadden het arm, soms hadden ze geen eten of geen kleren, maar altijd was er het streven om haar op te voeden tot een zelfstandig en levenskrachtig mens. Een huis waar niemand zachtjes door deuren ging, zodat het er nooit muf of benauwd was. Door de voortdurende tocht in het kleine donkere eenkamerflatje raasde de wereld continu voorbij. Na haar laatste schooldag had ze maar tien minuten om – in haar rode jurk! – van de kerk naar haar werk als kamermeisje in het Stadshotel te rennen. Maar dat was maar een intermezzo, een betaalde adempauze, waarin ze net zo goed de rommel van handelsreizigers kon opruimen als iets anders. Maar daarna wilde ze naar de middelbare school en daar werd ze ook aangenomen. Toen ze na het examen verder wilde naar een hoger schooltype begonnen de problemen. Niet dat ze niet mee kon komen, ze was pienter genoeg, ze melkte niet in een mandje. Nee, het kwam door het tuig om haar heen, in en voor de klas. Natuurlijk was ze niet de enige vreemde eend in de bijt, er waren meer kinderen uit arbeidersgezinnen het walhalla van de school binnengegaan, maar die veranderden snel van kleur, werden even wit en zacht als de burgerkinderen. Zij alleen niet. De scherpe kantjes die tot dan toe een pluspunt waren geweest, daar sneed ze zich nu zelf aan. Haar voortdurende opstand tegen de verlammende onderdanigheid was tot mislukken gedoemd. Een jaar, bijna twee, ging het goed, ook al regende het op- en aanmerkingen. De leraren vielen altijd als hongerige honden over haar heen met de gezamenlijk ambitie om haar te breken. Dat zal ons niet gebeuren dat dat wicht met haar zwarte tand onze schoolvorm probeert te hervormen! Natuurlijk waren er uitzonderingen onder de leraren en er waren ook klasgenoten die haar in stilte bewonderden. Maar als het erop aankwam was ze altijd alleen. In het tweede jaar, het is vlak na Oud en Nieuw en de school is nog maar pas begonnen, staat ze plotseling midden onder de geschiedenisles op. Ze raapt onder diepe stilte van de klas en de leraar haar boeken bij elkaar en verlaat het lokaal zonder een woord. Ze komt nooit meer terug. Op straat trekt ze het rooster van een rioolput omhoog en gooit haar schooltas erin. In de lerarenkamer werd er meewarig gedaan over het talentvolle meisje Karlsson dat zo onverwacht was gestopt met haar studie, maar achter hun masker grijnsden ze triomfantelijk. Ze hadden het obstinate arbeiderskind klein gekregen, ze hadden haar een nederlaag laten lijden. Toen ze thuiskwam vertelde ze eerlijk wat ze had gedaan. Eén uur langer in die klas en ze zou in een legerdepot hebben ingebroken en een openlijke oorlog tegen de school begonnen zijn. Haar ouders mopperen, maar ze begrijpen haar natuurlijk wel. Zo is het, de klassenmaatschappij heeft nu misschien wel een ander aanzien en andere wapens, maar het is nog steeds een klassenmaatschappij. En natuurlijk zijn ze ook trots dat ze haar afkomst niet heeft geofferd op het altaar van de school. Het lot van wie zich aanpast zou erger moeten zijn dan de dood, maar in deze tijd, nu de socialisten hun best doen om de burgerlijke maatschappij voor iedereen toegankelijk te maken, is het bijna een doodzonde om je niet aan te passen. Nou, dan toch maar liever blijven zondigen. Op een dag zal dit hele gigantische kaartenhuis toch instorten. Dat zei Strindberg al en hij draait zich waarschijnlijk om in zijn graf van ongeduld omdat het niet sneller gaat. Maar dat moet dan maar ...

Haar vader is tevreden, het meisje is niet afgedwaald. Een communist kan geen dochter hebben die voor het gouden kalf door het stof gaat. Ze is sterk, ook al leven ze in een grimmige tijd, waarin gewone mensen de radio uitzetten wanneer partijvoorzitter Hagberg aan de beurt is om iets verstandigs te berde te brengen in de slappe discussie ...

Wat ze doet? Nou, ze springt in het staalbad en doorstaat de krachtproef. In het jaar waarin haar voormalige klasgenoten de trappen af rennen met hun witte petten op – allemaal model Lund – ten teken dat ze klaar zijn voor het studentenbestaan, doet zij eindexamen bij Hermods, waar ze een schriftelijke cursus heeft gevolgd, en ze slaagt met vlag en wimpel. Maar dan is ze zo mager geworden en zo moe dat ze bijna flauwvalt, en wanneer ze zichzelf in de spiegel ziet met de pasgekochte witte pet op haar hoofd begint ze te huilen en krijgt ze een bloedneus. Maar Vivi is uit taai hout gesneden en in de herfst schrijft ze zich in bij de universiteit van Lund, ze maakt een afspraak met een studieadviseur die te veel gedronken heeft en huurt een kamer bij de weduwe van een officier. Ze wil archeoloog worden, en ze duikt pardoes in het bad vol cursusliteratuur. Maar ook hier moet ze haar rode handdoek al snel weer in de ring gooien. Ze kan het studentenleven gewoon niet aan, al die rare rituelen in die geïnstitutionaliseerde woestijn waar ze niet op voorbereid is. In Lund waaien eigenaardige winden die nooit door het appartement in Landskrona gegaan zijn. Soms kan ze er woedend over worden, haar ouders verwijten maken, maar ze weet wel dat dat niet eerlijk is. Ze moet er niet aan denken dat ze zo zou worden als die zoutzakken die rondhangen op colleges en faculteiten. Wanneer haar hospita op een dag in de lente het graf van haar man in Karlskrona bezoekt, verbrandt ze haar boeken in de open haard en ze rent naar buiten om te zien hoe de dikke rook naar de blauwe hemel stijgt. De vorige keer was het een riool …

Wat gaat ze nu doen? Ze drinkt en neukt, ze schreeuwt en scheldt, loopt door bloemperkjes, ze heeft een heftige ontmoeting met een stuurman op een boot naar Kopenhagen, en in de zomer krijgt ze een miskraam. Zodra ze weer op de been is, lift ze naar het zuiden, ze ontmoet een Spaanse kok in Amsterdam en gaat met hem naar Parijs, Pamplona en Madrid en dan is ze weer in verwachting. Weer een abortus, een nachtmerrie op een stinkende tafel in een kelder en daarna wenst ze haar Spaanse vriend de allerverste hei op … Een winter thuis in Landskrona, losse baantjes, een fel protest tegen de oorlog van de vs in Korea en een nieuwe droom: naar China, en dan mag ze sterven. Ze heeft al door Parijs gezworven. Maar China … Ze monstert aan op een van de bananenboten van de Johnsonlijn, daar heeft ze een mooie tijd samen met haar broer Martin, die vierde machinist is. Maar in Santiago krijgt ze bloedvergiftiging en wanneer ze weer terugkomen in Göteborg moet ze afmonsteren, het messmeisje gaat voorgoed aan land.

En daarna? Daarna, ja dat vraagt zij zich ook af.

Op een dag heeft ze opeens beide ouders verloren, met twee maanden tussenruimte. Haar vader valt zomaar om in de keuken, getroffen door een herseninfarct. En haar moeder doet haar plicht, ze volgt hem zodra dat kan. Ze overlijdt rustig in haar slaap zodra de drie kinderen, het meisje en haar twee broers, een nieuw verdriet aankunnen. Ze overlijden snel, maar hun leven was geen warboel, de boedel is even overzichtelijk als het leven dat ze hebben geleid.

Ze is zevenentwintig wanneer ze naar Malmö verhuist en als secretaresse bij een transportbedrijf gaat werken. Een jaar wil ze daar blijven. Maar het worden er twee. Daarna komt ze weer in verzet, ze schrijft zich opnieuw in bij de universiteit en mislukt weer, ditmaal uit pure weerzin. En na nog een paar uitstapjes is ze op tweeëndertigjarige leeftijd weer terug bij het transportbedrijf. Ze ligt weer met haar gezicht in de koeienvlaai.

Terwijl Elna en de anderen met de regen in Häglinge in gevecht zijn, ligt Vivi te slapen in haar flat aan de Fabriksgatan in Malmö. Ze heeft vakantie, maar ze gaat nergens heen. Ze gaat haar vrije dagen gebruiken om te besluiten wat ze zal doen. Meteen na de vakantie zal ze haar opzegging bij de vrachtrijder op het bureau gooien, dat heeft ze nu besloten en die gedachte houdt haar op de been. Wanneer dat gebeurd is, zal ze ook haar relatie beëindigen met een kunstenaar bij wie ze het toch al veel te lang heeft uitgehouden. Ze is hem allang zat, met zijn vieze nagels en zijn sombere, onbegrijpelijke schilderijen. Tijdens haar vakantie wil ze hem niet zien, dat heeft ze hem al verteld, en hij heeft zich aangesloten bij een collectief dat woonruimte huurt in Falsterbo. Wat ze daar doen, daar wil ze niet over nadenken ...

Ze slaapt, ze verzamelt krachten voor het gevecht dat haar te wachten staat.

Ondertussen klettert de regen op de tenten in Häglinge.

Hoe moet je de ontmoeting van de twee vriendinnen beschrijven?

Natuurlijk is Vivi verrast en vol spontane vreugde; ze mogen elkaar immers graag. Maar wat nog meer?

Gaan ze meteen weer vertrouwelijk met elkaar om?

Zijn ze beschaamd en onzeker?

Pas wanneer de mannen en de vrouwen gescheiden zijn valt er een beweging waar te nemen, een emotionele spanning. Anders en Erik gaan ergens naartoe in de auto. Elna, Vivi en Eivor zijn alleen.

'Wat doen we?' vraagt Vivi. 'Nu zijn jullie hier. Gaan we zwemmen, de stad in, blijven we hier?'

'Zeg jij het maar', zegt Elna.

'En jij dan?' vraagt Vivi aan Eivor. 'Jij bent de jongste en zou dus de meeste wensen moeten hebben. Wat wil jij?'

Dus wordt het Kopenhagen.

Wanneer Elna zich zorgen maakt dat ze laat terug zullen zijn, dat Erik en Anders niet zullen weten waar ze blijven, lacht Vivi haar uit.

'Zolang er biercafés zijn in de wereld, komen onze dierbare mannen niets tekort', zegt ze.

Ze nemen een van de veerboten die uit Malmö vertrekken. Vivi baant zich een weg over de overvolle boot en vindt een tafeltje bij het raam in de cafetaria. Een onbestorven weduwnaar op zomerjacht die wil gaan zitten deinst terug wanneer Vivi hem doordringend aankijkt.

'Dit tafeltje is bezet.'

'Jullie zijn toch maar met zijn drieën?'

'Er komen er nog meer.'

Dat is natuurlijk niet zo, Vivi wil alleen bewegingsruimte. Daar heeft ze behoefte aan, ze kan er niet tegen als er mensen te dicht bij haar zitten, en al helemaal geen mannen die een plezierreisje maken.

Het is bewolkt en het waait, maar de zware veerpont schommelt koppig over de Sont. Af en toe spatten er regendruppels tegen het raam van de cafetaria. Ze lopen in schokkerige stroompjes naar de raamlijsten, waar de grove klinknagels door de gebarsten verf heen steken.

Het is lang geleden, heel lang geleden dat ze elkaar voor het laatst hebben gezien, Vivi en Elna.

Maar terwijl Elna keer op keer constateert dat de tijd voorbij gevlogen is, lijkt Vivi meer ingesteld op het heden. Ze zitten immers hier! Dat de tijd voorbijgaat, is het enige waar je zeker van kunt zijn in deze eigenaardige wereld.

'Weet je nog dat we dat aan elkaar hebben geschreven?' vraagt Elna.

'Het was gek geweest als we dat niet hadden gedaan!'

'Dat het allemaal zo lang geleden is!'

'Het is maar goed ook dat de tijd niet stilstaat. Het zou niet best zijn als we nog steeds aan het hooien waren bij het Siljanmeer. Of nog over dezelfde heuvels fietsten als vijftien jaar geleden.'

'Je bent niet veranderd', zegt Elna.

Vivi trekt een lelijk gezicht.

'Dat moet je niet zeggen.'

'Waarom niet?'

'Kun je je iets ergers voorstellen? Dezelfde blijven. Niet veranderen! Dat zou toch vreselijk zijn?'

Eivor voelt zich ongemakkelijk in het gezelschap van Vivi. Die is direct op een manier die ze nooit eerder heeft meegemaakt, niet bij Elna, Erik of iemand anders. Vivi gaat tekeer als een windhond, om de hete brij heen draaien is blijkbaar niet haar stijl. De manier waarop zij met mensen omgaat maakt Eivor onzeker, een beetje bang bijna. Zoals ze haar de hele tijd aankijkt en vragen stelt, recht voor zijn raap.

'Vertel eens', zegt ze tegen Eivor.

Eivor bloost, ze weet niet hoe ze moet reageren.

'Ik heb niets te vertellen', mompelt ze en ze krast met haar nagels over de tafel.

'Iedereen heeft iets te vertellen.'

'Anders ben je ook niet zo verlegen', zegt Elna. En dan wordt Eivor natuurlijk razend, ook al laat ze het niet merken. Nu is ze weer haar oude vertrouwde moeder, die nooit op het juiste moment haar mond kan houden. Nu wordt er over haar, de dochter, gepraat, als over een voorwerp of een hond. Je zou dat mens ook …

Drie vrouwen op een boot, op een dag in juli, op weg naar Kopenhagen. Twee jeugdvriendinnen en de vrucht van een zomernacht vele jaren geleden. De man op zomerjacht in het lichte pak zit hen vanaf een ander tafeltje gade te slaan. Drie zussen, denkt hij. Ze lijken niet op elkaar, van uiterlijk of in kleding, maar ze lijken zo vertrouwd met elkaar dat het wel zussen moeten zijn, samen opgegroeid, zonder weggemoffelde geheimen. De vrouw die zo goed van de tongriem gesneden is, is waarschijnlijk de oudste, dan hebben we de vrouw met het donkere haar, die bijna even oud is, en dan de laatste, de spichtige, dat zal wel een nakomertje zijn. En nu gaan ze naar Kopenhagen. Nou, hij zou hen wat graag hebben rondgeleid. Ieder van hen afzonderlijk en alle drie samen.

'Hij zit te staren', zegt Elna.

'Laat hem', antwoordt Vivi. 'Als hij dat nou leuk vindt.'

'Ik vind het vervelend.'

'Kijk dan niet!'

Eivor zit met haar rug naar hem toe, dus zij ziet niets. Maar ze ergert zich wel aan Elna, aan haar ongerustheid. Plattelandsvrouwtje, denkt ze. Ze had beter thuis kunnen blijven.

Nee, dan Vivi. Als je eenmaal aan haar opdringerige directheid gewend bent, valt er veel te leren van haar vanzelfsprekende manier om met de wereld om te gaan, of dat nou het wegsturen van een halsstarrige man in een licht pak is of gewoon op een stoel zitten in een cafetaria op een veerboot naar Denemarken.

Stel dat Vivi haar moeder was geweest? Als zij in de oorlog in verwachting was geraakt van haar? Dan sprak ze nu met een Skåns accent. Dan had ze nooit in Hallsberg hoeven wonen en kon ze wanneer ze maar wilde naar Kopenhagen. Dan zat ze niet naast een moeder die met een bange blik aan een vies kleedje plukt en een en al boersheid uitstraalt.

Soms geniet ze ervan lelijke dingen over haar moeder te denken. Om kleine ergernissen op te blazen tot catastrofeniveau, of nieuwe te verzinnen als dat nodig is. Het bekende en vertrouwde weg te denken, haar eigen moeder weg te denken en een nieuwe te kiezen.

'Kopenhagen', zegt Vivi en Eivor ziet hoe de boot de haven binnenloopt. Grote vrachtschepen met buitenlandse vlaggen liggen aan de ogenschijnlijk eindeloze kade. De huizen zien er anders uit dan in Zweden, een rood-witte vlag met drie tongen wappert op een marineschip, en het is adembenemend om Zweden uit te zijn, om Zweedse te zijn en Eivor te heten in een vreemd land.

Ze betreedt de kade en de vreemde bodem en ze begrijpt geen woord van wat de mensen zeggen. Het lijkt of ze allemaal boos zijn. Maar tegelijkertijd klinkt er continu bulderend gelach om haar heen. Denemarken dus. Boosheid en gelach. Eivor kijkt naar Vivi en ze glimlacht.

'We lopen naar het centrum', zegt ze.

'Het ziet ernaar uit dat het gaat regenen', zegt Elna en ze kijkt naar de lucht.

Daar heb je haar weer, denkt Eivor. Ben je net in Denemarken, zit zij erover in dat het gaat regenen. Laat dan de hemel maar instorten zodat ze allemaal verdrinken! Wat maakt het uit. Dan moeten ze maar zwemmen naar de stad in plaats van lopen.

'Als het gaat regenen, hollen we gewoon een café binnen', antwoordt Vivi. 'Daar heb je er een heleboel van in Kopenhagen. Hier doen ze niet zo moeilijk over bier of een borrel. Laten we gaan.'

Strøget. De hoofdader van de stad. Overal om hen heen zijn mensen. Ze verdwijnen in winkels en steegjes die er donker en geheimzinnig uitzien of ze komen uit achterafstraatjes en voegen zich bij de machtige mensenstroom. Maar ondanks deze dichte mensenzee maakt Eivor zich geen zorgen dat ze opgeslokt gaat worden of zal verdwijnen. Dat komt door de vriendelijkheid, de gemoedelijkheid op de gezichten van de mensen die zich langs haar heen haasten. Hier is ze niet bang, zelfs niet wanneer ze voor een etalage blijft staan en vervolgens ontdekt dat Elna en Vivi weg zijn. Ze loopt gewoon verder en bij de volgende kruising staan ze te wachten. Maar haar moeder …

'Je kunt hier verdwalen', zegt ze.

'Als je dat nog een keer zegt, doe ik het nog ook', sist ze.

Vivi kijkt haar verbaasd maar ook geamuseerd aan.

'Het is groen', zegt ze en ze maakt een eind aan het geharrewar van moeder en dochter. Zonder poespas, beslist, alsof het de meest vanzelfsprekende zaak van de wereld is.

Precies, denkt Eivor. Zo moet je daar nou precies mee omgaan. Met onbenulligheden. Maar als Vivi niets had gezegd, was haar moeder misschien spoorslags teruggegaan naar de boot en was ze de rest van de dag chagrijnig geweest.

Hoe is het in vredesnaam mogelijk dat zij ooit beste vriendinnen zijn geweest? Zo verschillend als ze zijn. De een zeurt over regen als een bang oud mens, de andere loopt met geheven hoofd door Kopenhagen alsof ze in haar eigen keuken is. Dat kan niet alleen een kwestie zijn van wat je gewend bent, het is gewoon een verschil! Als tussen een koe en een kat.

Maar natuurlijk krijgt Elna gelijk en begint het echt te regenen. Ze zijn nog maar net bij het Raadhuisplein als het begint te plenzen uit de zwarte wolken.

'Daar', zegt Vivi en ze wijst. 'Daar de trap af.'

Een biercafé, rookwolken, gerammel van glazen en flessen, het is druk aan de houten tafels, het ruikt er naar bier en natte laarzen. In dit overvolle lokaal overtreft Vivi zichzelf in Eivors ogen door drie vrije stoelen aan één kant van een tafel te vinden. Ze zitten nog maar net op de lage stoelen of er staat al een ober naast hen, een man met een vuil schort over een dikke buik.

'Een kopstoot', zegt Vivi. 'En voor jou Coca-Cola?'

Eivor knikt.

'Ik wil geen bier', zegt Elna verschrikt. 'Midden op de dag?'

'Je bent toch niet voor niets in Kopenhagen?' antwoordt Vivi. 'Wat maakt het uit? Ik dacht dat je vakantie had.'

Wat jij niet opdrinkt, neem ik wel, denkt Eivor.

'Begreep ik maar waarom je zo bezorgd kijkt', zegt Vivi en Eivor merkt dat ze geïrriteerd is.

Goed zo, denkt Eivor snel. Zeg het maar, geef haar de wind van voren. Schud dat vrouwtje uit Hallsberg maar eens goed door elkaar …

'Het regent nooit lang in Kopenhagen', gaat Vivi verder. 'Net lang genoeg om intussen een kopstoot te nemen.'

'Ik ben niet bezorgd', zegt Elna. 'Waarom denk je dat?'

'Ik zie wat ik zie.'

'Dan zie je het verkeerd.'

'Ja, maar nu ga je er in ieder geval tegenin. Proost.'

Er zijn twee flessen Tuborg op tafel verschenen en twee tot de rand gevulde borrelglaasjes. Eivor schenkt Coca-Cola in haar glas en proost mee wanneer Vivi het glas heft met haar.

'Ik snap niet dat je denkt dat ik me zorgen maak', zegt Elna nog eens en Eivor kreunt inwendig. Moeder, moeder … Laat mij van uw grote kudde ook een heel groot schaapje zijn … Lieve help zeg, word volwassen …

'Dat is gewoon zo', zegt Vivi. 'Zo was ik toch altijd al. Dat weet je toch nog wel? Als ik iets merk aan iemand, dan zeg ik er wat van. Ik weet nog dat dat een van de eerste dingen was die je tegen me zei toen we elkaar die zomer in de oorlog ontmoetten. Dat ik er niet omheen draaide.'

'Zei ik dat?' vraagt Elna.

'Je wilt toch niet beweren dat je dat niet meer weet?'

'Het is zo lang geleden …'

'Dat geloof ik niet. En weet je waarom?'

'Nee?'

'Omdat je me later in brieven hebt geschreven dat je dat van mij had geleerd.'

'Wat?'

'Om er niet omheen te draaien.'

'O …'

Vivi fronst plotseling haar voorhoofd en neemt Elna peinzend op. Zou ze het echt vergeten zijn? Of herinneren ze zich heel verschillende dingen uit die oorlogszomer, van die fietstocht? Wil ze het niet meer weten? Maar waarom dan niet?

'De Daisy Sisters ben je toch in ieder geval niet vergeten?'

'Nee', zegt Elna ontwijkend.

'Wil je het er niet over hebben?'

'Het is zo lang geleden …'

Vivi schudt haar hoofd en kijkt Eivor vragend aan.

'Maar dat heeft ze jou toch wel verteld? Dat we ons de Daisy Sisters noemden toen we door Dalarna fietsten?'

De Daisy Sisters? Waar heeft ze het over? Eivor heeft er nooit een woord over gehoord. Maar ze maakt dankbaar van de gelegenheid gebruik.

'Ik heb nooit iets over die zomer gehoord', zegt ze en ze houdt haar glas in een stevige greep. 'Het enige wat ik weet is dat mijn vader ook ergens vaag in beeld geweest moet zijn. Heel vaag.'

'Eivor', zegt Elna verontwaardigd. 'Wat moet dat …'

Ze wordt onderbroken door het geschater van Vivi.

'Sorry', zegt ze. 'Maar dat klonk zo grappig … "heel vaag".'

'Ik kan de lol er niet van inzien', zegt Elna.

Maar dat had ze niet moeten zeggen. Want dan wordt Vivi zomaar opeens boos en ze stuift op.

'Elna. Ik begrijp eerlijk gezegd niet waarom je bij mij op bezoek komt als je zo sikkeneurig bent en het nergens over wilt hebben. Het moet toch jouw idee geweest zijn om hiernaartoe te gaan, want wij tweeën kennen elkaar. Ik begrijp niet wat er mis is. Wat ik ook zeg, het is nooit goed. Als je zo doorgaat, vind ik dat we maar terug moeten gaan zodra het droog is.'

Elna trekt wit weg. Ze staart naar het tafelblad en blijft doodstil zitten. Heel even denkt Eivor dat ze in huilen gaat uitbarsten, maar ze blijft gewoon roerloos zitten. Uitgekleed, verlaten …

Eivor krijgt natuurlijk meteen medelijden met haar. Dat krijgt ze altijd wanneer haar moeder geen weerwoord meer heeft, ook al is het haar eigen schuld, ook al is ze chagrijnig om niks. Zo is het altijd geweest en zo zal het altijd zijn. Wanneer Elna een slecht humeur heeft, dan biedt Eivor zwijgend haar excuses aan omdat ze zo onverstandig is geweest om geboren te worden …

De deur van het café wordt plotseling opengegooid. De wolkbreuk is over.

'Ga jij even een eindje lopen', zegt Vivi tegen Eivor. 'Wij zitten hier nog wel even. En je kunt het toch wel terugvinden?'

Natuurlijk wel. Maar op dit moment heeft ze helemaal geen zin om weg te gaan. Anders doet ze vaak niets liever dan alleen ergens op afgaan en het onbekende en vreemde op eigen houtje verkennen, maar nu niet. Niet nu haar moeder erbij zit met een gezicht alsof iemand net tegen haar heeft gezegd dat ze niets waard is.

Maar Vivi kijkt vastberaden, ze wil kennelijk alleen zijn met haar, dus Eivor staat op en loopt naar buiten.

Op straat komt ze een man tegen met een aapje op zijn schouder. Ze schrikt wanneer hij langsloopt en het verschrompelde oudemannengezichtje van de aap haar haar bijna raakt.

Vivi wil dus alleen zijn met Elna. Ze is boos geworden en Elna is star en onbenaderbaar. Nu gaat Vivi het dus allemaal proberen op te lossen. Maar waar zullen ze het over hebben?

Eivor is nieuwsgierig. Ze had het zo graag willen horen, maar nu mag dat niet. En Elna zal er wel nooit iets over zeggen. Als Eivor straks terugkomt, doet ze waarschijnlijk net als altijd, alsof er absoluut niets is gebeurd.

Eivor slentert, kijkt in etalages, naar de mensen. Maar ze denkt: waar hebben ze het over? Over iets wat ik niet mag weten? Of wat ik beter niet kan horen? Als het de volwassenen beter uitkomt, word je opeens weer als een kind behandeld, terwijl ze zelf niet eens meer weten hoe het was om kind te zijn.

Volwassen zijn houdt kennelijk in dat je vergeten bent dat je als kind of als tiener altijd veel meer wist dan je ouders dachten …

Als ze nou eens naar een ander café zou gaan om zich daar vol te laten lopen? Ze heeft een tientje in haar portemonnee en ze ziet er ouder uit dan ze is, als er tenminste leeftijdsgrenzen zijn in dit land. Als ze dat nou eens zou doen en daarna struikelend over haar eigen benen terug zou komen?

Of als ze nou eens helemaal niet meer terug zou komen. Als ze hier op straat zou verdwijnen, een verdwijning waar op donkere winteravonden over nagepraat zou worden? Net als Viola Widegren, waar zo veel over is geschreven, die even hout ging halen en nooit meer terugkwam. Daarna is ze overal ter wereld gesignaleerd, maar niemand heeft ooit een levensteken van haar ontvangen. Als ze haar identiteit nu zou opgeven, als ze zich bij de verdwenen mensen zou voegen … Misschien is ze hier op straat wel omgeven door mensen die al langer verdwenen zijn. Mensen die van huis gegaan zijn om melk te halen of om te kijken of het hek wel goed dichtzat en daarna opgehouden zijn te bestaan. Ze heeft van zo veel vermiste personen foto's in de krant gezien. Ze kijken altijd alsof ze iets willen vertellen …

Wat zullen ze zich verdrietig en schuldig voelen, maar dat is hun verdiende loon. Dan komt zij over dertig jaar wel weer terug om te zeggen dat het een iets langere wandeling is geworden dan ze had gedacht ... Wat ze heeft gedaan? Nee, dat zijn haar zaken, dat is haar manier om geheime gesprekken in een café te bestraffen ...

Het is natuurlijk een onzinnige gedachte, maar wel een erg aantrekkelijke. Om de wereld in te trekken en te verdwijnen. Een mysterie te worden ...

Ze blijft voor de kelderdeur van het café staan. Zal ze naar binnen gaan? Is ze al lang genoeg weggeweest? Nee, niet echt. Ze loopt weer naar de promenade, gaat met haar rug naar de mensen toe staan en bekijkt de etalages.

Wanneer ze eindelijk teruggaat naar het café is alles net zoals ze had verwacht. Elna glimlacht en alles is weer gewoon. Geen woord, geen teken dat er meer is gebeurd dan dat ze kennelijk nog een paar biertjes hebben gedronken.

'Nu hebben we bijgepraat, Elna en ik', zegt Vivi en Elna knikt glimlachend. Eivor durft niet te vragen waarover, antwoord krijgt ze immers toch niet. Maar het is allang mooi dat haar moeder niet meer chagrijnig is. Ze mogen hun geheimen houden, dan houdt zij de hare. Wat kan het haar eigenlijk schelen waar ze het over hebben gehad. Het is vervelend als je last hebt van nieuwsgierigheid, maar dat gaat wel over. Zo is het toch?!

En dan slenteren ze door Kopenhagen, ieder met zijn eigen geheimen. Elna, die de reden van haar slechte humeur heeft opgebiecht: ze wil iets anders, ze wil niet op dertigjarige leeftijd al oud zijn. Vivi luistert en zegt: ja, ze heeft gelijk, en het is altijd mogelijk daar iets aan te doen. Met frisse moed en vrolijkheid kun je de meeste dingen schoonvegen, luchten en oplossen. Dat weet zij maar al te goed, met alle stormen die altijd in haar binnenste woeden. Ook al val je om de haverklap van de trap, je moet weer overeind krabbelen en verder klimmen, ook al gaat dat moeilijk en weet je niet waar je zult belanden.

Dat maakt ook niet uit, als je maar verder komt ...

En Eivor ziet haar eigen foto al in de krant in de rubriek 'opsporing verzocht'. Een verdwijning die verdriet en schuld achterlaat ...

Vivi loopt tussen moeder en dochter in en geeft hun allebei een arm. Het blijft droog en ze lopen maar door, kijken en becommentariëren, vragen en antwoorden. Pas wanneer de zomeravond zijn intrede alweer doet, nemen ze de boot terug en Elna vraagt zich niet één keer af hoe het de mannen is vergaan die alleen in Malmö zijn achtergebleven ...

Hoe het hun is vergaan? Tja, deze dag in juli was een topdag voor de cafés, want bij gebrek aan andere mogelijkheden en in goed overleg met Anders heeft Erik met veel moeite een café weten te vinden waar ze konden blijven hangen bij een niet-aflatende stroom flessen. Ze hebben zomaar wat zitten kletsen, ze hebben naar het merkwaardige Skåns zitten luisteren, worst gegeten, gedronken en gepist. Ze zijn op een lauwe manier dronken, je merkt het haast niet. Maar die dronkenschap is er wel en ze bevestigt de heerlijke zorgeloosheid van de vakantie, dat je vrij bent en maling kunt hebben aan alle goederenwagons met bevroren remkleppen ...

'Asea', zegt Erik voor de zoveelste keer. 'Asea ... Die hufters zaten verdorie in hun onderbroek wijn te drinken. Ja, toch?'

'Jawel', zegt Anders.

Wat moet hij zeggen? In Zweden zit je niet in je onderbroek voor de tent te drinken. En al helemaal geen wijn.

'Zigeuners', zegt Erik.

'Dat klopt misschien niet helemaal', mompelt Anders.

'Natuurlijk zijn het zigeuners', zegt Erik weer. Het heeft geen zin daartegen in te gaan. Natuurlijk waren het Italiaanse zigeuners die daar zaten te schreeuwen.

'Nog een geluk dat ik daar niet werk.'

Zijn er echt niet genoeg Zweden die daar kunnen werken?

Asea maakt verdorie elektrische locomotieven. Het is een prestigieus bedrijf. Vreemd, heel vreemd.

Nog een pilsje. Het is warm in Malmö.

'Daar ga je', zegt Erik en hij heft het glas.

Die nacht slapen ze in Vivi's appartement, op matrassen en veldbedden. Iedereen heeft die dag heel wat meegemaakt, ook al schijnt niemand echt iets te vertellen te hebben.

Maar twee van hen liggen bijna de hele nacht wakker. Anders, die door Vivi vastbesloten naar haar eigen slaapkamer en bed is gedirigeerd, en Vivi zelf, op een matras op de vloer in het kleine keukentje. Ze liggen wakker en luisteren naar de vogels die zingen in de zomernacht.

Een dag later rijden ze naar huis en ook al hebben ze geen haast, toch stopt Erik pas als ze weer terug zijn in Hallsberg. Het is net alsof er een grens is aan hoeveel vrije tijd je aankunt zonder last te krijgen van schuldgevoelens. Wanneer je eenmaal weer thuis bent, gaat het beter. Dan ben je in ieder geval in de buurt als er iets is. Als zou blijken dat de hele vakantie maar een grap is, iets wat eigenlijk helemaal niet bestaat.

Anders stapt uit. Zijn benen slapen. Hij kijkt naar zijn huis en bedenkt dat hij zal sterven. Maar hij laat niets blijken, hij pakt gewoon zijn koffer en bedankt dat hij mee mocht.

'Dat was toch niets', zeggen ze.

Maar dat was het toch wel?

De kat zit voor de deur op hem te wachten. Zwijgend, ondoorgrondelijk.

'Daar zijn we dan weer', zegt Erik wanneer alles naar binnen is gebracht en hij de auto op slot heeft gedaan en welterusten heeft gekust.

'Morgen sturen we een brief naar het naaiatelier van Jenny Andersson', zegt Elna.

Eivor knikt.

Een paar dagen voor de vakantie voorbij is, komt er een brief voor Elna van Vivi. Wanneer ze die op de bank zit te lezen, kijkt Eivor stiekem even en ziet dat de brief eindigt met 'Veel succes!'.

Waarmee? denkt ze. Waarmee?

Maar een antwoord krijgt ze natuurlijk niet. Elna vouwt het blaadje op, stopt het in de envelop en zegt dat ze de groeten krijgt van Vivi.

'Hoe vond je haar?' vraagt ze.

'Ja, wel aardig.'

'Verder niet?'

'Nee, gewoon wel aardig.'

'Ze is mijn beste vriendin. Mijn enige.'

'Ja.'

'Dat is ze echt.'

Maandagochtend. Eivor wordt wakker in haar alkoof en hoort Erik in de keuken rommelen. Het is zes uur en hij moet naar het rangeerterrein. Ze hoort hem zachtjes neuriën en rammelen met de broodtrommel en de koffiepot.

Kun je zo blij zijn dat je weer aan het werk mag? vraagt ze zich af. Dan wil ik morgen wel bij Jenny Andersson beginnen.

Wanneer Erik de voordeur achter zich heeft dichtgeslagen, blijft ze nog een poosje liggen en ze probeert het naaiatelier voor zich te zien. Dan valt ze weer in slaap.

Vlammende herfstkleuren in de bossen van Närke. Het is september, de maand van de lijsterbessen. Het wordt 's avonds alweer vroeg donker en met de ochtendvorst komt de grote witte stilte steeds dichterbij. En daarmee groeit Eivors onrust. Het wordt steeds moeilijker voor haar om zich in de broze dromen te hullen en de werkelijkheid buiten de deur te houden. Het is net of die door de slecht afgedichte ramen kruipt, haar koude, onzichtbare vingers op haar legt en met haar vieze nagels in haar hart klauwt. Overdag is ze aan het naaien met Elna, dan denkt ze niet, dan concentreert ze zich alleen op de naden, die recht moeten worden. Dan hoor je alleen het tikken van de naald en het trappen van de voeten, en Elna's zachte stem wanneer ze een korte opmerking maakt. Maar als het begint te schemeren komt de onrust terug.

De tijd kruipt in de richting van 1 oktober, zo langzaam als een doodsbange soldaat achter de vijandelijke linies. Op de keukenkalender die boven het fornuis hangt, streept Eivor de dagen af. Nog drie weken, de tijd is een pesterige slak. Ze kan alleen maar wachten. Maar tegelijkertijd ziet ze er ook tegen op. Wil ze dit echt? Leren naaien bij een naaister in Örebro voor een loon dat nauwelijks genoeg is voor een dagrantsoen losse John Silversigaretten? Ze weet het niet, en ze weet ook niet hoe ze dat probleem in haar hoofd moet oplossen. Hoe zou ze spijt kunnen hebben van iets waar ze nog niet eens aan begonnen is?

Maar er is iets wat haar beangstigt, iets wat niet klopt.

De kraaien komen in zwarte aanvalsformaties aanvliegen en plukken de lijsterbes kaal die als grensrechter tussen hun flat en het lage houten huis van Anders staat. Ze staat bij het raam en duwt haar neus tegen de ruit. Alles is grijs, de kraaien hakken en Anders' haveloze kat sluipt geruisloos rond de stenen voet van het houten huis.

Ze huivert. De kou zit in haar. Volwassen zijn is weten wat je met jezelf aan moet. Een werkelijkheid en gedachten die niet continu botsen met dromen – dagdromen en nachtelijke dromen. Daarin is alles zo eenvoudig, ze richt het in zoals zij wil. Maar zodra ze haar ogen opendoet, zijn die zware wolken er en de ruit tegen haar wang is zo verschrikkelijk koud, zo koud als de dood … De herfst staat in vuur en vlam en in Eivors binnenste staat een slagschip in brand, dag en nacht. Is er geen weg, geen geheime deur die toegang geeft tot een tunnel die haar naar een wereld kan brengen die op zijn minst enige overeenkomst vertoont met die van haar dromen? Die niet naar het witte stationsgebouw van Örebro voert?

Ze vlucht steeds minder vaak naar Anders. Maar ze praten over hem aan de eettafel, dat hij steeds meer lijkt te drinken, dat ze er iets aan zouden moeten doen. Maar wat? Je dringt niet makkelijk tot hem door.

Eivor ziet hem soms als een grijswitte schaduw op zijn pijnlijke benen door de keuken scharrelen.

Dan kan ze plotseling in tranen uitbarsten. Maar alleen als er niemand bij is, als Erik naar het spoor is en Elna ook voor het een of ander de deur uit is. Anders nooit.

September, de eerste herfststorm. Anders zit in zijn keuken met een gescheurd overhemd om zijn hand. Hij is gevallen en heeft zijn hand opengehaald aan een conservenblikje dat op de grond lag. Hij zakte plotseling zomaar door zijn benen toen hij koffie wilde zetten, alsof alle resterende krachten er plotseling vandoor waren gegaan en alleen een dode huid hadden achtergelaten, een skelet dat lijkt op de dorre takken van de herfst. Het duurt lang voor hij overeind komt. Hij wil het liefst blijven liggen, maar hij weet dat het nog niet zover is. Hij zou vast wel in slaap vallen, maar hij zou ook weer wakker worden. En dan staat hij op, wankelt terug naar de keukentafel en wikkelt het overhemd om zijn bloedende hand. De storm rukt aan de dakpannen, slaat en beukt tegen de zware houten muren. Hij zit in het donker en voelt de koude tocht van de ramen. Hij zit gedachteloos te wachten in zijn mausoleum ...

Wanneer hij de hand op zijn schouder voelt, denkt hij dat het de dood is die daar staat. Zo heeft hij zich die altijd voorgesteld, als iemand die onverwacht achter hem staat en een hand op zijn schouder legt. De laatste politieagent in zijn leven ...

Maar het is Lasse Nyman die terug is gekomen. De voordeur zat niet op slot, de storm had zijn voetstappen overstemd, en in het donker heeft Anders niets gezien met zijn troebele ogen.

Het is dus niet de dood, maar Lasse Nyman die tegenover Anders gaat zitten.

'Schrok je?' vraagt hij zacht.

'Nee', antwoordt Anders. 'Jij wel?'

'Waar zou ik van moeten schrikken?'

'Weet ik niet.'

Lasse Nyman heeft een papieren tas met een paar flesjes bier bij zich. Anders schudt zijn hoofd, hij houdt zich bij zijn rode brandewijn. Hij vraagt of Lasse Nyman nu ook honger heeft, net als de eerste keer dat hij hier kwam. Nee, hij hoeft geen eten, hij heeft wel bier.

'Je leeft nog', zegt Anders.

'Wat dacht jij dan, verdorie?'

'Ik vroeg het me af.'

Het is een en al ellende geweest, vertelt Lasse Nyman. Maar hij heeft zich erdoorheen geslagen, hij is niet gepakt, en daar gaat het maar om. Hij heeft buiten geslapen, in kelders en in hotels als hij geld had. Maar Anders merkt dat hij nog bitterder is geworden dan de vorige keer dat hij hier was, nog meer vervuld van haat en vertwijfeling. Zijn gezicht is wit en hard als gips, het zwarte leren jack slobbert om zijn magere lijf.

Hij is hier met de auto, vertelt hij. Een Volkswagen die hij een paar dagen geleden in Södertälje heeft gestolen.

'Voor een kerkgebouwtje', voegt hij er met een spottende lach aan toe. 'Ze zullen wel op hun knieën liggen te bidden. Maar ze kunnen hem terugkrijgen, het is toch een waardeloos ding.'

Hij heeft hem op de parkeerplaats voor het station neergezet en heeft het laatste stuk naar Anders' huis gelopen.

'Waar ga je naartoe?' vraagt Anders.

Hij ziet hoe strak Lasses gezicht is, zijn ogen zijn wijdopen van angst en van pijn. Hij verbaast zich erover dat dat magere lichaam zo veel lijden in zich bergt. Hoelang nog voor het tot een uitbarsting komt?

'Ze pakken me nooit', zegt hij. 'Nooit. Ik vertrek morgen weer. Mag ik hier vannacht slapen?'

'Het bed staat er nog.'

Lasse Nyman heeft niets meer te zeggen. Hij is alleen maar moe.

'Ga maar slapen', zegt Anders. 'Ik zit hier gewoon.'

'Net als de vorige keer.'

'Net als de vorige keer.'

's Ochtends vraagt Lasse Nyman aan Anders of hij Eivor wil roepen. Heel even is Anders weer op zijn hoede.

'Waarom?' vraagt hij.

'Ik wil haar alleen even gedag zeggen.'

Lasse klinkt opeens zo weekhartig wanneer hij het over Eivor heeft. Oké, hij zal zien of hij haar op kan vangen op weg terug van de slijter. Op zijn pijnlijke, krachteloze benen moet hij er toch uit om drank te kopen.

'Ik was anders graag gegaan', zegt Lasse. 'Maar ik wil me niet laten zien. Ik ben een nachtdier.'

'Alleen aan Eivor?'

'Alleen aan haar.'

Anders ziet haar achter het keukenraam. Hij gaat bij de lijsterbes staan en zwaait naar haar. Er vliegt een zwerm kraaien op boven zijn hoofd. Ze zwaait terug en het duurt even voor ze begrijpt dat hij wil dat ze naar de binnenplaats komt.

Hij kijkt haar in de ogen en ziet opeens iets wat hem aan de ogen van Miriam doet denken, ze glinsteren net zo.

'Wat doe je?' vraagt Anders. 'Ben je alleen thuis?'

'Ja. Mijn moeder is boodschappen aan het doen.'

'Er is bezoek voor je …'

Ze begrijpt het meteen, ze verstijft en merkt dat ze hartkloppingen krijgt.

'Ga maar naar binnen', zegt hij. 'Hij is vannacht gekomen en wil je graag gedag zeggen.'

Wanneer hij terugkomt van de slijterij zit de deur van de slaapkamer dicht, precies zoals hij had verwacht. Maar ditmaal ergert hem dat niet. Integendeel, voor het eerst in lange tijd heeft hij een warm gevoel van binnen. Een hemels gevoel …

Een paar uur later komen Eivor en Lasse de kamer uit. Eivor gaat naar huis en Lasse gaat tegenover hem aan de keukentafel zitten.

'Ik ga vannacht weg', zegt hij.

Anders knikt en vraagt of hij geld nodig heeft.

'Natuurlijk. Een paar tientjes voor benzine … Anders geeft hem een briefje van vijftig, alles herhaalt zich.'

'Is het gelukt met het afscheid nemen?'

'Ja, hoor.'

'Ze gaat over een paar weken in Örebro beginnen, geloof ik.'

'Dat zei ze.'

Lasse flanst een maaltijd in elkaar van aangebrande worst en eieren. Anders ziet zijn boze en hopeloze gevecht met de koekenpan. Een auto starten zonder contactsleutel, dat kan hij, en hij is een kei in het schudden van de kaarten, maar de koekenpan is net een blazende kat in zijn handen.

'En hoe gaat het met jou?' vraagt hij en hij kijkt Anders aan terwijl hij het eten naar binnen werkt.

'Je ziet het.'

'Je zuipt te veel. Daar zou je mee moeten stoppen.'

'Waarom?'

Lasse haalt zijn schouders op. Ja, waarom ook … Het is gewoon maar zo'n opmerking.

'Eet jij niets?'

'Een heel klein beetje.'

'Je gaat dood als je niet eet.'

'Dood ga ik toch.'

'Ach …'

Rond middernacht vertrekt Lasse Nyman. Het regent en het waait. Hij staat in de keuken de rits van zijn leren jack dicht te trekken. Hij heeft bruine rubberlaarzen aan zijn voeten.

'Wat heb je met je schoenen gedaan?' vraagt Anders, zomaar, om iets te zeggen tijdens het afscheid.

'Ik weet het niet. Kwijtgeraakt.'

'Succes!'

Hij knikt en gaat weg, verdwijnt het donker in.

Anders zit weer alleen met zijn storm. Zijn hand die naar het glas grijpt is het enige lichaamsdeel dat af en toe beweegt. Dat zijn hart nog slaat, vindt hij onbegrijpelijk.

Misschien omdat je het niet ziet?

Om negen uur 's ochtends staat Elna bij hem in de keuken. Ze is bleek, haar haar zit in de war en ze houdt een verfrommeld blaadje in haar hand.

'Eivor is ervandoor', zegt ze met trillende stem. 'Ik heb dit briefje gevonden.'

Ze leest het voor en Anders hoort dat ze bijna moet huilen.

'Wees maar niet ongerust. Ik red me wel. Maar als jullie me laten opsporen kom ik nooit meer terug. Nooit. Eivor.'

'Was ze hier nou gisteren geweest?'

'Ja, dat klopt. Lasse Nyman was teruggekomen.'

'Lieve help … Zou ze met hem meegegaan zijn?'

Op de een of andere manier weet Anders het hoofd koel te houden, ook al gaan alle alarmbellen af in zijn hoofd. Ze is dus weggegaan, ze hebben ergens in het donker afgesproken en zijn in de gestolen Volkswagen uit Hallsberg vertrokken. Maar Elna kan onmogelijk weten dat Lasse een jeugdige crimineel is.

Hij neemt een snel besluit en aarzelt niet.

'Het was een verrassing', zegt hij. 'Maar … ga zitten, ga zitten. Het hoeft toch niet zo erg te zijn? Dat jonge mensen een paar dagen weggaan is toch niet zo raar? Hij … hij heeft een auto. Over een paar dagen zijn ze vast weer terug. Het is niks om je zorgen over te maken.'

Maar hij knijpt 'm wel. Hoe kan hij er zeker van zijn dat Lasse Nyman Eivor niet meesleept in iets waarvan zij de gevolgen niet kan overzien? Met zijn bitterheid, zijn vertwijfeling. Nee, natuurlijk is het akelig, maar …

'Als ze vanavond nog niet thuis is, ga ik naar de politie', zegt Elna met angst in haar ogen.

'Wacht dan in ieder geval tot morgen.'

'Maar ze is nog maar vijftien!'

'Zo jong is dat toch niet?'

Hij probeert haar tegen beter weten in over te halen nog even te wachten voor ze naar de politie gaat, in ieder geval een dag. Maar wie wil hij in bescherming nemen? Lasse Nyman? En welk gevaar laat hij Eivor lopen met zijn pogingen om te beletten dat ze haar gaan zoeken? Dat ze erachter komt wie Lasse Nyman eigenlijk is? Dat ze een wanhoopsactie van hem meemaakt? Ja, dat laatste. Dat is misschien wel een risico ...

Lasse Nyman is tot alles in staat. Dat heeft hij de afgelopen nacht op zijn gezicht gelezen. Zo beneveld was hij nog niet.

Elna wil dat hij iets over Lasse Nyman vertelt. Wie is dat? Is hij te vertrouwen? Waar woont hij eigenlijk? Mompelend probeert hij de vragen te omzeilen of onbeantwoord te laten. Maar de bleke vrouw die in zijn keuken staat, verandert in een tijgerin die haar jong beschermt, haar enige kind, haar dochter.

'Wacht in ieder geval tot morgenvroeg', smeekt hij.

'Als ze vanavond om negen uur niet thuis is, ga ik naar de politie', zegt ze en aan haar stem hoort hij dat hij niet hoeft te proberen haar van dat idee af te brengen. Dat is maar goed ook, laat het allemaal maar aan het licht komen. Dat moet toch een keer gebeuren. Als het maar geen nare gevolgen heeft voor Eivor.

Hij is bang. Maar hij kan niet eerlijk zijn tegen Elna. Daar is hij te laf voor, daarvoor zit de angst voor slaag er bij hem te diep in.

Ze gaat weg.

Vanavond negen uur.

Anders zit naar de tafel te staren. Opeens voelt hij dat er iets vreselijks staat te gebeuren, als het niet al gebeurd is. Iets wat niet te voorkomen is. Met trillende handen zet hij het op een wanhopig zuipen, maar de angst wijkt niet.

Wat gebeurt er? Lieve Heer ... Lieve God in de hemel ...

Ja, lieve God. Dat denkt Eivor ook, maar met een bedwelmend gevoel van bevrijding in haar hart, wanneer ze 's nachts over de landwegen razen, dorpen vermijdend, door stormende, zwarte bossen. Toen Lasse Nyman haar vroeg mee te gaan, heeft ze geen moment geaarzeld. Hier heeft ze immers op gewacht, hier heeft ze van gedroomd. Wanneer ze rond middernacht door de voordeur naar buiten sluipt, zit ze zo vol gespannen verwachtingen dat ze het wel uit zou kunnen schreeuwen. Maar ze rent zachtjes door het verlaten dorp, en in de schaduw achter de kerk staat de Volkswagen met gedoofde lichten klaar. Lasse Nyman opent het portier voor haar en ze scheuren weg. De donkere landweg komt op hen af vliegen uit de nacht, ze vangt er af en toe een glimp van op in het licht van de koplampen. Ze rijden over asfalt dat glinstert van de regen en over opspattend grind. De banden slippen en gieren in de bochten. Lasse zit kromgebogen achter het stuur in de regen te staren. Hij rijdt hard, heel hard, een ontsnapte gevangene heeft altijd haast. Niemand zegt iets, hij vraagt haar alleen af en toe een sigaret aan te steken en tussen zijn lippen te stoppen.

En waarom neemt ze zelf niet? Rook, verdomme, rook ...

Plotseling remt hij af, hij slaat een bosweg in en dooft de koplampen. Ze zitten in het pikkedonker en ze ruikt de geur van zijn haarcrème.

'Ik ben helemaal geen autoverkoper', zegt hij plotseling heftig alsof hij in het donker door iemand is aangevallen. 'Je bent met een ontsnapte gevangene op stap. 't Is maar dat je het weet. Als je wilt, zet ik je bij Töreboda af. Daar zijn we vlakbij. Dan kun je naar huis liften. Maar anders doe je mee aan wat er verder gebeurt. Je moet het nu zeggen.'

'Ik wil mee.'

Hij fluit door zijn tanden en draait de contactsleutel om. Ze zijn weer onderweg. Nu heeft hij een doel, nu zal hij haar laten zien hoe je je in de wereld moet redden. Ze zou eens moeten weten wat hij onder zijn stoel heeft liggen ...

In Skövde is de benzine op, de wijzer zakt naar onder het streepje. Maar het wordt ook hoog tijd om van auto te wisselen, deze mag terug naar het kerkje. Normaal gesproken is het stelen van een auto iets wat je het best overdag kunt doen, doodleuk op klaarlichte dag. 's Nachts zijn alle bewegingen verdacht. Maar het moet nu wel, hij kan niet langer met haar in zo'n simpele Volkswagen rondrijden ... Ze laten de auto in de buurt van een regimentsterrein staan en lopen naar het centrum. Als er een auto aankomt, trekt hij Eivor snel de schaduw in. Hij let goed op en zij blijft dicht bij hem.

Voordat hij de deur van de Volkswagen dichtsloeg en de sleutel in de ene zak van zijn leren jack stopte (soms heeft hij het geluk een auto te vinden waar de contactsleutel nog in zit, en die sleutels bewaart hij, die vormen zijn oorlogsbuit), zag ze hem iets in zijn binnenzak moffelen. Maar wat? Ze vraagt het niet, ze volgt hem gewoon ademloos.

In een donkere straat met woonhuizen waarin achter de hoog oprijzende gevels geen lichten branden, staat een Ford Zephyr. Zo een heeft hij wel eerder aan de praat gekregen, het is geen topklasse maar toch een flink treetje hoger dan de Volkswagen. De Ford is groen met een wit dak en staat op de donkerste plek midden tussen twee straatlantaarns.

'Jij blijft hier staan', zegt hij en hij duwt haar naar een plaats bij de muur van een huis. Van daaruit ziet ze hoe hij ineengedoken schuin de straat oversteekt en op zijn knieën naast de deur aan de bestuurderskant gaat zitten. Ze hoort een zacht metalen geluid wanneer hij het slot openmaakt. Dan is hij verdwenen en opeens hoort ze de auto schoorvoetend starten. Langzaam begint de auto de straat door te rijden, terwijl hij door het opengedraaide raampje wenkt. En ze doet hetzelfde als hij, ze steekt de straat schuin over en maakt zich zo klein mogelijk. Ze springt naast hem voor in de auto, en dan zijn ze weer op weg. Een taxi passeert hen, maar de chauffeur lijkt niet te vermoeden dat er iets niet in de haak is. Lasse Nyman rijdt zo snel mogelijk de stad uit, zonder de maximumsnelheid te overschrijden. Maar wanneer ze op de provinciale weg komen, geeft hij plankgas.

'De tank zit helemaal vol', zegt hij met een schrille lach. 'Hier komen we een heel eind mee. Kijk jij eens of er iets in de auto ligt.'

'Wat dan?'

'Dat weet ik toch niet, verdomme. Gewoon kijken, dat is jouw werk!'

Ze kijkt in het handschoenenvak en op de achterbank, maar ze vindt alleen een plaid en een grijze muts.

'Zet hem eens op', zegt hij. En ze doet natuurlijk wat hij zegt.

Hij is te groot en zakt over haar oren. Hij lacht en de auto glibbert over de weg.

'Hij past perfect. Hartstikke goed ...'

Dan is het weer stil.

Waar gaan ze heen? Eivor ziet verschillende namen. Axvall, Skara, Götene. Van Skara heeft ze natuurlijk weleens gehoord, maar de andere namen die voorbijflitsen zijn onbekend voor haar.

Ze zit stiekem naar hem te kijken. Hij ziet er zo klein uit achter het stuur en zijn gezicht is zo bleek en strak. Zag hij er echt zo uit toen ze hem voor het eerst ontmoette? Haar herinnering aan hem was heel anders. Was dat ook een droombeeld? Ze steekt een sigaret voor hem op en wanneer hij die aanneemt kijkt hij weg. Waar is hij bang voor? Moet je echt zo'n verwrongen uitdrukking op je gezicht hebben alleen omdat je een auto steelt? Nou, misschien wel. Wat weet zij ervan? In ieder geval weet ze niets van hem ... En ook niet waarnaar ze op weg zijn. Hij kennelijk ook niet, want vaak remt hij af bij een kruising, weifelt en draait dan aan het stuur met een gebaar alsof het eigenlijk niet uitmaakt waar hij heen rijdt.

Nu ze de sprong heeft gewaagd moet ze op hem vertrouwen, wie hij ook is. Wat er ook gebeurt.

De auto raast door de nacht. Pas wanneer het licht wordt, verlaat Lasse plotseling de hoofdweg en de auto hobbelt een smal weggetje op. Dan schakelt hij de motor uit en staart met een lege blik door de voorruit.

'Pak jij de plaid maar', zegt hij even later. 'We gaan een paar uur slapen. Ga jij maar op de achterbank.'

Zonder te protesteren doet ze wat haar is gezegd, ze kruipt op de achterbank en rolt zich in de plaid. Voordat ze die over haar hoofd trekt, ziet ze dat hij op het stuur leunt. In zijn nek vallen pieken van het zwarte haar over zijn leren jack ... Ze wordt wakker van de kou. Hoelang heeft ze geslapen? Buiten is het volop ochtend, het waait niet meer en het is koud. Ze zit doodstil naar het bos te kijken. Zware sparren, een doods landschap. Op de voorstoel zit Lasse Nyman te snurken met zijn voorhoofd op het stuur. Hij mompelt in zijn slaap, het klinkt als snuiven en vloeken door elkaar. Voorzichtig doet ze de achterdeur open en gaat achter een spar zitten plassen. Ze rilt en huivert. Wanneer ze weer op de achterbank van de auto kruipt, schrikt hij wakker. Hij staart haar aan alsof hij niet weet wie ze is. Dan kijkt hij op zijn horloge. Het is half negen.

'We hebben eten nodig', zegt hij. 'Heb jij geld?'

Ze schudt haar hoofd. Hij graaft in zijn zakken en vindt het briefje van vijftig dat hij van Anders heeft gekregen.

In Moholm stopt hij voor een winkel die net open is. Hij geeft haar de vijftig kronen.

'Jij gaat naar binnen', zegt hij. 'Koop brood en iets te drinken. Dat betaal je. Maar de rest stop je in je zak. We hebben het geld nodig voor benzine. En vergeet de sigaretten niet.'

Hoezo, de rest? Wat bedoelt hij? Dat ze moet stelen begrijpt ze wel, maar niet wat. Maar hij sist dat ze moet opschieten, hij wil hier niet langer staan dan nodig is.

De winkelier is vriendelijk. Neuriënd is hij bezig met het uitpakken van pakjes boter. Hij vraagt wat het mag zijn ... Een brood, een liter melk. Geen lege fles? Verder nog iets? Nee? Ze geeft hem het briefje van vijftig en weet totaal niet hoe ze het moet aanpakken. Maar ze krijgt hulp uit onverwachte hoek; de winkelier heeft nog geen tijd gehad om wisselgeld in de kassa te stoppen en verdwijnt naar een achterkamertje. Met bonzend hart stopt ze een stuk worst in haar zak, reikt over een vitrine heen en grist twee pakjes John Silver mee. Een pakje Florida valt boven op een stapel met zakjes snoep, maar ze durft het niet terug te zetten, ze legt er gewoon een zak overheen, en een paar seconden later is de winkelier weer terug.

Hij ziet het, denkt ze. Dit is het einde … Ik kan dit niet. Maar de winkelier glimlacht alleen maar en geeft haar vier tientjes, een vijfje en een paar munten terug.

'Het is al echt herfst', zegt hij.

'Ja', mompelt Eivor en ze gaat weg. De winkelbel rinkelt wanneer de deur achter haar dichtvalt.

Hij is tevreden, hij grijnst voldaan wanneer ze de sigaretten en het stuk worst laat zien en hem het wisselgeld teruggeeft.

'Zie je wel?' zegt hij. 'Het is niet moeilijk.'

O nee? Ze heeft nog steeds hartkloppingen, dit is het ergste wat ze ooit heeft meegemaakt. Ze heeft zin om dat te zeggen, maar dat durft ze niet. Ze beseft plotseling dat ze bang is voor Lasse Nyman en op dat moment krijgt ze ook spijt dat ze meegegaan is. Maar hoe moet ze weer thuiskomen?

Ze zitten in de auto bij Moholm te eten en melk te drinken. Ze breekt maar een klein stukje brood af en drinkt een beetje melk, maar Lasse heeft honger. Hij rukt het vel van de worst en stopt zijn mond ermee vol, alsof hij dagenlang geen eten heeft gezien.

Wanneer het eten op is en hij de lege fles in de sloot heeft gegooid, steekt hij een sigaret op. Het uur van de waarheid is aangebroken.

'We moeten geld hebben', zegt hij en hij blaast snuivend en snotterend rook uit door zijn neus. 'Geld. Zonder geld beginnen we niets. Je kunt verdomme nog niet eens denken zonder geld. Snap je dat?'

'Ja.'

'Nee, dat snap je niet. Maar dat leer je nog wel.'

Hij trommelt nerveus op het stuur, hij denkt aan de veertig kronen die hij in zijn zak heeft.

'Je zou iemand kunnen verleiden', zegt hij ten slotte en hij kijkt haar aan.

'Wat?'

'We zoeken een boerderij op waar een eenzame oude man woont. En dan ga je gewoon naar binnen en dan zeg je dat hij je borsten mag zien. En je kut mag voelen. En dan kom ik binnen en als hij dan niet met geld over de brug komt, dreigen we dat we naar de politie zullen gaan. Jij kunt gaan schreeuwen en zeggen dat hij je wilde verkrachten of zoiets. Dan zul je zien dat hij alles wat hij heeft bij elkaar gaat zoeken. Snap je?'

En of ze dat snapt. Ze bloost, maar is van binnen koud. Wat wil hij eigenlijk van haar?

'Dat doe ik niet', zegt ze met trillende stem. 'Ik wil naar huis.'

En ze begint te huilen.

Hij slaat niet hard, maar het komt wel heel onverwacht, een klinkende klap uit het niets. En nog een klap en nog één. En dan zit hij boven op haar. Hij klimt op de stoel, kust haar, duwt haar lippen van elkaar, terwijl hij aan haar borsten rukt en trekt en tussen haar benen tast. Ze verzet zich uit alle macht, maar hij is sterk, de angst maakt hem sterk. Maar opeens gaat de deur open en vallen ze half uit de auto. Hij pakt zich gauw aan het stuur vast en trekt zich weer omhoog.

'Vooruit, in de auto', schreeuwt hij tegen haar. 'Verdomme …' Er kan iemand aankomen. En als het niet snel genoeg gaat, buigt hij zich over haar heen en trekt haar aan haar haren de auto in. Dat doet verschrikkelijk zeer, ze schreeuwt en huilt en nu begint hij ook te schreeuwen.

'Als je niet stopt, sla ik je dood', brult hij. 'Kappen …'

'Hou op met slaan! Ik stop al. Ik …'

Hij start de auto en rijdt snel weg.

'Kop houden', sist hij. 'Kop houden ...'

Ze zwijgt, ze durft niets meer te zeggen en kruipt weg in haar hoekje. Mama, help me, denkt ze.

Lasse is wanhopig. De lange vlucht en de voortdurende ongerustheid hebben een hele poos aan hem zitten knagen als onverzadigbare ratten; ze hebben zijn zenuwen aan flarden gescheurd. Zijn hart en hersenen zijn net bebloed poetskatoen, een oververhitte eenzaamheid die plotseling dreigt te ontvlammen als een gasfles. Hij ziet het allemaal niet zo scherp meer, steeds vaker krijgt hij een opwelling om recht tegen een rotswand aan te rijden om overal vanaf te zijn. Maar iets houdt hem tegen; wat dat is, weet hij niet.

Hij wordt alleen helemaal hysterisch als iemand huilt. Daar kan hij niet tegen, het is net of iemand hem brandt met een gloeiende peuk.

Hij rijdt. Bij een afgelegen Gulfpomp gooit hij de tank vol en dan slaat hij weer een smal weggetje in.

Ze zitten in de buurt van Mariestad.

'We doen het zoals ik het zeg', verkondigt hij. 'Wen daar maar aan.'

Ze reageert niet, ze durft hem niet tegen te spreken. Eén vraag houdt haar bezig: hoe kan ze aan hem ontsnappen? Hoe moet ze thuiskomen? Weg van deze droom die haar heeft bedrogen, die haar de grootste pijn heeft bezorgd die ze in haar leven heeft meegemaakt.

Een afgelegen boerderij bij Mariestad, niet ver van Ullervad. Lasse rijdt nu al voor de zoveelste keer langzaam voor het woonhuis langs om het eens goed te bekijken. Het is de middag van 15 september 1956. Er zijn heel wat uren verstreken sinds ze voor het laatst een woord hebben gewisseld en in haar hoofd vormen alle weggetjes een eindeloze doolhof. Hier kan ze niet vluchten, hij zou haar zo inhalen ...

Opeens gaat de voordeur van het afgelegen woonhuis open en er komt een oude man naar buiten, die met slepende pas naar de houtplaats loopt. Lasse en Eivor volgen zijn bewegingen met hun ogen.

'Als hij een vrouw had, zou zij wel hout halen', zegt Lasse nu zachtjes. Dat hoeft helemaal niet zo te zijn en dat weet hij ook wel, maar hij kan niet langer wachten, er moet nu iets gebeuren. Tegen Eivor zegt hij: 'Jij doet precies wat ik heb gezegd. En als er toch een vrouw binnen is, vraag je alleen de weg naar Mariestad en dan ga je weer weg. Heb je dat begrepen?'

Ze knikt. Ja, ze heeft het begrepen. Hij kan toch niet zien wat ze denkt, dat ze binnen in dat donkere houten huis hulp kan krijgen om te ontkomen? Dat ze besloten heeft te vluchten?

Een schemerige namiddag. Lasse Nyman stuurt de Ford het erf op en keert. Hij parkeert zijn gestolen auto's altijd zo dat hij meteen weg kan rijden als dat nodig is. Dat heeft hij geleerd. Hij zit nog niet op het hoogste niveau dat een ontsnapte gevangene kan bereiken, dat waarbij je met één oog open kunt slapen, maar hij weet wel dat je nooit met je rug naar een deur moet zitten, en dat je neus of die van je auto nooit de verkeerde kant op mag wijzen.

Hij knikt. Nu mag ze uitstappen.

Wat moet ze zeggen? Wat moet ze doen als ze goed en wel binnen is? Haar vinger voor haar lippen houden en tegen de man zeggen dat hij stil moet zijn?

Zo doen ze het toch in de films die ze heeft gezien? Een vinger met een fraai gelakte nagel tegen even fraai gekleurde lippen?

Ze heeft haar nagels niet gelakt en van de lippenstift heeft Lasse Nyman met zijn hongerige mond niets overgelaten. Maar een vinger heeft ze wel …

Ze bonst op de deur en hoort een vaag gemompel binnen. Achter zich hoort ze de spinnende automotor, Lasse houdt zijn voet nerveus op het gaspedaal.

In de keuken zitten twee oude mannen aan een eettafel. Er ligt een bruin zeiltje op en het ruikt naar jam en rode bieten.

Ze zijn oud, ze hebben wit haar en rimpels. Ze herkent de oudemannengeur.

Waar kent ze die van?

Ja, nou weet ze het weer. Het ruikt hier net als bij Anders in de keuken.

En hier moet ze dus haar trui en haar blouse uittrekken, haar bh losmaken en haar broek laten zakken?

Hij is echt gek.

'Help me', zegt ze. 'Help me ...'

Eivor weet niet veel van de wereld. Hoe zouden twee hardhorende, eenzame broers van in de zeventig begrijpen wat ze bedoelt? En wat moeten ze doen?

'Huh?' zegt een van hen en hij komt van zijn stoel. Hij heeft een gat in zijn ene wollen sok waar een stijve grote teen doorheen steekt.

Ze kijkt om zich heen in de schemerige keuken. Hebben ze geen telefoon? En wie zou ze dan moeten bellen?

De man die is opgestaan staat nu dicht bij haar, zijn ogen toegeknepen. Ze wou dat hij Anders was. Maar dat is hij niet. Alleen de zure oudemannenlucht en de toegeknepen ogen zijn hetzelfde.

'Is er iets?' vraagt de man die voor haar staat. De andere zit aan tafel met zijn vork in de lucht.

Hoe moet ze ooit aan deze twee mannen uitleggen wat er aan de hand is? Was hier maar een vrouw, kon Elna maar door de muur heen komen stappen ...

Hij kan immers elk moment hier zijn en dan moet zij haar kleren uit hebben ... Een achterdeur, wat dan ook, als ze hier maar niet meer is als hij de keuken binnenkomt.

'Een achterdeur', zegt ze en ze begint te huilen.

Verstaan ze haar niet? Achterdeur, ACHTERDEUR ...

Nu staat de man die aan de tafel was blijven zitten ook op en op hetzelfde moment komt Lasse Nyman de keuken binnenstormen.

Hij houdt een zwarte revolver in zijn hand.

'Wat doe je, verdomme?' brult hij.

De twee mannen blijven doodstil staan, twee standbeelden die er niets van begrijpen. Lasse stormt op de man af die bij de hoek van de keukentafel in het bruine zeiltje staat te knijpen en duwt de revolver tegen zijn borst.

'Geef me je geld', roept hij. 'En snel wat ...'

De man valt achterover door de duw met de revolver. Hij trekt het zeiltje mee in zijn val en borden, schalen en kannen vallen op de vloer. Grommend draait de andere man, de broer, zich naar Lasse Nyman om, zijn handen geheven als schild en als wapen.

Lasse voelt iets bewegen achter zijn rug, hij draait zich om en schiet meteen, één keer, twee keer. De knallen zijn vreselijk, de oude man wordt achterover geworpen en zakt in elkaar op de grond terwijl het bloed uit zijn wang en zijn hals spuit.

Met een krachteloos gebaar probeert hij de wond in zijn hals met zijn hand te bedekken, maar tevergeefs. Het bloed gutst uit het oude lichaam, zijn hand valt op het bruine linoleum, hij hijgt een paar keer kort en dan is het doodstil. Totdat de andere man, die Lasse Nyman op de grond had geduwd, met zijn bovenlichaam begint te wiegen en jammerlijke oudemannenkreten slaakt. Met zijn handen voor zijn gezicht weeklaagt hij om zijn dode broer. Niet één keer kijkt hij naar Lasse Nyman of naar Eivor, voor hem bestaat alleen de dode op de vloer. Geen enkele aanklacht, geen geschrokken of verbaasde blik van hem, alleen de klaaglijke keelklanken als van een verlaten bosvogel uit een sprookje.

Eivor ziet de moord, ze hoort de bons en de klaagzang die erop volgt. En veel later heeft ze het gevoel dat ze het bloed en het leven uit de hals van de oude man heeft hóren stromen. Maar dat is veel later. In een soort machteloze schrik doet ze het enige wat ze kan doen, ze holt de keuken uit, rukt de buitendeur open en rent weg van het huis. In haar hoofd blijft de oude man vallen in een telkens herhaalde beweging. Geen moment denkt ze dat het maar een boze droom was, waar ze vroeg of laat uit wakker zal worden. Dit is echt gebeurd, net zo echt als dat ze nu over de drassige modderweg holt. Het is echt, maar niet te bevatten; datgene waar ze nu voor wegrent zal ze nooit echt begrijpen.

Ze komt niet ver, dan heeft de auto haar al ingehaald. Wanneer hij abrupt afremt in de losse klei, slipt de auto; ze wordt door een van de spatborden geraakt en valt.

'Instappen', schreeuwt hij achter haar. Ze staat op, springt voor in de auto, want ze durft niet anders. Tussen hen in ligt de revolver. In de hotsende auto realiseert ze zich dat hij die dus onder zijn stoel had verstopt en later onder zijn leren jack had gedragen.

Hij rijdt als een gek en hij is ook gek. Hij weet wat hij heeft gedaan, maar niet waarom. Of ja, eigenlijk weet hij dat wel. Je moet je rug altijd vrij houden. Hoe kon hij weten dat er twee mannen in de keuken waren? En de man die van tafel opstond had zijn handen immers geheven om tot de aanval over te gaan? Op alles wat van achteren komt, moet je zo hard en zo snel mogelijk reageren, dat weet hij, dat is de basiskennis van het overleven. Hij of ik, het is altijd hij of ik …

Ze komen op de grote weg, hij dwingt zichzelf vaart te minderen en rustig te gaan rijden, ook al schreeuwt zijn geëxplodeerde innerlijk om snelheid en wil hij zo snel en zo ver mogelijk wegvluchten en onzichtbaar worden.

'Zulke dingen gebeuren nu eenmaal', schreeuwt hij wanhopig naar Eivor. 'Dat begrijp je toch verdomme wel? Het is zijn eigen schuld. Had hij maar niet op me af moeten komen sluipen. Snap je dat?'

Eivor antwoordt niet, ze kan niet meer praten van angst. Ze probeert zich op de weg te concentreren, op de tegemoetkomende auto's, het bos, de huizen. Ze probeert aan heel andere dingen te denken, ze probeert zich voor te stellen dat ze in haar alkoof ligt met het bedlampje uit en dat ze net aan een plezierige dagdroom over de toekomst is begonnen, die haar ongemerkt de slaap zal binnenleiden. Maar het lukt niet, ze moet wel naar hem kijken zoals hij daar zit met zijn bleke gezicht. Ze kijkt naar zijn handen die het stuur vasthouden, de vieze, geschaafde knuisten. Ja, hij is echt …

Plotseling remt hij af en stuurt de berm in. Met trillende handen haalt hij een sigaret tevoorschijn en steekt die aan.

'Verdomme', zegt hij. 'We moeten terug.'

Terug? Daarheen? Nee, nooit. Dan schiet hij haar hier maar dood. Ze gaat echt niet terug …

Ze moet bijna huilen, maar onderdrukt haar tranen; ze durft niet, misschien slaat hij haar dan weer. Ze moet zich stilhouden, dat is haar enige kans.

'Die andere man', zegt hij. 'Die heeft ons gezien.'

Natuurlijk begrijpt ze wat hij bedoelt. De man die op de grond zat te jammeren is een getuige, en ze weet dat getuigen het zwijgen moet worden opgelegd. Dat heeft ze zo vaak gelezen in de misdaadverhalen in de bladen en gehoord in het zaterdagfeuilleton op de radio. En ook weleens gezien in de bioscoop.

Voor Lasse ligt het anders. Bij hem gaat het om een wanhopige poging tot zelfbescherming. Bovendien heeft hij een groeiende woede in zich en een groeiende haat jegens de man die op de vloer zat te jammeren. Als iemand een reden heeft om te schreeuwen in deze wereld, dan is hij het zelf wel, Lasse Nyman. Maar dat mag hij niet, want dan gaat hij eronderdoor. En dat mag gewoon niet gebeuren. De arme drommels die zijn pad kruisen hebben het aan zichzelf te wijten, zo simpel is het.

Hij keert de auto.

'Nee', schreeuwt Eivor.

Hij kijkt haar snel even aan.

Hij grijnst.

Dan is ze stil.

Maar wanneer ze terugkomen is de boerderij verlaten. Als

Lasse de keuken binnenstormt, ziet hij dat die leeg is. Op de vloer ligt alleen de dode met een deken over zich heen. Hij is dus te laat. Waar is die oude baas gebleven? Heeft hij zich verstopt? Hij rukt de deur van de slaapkamer open, schopt een kastdeur open, zoekt in een naar jam geurende voorraadkast, maar het huis is leeg. En de stal ook, alleen een paar koeien draaien loom hun kop om wanneer hij met zijn revolver in zijn hand komt binnenstuiven. Op het erf probeert hij zich in de situatie van de man te verplaatsen, hij probeert te bedenken welke kant hij op is gegaan. Maar tevergeefs, hij ziet alleen de lege velden en het in zichzelf verzonken bos.

Is dit het moment waarop hij inziet dat het nu overal te laat voor is? Nee, die gedachte schiet alleen even door zijn hoofd, als een geschrokken muis. Daarna staat hij weer paraat, hij zal zich door niets laten weerhouden.

Hij loopt het huis weer binnen, trekt de laatjes van een kastje open en heeft voor het eerst in lange tijd iets wat je geluk kunt noemen. Onder een paar dikke, gestopte sokken vindt hij een blikken doosje met papiergeld ter waarde van tweehonderd kronen. Hij stopt het geld in zijn zak en gooit het blikje op de grond. Voor hij het huis verlaat, grist hij nog een stuk kaas en een half brood mee van de keukentafel.

Hij krijgt altijd trek als hij bang is. Als hij de kans krijgt, kan hij als een razende blijven eten, maakt niet uit wat, urenlang.

Net wanneer hij het huis uit komt, hoort hij in de verte een gestaag voortploeterende automotor. Hij luistert en hoort dat de auto dichterbij komt. Maar zonder sirenes, zonder snelheid.

Eivor heeft met haar handen voor haar oren in de auto gezeten. Maar er komt geen schot, en wanneer ze zijn voetstappen weer hoort naderen, krijgt ze hoop dat hij van gedachten is veranderd, dat hij niet meer zal schieten.

Ze krijgt antwoord wanneer hij achter het stuur is gaan zitten. Met zijn mond vol kaas mompelt hij: 'Hij is 'm gesmeerd. En er komt een auto aan.'

De weg eindigt bij de boerderij, ze moeten langs dezelfde weg terug. En in een bocht komen ze dan ook een auto tegen met een eenzame man achter het stuur. Wanneer ze elkaar passeren buigt Lasse zich over het stuur en zonder te weten waarom doet Eivor hetzelfde.

De vlucht. In Lyrestad gaat Lasse tanken, en daarna zet hij de vaart er weer in. Er is nu maar één plaats op de wereld waar hij naar kan terugkeren en dat is natuurlijk Stockholm.

Maar dat zegt hij niet tegen Eivor. Hij laat haar rustig in haar hoekje in de auto zitten.

Hij is blij dat ze bij hem is. De grootste moeilijkheid van een leven zoals hij dat leidt, is dat hij vaak, bijna altijd, alleen is.

Het wordt avond, ze zijn Örebro en Arboga al voorbij, en plotseling herkent Eivor de omgeving, van de reis van afgelopen zomer. Vlak bij Köping heeft de politie een wegversperring opgericht. Na een scherpe bocht, zodat je hem pas op het laatste moment ziet, maar desondanks is Lasse er klaar voor. Hij heeft erop gewacht, en zich erover verbaasd dat hij hem niet al eerder was tegengekomen. Maar nu hij opeens de zwarte politieauto's aan weerskanten van de weg ziet en de hekken die de weg versperren, weet hij het even niet meer. Maar dan schreeuwt hij naar Eivor dat ze zich moet vasthouden, hij geeft plankgas en rijdt door de versperring heen, zodat hekken en borden alle kanten op vliegen.

Een spijkermat, denkt hij. Als ze een spijkermat hebben neergelegd is het afgelopen. Dan moet ik schieten om te ontsnappen.

In een paar seconden van verlammende angst wacht hij tot de voorbanden uit elkaar zullen knallen en de auto onbestuurbaar wordt. Maar er gebeurt niets en de wegversperring is al uit zijn achteruitkijkspiegel verdwenen.

'Er komen er meer', zegt hij opgewonden. 'Maar we redden het wel. Heb je je pijn gedaan?'

Nee, ze heeft zich geen pijn gedaan. Er is niets met haar

gebeurd. Ze heeft gewoon haar ogen dichtgedaan, ze heeft de knallen gehoord en toen haar ogen weer opengedaan. Het is net of ze rustiger wordt wanneer de auto in beweging is. Dan denkt ze niet en is haar hoofd helemaal leeg.

Weer zoekt Lasse Nyman zijn heil bij bospaden. Hij weet wel hoe hij die klootzakken te slim af moet zijn. Ze gaan hun gang maar met hun wegversperringen, laat ze maar groot alarm slaan, hij is niet van gisteren. Natuurlijk gaan ze ervan uit dat hij onderweg is naar Stockholm en daar hebben ze ook gelijk in. Maar als ze denken dat hij recht in hun armen rijdt, hebben ze het mis. Hij weet hoe hij het moet aanpakken. Dat heeft hij van een naamgenoot in de Mariefredinrichting, Lasse Bråttom, geleerd. Die heeft hem urenlang onderwezen in de kunst van het ontsnappen. Alleen op grote wegen zetten ze versperringen neer, maar er is geen grote plaats in Zweden die niet ook een aantal kleinere wegen heeft die in de juiste richting voeren. Nu gaat Lasse het geleerde in de praktijk brengen. Het eerste punt op zijn agenda is natuurlijk zorgen voor een nieuwe auto. De Ford kan hij niet meer gebruiken, daarvan heeft de politie de kleur en het kenteken.

In Lindesberg stopt hij en hij blaft tegen Eivor dat ze moet uitstappen. De revolver stopt hij achter zijn broekriem. Nu neemt hij niet meer de moeite langs de gevels te sluipen, nu gaat het erom zich zo natuurlijk mogelijk over straat te bewegen. Het is nog niet zo laat op de avond en de mensen zijn nog niet naar bed, maar daar is niets aan te doen. De eerste de beste auto en dan wegwezen.

'Snap je?' Hij legt haar snel uit wat zijn plannen zijn.

Ze wil alleen maar gillend wegrennen, maar het is net of de aanwezigheid van de revolver haar dat belet. Maar zou hij haar echt neerschieten, midden op straat, in deze plaats, hoe het hier ook heet? Waarom niet? Hij heeft hem zonder aarzelen gebruikt tegen een oude man die hem nooit kwaad had kunnen doen. Ze volgt hem in zwijgende gehoorzaamheid.

In het cultureel centrum is de een of andere vergadering aan de gang. De ramen aan de straatkant zijn verlicht en achter de ruiten zijn vaag mannenhoofden te zien. Wat belangrijk is, is dat er verscheidene auto's voor het gebouw geparkeerd staan en ook nog enkele aan de achterkant, in de schaduw. Lasse loopt met vastberaden tred naar de auto's die in het donker weggedoken staan. Hij voelt aan de portieren en de derde handgreep die hij vastpakt, geeft mee, de autodeur is open. Jammer dat het een Saab is, maar dat is niet anders, hij moet genoegen nemen met wat hij kan vinden. De eigenaar is zo vriendelijk geweest een paar reservesleutels in het handschoenenvak te laten liggen. Wanneer er op straat een bus voorbijkomt, start Lasse de auto. Eivor kruipt naast hem voorin. Lasse trekt een lelijk gezicht wanneer hij ziet dat de tank nog niet eens halfvol is, maar vloekend zet hij de auto in zijn één en dan zijn ze weer op weg. De nacht in, de toenemende duisternis in. Een lange omweg, hij is van plan de hoofdstad vanuit het noorden te naderen. Via Lindesberg, Gisslarbo, Surahammar, kleine wegen ten noorden van Uppsala, in de richting van Roslagen en dan weer zuidelijk, richting Stockholm. Laat ze daar maar lekker staan met hun wegversperringen. Want ze komen niet op het idee dat een automobilist uit Mariestad op Stockholm aan komt rijden vanuit Åkersberga. Daar hebben ze het verstand niet voor, en ook niet genoeg versperringen.

Middernacht, ergens bij Fjärdhundra. Hij slaat een bosweggetje in en dooft de lampen. Hij is nu doodop en moet rusten. Af en toe zag hij de weg nog maar vaag en hij is al te vaak naar de verkeerde kant van de weg gegleden. Maar hier zal niemand hen vinden. Bovendien heeft hij geen haast om in Stockholm te komen. Hoe langer het duurt, des te waarschijnlijker is het dat de wegversperringen worden opgeheven.

Ze zitten in het donker. Lasse rookt en Eivor zegt niets.

'Nu word je gezocht', zegt hij. 'Hoe voelt dat? Welkom bij de club.'

Als ze had gekund en gedurfd had ze hem geslagen. Ze wil niet gezocht worden, ze had dit allemaal niet gewild.

Ze wilde alleen met hem mee de wijde wereld in om eindelijk eens te zien hoe die eruitzag. Maar hij heeft haar voor de gek gehouden, zo kan het niet zijn. Dit is erger dan de dominee haar ooit tijdens catechisatie heeft voorgehouden toen hij het had over de verschillende wegen en gezichten van de zonde.

Dit is zo totaal fout. Zo compleet zinloos ...

'Hij had me niet van achteren moeten aanvallen', zegt Lasse Nyman keer op keer.

Eivor gelooft haar oren niet. Gelooft hij dat echt zelf? Hoe ziet het er eigenlijk uit in die bovenkamer van hem?

Hij heeft toch een moord gepleegd?

Plotseling voelt ze een van zijn handen tastend langs haar ene been gaan. Ze schrikt en verstijft helemaal. Het is net of er een koude slang over haar dijbeen komt kruipen, over haar buik tussen haar borsten en in haar hals. Wil hij haar wurgen?

Hij duwt met zijn vingertoppen tegen de zijkant van haar hals.

'Hier', zegt hij. 'Hier.'

'Nee', fluistert ze. 'Nee.'

'Ik doe je niks', mompelt hij in het donker. 'Waar ben je bang voor, verdomme? We zijn toch een stel?'

Een stel? Zij? Hoe komt hij daarbij? Denkt hij dat ze verkering hebben alleen omdat ze met hem mee is gegaan?

Ja, zo ervaart hij het exact. En hier in de nacht krijgt hij een onbedwingbare lust het bevestigd te zien, om weg te glijden in een heel andere wereld dan die hij gewend is.

Hij wil dat ze naar de achterbank verhuizen en ze durft niet anders dan hem te gehoorzamen, er is geen sprake meer van dat ze een eigen wil heeft. Ze is totaal onderworpen aan haar angst voor zijn wisselvallige humeur en verlangens. Wat er gebeurt op de krappe achterbank van de gestolen Saab zal ze nooit vergeten en ook nooit vergeven. Op dat moment ervaart ze het als een verraad door het leven zelf. Niet alleen Lasse Nyman, die ze in de toekomst vooral zal zien als een hulpeloos werktuig, heeft haar verraden, maar ook haar dromen en voorstellingen van het leven hebben haar misleid. Niemand heeft haar erop voorbereid dat dit ook kon gebeuren, niemand heeft haar iets verteld, ze heeft er nergens iets over gelezen en er nooit een film over gezien. Het is net of de wereld al zijn wisselende gezichten afrukt, ze verandert in stijve, spotlachende maskers en daarna met een ijskoude wijsvinger recht in haar hart boort.

Ze biedt zo veel tegenstand als ze durft, maar minder dan ze waarschijnlijk had gekund. Uit vrees voor haar leven houdt ze zich in. Ze probeert het met smeken en bedelen; huilend vraagt ze hem haar met rust te laten, maar zijn hulpeloze woede maakt hem doof. In een grotesk verwrongen en kronkelende wirwar van half ontklede lichaamsdelen en gescheurde onderbroeken, waarbij het zwarte leren jack over haar gezicht schuurt, dringt hij bij haar naar binnen. Hij krijgt meteen een zaadlozing, een krampachtige schok die eerder smartelijk dan genotvol is. Zij voelt een brandende pijn, zowel in haar onderlijf als in haar hart. Eerst ziet ze hem een hulpeloze bejaarde vermoorden en dan verkracht hij haar op de achterbank van een gestolen auto. Zo ziet haar kennismaking met het leven eruit.

Wanneer het voorbij is, merkt ze opeens dat ze niet de enige is die huilt, ook van onder het koude leren jack klinkt er gesnik. Maar Lasse huilt onder protest, hij vecht tegen de tranen zoals hij vecht tegen iedereen die hem wil aanvallen. Ze voelt dat hij over haar rug krabt en wanneer ze het niet meer uithoudt, maar het uitschreeuwt van pijn, houdt ook zijn klaaglijke, razende huilen op. Hij rukt zich los, kruipt naar de voorbank en steekt een sigaret op. Zodra hij van haar af is, kleedt ze zich aan en dwingt ze de tranen die ze huilt tot onhoorbaarheid en onzichtbaarheid.

De auto staat vol rook. Ze hoort zijn rotte tanden knarsen. Hoeveel tijd er verstrijkt, weet ze niet, maar opeens is ze niet meer bang voor hem. Het is alsof hij haar niets meer kan doen. Het kan niet erger worden dan het al is, zelfs niet als hij zijn revolver op haar hoofd zou richten en dan de trekker zou overhalen.

'Waarom deed je dat?' vraagt ze ten slotte en haar stem trilt niet wanneer ze de lange stilte breekt.

Het duurt een hele poos voor hij antwoordt. Ontwijkend, mompelend.

'Wat?' vraagt hij.

'Waarom heb je hem doodgeslagen? Waarom heb je mij niet met rust gelaten?'

'Ik heb hem niet doodgeslagen', mompelt hij. 'Ik heb hem doodgeschoten.'

Het tweede deel van haar vraag negeert hij. Hoe kan hij antwoorden op een vraag waar geen antwoord op is? Ja, er is wel een antwoord, zijn enige. Hij start de auto en vervolgt de troosteloze vlucht. Ze ligt nog op de achterbank, ze zou wel willen slapen, en de hotsende achterkant van de auto wiegt haar langzamerhand ook in slaap.

Ze wordt wakker wanneer de auto stilstaat en alles rustig is.

Lasse Nyman zit voorin met de revolver in zijn hand. Hij heeft de loop in zijn mond gestopt. Hij zit roerloos met gesloten ogen, zijn tanden klapperen tegen de loop van de revolver.

Ze weet niet hoeveel tijd er voorbijgaat voordat hij de revolver weghaalt en hem naast zich op de stoel legt.

Wel weet ze dat gedurende die hele tijd de gedachte door haar heen gaat dat hij niet mag afdrukken, dat hij zich niet van het leven mag beroven.

Zonder om te kijken start hij de auto weer. Even later gaat ze rechtop zitten en doet net of ze zojuist wakker geworden is. Hij kijkt haar met een lege blik in de achteruitkijkspiegel aan. Het wordt al licht. De weg is grijswit van de ochtendrijp.

Ten noordoosten van Uppsala, op de weg naar Östhammar komen ze opeens de volgende wegversperring tegen. Ook hier rijdt hij recht door de hekken heen, maar slechts een paar honderd meter verder worden er twee spijkermatten op de weg gegooid. De ene ontwijken ze, maar de tweede raken ze met het linkervoorwiel en de band wordt met een knal door alle scherpe punten aan stukken gereten. Wanhopig probeert hij zijn snelheid te bewaren, terwijl hij woest aan het stuur draait om de auto op de weg te houden. Maar na een paar honderd meter gaat het niet meer. Hij grijpt de revolver en doet het portier open om het bos in te rennen. Maar nu is het eindelijk afgelopen voor Lasse Nyman. Van verschillende kanten komen politieauto's met gillende sirenes naderbij en remmen abrupt af. En voordat hij zijn pistool zelfs maar heeft opgetild, hebben een paar agenten hem al tegen de grond geslagen. Een herdershond staat vlak bij hem te janken. In de vroege ochtend is het allemaal voorbij en het laatste wat Eivor van hem ziet is hoe zijn leren jack zijn hele achterhoofd bedekt, hoe hij op zijn knieën wordt geduwd en naar een van de politieauto's wordt getrokken. Hij zegt niets, hij verzet zich niet. Zijn witte gezicht is afgewend, hij drukt zijn hoofd tegen zijn borst.

En dan is hij weg.

Eivor wordt in een andere politieauto weggereden. Ze zit op de achterbank tussen twee agenten in. Ze trekken zich geen van beiden iets aan van haar gehuil. In een stad met een rood kasteel op een heuvel wordt ze verhoord en ze antwoordt zo goed mogelijk op de vragen die haar gesteld worden. Ze krijgt eten en koffie en huilt nog maar af en toe.

'Ik wil naar huis', snikt ze. 'Naar Hallsberg.'

'Straks', krijgt ze ten antwoord. 'Straks.'

En diezelfde avond nog wordt ze naar een gereedstaande politieauto gebracht die haar naar huis zal rijden. Lasse Nyman heeft tijdens de verhoren verklaard dat zij er niets mee te maken had. Hij alleen is verantwoordelijk. Voor de agenten is er geen reden om te twijfelen aan wat een van hen heeft gezegd. Hun verklaringen kloppen met elkaar en wijken ook niet af van de beschrijving die de geschokte broer van de dode man van de gebeurtenissen heeft gegeven. Op één vraag heeft ze alleen geen eerlijk antwoord gegeven. Dat is op de vraag van de agent die haar verhoort waarom ze alleen bij de beide broers naar binnen is gegaan. Ze vertelt niet wat Lasse Nyman haar had opgedragen, ze haalt alleen haar schouders op.

'Omdat het dan een grotere verrassing was wanneer hij kwam?' probeert de agent en ze knikt. Ja, zo was het. Hij gaat door met het maken van aantekeningen op het gele gelinieerde papier dat voor hem op het houten bureau ligt, en stelt zijn volgende vraag. Ze antwoordt zo uitvoerig mogelijk, maar wanneer hij haar vraagt het moment te beschrijven waarop de man stierf, begint ze te huilen.

Ten slotte zegt ze dan toch alles wat er te zeggen valt. Het is net of ze het over iemand anders heeft. Ze begrijpt niet dat het over haarzelf gaat. Zal ze dat ooit begrijpen?

In de politieauto valt ze in slaap, en ze zijn Örebro al voorbij voordat ze haar wekken omdat ze er bijna zijn. Behalve de chauffeur rijdt er nog een agent mee. Hij vraagt of ze een kam wil hebben, of ze zich wat wil opknappen, maar ze schudt alleen haar hoofd.

'Ik ga met je mee naar binnen', zegt hij. 'Maak je maar geen zorgen. Het is nu voorbij.'

'Weten ze ervan?' vraagt ze.

'Gisteren is er een opsporingsbericht voor je uitgegaan', antwoordt hij. 'Voordat we wisten wat er bij Mariestad was gebeurd. Ja, ze weten dat je vanavond thuiskomt. Ben je bang?'

'Nee.'

'Het is nu voorbij.'

Erik is niet thuis. Elna heeft hem gevraagd weg te blijven, en hij is met de auto een stukje gaan rijden. Ze staat voor het raam en ziet de politieauto aankomen.

Wanneer Eivor voor de deur staat, bleek en moe, begint ze te huilen, ze trekt haar naar zich toe en de agent die haar begeleidt duwt hen discreet naar binnen zodat hij de deur kan dichtdoen. Hij heeft wel gezien dat de deuren in het portiek op een kiertje werden gezet.

Wanneer Elna is gestopt met huilen en de opluchting dat Eivor heelhuids is teruggekeerd haar tranen in vreugde hebben veranderd, vraagt ze de agent of hij koffie wil. Dat slaat hij af, hij moet terug naar Uppsala en dat is nog een heel eind.

'Pas goed op uw dochter', zegt hij alleen vriendelijk.

Elna begrijpt hem verkeerd.

'Ik doe niet anders', antwoordt ze. 'Daar draait mijn hele leven om.'

'Dat is mooi', krijgt ze als antwoord. 'Dan is er niets aan de hand. Tot ziens.'

Wanneer hij weg is en ze de auto beneden op straat hebben horen wegrijden, gaat Elna vlak naast Eivor op de bank zitten met haar armen om haar heen.

'Wil je iets hebben?' vraagt ze. Eivor schudt haar hoofd. Nee, ze hoeft niets, ze wil alleen slapen.

'Waar is Erik?' vraagt ze.

'Die komt zo. Weet je het zeker?'

'Wat? Nee, ik hoef niets. En je moet me nu geen vragen stellen. Nu niet. Later. Morgen.'

'Ik zeg al niets meer.'

Op dat moment gaat de bel. Ze schrikken er allebei van. Eivor vraagt zich heel even af of de agent van gedachten is veranderd, of ze haar weer komen halen.

Maar het is de oude Anders maar die voor de deur staat met zijn bloeddoorlopen ogen.

'Ik moest even aanbellen', zegt hij. 'Ik wilde alleen even horen of alles goed is ...'

Hij staat wankel op zijn benen, hij heeft gezopen als een bezetene sinds Eivor was verdwenen. Dat had hij van Erik gehoord, die er kapot van was. Toen Anders naar de tabakswinkel strompelde om kranten te kopen werd hij door een hevig schuldgevoel overvallen. Had hij die gek niet ooit binnengelaten in zijn huis? Hem een bed gegeven, geld voor schoenen en god weet wat nog meer, in plaats van ervoor te zorgen dat hij linea recta terugging naar de gevangenis? Dat is een onweerlegbaar feit en het ergste is dat hij ook nog de hele tijd heeft aangevoeld dat er iets verschrikkelijks zou gebeuren. Hij heeft bij zijn keukentafel gezeten, naar de kat geschopt en is razend geweest op zichzelf omdat hij zelfs op zijn oude dag een situatie niet juist kan inschatten. Waarom moet hij zo verdomd aardig zijn? In het leven krijg je toch altijd stank voor dank …

Maar er is ook een andere kant. Wanneer hij op het nieuws hoort dat Lasse Nyman is gepakt nadat hij ten noorden van Uppsala door een wegversperring heen is gebroken, voelt hij geen opluchting. Het is net of al zijn verontwaardigde gevoelens honderdtachtig graden draaien, alsof hij van geloof veranderd is of zijn huid zwart heeft geverfd. Dan wordt hij overmand door een zware, verterende droefheid en hij rouwt om het verloren leven van Lasse Nyman. Wat heeft die stumper eigenlijk voor kansen gehad? Geen enkele, zijn hoofd lag bij zijn geboorte al op het blok. Dat het iedereen alleen maar steeds beter schijnt te gaan tegenwoordig is voor hem waarschijnlijk een klap in het gezicht. Zijn pijn is steeds weer anders, maar nooit minder.

Wanneer hij in de donkere keuken zit en Eivor thuis ziet komen in de politieauto moet hij gewoon gaan vragen hoe het ermee is. Misschien gaat het hem niet eens zozeer om die vraag, of op het antwoord daarop. Hij wil haar gezicht zien, daaruit kan hij aflezen wat deze dagen, die een langgerekte nachtmerrie voor haar geweest moeten zijn, met haar hebben gedaan. Dat ze klappen heeft opgelopen, beseft hij, maar hoe erg is het? Dat probeert hij te begrijpen. Eivor zit op de gebloemde bank en hij staat op zijn zere benen in het halletje wanneer hij met zijn bloeddoorlopen ogen probeert haar gezicht te onderscheiden.

'Het gaat goed', zegt Elna. 'Het gaat goed.'

Hij knikt. Eigenlijk wil hij naar haar toe lopen, maar hij beseft dat Elna alleen wil zijn met haar. Natuurlijk, dat begrijpt hij en hij gaat weer. Misschien is ze er toch niet zo slecht aan toe?

Daar kom ik nog wel achter voor ik doodga, denkt hij terwijl hij moeizaam de trap afdaalt en naar zijn verlaten huis loopt. Het is een heldere nacht, de sterren pulseren met hun glinsterende licht. Hij gaat ernaar staan kijken, maar wordt algauw duizelig. Hij valt bijna om wanneer hij de laatste stappen naar zijn eigen trap zet. Hij is zo verrekte moe. Nu wil hij niet meer. Het is al hopeloos en nu heeft hij er nog een extra lading troosteloosheid en mismoedigheid bij gekregen.

'Arme donder', zegt hij hardop en hij brengt een dronk uit op de onzichtbare schaduw van Lasse Nyman. 'Arme drommel …'

Wanneer Erik thuiskomt, slaapt Eivor al. In de keuken zegt Elna zachtjes dat ze haar met rust moeten laten. Erik knikt zwijgend. Dat begrijpt hij wel.

'Hoe was het met haar?'

'Ik weet het niet. Moe. En opgejaagd.'

'Heeft ze nog iets verteld?'

'Zoals wat?'

'Nou …'

'We moeten haar nu met rust laten, zeg ik toch.'

'Ja, ja.'

'Waar ben jij geweest?'

'Nergens. Ik heb zomaar wat rondgereden. Nergens.'

's Nachts, wanneer Erik slaapt, staat Elna op uit het tweepersoonsbed, ze loopt de donkere kamer binnen en gaat voorzichtig op de rand van Eivors bed zitten. Ze heeft het dekbed ver over haar hoofd getrokken, je ziet alleen haar donkere haar op het kussen. Maar haar ademhaling is rustig.

Elna blijft er zitten tot het licht wordt.

Op hetzelfde moment breekt ook in Uppsala een nieuwe dag aan. Daar neemt Lasse Nyman een aanloop en bonkt met zijn hoofd tegen de muur van zijn cel. Wanneer de bewaker, die de bons heeft gehoord, aan komt rennen, ligt hij bewusteloos op de grond. Maar het is hem niet vergund te sterven. Het is nog niet zijn tijd. De scheur in zijn schedel zal geheeld zijn voor zijn proces begint.

Hij moet lang genoeg leven om zijn straf in ontvangst te kunnen nemen. Daar laten ze hem niet aan ontkomen.

Half november wordt Anders op een ochtend wakker op de keukenvloer. Met zijn ontstoken drankoogjes ziet hij dat er sneeuw ligt op de boom voor het raam. Hij blijft doodstil liggen en beseft dat de winter hem heeft overrompeld, ook al is dat het enige waar hij op heeft gewacht. Maar misschien voelt hij zich juist daarom onvoorbereid? Omdat hij te veel bezig is geweest met wachten? Omdat hij zo dom is geweest om wachten te verwarren met voorbereidingen treffen? Ja, dat zal het zijn. Het linoleum is koud onder zijn rug, zijn broek stijf van de nachturine (het is nu meer dan een maand geleden dat hij met zijn plastic broeken is gestopt), zijn benen slapen en voelen aan als twee houten stokken. Telkens wanneer hij 's ochtends wakker wordt, wil hij alleen maar doodstil en berustend blijven liggen. Maar het is nog niet zijn tijd, de dorst wint het nog steeds en hij klimt moeizaam op zijn stoel aan de keukentafel.

De grond is wit. Een dun laagje sneeuw, hier en daar steken de bruine en gele herfstbladeren erdoorheen.

Zijn laatste winter.

De kat komt aanwandelen vanuit de hal, waar de buitendeur op een kiertje staat. Hij gaat midden in de keuken zitten, op de plek waar Anders zojuist nog lag, en begint zorgvuldig een voorpoot te wassen.

Oud worden, denkt Anders, terwijl hij met trillende handen de eerste rode cocktail van de dag inschenkt, oud worden is verschrikkelijk. En het ergste is dat je niet lang kunt leven zonder oud te worden. Proost.

Het is zondagochtend. Of een andere vrije dag, daar wil hij af zijn. Hij ziet het aan de dichte gordijnen in de flat tegenover hem. Niemand is naar zijn werk, op een enkeling na die ochtenddienst heeft bij het spoor. Er heerst een diepe, stille rust.

Zou ik vandaag doodgaan? denkt hij sloom. Dat denkt hij elke ochtend wanneer hij wakker wordt en verbaasd constateert dat hij nog in leven is. Zijn hart kreunt en steunt achter zijn borstbeen. Hij stelt zich dat hart vaak voor als een in het rood geklede arbeider die een reusachtige zak een eindeloze trap op sjouwt. Een man in het rood die niets liever wil dan op de zak gaan liggen slapen, slapen … Maar die dat gek genoeg niet doet, maar de zak blijft dragen en zichzelf voortdrijft, stap voor stap. Wat er in de zak zit, weet hij niet. Een hart transporteert bloed, maar de zak bevat een vaste stof. Graniet? Schroot? Botresten?

Het tocht uit het halletje, maar hij neemt niet de moeite om op te staan en de deur dicht te doen. De winter mag in zijn voeten bijten. Hij zal er waarschijnlijk toch wel in slagen hem zijn prooi te onthouden …

Hij heeft keelpijn vanochtend. Hij slikt en probeert de zere plek te vinden. Heeft hij een koutje opgelopen op de koude vloer?

(Hoe is hij daar trouwens terechtgekomen? Is hij er uit zichzelf gaan liggen of is hij gewoon in elkaar gezakt? Dat weet hij niet meer.) Hij slikt en drukt met zijn vingers op zijn amandelen en op het strottenhoofd. Nee, het is geen keelontsteking, waarschijnlijk gewone ochtendroestigheid …

Hij blijft zich erover verbazen dat een zere keel of een kleine blauwe plek hem nog zo veel kan schelen, dat hij zich er bijna zorgen over maakt. Terwijl hij zich hier dood zit te drinken! Het zal wel zo zijn, denkt hij, dat je de dood gewoon niet begrijpt, omdat hij veel te groot is. Een blauwe plek of een ruwe keel is iets anders, dat is klein genoeg om te begrijpen.

Hij is zo ontzettend moe. De uren gaan voorbij, hij drinkt en dommelt weg aan tafel, wordt weer wakker, schenkt nog een glas in, doezelt weer wat. Soms is de kat binnen wanneer hij wakker wordt, soms slaapt die, soms wast hij zich, soms is hij

zelfs in zijn eentje aan het spelen, dan jaagt hij achter een stof-
vlok aan of vecht met een dode vlieg op de vensterbank.

'Eivor zal vast voor je zorgen', zegt hij tegen de kat. 'Met jou
komt het wel goed.'

De kat reageert niet, komt niet met tegenwerpingen.

Hij begint weer te denken aan vroeger. Hij haalt beelden uit
zijn schemerige geheugen, ziet en hoort hoe mensen en situaties
langzaam, bijna schoorvoetend en met schokkerige bewegingen
worden afgespeeld. Miriam staat voor hem, ze draagt haar witte
hoed met het blauwe zijden lint. Ze glimlacht en houdt één
hand op de bol van haar hoed om te voorkomen dat hij weg-
waait. Waar zijn ze … in Göteborg? Hij heeft het idee dat hij de
Masthuggskerk ziet, ja, dat moet hem zijn. Warempel.

En dan valt hij weer in slaap met zijn hoofd op zijn borst, zijn
mond open, snurkend en onrustig kreunend.

Wanneer hij wakker wordt, zit Eivor op de rechte stoel tegenover hem aan tafel. Ze heeft een rode muts voor zich neergelegd. Anders kent hem nog van de zomer, maar toen had Erik
hem op.

Maar afgezien van de muts is ze nog dezelfde. Zoals ze er nu
uitziet zag ze er ook uit toen ze met een politieauto thuiskwam
uit Uppsala, op een avond laat in oktober, ruim een maand geleden. Haar gezicht is harder geworden, de kinderlijk weke trekken zijn ernstig geworden. Ze neemt hem onderzoekend op.

'U sliep', zegt ze.

'Dat zal wel. Ik doe niet zo veel anders.'

'Stoor ik?'

Daar geeft hij geen antwoord op, ze weten allebei dat dat een
overbodige vraag is. Maar toch is het net of die elke keer dat ze
hier komt moet worden gesteld.

Elke keer, ja, maar dat is niet zo vaak. Twee weken lang
neemt ze nu al elke ochtend de trein naar Örebro en wanneer
ze 's avonds thuiskomt is ze moe. Niet alleen omdat de werkdagen bij de coupeuse Jenny Andersson al haar aandacht en

concentratie opeisen, maar ook vanwege de vreselijke reis met Lasse Nyman. Ook al had ze het gewild, ze krijgt de kans niet om het te vergeten, om er een streep onder te zetten, want minstens een paar keer per week komt er iemand van de politie die aanvullende informatie wil, of een bemoeizuchtige dame van de Raad voor de Kinderbescherming, die haar even wil zien en met Elna en Erik wil spreken. De nachtmerrie is nog maar net begonnen, ze beseft dat het lang zal duren voor ze ervan af is, als die gebeurtenissen haar tenminste ooit met rust zullen laten.

Ze kan nu nog maar een deel van de nachtmerrie afsluiten. Maar geen onbelangrijk deel, integendeel, het moeilijkste van allemaal. Het deel waar ze het meest over inzat, terwijl ze het er met niemand over kon hebben. Maar nu weet ze het zeker. Wanneer ze op een ochtend wakker wordt, ziet ze bloed op de lakens. Ze is dus niet zwanger geraakt op de achterbank van de Saab. En die rode vlekken in haar bed zijn zo'n ongekende bevrijding dat ze bijna wegzakt in een roes van geluk. Een geluk dat geruisloos is, een bijna extatische warmte in haar binnenste.

Nu ze bij Anders zit, zou ze het zo graag willen vertellen. Maar waarom zou ze dat doen? Waarom aan hem, waarom niet aan Elna? Ze moet het alleen dragen, ze heeft niemand met wie ze haar bevrijding kan delen, ongewild wordt het een geheim ....

Ze kan niet in bed blijven liggen, ze moet naar buiten, de zachte sneeuw in, en ze gaat naar Anders.

'U hebt me voor hem gewaarschuwd', zegt ze. 'Maar ik wilde niet luisteren.'

'Waarom had je moeten luisteren?'

'Omdat u gelijk had.'

'Had ik dat?'

Ze kijkt hem met een zweem van verbazing op haar gezicht aan en hij probeert zich te concentreren op iets wat in het beste geval een verklaring kan worden.

'Ik wilde alleen dat je hem zou zien zoals hij was. Een ongelukkig ventje dat zijn hele leven alleen maar opgejaagd is. Ik wilde dat je dat eerst zou ontdekken, zodat je daarna zijn goede kanten kon zien.'

'Hij heeft geen goede kanten', valt ze hem heftig in de rede.

Mijn hemel, denkt hij. Zo jong en dan al zo verbitterd. Het is me wat.

Hij probeert het nog eens.

'Iedereen heeft zijn goede kanten', zegt hij.

'U lijkt wel een dominee. Hij echt niet.'

'Dominee of niet, ook ik heb mijn goede kanten. Geloof het of niet.'

Hij trekt een gezicht en ze lacht. Ze is nu volwassen genoeg om ironie te begrijpen, denkt hij bij zichzelf.

Ze is echt veranderd.

'Hij is gewoon een vreselijke rotzak', gaat ze verder. 'Verdomme, u moest eens weten. Ik zou u dingen kunnen vertellen …'

'Doe maar niet!'

Hij wil niet horen wat hij al weet. En hij beseft dat hij haar niet zal kunnen overtuigen, ze zal zijn uitleg dat er ook in een brandnetel iets moois schuilt en dat er zelfs over de duivel nog wel iets goeds te zeggen valt, niet accepteren; daar is ze te jong en te onervaren voor.

'Hoe gaat het met je?' vraagt hij daarom. Het is het meest afgezaagde wat hij kan vragen, maar hij kan niets beters bedenken.

Hoe het gaat? Ja, wat denkt hij? Beroerd, natuurlijk. Alle blikken die op haar gericht worden, het gesmoezel en gesmiespel in het portiek. Elna's gemaakte glimlach, het feit dat ze zo onnatuurlijk vriendelijk en attent is. Eriks ontwijkende blikken en zijn kordate manier om net te doen alsof er niets is gebeurd. Vrouwen van de kinderbescherming en agenten … Ja, wat denkt hij eigenlijk? Maar het ergste is natuurlijk dat ze onder ogen moet zien dat het allemaal echt gebeurd is en geen droom. Zij heeft geen schuld, ze dacht alleen dat ze een snelle lift naar de hemel zou krijgen, maar ze werd halsoverkop in een zwarte put gegooid. Ze had de gebeurtenissen niet kunnen voorkomen; Lasse Nyman deed wat hij wilde, op zijn eigen verwarde, verdwaasde manier. Nee, het ergste is dat ze plotseling niet meer uitkijkt naar de toekomst, dat ze niet meer droomt en nergens meer zin in heeft. Ze gaat naar Örebro, naar Jenny Anderssons exclusieve modeatelier, zonder ook maar een sprankje vrolijkheid. Zo kan ze toch niet leven?

'Dat gaat wel weer over', zegt hij.

'Dat klinkt niet alsof u er zelf in gelooft.'

'Maar het is wel zo.'

Ze staat op en begint door de keuken te lopen. Midden in de keuken blijft ze staan en ze kijkt met afschuw om zich heen, ze trekt een vies gezicht dat ze niet probeert te verbergen.

'Het ziet er hier verschrikkelijk uit', zegt ze.

'Ja', antwoordt hij toonloos.

'En u stinkt. Wast u zich nooit?'

Meteen daarna zegt ze sorry. Dat meende ze niet.

'Je zegt gewoon waar het op staat', mompelt hij. 'Maar dat is nog niet het ergste.'

'Wat dan?'

'Het ergste is dat het me niets kan schelen.'

Dat begrijpt ze.

'U kunt wel denken dat u doodgaat, maar dat is niet zo', zegt ze.

'Waarom niet?'

'Omdat ik dat niet wil.'

'Dat is kinderachtig.'

'Ik ben ook nog maar vijftien.'

'Je wordt een goede naaister, dat zul je zien.'

'Daar hadden we het niet over.'

'Moeten we het er nog verder over hebben dat ik stink?'

'Ik kan u helpen om het hier schoon te maken, als u dat wilt.'

'Nee, bedankt. Maar misschien wil je wel wat koffie zetten?'

Het schrijnt en brandt in zijn keel wanneer hij van de hete koffie slurpt, die ze onhandig heeft weten te brouwen. Hij begrijpt niet wat er mis is met zijn keel …

'Smaakt het niet?' vraagt ze wanneer ze zijn grimas ziet.

'Jawel hoor, maar ik heb keelpijn.'

'Dat heeft mijn moeder ook. Er gaat schijnbaar iets rond.'

'Ja, ja.'

'Iedereen is toch weleens verkouden?'

'Ja …'

'Moet ik weggaan?'

'Waarom zou dat moeten?'

'Ik weet het niet. U lijkt zo … Nee, ik weet het niet …'

'Chagrijnig?'

'Ja, misschien wel. Maar dat hebt u gezegd!'

'Maar dat ben ik niet.'

'Echt niet?'

'Verdomme, kind …'

Ze blijft zitten en ziet hem steeds dronkener worden. Hij maakt zich zorgen, maar hij weet niet waar die bezorgdheid vandaan komt. Is het de winter die aan zijn jasje komt trekken, die hem wil herinneren aan het besluit dat hij heeft genomen? Of is het iets anders? Hij weet het niet, maar hij drinkt meer dan anders. Hij pookt niet alleen het vuurtje van de dronkenschap van gisteren weer op dat nog lag na te smeulen, hij maakt het groter en de vlammen wilder.

'Is het zondag?' vraagt hij onduidelijk.

'Dat weet u toch wel?'

'Ik weet niets.'

'Drink nu niet meer!'

'Waarom zou ik dat niet doen?'

'U bent toch al dronken!'

'Ik vind het lekker.'

'Waarom trekt u dan steeds zo'n vies gezicht?'

'Doe ik dat? Daar geloof ik niets van …'

Het gesprek sleept zich voort. Ze zit hem met een onderzoekende blik op te nemen en schijnt alle tijd van de wereld te hebben. Hij ontkomt niet aan haar ogen, en hij voelt zich ook nog steeds zo onrustig, al snapt hij niet waar die onrust vandaan komt.

Het is een genadeloze rotzondag.

'Kom je weleens in de kerk?' vraagt hij.

'Ik ben toch vorig jaar geconfirmeerd. Bent u dat vergeten?'

'Ja, dat was ik vergeten.'

'Ik heb nog geld van u gekregen voor een ijsje. Weet u dat niet meer?'

'Dat was toch op je laatste schooldag?'

'Toen ook.'

'O. Wat een aardige oude man ben ik toch.'

'Hou op!'

'Geloof je in God?'

'Ik weet het niet. Ja, misschien. Een beetje.'

'Hoe ziet Hij er dan uit?'

'Dat weet ik niet. Gelooft u in God?'

'Nee, ik geloof niet in Hem. Ik ben alleen bang voor Hem.'

'Voor de duivel moet je bang zijn.'

'En toch ben je met een van zijn kinderen op stap gegaan …'

'Nu bent u zo dronken dat u niet meer weet wat u zegt. De duivel bestaat toch niet?'

'Natuurlijk wel. Zonder duivel kan God niet bestaan. Dan heeft het allemaal geen zin. Wie heeft wie geschapen trouwens, wat denk je?'

'Dat zijn toch gewoon maar bijbelverhalen. Dan kun je toch net zo goed nog wel in God geloven.'

'Natuurlijk wel. Je kunt overal in geloven. Maar de mensen scheppen de goden. Niet omgekeerd.'

'De dominee zei dat het andersom was.'

'Daar wordt hij voor betaald.'

'Hij zal het toch ook wel geloven?'

'Joost mag het weten … Maar ik vroeg wat jij geloofde.'

'Daar heb ik toch al op geantwoord?'

'O ja?'

'Nu bent u zo dronken dat u niet meer weet wat u zegt …'

Ja, hij is dronken, ladderzat. De wereld schommelt, zijn keel brandt en zijn ogen zijn ontstoken. Maar op deze zondagochtend van weergaloos verval wordt hij getroffen door een plotselinge, onverklaarbare energie. Hij probeert op te staan, maar zijn knieën knikken en hij valt weer terug op zijn stoel. Eivor moet hem helpen en hij vraagt of ze zijn oude koffer uit de slaapkamer wil halen, hij ligt onder het bed.

'Met touwtjes eromheen?'

'Precies, die. Breng die eens hier!'

Hij schuift een paar lege flessen opzij en vraagt of ze de koffer op tafel wil leggen.

Hij wil haar iets laten zien – onder in de koffer zit een etui met een paar vieze penselen, kleurtjes, een valse snor, plakkerige watten en een gebarsten schminkspiegel.

Hij wil haar laten zien hoe hij er vroeger uitzag, toen hij nog een levend mens was.

'Wat wil je zien?' vraagt hij. 'Een grappige soldaat, een fakir of Anders uit Hossamåla?'

'Dat laatste.'

Haar nieuwsgierigheid is gewekt, dat merkt hij en dat geeft hem de noodzakelijke wind onder zijn aftandse, stinkende vleugels. Met trillende handen grijpt hij naar de dode kleuren en penselen en hij probeert het in verval geraakte gezicht dat hij in de vettig glimmende spiegel ziet te veranderen in een jonge, blozende malloot die de mensen langgeleden aan het lachen kon maken. Het gaat langzaam, de penselen dreigen aldoor uit zijn vingers te glijden. De schmink is opgedroogd en die probeert hij met behulp van spuug weer enigszins bruikbaar te maken.

Dat lukt niet zo goed, maar hij geeft het niet op en moeizaam verandert hij zijn gezicht. Ze zit met haar hoofd in haar handen naar hem te kijken. Wat hij haar wil laten zien weet hij eigenlijk niet, maar hij wil de onverwachte energie niet zomaar laten opdrogen in een zinloos niets.

Mooi wordt het niet. De schmink klontert, de strepen worden trillerig, de contouren wazig. De snor blijft niet zitten en wanneer hij de plakkerige watten tussen zijn onderlip en zijn tanden stopt om een onderbeet te creëren, moet hij kokhalzen. Maar nu is het klaar, beter wordt het niet. Hij houdt zich stevig vast aan de rand van de tafel en komt moeizaam overeind. Dan trekt hij het mottige gebloemde vest aan en zet een paar wankele passen door de keuken. Eivor draait haar hoofd dat ze nog steeds op haar handen laat steunen en kijkt hem verwonderd aan.

Wat moet hij nu doen, verdorie? Hij probeert zich een van de honderden liedjes te herinneren die hij toentertijd zong, maar die heeft hij kennelijk weggezopen. Hij herinnert zich alleen nog vage fragmenten zonder samenhang, soms zelfs zonder melodie. Niets, de schmink op zijn gezicht helpt hem niet … Maar ergens … Ja, toch. 'Kalle P.' 'Kalle P.!'

'Wie hebben we daar? Nou, dat is Kalle P.' zingt hij met zijn gebarsten stem. Elk woord snijdt door zijn keel, maar hij zingt die twee regels nog een paar keer terwijl hij zoekt naar het vervolg.

'Ik had een stok moeten hebben', zegt hij verontschuldigend. 'En dan had ik moeten spelen dat ik dronken was, maar het niet echt moeten zijn. Komt het je bekend voor?'

Ze schudt haar hoofd, maar hij dringt aan. Dat liedje heeft ze toch weleens gehoord? Op de radio?

Nee, ze heeft het nog nooit gehoord.

'Wat vind je ervan?' zegt hij en hij merkt dat hij buiten adem is van het lange staan zonder steun.

'Zag u er zo uit?'

'Precies zo.'

'Toen u optrad?'

'Ja.'

'Het ziet er een beetje raar uit.'

'Raar? Hoezo?'

'Ja, oud. Iets van vroeger.'

'Dat is het toch ook!'

'Ja …'

Hij valt bijna, zijn benen doen zeer en hij zou willen schreeuwen in plaats van zingen, maar hij verbijt de pijn en strompelt terug naar zijn stoel. De kat is naar het fornuis gekropen en blaast dreigend naar de eigenaardige figuur.

'Hou je kop, stomme kat', brult hij en hij zet de koffer met een klap op de vloer. De kat schiet pijlsnel de voordeur uit.

'Waarom deed u dat?'

'Die smerige kat …'

'Waarom bent u zo boos. Ik vind het wel grappig. U ziet er alleen zo raar uit …'

'Nu moet je weg', zegt hij chagrijnig.

'Waarom bent u nou boos?'

'Ik ben niet boos. Ik wil gewoon alleen zijn.'

Ze haalt haar schouders op en staat op.

'Zal ik hier echt niet komen schoonmaken?'

'Nee.'

'In dat geval …'

Net wanneer ze de deur uit wil gaan, houdt hij haar tegen door iets te roepen.

'Zorg jij voor de kat als ik er niet meer ben?'

'Best …'

'Ik ben niet boos. Ik wil gewoon alleen zijn.'

'Ja … Dag.'

En weg is ze.

Hij schminkt zich niet af. Hij blijft zitten, zonder energie, en de zondag gaat voorbij. Hij is niet boos en hij weet niet wat hij haar wilde laten zien. Bovendien doet zijn keel zo zeer alsof hij die heeft verbrand met te heet drinken.

'Mijn God', steunt hij. 'Trouwe Vader in de hemel …'

Het schemert, de avond valt. Het is kouder geworden en ten slotte dringt het tot hem door dat hij naar het halletje moet lopen om de buitendeur dicht te doen als hij niet dood wil vriezen vannacht. Nu is al zijn energie weer weg, hij sloft over de vloer met de stoel als steun. Alles is weer gewoon, krachteloos, moedeloos. De schmink voelt strak aan op zijn gezicht, de watten heeft hij op de grond gespuugd. Waar moet hij in vredesnaam de puf vandaan halen om die troep van zijn gezicht te vegen? Hij sloft verder, over de drempel, de hal in …

Waarom hij op het idee komt naar buiten te gaan weet hij niet. Nee, dat weet hij weer eens niet, het is altijd hetzelfde. Wanneer wist hij voor het laatst waarom hij iets deed? Heeft hij dat ooit geweten? Is zijn hele leven geen eindeloze keten van toevalligheden geweest die in elkaar zijn gehaakt? Een leven waarin hij van de ene ijsschots op de andere is gesprongen, terwijl de stroom hem onverbiddelijk naar de grote, zwarte zee voerde? Vroeger was hij dan wel entertainer, maar zijn hele leven is het balanceren geweest, en als hij was gevallen was hij onvermijdelijk in het haveloze leger van zwervers en klaplopers terechtgekomen. Is hij ooit gelukkig geweest? Zeker, er zijn veel gelukkige momenten geweest, en met Miriam samen was hij gelukkig. Hij zou zich eerder moeten afvragen of hij ooit echt ongelukkig is geweest. Hij heeft immers benen gehad om mee te lopen, oren, een neus en ogen. Een taai lichaam met een goede weerstand, totdat hij die boerenerfenis zelf om zeep begon te helpen. Hij is ontsnapt aan het grote ongeluk dat hij altijd heeft gevreesd, niemand heeft hem doodgeslagen, niemand heeft zijn vrouw vermoord, niemand heeft hem verraden. Als een koppige mol heeft hij al wroetend een begaanbare weg door het leven gemaakt. Wat heeft hij te klagen?

Naar buiten. Hij wil naar buiten. Al was het maar omdat de maan zo vriendelijk op hem schijnt als een matte, half opgebrande schijnwerper. Wie weet vliegt er op een dag een mug tegen de maneschijf waardoor die ook kapotgaat, net als de gevoelige lampen in de filmstudio bij Parijs. Wie weet. Er gaan toch ook geruchten dat de mens onlangs ijzeren bollen de ruimte in heeft geschoten, die nu door het duistere heelal zwerven?

Hij moet naar buiten. Frisse lucht inademen, de kat lokken, naar de maan kijken. Met voorzichtige pasjes stapt hij over de drempel en hij voelt de kou in zijn keel bijten, een knagende, zeurende pijn. Hij keert niet om, maar daalt de twee treetjes af naar de grond. Het dunne laagje sneeuw dempt zijn voetstappen en hij loopt een paar stappen weg van de trap en tilt zijn hoofd op om naar de maan te kijken.

En daar sterft hij, in het donker, met de eerste sneeuw van het jaar onder zijn dikke sokken. Hij is vergeten dat hij geen schoenen aanheeft. Wanneer hij zijn hoofd achterover houdt, knapt er een bloedvat in zijn keel. Dat is zijn zwakke plek, daar zijn de slijmvliezen langzaam aangetast door al het zuipen. Hij voelt opeens dat hij moet hoesten en in het bleke maanlicht ziet hij verbaasd dat hij bloed spuwt. Het is een heftige bloeduitstorting, het gaat allemaal heel snel, maar toch heeft hij nog tijd genoeg om bang te worden. De seconden dreunen als hamerslagen op zijn hoofd en in die seconden beseft hij dat hij doodgaat. Het laatste wat hij ziet voor hij valt, is hoe de sneeuw om hem heen donker kleurt. Hij valt en de kat die het allemaal ziet, springt opzij als voor een vallende boom.

Hij ligt met zijn gezicht in de sneeuw en hij is dood.

Wanneer hij de volgende ochtend wordt gevonden door een spoorwegwerker op weg naar zijn werk, licht het geschminkte gezicht als een oosters toneelmasker op in de sneeuw. Zijn ogen zijn open en gebroken, het bloed is tot een bruin korstje om zijn gezicht gestold. De dodelijk geschrokken spoorwegwerker stuift de benedenverdieping van de flat in en bonst wanhopig op de eerste de beste deur.

De mensen die hem dood in de sneeuw zien liggen, met

paarse wangen en zwarte strepen om zijn ogen, kijken allemaal weg alsof ze getuige zijn geweest van een executie en nu alleen het hoofd bevroren in de bloederige sneeuw zien liggen. De districtsarts, die erbij geroepen is, schrikt ook wanneer hij de dode man ziet liggen, maar hij kan algauw constateren dat er geen misdaad in het spel is en dat alles wijst op een plotselinge longbloeding. Toch is het net of er iets bovennatuurlijks aan de hand is met deze man en zijn dood.

Wanneer Eivor wakker wordt, is hij al weg. Erik, die haar de aanblik van de sporen wil besparen, heeft sneeuw over de ergste bloedplas geschept. Hij vertelt Elna wat er is gebeurd en uit het keukenraam ziet ze hoe het afgedekte lichaam op een brancard wordt weggedragen en in de taxi wordt geschoven die ook voor ziekenvervoer wordt gebruikt. Het lichaam is die ochtend in alle vroegte ontdekt en Elna staat slaapdronken toe te kijken hoe Anders wordt weggedragen.

'Wat moet ik tegen Eivor zeggen?' vraagt ze.

'Alleen dat hij dood is.'

'Ze komt er toch achter wat er is gebeurd. Hoe hij eruitzag.'

'Ja, dat zal ook wel … Vertel het dan eerlijk. Dat is waarschijnlijk het beste.'

Maar pas wanneer Eivor 's middags terugkomt uit Örebro vertelt Elna wat er is gebeurd. Toen Eivor die ochtend naar het naaiatelier ging, heeft ze niets gezegd. Maar nu ze wacht tot de aardappelen koken, vertelt ze dat Anders er niet meer is. Eivor luistert sprakeloos. Wanneer Elna is uitgesproken gaat ze voor het raam staan en kijkt naar het houten huis beneden, naar het keukenraam.

'Ik ben de laatste die hem heeft gezien', zegt ze. 'Raar …'

'Wat is raar?'

'Net toen ik weg wilde gaan vroeg hij mij of ik voor de kat wilde zorgen als hij dood zou gaan. Alsof hij wist dat het niet meer lang zou duren …'

'Misschien wist hij dat ook wel.'

'Dat denk ik niet.'

'Waarom niet?'

'Ik weet het niet. Dat denk ik gewoon niet.'

's Avonds gaat Erik naar beneden om de verdwaalde kat te zoeken. Eivor wil niet mee, nu Anders weg is jaagt het huis haar angst aan. Elna en Erik zeggen er geen van beiden iets van dat zij de zorg voor de kat op zich neemt.

Op zondag voor de dienst wordt Anders begraven. Behalve de dominee en de organist zijn alleen Elna, Eivor en Erik naar de kerk gekomen. De kist is grijswit en de dominee preekt over de reiziger die zijn staf heeft neergelegd en in het rijk is binnengegaan van waar niemand terugkeert.

Het orgel bruist, Eivor denkt aan Lasse Nyman, aan het houten huis en aan Anders. Ze kan zich onmogelijk voorstellen dat hij in die kist een paar meter voor haar ligt. Ze bedenkt dat ze nooit zal vergeten wat er is gebeurd, nooit van haar leven ...

Wanneer ze uit de kerk komen is de grond weer kaal. De eerste sneeuw is weggesmolten. Erik heeft haast en loopt vooruit, hij heeft maar een uur vrij genomen van zijn werk. Eivor en Elna lopen langzaam door het dorp.

'Ik mis hem', zegt Elna.

'Ik ook.'

Uit het testament van Anders' zus was gebleken dat het huis en de roerende goederen naar de zending zouden gaan als Anders zelf geen eigen testament naliet. Dat heeft hij natuurlijk niet gedaan, hij laat alleen wat versleten doordeweekse kleren na, een kapotte koffer en eentje die nauwelijks gebruikt is, en een verloederde keuken met een onwaarschijnlijk groot aantal lege flessen. Wanneer de zending de erfenis in bezit komt nemen wordt alles zonder pardon weggegooid. Dit zondige nest dat stinkt naar verval en doorgewinterd atheïsme wordt met loog schoongemaakt. Anders uit Hossamåla verdwijnt zo spoorloos in de geur van zeep dat het net is of hij nooit heeft bestaan. In een verre toekomst zal hij misschien nog eens opduiken als

233

een voetnoot in de geschiedenis van de rondreizende komedianten, maar meer blijft er niet van hem over.

Een reusachtig niets, zoals hijzelf al had gedacht.

Hij is teruggekeerd naar het duister waar hij ooit vandaan is gekomen en zijn laatste daad was de winter zijn bevroren buit te ontfutselen. Maar dat is dan ook alles.

Dit is echter iets wat de wereld slechts verstrooid opmerkt. Natuurlijk, het leven raast verder naar de toekomst die de mens altijd op een plagerige manier te snel af is. Het is ijdele hoop dat je die ooit zou kunnen inhalen.

Voor Eivor zijn dit echter onbekende fenomenen. Voor haar is het lastig genoeg om op tijd op te staan om de trein van 7.03 uur uit Hallsberg te halen, en om vijf voor acht klimt ze de trap op van Jenny Anderssons naaiatelier dat onder de hanenbalken zit in Örebro, met uitzicht op het kasteel en de oude schouwburg. Daar heeft ze haar tafel wanneer ze geen boodschappen doet of met mevrouw Andersson meegaat naar een klant voor het opnemen van de maat of voor passen. Ze is vlijtig en ze heeft duidelijk talent, mevrouw Andersson heeft zelden iets aan te merken, integendeel, ze krijgt vaak complimentjes. Wanneer ze Eivor vraagt of het haar bevalt antwoordt ze bevestigend. Maar is dat wel echt waar?

De dakbalken zitten zo dicht bij haar hoofd en ze heeft behoefte aan rust, aan een onbeweeglijke wereld. Haar ongeduld is veranderd in een wanhopige behoefte aan rust. Ze moet ergens mee in het reine zien te komen, met iets wat in haar zit. Er zijn zo veel onzekerheden en onduidelijkheden. Dat ze is wie ze is kan ze in de spiegel zien of aan het bloed dat drupt wanneer ze zich prikt met een speld. Maar dat is niet genoeg, er is meer, iets wat galmt als de echo van een gedachte die ze als kind heeft gehad.

Wat heeft ze eigenlijk op de wereld te zoeken?

Wat doet ze hier? Uitgerekend zij!

Ze kan niet lang achtereen nadenken. Tussendoor naait ze, haalt ze stoffen op bij het station of bezorgt jurken en blouses die klaar zijn in de betere buurten van de stad. Na de storm of voor de storm, dat weet ze niet. Maar op dit moment kan ze niet tegen harde stemmen. Alleen van Anders' kat kan ze enig enthousiasme verdragen. Verder moet alles stil zijn, de wereld moet haar behoedzaam behandelen; zien ze niet dat ze zo broos is dat ze bij het minste duwtje kan breken?

Iets moet overgaan, iets moet helen. De droom, de zin in spelen en de wil om de wereld te veroveren zitten tijdelijk in het gips.

Het duurt nog even voor ze weer zal leren lopen.

Intussen naait ze en doet ze goed haar best. Zo goed dat ze met Kerst opslag krijgt. Ze maakt een knicksje en bedankt, maar echte blijdschap voelt ze pas als ze het thuis vertelt en ziet hoe blij Elna en Erik allebei zijn. Dan voelt ze zich opgelucht.

In de trein tussen Hallsberg en Örebro denkt ze vaak aan Lasse Nyman. Dat is noodzakelijk, hoeveel pijn het ook doet. Want ze begrijpt wel dat ze haar eigen leven pas weer op de rails krijgt wanneer ze snapt wat haar zo enorm in hem aantrok, wat haar lokte, waar ze blij van werd.

Laat in de herfst van 1956.

Telkens wanneer Elna haar 's ochtends wakker maakt wil ze zich het liefst nog een keer omdraaien. Maar ze mist haar trein geen enkele keer ...

Een paar weken na Anders' dood gaat Erik over naar dagdiensten. Hij heeft lang op de wachtlijst gestaan en nu is hij opeens aan de beurt. Nu hoeft hij niet meer 's nachts met bevroren goederenwagons te zwoegen, nu kan hij 's avonds tegelijk met Elna naar bed. Maar wanneer Eivor opstaat is hij al weg, hij begin om kwart over zes en is altijd stipt. Wat er ook gebeurt, hij moet toch altijd als eerste op.

Overdag is Elna dus alleen thuis. Het appartement is stil en ze merkt dat ze blij is dat Anders' haveloze kat er is, een levende ziel in de stilte.

Vaak staat ze voor het raam van de slaapkamer en kijkt neer op het donkere, ijskoude en verlaten huis waar Anders heeft gewoond. De zending heeft de voordeur dichtgespijkerd, pas in het voorjaar zal worden besloten wat er met het huis moet gebeuren. Ze staat naar het keukenraam te kijken en soms denkt ze dat ze zijn schaduw binnen ziet. Maar hij leeft niet meer en ze gelooft niet in spoken.

Soms vraagt ze zich af of hij het wist. Dat ze wel doorhad dat hij naar haar zat te kijken wanneer ze zich uitkleedde. Dat ze dat had ontdekt toen hij er nog maar een paar weken woonde.

Het bezorgt haar ook schuldgevoelens; ze heeft hem feitelijk bedrogen door net te doen of ze het niet wist. Maar misschien werd dat bedrog gecompenseerd door wat ze hem ervoor teruggaf, wat dat dan ook was. Een gevoel van macht, zien zonder gezien te worden? Een vrouwenlichaam dat zich blootgeeft, avond na avond?

Het moet hem iets opgeleverd hebben, want hij zat daar altijd naar achteren geschoven in de beschermende duisternis.

Ze kan het ook omkeren. Waarom deed zij het? Waarom trok ze het rolgordijn niet naar beneden? Wat had zij aan hem? Wat had ze eraan dat ze in het beste geval de ingeslapen begeerte van een oude man tot leven wekte? Ontleende ze daaraan het gevoel dat ze iets betekende?

De kat ligt opgerold in de linnenkast. Het is stil in het appartement, er klinkt alleen een zwak geruis in de waterleidingbuizen. Het is tien uur 's ochtends, ze heeft de bedden opgemaakt, opgeruimd en het eten voorbereid. Nu hoeft ze niets meer te doen, ze heeft de dag voor zichzelf.

Ze heeft alleen nergens zin in. Of beter gezegd: ze weet niet wat ze wil. Iedereen wil iets, maar zij hoort bij de mensen die niet weten wat ze willen. Met breien en tijdschriften lezen doodt ze de tijd.

Voorlopig.

Want de afgelopen zomer is ze toch weer aan het denken gezet door de dagen in Malmö samen met Vivi. Ze weet dat ze met haar tweeëndertig jaar nog best jong is, ze is nog niet op de helft. Zodra Eivor op eigen benen kan staan, gaat ze zich weer op haar eigen leven richten. Met of zonder Erik.

Erik, ja. Ze begrijpt heel goed waarom ze met hem getrouwd is. Het was een manier om van huis weg te komen, om ten minste gedeeltelijk haar eigen leven in te richten. Maar ze weet ook dat ze nooit met hem getrouwd zou zijn als ze Eivor niet had gehad, en het is de vraag of Erik dat niet ook heeft begrepen.

Ze vindt het prettig om met hem te vrijen. Hij is aardig en trouw. Maar zo onuitstaanbaar tevreden! Die eeuwige tevredenheid van hem: alles wordt alleen maar beter, dag in dag uit dat sukkelgangetje, geen uitdagingen, geen wensen … Nee, dat klopt niet, dat is niet eerlijk. Ze weet immers dat hij graag kinderen wil, maar tot nu toe heeft ze hem kunnen overhalen een voorbehoedsmiddel te gebruiken, dat eist ze van hem, ze controleert altijd of hij wel een condoom om heeft. Maar hoelang zal hij zich dat nog laten welgevallen?

Soms wordt ze overvallen door een machteloze woede over wat haar vijftien jaar geleden is overkomen en wenst ze degene die haar zwanger heeft gemaakt dood en verderf toe. Natuurlijk is ze blij met Eivor, maar af en toe komt haar opgekropte woede naar buiten …

Hoewel, niet zo vaak meer tegenwoordig, een paar jaar geleden was het erger. Nu is het net of ze behoedzamer met haar omgaat. Ze weet hoe ze zelf op die leeftijd was, overgevoelig voor alles, en het is natuurlijk niet gemakkelijk voor haar om een onbekende vader te hebben, ook al is Erik aardig en wordt hij nooit een boze stiefvader. Maar toch ….

Zou Eivor met Lasse Nyman geslapen hebben? Godzijdank is ze in ieder geval niet zwanger geraakt. Maar wat is er eigenlijk gebeurd?

Ze is net zo eenzaam als ik toen, bedenkt ze. En hoe graag ik ook wil, toch kan ik niet door die muur tussen ons heen breken.

Natuurlijk is het nu beter dan toen ik een jaar of vijftien, zestien was. Maar toch ... Waarom is het zo moeilijk? Om te praten over het vanzelfsprekende, om ervaringen te delen en door te geven aan je eigen dochter?

Wat heeft ze eigenlijk over zichzelf verteld aan Eivor sinds die volwassen begon te worden? Over haar eigen gedachten, haar eigen dromen? Niet veel, bijna niets.

Af en toe kijkt ze de brieven in die ze vroeger van Vivi heeft gekregen. Ze bewaart ze in een la, twee dikke stapels, met rode linten eromheen. Het zijn Vivi's gedachten, maar ook die van haarzelf. Ze leest er soms in, maar vaak houdt ze dan weer op, ze wil er niet aan herinnerd worden. Maar waarom laat ze ze niet aan Eivor zien?

Binnenkort, denkt ze. Binnenkort kan ze op eigen benen staan. Zolang blijf ik nog hier. Maar geen dag langer dan nodig is ...

Erik staat samen met een paar collega's naar een van de nieuwe koelwagons te kijken die onlangs in gebruik zijn genomen. Die zit vol ingevroren vlees, op weg van Skåne naar Stockholm. Hier in Hallsberg wordt hij aan een goederentrein gekoppeld die op het emplacement wordt gerangeerd. Hij geniet van de aanblik van de wagon. Telkens wanneer er iets nieuws gebeurt bij het spoor krijgt hij het sterke gevoel dat hij iets belangrijks meemaakt, dat hij deel uitmaakt van de grote verandering. En telkens wanneer er iets nieuws gebeurt, denkt hij: dat zal ik aan Elna vertellen als ik thuiskom, en aan Eivor als ze het leuk vindt om het te horen.

Nu hij dagdiensten draait, heeft hij het gevoel dat hij meer energie overhoudt. Nu is het moment voor hem aangebroken om Elna duidelijk te maken dat hij graag een eigen kind wil, liefst meer dan één. Dat is toch ondanks alles de zin van het leven, zal hij als argument gebruiken. En ze mag niet klagen over hoe hij Eivor behandelt. Ze heeft niets te klagen. Niets.

Lasse Nyman zit in Stockholm in het huis van bewaring. Daar blijft hij in afwachting van het proces dat in Skövde zal plaatsvinden; vanwege de moord is hij niet teruggebracht naar Mariefred. Hij wordt omgeven door een compacte afschuw van de kant van zijn bewakers. De medegevangenen die hij op de luchtplaats ontmoet, hebben stiekem medelijden met hem. Zo'n jonge gast nog. De enige met wie hij kan praten is de advocaat die hem is toegewezen. Hij is jong, hij spreekt zelfs een Stockholms dialect.

Maar wat kan hij eigenlijk tegen hem zeggen? Natuurlijk heeft hij spijt. Natuurlijk, natuurlijk … Als iemand zo vriendelijk zou willen zijn om hem te vertellen wat dat betekent. Hij wil best antwoord geven op alle vragen die hem gesteld worden, maar vaak begrijpt hij ze niet.

Ze komen uit een wereld waarin hij altijd een ongenode gast is geweest. Een wereld waarvan hij graag deel zou willen uitmaken, maar die hem altijd heeft verstoten. Een wereld die hij vergeefs heeft willen overwinnen, een uurwerk waarvan hij de stalen veer kapot heeft willen draaien. Het is net of hij het hele land met zijn blote handen heeft willen breken.

De muren van zijn cel zijn grijs. Stille groeten van eerdere gevangenen staan in het stucwerk gekerfd.

Het proces zal in het nieuwe jaar beginnen. Hij denkt er nooit over na en hij denkt evenmin aan de strenge straf die hij zal krijgen. Wanneer hij nadenkt en niet alleen maar ligt te suffen op zijn brits, gaan er heel andere gedachten door zijn hoofd. Hoe hij hieruit moet komen, hoe hij zal kunnen ontsnappen …

Hij is ervan overtuigd dat zijn vlucht slechts tijdelijk is onderbroken. Zodra hij de kans krijgt, zal hij die hervatten. Dat is zo zeker als dat de duivel hem op het dak van de gevangenis zit te wenken. Hij geeft het nooit op!

Nooit, verdomme.

Ver daarvandaan, op de nok van een huis in Örebro, zit een kauw. Eivor is alleen in het atelier, Jenny Andersson moest even weg. Ze blijft naar de rusteloze ogen van de vogel kijken, de kop die voortdurend verschillende kanten op draait, steeds oplettend, spiedend, wakend ...

Pas wanneer ze Jenny Andersson de deur hoort opendoen, pakt ze haar werk weer op.

Als ze opkijkt, is de vogel weg.

1960

Van Hallsberg naar Borås reizen is niet moeilijk. Je koopt gewoon een kaartje, je stapt in een van de vele treinen naar Göteborg, je stapt over in Herrljunga en vervolgens – bij Frufällan ongeveer – maak je je gereed om uit te stappen voor het gebouw van donkerrode baksteen dat het Centraal Station van Borås is. Dat is ook precies wat Eivor doet op een dag in januari 1960, vlak na Oud en Nieuw. Het is koud wanneer ze in de schemering in de textielstad uit de trein stapt, maar ze loopt snel de heuvel op tussen de technische school en het Park Hotel door en de brug over de vervuilde Viskan over, en dan ligt de Stora Brogatan voor haar open. Ze loopt snel, ze weet waar ze heen moet, dit is haar tweede bezoek aan de stad. Een paar dagen voor Sint-Lucia, een kleine maand geleden, is ze hier voor het eerst geweest. Toen voelde ze zich onzeker, ze vond de stad zo onmetelijk groot. Het is dan ook de negende stad van het land, en vergeleken met Hallsberg is het een verwarrende wirwar van straten en winkels en het krioelt er van de mensen. Maar ten slotte had ze het dan toch gevonden: de kunstzijdefabrieken bij een van de uitvalswegen van de stad. Bij het hek wordt ze naar de personeelsadministratie verwezen en daar wordt ze welkom geheten door een kleine ronde, springerige man, die zich voorstelt als personeelsmedewerker. Welkom in de stad, welkom bij Kunstzijde en vooral bij de drieploegendienst op de twijnerij. Daar komt ze immers voor, ze heeft met veel moeite een reactie geschreven op een personeelsadvertentie in de *Nerikes Allehanda*. Ze zoeken zowel mannelijke als vrouwelijke werknemers en beloven hulp bij huisvesting, en dat laatste geeft de doorslag. Ze wil het liefst naar Algots, de legendarische wever, de fameuze textielfabriek, maar om te beginnen is Kunstzijde ook niet slecht; ze kan later altijd nog bij Algots solliciteren. Ze zal zich wel redden in deze weversstad, ook al is het ietwat intimiderend dat er een werkelijkheid bestaat achter de kleurige catalogus van Algots, of van de Hobby-uitgeverij, of van een van de andere postorderbedrijven.

Maar nu is ze dus bij Kunstzijde. De kleine ronde man beschouwt haar beleefd als een volwassen, zelfstandig individu. Hij zegt u tegen haar en hij geeft haar een korte inleiding in de geschiedenis van de Kunstzijdefabriek.

Wel een heel korte, het duurt nog geen minuut. Maar hij verontschuldigt zich en vertelt dat hij het druk heeft, de fabriek breidt uit, de vacatures moeten zo snel mogelijk worden ingevuld. Maar hij is blij dat ze er is en verzekert haar dat ze een goede keuze heeft gemaakt. Kunstzijde is een goede werkgever, er is weinig verloop onder het personeel en ze heeft het werk vast snel onder de knie. Eerst werkt ze gewoon overdag en nog niet in ploegendienst. Als ze op 10 januari om 6.45 uur voor de poort staat, zal hij ervoor zorgen dat iemand haar daar opvangt en haar naar de twijnerij brengt.

'Ik zou toch eerst een opleiding krijgen?'

Ze valt hem aarzelend in de rede. Dat stond in de antwoordbrief.

'Niet nodig. Het is geen ingewikkeld werk. Dat leer je zo.'

Kan een baan echt zo simpel zijn? En toch zinvol? Daar heeft ze met Kerst over zitten piekeren. Maar niet zo erg dat de spanning en het enthousiasme over de verhuizing niet de boventoon voerden. Erik heeft haar aangemoedigd, hij vond dat ze een verstandig besluit had genomen. Elna vindt echter dat ze geduld had moeten hebben. Dat ze had moeten wachten tot ze werk bij Algots kon krijgen. Ze heeft moeite met het idee dat de producten van Kunstzijde in de eerste plaats naar de bandenproductie gaan.

'Wat zijn het?' vraagt ze. 'Autobanden, tractorbanden? Als je iets wilt naaien, moet je kleren naaien!'

'Ik ga niet naaien. Ik ga twijnen!'

'Spinnen of twijnen, wat is het verschil? Ik dacht dat je naaister wilde worden.'

Maar veel meer wordt er niet gezegd. Elna lijkt zich erbij neer te leggen. Ze heeft geen vat op Eivor, het kind doet haar eigen zin. En ergens weet ze ook wel dat ze jaloers is op Eivor en dat gevoel gaat nooit helemaal over. Eivor heeft een vrijheid waar zij ooit van heeft gedroomd, maar die ze heeft verloren toen ze in verwachting raakte. Maar ze is geen slecht mens en ze wenst haar dochter natuurlijk veel succes. Ook al had ze gehoopt dat Eivor ten minste nog een paar jaar voortgezet onderwijs zou volgen, ze is de baas over haar eigen leven. Dat is waarschijnlijk het enige recht dat je hebt, over jezelf te beslissen, en je eigen fouten te begaan ...

Maar Elna heeft nog een andere zorg. Een diepgewortelde zorg die de oorlogszomer weer naar boven brengt.

Op een avond tussen Kerst en Oud en Nieuw, wanneer Erik naar het rangeerterrein is gesukkeld en Eivor naar Elvis zit te luisteren, staat ze in de deuropening en overstemt de muziek.

'Wat je ook doet, zorg dat je niet zwanger raakt', roept ze.

'Wat?'

'En als het toch zo nodig moet, zorg er dan in godsnaam voor dat hij een voorbehoedsmiddel gebruikt.'

'Hoezo, als het moet? Wie, hij?'

'Wie je maar tegenkomt.'

En dan gaat ze weg en Eivor is weer alleen met haar muziek.

Nee, natuurlijk zal ze niet zwanger raken. Wie wil nou in dezelfde situatie terechtkomen als haar moeder? Nu ze zich aan het losmaken is, kan ze bijna tederheid voor haar voelen. Per slot van rekening heeft ze bijna twintig jaar van haar leven ingeleverd om voor haar te zorgen. Ze heeft twintig jaar lang geen eigen leven gehad. Die stakker.

Op 9 januari staan Elna en Erik allebei op het perron om haar uit te zwaaien.

'Ik kom bij je op bezoek. We komen allebei.'

'Nog niet.'

En dan is Hallsberg eindelijk een afgesloten hoofdstuk.

Op de hoek van het Epa-warenhuis en het Raadhuis slaat ze links af naar het Södra torget. Daar vertrekt de bus naar de voorstad Sjöbo, waar Kunstzijde een appartementje voor haar heeft geregeld. Een gemeubileerd eenkamerflatje dat ze zal overnemen van iemand die iets groters heeft gevonden. Haar flatje is een doorgangswoning, het is niet de bedoeling dat ze hier blijft, maar dat ze zelf iets anders zoekt, dat heeft de rondbuikige personeelsmedewerker haar vriendelijk maar duidelijk te verstaan gegeven.

Voor de delicatessenzaak van Siedberg blijft ze staan uitblazen. Ook al heeft ze alleen het allernoodzakelijkste bij zich, toch is de koffer die ze meesleept zwaar. Hoe kunnen lakens zo veel wegen? Ze is buiten adem en de kou bijt in haar keel. Haar gezicht is stijf van de kou, wanneer ze haar lippen beweegt, voelt het net of ze zullen barsten. Het is natuurlijk niet goed om zo zwaar opgemaakt te zijn op een dag als deze. Maar ze kan toch niet zonder make-up bij haar nieuwe huis aankomen? Ze pakt de koffer op en loopt verder, ze steekt het plein schuin over en zoekt de bus waar Sjöbo op staat. Het is spitsuur, van alle kanten komen kleumende mensen aangesneld, ze dringen en duwen om zo snel mogelijk de warme bus in te komen. Eivor voelt zich ongelukkig zoals ze daar staat met haar koffer tegen zich aan. Natuurlijk zie je aan haar dat ze hier niet vandaan komt, dat ze hier vreemd is. Ze ziet nu al op tegen de volgende dag, wanneer ze de twee koffers die nog in het bagagedepot op het station staan moet ophalen. Had ze toch niet beter een taxi kunnen nemen? Maar ze weet niet hoe duur het is naar Sjöbo! Ze weet immers niets. Ten slotte slaagt ze erin zich in de bus te wurmen, ze koopt een kaartje en wordt door het gangpad naar achteren geduwd. Gelukkig hoeft ze er pas bij de laatste halte uit, 'Sjöbo torg', waar de bus stopt en omkeert. Hoe zou ze er anders ooit uit moeten komen?

De bus zet zich met een schok in beweging en ze klampt zich vast aan een stang. De gezichten om haar heen zijn bleek en stom. Niemand schijnt haar op te merken. Tussen alle hoofden ziet ze vaag het gezicht van een meisje dat ongeveer net zo oud lijkt als zij. Ze heeft hoog opgestoken haar. Een Farah Dibah-kapsel. Dat heeft Eivor nog niet aangedurfd, ook al is haar haar er nu wel lang genoeg voor. Maar als het zo hoort, zal ze wel moeten. En wat moet ze aan naar haar werk? Dat het leven toch altijd zo ingewikkeld moet zijn!

Sjöbo torg. Een verlaten cementvlakte tussen rode en gele flats. Ze loopt verkeerd, maar durft niemand de weg te vragen. Ze zoekt op eigen houtje verder, terwijl haar koffer almaar zwaarder wordt. Ten slotte vindt ze het en dan is ze zo moe en koud dat het huilen haar nader staat dan het lachen. Ze moeten even heel stil in het portiek staan voordat ze aanbelt bij de conciërge, van wie ze haar sleutels zal krijgen.

De vijfde verdieping, uitzicht over de donkere, eindeloze bossen van Västergötland. Een kamer met een kookhoek en een halletje. Het ruikt er schimmelig en het is natuurlijk niet wat ze had verwacht. Ze moppert inwendig dat ze zich alles ook altijd veel te mooi voorstelt.

In de kamer staan een wiebelig veldbed met een vieze matras, een bank waarvan één leuning met brede stukken tape is gerepareerd, een tafel en een prullenbak en dat alles wordt verlicht door een plafonnière met een kapotte kap. In de kookhoek liggen een paar stinkende sinaasappels, de gootsteen ligt vol peuken en as. Het hele flatje is slecht schoongemaakt en wanneer ze de matras omkeert in de hoop dat er aan de onderkant minder vlekken zitten, valt er een pornoblaadje op de grond. In plaats van te luchten en haar koffer uit te pakken, gaat ze op de bank zitten en begint erin te bladeren. Het is voor het eerst dat ze zo'n blaadje van dichtbij bestudeert, eerder heeft ze alleen een blik opgevangen van verschillende voorpagina's in tabakszaken en kiosken.

Het blad heet *Raff* en ze schrikt wanneer ze onder een grijs-witte foto van een negerin met grote borsten ziet dat het blad wordt gedrukt in de Sjuhäradsbygdens drukkerij in Borås. Ze wist niet dat ze zulke bladen uitgaven in deze stad! Ze bladert er zenuwachtig in en kijkt naar de foto's, ze leest hier en daar een paar woorden van de korte verhalen. De foto's zijn allemaal hetzelfde, alleen de lichamen en gezichten zijn anders. Op elke foto trekken ze meer kleren uit, ze leunen tegen een ladder of liggen onderuitgezakt op een bank. En allemaal glimlachen ze haar toe, alsof ze haar kunnen zien.

Er zitten twee pagina's aan elkaar vast. Wanneer ze die probeert los te maken, begrijpt ze opeens waarom ze aan elkaar plakken en ze gooit het blad in de prullenbak, loopt naar het raam en kijkt naar buiten. Ze ziet een winteravond, rijen verlichte ramen in de flats om haar heen. Een thermometer die scheef voor het raam hangt, verraadt dat het min zeventien is.

Ze huivert en beseft dat ze voor het eerst van haar leven echt alleen is. Dit is het uitgangspunt, zijzelf omgeven door het onbekende.

En hier moet zij zich staande zien te houden …

Ze heeft de keus tussen een potje huilen en haar koffer uitpakken. Huilen is te makkelijk, dus dwingt ze zichzelf de kapotte sloten van de koffer open te wrikken. Wanneer ze het bed heeft opgemaakt en haar kleren heeft opgehangen, gaat ze naar de badkamer om haar gezicht in de spiegel te bekijken. Zo ziet ze er nu uit, in haar negentiende jaar, pas gearriveerd in de grote textielmetropool Borås: zwart, golvend, schouderlang haar met een scheiding in het midden. Ze heeft er hairspray in gedaan en het wat omhoog geduwd boven de oren. Ze heeft een lichte basismake-up, zwaar aangezette ogen en geëpileerde wenkbrauwen. Duidelijk omlijnde, knalroze gestifte lippen.

Zo ziet ze eruit en ze vraagt zich angstig af of ze in deze stad en in deze wereld past. Kan ze ermee door? Dat ze niet mooi is, weet ze wel, maar wanneer ze glimlacht en haar tanden laat zien vindt ze zichzelf toch wel sexy. En het gaat immers niet alleen om het gezicht. Godzijdank heeft ze vrij grote borsten; als ze die vooruitsteekt in de juiste bh onder een strak truitje, heeft niemand iets te klagen. Haar taille is in orde en met haar peervormige billen kan ze ook wel leven. Maar om dat te controleren gaat ze op haar knieën op het wc-deksel zitten en draait ze zo dat ze haar achterste in de badkamerspiegel kan zien. Ze heeft een strakke broek aan met zulke nauwe pijpen dat het bijna zeer doet aan haar kruis, maar ze is in ieder geval niet ontevreden over wat ze ziet. De rondingen zijn goed en de broek spant strak om haar billen, maar ook weer niet te strak. Zo ziet ze eruit, Eivor Maria …

Wanneer ze in bed ligt en de eenzame plafonnière heeft uitgedaan, ontdekt ze dat de nacht veel geluiden heeft. Getik in de waterleidingbuizen, eenzame voetstappen die galmen in het trappenhuis, en aan de andere kant van de muur waar haar bed tegenaan staat, hoort ze een baby huilen. Ze drukt haar oor tegen de muur en kan het huilen duidelijk horen. Ze vraagt zich af waarom niemand het kind uit bed haalt. Het ligt daar toch niet alleen? Ze maakt zich al bijna ongerust als het huilen opeens ophoudt. Voordat ze in een onrustige halfslaap valt, bedenkt ze dat er eigenlijk niet zo veel verschil is tussen haarzelf en de huilende baby.

Om vier uur staat ze weer op, ze kleedt zich aan en drinkt een glas water. Dat is haar ontbijt. Daarna brengt ze meer dan een half uur in de krappe badkamer door om zich klaar te maken voor haar eerste werkdag. Het kost tijd en ze moet er ook de tijd voor nemen. Als ze zich niet heeft opgemaakt en haar haar niet heeft gedaan, is ze volstrekt weerloos en ze ziet er toch al genoeg tegen op. Om kwart over vijf gaat ze naar buiten, het is min twintig en ze moet op de bus wachten. Eerst staat ze alleen bij de bushalte, dan duiken er knerpende schaduwen op uit het duister. Mannen en vrouwen, jong en oud, bijna allemaal met een tasje in de hand. Niemand zegt iets, iedereen stampt met zijn voeten en verweert zich tegen de kou in zijn eigen wereld. Het schijnt ook niemand op te vallen dat Eivor daar staat. Ook al is ze nieuw, toch is ze al een onbekende, ingesloten in het zware dagelijkse bestaan. Ze heeft vreselijk koude oren, maar wat moet ze doen, ze heeft geen goede muts, geen hoofddeksel dat niet onmiddellijk haar moeizaam getoupeerde kapsel ruïneert …

Bij de fabriekspoort staat een mager mannetje op haar te wachten. Hij is gekleed in een stoffige overal en hij rilt van de kou.

'Ben jij Skoglund?'

Ja, dat is ze.

Dan kan ze meelopen. Wat een kou, hè?

Nou, zeker.

Ze verdwijnen de fabriek in, over kronkelende gangen en trappen. Het is koud en achter zware deuren klinkt een machtig gedreun. Eivor beseft plotseling dat ze fabrieksarbeidster gaat worden en anders niet. Maar dit is nog maar het begin, denkt ze. Alleen om op gang te komen …

'Hier gaan we naar binnen', roept de man. 'Ik heet Lundberg. Hou je vast!'

Dan trekt hij de deur open en een oorverdovend kabaal golft op haar af. Het is net of er een razende kudde wilde dieren is losgelaten en zich op haar stort. Ze deinst naar achteren, maar Lundberg trekt aan haar arm en dan valt de deur zwaar achter hen dicht.

'Hier twijnen we!' brult hij met zijn oor tegen haar haar. 'Nu gaan we Pelle Svanslös opzoeken.'

Pelle Svanslös? De kat zonder staart?

Zo noemen ze de voorman, Ruben Hansson. Veel later krijgt Eivor tijdens het schaften de verklaring voor die bijnaam. Hansson is een keer met de kont van zijn broek vast komen te zitten in een op hol geslagen karretje met rollen uit de spinnerij, waarbij hij zijn ene bil heeft opengehaald. Wat ligt dan meer voor de hand dan hem Pelle Svanslös te noemen. Zeker als je bedenkt dat hij een uitgesproken hondenliefhebber is.

'Verdomd als het niet waar is! Maar zeg het niet hardop. Dan knoeit hij met het stukloon.'

De voorman zit in een glazen hokje met strategisch uitzicht over de enorme machinehal en de toiletten. Wanneer Lundberg Eivor het hokje in heeft geduwd en de deur achter zich dicht heeft gedaan en naar zijn eigen machines en stukloon is gegaan, is het lawaai maar weinig minder. Ruben Hansson zit in zijn grijswitte stofjas door een heleboel proeflapjes te bladeren die aangeven welke garensoorten die dag van de spinnerij te verwachten zijn.

Hij tuurt naar haar door zijn wimpers.

'Skoglund', roept hij.

'Ja.'

'Welkom! Ik heb hier een stempelkaart voor je. Dan ga ik iemand zoeken die je rond kan leiden. Eigenlijk moet je samenwerken met een Finse die we hier hebben, maar die is er vandaag niet. Een kater waarschijnlijk. Kom maar.'

Het lawaai weer in. Bij de stempelklok die naast de voordeur zit, zet Hansson met zijn pen een krabbel dat Eivor Maria Skoglund op 10 januari 1960 om 6.45 uur is binnengekomen. Dan stopt hij de kaart in een vak onder de letter S en roept tegen haar dat ze ook moet klokken als ze met pauze gaat en als ze na de pauze weer terugkomt. Dan moet hij nu nog iemand zoeken die haar rond kan leiden.

Dat wordt Axel Lundin. Voorman Hansson vindt hem aan het ene einde van de grote machinehal. Hij heeft nieuwe rollen in een machine gestopt, de uiteinden van de draden om de lege spoelen gewonden en hij wil net de stroom inschakelen, wanneer Hansson aan komt zwalken met Eivor achter zich aan. Hij wijst naar haar en Axel Lundin knikt zwijgend.

'En dan maar aan de slag', roept de voorman en weg is hij.

Axel Lundin is drieënveertig jaar oud en twijnt al sinds zijn dertigste. Hij doet zeven machines in een dienst en zit daarmee het hoogst wat stukloon betreft, degene na hem doet er hoogstens vijf en neemt dan vaak ook niet eens pauze. Hij doet Eivor aan een schoolmeester denken met zijn baard en zijn smalle, witte handen. Maar ze heeft algauw door dat hij zijn arbeidsvermogen zo hoog heeft opgedreven dankzij een grote technische vaardigheid. Een twijnmachine laden en bedienen is meer een kwestie van handigheid dan van brute kracht, ook al is het zwaar werk om de laatste klossen getwijnd garen op het karretje te gooien wanneer er weer een nieuwe machine moet worden voorbereid.

Ze leert het door mee te lopen en toe te kijken. Na ruim een uur vindt hij dat ze het wel alleen kan. Een uur leren en dan kan ze dit werk haar hele leven blijven doen. Ze kan alleen nog sneller proberen te worden, meer niet.

Een machine bestaat uit meer dan honderd spoelen. Van de spinnerij komen verschillende soorten garens die getwijnd moeten worden en op lege spoelen aan de bovenkant van de machine gewikkeld worden. Een machine 'doen' houdt in dat je er één leeghaalt die klaar is, een karretje met garen haalt, er nieuwe spoelen in zet, de draden vastmaakt door ze door verschillende ogen en draadgeleiders te halen, de machine aanzet en je vervolgens op een nieuwe stort die klaar is. Maar af en toe moet je terug om de draden te repareren die zijn geknapt. De grote hal staat vol met hongerige machines. Wanneer je er één hebt aangezet, is het de kunst om zo snel mogelijk een andere te zoeken die klaar is. De kringloop is eeuwig.

Om kwart over acht wijst Axel Lundin zwijgend op zijn horloge. Het is tijd om te ontbijten, ze klokken uit en lopen een paar trappen af naar de kantine. Van verschillende kanten komen arbeiders, mannen en vrouwen door elkaar, aanhollen om zo ver mogelijk vooraan in de rij te belanden. De pauze duurt twintig minuten, het is zonde om de helft van die korte tijd te verdoen met in de rij staan. Eivor koopt een kop chocolademelk en een broodje kaas, dat kost haast niets. Maar de meeste arbeiders, die dicht op elkaar aan de tafels zitten, hebben brood en melk bij zich en nemen alleen een kop koffie of chocolademelk. Axel Lundin koopt niets, hij gaat gewoon aan een tafel zitten en haalt eten uit zijn tas. Hij houdt een plaatsje voor Eivor vrij terwijl ze in de rij staat en haar inkopen doet.

'Na de pauze zal ik een machine voor je zoeken', zegt hij terwijl hij op een broodje kauwt. 'Dan zal ik kijken hoe het gaat. Als er iets is, dan moet je het maar vragen. Maar meestal zijn er geen problemen. Denk er alleen aan dat er inspecteurs rondlopen die het getwijnde garen bekijken. Als er vieze vlekken op het garen zitten, word je gekort. Je moet je naam op elk proeflapje zetten dat bij het garen zit. Als je geen pen hebt, kun je er een van Moses krijgen. Dat is de man die ervoor moet zorgen dat de broek niet afzakt ...'

Ja, ze leert het al. Hij moet voorkomen dat de draden naar beneden zakken en trekt daarom een kousje om de houten klossen; de gebruikte gooit hij in een houten bak en uit een andere bak haalt hij een schone nieuwe. Ze leert het al en wanneer de werkdag voorbij is, is het haar gelukt een machine alleen te doen; van garen halen, een machine zoeken die gestopt is, die opnieuw laden en starten tot en met draden repareren. Af en toe duikt Axel Lundin op uit het niets, opeens staat hij zomaar naast haar, knikt zwijgend en verdwijnt weer.

Om kwart over vier klokt ze uit, iemand wijst haar de weg naar de kleedruimte van de spinsters en twijnsters en daar laat ze zich op een houten bank zakken. Haar oren tuiten en ze heeft pijn in haar rug omdat ze nog niet heeft geleerd hoe ze het best kan tillen.

De kleedruimte is vol met vrouwen die hun overals en schorten uittrekken. De meesten schijnen Fins te zijn; slechts zo nu en dan klinken er Zweedse woorden op in het luide geroezemoes. Iedereen heeft haast, niemand ziet haar daar zitten. Alleen de schoonmaakster die binnenkomt met een emmer en een dweil wanneer verder iedereen weg is.

'Heb je geen kastje?' vraagt ze. Eivor schudt haar hoofd.

De schoonmaakster kijkt haar vragend aan.

'Heb je in je eigen kleren gewerkt?' En dan met boosheid in haar stem: 'Dat ze de nieuwelingen nou niet eens kunnen vertellen waar ze overals en schorten kunnen halen. Kijk eens hier!'

Ze wijst naar een kleine afgeschutte ruimte achter de roestige douches.

'Pak wat je nodig hebt en gooi het in die bak wanneer het vies is. En gebruik het kastje daar in de hoek maar. Zij komt niet meer terug, dat weet ik.'

Wanneer Eivor buiten in de kou staat besluit ze dat ze niet meer terug zal komen. Geen sprake van. In die stoffige, lawaaiige machinehal houdt ze het geen dag langer uit. Daarvoor is ze niet naar Borås gekomen. Ze wil naaister worden. Kleren naaien samen met andere meisjes, mensen ontmoeten, een appartement vinden, kopen wat ze wil hebben. Leven. Dit niet.

Op weg naar de bus gaat ze een winkel binnen om eten te kopen. En een pakje watten. Voor haar oren.

's Avonds maakt ze uit pure woede het hele appartement schoon en dan is ze zo moe dat ze boven op de dekens in slaap valt.

Maar de volgende dag staat ze natuurlijk weer tussen de kleumende schaduwen op de bus te wachten.

Wanneer ze zich aan het omkleden is in de kleedruimte komt Sirkka Liisa Taipiainen naar haar toe.

'Ik was er gisteren niet', zegt ze met een zangerig accent. 'Als jij die nieuwe bent, Eivor, dan ben ik Liisa. Wij werken samen. We moeten acht machines per dag doen, dan kan het uit wat stukloon betreft. Hoe oud ben je eigenlijk?'

'Negentien.'

'Ik drieëntwintig. Zullen we naar boven gaan?'

Liisa heeft rood haar en sproeten, ze heeft een tenger lichaam, maar sterke armen. Ze slaat zich met koppige eigenwijsheid door de werkdagen heen. Als ze slecht garen krijgt dat de hele tijd kapotgaat, ziet Eivor haar lippen bewegen in een zwijgende reeks vloeken.

Maar af en toe glimlacht ze. Minstens één keer per dag ...

Liisa is natuurlijk de aanvoerder. Zij weet welke soorten garens je moet mijden en welke machines vaak kapotgaan. Eivor haalt karretjes met nieuwe spoelen en zet ze op hun plaats, terwijl Liisa de draden met snelle vingers op hun plaats rolt.

Stukloon, het ritme van het leven. Op alle gebieden, wat Eivor ook doet of denkt, gaat het om stukloon. Alles wordt gemeten, het gaat om de prestatie. Het is net of haar hart ook meegetrokken wordt in deze klopjacht op een steeds hoger tempo en een telkens intensievere ... Ja, wat? Ze ploetert zo hard met de karretjes dat ze ervan gaat zweten, ze gehoorzaamt Liisa's handen, die wenken en wuiven: doe dit, haal dat, nee, dat niet, DAT! Ze klokt 's ochtends in, wacht totdat Liisa haar haar in een paardenstaart heeft gedaan en dan rent ze de grote machinehal door als een op hol geslagen paard. Haar hart bonst, haar rug doet zeer, haar handen trillen zo dat ze nauwelijks haar naam op de proeflapjes kan schrijven. Ze staat nooit lang op dezelfde plaats, ze rent af en aan en denkt geen enkele zinnige gedachte voordat het pauze is.

Werken, slapen, eten. De eerste week gaat voorbij, op zaterdag om twee uur klokken ze uit. Liisa staat in de kleedruimte en vraagt wat Eivor 's avonds gaat doen, waar ze heen gaat.

Waar ze heen gaat? Nergens heen. Ze gaat slapen.

'Dat kun je in je graf nog doen', zegt Liisa. Maar meer zegt ze niet en Eivor komt er niet achter wat ze in gedachten heeft.

Wanneer ze heeft gekookt en even op bed ligt te rusten voor ze gaat afwassen, valt ze in slaap en wordt veertien uur later wakker, in dezelfde houding, volledig gekleed. Het is zondagochtend even na achten. Het weer is omgeslagen, de thermometer wijst vier graden aan.

Ze heeft zin om van haar eerste vrije dag te profiteren, ze voelt zich plotseling energiek. Nu zal ze er eindelijk achter komen hoe de stad eruitziet. Ze eet een boterham en drinkt een glas melk en na het verplichte half uur in de badkamer gaat ze naar buiten om de bus naar het centrum te nemen. Ze moet lang wachten aangezien het zondagochtend is en er op dit vroege uur weinig passagiers naar de stad gaan. Alleen een paar oude mensen die waarschijnlijk naar een van de kerken in de stad gaan. Ze stapt uit bij het busstation, waar het nog leeg is, en loopt naar de kiosk om kauwgum te kopen, maar die is nog niet open.

Wat moet ze nu doen? Waar moet ze beginnen? Dit is het Södra torget, dat is een goed uitgangspunt voor een ontdekkingstocht door de weversstad Borås. Hier komen 's ochtends de rode bussen aan met hun last van bleke, vermoeide passagiers die zich in verschillende richtingen verspreiden en door winkels en fabrieken worden opgeslokt. En hiervandaan keren ze 's middags terug naar de woonwijken aan de rand van de stad, nog net zo moe, net zo gejaagd. Aan de ene kant van het plein stroomt loom de Viskan, daarachter strekt het Stadspark zich uit rondom de oude witte schouwburg. Aan de andere kant van het plein zit een bioscoop, Saga, en in het gebouw ernaast tearoom Cecil. Eivor gaat de bioscoopaffiches bekijken. Ze heeft nog geen loon gekregen, pas komende donderdag kan ze verwachten dat voorman Hansson ook voor haar een plastic envelop heeft. Een envelop waar je de bankbiljetten vaag doorheen kunt zien, verleidelijk, eerlijk verdiend …

Eerder kan er van een bioscoopje geen sprake zijn, maar wat let haar om te kijken wat er draait?

On the Beach. Met Gregory Peck, Ava Gardner, Fred Astaire en lest best Anthony Perkins, de knapperd met de trouwe hondenogen. Ze wandelt door het centrum en telt zes bioscopen. Tjonge, elke avond de keus uit zes films! Ze wordt bijna vrolijk bij het idee. Hallsberg lijkt heel ver weg als ze hier loopt. Hoe heeft ze daar zo veel jaar kunnen wonen zonder te stikken?

Ze loopt naar het Raadhuis en naar het Stora torget en probeert erachter te komen of ze heimwee heeft of niet. Ze kan Elna en Erik in de keuken zien zitten, of misschien maken ze een zondagse wandeling. Als Erik niet aan het werk is, natuurlijk. O nee, daar is hij allang mee gestopt, hij werkt nu altijd overdag en hoeft nooit meer op zondag naar het rangeerterrein. Raar dat ze dat zo snel vergeet. Maar heimwee? Nee, op dit moment niet. Niet nu de stad en de straten zo leeg zijn. Nu voelt ze zich veilig en ze voelt zich ook met de dag meer thuis in de fabriek. Liisa is een fijne collega, ondanks haar wisselvallige humeur. Ze heeft zelf gezegd dat je op maandagochtend uit haar buurt moet blijven, want dan heeft ze meestal een kater. Maar ze heeft beloofd dat ze in ieder geval niet thuis zal blijven. Bovendien heeft ze geen geld en zijn er zo veel dingen die ze wil kopen.

Nee, alles gaat na een week al makkelijker. En wanneer Eivor bedenkt dat ze nu al geld tegoed heeft, dat ze elke middag dat ze naar huis gaat weet dat er weer wat geld opzij gelegd is om uiteindelijk in haar loonzakje te belanden, dan wordt die gedachte een gevoel van vrijheid. Natuurlijk gaat ze dit klaarspelen! Als ze nog wat meer gewend raakt aan de stad en aan de mensen die er wonen, zal ze ook wel bij Algots binnen kunnen komen. Ze kan immers naaien; Jenny Andersson heeft haar een getuigschrift gegeven waar menigeen jaloers op zou zijn. 'Een ijverige, nauwgezette en aanbevelenswaardige naaister.' Hoeveel meisjes hebben dat?

Veel gedachten, veel straten. Ze probeert de namen te onthouden. De Allégatan, die is groot, evenals de Stora Brogatan en de Lilla Brogatan. Daar is de markt en daar het donkere, weggedoken raadhuis met het politiebureau in de kelder. De Carolikerk en de Stengärdsgatan, die naar het heuvelachtige deel van de stad leidt. Daar staat het stadhuis, een hoog, witstenen gebouw. Wat is het verschil tussen het stadhuis en het raadhuis? vraagt ze zich af. Verder naar de Gustav Adolfkerk van geelrode baksteen, voorbij de meisjesschool en de bibliotheek, en daar staat de school voor hoger algemeen voortgezet onderwijs. En daarachter ... Nee, verder gaat ze niet, het ziet ernaar uit dat daar alleen nog villawijken zijn, grote huizen met grote tuinen. Daar zullen de ingenieurs wel wonen en de eigenaren van een fabriek als Kunstzijde, denkt ze. Terug naar het centrum, maar via een andere route, de Södra Kyrkogatan, oude, schamele huizen. Er is wel degelijk verschil. Ongeverfde, vervallen huurkazernes en dan die kolossale stenen villa's.

Ik vraag me af of ik ooit een voet in zo'n huis zal zetten, denkt ze. Als meid misschien. Zoals haar moeder vroeger bij die mensen in Sandviken over wie ze heeft verteld, die nazi's waren. Of de vrouw des huizes in ieder geval.

Hoe dat nou precies zat ...

Nee, je moet je beperkingen kennen en je plaats weten, dat is waarschijnlijk het beste. Laat hen maar in hun grote huizen wonen, zij is tevreden met het gehorige kamertje in de voorstad Sjöbo. Nog wel ...

Toen ze vier jaar geleden die noodlottige dag doorbracht met Lasse Nyman, was het alsof ze met een lans werd doorstoken en alsof alle dromen, heel het moeizaam geconstrueerde bouwwerk van ideeën over de toekomst, uit de wond wegstroomden. Alles wat ze had gehoord en gezien, gelezen en gedacht. Eerst wist ze wat ze niet wilde, en dat was geen slecht begin. Ze wilde niet in dezelfde situatie terechtkomen als haar moeder. Op haar achttiende of negentiende – wat was het? – met een kind opgescheept zitten. (Dan had ze nu al een kind van een jaar gehad.) Wonen in een saaie flat in het nog saaiere Hallsberg. Huisvrouw, een leven vol afwas en altijd een koekenpan op het vuur. De pan zou pas afkoelen als ze doodging.

Dat nooit. Weg van de stilstand op het platteland, ze wilde geen koe zijn die eeuwig op hetzelfde grassprietje blijft kauwen. Naar de stad, naar een goedbetaalde baan, een eigen leven. Hoe dat eigen leven eruit moet zien? Nou, zoals dit. Met een nieuw huis achter elke straathoek, en in elk huis nieuwe mensen die wachten tot zij hen ontdekt en hen steeds beter leert kennen.

En als droomprinsen in het echt niet bestaan, dan is er vast wel iemand te vinden die niet elke ochtend op een sukkeldrafje naar het rangeerterrein gaat.

Ze is nu al een stapje verder. De straat waarover ze loopt ligt in Borås, niet in Hallsberg.

Daar is de Allégatan weer, en nog een rondje door de stad. Er zijn meer mensen op de been, meer auto's. Zoals die Amerikaanse auto die koppig rondjes draait over het busplein waar ze weer op uit is gekomen. Ze loopt langs de Viskan op weg naar Algots' fabriek, waarvan ze weet dat die hier ergens moet zitten.

Opeens remt de grote Amerikaan naast haar af, hij blijft naast haar rijden en er wordt een raampje opengedraaid.

Wat moet ze nu doen? Ze kan niet zomaar wegrennen of in het vieze water springen. Een jongen met een bleek gezicht dat zo sprekend op dat van Lasse Nyman lijkt dat ze ervan schrikt, kijkt haar strak aan. Ze gaat sneller lopen, maar merkt dan dat de auto aldoor naast haar blijft en haar snelheid overneemt. Een draai aan het stuur en ze zit vast tegen het hek. Ze werpt een verlegen blik in de auto en ziet dat er minstens vijf personen in zitten, twee voorin en drie achterin. Wat willen ze eigenlijk? En natuurlijk stopt de auto net op dat moment, wanneer ze totaal niet weet wat ze moet doen, en ze bovendien moet oversteken om bij Algots te komen. Als ze rechtdoor loopt kan ze uiteindelijk wel in Varberg terechtkomen ...

'Hé, kom eens hier.'

Ze schudt haar hoofd en loopt door. Met een ruk is de auto weer bij haar.

'Ik wil even met je praten.'

'Nee', mompelt ze en ze merkt dat ze een kleur krijgt. Begrijpen ze niet dat het te vroeg is? Dat ze nog niet durft? Ze kunnen toch wel zien dat ze hier nog maar net woont? Zo blind kunnen ze toch niet zijn ...

'Je kunt toch wel wat zeggen! Kom es hier!'

Dan maakt ze rechtsomkeert en loopt terug in de richting waaruit ze is gekomen. En dat kan de Amerikaanse slee niet, want het is eenrichtingsverkeer.

Het laatste wat ze hoort voordat de motor loeit en de auto met gierende banden wegscheurt, is dat ze een verwaande troela is, een ingebeelde trut.

Ze loopt zo snel ze kan terug naar het busstation en ze heeft geluk, er staat een bus die naar Sjöbo gaat. Wanneer ze heeft betaald en is gaan zitten ziet ze de auto weer langs de Viskan rijden.

Op dat moment weet ze zeker dat ze nooit meer deze stad in zal durven gaan. Het eerste wat ze heeft bereikt op haar zondagochtendwandeling is dat ze vijanden heeft gemaakt, dat ze is uitgescholden ...

Terug naar huis. Als je het zo tenminste mag noemen. Voor het portiek heeft iemand 's nachts overgegeven, onverteerde braadworst met een heleboel mosterd en ketchup. In het trappenhuis ruikt het naar hondenpis en achter de dunne deuren schreeuwen kinderen en er dringen etensgeuren naar buiten. Als dit thuis moet voorstellen ...

Ze moet nadenken. Zo kan het niet verder. Waarom is ze niet blijven staan? Ze had naar de auto toe kunnen lopen om te vragen wat ze wilden – ook al wist ze het antwoord natuurlijk wel. In Hallsberg is ze toch ook al een keer meegevraagd door jongens uit Örebro die in zo'n grote auto rondreden, toen ze kauwgum had gekocht bij de stationskiosk? Waarom heeft ze niet geantwoord? Hoe moet ze zich hier redden als ze zo slap is? Hoe moet ze dan mensen ontmoeten?

Ze heeft gezien hoe een oude man werd vermoord, ze is door een moordenaar verkracht op de achterbank van een gestolen Saab. En zij loopt weg voor een paar jongens in een auto die haar midden in een stad aanspreken op een onschuldige zondagochtend ... Zij een ingebeelde trut?

Het is haar eigen schuld en die van niemand anders!

En het gevolg is dat ze hier binnen zit te mokken terwijl ze nog niet eens heeft gezien of de fabriek met het in heel Zweden beroemde bord van het Algotsconcern boven de poort er echt staat.

Nee, ze moet wat moediger worden, anders kan ze net zo goed haar koffers pakken, teruggaan naar Hallsberg en weer aan het werk gaan bij Jenny Andersson. Als ze niet eens iets kan zeggen tegen een paar van die jongens heeft ze in de wereld niets te zoeken.

Een boerentrien.

Maandagochtend. Sirkka Liisa Taipiainen heeft een vreselijke kater, net zoals ze had voorspeld. Haar ogen zijn rood en ze zucht en kreunt. Maar ze heeft een goed humeur, in de ontbijtpauze vermaakt ze Eivor met een verslag van haar belevenissen. Eerst heeft ze gedanst in het Park en toen is ze naar een feest geweest in Rävlanda, Joost mag weten waar dat ligt. Maar het was wel erg leuk!

'En jij?' vraagt ze.

'Ik ben thuisgebleven', zegt Eivor ontwijkend. Liisa kijkt haar ongelovig aan.

'Ik heb zelf in zo'n krot gewoond', zegt ze. 'Godsamme ... Je bent thuisgebleven omdat je niets anders te doen had. Omdat je hier in Borås niemand kent. Toch?'

Eivor knikt.

'Volgende zaterdag ga je met mij mee, verdomme.'

'Waarnaartoe?'

'Dat weet ik niet. Het is nu nog maar maandag.'

En daarna, als een sombere bevestiging van het feit dat het inderdaad maandag is: 'Ik zou naar Finland terug moeten gaan. Wat doe ik hier in Borås?'

'Waarom ga je dan niet terug?'

'Daar is geen werk. En hier wel. En nu moeten we opschieten. Jij moet opschieten. Ik ben vandaag tot niets in staat ...'

De pauze is altijd zo om en de gesprekken worden abrupt

afgebroken. Op de trappen krioelt het van de mensen, het gedreun verwelkomt hen en slokt hen op. De ene machine na de andere. Eivor werkt en zwoegt en vloekt wanneer er een draad breekt. Axel Lundin schreeuwt iets in het oor van voorman Svanslös, die zijn hoofd schudt. In zijn deel van de hal is Moses in een razend tempo kousjes aan het vervangen. Hij lijkt wel een inktvis met acht armen, verschillend gekleurde kousjes vliegen door de lucht. Af en toe slaat hij boos naar onzichtbare vliegen. Het duurt even voordat Eivor begrijpt dat hij astma heeft en dat hij naar het stof slaat. Af en toe komen er ingenieurs in witte jassen de hal door lopen, het zijn net gehaaste dokters die snel een ronde lopen langs de machines. Liisa laat geen van die witte schaduwen passeren zonder hun een krachtige vloek mee te geven. Dan knikt ze tevreden naar Eivor en ploetert woedend verder met haar weerspannige rollen.

Ik twijn, denkt Eivor. Een miljoen meter per dag. Op een dag word ik nog eens in een machine getrokken en met de draden mee getwijnd.

Maar zo lang zal ze hier niet blijven.

Het is zoals het is. Na twee weken heeft Eivor twee gedachten in haar hoofd: donderdag is het weer betaaldag, en: ik ga hier zo snel mogelijk weg. Het werk is routine en ze begint de eigenaardigheden van de machines te kennen. Ze weet welke ze niet moet nemen, welke dwars en traag is. Welke te ver weg staat, welke … Dat kan ze nu wel dromen.

Het is zaterdag. In de kleedruimte prikt Liisa met haar vinger in Eivors borst.

'Om zes uur bij mij.'

'Ik weet toch niet waar je woont?'

'Dan moet je op het plein gaan staan roepen. Dan komt er wel politie of iemand anders die je vertelt waar ik woon.'

'Dat kan toch niet?'

'Natuurlijk niet! Engelbrektsgatan 19. Aan de binnenplaats. Kun je dat vinden?'

Ja, Eivor is op haar afgebroken zondagwandeling nog door die straat gekomen.

'Ja', zegt ze.

'Als je niet komt, ben je nog niet jarig. We gaan naar het Park. Dag.'

En weg is ze. Gejaagd door de wind.

Liisa deelt een ouderwetse tweekamerflat in een oud, vervallen flatgebouw met een ander Fins meisje, Ritva. Terwijl Eivor in het donkere trappenhuis naar het lichtknopje tast, hoort ze 'Blueberry Hill' van Fats Domino door de muren dringen. Liisa en Ritva wonen op de begane grond, hun namen staan op een blaadje gekrabbeld dat met een punaise vastzit. De bel doet het niet en wanneer er niemand opendoet, bonst Eivor op de deur. Liisa doet open met een glas in haar hand.

'Hoi', roept ze. 'Welkom in dit gekkenhuis. Kom binnen ...'

Liisa en Ritva drinken brandewijn en sinas. Ze zitten in Ritva's kamer, want Ritva heeft een bed dat overdag als bank dienst kan doen. Het behang is verschoten en vlekkerig en de meubels zijn eenvoudig, maar toch merkt Eivor meteen dat hier geleefd wordt. Het is geen onpersoonlijke, dooie boel zoals in Sjöbo.

Ze maakt kennis met Ritva, die even oud is als Liisa. Maar daar houden alle overeenkomsten op, Ritva is mollig en heeft halflang blond haar. Ze werkt in de confectie bij een fabriek die Lapidus heet en ze woont al ongeveer even lang in Borås als Liisa.

Een kleine grammofoon met een luidspreker in het deksel staat op een krukje naast de bank en op de vlekkerige mahoniehouten tafel ligt een stapel singles en ep's verspreid. Hoezen ziet Eivor niet. De naald krast en het volume staat op maximaal.

Midden in de kamer staat een elektrisch kacheltje te gloeien. Liisa schenkt een glas in en geeft het aan haar.

'Proost', zegt ze.

Het is sterk spul en Eivor huivert wanneer ze een slok heeft genomen. Maar de beide anderen lijken niet te merken dat ze het niet gewend is, want op hetzelfde moment blijft 'Blueberry Hill' hangen. De plaat belandt in de stapel op het tafeltje en Ritva pakt een nieuwe en legt die op de draaitafel zonder te kijken wat het is. Een gele plaat, 'Living Doll' van Cliff Richard.

Het wordt zeven uur. Bij de longdrinks beginnen Ritva en Liisa over de plannen voor hun kostbare zaterdagavond. Ze hebben geen van beiden vaste verkering, zoveel kan Eivor wel uit hun gesprek opmaken, ook al vliegen er verschillende mannennamen heen en weer. Ze nipt van haar glas en probeert het ontstaan van het aanvalsplan van die avond te volgen. Maar het lijkt allemaal al vast te staan. De vraag is eigenlijk alleen nog of ze eerst naar Cecil zullen gaan om te kijken of daar iemand is met wie ze kunnen meerijden naar het Park. Anders moeten ze met de bus.

Cecil of niet. Ten slotte geeft de klok de doorslag. Het is laat geworden, laat Cecil maar zitten. Ze kammen en borstelen hun haar; lippenstiften en zakspiegeltjes gaan heen en weer over de tafel.

'Is het goed zo?' vraagt Liisa aan Eivor.

Ze knikt. Tot haar opluchting merkt ze dat ze zelf niet zo ver afwijkt. Haar make-up is in grote lijnen hetzelfde en haar kleren ook. Een blouse of een truitje en een plooirok.

Het Park ligt op de weg naar Sjöbo. Eivor heeft het gezien toen ze er met de bus langs kwam. Het is druk in de danshal, ze betaalt entree en krijgt een rare stempel op haar hand wanneer ze de reus van een portier passeert die de kaartjes inneemt. De stempel is alleen zichtbaar wanneer je je hand onder een lamp met een spookachtig blauwwit licht houdt.

Een rare wereld …

Alles wat ik hier doe is een test, denkt Eivor. Een proef die ik moet doorstaan. Zal dat lukken? Met wie moet ik dansen, wie moet ik afpoeieren? Waar moet ik staan, waar moet ik zitten? Wat moet ik zeggen, wanneer moet ik mijn mond houden? Wat is goed en wat niet, juist of onjuist, waar of niet waar …

Ze is een beetje duizelig van de brandewijn, maar niet zo erg als Ritva en Liisa. Die zijn zo dronken dat ze scheef stappen. Ritva heeft het laatste restje brandewijn bij zich, ze heeft de fles in haar tas. Ze zijn op weg naar de dames-wc om die leeg te drinken, wanneer Eivor opeens ten dans wordt gevraagd.

'We zien elkaar hier weer', roept Liisa en dan zijn zij en Ritva in het gedrang verdwenen.

De man die haar heeft gevraagd, is minstens vijftien jaar ouder dan zij. Hij heeft dun haar en ruikt naar bier, maar lijkt niet opvallend dronken. En wat die geur betreft – is het soms beter om naar brandewijn te ruiken? Nee, ze kan geen reden verzinnen om hem af te poeieren, dus ze loopt achter hem aan naar de stampvolle dansvloer. Er wordt een langzaam nummer gespeeld, hij drukt zich tegen haar aan, ze voelt zijn baardstoppels prikken en ze ruikt zijn zweet, maar ze probeert er geen aandacht aan te schenken en doet haar best hem te volgen.

'Het is hier leuk', zegt hij tussen de dansen door.

'Ja', zegt Eivor.

'Maar vorige zaterdag was het beter.'

'Ja. Veel beter.'

En dan begint de muziek weer, 'Twilight Time'.

Aan het plafond hangt een grote zilveren bol die glinstert in het licht van onzichtbare schijnwerpers. Het is vol en rommelig, ze wordt heen en weer geduwd door de man die niet zo heel goed kan dansen. Dat ergert haar, maar stemt haar aan de andere kant ook tevreden; er zijn dus mensen die slechter dansen dan zij. Zij heeft samen met haar vriendinnen uit Hallsberg op dansles gezeten. Een van die vriendinnen was Åsa, die naar de middelbare school in Örebro is gegaan en die ze toen uit het oog is verloren. Toen Eivor in diezelfde stad werkte, in het naaiatelier, zaten ze weleens samen in de trein, maar toen hadden ze al niets meer om over te praten. Als volkomen vreemden zaten ze tegenover elkaar, er was niets meer wat hen bond. Åsa zal inmiddels wel eindexamen hebben gedaan. Tja, dat is haar leven, als ze daar gelukkig van wordt …

De dans is afgelopen, hij vraagt of ze nog verder wil dansen, maar ze zegt verontschuldigend dat ze naar haar vriendinnen toe moet en hij volgt haar naar de trap die vanaf de dansvloer omhoog voert. Maar voordat ze Liisa en Ritva heeft gevonden, wordt ze weer gevraagd en zo gaat het tot aan de pauze door. Dan pas vindt ze Liisa, die aan een tafeltje zit te praten met een Finse jongen.

'Heb je Ritva gezien?' roept Liisa.

'Nee?'

'Ik ook niet. Ben je de hele tijd aan het dansen?'

'Ja, bijna wel.'

'Nou, zie je wel!'

'Wat?'

'Het verschil tussen uitgaan met mij en thuiszitten.'

'Ja.'

Liisa hervat het gesprek met haar vriend. Ze praten Fins en Eivor verstaat er geen woord van. Ze gaat naar het damestoilet om haar make-up bij te werken. Bovendien moet ze nodig plassen. In het toilet is het druk en rommelig. Een meisje heeft overgegeven en maakt net haar gezicht nat onder de kraan. Ze lijkt geen controle meer over zichzelf te hebben, haar knieën knikken. Eivor vindt dat ze bijna eng bleek ziet. Hoe kan ze zo veel drank hebben binnengekregen en wie heeft haar hier in vredesnaam mee naartoe genomen? Ze werpt een haastige blik in de spiegel, verschikt iets aan haar kapsel en gaat het toilet uit. Op dat moment begint het orkest van Sven Eriksson weer te spelen en ze wordt meteen gevraagd. Met de jongen die nu zijn hand op haar schouder legt, heeft ze eerder op de avond ook al gedanst. Hij is lang en mager, heeft een zwartglimmende kuif en bijna onnatuurlijk witte tanden wanneer hij lacht. Zo vreselijk goed danst hij niet, maar hij knijpt haar in ieder geval niet fijn en hij houdt zijn handen waar ze horen, hij zit nooit onder haar taille te friemelen.

Wanneer de dans afgelopen is, vraagt hij of hij haar iets mag aanbieden en dat vindt ze goed.

'Ik heet Tom', zegt hij wanneer ze een paar lege stoelen hebben gevonden en met hun Coca-Cola hebben plaatsgenomen.

'Eivor.'

'Kom je hier vaak?'

Ze geeft eerlijk antwoord, het moet er toch een keer van komen. Nee, ze is hier nooit eerder geweest. Hij vraagt en zij vertelt, over Kunstzijde, over Liisa, over Sjöbo. Maar wanneer hij vraagt waar ze vandaan komt, maakt ze er Örebro van. Hallsberg stelt te weinig voor. Maar wat doet Tom dan, met zijn onwaarschijnlijk witte tanden? Nou, hij woont in Skene, dat ligt in de buurt van Borås, daar werkt hij in de garage van zijn vader. Hij is twintig en gaat elke zaterdag naar het Park, soms 's woensdags ook nog.

'Hou je van sport?' vraagt hij.

'Ik weet het niet. Hoezo?'

Hij wil vertellen van een van de grootste belevenissen uit zijn leven. Twee jaar geleden, in Hindås, halverwege Göteborg en Borås. Daar had Brazilië zijn hoofdkwartier tijdens het wereldkampioenschap voetbal. En toen was hij daar, hij had een vakantiebaantje in het hotel waar ze logeerden.

'Ik heb al hun handtekeningen', zegt hij. 'Van Pelé, Garrincha, Didi, Vava ... allemaal.'

Natuurlijk weet ze dat het wereldkampioenschap voetbal toen in Zweden werd gehouden. Erik luisterde ernaar op de radio. Volslagen achterlijk is ze niet. Ingmar Johansson is ook geen onbekend fenomeen. Maar die Braziliaanse namen die hij noemt, zeggen haar niets.

'Er zullen er niet veel zijn die dat hebben', mompelt ze.

'Nee', antwoordt hij. 'Dat zijn er niet veel.'

Ze blijven die avond met elkaar dansen, aan het eind steeds dichter bij elkaar, maar niet zo close dat Eivor het onplezierig vindt. En het is niet zo dat hij zijn handen niet thuis kan houden.

Wanneer de laatste dans afgelopen is, kan Eivor Liisa en Ritva niet vinden, en na enige aarzeling zegt ze ja wanneer hij aanbiedt haar thuis te brengen. Ze vindt niet dat ze ergens bang voor hoeft te zijn, hij lijkt immers niet zo'n drammer.

Hij heeft een Amazon waar hij duidelijk veel werk en liefde in heeft gestoken. Hij glimt helemaal, de stoelen zijn met rood pluche bekleed en in de auto ruikt het naar aftershave.

'Ik weet de weg hier in de stad', zegt hij. 'Geef me het adres maar.'

Hij blijft voor haar flat staan, hij is er in één keer heen gereden, zonder te aarzelen over de route.

'Mag ik mee naar boven?' vraagt hij.

'Nee', antwoordt Eivor.

'Zullen we voor morgen afspreken? Naar de film?'

'Ja …'

'In Skandia draait er een die wel goed schijnt te zijn. een Duitse film, *Das Todesschiff.* Met hoe heet hij ook weer …'

'Horst Bucholz?'

'Ja, precies. Die. Ik kan je hier ophalen. Of we kunnen in de stad afspreken.'

'Dat liever.'

'Bij Cecil?'

'Goed.'

'Zullen we naar de vroege of de late voorstelling?'

'Dat maakt mij niet uit.'

'Naar de late dan? Dan kunnen we eerst koffiedrinken. Om zeven uur?'

'Ja.'

'Zal ik je echt niet komen ophalen?'

'Ik kom naar de stad.'

Waarom ze niet wil worden opgehaald weet ze niet goed. Om niet al te geïnteresseerd te lijken, om hem een beetje op een afstand te houden? Dat zal het wel zijn …

Cecils tearoom zit in het pand naast de Sagabioscoop. Op de trap naar het restaurantgedeelte struikelt Eivor en ze krijgt een blauwe plek bij haar slaap. Dat is geen geslaagd begin van de avond. Even blijft ze op de trap staan en ze vraagt zich af of ze niet beter naar huis kan gaan, maar dan komen er mensen de trap af. Ze kan daar niet blijven staan dralen en loopt dus maar door naar boven.

Het is duidelijk een soort stamcafé voor jongeren. Het is in ieder geval een plaats waar Eivor zich meteen thuis voelt. De jeugd die daar zit, ziet eruit zoals zij, ze dragen leren jacks en lange broeken met smalle pijpen, truitjes met een hoge hals over strakgespannen bh's, zijn geblondeerd en opgemaakt, en hebben zwarte ogen en roze monden. Een jukebox jengelt, Elvis natuurlijk – 'King Creole', die plaat heeft ze zelf ook – en ze kijkt om zich heen door het lokaal of ze Tom de automonteur ook ziet, maar hij is er kennelijk nog niet, en op de klok aan de muur ziet ze dat het nog maar tien voor zeven is. Nadat ze een kop koffie heeft besteld gaat ze aan een tafeltje zitten en haalt een pakje sigaretten tevoorschijn. Ze rookt niet vaak, ondanks al haar pogingen heeft ze de smaak nog steeds niet leren waarderen. Maar vandaag kon ze de verleiding niet weerstaan om een pakje John Silver te kopen.

De koffie is lauw en de sigaret smaakt net zo vies als altijd. Het wordt zeven uur en nog wat later, maar geen Tom te zien. Een paar minuten te laat moet kunnen, of je nu uit Skene komt of uit Stockholm-Zuid, denkt ze. Nooit te geïnteresseerd lijken, hoezeer je dat ook bent. Meisjes moeten wachten en Eivor is natuurlijk geen uitzondering. Het is warm en tamelijk rumoerig in het lokaal, de jukebox speelt de ene na de andere plaat, en hij zal toch in ieder geval wel op tijd komen voor de film. Hoelang duurt het om naar Skandia te lopen? Vijf minuten als je stevig doorloopt en de route langs de Viskan volgt, meer niet ... Doe rustig aan, Tom uit Skene, ik zit hier nog wel even ...

Maar hij komt niet, het wordt half acht, acht uur. Een uur.

Hij heeft haar laten zitten, ze is gewogen en te licht bevonden! Ze is niet boos of beledigd, alleen maar verdrietig. Waarom komt hij niet? Was ze zo afwijzend gisteravond, een meisje dat niet wil, maar de deur dichtslaat als een gepantserde poort, een saaie trien ...

Verdomme, na tien, elf dansen in het Park kun je toch niet iedereen binnen vragen? Of kan dat wel, moet dat kunnen?

Weer fout, dus. Gewogen en te ...

Misschien heeft ze het allemaal verkeerd begrepen? Hadden ze misschien voor de bioscoop afgesproken? Ze was gisteravond immers zo duizelig en moe dat ze misschien wel vergeten is wat ze eigenlijk hadden afgesproken. Als de gesmeerde bliksem erheen! Tien minuten voor de film begint, komt ze hijgend bij de bioscoop in de Brogatan aan. Maar in de foyer is hij niet. De reclame is al begonnen, Colgate ... Ze koopt een kaartje; misschien ziet hij haar wanneer ze naar binnen gaat. Maar niemand wenkt of roept haar wanneer ze tastend een plaatsje zoekt in de donkere zaal. Ze gaat aan het eind van een rij zitten, er is genoeg plaats en wanneer de film een half uur bezig is, begrijpt ze waarom, want er is niks aan, zelfs Horst Bucholz is niet eens goed. Niet spannend, niet romantisch en niet brutaal. Gewoon slecht!

Het is koud wanneer ze naar de bushalte loopt. Wat een mislukking. Als ze maar wist waarom hij niet is gekomen, dan kon ze het wel accepteren. Het niet te weten is erger, dan zou ze nog liever bevestigd krijgen dat ze zo'n vreselijk saaie troela is dat ze niet eens goed genoeg is om mee naar een slechte Duitse film te gaan.

De bus is al weg, het duurt een half uur voor de volgende komt. Om niet te verkleumen begint ze te lopen en zonder dat ze erover heeft nagedacht, in ieder geval niet bewust, staat ze plotseling naar het grote bord van Algots te kijken dat aan een rode bakstenen gevel hangt. Ook al is het zondag, toch wordt er volop gewerkt in het gebouw. Eivor ziet schaduwen bewegen achter de ramen.

Hier wil ze naartoe, bedenkt ze. Hier en nergens anders. Hier worden kleren gemaakt, geen garens voor rubberbanden. Hier kan ze laten zien hoe handig ze is met de naaimachine, misschien kan ze in de toekomst zelfs wel meehelpen met het ontwerpen van de kleren die gemaakt worden ...

Ze loopt snel terug naar het busstation om de bus niet weer te missen, het is de laatste. En ze hoeft ook niet op de donkere straat te blijven staan om naar de fabriek te kijken. Ze weet het nu ...

Ze gaat op een holletje terug naar het busstation, langs de brouwerij, en ze is net op tijd voor de deuren dichtgaan.

Tom is onderweg verdwaald, de film was waardeloos, maar Algots staat waar het moet staan ... En morgen is het weer maandag. Ze zal Liisa om raad vragen. Waarom beult ze zich af bij Kunstzijde? Kan ze soms niet naaien? Wil ze niets met haar leven? Frisdrank en sterkedrank op zaterdag is toch niet genoeg? Zelfs niet voor een Finse met een grote mond.

De kou is moordend, de tijd dringt. Over een week moeten Eivor en Liisa in drieploegendienst werken, heeft voorman Svanslös laten weten. Dan verdienen ze meer, maar de keerzijde is dat ze dan wel regelmatig midden in de nacht op moeten.

Ook aan de maandag komt een eind en meteen na het werk snelt ze naar de warenhuizen. Vandaag gaat ze iets kopen. Tempo zit met één hoek aan het Stora torget, Epa aan de ene lange kant van het plein en Domus zit verderop, aan de Brogatan. Ze begint bij Tempo, ze kijkt naar kleren en schoenen, blijft een hele poos op de parfumerieafdeling, ze kijkt en vergelijkt. Er zijn zo veel dingen die ze wil hebben, die schoenen, die broek, misschien ook dat truitje. Eens even kijken of Epa goedkoper is, misschien scheelt het een paar kronen. Epa heeft ook veel aanlokkelijks, ook al lijkt het meeste op wat ze net bij Tempo heeft gezien. Maar er is wel verschil, de kleur is het net niet helemaal, de snit van de rok had net iets spannender gekund ...

Maar dat ene truitje. Geel met zilveren draden erin …

'Kan ik helpen?'

De verkoopster is van haar leeftijd, vriendelijk, maar verveeld.

'Ik kijk nog even rond', mompelt Eivor.

'Ga je gang.'

Tweeënveertig kronen voor dat truitje! Een kwart van haar loon, maar het is het geld misschien wel waard …

Maar voor ze een besluit neemt, wil ze ook nog bij Domus kijken. En natuurlijk is daar ook veel wat haar aanspreekt. Maar dat truitje! Ze gaat terug naar Epa, de verkoopster schijnt al niet meer te weten dat ze hier net ook was.

'Kan ik helpen?'

'Heb je deze in mijn maat?'

'Ja hoor. Wil je hem passen?'

Achter een gordijn komt ze tot de ontdekking dat het truitje zijn geld waard is. Het past perfect, en maakt haar prettig genoeg een paar jaartjes ouder. Als ze met dit truitje aan naar de slijterij zou gaan, zouden ze haar misschien wel iets verkopen. En dat voor maar tweeënveertig kronen.

De verkoopster steekt haar hoofd om de hoek.

'Staat je goed.'

'Ja … Ik neem hem.'

Ze betaalt, krijgt een tasje mee en tot slot van deze overweldigende middag eet ze in de stad. In het restaurant van Tempo, om de concurrentie ook wat te gunnen. Gehaktballen. Brood en melk zijn bij de prijs inbegrepen. Op weg naar de bus loopt ze een tabakswinkel binnen om briefpapier, een envelop en postzegels te kopen – en *Bildjournalen*. Het tijdschrift is voor haarzelf, het briefpapier voor Hallsberg. Ze vragen zich natuurlijk af waarom ze nog niets van zich heeft laten horen …

Wanneer ze naleest wat ze heeft opgeschreven, in elkaar gedoken op het bed, vindt ze het bijna een gênante brief. Het gaat allemaal goed, met het werk, haar flat, Liisa, de stad, de winkels. Het is niet waar, maar ook niet gelogen. En ze moet hen toch geruststellen. Ze redt zich wel, daar hoeven ze niet over in te zitten. En waarom zou ze schrijven over brandewijn en sinas en over ene Tom die niet is komen opdagen? Wat niet weet, wat niet deert, en zij was niet dronken. Ook niet nuchter, maar ... Nee, deze brief doet ze gewoon op de bus. Groeten aan de kat, Eivor.

Dinsdag. Weer een werkdag, huiverend probeert Eivor op de thermometer voor het raam te kijken, maar ze kan haar ogen nauwelijks openhouden. Terug naar Kunstzijde, naar de machines, die jankende honden die nooit genoeg hebben, uitgehongerd door de draden die al het voedsel uit hen halen, als eindeloze lintwormen. Hetzelfde als altijd.

Nee hoor, helemaal niet. Want bij de prikklok staat voorman Svanslös boven het lawaai uit te schreeuwen dat er een kleine dip is bij de spinnerij. Daarom worden ze vandaag per uur betaald, misschien morgen ook en misschien wel de hele week ...

Er barst een storm van protesten los en hij trekt zich snel terug in zijn glazen hokje. Maar Liisa gaat achter hem aan en ze trekt Eivor mee. Even later komen ook de magere Evald Larsson en Viggo Wiberg binnen. Maar hun protesten mogen niet baten, voorman Svanslös heeft directe bevelen gekregen van de hoofdingenieur. Er zijn opeens veel minder orders binnengekomen.

'Dat is wel heel erg onverwacht, als het in één nacht is gebeurd', zegt Evald Larsson en hij kauwt op zijn onderlip.

'Ik geef gewoon door wat hoofdingenieur Levin heeft gezegd.'

'Dat zal best. Maar dit is onaanvaardbaar.'

'Nu moeten jullie aan het werk. Ik kan hier niets aan doen.'

'Bel de vakbondsman.'

'Jullie kunnen nu toch geen vakbondsvergadering houden onder werktijd?'

'Nee, maar hij moet naar de kantine komen als wij ontbijtpauze hebben. En als het een beetje uitloopt, dan moet je dat maar goedvinden.'

'Nee, dat kan ik ...'

'Verdomme, man, dat kun je heus wel', valt Liisa hem in de rede.

In het glazen hokje en erbuiten verdringen de twijnarbeiders elkaar. Alleen Moses werkt onverstoorbaar verder. De kousjes wervelen in het rond en hij krijgt stof in zijn keel. Hij heeft uitsluitend oog voor zijn kousjes, hij staat al bijna duizend jaar bij die tafel ...

Vakbondsman Nilsson komt hijgend van de ververij. Hij heeft zwarte handen en zijn dunne, grijze haar staat alle kanten op. Hij belandt meteen midden in de verontwaardigde massa en dan komt het verbijsterende feit aan het licht dat hij niet eens op de hoogte is gesteld, ook al is hij de hoogste vakbondsman in de hele fabriek.

'Dit pikken we niet', brult iemand recht in zijn oor.

'Nee', antwoordt hij. 'Maar wacht even, dan probeer ik Levin te pakken te krijgen om te horen wat de bedoeling is.'

'Zeg maar tegen hem dat ze ons gewoon stukloon moeten betalen.'

'Ja, verdomme. Schreeuw niet zo. Ik hoor het wel.'

Nilsson stuift weg en ze kunnen gaan ontbijten.

'Waarom gaat dit zo?' vraagt Eivor.

'Omdat de ingenieurs denken dat ze met ons kunnen dollen.'

'Dollen?'

'Ja, hoe zeg je dat anders? Evald, hoe heet dat?'

'Ze bedoelt dat ze denken dat ze alles maar met ons kunnen doen', zegt Evald tegen Eivor. 'Zit jij trouwens al bij de vakbond, meisje?'

De knorrige Larsson, die bij elk ontbijt minstens drie koppen zelfgemaakte chocolademelk drinkt, vraagt het rustig, maar Eivor vermoedt dat het een dringend advies is. Dus antwoordt ze eerlijk van niet. Nee, ze is geen lid. Niemand heeft er nog naar gevraagd. Niemand heeft haar iets verteld.

'Je moet lid worden van de afdeling Textiel', zegt hij. 'We kunnen geen ongeorganiseerde mensen gebruiken. Want het is toch niet zo dat je morgen alweer weg bent?'

'Nee, niet bepaald.'

'Ik zal het tegen Nilsson zeggen.'

In de middagpauze vertelt vakbondsman Nilsson dat hij met veel pijn en moeite toegang heeft gekregen tot de heilige directiekamer waar onder anderen hoofdingenieur Levin zetelt. Het kan beslist niet anders: geen stukloon totdat de productie weer normaal is. En ze verwachten dat dat heel binnenkort het geval zal zijn.

Dat kan de vakbondsman de medewerkers van de twijnerij meedelen.

'Dan moeten we er maar bij gaan zitten', zegt Evald somber.

'Dat kan ik je niet aanraden', zegt de vakbondsman al even somber.

Een moeilijke situatie voor Nilsson: onwettige acties waarvan hij in zijn hart heel goed weet dat die misschien het enige zijn wat helpt. De arbeidsrust is een verbijsterend, heilig verklaard verschijnsel. Op de werkvloer ziet de madonna er anders uit.

'Kunnen jullie het niet tot morgen aanzien?' smeekt hij. 'Levin heeft immers gezegd … Wacht ten minste tot morgen, dan heb ik nog wat tijd om uit te zoeken wat er eigenlijk aan de hand is.'

Maar daar komt hij nooit achter. Dat is een geheim dat binnen de muren van de directievertrekken blijft, ver van het oorverdovende lawaai van de machinehallen. Want het wordt niet passend gevonden dat de arbeiders te weten komen dat twee lopende contracten zomaar opeens zijn opgezegd. Dat is een probleem voor de directie en niemand mag denken dat ze niet ijverig en met vaste hand regeren. Bovendien kan het geen kwaad om de arbeiders af en toe hun stukloon af te pakken en hen murw te maken voor de CAO-onderhandelingen ... In de vertrekken heerst een openheid die niets anders is dan vermomde geheimzinnigheid. Tussen hoofdingenieur Levin en de jonge Eivor Maria Skoglund, geboren in Sandviken en getogen in Hallsberg, bevindt zich een verticale schacht met dwaalwegen. Een labyrint voor haar, een machtsstructuur voor hem. Ze weet wie hij is, ze weet in ieder geval hoe hij heet, maar voor hem is zij gewoon iemand in wie de actieve personeelschef zijn klauwen heeft geslagen ...

Hoofdingenieur Levin krijgt 's middags te horen dat er gemord wordt bij de twijnerij. Hij geeft onmiddellijk aan de salarisadministratie door dat iedereen die meedoet, gekort wordt, voorman Hansson moet in de gaten houden of er geen onschuldigen de dupe worden. Moses staat er natuurlijk buiten, die is als gewoonlijk druk in de weer met zijn kousjes. Dat hij er niet stapelgek van wordt ... Iemand van de salarisadministratie die een beetje kan optellen zou eigenlijk eens moeten uitrekenen hoeveel kousjes die man eigenlijk in zijn handen heeft gehad al die jaren.

Hoofdingenieur Levin is zevenendertig jaar oud. Hij is iemand die met zijn tijd meegaat en de technische ontwikkelingen in de industriële wereld volgt. Hij begrijpt welke producten de toekomst hebben en welke overboord gezet gaan worden en het niet zullen halen.

Neem nou Kunstzijde. Over een jaar of zes, zeven zal hij naar een andere baan moeten omzien, want dan duurt het hoogstwaarschijnlijk nog maar een paar jaar voordat Kunstzijde de deuren gaat sluiten. Dat weet hij nu al. Dus wanneer de waarschuwingssignalen eenmaal opduiken als onplezierige verrassingen voor de arbeiders, dan hebben hij en de andere ingenieurs al voor hun eigen hachje gezorgd. Zo is het, zo is het altijd geweest en als het aan hem ligt zal het zo blijven. De wereld draait het rustigst zonder onnodige afwijkingen van het principe dat wie het eerst komt, ook het eerst maalt.

Het laatste uur van de werkdag gaan ze erbij zitten, ze maken alleen de machines af waar ze mee bezig zijn. In een hoek van de machinehal staan een paar grote pakken met stof voor nieuwe kousjes en afval van afgekeurde exemplaren. Het is de enige zitplaats die er is, afgezien van de toiletten, waarvan de deuren natuurlijk niet op slot kunnen. Op die balen stof gaan ze zitten, de machines redden zich wel. Voorman Hansson loopt onrustig rond, hij schudt zijn hoofd alsof hij getuige is van een diep immorele handeling. En dat is het in zijn ogen ook.

Vakbondsman Nilsson komt met een vuurrood hoofd aanrennen. Het zint hem ook niet, het betekent alleen gescheld van Levin en die kerel kan zo schelden dat Nilsson ervan moet blozen ...

'Jullie hadden toch wel tot morgen kunnen wachten', zeurt hij.

Evald Larsson schudt zijn hoofd.

Maar dan wijst hij naar Eivor.

'Hier heb je iemand die lid wil worden', roept hij. 'Het is jouw taak om ervoor te zorgen dat de nieuwelingen hun bijdrage betalen.'

'Ja, ja, verdomme ... Hier is immers zo veel verloop dat ik dat niet bij kan houden.'

Veel verloop? Opeens hoort ze de woorden van de personeelschef tijdens haar eerste ontmoeting met hem weer in haar oren galmen. Hij had het over weinig verloop. Hoe valt dat te rijmen? En waarom werken ze niet?

Dit moet Liisa me uitleggen, denkt ze. Dit wil ik begrijpen.

Als je Liisa te spreken wilt krijgen, die altijd snel weg wil uit de kleedruimte wanneer de werkdag eindelijk voorbij is, moet je vastbesloten zijn, haar bij de arm pakken en haar geen kans geven om moeilijk te doen.

'Ik heb geen tijd', zegt ze.

'Wat moet je dan doen?'

'Nou ja …'

'Ik trakteer op koffie.'

'Bij Cecil?'

'Daar is het zo druk. Hebben ze geen koffiehoekje in het cultureel centrum?'

'Daar ben ik nog nooit geweest.'

'Ik ook niet. Kom mee.'

Koffie met koeken en koffiebroodjes.

'Hoe gaat het?' vraagt Eivor wanneer de schaal leeg is. 'Krijgen we weer stukloon?'

'Dat zullen we morgen zien. Die hufters.'

'Kun je het me niet uitleggen?'

'Nee. Maar ik kan je van mijn opa vertellen.'

Er zijn altijd momenten in het leven waarop mensen veranderen. Zoals Liisa nu ze het over haar opa heeft. Dan wordt haar stem zacht en kijkt ze Eivor aan alsof ze een verre herinnering ziet. En dat is ook zo. Haar opa is haar knoestige wortel ver weg in Finland. Ze heeft van hem en van zijn leven geleerd om alles te wantrouwen op het gebied van hoofdingenieurs en konkelende voormannen. Ook al zijn de tijden veranderd, toch gelden de woorden van Olavi Taipiainen voor haar nog steeds.

'Wat weet je van Finland?' vraagt ze.

'Niet veel', antwoordt Eivor. 'Bijna niets. De vlag is blauwwit.'

En dan vertelt Liisa. Hoeveel Eivor ervan begrijpt is onduidelijk, Liisa maakt de gebruikelijke vergissing om meer kennis bij de luisteraar te veronderstellen dan deze heeft. Maar wanneer ze eenmaal op gang is, is ze niet te stoppen of te onderbreken.

'Mijn opa', zegt ze, 'heet Olavi en hij is geboren in 1889. En wanneer je bedenkt wat hij in zijn leven heeft meegemaakt, is het een wonder dat hij nog leeft. Toen hij negen jaar oud was werkte hij van 's ochtends zes tot 's avonds acht uur in een fabriek in Tammerfors. Zijn vader had een pachtboerderij op enkele tientallen kilometers van Tammerfors, en daarom woonde hij in een ... *asylmi* ... hoe heet dat in het Zweeds ... een kindertehuis. Hij kreeg er niet veel bijzonders te eten, aardappelen, een beetje vis en gezuurde melk. Als je variatie wilde aanbrengen in het menu moest je met de gezuurde melk beginnen en de aardappelen tot het laatst bewaren. Kun je je voorstellen hoe dat was, dat hij op zijn negende moest werken tot hij erbij neerviel? Geen wonder dat hij sociaal-democraat is geworden. En je moet weten dat een sociaal-democraat in die tijd iets anders was dan vandaag, dat kun je niet vergelijken. Ze wilden de hele boel opblazen en toen Finland na de Russische revolutie zelfstandig werd, brak er een burgeroorlog uit. Het begon in januari 1918, de sociaal-democraten richtten de Rode Garde op en toen was het puur oorlog tussen hen en de conservatieven, de slagers, zoals ze werden genoemd. Maar de Roden verloren, ze waren niet goed genoeg georganiseerd en misschien hadden ze het verkeerde moment gekozen. Ze executeerden mannen, vrouwen en zelfs kinderen die sociaal-democraat waren. Mijn opa heeft twee maanden in een dodencel gezeten en elke ochtend kwamen de Witten mensen uit de cel halen om ze dood te schieten. Hij kon de schoten horen en het geschreeuw ... Nee, ze schreeuwden niet, ze zongen. Hij weet nog steeds niet waarom hij niet is doodgeschoten, maar zijn doodvonnis werd omgezet in levenslange gevangenisstraf en hij raakte zijn rechten als burger kwijt. Hij is uiteindelijk vrijgekomen, maar volgens hem woedt de burgeroorlog nog steeds. Hij heeft van alles gedaan in zijn leven. Hij is metselaar geweest en smid en hij heeft paarden be... Hoe zeg je dat als je die dingen onder de hoeven vastmaakt?'

'Beslagen?'

'Ja, precies. En nog een heleboel meer. Nu is hij natuurlijk oud, maar hij is nog steeds boos. Hij woont bij ons in Tammerfors en toen ik klein was, heeft hij mij dat allemaal verteld. Zonder hem had ik van niks geweten. Zonder hem had ik niet doorgehad dat we worden geplukt als kippen door die ingenieurs. Het is hier hetzelfde als in Finland, ook al zie je dat misschien niet zo duidelijk. Wanneer ze ons het stukloon willen afpakken, moeten we … Van een uurloon kun je toch niet leven! Ja, misschien als je stopt met eten en in een tent gaat wonen … Als ze geen stukloon willen betalen, stoppen wij met werken. Dat is het enige wat we kunnen doen. En dat hebben we vandaag gedaan. En dat doen we morgen weer als we geen stukloon krijgen …'

'Maar als ze … als ze ons wegsturen?'

'Wie moet dat verrekte garen dan twijnen? Zijzelf? Nee, je moet weten wat je waard bent. Als je dat niet weet, ben je niets waard. En dan kunnen ze doen wat ze willen. Ik kan het niet beter uitleggen. Vraag gewoon maar …'

Eivor vraagt en Liisa antwoordt. Haar vragen zijn naïef, maar Liisa lacht haar niet uit, ze probeert ze zo goed mogelijk te beantwoorden.

'Jij weet ook niks', zegt ze lachend. 'Wat heb je eigenlijk gedaan voor je hier kwam?'

'In Hallsberg gewoond.'

'Woonde je daar alleen?'

'Nee … Maar ik ben nog een keer naar een 1-meibijeenkomst geweest. Dat schiet me nu te binnen. Met een oude man die ziek werd.'

'Is dat alles? Een oude man die ziek werd.'

'Ja … Zo'n beetje wel.'

'Jij moet nog veel leren.'

'Ja, dat is wel zo.'

'Maar ik ook, hoor. Soms mis ik mijn opa zo. Nog meer dan mijn ouders en mijn broers en zussen. Het is zo'n sterke man. Maar in de zomer ga ik naar huis en dan zie ik hem weer.'

Het café sluit vroeg, al om zes uur. Ze zijn allebei verbaasd als ze merken dat ze er al bijna twee uur zitten.

'Het is zaak om morgen goed uitgerust te zijn', zegt Liisa wanneer ze in de avondkou op de stoep staan. 'Je moet paraat zijn als ze met nog meer ellende op de proppen komen. Je weet het nooit. Ga maar gauw naar huis …'

De volgende dag staat voorman Hansson bij de prikklok om te zeggen dat er weer stukloon wordt betaald, net als anders, dat heeft de hoofdingenieur laten weten.

'En voor gisteren?' vraagt Evald Larsson.

'Dat merk je wel aan je loonzakje', antwoordt Hansson en hij trekt zich terug in zijn glazen hokje.

'Ben jij gek?' roept Liisa hem na, maar dat hoort hij natuurlijk niet.

Vakbondsman Nilsson komt net voor de eerste pauze hijgend aan en hij belooft dat hij zal doen wat hij kan als de salarisadministratie van plan is het uur dat ze niet hebben gewerkt in mindering te brengen. Maar het is de vraag wat hij eraan kan doen dat ze één dag uurloon hebben gehad. Dat zal moeilijk worden. Maar hij zal zijn best doen …

'Is dat zo?' vraagt Eivor.

'Nee', zegt Liisa.

'Nou ja', zegt Evald Larsson.

'Nee, echt niet', zegt Liisa.

'Nou ja, zo slecht is hij niet', mompelt Evald.

'Wedden?'

'Ik heb geen geld.'

'Nee, en anders was je het kwijt. Je weet net zo goed als ik dat hij de hoge heren niet durft tegen te spreken.'

'Ja, nou', antwoordt Evald. 'We zullen wel zien.'

En ditmaal krijgt hij gelijk. Wanneer het loon voor die dag uiteindelijk betaald wordt, blijkt dat niemand gekort is en dat er stukloon is betaald.

'Goed gedaan', zegt Liisa, maar ze merkt niet dat vakbondsman Nilsson verbaasd is wanneer hij begrijpt dat niemand is gekort. Zou het een vergissing zijn?

Ja, dat is het en de volgende dag krijgt de administrateur de wind van voren op het kantoor van hoofdingenieur Levin. Natuurlijk is er nu niets meer aan te doen, korten op het volgende loon is te gênant. Maar het is ongehoord dat de instructies tot korten niet zijn uitgevoerd.

Dit mag nooit meer voorkomen en daarmee kan de administrateur gaan.

Het wordt geen lange, strenge winter. Half februari laat hij zijn greep al verslappen, alsof hij er geen puf meer voor heeft. Eivor knikt tevreden wanneer ze met slaapdronken ogen naar de kwikkolom kijkt. Het is gemakkelijker om vroeg in de ochtend naar buiten te gaan als je geen enorme opdonder krijgt van de kou zodra je de deur uit komt. En vooral nu ze in ploegendienst werkt en soms al om drie uur 's nachts op moet staan.

Op een dag wordt haar door de afdeling personeelszaken meegedeeld dat ze zo snel mogelijk andere woonruimte moet zien te vinden. Ze hebben haar eenkamerflatje nodig voor iemand anders en er is al een wachtlijst voor de doorgangswoningen van Kunstzijde. Ze begint de advertenties in de *Borås Tidning* en de *Västgöta Demokraten* bij te houden. Op een zaterdag, de laatste van februari 1960, gaat ze een appartement bekijken. Ze heeft gebeld uit de kantine van de fabriek en een afspraak gemaakt met een oudere mevrouw. Wanneer ze door de stad loopt, heeft ze geen al te hoge verwachtingen dat ze het appartement zal krijgen, de vrouw had aan de telefoon nogal afwijzend geklonken. Maar ze moet gewoon maar zien.

Het is een oud huis achter de rechtbank, niet ver van waar Liisa en Ritva wonen. Ze blijft op het trottoir staan kijken. Het ziet er donker en somber uit vergeleken met het flatgebouw in Sjöbo, maar het ligt wel centraal. Ze zou naar het werk kunnen lopen. Dat zou heel wat waard zijn.

Ze spiegelt zich in het raam van een levensmiddelenzaak die er vlak naast zit en gaat de trap op naar de tweede verdieping zoals haar was gezegd. Ze moet de linkerdeur hebben. Er zit geen bordje op de deur en ze zet haar vinger op de zwarte bel, die ze in het appartement hoort rinkelen. Maar het is geen vrouw die komt opendoen, maar een jongen van haar eigen leeftijd, gekleed in een bruine wollen mantel, een sjaal en suède handschoenen. Hij heeft hoge leren schoenen aan.

'Ben jij Eivor Skoglund?' vraagt hij.

Dat is ze.

Hij vertelt dat zijn moeder verhinderd is en dat hij haar het appartement zal laten zien.

'Ik ben Anders Fåhreus', zegt hij. 'Kom binnen. Het is hier koud, maar veel stoken heeft geen zin als er niemand woont. Daar is mijn moeder heel strikt in. Het is haar huis.'

Hij leidt haar rond, wijst aan en legt uit, hij schijnt het gewend te zijn. Hij praat een beetje door zijn neus en hij heeft haast.

Het appartement bestaat uit een kamer met keuken, het is vervallen, maar er is wel een badkamer met een gebarsten badkuip. Eivor voelt het tochten door de ramen, het linoleum krult omhoog bij de plinten en het behang heeft een stekende bleekgele kleur, die ze bijna kan ruiken. Maar toch, zo centraal wonen voor een lage huur. 'Goedkoop' stond er in de advertentie in de *Borås Tidning*.

'Vijfenveertig kronen in de maand', zegt de jongen alsof hij haar gedachten heeft geraden. Hij heeft een pijp opgestoken en zit op een van de vensterbanken. Het licht van een straatlantaarn schijnt op zijn bleke gezicht en onthult een paar puistjes op zijn voorhoofd. Natuurlijk heeft hij haast, denkt Eivor. Het is zaterdagavond en hij zal wel ergens heen moeten. Naar een feest of zo. Ze is er intussen achter dat de twee pleinen van de stad twee gescheiden territoria zijn. Het busstation is de plek van de jongens in hun Amerikaanse auto's en daar hoort Cecil bij. Op het Stora torget hebben de scholieren hun domein rond de bankjes bij het borstbeeld van Gustav II Adolf, die Borås zijn privileges heeft verleend. Daar worden ook meisjes opgepikt, maar dan zonder auto's. Wanneer de troepen klaarstaan voor een van de geheim gehouden feesten, verdwijnen de jongeren vaak met een taxi. Zij hebben hun eigen tearoom, namelijk die van Spencer, en tussen de twee groepen heerst openlijke vijandschap, openlijke verachting. Dit heeft ze niet allemaal zelf gezien, sommige dingen heeft ze van Liisa gehoord, die alles schijnt te weten van wat er in de stad gebeurt.

'Nou', zegt hij. 'Ik heb een beetje haast. Neem je het appartement? Er zijn veel gegadigden, dus je moet het snel zeggen. Nu.'

'Ja', zegt Eivor. 'Ja, graag.'

'Oké. Drie maanden huur vooruit, daarna per kwartaal. Als je maandag bij mijn moeder langsgaat, kan ze je inschrijven als huurder en dan krijg je de sleutels. En neem geld mee. Daar is ze heel strikt in.'

Hij staat voor haar met zijn pijp in de mond.

'Zullen we gaan?' vraagt hij. 'Je zult zelf ook wel haast hebben.'

'Niet zo.'

Hij sluit af en ze lopen de straat op.

'Welke kant moet je op?' vraagt hij, beleefd maar ongeïnteresseerd.

'Ik moet de bus naar Sjöbo hebben.'

'Nee toch?'

'Wat?'

'Nee, ik bedoel, dan begrijp ik wel dat je wilt verhuizen. Daar kan toch niemand wonen?'

Eivor voelt dat ze kwaad wordt. Wat heeft hij met die mensen te maken? Welk recht heeft hij om met modder te gooien? Wanneer ze naast hem over het trottoir loopt, ziet ze de gapende kloof waar Liisa het over had.

'Er mankeert niets aan de mensen die daar wonen', zegt ze.

Maar het wordt nog erger, hij schijnt zich niet eens bewust te zijn van zijn overduidelijke arrogantie.

282

'Ik ben er een keer geweest. We zouden naar een feest waar we over hadden gehoord. Maar er waren alleen Finnen en dronken arbeiders. We zijn meteen weer weggegaan.'

'Ik ben ook arbeidster.'

'Wat?'

'Je hebt het over mensen zoals ik.'

Pas dan begrijpt hij dat ze boos is en hij gooit het meteen over een andere boeg, hij wordt vriendelijk en pakt haar bij de arm.

'Zo moet je dat niet opvatten', zegt hij. 'Natuurlijk bedoel ik jou niet. Het is alleen dat … Ja, alle mensen zijn niet gelijk. Waar ga je naartoe? Naar het Södra torget? We kunnen tot de kerk samen op lopen. Daarna moet ik een andere kant op, naar een dansavondje.'

'O.'

Ze weet dat er wordt gedanst in de aula van de school en dat ze er onbegrijpelijke muziek spelen, jazz. Maar dat zegt ze niet.

'Is het leuk?'

'Jawel. En daarna ga ik naar een feest. Ga je ook mee?'

De vraag komt zo snel dat ze van pure verbazing blijft staan. Maar hij lijkt te menen wat hij zegt, hij kijkt zelfs vriendelijk. Er blijkt een mens in die dure jas te zitten.

'Nee', antwoordt ze. 'Dat doe ik maar niet.'

'Ga mee!'

'Nee.'

'Waarom niet?'

'Ik heb geen zin. Ik ken daar niemand.'

'Ik ook niet. In ieder geval niet zo veel mensen.'

'Toch maar niet.'

'Nee, nee … Dag.'

'Dag.'

En dan gaan ze ieder een kant op. Wanneer Eivor ter hoogte van de bibliotheek is gekomen blijft ze staan en ze kijkt om. Daarboven, achter de kerk, staat het donkerrode bakstenen schoolgebouw. Er brandt licht in de grote toegangshal, net als in de aula. Ze wordt ingehaald door jongeren die ernaar op weg zijn. Ze voelt een vage verleiding, de instinctieve lust om onbekend terrein te betreden, maar meteen komt ook de tegenreactie, ze ruikt het gevaar. Ze hoort daar niet thuis. Haar vriendin Åsa had daar wel naar binnen kunnen gaan, zij kent de rituelen, het soort mensen, en ze spreekt de taal. Zij zou trouwens nu best eens op een soortgelijke bijeenkomst in Örebro kunnen zijn. Nee, Eivor ziet het gevaar. De verleiding is minder groot dan de dreiging die van het duistere gebouw uitgaat en van de mensen die ernaar onderweg zijn. Als ze vanavond ergens heen gaat, dan naar Cecil of naar het Park. Daar hoort ze thuis.

Terwijl ze naar het busstation loopt, denkt ze na over de vermoedelijk grootste ontdekking die ze tot nu toe in haar leven heeft gedaan, namelijk dat mensen in alle opzichten van elkaar verschillen. In hoe ze zich kleden, hoe ze praten, lachen en denken. Ja, zelfs roken doen ze op verschillende manieren. Niemand zou het in zijn hoofd halen om met een pijp in zijn mond bij Cecil binnen te komen. Ze zouden hem raar aankijken en hij zou er meteen om veroordeeld worden. Zoiets past niet in die wereld en ze zouden hem in de kou laten staan.

Maar zij rent hoe dan ook neuriënd de trappen af naar de Allégatan en slaat af naar Hemgården en het busstation; ze heeft immers een flatje gevonden. Bij de eerste poging! Wie doet haar dat na? En ook nog pal in het centrum. Tien minuten lopen naar haar werk. Ze kan 's ochtends een half uur langer slapen, ze is geen geld kwijt aan de bus en ze hoeft niet meer midden in de nacht te staan blauwbekken of te vechten met dronkenlappen die met de laatste nachtbus naar huis willen. (Maar dat wil nog niet zeggen dat die arrogante kwal gelijk had wat betreft de mensen die in Sjöbo wonen. Als hij dat maar weet. En dat het huis van zijn moeder is … Het mocht wat. En wat heeft zijn vader dan? De straat waarover ze loopt?) Ze blijft even bij het busstation staan en vraagt zich af of ze nog even naar Cecil zal gaan om te kijken of Liisa en Ritva daar zijn. Nee, daar is ze te moe voor. Bovendien heeft ze geen geld. En nu moet ze het kleine beetje dat ze heeft sparen. Ze heeft wel gezien dat ze nog het een en ander zal moeten kopen voor haar flatje. Er staat een bus klaar waar ze zo in kan stappen en onderweg naar Sjöbo begint ze haar verhuizing te plannen.

Eén ding besluit ze meteen al. Nu is het tijd dat haar moeder op bezoek komt. Dan mag ze zich bovendien nuttig maken.

Op maandagmiddag komt ze zoals gewoonlijk naar het busstation rennen, maar vandaag gaat ze niet naar Sjöbo, maar een heel andere kant op, naar een verre buitenwijk die heel wat moderner is dan Sjöbo. Het gele ziekenhuis voorbij, over de Ulricehamnsvägen naar Brämhult. Daar zal ze mevrouw Fåhreus bezoeken, een huurboekje in ontvangst nemen en drie maanden huur vooruitbetalen, en dat allemaal om een paar sleutels voor een eigen woning in haar tas te kunnen stoppen.

Het is een wit huis dat deftig afgelegen ligt. Maar hier is het wel, een groot koperen bord bij de poort meldt dat ze voor de residentie van de familie Fåhreus staat. Ze loopt het grindpad over en voelt zich met elke stap die ze zet kleiner worden en ze vraagt zich af of de zoon die ze heeft ontmoet op zijn moeder lijkt.

Maar het is niet mevrouw Fåhreus die in de deuropening staat, maar weer dezelfde zoon, Anders, die ze zaterdag heeft ontmoet. Hij doet open, gekleed in een blauwe clubblazer, een wit overhemd met een tabboord en een stropdas met een klein Schots ruitje.

'Kom verder', zegt hij en hij kijkt weer even vriendelijk als toen Eivor afgelopen zaterdag kwaad werd.

Ze stapt een hal binnen, die in haar ogen meer aan een zuilengang doet denken! Hij helpt haar uit haar jas en vraagt of ze het gemakkelijk heeft kunnen vinden.

'Ja, hoor', zegt ze en ze kijkt of ze zijn moeder ergens ziet.

'We kunnen hier naar binnen gaan', zegt hij en hij wijst

naar een woonkamer met luxueuze bankstellen, een grote open haard, schilderijen en spiegels in glimmende gouden lijsten.

'Ga zitten', zegt hij en ze gaat op het puntje van een bruine leren bank zitten.

'Mijn moeder moest helaas naar de dokter', zegt hij. 'Maar ik kan dit ook wel afhandelen.'

Hij wijst naar een geel huurboekje dat op een glazen tafel ligt.

'Wil je koffie?' vraagt hij.

'Nee … Ja, waarom niet?'

Hij staat op en loopt naar een halfopen deur en roept om koffie. Hij is dus niet alleen in huis. Heeft hij broers of zussen?

'De koffie komt zo', zegt hij en hij leunt achterover in zijn stoel.

'Jammer dat je zaterdag niet mee bent gegaan', gaat hij verder. 'Het was een leuke avond.'

'O', antwoordt ze en ze kijkt de kamer rond. Hij volgt haar blik.

'Wel mooi, hè?' zegt hij laconiek. Hij wuift met zijn hand naar een beeldje op een zwarte pilaar. 'Uit Rome', zegt hij. 'Dat heeft mijn vader een paar jaar geleden gekocht. Een van de Griekse goden. Gek genoeg.'

'O?'

'Ja. Een Griekse god in Italië, bedoel ik. Het is maar een kopie, maar wel een heel oude. Hij was daar voor een congres', gaat hij verder. 'Mijn vader dus, niet die god.'

'Wat doet hij dan?'

'Mijn vader of de god? Nou, hij is chef-arts bij chirurgie hier. Maar op dit moment is hij gastdocent aan een universiteit in Californië. Hij is gespecialiseerd in inoperabele hersentumoren. Waarschijnlijk ga ik van de zomer bij hem op bezoek, wanneer het studiejaar afgelopen is.'

Er komt een dienstmeisje aan met een dienblad dat ze op tafel neerzet. Haar gezicht komt Eivor bekend voor. Waar heeft ze haar eerder gezien? Bij Cecil, in het Park?

'Suiker?' vraagt hij wanneer ze weg is.

'Ja, graag. Twee klontjes.'

'Mijn moeder zei dat je op de kunstzijdefabriek werkt. Is dat leuk?'

'Gaat wel ...'

'Wat doe je?'

'Ik twijn garen.'

'Nee, hè.'

'En jij?'

'Ik zit nog op school. Ik moet nog een jaar. Natuurwetenschappelijke richting. Het is best wel druk.'

Hij reikt haar een pakje sigaretten aan over de kloof die in dit geval uit de tafel bestaat. Ze pakt een sigaret en hij geeft haar vuur met een zware tafelaansteker.

'Het zou best leuk zijn om iets meer te weten over hoe het er in een fabriek aan toegaat', zegt hij terwijl hij zijn pijp stopt. Ze ziet dat hij een nagelbijter is, tot aan de nagelriemen. Maakt hij zijn huiswerk niet ...

'Kom maar op met je vragen', zegt ze.

'Daar heb ik nu geen tijd voor', antwoordt hij. 'Ik moet vanmiddag studeren. We hebben over een paar dagen een proefwerk Engels. Ik sta bijna een negen en dat wil ik zo houden. Voor elke negen krijg ik vijftig kronen van mijn moeder.'

'Krijg je geld voor je cijfers?'

'Gewoon als aanmoediging.'

Vijftig kronen? Meer dan een maand huur. Lieve help, hoe leven die mensen eigenlijk?

'We zouden iets kunnen afspreken', zegt hij terwijl hij met het huurboekje speelt. 'Voor woensdagavond, bijvoorbeeld. Dan heb ik het proefwerk gehad en donderdag hebben we sportdag. Maar die sla ik over. Dan meld ik me ziek.'

'Ja, ja', zegt ze.

'We zouden een biertje kunnen gaan drinken in de Ritz. Je bent toch wel achttien?'

'Ja, maar in de Ritz ben ik nog nooit geweest.'

'Dan wordt dat tijd. Hoelang woon je hier al? Waar kom je vandaan?'

'Twee maanden. Uit Hallsberg.'

'Nee, hè. Ja, ik ben daar weleens doorheen gekomen ... Wat zeg je ervan? Een paar uurtjes. Ik betaal.'

Eivor aarzelt. Ze weet niet wat de Ritz voor gelegenheid is. Ze weet alleen dat het een restaurant aan de Brogatan is en ze is er weleens langs gelopen. Maar waar moeten ze het over hebben? Bovendien, een woensdagavond. Zij heeft geen sportdagen waarop ze zich ziek kan melden. Ze moet werken, anders komt er geen geld in het laatje. Maar aan de andere kant hoeft ze op donderdag pas om twee uur 's middags te beginnen.

'Goed, een paar uurtjes dan', zegt ze en ze heeft meteen spijt. Dat wordt een fiasco, dat kan niet anders. Maar hij geeft haar niet de kans om terug te krabbelen.

'Mooi. Dan zien we elkaar dan. Om half acht in de lobby?'

'Ja.'

Dan schrijft ze haar naam in het gele boekje, ze krijgt een kwitantie voor het geld dat ze achterlaat, en een sleutelbos.

'Dat wordt gezellig', zegt hij in de hal wanneer hij haar in haar jas heeft geholpen. (Het is voor het eerst dat haar dat overkomt en ze vindt het een beetje belachelijk. Ze kan zichzelf toch wel aankleden?)

'Over vijf minuten gaat er een bus', vervolgt hij. 'Als je snel bent, haal je die nog.'

Op woensdag vertelt ze aan Liisa dat ze die avond met de zoon van haar verhuurster naar de Ritz gaat. Liisa kijkt haar lang met gefronste wenkbrauwen aan voordat ze reageert.

'Dat moet je vooral doen', zegt ze. 'Dat moet je vooral doen.' Verder niet.

Is ze boos? Of was het ironisch? Wat heeft ze daar nou aan, verdorie?

Ze voelt zich net zo slecht op haar gemak als ze had gevreesd.

Hij wacht op haar in de lobby, waar ze haar jas afgeeft, en leidt haar naar een tafeltje bij het raam. Voordat ze dat hebben bereikt, is hij al met een aantal andere gasten blijven staan praten. Aan hun onderzoekende blikken ziet Eivor dat ze een vreemde eend in deze bijt is, een koekoeksjong aan de rol.

'Twee bier', zegt hij wanneer de serveerster verschijnt. Die kijkt naar Eivor.

'Ze is achttien', zegt Anders. 'Daar sta ik voor in.'

Ze krijgt een kleur van boosheid. Ze weet dat ze er echt wel ouder uitziet dan achttien.

'Ze heeft jou toch nooit eerder gezien?' zegt Anders terwijl hij zijn pijp stopt. 'Ze doen soms nogal moeilijk.'

'Hoe is het vandaag gegaan?' vraagt ze om zo snel mogelijk van het onderwerp af te zijn.

'Wel goed, geloof ik. Ik heb het vast wel gehaald.'

Het bier komt op tafel en iemand die Sten heet, blijft bij hun tafeltje staan en stelt bijna woordelijk dezelfde vraag. Maar hij krijgt een heel ander antwoord.

'Ik weet het niet. Het had beter gekund. Dit is Eivor, trouwens.'

'Zit je op de meisjesschool?'

'Ze huurt een appartement van ons.'

'Aha. Nou, tot morgen. Dag ...'

Als hij weg is zegt Anders met een hoofdknik in zijn richting: 'Hij wordt dokter, zegt-ie. Dat heeft hij op zijn zevende besloten en hij is nog niet van gedachten veranderd.'

'Dan is zijn vader zeker ook dokter?'

'Zijn moeder ook.'

'En jij dan?'

'Ik weet het niet. Advocaat misschien. Als ik geen schrijver word, natuurlijk. Ik ben er nog niet uit. Wil je nog een biertje?'

'Nee, doe maar niet.'

'Natuurlijk neem je nog een biertje. Juffrouw ...'

Hij bestelt nog twee bier.

Dokter. Advocaat. Schrijver. Wat doet ze hier? Moest Liisa hier zo verachtelijk om lachen? Nou, daar had ze dan gelijk in.

'Waar denk je aan?' vraagt hij.

'Nergens aan', zegt ze.

'Proost.'

'Ja. Proost.'

Dan vraagt hij of ze zin heeft nog even met hem mee naar huis te gaan. Er komen een paar vrienden theedrinken en muziek luisteren. Niks bijzonders.

Daar heeft ze geen zin in, maar ze wil niet steeds nee zeggen.

'Rijdt er een bus?' vraagt ze.

'We nemen natuurlijk een taxi', zegt hij.

'Ik bedoel naar huis', zegt ze.

'Dat komt wel goed', zegt hij. 'Maar we nemen nog een biertje voor we gaan.'

'Graag', zegt ze.

Hij vraagt de man bij de vestiaire of hij een taxi wil bellen en wanneer ze naar buiten stappen, staat die al te wachten. Hij is nog steeds hoffelijk, hij houdt de deur voor haar open en stapt zelf aan de andere kant in. Het is de eerste keer dat ze in een taxi zit sinds ze in Borås is komen wonen, maar dat zegt ze natuurlijk niet. Al was het maar omdat hij dat nooit zou begrijpen.

'Ik heb een eigen auto', zegt hij. 'Een Morris. Maar die staat nu bij de garage.'

Als ze er zijn, ziet ze dat de rit elf kronen heeft gekost. Dat is meer dan zij met twee uur hard werken verdient. Bovendien geeft hij twee kronen fooi en daarmee komt het neer op bijna drie uur.

Het huis is leeg, zelfs het dienstmeisje is er niet.

'Wanneer komen de anderen?' vraagt ze.

'Straks', zegt hij en hij helpt haar uit haar jas.

Dan laat hij haar het huis zien. Ze heeft nog nooit zoiets groots gezien. Er is één kamer met alleen planten en een andere met alleen boeken. Zijn kamer is boven. Hij doet een deur open om te laten zien dat hij een eigen badkamer heeft. Aan de wand hangen afbeeldingen van mollige vrouwen die naakt aan het baden zijn.

'Zorn', zegt hij. 'En dat is Charlie Parker.'

Hij wijst naar een foto van een neger die saxofoon speelt.

'Hij is de beste', zegt hij. 'Nog steeds. Ik heb al zijn opnames.'

'Goh', zegt ze.

Ze gaan naar beneden, de grote woonkamer binnen. Er branden maar een paar lampen en hij vraagt wat ze wil drinken.

'Wanneer komen de anderen?' vraagt ze weer.

'Zo meteen', antwoordt hij en hij haalt flessen en glazen tevoorschijn uit een grote wereldbol waarvan de bovenste helft afneembaar is.

'Je kunt krijgen wat je wilt', zegt hij. 'Ikzelf neem gin met grape-tonic. Er is ook gewone tonic als je dat liever hebt.'

'Ja, graag', zegt ze.

Hij zet een plaat op en het lijkt wel alsof de muzikanten bij hen in de kamer staan.

'Dizzy', zegt hij. 'Daar hou je toch wel van?'

'Geef mij maar Elvis Presley', zegt ze en dan lacht hij. Niet onvriendelijk, alleen een beetje uit de hoogte.

'Daar heb ik niets van', zegt hij en hij gaat naast haar op de bank zitten.

'Wanneer komen de anderen?' vraagt ze voor de derde keer.

'Dat zien we wel', zegt hij. 'Vertel eens.'

'Waarover?' vraagt ze.

'Over jezelf', zegt hij. 'Over het leven en de dood. Lees je Hemingway?'

'Nee ...'

'Dat zou je es moeten doen', zegt hij.

De longdrink is sterk en ze rilt, ze slaat haar benen over elkaar en kruipt in het hoekje van de bank. Hij schuift meteen op.

Maar nu weet ze dat het huis leeg is en dat er verder niemand komt.

'Proost', zegt hij en hij schenkt zichzelf bij. 'Wees niet zo bang', zegt hij dan.

'Ik ben niet bang', zegt ze. En dat is waar, dat is ze niet. Bovendien is hij immers aardig en hij kan het niet helpen dat hij zich zo stom gedraagt. Hij weet natuurlijk niet beter.

Hij zet een andere plaat op en zegt dat ze goed moet luisteren, want dit is Charlie Parker. Ze probeert zich op de muziek te concentreren, maar ze kan er geen melodie in ontdekken en vindt het alleen maar een hoop herrie.

'Nu komt er een solo. Moet je luisteren', zegt hij.

Dan kruipt hij dichter bij haar op de bank en hij slaat een arm om haar heen. Ze laat hem begaan, ze is niet bang. Maar ze vraagt toch nog maar eens wanneer de anderen komen.

Hij negeert haar vraag, hij doet net of hij helemaal opgaat in de muziek.

Maar dan voelt ze zijn vingers over haar rug kriebelen, ze volgen haar bh-bandjes door haar blouse heen.

Het is mijn eigen schuld, denkt ze. Ik had natuurlijk niet met hem naar huis moeten gaan. Ik had niet eens met hem uit moeten gaan.

Hij komt nog dichterbij en wanneer hij naar haar toe buigt en haar wil kussen, laat ze dat toe. Maar wanneer hij de knoopjes van haar blouse begint los te maken, duwt ze zijn hand weg.

'Je kunt hier vannacht toch wel blijven?' vraagt hij.

'Nee', zegt ze.

'Waarom niet?' vraagt hij en ze merkt dat hij een beetje dronken is.

'Dat wil ik niet', antwoordt ze.

Dan kust hij haar weer en omdat hij zijn hand stil op haar ene borst laat liggen, laat ze hem maar.

'Geen zuigzoenen', zegt ze wanneer hij haar in haar hals kust.

Wanneer hij weer aan de knoopjes van haar blouse begint te frunniken, duwt ze hem weg.

'Waarom doe je zo?' vraagt hij.

'Omdat ik het niet wil', antwoordt ze.

'Heb je zo'n hekel aan me?' vraagt hij.

'Ik ken je niet', antwoordt ze.

Vervolgens zitten ze stil naar de muziek te luisteren. Wanneer de plaat uiteindelijk afgelopen is, werpt hij zich plotseling op haar. Ze glijden op de grond en hij blijft boven op haar liggen met zijn benen tussen de hare en hij duwt ze vaneen. Ze krijgt geen tijd zich te verweren, maar wanneer ze zijn hand tegen haar onderlichaam voelt, reageert ze alsof ze door een wesp gestoken is. Ze trekt een arm los en slaat hem in zijn gezicht.

Dan maakt ze zich helemaal los en ze trekt haar kleren recht.

'Waar zie je me voor aan?' zegt ze woedend, alsof zij de klap heeft gekregen.

Hoewel het vrij donker is in de kamer, ziet ze toch dat zijn ene wang rood is. Hij komt overeind en gaat op de bank zitten.

'Voor een meid die zich door jongens laat oppikken', zegt hij.

'En waar je alles mee kunt doen', voegt zij eraan toe.

'Hoepel op', zegt hij. 'Rot op.'

Zijn stem trilt van verachting en onzekerheid.

'Wanneer komen de anderen?' vraagt ze spottend. Ze is niet bang voor hem, ook al is het huis nog zo groot, heeft hij een eigen auto en zit hij goed in de slappe was.

'Hoepel op', zegt hij weer en hij staat op. 'Maak dat je wegkomt.'

'Goed', zegt ze.

Ze trekt haar jas aan en voordat ze het huis verlaat, hoort ze nog net dat hij de plaat weer heeft opgezet. Of het weer dezelfde kant is of dat hij de plaat heeft omgedraaid, kan ze zo gauw niet vaststellen.

Ze moet bijna een uur op de bus wachten en ze rilt van de kou.

Wat een klootzak, denkt ze wanneer ze eindelijk in de warme bus zit. Wat een enorme klootzak. Zijn ze allemaal zo? Stuk voor stuk?

Even maakt ze zich zorgen over het huurcontract. Maar nee, hij zal thuis wel niet vertellen dat hij een meisje van de kunstzijdefabriek op bezoek heeft gehad. Zelfs niet als ze toevallig een huurster van hen is.

Wat een klootzak, denkt ze weer. Je zult maar met zo iemand moeten leven …

Liisa doet net of het haar niet interesseert, maar Eivor vertelt het toch, in geuren en kleuren. Ze vertelt van de kamer waar alleen maar planten in stonden en hoe hij haar overviel.

'Zie je wel', zei Liisa. 'Wat heb ik gezegd?'

'Je hebt niks gezegd', antwoordt Eivor.

En dan schudden ze hun hoofd en staan op. De ontbijtpauze is om, ze hebben het druk en vandaag lijkt er alleen maar slecht garen van de spinnerij te komen. Het wordt een slechte dag. Als het zo begint, wordt het zelden beter. Zo simpel is het.

Wanneer Elna naar Borås komt, haalt Eivor haar van de trein. Het wordt een vrolijk weerzien. Ze staan elkaar even onwennig aan te kijken en gaan dan snel op weg naar Eivors nieuwe flat. Het is dinsdagmiddag even na vijven wanneer ze door de stad lopen en om de beurt Elna's koffer dragen.

'Hoelang blijf je?' vraagt Eivor terwijl ze over het Stora torget lopen en Elna een blik werpt op de grote fontein.

'De rest van de week', antwoordt ze.

'Is thuis alles goed?' vraagt Eivor.

'Je krijgt de groeten van Erik', zegt Elna.

En dan lopen ze verder door de stad, moeder en dochter. Eivor vindt het prachtig wanneer ze in de Stengärdsgatan toevallig een collega van haar tegenkomen. Ze knikken naar elkaar.

'Wie was dat?' vraagt Elna bijna vijf minuten later.

'Iemand van het werk', antwoordt Eivor.

'Hoe heet hij dan?'

'Dat weet ik niet', antwoordt Eivor. 'Er werken er zo veel.'

'Dus je weet niet eens hoe ze heten?'

'We zijn er', zegt Eivor. 'Hier is het.'

Nu ze hier met haar moeder staat, valt haar op hoe slecht onderhouden en vervallen het huis is. Haar gedachten gaan onwillekeurig naar het geheimzinnige paleis in Brämhult en naar mevrouw Fåhreus, de eigenares van het huis, die ze nog steeds niet heeft gezien.

'Hier?' vraagt Elna zonder haar misnoegen te verbergen.

'Binnen is het iets beter.'

'Dat mag ik hopen.'

Elna zegt geen woord als ze door het kleine flatje loopt. De meubels die Eivor met de hulp van Liisa en een van haar Finse vrienden hier van de week naartoe heeft gesleept, zijn niet veel bijzonders. Ze heeft ze voor een appel en een ei op een veiling gekocht. Voorzover zij weet zijn het meubels uit een opgedoekt pension. Een bed, een doorgezakte ruige stoffen bank, een teakhouten tafel, een staande lamp, een paar rechte stoelen, een blauwgeverfde keukentafel waar iemand een grote duivelskop in heeft gekerfd. Eivor gaat op de bank zitten en laat Elna rondlopen. Ze doet haar denken aan de kat van Anders, toen die voor het eerst in hun flat in Hallsberg kwam, hoe hij voorzichtig alles besnuffelde, meter voor meter en toen weer van voren af aan begon ...

'Hoe is het met de kat?' roept ze naar Elna, die in de keuken staat en uit het zicht is verdwenen.

'Goed. Hoezo?'

'Ik vroeg het me gewoon af.'

Elna komt de keuken uit en ze lijkt tevreden. Het strakke, achterdochtige trekje om haar mond is weg. Ze gaat op een van de rechte stoelen zitten die naast de tegelkachel staan.

'Ik woon hier heel centraal', zegt Eivor. 'Wat ik al schreef. Ik loop in zeven minuten naar mijn werk. Als ik me haast.'

'Hoe zijn de buren?' vraagt Elna.

Eivor heeft geen idee, ze woont hier nog maar twee dagen.

'Gewone mensen, denk ik.'

'Alle mensen zijn gewoon', zegt Elna.

'In zo'n grote stad niet', antwoordt Eivor.

Elna kijkt haar verbaasd aan, maar vraagt niet verder.

'Waar moet ik je mee helpen?' vraagt ze dan.

Eivor laat haar het gele huurboekje zien. Op een bladzijde voor 'bijzondere bepalingen' staat met zwarte inkt geschreven dat ze het recht heeft om voor eigen kosten te verven of te behangen.

'De keuken', zegt ze. 'Die ziet er vreselijk uit. Als we die nou eens konden verven. En ik heb gordijnen nodig.'

'Gordijnstof is duur', zegt Elna.

'Niet in een textielstad', antwoordt Eivor. 'Er zijn hier winkels waar ze spotgoedkope coupons verkopen.'

Elna is het met haar eens dat de keuken er bedroevend uitziet.

'Wit', zegt Eivor.

'Blauw', zegt Elna.

'Een keuken hoort wit te zijn', houdt Eivor vol.

'Hier zou blauw beter staan', zegt Elna. 'Zeeblauw.'

'Mam, het is mijn keuken. En ik wil hem wit hebben.'

Daarna hebben ze het er niet meer over. Eivor gaat met het eten aan de gang en 's avonds maken ze een wandeling door het centrum en Eivor neemt haar mee naar de kunstzijdefabriek waar stoom uit kleppen en schoorstenen komt.

'Bevalt het je?' vraagt Elna.

'Gaat wel', antwoordt Eivor. 'Maar ik ga bij Algots solliciteren zodra ik de boel op orde heb. Ik ben naaister.'

'Jenny Andersson was zo over je te spreken', zegt Elna.

Die opmerking heeft iets dubbelzinnigs wat Eivor niet goed begrijpt. Bedoelt ze dat het feit dat Jenny Andersson haar waardeerde niets betekent wanneer ze bij Algots solliciteert? Daar moeten de naden toch ook recht zijn?

's Avonds probeert Eivor Elna te laten vertellen hoe het in Hallsberg is, maar ze heeft niet veel te zeggen. Het is allemaal nog hetzelfde. Het lijkt wel of het haar ergert dat ze moet toegeven dat er geen nieuws is, haar blik wordt weer donker.

'Maar ik heb wel iets van opa gehoord', zegt ze. 'Het gaat slecht met zijn benen. Hij kan misschien niet doorwerken tot aan zijn pensioen.'

'Wat is er eigenlijk met zijn benen?'

'Hij heeft vaatkramp en spataderen.'

'Is daar niets aan te doen?'

'Hij is zo versleten na alle jaren in de ijzerfabriek dat er niet veel meer aan te doen is. Maar je krijgt de groeten van hem. En van oma natuurlijk ook.'

'Maar haar mankeert niets? Oma niet?'

'Nooit.'

Elna maakt op de bank een bed op voor zichzelf. Ze heeft lakens meegenomen die ze voor Eivor zal achterlaten.

Aangezien Eivor de volgende ochtend vroeg op moet, gaan ze al om tien uur slapen. Een straatlantaarn schijnt door het kale raam naar binnen. Eivor valt meteen in slaap, maar Elna ligt nog een poosje wakker en luistert naar het geluid van haar dochters ademhaling.

De dag daarna, wanneer Eivor uit haar werk komt, hangen er gordijnen voor alle ramen, en heeft Elna ook de keuken geverfd. Ze is net klaar en de verf, een schitterende zeeblauwe kleur, is nog niet eens droog.

Eivor ziet dat de blauwe kleur goed bij de keuken past, maar dat kan ze gewoon niet toegeven.

'Ik had toch wit gezegd', zegt ze. 'Verdorie ...'

'Je ziet toch zelf dat blauw mooi staat', antwoordt Elna en

Eivor merkt dat ze bereid is zichzelf te verdedigen, en als het moet ruzie te maken. Een paar zwijgende, maar gespannen seconden lang is het een dubbeltje op zijn kant, maar Eivor gaat de strijd niet verder aan, ze kan geen ruzie beginnen. Plotseling begrijpt ze de inhoud van iets wat ze eerder altijd voor sentimentaliteit heeft aangezien. Ze ziet Elna's angst en voor het eerst van haar leven heeft ze medelijden met haar. Met de vrouw die haar het leven heeft geschonken, haar heeft grootgebracht en die nooit een eigen leven heeft gehad. Nu ze daar zo staat met haar verfkwast wordt ze weerloos en klein, grijs en verontschuldigend, als een soort vrouwelijke Charlie Chaplin. Eivor beseft dat ze haar boven het hoofd is gegroeid, dat de blauwe keuken een machteloze poging is om iets over haar te zeggen te hebben, terwijl dat helemaal niet meer aan de orde is. Als Eivor gisteren blauw had gezegd, had ze nu misschien een witte keuken gehad.

Ze vindt het moeilijk om Elna aan te kijken, medelijden met iemand hebben heeft vaak iets onplezierigs.

'Je hebt echt keihard gewerkt', zegt ze ontwijkend en ze bedenkt dat ze haar eigenlijk om de hals zou moeten vallen. Maar ook dat is moeilijk.

'Ik heb het met plezier gedaan', zegt Elna. 'Hoe vind je de gordijnen? Raad eens hoe duur ze waren.'

'Nu ga ik eten koken', zegt Eivor. Ze trekt haar jas uit en gaat naar de keuken, terwijl Elna in de badkamer haar handen gaat wassen en de kwast gaat schoonmaken. Bruine bonen met spek. Eivor serveert het op borden met een hoekje eruit, die ook uit het opgedoekte pension komen. (Ze heeft gehoord dat het Grapes heette, maar waar het stond weet ze niet.) Ze zitten net, wanneer er wordt aangebeld en Eivor opendoet staat Liisa voor de deur.

'Mijn moeder is er', zegt Eivor.

'Dat was ik vergeten', zegt Liisa en ze komt binnen.

Eivor vraagt of Liisa een hapje mee wil eten. Als Liisa het aanbod niet afslaat, zoals Eivor had gehoopt, zet ze er een bord bij. Ze heeft last van tegenstrijdige gevoelens. Aan de ene kant wil ze haar nieuwe leven aan Elna laten zien, maar tegelijkertijd wil ze haar er ook buiten houden. Alsof ze bang is dat iemand zou vinden dat ze op elkaar lijken, wat uiteraard ook zo is ...

En natuurlijk gaat het net zo slecht als ze vreest. Elna lijkt onzeker te worden in Liisa's gezelschap en vervalt in de zonde die volgens Eivor de ergste is van allemaal: spraakzaamheid. Stromen van betekenisloze woorden, waar je alleen maar ongemakkelijk en onrustig van wordt. Eivor vindt haar vriendelijkheid jegens Liisa vleierig, haar manier van antwoorden ouderwets. Maar Liisa voelt zich meteen op haar gemak. Eivor blijft erbuiten. Ze eet met lange tanden en voelt dat ze steeds bozer wordt op Elna.

'Wat ben je stil, Eivor', zegt Liisa en ze schenkt melk in uit de kan van het voormalige pension.

'Ik ben toch niet stil?' zegt ze.

'Ja, dat ben je wel', zegt Elna en als blikken konden doden ...

Maar Elna overleeft het en vraagt verder, over Finland en Tammerfors, over koude winters en duizend meren. Liisa vindt het duidelijk leuk en stelt op haar beurt vragen over Hallsberg. Eivor begint af te ruimen en blijft zo lang mogelijk in de keuken. Tussen de blauwe muren ...

'Nemen we nog een kopje koffie?' vraagt Elna.

'Ik moet weg', zegt Liisa. 'Ik kwam zomaar even aanwaaien.'

'Je hebt toch nog wel tijd voor koffie?' zegt Elna.

'Nee, dank u', zegt Liisa. 'Ik moet naar huis.'

En dan gaat ze.

'Wat een aardig meisje', zegt Elna.

'Wat kun jij kletsen', zegt Eivor.

Elna, die onderweg is naar de keuken met een theedoek, blijft stokstijf staan.

'Wat wil je daarmee zeggen?' vraagt ze en Eivor ziet dat ze verbaasd is. Maar het is toch zo duidelijk als wat?

'Je hoort me wel! Je praatte haar helemaal van de sokken.'

Elna staat haar dochter een hele poos aan te kijken. Dan loopt ze de keuken in en pas wanneer ze terugkomt, reageert ze.

'Weet je wat', zegt ze. 'Ik geloof helemaal niet dat ik haar van de sokken heb gepraat. Ik weet tamelijk zeker dat zij het niet zo heeft ervaren. Maar jij misschien wel. Jij kreeg er immers geen speld tussen. En dat zinde je natuurlijk niet.'

'Je bent gek', zegt Eivor en ze balt haar vuisten.

'Dat laat ik me niet zeggen. Denk daar goed om.'

'Ik zeg wat ik wil.'

'Niet tegen mij.'

'Stom mens.'

Stilte is niet altijd hetzelfde als zwijgen. Wanneer de woorden weg zijn is het net of andere stromen van emoties zich een weg banen. Zoals nu. Elna staat in de kamer en kijkt alsof iemand haar een klap in het gezicht heeft gegeven, een plotselinge draai om de oren van iemand van wie ze een knuffel had verwacht, een aai of een bos bloemen. En Eivor staat naar het vieze behang te staren, ze zegt niets, maar ze trilt helemaal en haar lichaam vertelt wat ze voelt.

Zij verbreekt uiteindelijk de stilte op zachte, nauwelijks hoorbare toon.

'Mam', zegt ze. 'Je moet je niet met mij bemoeien. Dit is mijn leven, mijn flat. Mijn vriendin ...'

'Je hebt gevraagd of ik wilde komen', reageert Elna.

'Dat weet ik', antwoordt Eivor. 'Maar het gaat niet.'

'Wat gaat niet?'

Eivor kijkt haar aan terwijl ze antwoordt.

'We krijgen toch altijd ruzie. Je bemoeit je overal mee en dat wil ik niet. Je maakt van die rare opmerkingen, het is net of je ...'

'Wat?'

'Of je jaloers bent of zo.'

'Dat ben ik ook', antwoordt Elna. Eerlijk, zonder aarzelen.

'Ik dacht dat je dat wel doorhad. Als ik hier jouw keuken sta te verven is het net of ik in mijn eigen verloren droom rondloop. Van toen ik zo oud was als jij. Ik heb de keuken niet blauw geverfd omdat ik de dienst wil uitmaken. Dat heb ik gedaan omdat ik toen van een blauwe keuken droomde. Toen ik dacht dat mijn leven anders zou worden. Ik dacht dat je dat wel snapte. Maar kennelijk had ik dat mis.'

Ze gaat zitten en vervolgt: 'Ik ben nog maar zesendertig. Zesendertig jaar jong. Natuurlijk benijd ik jou om wat je doet. En dan voel ik me schuldig ook al weet ik dat dat nergens voor nodig is. Maar ik word er niet alleen aan herinnerd dat mijn dromen schipbreuk hebben geleden. Ik kan het ook niet uitstaan dat er in mijn leven niets gebeurt. Terwijl ik nu geen rekening meer met jou hoef te houden. Het lijkt wel of ik niet meer in termen van "ik", "mij" of "mijn" kan denken. In zekere zin heb ik hier twintig jaar naar uitgezien. Vanaf jouw geboorte. Naar de dag waarop jij op eigen benen zou staan. Twintig jaar heb ik gewacht, duizenden dagen, duizenden nachten. En nu is het net of ik niet meer weet hoe het allemaal moet. Weet je … Ik zit daar in Hallsberg en opeens merk ik dat ik die kat bijna als een kind ben gaan beschouwen. Ik weet dat ik hier zelf uit moet zien te komen. Maar tot nu toe valt het nog niet mee.'

'En Erik dan?' vraagt Eivor.

'Die … Ja, die begrijpt hier waarschijnlijk niet zo veel van.'

'Heb je met hem gepraat?'

Elna schudt haar hoofd. 'Nee, nog niet. Daar zie ik ook een beetje tegenop. Ik zie overal tegenop. Maar ik ben natuurlijk blij dat het goed met je gaat. Anders zou ik toch niet jaloers zijn, of wel?'

'Nee', zegt Eivor langzaam.

Nu begrijpt ze het.

Haar moeder wordt Elna en Elna wordt een mens. Iemand van wie je je kunt voorstellen dat zij hier woonde, bij Kunstzijde werkte en een vriendin had die Liisa heette.

'Kan ik iets voor je doen?' vraagt ze.

'Nee', antwoordt Elna. 'Nu nog niet. Maar toch bedankt. Het is goed dat we dit besproken hebben. Al wil ik wel graag dat je me geen stom mens meer noemt, hoe boos je ook bent. Alles, maar dat niet.'

'Het was niet de bedoeling.'

'Jawel, vast wel. En je mag best kwaad worden, maar gebruik dan alsjeblieft die woorden niet.'

'Nee … Wil je koffie?'

'Ja, graag. En nu hebben we het er niet meer over.'

Zo gezegd, zo gedaan. De avond is voor koffiedrinken en zomaar wat praten. Ze hebben ook geen van beiden meer iets toe te voegen. Wanneer je hebt gezegd wat je op je hart had, kun je je gedachten daarna rustig de vrije loop laten.

Wanneer Eivor de volgende ochtend wakker wordt, is Elna weg. De lakens liggen opgevouwen op de bank en op tafel ligt een brief die ze heeft geschreven, met potlood op een papieren zakje.

Eivor,
Ik heb bijna de hele nacht wakker gelegen. En toen bedacht ik dat ik net zo goed vandaag al een vroege trein naar huis kon nemen. Alles is goed. Ik zie dat je het prima redt. Doe Liisa de groeten van me. Ik ga naar huis om wat van mijn eigen leven te maken. Ik ben niet boos en hoop dat jij ook niet … [onleesbaar] bent.
Groeten, Elna.

Het woord 'mama' is doorgekrast, maar met maar één streep, zodat ze het nog wel kan lezen.

Eivor leest het en wordt verdrietig, ze kan wel huilen.

Kom op, mam, denkt ze. Verdorie, kom op nou.

En dan haast ze zich naar de fabriek. Langs de brandweerkazerne en het badhuis, het cultureel centrum aan haar linkerhand, over het spoor en het grommende gedreun van de machines in.

Wanneer ze inklokt, bedenkt ze dat ze nu ernst moet maken met haar plannen om te solliciteren als naaister bij Algots. Nu heeft ze geen smoes meer om er langer mee te wachten. Voordat de sneeuw gesmolten is, moet ze het gedaan hebben. Voordat de dooi zelfs maar is begonnen. Maar wie weet hoe je dat het best kunt aanpakken?

Nou, dat weet Annika Melander wel, die zelf naaister is bij Algots. Eivor ontmoet haar in de tearoom van Cecil. Waar anders?

Het is op een zaterdagavond begin maart, het is druk bij Cecil, er wordt naarstig op meisjes gejaagd en tafels en stoelen worden in steeds nieuwe opstellingen neergezet. Eivor wil een vuurtje en Annika Melander heeft toevallig lucifers bij zich. Maar haar sigaret wil niet branden, de lucifer gaat uit, nog een poging, gelach en dan raken ze in gesprek. Om hen heen wordt stiekem gedronken uit frisdrankflessen waar voor de helft brandewijn en voor de helft iets anders in zit. Er worden verschillende plannen voor de avond geopperd, ze botsen met elkaar, worden verworpen of worden op de stapel mogelijkheden gelegd. De avond is nog jong, de jongens staan met het werptouw in de hand als halfdronken valken te speuren naar een geschikte prooi. Ze winnen informatie in en wisselen ervaringen uit, het oordeel over de meisjes is hard, maar niet harteloos. Wie te makkelijk toegeeft is niet per se de meest populaire, en wie als saai te boek staat, nodigt uit tot een gevecht …

De meiden zitten gebogen over hun Coca-Colaflessen, ze roken nerveus een sigaretje, ze wachten hun kans af, maken zich zorgen omdat híj er niet is, tonen een opvallende belangstelling voor iemand anders, of zitten er gewoon ongeïnteresseerd bij. Uit de jukebox klinkt een onafgebroken gebrom, The Streaplers stoppen ermee en daar komt *The King Himself* met 'Won't you wear my ring'.

De sombere uitbater van het café zegt tegen iemand dat hij niet zo luidruchtig moet zijn.

'Hij werkt in het magazijn', zegt Annika Melander. 'Hij wordt wat schreeuwerig als hij drinkt. Maar hij is wel aardig.'

'Welk magazijn?' vraagt Eivor.

'Bij Algots.'

'Werk jij daar?'

'Ja. Jij ook?'

'Nee, maar dat zou ik wel graag willen.'

Annika Melander is negentien jaar, ze woont in Gånghesterbo, en is al ruim een jaar naaister bij Algots. Het is er niet altijd even gezellig, het tempo ligt hoog, de voormannen zijn muggenzifters en het is saai als je dagen achtereen dezelfde naden zit te naaien van een grote partij broeken of blouses. Maar als deze Eivor dan zo vreselijk graag bij Algots zou willen beginnen en haar een sigaret aanbiedt, moet ze natuurlijk wel net doen alsof het de best denkbare werkplek is.

'Je kunt gewoon naar personeelszaken gaan', zegt ze. 'Ze hebben mensen nodig. Er zijn vrouwen uit Joegoslavië bij gekomen en weet ik waar nog meer vandaan.'

Eivor wil graag van haar weten wat ze kon toen ze bij Algots begon, maar ze worden voortdurend onderbroken. Annika Melander wacht op iemand die nog moet komen en iemand anders meent te weten dat hij helemaal niet komt, maar dat kan hij ook verkeerd begrepen hebben …

'Gaan jullie mee?' vraagt iemand.

'Waarheen?' vraagt Annika.

'In de auto.'

'Waarheen?'

'Ik rij niet.'

Dan is er iemand die begint te duwen, iemand anders die vraagt waar Stefan verdomme zit, en dan ziet Eivor haar kans schoon om het weer over Algots te hebben.

'Ik wist nauwelijks wat een naaimachine was', zegt Annika.

'Maar dat weet ik nu wel. Ik droom er 's nachts van.'

Eivor probeert te vertellen van Jenny Andersson in Örebro, maar bij een ander tafeltje roepen ze Annika en ze verdwijnt. Ze is nog maar net van haar stoel opgestaan, of er komt alweer iemand anders zitten. Niet één, maar twee die samen op één stoel gaan zitten.

'Ken je Annika?' vraagt de een. Hij heeft lang achterovergekamd haar met pieken in zijn nek.

Eivor kent iedereen en ze kent niemand, maar ze begint er al aardig bij te horen. Bij deze mensen die leven voor hun grote auto's, voor de zaterdagavond, voor de verrassingsaanvallen op Göteborg, Kinna, Dalsjöfors of Bollebygd. Ze is geen vreemd gezicht meer, en aangezien ze kan doen wat ze wil, worden haar altijd slokjes uit flessen aangeboden en is er altijd een auto waarin ze mee mag rijden.

Wanneer Annika uiteindelijk weer bij haar tafeltje opduikt en vraagt of ze meegaat, staat ze meteen op, ze hoeft niet te weten waarheen. Nu is het kennelijk tijd om op stap te gaan en dan gaat het allemaal razendsnel, er is geen tijd om te weifelen, nu is het moment gekomen om serieus aan de zaterdagavond te beginnen.

Ze glijdt samen met Annika op de achterbank van een wit slagschip, een Ford die in Amerika is gebouwd, een paar jaar als directiewagen van een schroothandelaar in Hedared dienst heeft gedaan en nu in Borås door een bende nozems wordt gebruikt. Er zitten drie jongens voorin en op de achterbank zitten Annika en Eivor en nog twee anderen. Het is rokerig en benauwd en voor de achterruit staat een grammofoon op batterijen die op en neer hotst en merkwaardige, krassende geluiden uitstoot. De auto komt schommelend op gang, er wil nog iemand instappen, maar die wordt weggejaagd. Ze zitten vol.

'Karren maar', schreeuwt de jongen naast Eivor. De auto schokt en daar gaan ze. Negen rondjes om het plein, langzaam, met iets wat voor waardigheid kan doorgaan. De slagschepen

zitten dicht bij elkaar, die arme Volkswagen die in de rij is terechtgekomen, hij heeft daar niets te zoeken. Rond en rond,
even stoppen voor een praatje door het raampje, over iemand
die zijn schouder heeft gebroken, over een verkeerscontrole op
de weg naar Göteborg, over iemand die het heeft uitgemaakt
met de Peuk.

'Jij ook?' vraagt de jongen naast Eivor en hij geeft haar een
fles aan. Ze neemt een slok, het is waarschijnlijk wodka met
sinaasappelsap, bijna lauw, maar ze drinkt er natuurlijk wel van.
Hoe de jongen heet die haar de fles heeft gegeven weet ze niet.
Of ja, Nisse wordt hij genoemd. Nisse Talja, wat dat ook moge
betekenen.

Bij het tiende rondje breken ze uit de rij en gaan voor anker
bij het worstkraampje dat schuin tegenover de schouwburg zit.
'Wie niks wil, moet het nu zeggen.' De meisjes doen de bestellingen. 'Vergeet niet dat ik augurk wil, geen rauwe ui en dat
soort troep.'

Bij het worstkraampje breekt opeens een gevecht uit, iemand
begaat de grote vergissing om voor te dringen bij iemand met
een kwade dronk, en dan is er maar één uitkomst mogelijk. De
dienbladen met aardappelpuree vliegen door de lucht en de twee
vechtersbazen rollen door de vieze natte sneeuw, ze schoppen en
schreeuwen. Uit alle auto's komen mensen aangerend, iemand
vindt het een slecht gevecht, ze slaan immers continu mis. Maar
wanneer er een politiewagen wordt gesignaleerd is het gevecht
afgelopen, een bloedneus en een kapotte wenkbrauw zijn inderdaad een matig resultaat. De agenten stappen niet uit, ze blijven
alleen een paar seconden waakzaam staan en rijden dan weer
langzaam verder. Er wordt weer een ordelijke rij gevormd, worst
en wisselgeld verwisselen van eigenaar en dan is er iemand die
het verlossende woord spreekt: er is een nachtgala in Gislaved,
waar niemand minder dan The Fantoms spelen en die zijn goed,
man, de bassist heeft nog bij de The Rockets gezeten. Gislaved
is niet ver, het is een gat van niks vlak over de provinciegrens

met Småland, daar gaan we heen. Maar eerst nog een paar rondjes om het plein, hup, weer in de kronkelende rij van bedaagde slagschepen. Door de raampjes wordt het nieuws over Gislaved verspreid en wie nog geen meisjes in de auto heeft, probeert er een paar te lokken die bij het hek langs de Viskan rondhangen. Wij zitten vol, maar we hadden een aanhanger moeten hebben, want die twee zien er niet slecht uit. Het zijn zo te zien nog zusjes ook ...

Bij het negentiende rondje om het plein hebben ze geluk. Een paar *dixies* met hun stomme duffelse jassen en arrogante blikken zijn per ongeluk op verboden terrein terechtgekomen, en ze worden natuurlijk met scheldwoorden weggejaagd en met auto's die gevaarlijk dicht bij hen afremmen. Ongedierte kunnen ze hier niet gebruiken, als ze niet verdraaid snel maken dat ze wegkomen, lopen ze kans op persoonlijke ongelukken. Maar ze zijn schijnbaar slim genoeg om snel in een zijstraat te verdwijnen. Ze zullen hier niet gauw weer komen, maar mocht dat wel gebeuren dan zullen ze hard aangepakt worden. Iedereen herinnert zich die gek nog wel die een half jaar geleden een affiche voor een popconcert weghaalde. Hij wist kennelijk niet veel van de wereld, maar hij leerde heel wat bij toen hij eenmaal in een auto was gegooid en met de hele karavaan erachteraan naar een geschikte afgelegen bospartij werd gebracht, waar hij in het schijnsel van de koplampen zo'n ongenadig pak slaag kreeg dat hij zich een hele poos niet meer kon vertonen op school of waar hij ook maar heen had gemoeten ... Ja, dat is een mooie herinnering.

Om een uur of negen is het tijd om naar Gislaved te vertrekken en wanneer de tank vol is, rijden de slagschepen de donkere wegen op. Eivor voelt een arm om zich heen, ze draait onmiddellijk haar hoofd om en wordt gekust. Hij ruikt naar brandewijn en tabak, maar zij ook, dus dan maakt het niet uit. Maar ze weet nog steeds niet hoe hij heet.

In Gislaved is het natuurlijk een vreselijke warboel. Voor het park heerst volledige chaos. Er zijn politiepatrouilles op afgestuurd en af en toe wordt er een auto aangehouden, maar uit Borås komen geen roestbakken. Hier kunnen ze lang zoeken naar technische mankementen. Het is druk op het parkeerterrein, er komen steeds meer auto's bij. Daar komen twee Chevy's uit Huskvarna, en verdomd als dat Gånge-Rolf niet is uit Smålandsstenar, die daar in zijn Packard vol gillende meiden aan komt slippen.

In het lokaal is het een gedrang zonder weerga. In een hoek heeft iemand staan overgeven, maar de bewakers houden zich afzijdig; hier ga je niet uit eigen vrije wil de massa in om iemand eruit te halen. Dat zou op een bloedbad kunnen uitlopen en binnen een uur zou misschien van het park niets meer over zijn. Nee, kunnen ze nou die rotgitaren niet snel stemmen en hun fantastische Hagströmversterkers aansluiten? De boel kookt hier nog over, de vloer kraakt onder de opgewonden volksmenigte.

The Fantoms uit Göteborg spelen exact een uur en ze weten het publiek enthousiast te krijgen. De zanger is niet zo, maar de drummer is wild, hij begrijpt hoe je met armen en benen, haar en paardenstaart moet spelen. Ze geven twee toegiften, 'Ghostriders' en een Presleypotpourri. Maar dan is het onherroepelijk voorbij, hoe hard er ook gemopperd wordt. Daarna ontstaat weer dezelfde chaos op straat. Verdwaalde meisjes zoeken hun auto, anderen zoeken een nieuw groepje omdat degenen met wie ze gekomen zijn te opdringerig werden. De slagschepen stellen zich op. Gislaved houdt de adem in en de sportclub telt de inhoud van de kassa's. Langzamerhand daalt de rust weer neer in de nacht, ze zien de laatste achterlichten glinsteren en de bewakers tellen dertien kapotte stoelen en vier ingeslagen ruiten. Dat is een mooi resultaat, de sportclub boekt winst. The Fantoms zijn alweer op weg naar Göteborg. Een meisje dat per se met hen mee wilde zit achter in de tourneebus gepropt en sologitarist Lasse Grijpgraag doet zijn naam eer aan en heeft zijn linkerhand al in haar broek. Ze wordt er bij de Götaplatsen uit gezet, daarna redt ze zich maar.

De karavaan schommelt en slipt naar huis over de donkere wegen. Dankzij The Fantoms zit de stemming er goed in en niemand peinst erover nu al te stoppen. Het is warm in de auto, zeven tevreden mensen die druk praten en lachen. Al is het natuurlijk niet goed dat er maar twee meisjes in de auto zitten. Daarom is er niemand die protesteert wanneer een jongen voorin opeens bedenkt dat hij iemand kent die een feest geeft in Sexdrega. Dat is niet ver, een half uur rijden en het is immers nog maar twee uur, verdomme.

Het feest vindt plaats in een oud, vervallen pand. Het is echt een ruig feest. Er staan drie grammofoons in één ruimte, die samen voor een krankzinnige kakofonie van muziek zorgen. Tafels, stoelen en kleden staan ingepakt in de hoeken, er zijn nog een paar mensen aan het dansen, maar de meesten liggen in uiteenlopende gradaties van bewusteloosheid te slapen of zitten in een donker hoekje te flikflooien.

Nisse Talja laat Eivor niet los wanneer ze binnen zijn. Zij wil dansen, maar hij heeft heel andere behoeftes en trekt haar mee naar een hoek, achter een omgegooide bank.

'Nu gaan we neuken', zegt hij en hij trekt haar op het kleed.

'Helemaal niet', zegt ze.

'Wat nou dan, verdorie?' zegt hij.

'Ongesteld', zegt ze.

Dat is afdoende. Niet dat ze echt ongesteld is, maar het is de effectiefste manier om aan een situatie te ontkomen die anders hachelijk kan worden. Hij heeft haar de hele avond op brandewijn getrakteerd, de auto waarin ze mocht meerijden is voor een deel van hem, en hij heeft haar toegangskaartje in Gislaved betaald. Nee, ze had hem anders met goed fatsoen niets kunnen weigeren, vooral niet omdat hij al met het condoom staat te zwaaien. Maar hij laat haar niet gaan voordat ze stevig en vastberaden over zijn kruis heeft gewreven, hij gidst haar, en als ze maar niet hoeft te kijken, vindt ze het niet zo erg.

In de ochtendschemering wordt ze wakker doordat Annika huiverend voor haar staat, grauw in het gezicht, moe na de lange nacht.

'We gaan nu weg', zegt ze. 'Als je mee wilt, moet je opschieten.'

Het wordt al licht als ze in Borås aankomen. De jongen achter het stuur is zo vriendelijk haar voor de deur af te zetten.

'Tot ziens', brommen degenen die nog in de auto zitten. Het laatste wat Eivor ziet, is het gezicht van de slapende Annika tegen een van de zijraampjes achterin.

Ze ontmoet Nisse Talja daarna weer, maar het wordt niets tussen hen. Maar een van de jongens die voorin zaten en van wie ze eigenlijk alleen de nek heeft gezien, heet Jörgen, en met hem heeft ze een maand lang verkering. Hij is nogal stil, behalve wanneer hij drinkt. Dan schreeuwt hij het hardst van iedereen. Maar hij is niet vervelend en met zijn zelfverzekerde gedrag kan hij niet echt verbloemen dat hij eigenlijk verlegen en schuchter is en altijd zweethanden heeft. Maar ze vindt hem leuk, en af en toe, wanneer hij tijd heeft – hij werkt als broodbezorger – haalt hij haar op bij de poort van de kunstzijdefabriek.

Op een zaterdagavond blijven ze thuis in haar flatje en terwijl ze dat eigenlijk niet wil, vrijen ze toch met elkaar. Hij gebruikt een condoom, en het wordt natuurlijk een mislukking, ze voelt niets. Na afloop generen ze zich zo dat hij er maar vandoor gaat. Ook al heeft hij een condoom gebruikt, toch volgen er veertien onrustige dagen, een voortdurend knagend: stel dat ze toch ... Maar ten slotte wordt ze gewoon ongesteld, en dat maakt haar ook zekerder. Als ze maar zorgt dat ze een voorbehoedsmiddel gebruiken, hoeft er niets te gebeuren. Dat zij er vervolgens geen plezier aan beleeft, zal wel aan haarzelf liggen. Al is het wel raar dat zij niet smelt van binnen of wegzakt in ritselende donsmatrassen, zoals het in de bladen staat.

Als ze maar niet voor een saaie trien wordt versleten. Dan

slaapt ze nog liever met hen. De angst om zwanger te worden is niet erger dan de angst om over te blijven, erbuiten te vallen, niet mee te mogen in de auto, er niet bij te horen. Ze vormen echt een groep, de meeste jongens en meiden die ze er tegenkomt zijn hartelijk en humoristisch onder hun harde gezichten en zware make-up. De meisjes hebben het over kinderen, de jongens hebben hun eigen dromen. En als er iemand een keer geen geld heeft, dan heeft iemand anders dat altijd wel. Als er iemand gaat verhuizen, komt iedereen zo veel mogelijk helpen sjouwen. Maar natuurlijk zijn er ook rotte eieren, vechtersbazen en slappe figuren met wie niemand iets te maken wil hebben. Hoe dan ook, Eivor heeft het gevoel dat ze groeit en binnen enkele maanden is ze een deel geworden van deze stad die haar eerst een onneembare vesting leek.

April. Zacht, maar winderig. De lente nadert vanaf het Skagerrak over de vlakte van Västergötland. De rook van de fabriek stijgt op naar een blauwe hemel. Op een heldere, maar toch niet koude dag lapt Eivor voor het eerst het werk aan haar laars. Nou ja, niet helemaal. Op vrijdag had ze tegen voorman Svanslös gezegd dat ze naar de tandarts moest en toen knikte hij alleen maar, ze is immers tot nu toe nog geen uur weg geweest. Liisa en Axel Lundin zouden vandaag samen voor het stukloon werken. Maar ze gaat niet naar de tandarts, ook al was dat misschien wel nodig geweest. Soms voelt ze een scheut links in haar onderkaak. Maar dat moet een andere keer maar, wat ze nu gaat doen is belangrijker. Ze is op weg naar de afdeling personeelszaken van Algots voor een sollicitatie. Ze heeft af en toe getwijfeld en gedacht dat ze alle plannen net zo goed uit haar hoofd kon zetten. Ze heeft het immers naar haar zin op de kunstzijdefabriek, ook al is het lawaai oorverdovend en wordt ze nooit meer dan ze nu is, een gewone fabrieksarbeidster. Maar ze moet deze wandeling door de naderende lente naar de fabriek achter de brouwerij nu wel maken. Anders zou het betekenen dat ze haar eigen koppige, bijna moedige droom opgeeft.

Maar ze is niet zenuwachtig wanneer ze de trap op loopt naar personeelszaken. Daarvoor voelt ze zich veel te zeker van haar zaak.

De deur gaat open en er komt een vrouw met donker haar en een donkere teint naar buiten. Ze moet denken aan wat Annika Melander had gezegd over vrouwen uit Joegoslavië die bij Algots zijn komen werken. Aan de Finse vrouwen hebben ze kennelijk niet meer genoeg. Maar Eivor kan heus wel even goed naaien als zo iemand …

Zij is aan de beurt. De personeelsfunctionaris is jong en heet Hans Göransson. Hij is beslist niet ouder dan vijfentwintig, maar zijn vest spant al om zijn buikje.

Voor hem op het bureau ligt de brief die Eivor heeft gestuurd. Hij leest het getuigschrift door dat ze van Jenny Andersson uit Örebro heeft gekregen en knikt.

'Dat ziet er goed uit', zegt hij en hij kijkt haar aan. 'Wanneer zou je kunnen beginnen?'

'Meteen wel', antwoordt ze.

'Nou, nou, je kunt niet zomaar weglopen bij Kunstzijde', zegt hij. 'Maar over een maand, 15 mei?'

Ze knikt.

'Krijg je stukloon bij Kunstzijde?' vraagt hij en ze knikt weer.

'Dat is mooi', zegt hij en hij legt zijn handen achter zijn hoofd. 'Want één ding kan ik je wel vertellen, en dat kun je opvatten zoals je wilt, als een belofte of als een dreigement, maar het gaat hier hard. Wie niet kan aanpakken, heeft hier niets te zoeken. Je moet hard werken, maar het betaalt goed.'

'Dat lukt me wel', antwoordt ze en ze vraagt zich wat hij bedoelt met 'het betaalt goed'. De lonen bij Algots liggen niet hoger dan bij Kunstzijde, dat weet ze van Annika. Het verschil zit in wat ze produceren, en het is hier niet zo'n oorverdovend kabaal op de werkplek.

'Mooi', gaat hij verder. 'We willen hier graag jonge meiden. Jonge meiden die werken. Maar ik kan je nu niets beloven. Je krijgt nog een brief. Is dit jouw adres hier?'

'Ja', antwoordt ze. 'Wanneer hoor ik iets?'

'Binnenkort', zegt hij.

Hij staat niet op als ze weggaat.

'Wil je de volgende naar binnen sturen?' zegt hij tegen haar.

Er staat weer een vrouw met een donkere huid te wachten. Angstig kijkt ze Eivor aan. Maar ten slotte begrijpt ze dat zij aan de beurt is en ze slaat een kruisje voor ze naar binnen gaat.

Zo makkelijk is het dus. Ze loopt door de stad en is ervan overtuigd dat ze de baan zal krijgen. Eigenlijk heeft ze geen zin om nu terug te gaan naar de fabriek, ze zou gewoon door willen lopen, de stad in, in beweging zijn en frisse lucht opsnuiven. Maar die impuls draait ze snel de nek om, ze kan elke kroon goed gebruiken. Ze heeft alleen het broodnodige en soms zelfs dat niet eens.

Op een zaterdagavond in april is het net of de wereld stilstaat. Er gebeurt niets, niemand heeft iets over een activiteit gehoord. In het Park speelt een saai orkest en ... Nee zeg, wat is dit? Wat een rotzaterdag! Wat zullen we doen?

Eivor rijdt mee met Unni en haar vriend Roger, die een Borgward heeft. De slang met duizend knipperende ogen kronkelt rond het plein, maar alles is zo hopeloos rustig. Ze zitten met zijn drieën voorin. Unni, die Eivor ergens op een feest heeft leren kennen, leunt met haar hoofd op Rogers schouder terwijl ze verwoed kauwgum kauwt. Eivor trommelt met haar vingers tegen de handgreep van de deur en denkt aan Lasse Nyman. Kun je een kaart naar de gevangenis sturen? Maar wat zou ze moeten schrijven ... En waar zit hij?

De auto glijdt naar de stoeprand en Eivor hoort Roger met iemand praten. Maar ze heeft geen puf om te kijken wie het is.

'Ik denk dat ik maar naar huis ga', zegt ze ongeduldig.

'Waarom?' vraagt Unni.

Ze blijft zitten en bij het volgende rondje blijft Roger weer op dezelfde plaats staan en er stapt iemand achter in.

'Ken je Jacob?' vraagt Roger en hij kijkt Eivor aan. Ze kijkt opzij en knikt naar degene die net is ingestapt.

'Eivor', zegt ze.

'Jacob', zegt hij.

Roger heeft gordijntjes voor de achterramen zodat ze zijn gezicht moeilijk kan zien in het schemerduister. Eigenlijk ziet ze alleen dat hij blond is.

'Wat gaan we doen?' zegt Roger. 'Weet jij iets?'

'Nee', zegt de jongen die Jacob heet.

Nog een rondje, maar er valt vanavond gewoon niets te beleven.

Waar het idee vandaan komt weet ze niet, maar opeens is het er en ze handelt als gewoonlijk impulsief. Nog eens goed nadenken is er niet bij.

'We kunnen naar mijn huis gaan', zegt ze. 'Maar ik heb geen drank. Wel koffie, natuurlijk, maar verder niet.'

'Maar ik wel', zegt Roger en hij maakt de auto met gierende banden los uit de slang. Eivor geeft hem het adres en hij knikt, hij weet waar het is, hij is hier geboren.

Hij heeft een nog bijna volle fles brandewijn bij zich, daar kan mooi een scheutje van in de koffie die Eivor heeft gezet. Ze zet de grammofoon op batterijen aan die ze heeft gekocht en kiest een van de platen uit die ze van Liisa heeft geleend. Dan proosten ze bij de sleetse klanken van Cliff Richards 'Living Doll' en voor het eerst ziet ze hoe Jacob eruitziet. Blond, sproetig, grote blauwe ogen en een litteken dat bij zijn ene mondhoek begint. Hij is wat ouder dan zij, een jaar of vierentwintig.

Eivor zet het geluid harder, ze wil laten zien dat ze zelf bepaalt in hoeverre ze rekening houdt met de buren. Maar boven haar woont een oude juffrouw die in een bakkerij werkt, van wie Eivor zich moeilijk kan voorstellen dat ze meer zou durven dan zuchten over het lawaai ...

Het is zo rustig, Unni en Roger zitten dicht tegen elkaar op de bank, Eivor zit op een kussen naast de grammofoon en Jacob zit onderuitgezakt in de leunstoel.

'Wat een avond', zegt Roger wanneer hij zijn koffie met tic op heeft. Unni, die het grote voorrecht heeft naar huis te mogen rijden, zegt niets. Jacob mompelt iets onduidelijks, dus moet Eivor wel reageren.

'Ja, zeg dat wel', zegt ze.

'Je zou naar Göteborg moeten verhuizen', zegt Roger.

'Ja', zegt Eivor.

En zo zou de avond voortgekabbeld zijn als er plotseling niet een enorm kabaal op straat had geklonken. Er staan twee auto's te toeteren; het lijken wel sirenes, zo galmt het tussen de huizen. Iemand die schreeuwt en gilt krijgt algauw gezelschap van een heel blèrend koor. Ze zijn allemaal naar het raam gerend. Twee grote Amerikanen versperren de straat.

'Dat is verdomme Kalle Fjäder', zegt Roger. 'Hoe weet hij nou ...'

'Ze zullen de auto wel gezien hebben', zegt Unni.

'Ik wil ze niet in huis hebben', zegt Eivor.

Maar het is te laat, er stromen mensen uit de auto's. Niet te geloven dat ze daar met zijn allen in passen.

'Roger', roepen ze. 'Roger ...'

'Ik wil ze hier niet hebben', zegt Eivor en nu is ze bang. Aan de overkant van de straat is achter een paar ramen licht aangegaan. Maar ze staan al in het portiek, er klinkt gerammel van flessen en ze heeft het gevoel dat haar hart stilstaat.

'Wie zijn het?' vraagt ze en ze pakt Roger bij de arm.

'Rustig nou maar', zegt hij en hij loopt naar de hal om open te doen.

'Maak niet zo'n kabaal', zegt hij. 'Kom binnen.'

Ze zijn met zijn elven, zes jongens en vijf meiden, alleen de twee chauffeurs zijn nuchter. Ze stormen naar binnen als een kudde krankzinnige ossen en Eivor kan absoluut niets doen, niet nu Roger vindt dat ze natuurlijk binnengelaten moeten worden.

Het huilen staat haar nader dan het lachen, maar wanneer ze ziet dat Unni haar belangstellend aanstaart alsof ze die reactie nou precies had verwacht, zet ze haar tanden op elkaar en zorgt ervoor dat in ieder geval de voordeur wordt dichtgedaan.

'Hallo, meisje', zegt iemand en hij pakt haar vast. 'Woon jij hier?'

Ze geeft geen antwoord, maar trekt zich gewoon los.

Het is net één langgerekte kreet, een razende, zuipende, schreeuwende, struikelende, wankelende optocht van mensen die meer alcohol dan bloed in hun aderen hebben. Ze kan niets doen, iemand verliest zijn evenwicht en trekt een gordijnstang naar beneden, de arm van de grammofoon wordt afgebroken door iemand die het ding wat al te hardhandig aan het spelen wil krijgen en haar enige vaas overleeft het maar een paar minuten, voordat hij op de vloer kapot valt. En Unni blijft maar naar haar kijken, ze kauwt op haar kauwgum en wacht haar reactie af ...

Op dat moment begint Eivor haar te haten.

Hoelang het duurt voor er vier agenten voor de deur staan weet ze niet. Een kwartier of een half uur. Maar ze staan er en het lawaai wordt langzaam minder en verandert in afwachtende dreiging.

'Wat is hier aan de hand?' vraagt een oudere agent.

'Een feestje', zegt iemand en zijn woorden worden door bulderend gelach gevolgd.

'Wie woont hier?' vraagt de agent.

'Ik niet', antwoordt iemand anders.

Unni kauwt en kijkt Eivor aan.

'Ik', zegt Eivor.

'Weet je hoe laat het is?' vraagt de agent.

'Nee', antwoordt ze.

'Jullie zijn door de hele wijk te horen', zegt hij terwijl hij in het rond kijkt. 'Er waren al vier klachten toen we deze kant op gingen.'

Eivor wil uitleggen hoe het zit, maar doet dat niet. Tegen de politie moeten ze één front vormen, wat er ook gebeurt. Anders is ze er geweest, ze zouden haar meteen buitensluiten.

Een iets jongere agent is naar een meisje toe gelopen dat op de grond heen en weer zit te wiegen; haar haar hangt voor haar ogen.

'Hoe oud ben je?' vraagt hij.

'Sodemieter op', zegt ze.

'Dat is Kristina Lindén', zegt een van de agenten die tot nu toe nog niets heeft gezegd. 'Ze is dertien', vervolgt hij.

'Minderjarig dus', zegt de oudere agent.

'Ik ben zeventien', lalt Kristina Lindén.

'Jij gaat met ons mee', zegt de agent en begint haar overeind te sjorren. Er klinkt een dof gemor van haar vrienden, maar de oudere agent brult dat ze hun kop moeten houden en dan wordt het stil.

'Wegwezen allemaal', zegt hij wanneer Kristina Lindén tussen twee agenten is weggesleept. 'En rustig op de trap. Wie ook maar een woord zegt, gaat mee naar het bureau.' Natuurlijk is er meteen iemand die 'een woord' zegt.

Dan gaan ze.

De oudere agent wacht tot ze verdwenen zijn. Dan draait hij zich om naar Eivor, die begint te huilen. Op dat moment komt Jacob terug om de aansteker te halen die hij had laten liggen. Daarna maakt hij zich snel uit de voeten.

'Je hebt vast wel een naam', zegt de agent.

'Eivor Maria Skoglund', snikt ze.

'En jij woont hier?'

'Ja.'

'Hopelijk word je er niet uit gezet', zegt hij. 'Wie is je verhuurder?'

'Fåhreus.'

'Ja, ja', zegt hij. 'Ja, ja … Nou, doe dit niet nog eens. En hou op met huilen. Daar krijg je dat gordijn niet mee heel. Je kunt het beter weer ophangen.'

'Ik wilde dit niet', zegt ze.

'Dat begrijp ik ook wel', zegt de agent. 'Ik ga nu weg. Doe de deur op slot. Ze komen niet terug. Maar misschien zijn er boze buren.'

Alleen. Zo machteloos alleen.

Huilend begint ze op te ruimen. Steeds ziet ze Unni's kauwgum kauwende mond en spottende ogen voor zich. En mevrouw Fåhreus. Nu zal ze haar dan waarschijnlijk toch nog ontmoeten.

Het laatste wat ze doet is het gordijn ophangen. Er zit een grote scheur in en iemand heeft zijn vette vingers eraan afgeveegd. Maar ze laat het hangen en kruipt in elkaar op haar bed, ze maakt zich zo klein mogelijk. Een andere manier van vluchten kent ze niet. Opeens herinnert ze zich dat ze zich ook op die manier op de achterbank van de auto probeerde te verstoppen tijdens haar helse tocht met Lasse Nyman. Maar toch is er sindsdien iets veranderd. Toen kon ze terug naar huis, ze kon wegkruipen achter de ruggen van Elna en Erik. Maar dat gaat nu niet, nu is ze op zichzelf aangewezen. Als mevrouw Fåhreus, van wie ze nog steeds niet weet hoe ze eruitziet, voor de deur staat om haar sleutels terug te vragen, zal Elna er niet opeens zijn om haar te helpen. Niemand zal haar komen helpen, ze moet het allemaal zelf doen.

Tenzij haar onbekende vader een engel in een fraai maatpak zou blijken te zijn, natuurlijk, die het eindelijk behaagt zich te vertonen en een beetje verantwoordelijkheid te nemen voor zijn dochter. Tenzij hij nu als een grijs gas door het sleutelgat van de voordeur zou komen en krachten zou blijken te bezitten als die van Superman, kon toveren als Mandrake en zo listig was als de Wezel uit de detectiveboeken over Ture Sventon. Als hij nu zou komen, zou heel zijn eerdere afwezigheid hem vergeven zijn en zou ze hem niet zo nodig hoeven te kortwieken. Als hij haar eenmaal uit de brand heeft geholpen en zijn gezicht heeft laten zien, mag hij rustig weer onzichtbaar worden …

Eivor wordt wakker van de bel. Ze schrikt en gaat recht overeind in bed zitten. Haar eerste gedachte is net een ijspegel die in haar hart prikt: ze heeft zich verslapen. Maar waarom ligt ze aangekleed in bed?

De bel gaat weer en ze strompelt naar de hal om open te doen, maar bedenkt zich op het laatste moment. Nu weet ze het weer, en er ligt een kapot kleerhangertje op de grond als onweerlegbaar bewijs. Maar nu kan er toch nog geen boodschapper van het Fåhreusimperium onderweg zijn? Hoe laat is het? Het is zondagochtend ...

Er wordt weer aangebeld, hardnekkig, en ze weet dat ze als een vage schaduw te zien is door het geribbelde glas van de voordeur. Ze moet wel opendoen.

Voor de deur staat Jacob, Jacob Halvarsson, al kent ze zijn achternaam nog niet. Hij strijkt het blonde haar van zijn voorhoofd en zegt niets, staat daar maar een beetje verdwaasd te kijken.

'Ik ben niets vergeten', zegt hij ten slotte en schudt zijn hoofd over zijn onzinnige opmerking.

Eivor rilt, er komt een koude tocht uit het trappenhuis. Iets moet hij toch willen, anders was hij niet teruggekomen. Wil hij nog meer gordijnen naar beneden trekken? Nee, ze weet wel dat hij vannacht niets heeft gedaan; te midden van alle tumult was hij gewoon op zijn stoel blijven zitten. Hij had niets verkeerds gedaan, maar ook niets goeds.

'Ik sliep nog', zegt ze en ze merkt dat ze rilt van de kou. 'Blijf je hier staan of kom je binnen?'

'Ja, graag', zegt hij en tot haar verbazing ziet ze dat hij bloost.

Hij gaat op de bank zitten en zij kruipt in een stoel met haar voeten onder zich. Ze zeggen geen van beiden iets. Hij zit onrustig met de grammofoonplaten te prutsen en ze vraagt zich af waar hij voor komt.

Uiteindelijk vat hij moed en hij kijkt haar aan.

'Het spijt me van vannacht', zegt hij. 'Het spijt me echt.'

'Wat waren dat voor jongens?'

'Vrienden van Roger. Nou ja, hij kende er maar een paar van. Het zijn echte herrieschoppers. Ze moeten de auto gezien hebben. Puur toeval.'

'Ik herkende er geen een van.'

'Ze komen uit Fritsla. Alleen dat meisje niet, die woont hier in de stad.'

'Dat meisje van dertien?'

'Ja, precies.'

Wanneer hij eenmaal op dreef is, gaat het makkelijker. Hij kijkt om zich heen door de kamer en ziet de scherven van de vaas liggen.

'Het valt nog mee.'

'O ja?'

'Ja. Ze hadden het huis wel in brand kunnen steken, verdomme. Ik bedoel ... Dat staat er nog.'

Hij kijkt zo hulpeloos dat ze wel moet lachen, hoe moe ze ook is.

'Waar lach je om?' vraagt hij bezorgd.

'Nergens om. Hoe laat is het?'

Hij kijkt op zijn horloge. Een hele poos, met stijgende verbazing.

'Mijn horloge staat stil', zegt hij. 'Maar het zal een uur of negen zijn.'

Hij zegt ja op haar vraag of hij koffie wil en terwijl ze in de keuken staat te wachten tot het water kookt, hoort ze hem de scherven van de kapotte vaas opruimen. Voordat ze met de kopjes en de koffiepot naar binnen loopt, knapt ze zich snel even op in de badkamer. Pas als ze die weer wil verlaten ziet ze dat iemand daar vannacht heeft overgegeven, op de wc-bril en de vloer.

'Ruim je graag kots op?' vraagt ze wanneer ze de koffie heeft ingeschonken.

'Nee', zegt hij en hij kijkt haar verbaasd aan.

'Jammer. Anders had je de badkamer kunnen dweilen.'

'Heb je overgegeven?'

'Ik niet. Een van de vrienden van Roger. Kots uit Fritsla.'

'Ik kan het best doen', zegt hij en hij staat op.

'Drink eerst je koffie maar op. Nu is het nog warm.'

Hij staart naar de koffie en wacht tot die niet meer zo heet is.

'Ik werk in de sportzaak van Valle', zegt hij en hij kijkt er merkwaardig vrolijk bij.

'O?' zegt ze. 'Waar zit die?'

'Weet je niet waar Valles sportzaak zit?' Hij kijkt bijna verbijsterd.

'Ja, nu weet ik het weer', zegt ze om hem gerust te stellen. Maar ze weet het helemaal niet.

'Dat dacht ik wel', zegt hij. 'Dat weet iedereen.'

Dan drinkt hij een paar slokken en gaat de badkamer schoonmaken. Ze hoort dat hij een hele poos bezig is met handen wassen als hij klaar is.

Eivor is moe en wil het liefst gaan slapen, maar iets aan deze stille, bijna verlegen Jacob interesseert haar opeens. Er spelen voortdurend twee uitdrukkingen over zijn gezicht, een verlegenheid die snel verandert in verbazing. Hij is niet bepaald knap met zijn spitse gezicht, en het litteken bij zijn mondhoek is ontsierend. Maar hij heeft een soort rust waar ze zich veilig bij voelt, en dat is iets wat ze nog niet vaak tegengekomen is in Borås. Hij schijnt geen last te hebben van de bijna angstige opwinding die het contact in en om de auto's kenmerkt. Alleen al het feit dat hij niet schreeuwt, maar gewoon praat …

'Ik wilde alleen even kijken hoe het met je gaat', zegt hij. 'Ik woon in de buurt.'

'Waar dan?'

Hij noemt een straat aan de andere kant van de stad.

'Ik hoop dat je het niet erg vindt', zegt hij.

'Nee, hoezo?'

'Weet ik niet.'

Dat laatste klinkt alsof het uit de mond van een onnozel kind komt. Hij is opvallend anders dan andere mensen die ze heeft ontmoet. Van Lasse Nyman tot … ja, tot wie? Iedereen.

Ze zitten koffie te drinken en op deze stille zondagochtend begint haar leven met Jacob. Het is bijna elf uur en de klokken van de Carolikerk mengen zich in het gebeier van de Gustav Adolfkerk. Ze zeggen niet veel, en alleen al rustig bij iemand kunnen zitten, je niet aldoor gedwongen voelen om iets te zeggen, is als een warm kompres rond de herinnering aan de afgelopen nacht. Voor het eerst sinds ze hier in Borås woont, heeft ze het gevoel dat ze tot rust komt, dat ze helemaal stil kan zitten en zich niet opgejaagd voelt door het werk of door wat er de komende avond zal gebeuren. Maar van verliefdheid is geen sprake, bij geen van beiden. Hij kan niet echt uitleggen waarom hij die ochtend naar haar huis is gegaan, en het idee dat ze ooit met hem samen een stel zal vormen staat heel ver van haar af. Het duurt niet lang, maar deze zondagochtend is vrij van grote en opzwepende gevoelens. Hier heersen alleen stilte en korte gesprekken die snel weer afgelopen zijn.

Tegen twaalven gaat hij weg.

'We zien elkaar wel weer', zegt hij. 'Zo groot is de stad niet.'

'Toen ik hier kwam wonen vond ik de stad juist veel te groot', zegt ze.

Hij kijkt haar verbaasd aan.

'Hoor je het niet?' zegt ze. 'Dat ik hier niet vandaan kom?'

'Ja, misschien wel', zegt hij. 'Ik heb er alleen nooit bij stilgestaan. Waar kom je dan vandaan?'

'Dat raad je nooit.'

'Nee.'

'Hallsberg.'

'Hallsberg?'

'Ja, precies. Tot ziens.'

Aanvankelijk is het voor de buitenwereld nauwelijks zichtbaar dat ze met elkaar omgaan. Ook zijzelf deinzen terug voor dat feit, er zijn geen heftige emoties in beweging en niemand is getuige geweest van hun ontmoeting op zondag. Maar ze gaan steeds naast elkaar zitten bij Cecil, ze gaan samen naar de film, ze rijden in dezelfde auto en ze dansen meestal samen. Eivor vindt het een veilig idee om Jacob naast zich te hebben, het geeft haar houvast op de zaterdagavond. Bovendien drinkt hij niet zo veel, hij schopt nooit herrie en hij dramt niet door. Hij valt eigenlijk nooit op. Hij is nooit de eerste die lacht, nooit degene die als laatste komt, hij bevindt zich altijd ergens in het midden. Soms verbaast Eivor zich over hem. Wie is hij eigenlijk? Wat vindt hij, wat denkt hij? Afgezien van wat iedereen vindt en denkt.

Het is het begin van een contact dat eigenlijk niemand serieus neemt, maar natuurlijk gaan ze met elkaar naar bed. Op zaterdag gaat hij met haar mee naar huis. Wanneer Eivor laat in de nacht wordt thuisgebracht, wil hij er toevallig ook net mee stoppen, en wanneer ze eenmaal binnen zijn is er geen weg terug. Ze ligt in het donker discreet maar aandachtig te luisteren wanneer hij op de rand van het bed met het condoom zit te prutsen. Maar ze hoeft het nooit tegen hem te zeggen, voor hem is het schijnbaar vanzelfsprekend. Wanneer ze met hem vrijt, beleeft ze er ook voor het eerst van haar leven plezier en iets van bevrediging aan. Niet veel, vaak komt hij ontzettend snel klaar, maar toch is het niet direct onplezierig. Bovendien is hij niet hardhandig, hij raakt haar voorzichtig aan. Nee, het is niet iets waar ze tegen opziet, hoewel ze er ook niet meteen naar uitkijkt. Maar het hoort erbij.

Op een dag vraagt hij of ze zin heeft om bij hem te komen eten. Het is zondag, ze hebben ontbeten en ze zitten tussen haar schamele meubels te roken. Ze weet dat hij bij zijn ouders woont, die in het westen van de stad wonen, in de wijk Norrby.

'Vandaag', zegt hij. 'We eten altijd om vijf uur.'

'Wie zijn er dan?' vraagt ze.

'Mijn ouders', zegt hij. 'En wij. Mijn moeder wil graag dat je komt.'

'En je vader dan?'

'Die …'

'Ja?'

'Die ook.'

Ze wonen in een driekamerflat van de coöperatieve huurdersvereniging HSB. Het ruikt er naar eten en naar hond. Er komt een harige terriër recht op Eivor afrennen wanneer ze achter Jacob aan de hal binnenkomt. Hij jaagt de hond weg en daar staan haar ouders in de deuropening naar haar te kijken.

'Het is een rotbeest', zegt de vader en hij geeft haar een hand. 'Ik ben Artur. Welkom.'

Het is een enorme kolenschop die naar haar wordt uitgestoken; haar hand, waar heftig aan wordt gezwengeld, verdwijnt er bijna in. Artur Halvarsson is dan ook een enorm grote man, meer dan één meter negentig lang, met een reusachtige, schommelende bierbuik boven een strak aangesnoerde riem. De knoopjes van zijn overhemd kunnen niet dicht over zijn buik en aan zijn voeten draagt hij schoenen zonder veters. Maar hij heeft een vriendelijk gezicht, ook al is het ongeschoren, en al wasemt hij een onmiskenbare dranklucht uit.

'Welkom', zegt zijn moeder met een knikje. 'Ik ben Linnea.'

Ze lijkt klein naast haar man, haar bruine jurk spant om haar mollige lichaam. Als ze een wit schort had gedragen, had Eivor beslist gedacht dat ze in een slagerij of een viswinkel beland was.

'Is het eten klaar?' vraagt Artur en hij kijkt zijn vrouw aan.

'Bijna', zegt ze. 'Ga nog maar even zitten.'

De woonkamer is langwerpig. De vensterbanken staan vol planten. Bij de deur naar de keuken staat een oud harmonium. Het bankstel is versleten en in een hoek zie je de veren bijna door de stof heen steken.

'Het is een rotbeest', zegt Artur weer. 'Maar hij is wel lief.'
'Wat eten we?' vraagt Jacob.
'Gehaktballen', antwoordt Linnea uit de keuken. Er stijgt een lekkere geur op van het fornuis, een geur die Eivor kent uit Hallsberg en die ze in haar eigen flatje nog niet heeft weten te creëren.
'Misschien hou je niet van honden?' vraagt Artur.
'Jawel', zegt Eivor. 'Maar ik heb zelf een kat. Of die had ik. Ik heb hem hier niet.'
'Óf je houdt van honden, óf je houdt van katten', zegt Artur.
'Dat hoeft helemaal niet', roept Linnea vanuit de keuken. 'Dat denk jij alleen. Katten zijn gezellig.'
'Daar heb je me nooit iets over verteld', probeert Jacob zich in het gesprek te mengen.
'Die kat zit toch in Hallsberg!'
Artur luistert aandachtig, zijn enorme wenkbrauwen trekken zich samen. Eivor weet niet goed wat ze van deze reusachtige gestalte moet denken die bijna de halve bank in beslag neemt. Is hij streng of lijkt dat alleen maar zo omdat hij zo groot is?
'In Hallsberg stap je over', zegt hij. 'Toen ik worstelaar was, stapten we altijd over in Hallsberg.'
Dan staat hij met onverwacht gemak op van zijn plek op de hoek van de bank en de uitgeputte veren komen weer terug in hun rustpositie. Hij wijst naar een kleine kast met glazen ruitjes.
'Dat zijn mijn prijzen', zegt hij. 'Kom maar eens kijken!'
'Misschien interesseert het haar niet', zegt Jacob en hij trekt een grimas.
Maar Eivor is al opgestaan en hij opent de deurtjes van de glazen kast en laat plaquettes en bekers zien. Van het stedelijke kampioenschap en het kringkampioenschap, districtswedstrijden en vriendschappelijke wedstrijden tussen BBK en Klippan. Op een van de kleine tinnen bekers leest ze dat de prijs is uitgereikt aan Artur Halvarsson, typograaf.

'Bent u typograaf geweest?' vraagt ze en ze zet de beker terug op het fluwelen kleedje.

'Dat ben ik nog steeds', antwoordt hij. 'Op de drukkerij van Sjuhäradsbygden, als dat je iets zegt.'

'Ja', zegt Eivor. 'Daar heb ik weleens van gehoord.'

Ze moet denken aan het aan elkaar geplakte pornoblaadje dat uit het bed viel toen ze haar matras wilde keren na aankomst in Borås.

'Wat heb je dan gehoord?' vraagt Artur met een frons van zijn grote wenkbrauwen.

'Hou nou op', zegt Jacob.

'Ik vraag me gewoon af wat een meisje dat net uit Hallsberg hierheen is verhuisd over mijn werkplek heeft gehoord', zegt hij en hij krabt aan zijn stoppels. 'Dat mag toch wel?'

'Ik weet alleen dat er een drukkerij met die naam bestaat', zegt Eivor en ze vraagt zich af waar ze aan begonnen is.

'Je weet natuurlijk dat we pornobladen drukken', zegt Artur en hij kijkt haar doordringend aan.

'Ja', zegt ze.

'Nou. Goed dan.'

Artur gaat weer zitten, Linnea staat in de keukendeur en Jacob trommelt geërgerd met zijn vingers.

'Natuurlijk zou ik dat liever niet doen', gaat Artur verder. 'Maar al zijn er nog zulke hechte banden tussen een drukkerij en een politieke partij, toch zijn de marktwetten bepalend. Dat is gewoon zo. Het is niet bepaald leuk om de ene dag het partijprogramma van de sociaal-democraten te drukken en de volgende dag *Piff* of een ander vunzig blad. Maar zo is het en dat heb je maar te accepteren.'

'Het is vreselijke rotzooi', klinkt het kordaat van Linnea, die in de deuropening staat te luisteren.

'Het partijprogramma of die bladen?' vraagt Artur grimmig.

'Doe nou niet zo vervelend', antwoordt Linnea en ze gaat terug naar de keuken.

Is ze beledigd? Eivor kijkt even naar Jacob, maar hij schudt discreet zijn hoofd.

'Ga zitten', zegt Artur en opeens beseft Eivor dat hij een man is die het vanzelfsprekend vindt dat hij het voor het zeggen heeft en dat hij verwacht onmiddellijk gehoorzaamd te worden. Heel even heeft ze zin om te blijven staan of om naar de keuken te gaan om Linnea met het eten te helpen. Maar ze aarzelt niet lang, in de oppositie gaan is niets voor haar. In ieder geval niet onder haar gelijken, zoals hier bij de familie Halvarsson.

'Ook een oude sociaal-democraat als ik, uit de tijd dat het zo slecht ging dat de wandluizen demonstreerden omdat de mensen te mager waren, moet inzien dat de tijden veranderen', zegt Artur en opeens vindt Eivor dat hij net zo praat als minister Sträng van Financiën.

'Maar jullie zullen wel te jong zijn om dat te begrijpen', gaat hij verder. 'Nu zijn er auto's en rock-'n-roll en de mensen kunnen bedanken voor een baantje dat hun niet zint. Toen ik zo oud was als jullie schepte ik met liefde poep voor wie dan ook, als ik er maar voor betaald werd.'

'Toe nou', zegt Linnea. 'We gaan zo eten.'

'Ja, ja, verdomme. Ik vertel gewoon over vroeger.'

'Dat hebben ze vast al vaak genoeg gehoord.'

'Ik vertel het gewoon eerlijk', zegt Artur.

Zwijgend wachten ze op het eten. Jacob zit in elkaar gedoken op zijn stoel en Eivor vraagt zich af of hij spijt heeft. Hij had immers gewoon aan zijn ouders kunnen vertellen dat ze geen tijd had om te komen. Hij had van alles kunnen zeggen.

Maar wanneer ze aan de eettafel in de keuken zitten, merkt Eivor dat ze het gezellig begint te vinden. Ze merkt opeens dat ze dit heeft gemist, om aan een gewone tafel in een gewone flat aan het avondeten te zitten, dat ook echt naar avondeten smaakt. Ook al wordt er aan deze tafel in Norrby, Borås drukker gepraat dan thuis in Hallsberg, toch vindt ze iets in zichzelf terug, een draad terug in de tijd, naar Elna en Erik …

'Smaakt het niet?' vraagt Linnea en ze reikt haar de schaal aan.

'Jawel … Ik was in gedachten', zegt ze.

'Dat is niet goed voor de spijsvertering', zegt Artur autoritair. 'Denken doe je na het eten. Dan moet je goed nadenken …'

'Jij slaapt dan toch altijd?' zegt Linnea met een knipoog naar Eivor.

'Dat is gewoon een hogere vorm van hersenactiviteit', zegt Artur, die niet voor één gat te vangen is. 'Lenin loste al zijn problemen in zijn slaap op. Wanneer hij wakker werd, wist hij precies hoe hij de dingen aan moest pakken.'

'Je bedoelt jezelf zeker?' zegt Linnea.

'Ja, precies. Lenin en ik allebei. Mag ik de jus?'

Jacob brengt haar thuis. Ze lopen door de stad. Het is voorjaar.

'Vond je het heel erg?'

'Nee', zei ze. 'Helemaal niet. Ik vond ze aardig. Maar wat vonden ze van mij?'

'Aardig.'

'Hoe weet je dat?'

'Dat merk je.'

'Het is vast niet de eerste keer dat je iemand meeneemt te eten.'

Daar gaat hij niet op in.

Ze blijven even staan op straat en drukken zich tegen elkaar aan. Wanneer hij haar nek streelt weet ze dat hij daarna voorzichtig met een nagel over haar ene oor zal krassen.

Als hij dat gedaan heeft, gaat hij weg.

Maar hij komt terug en ze zijn steeds vaker samen. Zoals op een woensdagavond begin mei. Ze hebben afgesproken dat ze naar de film zullen gaan en wanneer Jacob bij haar voor de deur staat heeft hij geen krant bij zich, maar hij weet al wat ze moeten zien.

'*Days of glory*', zegt hij. Bij Skandia. Dat schijnt een ontzettend goede film te zijn.

Opeens vindt ze het maar niks dat hij dat altijd moet beslissen.

'Er draait een andere film bij Röda Kvarn', zegt ze en ze merkt dat ze chagrijnig is. Maar hoe heette die ook weer? Evald Larsson, die nooit naar de film gaat, was er door een van zijn kinderen mee naartoe gesleept, vertelde hij tijdens de pauze. En het was een erg humoristische film geweest.

'Wat is het voor film?' vraagt hij afwijzend.

'Dat weet ik niet meer.'

'We kunnen toch niet ergens heen waarvan we niet weten wat het is? *Days of glory* is goed.'

'Heb je die gezien?'

Hij kijkt haar verbaasd aan. Dat begrijpt ze wel, want zo heeft hij haar nog nooit meegemaakt.

'Heb je de smoor in?' vraagt hij.

Ze geeft geen antwoord. Hoe heette die film nou? Iets met muizen? Een muis. Ja, nu ziet ze Evald voor zich, met zijn pijp in zijn hand, nu weet ze weer wat hij zei.

'*De brullende muis*', zegt ze.

'Daar heb ik niks over gehoord', zegt hij.

'Maar ik wel', zegt ze. 'En die cowboyfilms hangen me de keel uit.'

'Dit is een oorlogsfilm.'

'Die ook.'

'Wat héb je toch?' vraagt hij geërgerd.

'Zullen we gaan?' vraagt ze en ze staat op. Ze heeft met de jas aan op hem zitten wachten. Ze moeten altijd meteen weg kunnen.

Wanneer ze naast hem naar het centrum loopt, krijgt ze steeds meer zin om alleen te gaan, alleen naar de bioscoop, de film zien die ze wil zien zonder iemand om toestemming te vragen. Ze werpt een snelle blik op hem. Hij loopt met zijn handen in de zakken van zijn leren jack en houdt zijn kin tegen zijn borst gedrukt. Hij ergert zich, dat merkt ze aan zijn snelle pas.

Eerst komt Skandia. Als je naar Röda Kvarn wilt, moet je verder doorlopen, voor de muziekwinkel van Waidele langs, over de brug, en dan zit de bioscoop aan je linkerhand. Recht ertegenover, op het Krokshallstorget, draait een driehoekige reclamezuil rond. Ze blijven voor Skandia staan. Ze hebben de hele weg geen woord tegen elkaar gezegd. Eivor ziet op de affiche dat Gregory Peck meespeelt. Dan zal het deze wel worden, denkt ze. Zoals gewoonlijk bepaalt hij welke film het wordt.

'Ik ga naar Röda Kvarn', zegt ze.

Waar kwamen die woorden vandaan? Heeft ze dat echt gezegd? Heeft ze zich niet naar Jacob gevoegd? Mijn hemel. Nu zal de wereld wel instorten. Hij kijkt haar verbaasd aan, bijt op zijn lippen alsof hij niet kan besluiten wat hij moet zeggen, sist alleen iets onduidelijks en loopt de bioscoop in.

Nu loopt ze toch zeker wel achter hem aan?

Nee, dat doet ze niet, gelukkig niet. Met vastberaden tred loopt ze naar Röda Kvarn, en ze ziet het grootste gedeelte van de film, ook al moet ze natuurlijk de hele tijd aan Jacob denken, aan wat er nu zal gebeuren. Zal hij het uitmaken? Vindt hij dat ze veel te ver is gegaan in het overschrijden van de grens die inhoudt dat hij degene is die beslist? Dat moet hij bijna wel vinden met zo'n vader. De vrouw staat in de keuken en houdt bij voorkeur haar mond als haar niets wordt gevraagd.

Maar als het zo simpel is, als het om de keuze van de woensdagfilm al uit moet raken, dan is het mooi dat ze dat nu vast weet. Als ze niet meer waard is, dan is het niet best.

Waar Evald Larsson zo hard om heeft moeten lachen, begrijpt ze niet. Het is geen film voor haar, ze kan zich er moeilijk op concentreren. Maar als Jacob ernaar vraagt, moet hij aan haar kunnen zich dat ze zich suf gelachen heeft. Dat zal hem leren met zijn *days of glory*.

Naar buiten, de mensen frunniken aan hun sigaretten en

trekken hun jas dichter om zich heen. Jacob staat niet op haar te wachten. De film bij Skandia is al afgelopen, wanneer Eivor erlangs komt ziet ze hem niet.

Ze gaat naar huis en voelt zich natuurlijk schuldig. Waarom kon ze niet meegaan naar die film als hij dat nou zo graag wilde? Wat betekent de aanbeveling van Evald Larsson nou? Evald gaat bijna nooit naar de film, dus die vindt alles prachtig.

Waarom moest ze eigenlijk moeilijk doen? Wat maakt het uit, de ene film of de andere, en hij bedoelt er toch niks verkeerds mee dat hij het altijd voor het zeggen wil hebben? Zo is het gewoon ...

Maar daar gaat het ook niet om. Het gaat om de manier waarop, de vanzelfsprekendheid waarmee hij de dienst uitmaakt, de baas speelt. En hij niet alleen. Zo zijn ze allemaal. Wie heeft ooit bij Cecil een meisje een voorstel horen doen dat niet oorspronkelijk van een van de jongens afkomstig was? Mannen broeden plannen en beslissingen uit en meisjes krijgen kinderen.

In het Park krijgen de meisjes bij de damesdans de gelegenheid de jongens te vragen. Die is alleen bedoeld om de jongen de bevestiging te geven dat ze hem wil hebben.

Waarom moet ze moeilijk doen? Daar wordt ze niet beter van, het levert alleen narigheid op.

Voor haar huis duikt hij uit de schaduwen op. Ze schrikt wanneer hij opeens voor haar neus staat. Hij is er, hij is dus niet weggegaan.

'Was-ie goed?' vraagt ze zo vriendelijk mogelijk terwijl ze de deur openmaakt.

'Ja', zegt hij kortaf. (Dat spreekt toch vanzelf.)

'Die van mij was ook best goed.'

Daar reageert hij niet op. Zwijgen kan even vernietigend zijn als een bulderende eis dat een zeker iemand haar kop moet houden en snel de deur moet zien open te krijgen en niet zo met haar sleutel moet staan prutsen.

Hij blijft op woensdag altijd bij haar slapen, maar wanneer

hij zijn leren jack uittrekt en hem over een stoel gooit, vraagt ze zich af of hij dat wel zal willen. Maar nu heeft ze genoeg van haar schuldgevoelens. Wat gebeurd is, is gebeurd, daar hoeven ze het niet meer over te hebben, dat moeten ze zo snel mogelijk vergeten ...

Ze gaan toch met elkaar, ze mogen elkaar toch graag?

Wanneer hij op haar komt liggen in bed en de lampen uit zijn, is ze er klaar voor. Het zou ook niet goed zijn om zo'n punt te maken van de filmavond dat ze zich zouden moeten onthouden, om ieder in een hoekje van de twee aan elkaar geschoven bedden voor zich uit te liggen staren en zich af te vragen wie de stilte het eerst zal breken. Nee, zo dom zijn ze nou gelukkig ook weer niet en ze opent zich voor hem en houdt hem vast.

Pas wanneer het al veel te laat is, beseft ze dat hij geen condoom om heeft. Ze voelt dat het in haar komt en ze verstijft, de spieren van haar dijen verkrampen helemaal. Wanneer hij van haar af rolt, blijft ze doodstil liggen en ze merkt dat ze zo bang is dat haar hart bonst en beukt alsof het een deur wil inslaan. Of uitslaan, om te ontsnappen ...

Is hij het vergeten? Nee, zoiets vergeet je niet. Maar waarom?

Ze denkt iets wat ze niet wil denken. Maar het is een heldere, duidelijke gedachte die zich niet laat verjagen.

Wilde hij zich wreken? Zijn gram halen? Het haar betaald zetten?

Dat kan toch niet? En ze zal toch niet meteen zwanger worden bij de eerste keer zonder bescherming? Er moet toch een grens zijn aan hoeveel pech je kunt hebben?

Er kan niets gebeurd zijn, omdat er niets gebeurd mag zijn. Simpeler kan ze het niet denken of zeggen!

Of ...

Op 18 mei gaat ze naar de bedrijfsarts en een week later zit ze er weer om te horen wat ze al weet, maar wat ze toch tot het laatst toe wil ontkennen, niet wil geloven.

Wanneer ze binnenkomt, zit de arts in zijn neus te peuteren met een lucifer. Hij is oud en rookt aan één stuk door. De asbak zit vol peuken en er zitten grijze vegen op zijn receptenblok.

'U bent zwanger', zegt hij nog voor ze de kans heeft gehad om te groeten, laat staan om plaats te nemen.

'Nee', zegt ze.

Hij kijkt haar aan.

'Jawel', zegt hij. 'In januari 1961 krijgt u een kind. Tegen het eind van de maand, zou mijn gok zijn. Misschien op 1 februari.'

'Het kan niet waar zijn', zegt ze en ze voelt dat ze trilt.

Hij werpt een blik op haar patiëntenkaart.

'Eivor Maria', zegt hij. 'Als u goed nadenkt, weet u waarschijnlijk ook dat het klopt. Toch?'

Wanneer ze op straat staat, loopt ze rechtstreeks naar Tempo om nieuwe nagellak, een paar handschoenen en een tandenborstel te kopen. Ze is volkomen kalm en ze weet dat ze niet in verwachting is. Zouden zij en Jacob? Natuurlijk niet.

Ze gaat naar huis. Het motregent. Straks is het zomer, straks is het vakantie, straks is het van alles. Bovenal is de volgende winter nog ver weg.

Ze loopt door de stad en denkt na over zwanger zijn, wat ze natuurlijk niet is.

Thuis ligt er een brief op de mat. Vermoedelijk van Elna. Van wie anders? Die kan wachten, eerst wil ze koffie.

Zwangere vrouwen zijn altijd misselijk. Maar zij voelt zich uitstekend. Ze gaat zitten met haar kopje koffie en draait de envelop om.

Het is een brief van Algots.

Ze kan op 10 juni beginnen, en ze heeft recht op volledige bouwvakvakantie. Het is haar dus gelukt! Algots! Wat had ze gezegd? Niets kan haar tegenhouden. Weer een stap verder ...

Wie zegt dat zij zich niet zelf kan redden?

Heel even is haar geluk compleet. Maar wanneer Jacob voor

de deur staat en zegt dat hij een Vespa heeft geleend begint ze te huilen.

'Het is geen auto', zegt hij verbaasd. 'Dat weet ik ook wel. Maar om er nou om te huilen ...'

'Ik ben in verwachting', zegt ze.

'Ga weg', zegt hij. 'Natuurlijk niet.'

De rode Vespa blijft eenzaam buiten staan, terwijl twee verbijsterde mensen elkaar aan zitten te staren.

Voor Jacob Halvarsson, die een goede winkelbediende is in de sportzaak van Valle, is de situatie eigenlijk heel eenvoudig. Hij begrijpt er absoluut niets van. Hij hoort wat Eivor zegt, hij ziet dat ze huilt, maar hij kan met de beste wil van de wereld niet begrijpen dat ze de kiem van een kindje in zich draagt. Hij heeft immers altijd goed opgepast, behalve die ene keer toen hij vergeten was condooms te kopen, maar toen moest hij per se met haar vrijen. Een noodzakelijke revanche voor een avondje naar de film waarover hij de regie had verloren. Maar die ene keer ... Dat zegt hij ook.

'Eén keer is een keer te veel', zegt ze en ze kijkt plotseling woest.

Maar hoe had hij moeten weten ... Verdomme! Ze merkte toch dat hij niks gebruikte! Als ze wist dat ze in verwachting kon raken, had ze haar benen bij elkaar moeten houden! Hoe kan hij nou ...

Woest kijkt ze. Hij heeft haar nog nooit zo naar hem zien staren. Hij kijkt weg, hij kan haar niet in de ogen kijken.

'Dit kan toch niet?' mompelt hij.

'Nee', zegt ze.

Was hij er nou toch maar blij mee geweest, denkt ze. Had hij maar naar haar kunnen glimlachen te midden van alle ellende ... Maar als ze zo denkt, wordt haar verwarring er alleen maar groter op. Natuurlijk is dit voor hen allebei ongelukkig. In ieder geval voor haar; voor de man valt het misschien nog wel mee, die verkeert toch in een heel andere positie dan zij. Maar dat hij daar maar een beetje krom zit in zijn bezorgdheid en vermoedelijk aan de Vespa denkt die nutteloos buiten staat, dat kwetst haar.

Ze is per slot van rekening in verwachting. Van hem!

Telkens wanneer ze met elkaar vrijen is die gedachte er, dat er een levend mens kan komen van waar ze daar in het donker mee bezig zijn.

Dat denkt zij in ieder geval wel altijd. En ook al is het een regelrechte ramp dat ze in verwachting is, toch voelt ze ook een prikkelende blijdschap van binnen, een vreugde die het tegen de grote angst probeert op te nemen ...

Zei hij nou maar iets! Kon hij nou zijn rug maar eens rechten en zijn mond opendoen. En er niet zo bij zitten alsof hij een hersenbloeding heeft gehad.

Maar waar schijn is, kan die ook bedriegen. Jacob weet niet wat hij moet zeggen, maar hij weet wel wat hij denkt ...

Als Eivor in verwachting is, zoals ze zegt, dan betekent dat ook dat hij er niet over in hoeft te zitten dat ze bij hem weggaat, dat hij haar aan iemand anders zal kwijtraken. Met die angst loopt hij al rond sinds hij haar voor het eerst heeft gezien, op de achterbank van Rogers auto. Maar dat heeft hij haar natuurlijk niet verteld. Dat kan gewoon niet, dat is zwak en daarmee zet je jezelf voor gek. Maar ze moest eens weten hoe jaloers hij is geweest, hoe vaak hij op het punt heeft gestaan om haar een klap te verkopen als ze te vriendelijk was tegen iemand anders. Nu is hij daar in ieder geval van af, nu is ze van hem en loopt hij niet meer het risico aan de kant te worden gezet. De gedachte vader te worden valt bijna in het niet bij het idee dat hij nu van alle jaloezie af is.

Wat is nou een kind?

Iets wat schreeuwt en kruipt, wat je moet dragen.

Maar ook iets wat op jezelf kan gaan lijken. Dat je een naam kunt geven.

Tommy Halvarsson, bijvoorbeeld. Of Sonny.

Ze zegt iets en hij schrikt op uit zijn gedachten. Ze wijst naar een brief die op tafel ligt, ze kijkt niet meer zo woest, ze lijkt alleen verdrietig.

Algots. Aanstelling. Welkom. Ja, ja. Hij heeft nooit goed begrepen waarom ze daar zo graag wilde werken. Maar meisjes zijn een beetje raar af en toe, dat moet je maar voor lief nemen.

'Gefeliciteerd', zegt hij. Dat is het meest toepasselijke wat hij in deze situatie kan verzinnen.

Maar kennelijk is het niet goed, want ze staart hem plotseling aan alsof ze een klap in haar gezicht heeft gekregen.

'Snap je er nou helemaal niks van?' vraagt ze. 'Als ik in verwachting ben, kan ik Algots immers wel vergeten. Ik kan er natuurlijk beginnen, maar hoelang kan ik er blijven? Hoe moet ik naaien als ik eenmaal zo dik ben dat ik niet eens meer zelf mijn veters kan strikken?'

In verwachting. Een dikke buik, een onhandige vrouw die niet meer vooruit komt. Kinderwagens en bedjes die gekocht moeten worden ... Nee, het wordt hem te veel. Het liefst zou hij nu willen opstaan en weggaan, zeggen dat hij de Vespa terug moet brengen of dat hij verkouden is ...

Maar je wordt niet verkouden eind mei. Verdomme! En hij kan haar hier niet laten zitten, terwijl ze kijkt alsof ze elk moment in huilen uit kan barsten of hem ergens mee op het hoofd kan slaan.

Dat is het lastige. Die verantwoordelijkheid. Dat je er niet zomaar vandoor kunt gaan. Zo gaat dat als je een kind hebt. Het zal jou overleven. Ooit zal het zo oud zijn als jij nu en dan ben jij op een leeftijd waarop je je tanden en je levenslust kwijtraakt. Die verantwoordelijkheid drukt nu al zwaar op hem, ook al is het kind nu alleen nog een bewering van Eivor die hem met haar wilde blik aankijkt.

Er spelen twee dingen. Hij heeft medelijden met zichzelf en hij zou haar willen vragen wat ze volgens haar moeten doen. Maar dat stuit hem tegen de borst, hij kan er geen woorden voor vinden.

Hij zegt niets. Laat haar het maar opknappen. Ze had het maar tegen hem hoeven zeggen, dan had hij wel beter opgepast.

Ik wil dit niet alleen opknappen, denkt Eivor. Alles, maar niet de hel die mijn moeder heeft doorgemaakt. Niet zoals zij.

Ze kijkt hem aan en vraagt zich af of hij begrijpt wat ze denkt. Dat dit een zaak van hen beiden is, of het nu slordigheid was of niet. Ze is opeens zo bang dat ze er alleen voor zal komen te staan dat ze gewoon zegt dat hij haar nu niet in de steek mag laten.

'Welnee', mompelt hij. 'Verdomme, nee hoor … Nee.'

'Dit is een zaak van ons beiden', zegt ze. 'Van ons beiden.'

'Ja, ja, rustig maar. Verdomme …'

'Ik wil helemaal niet rustig zijn', zegt ze. 'Ik wil weten of dit iets van ons samen is of niet.'

'Natuurlijk', zegt hij. 'Natuurlijk is het dat.'

Maar niets is natuurlijk, het is allemaal verwrongen als gezichten in een lachspiegel. Ze kunnen beiden niet vertrouwen op hun gevoelens die alle kanten op gaan, de blijdschap verdwijnt achter de wolken, de ontzetting komt uit de schaduw tevoorschijn glijden en wordt zichtbaar en de blijdschap verweert zich …

Na een pijnlijke stilte zegt Jacob het enige wat hij kan zeggen: 'We moeten maar gaan samenwonen. En trouwen.'

En zij: 'Wil je dat?'

'Ja hoor.'

'Niet alleen hierom. Dan wil ik het niet.'

'Nee, niet alleen hierom.'

'Waarom dan?'

'Ik voel immers veel voor je.'

Het ergste is niet altijd het ergste. De wereld is verbazingwekkend veranderlijk, het kleine beetje vreugde dat hopeloos achterligt in de wedstrijd, haalt plotseling de in het zwart geklede renner in die met een boosaardige glimlach op het gezicht op weg is naar de finish. En kijk, op de laatste meters wordt de vrees verslagen. Want als Jacob met haar wil samenwonen en zijn verantwoordelijkheid wil nemen, is het net of haar eerdere last verandert in de ballast die haar helpt om haar stabiliteit te hervinden. Plotseling kunnen ze naar elkaar glimlachen, gegeneerd, maar toch! En langzamerhand ontstaat er iets wat in ieder geval lijkt op een gesprek.

Ze hebben een plek om te wonen.

Hij heeft een baan, een goede baan.

En ze hoeft niet voorgoed te stoppen met werken. Kinderen worden groot.

(Al zal hij vast willen dat moeder de vrouw thuisblijft. Als Eivor een kind krijgt, zal ze toch wel moeten accepteren dat ze in 'moeder de vrouw' verandert. Daar kan niemand iets aan doen. En wie zegt dat daar kwaad in steekt? Jacobs vader, Artur, noemt Linnea altijd 'moeder de vrouw' als het hoogste blijk van genegenheid dat hij kan verzinnen ...)

Het moeilijkste wordt eigenlijk om het te vertellen. In Hallsberg en in Norrby. Je kunt niet plompverloren aankomen met de mededeling dat je een kind krijgt respectievelijk vader wordt. Dat kan echt niet.

Er zit natuurlijk maar één ding op: trouwen.

Ze maken toch nog een ritje op de Vespa. Hij heeft hem nu eenmaal geleend, dus moet hij hem ook gebruiken. Bovendien is het een goede manier om even af te koelen op deze avond in mei; ze moeten het grote nieuws nog verwerken ... Jacob zet koers naar het platteland, over de Alingsåsvägen, en Eivor, die achterop zit, klampt zich aan hem vast en slaat haar handen stevig om zijn middel. Het gevoel van snelheid is plezierig, ook al zit je maar op een Vespa. Het is toch heel wat anders dan opgesloten te zitten in een auto. Hier is de wind zelf de bevestiging van de beweging, de snelheid blaast je in het gezicht.

De berm wordt plotseling breed, ze bevinden zich op de top van een heuvel, en hij remt af. Hij wijst naar een boerderijtje midden op een akker een paar honderd meter verderop.

'Daar woont een neef van me', zegt hij.

'Goh', zegt ze.

'Dan gaan we maar trouwen, vind je niet?' zegt hij.

'Ja', zegt zij.

In de kerk zelfs. Ze zijn geen van beiden religieus, ze halen hun neus op voor het geloof uit hun kindertijd, maar stiekem geloven ze wel. Ook al zijn ze intussen twintig en vijfentwintig jaar oud, toch heeft God nog steeds een lange baard en een vastberaden blik, woont Hij in de hemel en duldt Hij geen gelach of scheten in de kerk. Trouwen in het stadhuis is snobistisch; er bestaat ook nog zoiets als traditie: je zuipt met midzomer en trouwen doe je in de kerk.

Dat is zo vanzelfsprekend dat ze het er nauwelijks over hoeven te hebben. Maar wanneer ze toch langs een klein dorpskerkje komen op weg naar huis, roept Eivor dat hij moet stoppen, en zonder af te stappen zitten ze een poosje naar het witte kerkje te kijken ...

Waar het om gaat is het niet nog erger te maken. Als ze dan toch een kind krijgt, moet het in ieder geval binnen een huwelijk worden geboren. Er moeten een vader en een moeder zijn en niemand moet kunnen beweren dat het niet allemaal ordentelijk is verlopen. Dat het kind buiten het huwelijk is verwekt moet je kunnen accepteren. De mensen mogen dan hopeloos ouderwets zijn, ergens houdt het op ...

Ze drinken koffie in een soort opgewonden zenuwachtigheid. Jacob had de Vespa inmiddels al terug moeten brengen, maar hij vindt het moeilijk om weg te gaan. Nu horen ze immers op een heel andere manier bij elkaar dan een paar uur geleden.

'Zeg er thuis nog maar niets over', zegt ze. 'Nog niet.'

'Nee, natuurlijk niet', zegt hij.

'Ik ga het allemaal uitzoeken', zegt ze.

En dat doet ze. De volgende dag staat ze hem op te wachten voor Valles sportzaak. Ze staat op straat en ziet hem een voetbal verkopen aan een vader met een hoopvolle zoon aan zijn hand. Ze staat naar hem te kijken en bedenkt dat het haar man is die ze nu ziet.

Wanneer hij naar buiten komt, schrikt hij, alsof hij het helemaal vergeten was. Maar ze loopt recht op hem af en zegt dat ze heeft nagevraagd wat er allemaal moet gebeuren voordat je kunt trouwen.

Ze lopen het Stadspark in, voorbij de schouwburg waar een onvoorstelbaar leuke voorstelling met Percy Brandt en Anita Blom wordt aangekondigd. Maar wat gaat hen dat aan? Voor hen zijn een verklaring van geen bezwaar, ondertrouw, een uittreksel uit het geboorteregister en het vastleggen van hun trouwdatum van belang.

Wanneer ze eindelijk opstaan van het bankje waarop ze zijn gaan zitten, hebben ze besloten om in de eerste week van juli te gaan trouwen. Ze zullen zo snel mogelijk gaan verloven en als Eivor vanavond al een brief naar huis schrijft, kunnen ze het morgen aan Artur en Linnea vertellen.

'Het is een raar gevoel', zegt Eivor.

'Voel je je niet goed?' vraagt hij bezorgd.

'Niet op die manier. Nee, ik weet het niet ...'

Wanneer hij 's avonds bij haar wil blijven, zegt ze nee. Ze moet immers een brief naar huis schrijven, ze moet rustig na kunnen denken. Dat begrijpt hij niet, ze kan het toch gewoon zo opschrijven?

Het is wel duidelijk dat hij geen vrouw is. Jee, zeg ...

'Kan ik schrijven dat je bedrijfsleider bent?' vraagt ze.

'Je kunt schrijven wat je wilt', zegt hij. 'Maar ik ben geen bedrijfsleider. Nog niet, in ieder geval. Ik kan het wel worden. Tenzij ik zelf een winkel begin natuurlijk.'

'Een eigen sportzaak?'

'Een mens moet toch ambities hebben?'

Dan zet ze hem de deur uit.

Maar wat moet ze nu aan Elna schrijven? (Het gaat om haar,

zij moet het maar aan Erik vertellen, dat wordt haar probleem.) Hoe zal ze het schrijven? Als ze moest vertellen dat haar been geamputeerd moest worden, was het gemakkelijker geweest. Dit is Elna's grootste angst, dat beseft Eivor wel. En hoe moet ze het beeld oproepen dat het in haar geval geen ramp is? Dat ze tegen de tijd dat het kind geboren wordt, gelukkig getrouwd zal zijn met een aardige jongen die Jacob heet?

Gelukkig getrouwd?

Ze staart naar het briefpapier. Zo heeft ze het inderdaad opgeschreven in haar kinderlijke, ronde handschrift. Waar haalt ze dat vandaan? Zijn Jacob en zij gelukkig? Ze hebben het hooguit goed en ze hebben de kans het nog beter te krijgen. Een kind kan een band scheppen, dat zal in hun geval ook wel gebeuren. Als het kind er eenmaal is, lossen alle andere problemen zich vast vanzelf op. Wat wil je nog meer? Hij heeft bovendien een vaste baan en zij kan zo lang mogelijk doorwerken ...

Algots. Dat is het. Ze moet de brief met Algots beginnen, en al het andere in het kader van haar succes plaatsen. Laten zien dat ze heeft bereikt wat ze wilde. In vijf maanden.

Maar het lukt niet. Het wordt te omslachtig en wanneer ze alles heeft opgeschreven wat ze over Algots kan verzinnen en over kind en huwelijk begint, dan begint de brief toch eigenlijk daar pas.

Ze vouwt het blaadje op, telt tot vijftig, vouwt het open en leest het alsof zij de brief heeft gekregen, alsof ze Elna is. Maar het wordt er niet beter op wanneer ze Elna voor zich ziet, die in elkaar zakt op haar keukenstoel en haar handen voor haar gezicht slaat ...

Verdomme!

Zij krijgt een kind! Ze is volwassen, ze heeft laten zien dat ze voor zichzelf kan zorgen. Het maakt niet uit hoe Elna reageert ...

Dus nog een keer opnieuw op een schoon blaadje! Ze belooft zichzelf dat ze deze brief, hoe die ook uitpakt, morgenvroeg op weg naar haar werk op de bus zal doen. Aan het eind nodigt ze hen uit voor de bruiloft en wanneer ze hem nog eens doorleest, ziet ze dat het belangrijkste er in ieder geval in staat: Algots, Jacob, trouwen, kind.

Kind. In januari 1961.

Nee, daar durft ze niet over na te denken. Dat duurt nog twee keer zo lang als dat ze nu al in Borås woont; geen eeuwigheid meer, maar toch nog meer dan lang genoeg. Ze plakt de envelop dicht, schrijft het adres erop, en dan ligt hij op tafel voor haar, de boodschap, het grote nieuws, een bom voor Hallsberg van Eivor.

Ze roept haar gedachten een halt toe en stopt de envelop in haar handtas. Alle onnodige gedachten wordt vriendelijk doch dringend verzocht zich te verwijderen. Zo moet ze het aanpakken, anders kan ze net zo goed met haar ogen dicht in een hoekje van de kamer gaan zitten en hopen dat alle problemen vanzelf verdwijnen. Rustig aan, ze moet de waarheid vertellen, eerlijk zijn, maar zachtjes! Er is geen eindeloos geluk dat ze moet uitschreeuwen, ze moet alleen het onverwachte binnen draaglijke grenzen zien te houden.

Maar de dag daarna wordt warempel een mooie dag. Jacob haalt haar om zeven uur 's avonds op en ze gaan samen naar Norrby. Hij heeft niets gezegd, alleen gevraagd of Eivor mocht komen koffiedrinken.

Een tweede en een derde kopje en er is nog niets gezegd. Eivor kijkt Jacob stiekem aan, maar hij verbreekt het oogcontact. Bedoelt hij dat zij het moet zeggen? Dat is toch niet helemaal zoals het hoort …

'Eivor kijkt zo bedenkelijk', zegt Artur.

Ze schrikt ervan. Is het haar aan te zien?

'Er is iets', begint Jacob, maar hij maakt zijn zin niet af.

'Krijgen jullie een kind?' vraagt Artur scherp en hij kijkt hen allebei aan.

'Artur', zegt Linnea. 'Artur …'

Eivor voelt dat ze bloost. Dat moet maar antwoord genoeg zijn wat haar betreft.

'Ja', zegt Jacob. 'We hebben trouwplannen.'

Linnea zit met haar mond half open en weet totaal niet wat ze moet zeggen. Maar Eivor krijgt de indruk dat ze er blij mee is.

'Asjemenou', zegt Artur. 'Wat een verrassing. Maar ... dan mag ik jullie zeker wel feliciteren?'

'Ja, gefeliciteerd', zegt Linnea. 'Het is net wat Artur zegt, het is een hele verrassing.'

Eivor krijgt zin om te roepen dat het voor haarzelf ook een verrassing was, maar dat doet ze natuurlijk niet. Ze doet zelden iets wat niet hoort.

Artur haalt een fles tevoorschijn waar nog een oud restje wodka in zit en Linnea haalt glazen. Dan heffen ze hun glas en proosten. Opeens ziet Eivor Jacob breed glimlachen en ze krijgt bijna een brok in haar keel.

'Je lijkt me een goed meisje', zegt Artur. Hij schenkt het laatste scheutje in zijn eigen glas en drinkt dat leeg.

'Ik moet je bijna even omhelzen', zegt Linnea en dat doet ze ook. Wanneer Eivor aan Linnea's boezem wordt gedrukt, voelt ze zich enorm veilig. Hier kan ze hulp krijgen als ze die nodig heeft, denkt ze. En dát ze die nodig zal hebben, is zo'n beetje het enige waar ze zeker van kan zijn.

Artur snuift en Linnea kijkt haar vriendelijk aan. Hier voelt ze zich welkom, hier brengt ze vreugde. De ooievaar is op haar balkon neergestreken en het is de vraag of er iets is wat ze liever zouden willen dan kleinkinderen.

'Waar gaan jullie wonen?' vraagt Artur.

'Ik zal mevrouw Fåhreus vragen of Jacob bij mij mag intrekken', zegt Eivor. 'Maar in het huurboekje staat er niets over.'

'Je kunt het beter wel vragen', mompelt Artur. 'Met je verhuurder moet je voorzichtig zijn. En die mevrouw Fåhreus heeft geen al te beste reputatie, dat kan ik je wel vertellen.'

'Wat weet je van haar?' vraagt Linnea verwijtend.

'Net zo veel als jij', antwoordt Artur boos. 'Nu moet je niet net doen alsof je niet weet wat voor een naar mens het is. Iedereen in de stad weet hoe ze met haar huizen en haar huurders omspringt. Als je niet oplet, stort het dak in, en als het toch instort, krijg je een huurverhoging omdat je zo'n dramatische gebeurtenis hebt meegemaakt. Nee, verdomme ... Je moet het haar vragen, maar je moet wel duidelijk zijn!'

Duidelijk, ja. Ze moet er niet aan denken wat er allemaal geregeld moet worden. Over ruim een maand is het al juli. Hoe moet ze het allemaal voor elkaar krijgen?

'Wat vinden jouw ouders ervan?' vraagt Linnea.

'Mijn moeder ... Ze weten het nog niet', antwoordt Eivor. 'Maar ik heb het hun geschreven.'

'Spannend, zeker?'

'Ja.'

Elna met haar damesbladen. Erik met zijn goederenwagons. En ergens in het onbekende, levend of dood, dronken of nuchter, is iemand die haar onbekende vader is. De boodschap zal hem niet bereiken, maar Elna zal het in ieder geval meemaken dat ze een kleinkind krijgt ... Ze zou haar zo veel willen vragen. Maar of dat gaat lukken? Misschien wel, denkt ze. Het ging toch ook goed toen ze hier was. Ja, misschien kan het wel ...

Jacob loopt met haar naar huis door de lenteavond.

'Dat ging goed', zegt hij.

'Ik bloosde alleen zo vreselijk.'

'Dat geeft toch niks?'

'Nee. Maar toch.'

En dan praten ze over alles wat er in de flat moet gebeuren. Behang, het oude linoleum eruit, serviesgoed, een wieg ...

'Nog niet', zegt Eivor. 'Nog lang niet.'

'Dat is jouw afdeling', zegt Jacob.

Ze kijkt hem aan. Meent hij dat?

De keuze en de aanschaf van een wieg laat hij dus aan haar

over. Maar is dat een vanzelfsprekendheid of een concessie? Dat zal ze hem ooit nog eens vragen.

'Ik heb daar toch geen verstand van?' zegt hij.

'Ik toch ook niet?' antwoordt zij.

Ze ziet een dode mus in de goot liggen en blijft staan. Hij ligt op zijn rug met zijn klauwtjes krampachtig naar de hemel uitgestrekt.

'Wat is er?' vraagt hij.

'Daar ligt een dood vogeltje', zegt ze.

Drie dagen later staat Elna voor de deur. Eivor komt net uit de fabriek en denkt nog na over Liisa's felicitaties. Vandaag heeft ze al haar moed bij elkaar geraapt en het aan Liisa verteld. Dat ze met een kindje in haar buik rondloopt. Liisa keek haar eerst achterdochtig aan. Maar toen omhelsde ze haar en probeerde haar een Fins wiegeliedje te leren. Maar heeft ze haar eigenlijk wel gefeliciteerd? Of vond ze dat Eivor vreselijk afgegleden was, en deed ze alleen maar beleefd? Nee, dat is niets voor Liisa, die is zo niet, die kan gewoon niet beleefd doen. Dat is een kunst die ze niet beheerst en ook niet wil beheersen, dat druist in tegen haar karakter en tegen de woorden van haar opa ...

Maar nu staat Elna dus voor de deur, in dezelfde oude jas van altijd.

'Je hebt immers geen telefoon', zegt ze.

'Wie zegt dat je ongelegen komt?'

'Dat weet je maar nooit.'

'Als jij ooit ongelegen komt, zal ik het je vertellen. Van tevoren.'

'Je krijgt de groeten van Erik', zegt Elna.

'Dank je wel.'

'Dat was een hele verrassing.'

'Voor mij niet. Voor ons niet.'

Waar of niet, Eivor heeft besloten haar moeder voor te zijn. In haar hart had ze ook wel verwacht dat ze hier zou opduiken, buiten adem en uit haar doen, alsof ze uit Hallsberg was komen rennen. Ze heeft zich voorbereid alsof ze zich voor een rechtbank zou moeten verdedigen. Op alle argumenten en vermaningen, verdrietige of onaardige woorden van Elna is ze voorbereid, ze zal zich nergens door laten verrassen.

'Ik weet niet wat ik moet zeggen.'

'Je hoeft niets te zeggen.'

'Ben je gelukkig? Ik bedoel, is alles in orde?'

Weer dat geluk! Altijd dat zweverige woord, zo vluchtig als een veertje. Maar waarom niet? Ze is gezond, hij is gezond, het is geen oorlog, ze hebben werk, de wereld zal er vast morgen ook nog zijn.

'Het gaat goed met me', zegt ze.

Maar natuurlijk klinkt dat hol. Ze woont nu vijf maanden op zichzelf, ze heeft net de toezegging binnen dat ze bij Algots kan komen werken, en nu is ze in verwachting.

Elna heeft nog nooit van Jacob gehoord. Natuurlijk moet ze nu net doen of ze er niets van begrijpt, dat zou Eivor zelf waarschijnlijk ook hebben gedaan. Maar zoals het nu is moet ze spelen met de kaarten die ze heeft overgehouden aan een avondje naar de film dat verkeerd is afgelopen en een keer vrijen zonder condoom. De grote, goed geplande liefde moet ze er achteraf bij verzinnen.

'Het kwam zo onverwacht', zegt Elna weer.

'Ik wilde jullie verrassen', antwoordt Eivor.

Maar ze ziet dat Elna haar niet gelooft, haar blik is schichtig. Eivor gaat naar de keuken om koffie te zetten, en terwijl ze wacht tot het water kookt, bedenkt ze dat Elna er natuurlijk van uitgaat dat het een ongelukje is, dat de zwangerschap helemaal niet gepland is.

Ze drinken koffie en Eivor zegt dat Elna pas de volgende avond met Jacob kan kennismaken. Vandaag komt hij niet, hij speelt bedrijfsvoetbal op het sportveld achter het ziekenhuis. De sportzaken hebben een eigen team en Jacob is verdediger.

Vanavond spelen ze tegen de coöperatieve slagers en dat gaan ze waarschijnlijk verliezen, want de slagers hebben het beste team van de competitie, zware aanvallers en een Finse meesterslager die het doel schoonhoudt.

'Ik wil hem natuurlijk graag ontmoeten', zegt Elna. 'Maar alleen als het uitkomt.'

'Natuurlijk komt het uit. Zijn vader is typograaf. Zijn moeder is ook huisvrouw.'

'Hoezo, ook?'

'Huisvrouw, net als jij. Linnea heet ze.'

Ze ziet de onuitgesproken vragen in Elna's ogen. Maar kan Elna zien dat zij ze heeft ontdekt?

Onuitgesproken, terughoudend, afwachtend; Eivor is de hele situatie opeens beu.

'Nu word je oma', zegt ze beslist.

'Ja', zegt Elna.

'Het gaat goed met me, mam. Maak je geen zorgen. Je weet dat ik me kan redden.'

'Ik zou het bijna gaan geloven.'

Dat is natuurlijk helemaal niet zo, dat realiseert Eivor zich meteen. Het is echt niet zoals Elna zich de toekomst had voorgesteld dat Eivor een paar maanden nadat ze uit huis was gegaan al zwanger zou raken. Maar dat is haar probleem. Als je een dochter hebt, moet je er rekening mee houden dat je oma kunt worden. En als ze eenmaal inziet dat ze toch geen invloed heeft op de gebeurtenissen, kan ze er misschien zelfs blij om zijn.

's Avonds na het eten maken ze een wandeling door de stad. De dode mus ligt nog in de goot met zijn klauwtjes uitgestrekt naar de avondhemel.

Ze blijven voor de etalage van een damesmodezaak staan.

'Misschien moet ik eens een nieuwe jas kopen', zegt Elna.

'Ja', zegt Eivor. 'Daar ben je wel aan toe.'

In tegenstelling tot Liisa kan Jacob beleefd zijn, ook al doet hij soms een beetje krampachtig en onzeker. Maar wanneer hij

eenmaal doorheeft dat het Eivors moeder is die de deur opendoet (Eivor zit op de wc), duurt het niet lang voor hij de situatie
meester is. Eivor is verbaasd hoe natuurlijk hij zich ondanks alles
weet te gedragen. Hij beschrijft zijn werk in Valles sportzaak als
afwisselend, maar vooral verantwoordelijk. Hij lijkt te begrijpen
wat hij moet zeggen. Hij maakt een goede indruk op Elna, dat
ziet Eivor wel. En waarom ook niet? Zijn blonde haar glanst,
zijn tanden zijn wit, hij is jong, gezond en sterk. En beleefd.
Wat kun je nog meer verlangen? Dat de hele stad van hem is?

'We zien u graag op de bruiloft', zegt hij wanneer hij met zijn
leren jack in de hand op het punt staat weg te gaan.

Eivor ziet dat hij het meent.

'Wat een aardige jongen', zegt Elna wanneer hij weg is.

'Dat vind ik ook', zegt Eivor.

Elna kijkt haar verbaasd aan.

'Anders was het ook niet best', voegt ze eraan toe.

De volgende dag gaat Elna weer naar huis. Ze zegt dat ze
blij is, maar Eivor vraagt zich af hoe ze er echt over denkt. Is ze
teleurgesteld, maakt ze zich zorgen of heeft ze alleen haar twij-
fels?

Hoe dan ook, dat is haar probleem. Toch zou Eivor best willen dat ze net zo openhartig en vol spontane blijdschap was als
Linnea, de moeder van Jacob. Niet zo onbeholpen en zwijg-
zaam.

Maar je kiest je ouders niet uit. Soms je man niet eens.

Dat zou Elna moeten weten.

Wanneer Elna in de trein terug naar Hallsberg zit, denkt ze
daar ook over na.

En dan is het zover, de huwelijkssluiting tussen Eivor en Jacob
op zondag 3 juli 1960. Het is een mooie, aangrijpende dienst en
in de Gustav Adolfkerk denkt niemand aan de regen die buiten
neerplenst en de hele stad in een zwembad verandert. Dominee Johan Nordlund houdt zijn door psoriasis aangetaste han-

den boven de twee jonge mensen die besloten hebben hun heil te zoeken in de huwelijkse staat, de familie is ontroerd door de ceremonie en het is een mooi paar dat daar voor het altaar staat. Jacob draagt een donkerblauw pak en Eivor een witte jurk die ze zelf heeft genaaid. Op de achtergrond, op de voorste bank, zit Artur te hoesten. Dat is zijn manier om weerstand te bieden aan de lastige brok in zijn keel, die per se niet mag opvallen. Naast hem zit Linnea, ze ziet er echt schitterend uit in haar nieuwe donkerrode jurk, die strak om haar boezem spant. Linnea, iemand zou je eens moeten vertellen hoe prachtig je bent.

Aan de andere kant van het gangpad zit Elna tussen Erik en haar oude vader Rune in. Rune is uit Sandviken gekomen om getuige te zijn van het huwelijksgeluk van zijn kleinkind. Oma Dagmar heeft het niet aangedurfd, de reis is te lang, ze is gauw duizelig en bovendien is het allemaal zo snel gegaan. Ze hoorde het pas een maand voor de bruiloft en dan is het meisje nog zwanger ook ... Nee, dat wordt haar te veel, daar is ze te oud voor. Dat het meisje in verwachting is, rijt oude oorlogswonden open; het lijkt wel of ze erfelijk belast is. Elna, Eivor ... Rune mag zeggen wat hij wil, maar zij blijft thuis om op het appartement en de kat te passen. Een kort briefje aan Eivor moet maar genoeg zijn, Rune gaat erheen en legt het verder wel uit. Ze kunnen elkaar immers later nog wel ontmoeten. Nee, Rune, ga jij maar alleen, ga jij maar namens ons beiden ...

Dominee Nordlund en zijn handen. Jeuk hoort niet bij psoriasis, maar toch schijnt hij daar nu op hemels bevel door getroffen te zijn. Hij zou het psalmboek dat hij in zijn hand houdt wel weg willen gooien om vervolgens aan zijn handen te krabben waarvan de huid nog het meest aan die van een vis doet denken.

Wie trouwt hij nu? De naaister Eivor Maria Skoglund en de winkelbediende Jacob Halvarsson. Dat zijn maar namen, die zeggen niets. Hun gezichten staan ernstig en gespannen, dat is niet vreemd, trouwen is een veelomvattende daad en de huwelijkse staat brengt een aanzienlijke hoeveelheid ballast mee. En om daarop door te denken: wat scheiden de mensen tegenwoordig toch makkelijk! Het zijn zware tijden voor een dominee. Hoe kun je de christelijke boodschap ooit horen boven het helse lawaai van de elektrische gitaren uit? En dan heb je ook nog die idiote opwekkingsbeweging Maranata. Het kan zijn dat het in andere tijden net zo moeilijk was voor dominees en de verkondiging van het Woord, maar toch zijn het kwade dagen, zelfs in deze Zweedse jubeljaren ...

Is het meisje gelukkig? Dat vraagt hij zich altijd af. Maar van het opgemaakte gezicht valt niets anders af te lezen dan concentratie en aandacht. Nou ja, het gaat zoals het gaat, vaak ongeacht hoe God beschikt ...

Maar dat hij de confirmatie in mei moest afraffelen zodat de jeugd op tijd in de Ryavallen kon zijn voor de eerste wedstrijd van Elfsborg tegen Sandviken, na de geslaagde terugkeer in de hoogste divisie, dat gaat wel heel ver. Maar hij moet wel een vrolijk gezicht opzetten en de pas geconfirmeerden geluk wensen in het leven en succes met de wedstrijd van Elfsborg tegen Sandviken (het werd 5-2). Zoiets spreekt zich rond en als je niet leuk meedoet, wordt het in de toekomst nog moeilijker om jongeren te trekken die graag een horloge of een brommer willen hebben.

Het moment van de waarheid en zijn handen jeuken. Neemt gij en neemt gij. Zijn 'ja' is een verstikt gemompel, haar stem trilt. Maar beloofd is beloofd en er staan niet meer bruidsparen te wachten om door hem getrouwd te worden deze zondag, Gode zij geprezen.

Het orgel ruist en buiten komt de regen met bakken naar beneden. Nordlund staat in het kerkportaal om afscheid van hen te nemen en hun veel geluk te wensen! Zijn handen houdt hij autoritair op zijn rug, er zijn immers mensen die denken dat psoriasis minstens even besmettelijk is als melaatsheid. De paraplu's worden opgestoken, de twee bestelde taxi's staan te wachten en ze hoeven alleen de trappen maar af te rennen naar de straat.

Op het glooiende gras voor de kerk zit een jongeman bier te drinken. De hoosregen lijkt hem niet te deren, hij schijnt zich er nauwelijks van bewust te zijn. Nordlund meent in hem een catechisant van een paar jaar geleden te herkennen en hij draait zich kreunend om. Terwijl de taxi's verdwijnen, haast hij zich over het gangpad naar de sacristie, waar hij zijn jas en paraplu gaat halen. Buiten staat zijn Saab te wachten. De organiste, Asta Björkman, blijft in de stilte achter, ze kijkt naar haar bladmuziek en denkt nergens aan.

Het leven is eigenaardig, denkt Eivor, wanneer ze naast Jacob op de achterbank van een van de taxi's zit. Nu ben ik getrouwd en ik voel alleen maar onrust. Het ging zo snel, toen de dominee aan het woord was, was het net of het mij niet aanging, of daar iemand anders stond. Maar nu ben ik dus getrouwd met de man die naast me zit en nu gaan we naar Artur en Linnea voor het bruiloftsdiner en daarna gaan we vijf dagen op huwelijksreis naar een zomerhuisje ergens in Småland.

Als ze de taxichauffeur nu eens vroeg om te stoppen, als ze de regen in zou stappen en gewoon weg zou lopen? Maakt niet uit waarheen. Naar Cecil om Coca-Cola te drinken, in het wit, met opgestoken en getoupeerd haar, een kapsel waar ze twee uur met kam en hairspray aan heeft gewerkt.

Wat haar de meeste zorgen baart, is dat ze dat niet kan doen. Getrouwd zijn betekent nou juist dat er heel veel niet meer mag, of zelfs niet meer kan.

De regen klettert tegen de voorruit en Eivor bedenkt dat ze altijd nog kan scheiden. Als het niks zou worden met hun huwelijk. Maar om dat nu al te denken, tien minuten na de trouwdienst … Kan hij zien wat ze denkt? Nee, hij lijkt ook verbeten en in zijn eigen wereld verzonken. Misschien denkt hij hetzelfde. Dat zou me wat zijn …

Eivor besluit zich op te sluiten op het toilet zodra ze er zijn. Ze heeft even een paar minuten voor zichzelf nodig. Niet denken, gewoon op het wc-deksel zitten, helemaal alleen. De tijd stilzetten. En dan zichzelf in de spiegel bekijken, zien dat haar gezicht niet is verwisseld met dat van iemand anders.

Dan zal ze wel weer vrolijk kunnen zijn. Als Jacob nou maar ...

Plotseling kijkt hij haar aan.

'Zei je wat?'

'Nee?'

'Ik dacht dat je wat zei.'

'Nee. Wat regent het toch verschrikkelijk ...'

'Ja ...'

Dan zijn ze bij Norrby Långgata 22, de taxi's remmen af op het natte asfalt en een van de chauffeurs kijkt verbaasd naar het bankbiljet dat hij als fooi van Jacob krijgt.

Er heeft grote verwarring geheerst over het bruiloftsmaal. Volgens de traditie moet de vader van de bruid het feest betalen, maar wat doe je als er niet meer van de vader bekend is dan een voornaam? Elna wilde niet van Erik vragen om het feest te betalen, ook al was hij daar wel toe bereid. Ze voelt zich beschroomd wanneer Artur en Linnea de maaltijd willen bekostigen en organiseren, maar daar is niets aan te doen. Wanneer haar oude vader Rune op een dag midden in juni naar Hallsberg belt en zegt dat hij het hele gezelschap wil uitnodigen in een hotel in Borås is het te laat, dan is alles al vastgelegd. (Elna en Erik zijn op een zaterdag halverwege juni hier met de auto naartoe gereden om kennis te maken met Artur en Linnea. Een ontmoeting die godzijdank goed is verlopen.) Nee, het is een moeilijke tijd geweest. Als je een maand van tevoren hoort dat je dochter gaat trouwen, krijg je niet genoeg tijd om aan het idee te wennen. Maar wat doe je eraan? Alles gaat zo verschrikkelijk snel in deze moderne tijd.

Met een onverstoorbare efficiëntie, die een niet-ingewijde misschien voor gezapigheid zou aanzien, heeft Linnea overal voor gezorgd. Arturs medewerking is beperkt gebleven tot de rol van brommende adviseur en daarnaast heeft hij de nodige drank ingeslagen. Toen hij met al zijn tassen thuiskwam, waagde Linnea het hem voorzichtig te vragen of hij ervan uitging dat het feest een langere periode zou duren, een dag of veertien bijvoorbeeld, maar Artur maakte verdere discussie onmogelijk door te constateren dat er niets ergers bestond dan gierigheid en dat ze dat zou moeten weten, na al een heel leven met hem te hebben samengeleefd. Dus nu staan er hele batterijen flessen op tafels en in kratten, de koelkast was te klein dus hebben ze er voor vandaag één te leen van de buren.

Ze zijn met zijn zevenen, Eivor en Jacob wilden het allebei in besloten kring vieren. Eivor had Liisa graag willen uitnodigen, maar dan had Jacob ook meteen een van zijn beste vrienden willen vragen en dan zou het hek van de dam zijn. Nee, alleen de naaste familie, en nu zijn ze met zijn zevenen, inclusief het bruidspaar. Rune komt dus als afgezant uit Sandviken. Hij heeft een vreselijke treinreis achter de rug, hij heeft ontzettend veel last van zijn benen en bovendien hartkloppingen. Maar nu is hij er, in stilte heeft hij natuurlijk zitten mopperen dat het bruidspaar in de kerk is getrouwd, en zijn zwijgende protest tijdens de ceremonie was dat hij met een psalmboek op zijn pijnlijke benen heeft geslagen. Hij begrijpt niet wat iedereen toch naar de kerk trekt. De werkende klasse zoekt zijn heil dus nog steeds bij het wijwater als dat op de een of andere manier gaat branden. Verder zijn ze nog niet gekomen. Desnoods kan hij nog accepteren dat een dominee aarde mag scheppen op een kist, maar doop, confirmatie en trouwen in de kerk, daar zou je je te goed voor moeten voelen. Het is eigenaardig dat juist de arbeiders willen dat hun kinderen geconfirmeerd worden, terwijl de hogere klassen het niet zo belangrijk vinden. Heel vreemd …

Hij heeft zijn oude zwarte pak aan, zijn boord is versleten maar schoon, zijn horlogeketting glinstert op zijn vest. En niemand hoeft te merken dat hij zo veel pijn aan zijn benen heeft dat hij nog het liefst een bijl zou pakken om ze af te hakken …

Elna en Erik. Op hun paasbest en net van de kapper, met de auto uit Hallsberg gekomen. Elna weet dat Erik zich een buitenstaander voelt, ergens schaamt hij zich een beetje dat hij niet Eivors echte vader is, maar alleen de man van Elna. Maar hij is aardig, net als altijd, en hij zegt niets. Geen woord erover tijdens de hele rit vanuit Hallsberg ...

Voor Elna is het een zware maand geweest. Ze heeft het er niet gemakkelijk mee dat Eivor door hetzelfde lot getroffen is als zijzelf vroeger. Hoe Eivor haar ook bezweert dat het allemaal gepland is, dat ze er goed over nagedacht hebben, ze weet dat het niet zo is. Maar wat moet ze eraan doen? Hoe vaak heeft ze niet gedacht dat iedereen zijn eigen beslissingen moet nemen en zijn eigen fouten moet maken? En het hoeft toch geen vergissing te zijn, alleen omdat het zo snel is gegaan? Het kan goed gaan, je hoeft niet overal leeuwen en beren te zien. Maar elke ochtend en avond heeft ze zichzelf moeten dwingen het van de positieve kant te bekijken en dat was niet gemakkelijk.

Zo ziet het groepje op Eivors helft van het speelveld er dus uit. Aan Jacobs kant zitten alleen Linnea en Artur, hun ouders zijn al overleden. Er is niemand om een plek aan tafel te geven en dat brengt het totaal dus op zeven.

Linnea heeft tafelkleden geleend van een vriendin die als buffetjuffrouw werkt in een grillrestaurant en van de andere portiekbewoners mocht ze het serviesgoed lenen dat ze zelf niet had. Maar in de Norrby Långgata hebben de buren een goede verstandhouding met elkaar, velen wonen er al vanaf het moment dat de flat is gebouwd, voor de oorlog. En nu is alles klaar, midden in de woonkamer staat de tafel gedekt en de kinderen van nummer 18 hebben grote bossen zomerbloemen voor haar geplukt. Als beloning had ze hun ijs beloofd of een doosje snoep naar keuze. In de keuken staan de schalen met eten klaar en onder kerktijd heeft de oude Sara, de bovenbuurvrouw, het gas onder de pannen in de gaten gehouden. Sara, die haar rug en heupen heeft versleten in het Stadshotel van Alingsås, waar ze een onvoorstelbaar aantal jaren in de bediening heeft gewerkt. Maar ze kan het nog steeds en wanneer ze de taxi's ziet afremmen in de stromende regen heeft ze het allemaal voor elkaar. Er hangen heerlijke geuren in het appartement, Zweedse bruiloftsgeuren, haring, gehaktballetjes, een hele rij verleidelijke gerechten ...

Zolang dit land bestaat, hebben bruiloftsgasten zich altijd ruim te goed gedaan aan overdadig eten en drinken, hebben bruidegoms zich vol gegeten, zijn bruiden gestikt van de lach en hebben wederzijdse ouders elkaar het hoofd afgehakt uit pure blijdschap of bij vergissing. Maar hier proberen ze de boel binnen de perken te houden; de mensen die rond de tafel plaatsnemen, kennen hun zwakheden en beperkingen en ze hebben zich stuk voor stuk voorgenomen dat ze hun best zullen doen om niet te ver te gaan. Meer kun je ook niet doen.

'Waarom draag je geen sluier?' vraagt Elna en ze geeft een aai over de wang van haar dochter.

'Je mag toch wel zien hoe het arme kind eruitziet?' mompelt opa Rune en hij schudt met zijn slapende linkerbeen, dat aanvoelt als een blok hout.

En dan gaan ze aan tafel.

Maar net wanneer ze de eerste toost zullen uitbrengen, gaat de bel en wordt er een telegram bezorgd. Jacob leest het voor: 'De tijd die is ontwricht, hebben wij in Trandared gedicht, gefeliciteerd ...'

'Wat een raar telegram', zegt Artur en hij kijkt zijn zoon Jacob dreigend aan alsof die het zelf had opgesteld.

'Van Roger', zegt hij. 'Hij heeft een eigenaardig gevoel voor humor.'

'Trandared?' vraagt Rune.

'Dat is een wijk hier in Borås', legt Linnea uit. 'De andere kant op, zeg maar.'

'O. Aha.'

Maar dan klinkt Arturs bulderende stem, hij brengt een toost uit en dan kunnen ze eindelijk gaan eten.

Eivor nipt alleen van haar glas, ze draagt een kind en bij de verloskundige heeft ze gehoord dat ze geen sterkedrank mag drinken. Bovendien is ze nu vaak misselijk en wil ze het risico niet lopen dat ze snel van tafel moet omdat ze moet overgeven. Alsjeblieft zeg, de wc zit op zo'n plek dat iedereen aan tafel zou kunnen meegenieten.

Rune schenkt zichzelf nog eens bij. Jenever, iets anders verdraagt zijn maag niet, voor zover die dit tenminste wel verdraagt. Hij realiseert zich dat hij de oudste is van het gezelschap en bovendien dat hij een toespraak zal moeten houden voor Eivor, die geen vader heeft aan wie ze dat kan vragen. Erik zegt natuurlijk niets, dat durft hij niet. Hij is wel aardig en ijverig en hij heeft de verantwoordelijkheid voor Elna en Eivor op zich genomen, maar hij is wel een beetje een slapjanus, daar kun je niet omheen. En hij wordt zo ontzettend in beslag genomen door zijn auto en al die ellendige goederenwagons ... Het borreltje verwarmt hem en de druk in zijn benen wordt minder. Jenever is echt het enige wat helpt, met alle respect voor medicijnen. Dat je er later een soort mist van in je hoofd krijgt, moet je maar voor lief nemen. Zoals je zo veel dingen voor lief moet nemen. Kijk, daar zit Elna, naast die enorme typograaf, die hem wel een geschikte kerel lijkt. Met hem zal hij wel een paar woorden kunnen wisselen als de gelegenheid zich voordoet. En hij heeft ook een leuke vrouw. Hij kent ze niet, maar het lijken hem beste mensen. Ze hebben het niet hoog in hun bol gekregen van het wonen in een dikdoenerige kledingstad. Waar zou Elna aan denken? Misschien is het een opluchting dat haar dochter nu getrouwd is? Dat zou niet zo vreemd zijn. Raar trouwens dat Erik en zij samen geen kinderen hebben gekregen. Hij zal het wel niet kunnen. Nee, dat is gemeen. Dat slaat nergens op. En jongens, jongens, wat is het eten lekker. Zijn vrouw, die thuis de kat zit te aaien, weet niet wat ze mist ...

Jacob is bang dat er nog meer telegrammen van zijn vrienden

zullen komen. Of nog erger, dat ze tegen de afspraak in hier zullen opduiken. Dat zou me wat moois zijn, hij moet er niet aan denken. Dat die lawaaiige bende hier in de hal zou staan als een roedel wilde honden.

Die oude man daar, Eivors opa, weet er wel raad mee. Waar ligt Sandviken eigenlijk. Ze hebben er een goede voetballer, Arne Hodin, maar het team is flut. Nou ja, ze hebben ook nog wel een goede vleugelspeler, maar verder ... Sandviken, wat is dat nou? Als zijn vader nu maar geen toespraak houdt, want hou dan je hart maar vast. Was deze maaltijd nu maar afgelopen, dan konden ze naar dat zomerhuisje ... Getrouwd ... Ja, verdomd ... Maar ze is mooi en als het dan een jongetje wordt dat op haar lijkt ... Nee, hij mag niet klagen en dat doet hij ook niet. Maar dat hij nu getrouwd is ...

Bier en jenever, eten en een sigaar. Zonder dat iemand het eigenlijk in de gaten heeft is er een kronkelend kruisgesprek gaande aan tafel. Alleen Eivor is stil, maar zij kan immers niet drinken en dan kom je niet zo gemakkelijk los, dat leert de oeroude Zweedse ervaring.

'Tweeëntwintig öre', zegt Artur tegen Rune, die heeft gevraagd wat de typografen er bij de laatste opslagronde bij gekregen hebben. 'Dat voel je in je portemonnee, dat begrijp je zeker wel. Die van mij werd zo zwaar dat ik een hijskraan nodig had om hem op te tillen.'

Rune knikt. Het is volkomen duidelijk dat Artur een goede vent is, een prima kerel. Tweeëntwintig öre, dat is kattepis en zo moet je het ook noemen. Nee, het is niet zo'n gekke opmerking, een hijskraan om je portemonnee mee op te tillen.

'Dan hebben jullie toch nog meer gekregen dan wij', zegt hij. 'Er was een malloot op het werk die had uitgerekend dat hij maar honderdtweeënveertig jaar hoefde te sparen voor hij een nieuwe roeiboot kon kopen. Hij heeft er een ingezonden brief over naar het *Aftonbladet* geschreven, maar die werd natuurlijk niet geplaatst.'

'Wat moest hij met een roeiboot?' vraagt Artur. 'En jij dan?' vraagt hij aan Erik, die op een gehaktballetje zit te kauwen en vossenbessenjam op zijn neus heeft.

'Wat?' vraagt Erik.

'Wat heb jij erbij gekregen?'

'Ja ... dat weet ik niet meer. Maar het was niet zo veel.'

Nee, dat zal wel niet, denkt Rune. Maar je zit er toch tevreden bij. Nu is hij weer gemeen. Is er misschien nog ergens een biertje? Ja hoor, Linnea ziet hem zoekend rondkijken en geeft hem een flesje Sandwall aan.

Elna kijkt naar Rune en hij knikt. Ja, hij zal wel een toespraak houden. Hij moet er maar niet te lang meer mee wachten, nog een paar borrels en dan wordt hij misschien onsamenhangend, en omwille van Elna en Eivor wil hij het er zo goed mogelijk van afbrengen. Hij is geen spreker, maar wie wel, afgezien van die idiote politici bij wie het net lijkt alsof er een bandje in hun strottenhoofd gemonteerd zit dat continu draait. Zit zijn gulp dicht? Wat moet hij zeggen? Wat had hij tijdens die vreselijke treinreis ook alweer bedacht?

Hij kijkt naar Eivor, ze kijkt hem aan en glimlacht. Plotseling krijgt hij een brok in zijn keel, het is ook zo'n lieve meid.

De brok in de keel is een waarschuwingssignaal dat hij serieus moet nemen. Hij wil niet de sentimentele oude man uithangen, dat moet koste wat het kost voorkomen worden.

Hij tikt tegen zijn bierglas en het wordt meteen stil. Iedereen heeft hier kennelijk op gewacht, maar niet geweten van welke kant het zou komen.

Hij staat op en hoort in de stilte de regen op de ruiten roffelen waar hij met zijn rug naartoe staat. Wat moet hij nu verdomme zeggen? En hoe heet die jongen ook weer? Jacob was het toch?

'Lieve Eivor', zegt hij en dan wordt er aangebeld en wordt er weer een telegram bezorgd. Natuurlijk komt het uit Sandviken, van Eivors oma en ooms. Het is een gewoon standaardtelegram, zonder gekke dingen in de tekst. Maar wanneer het telegram is voorgelezen, weet Rune helemaal niet meer wat hij wilde zeggen. Geen woord ...

'Tweeëntwintig öre', zegt hij. 'Tweeëntwintig öre heeft je schoonvader er bij de laatste loononderhandelingen bij gekregen. Daarmee wil ik zeggen dat jullie je niet door de schijn moeten laten bedriegen. Ook al zeggen ze dat het nu gouden tijden zijn voor Zweden, het kan zo weer veranderen. En wanneer de opslag niet meer is dan twee dubbeltjes, dan stelt het toch niet zo veel voor en is het niet alles goud wat er blinkt. Jullie zijn allebei gewone mensen. Ik ken jou, Eivor, als een flinke meid, als iemand die een vak heeft geleerd. Je bent naaister. Daar kun je trots op zijn en daar moet je je nooit om naar beneden laten trappen. Van jou, Jacob, weet ik niet veel meer dan dat je winkelbediende bent. Maar de winkel is niet van jou, dus zit je in dezelfde situatie als ... je vrouw, Eivor ... Ja ... Uit de grond van mijn hart wens ik jullie geluk en ik hoop dat jullie nooit zullen vergeten wie jullie zijn. Nou ... Proost, op het bruidspaar.'

Hij drinkt en gaat zitten. Wat heeft hij in vredesnaam gezegd? Heeft hij er een potje van gemaakt? Hij kijkt naar Elna, maar die lijkt tevreden, ze knikt hem glimlachend toe. En Artur en Linnea ... Nee, hij heeft geen flater geslagen. Maar het is toch te gek voor woorden dat hij niet meer weet wat hij heeft gezegd? Tweeëntwintig öre, maar daarna?

Verder komt hij niet voordat Artur zijn reusachtige lichaam van de stoel opheft en zijn keel schraapt. Het wordt ogenblikkelijk stil. Pas wanneer Artur bij de tafel wegloopt, merkt hij dat iedereen naar hem kijkt.

'Ik ga alleen even naar de plee', zegt hij. 'Ik hou straks nog wel een toespraak. Bij de koffie.'

Zo gezegd, zo gedaan. Linnea's schalen met eten raken niet leeg, de glazen worden steeds bijgevuld, de gesprekken springen over de tafel heen, als veren in de rookwolk. Er komen nog meer telegrammen, van Jacobs neef, de kleermaker uit Bergkvara en van tante Tilda aan de Alundavägen in Trollhättan. Een wonder dat ze eraan heeft gedacht, ze is soms zo vergeetachtig dat ze haar eigen naam niet meer weet. Meer eten, steeds maar meer, maar eindelijk doet zich een mogelijkheid voor om van tafel te kunnen gaan zonder de smoes van toiletbezoek. In de deur staat een bleke, puisterige jongeman die koffers en statieven draagt en witgrijze paraplu's onder zijn armen houdt. Hij kijkt zo ongelukkig dat je zou kunnen denken dat hij verdwaald is. Maar hij is hier aan het goede adres en hij kijkt zo benauwd omdat hij nooit eerder een bruidspaar thuis heeft gefotografeerd; hij is slechts de assistent van fotograaf Malm, die een atelier heeft op de hoek van de Kvarngatan en de Allégatan. Maar het is Malm vandaag in de rug geschoten, zodat hij dubbelgevouwen op de chaise longue van rood fluweel in het donkere atelier moest gaan liggen, en ooit moet zijn klungelige assistent toch de kans krijgen om te tonen wat hij waard is. Norrby Långgata, twee hoog op nummer tweeëntwintig, krijgt hij te horen. En terwijl hij de spullen bij elkaar raapt die hij nodig heeft om de opdracht uit te kunnen voeren, krijgt hij instructies van Malm, die op zijn knieën op de bank is gaan zitten in de ijdele hoop dat het dan minder pijn doet.

'Zorg dat je er geen zijlicht bij krijgt, anders staan we de hele week te retoucheren', kreunt hij met zijn achterste in de lucht. 'En zorg verdorie dat je een professionele indruk maakt. Kun je niet even een kam door je haar halen? En nu wegwezen. Die ellendige rug ook.'

Ze willen staande gefotografeerd worden en de enige geschikte plaats in de kamer is vlak bij de balkondeur, wat inhoudt dat de eettafel verschoven moet worden en ook nog een tafel vol flessen. Niets mag zo blijven staan, de hele balkonhoek moet leeg, en wanneer iedereen een handje wil helpen, resulteert dat in chaos. Rydén, zo heet de assistent van achternaam (hij wordt door zijn baas nooit anders aangesproken en is het gewoon gaan vinden om zo te worden aangeduid), is met zijn lampstatieven aan het prutsen en klungelen en wanneer een oude man die Rune heet, behulpzaam wil zijn en een stekker in het stopcontact stopt, slaan natuurlijk de stoppen door en gaat de lamp kapot. Artur moet op het wankele trapje klimmen om de zekering te vervangen in de meterkast boven de kapstok in de hal, en intussen schuift Rydén de koelkast aan de kant om een geaard stopcontact te bereiken. Wanneer eindelijk alles klaar lijkt, blijkt natuurlijk dat er van alle mogelijke kanten zijlicht binnenvalt. Rydén draait snel aan de jaloezieën en verplaatst de bruid een paar centimeter, maar dan krijgt ze allemaal strepen in het gezicht, en Rydén raakt zo bezweet dat de paraplu's uit zijn handen glijden.

Maar ten slotte staat alles dan toch klaar, het zijlicht is met gebeden, vloeken, schermen en half dichte deuren bezworen. Nu de bruiloftsgasten plechtig stil achter hem staan en het bruidspaar hulpeloze pogingen doet om ongedwongen op de foto te komen, kan hij niets anders meer doen dan afdrukken en de film doordraaien. Hij controleert de lichtwaarden nog eens, verandert iets aan het diafragma en probeert zich wanhopig te herinneren of hij nog iets is vergeten. Hoeveel ASA heeft het filmpje? Dat weet hij toch ... Verdomme. En hij drukt nog eens af en dan is het voorbij. Na afloop regent hij helemaal nat terwijl hij in de hoosbui zijn statieven en koffers in de Volkswagen laadt. Maar nu is hij de rust zelve. Als deze foto's mislukt zijn, stopt hij met fotograferen. Dan zal de droom over toekomstige artistieke fotoboeken een droom blijven en dan wordt hij bakker of iets anders wat beter bij hem past.

Wanneer Artur ten slotte zijn toespraak heeft gehouden – het is geen bijzondere speech, Artur is dronken, maar heeft zichzelf nog wel in de hand, en zegt alleen maar aardige dingen tegen het stel, eenvoudige woorden, niet aanstootgevend, maar ook niet gedenkwaardig – is het tijd om de huwelijkscadeaus te onthullen die op een tafel onder een kleed verborgen liggen.

Van opa Rune, oma Dagmar en de ooms krijgen ze een koffieservies dat Rune persoonlijk in een porseleinwinkel in Gävle heeft gekocht. Het is wit met een blauw randje. Een eenvoudig servies dat een stootje kan hebben en een heel leven mee kan als er niet al te veel onderdelen van breken. Van Linnea en Artur krijgen ze ieder een badjas met een geborduurd monogram. Linnea heeft ze genaaid, een blauwe voor Jacob, een lichtrode voor Eivor. En ten slotte is er een cadeaubon ter waarde van tweehonderdvijftig kronen van Elna en Erik voor een meubelketen in Zuid-Zweden. Eivor en Jacob weten allebei dat er een filiaal zit in Borås, naast Tempo.

Het bruidspaar geeft iedereen een hand en bedankt voor de cadeaus. Zij is moe en heeft hoofdpijn, hij heeft te veel gedronken en staat niet helemaal stevig meer op zijn benen. Maar de alcohol heeft hem in ieder geval over zijn bezorgdheid heen geholpen en op dit moment vindt hij het alleen maar prettig om getrouwd te zijn. Eivor is iemand met wie je voor de dag kunt komen en wie zegt dat je zo anders moet gaan leven alleen omdat je getrouwd bent? Dat moet je toch helemaal zelf bepalen?

De tafel wordt afgeruimd en de oude Sara duikt op en begint aan de afwas. In de woonkamer nemen de meubels hun gewone plaatsen weer in en uit het niets duikt de hond van de familie plotseling op. Die is zolang bij Sara geweest, maar wordt nu weer binnengelaten. Artur pakt hem echter resoluut bij zijn halsband en duwt hem in zijn mand, hij krijgt niet de kans om rond te springen en kennis te maken, maar moet stil blijven liggen.

'Hij verhaart zo verschrikkelijk', legt Artur uit en natuurlijk protesteert niemand.

Eivor sluit zich op in het toilet om een paar minuutjes rust te hebben. Erik en Jacob praten over auto's, Elna en Linnea staan voor het raam naar de regen te kijken. Linnea vertelt over haar eigen bruiloft en Elna luistert en denkt aan een zomer bij de Noorse grens lang geleden.

Uiteindelijk komen Rune en Artur toch naast elkaar te zitten, ieder met een longdrink in de hand. Artur hijgt en zweet en houdt zijn ogen half dicht. Rune kijkt hem van opzij aan en het is hem volledig duidelijk dat hij beter geen gesprek kan beginnen. Hij is zo aangeschoten dat hij zichzelf misschien niet meer in de hand zal kunnen houden. Hij heeft zo veel gedronken dat het onschuldigste betoog tot een krachtige en vooral onverwachte explosie kan leiden. Nee, hij moet natuurlijk rustig blijven zitten en zijn mond houden. Dit is Eivors bruiloft en hij is hier bij aardige mensen, het zou laag-bij-de-gronds zijn om zijn kwade dronk over hen uit te storten.

Maar de drang om deze typograaf een beetje te prikkelen en te zien wat voor persoon erachter schuilt, is enorm sterk. Hoe moet je anders iets te weten komen over de gedachten en meningen van mensen?

En wie zegt dat er altijd ruzie van moet komen? Het is ook wel voorgekomen dat hij met een slok op tegen niemand is uitgevaren. Maar hij vraagt zich toch af of zijn vrouw uit angst voor een uitbarsting en de daaruit voortvloeiende verpeste sfeer is thuisgebleven.

Maar een praatje maken kan toch altijd?

'Proost', zegt hij. Artur tilt zijn oogleden op en kijkt hem een beetje verbaasd aan, alsof hij bijna in slaap was gevallen.

'Ja, ja', gaat Rune verder. 'Het is te hopen dat het jonge paar het goed zal krijgen.'

'Waarom niet?' zegt Artur. 'Zoals de tijden nu zijn. Wie had hun kansen niet willen hebben?'

Dat is het soort opmerking waar Rune niet tegen kan. Zijn hersenen zijn niet zo beneveld dat ze niet registreren dat Artur schijnbaar een van die blijmoedige mensen is die niet beseffen dat de werkelijkheid er nog net zo somber uitziet als altijd. En dat moet hij natuurlijk zeggen, anders zou hij niet eerlijk zijn …

'Hoe hoger je denkt dat je kunt klimmen, des te groter wordt de val', zegt hij en hij kijkt Artur doordringend aan.

'Wat?'

'Toen ik jong was, wist ik in ieder geval dat ik onderbetaald en uitgeknepen werd', gaat Rune verder en hij kijkt Artur strak aan met zijn rode ogen. 'Maar tegenwoordig schijnt iedereen te denken dat de bomen tot in de hemel groeien.'

Artur kijkt hem aan, maar reageert niet.

'En als je er niet op voorbereid bent dat het ook weer slechter kan worden, komt de klap des te harder aan', gaat Rune verder.

'Kletskoek', zegt Artur en hij draait met zijn grote lichaam heen en weer. 'Pure flauwekul. Waar denk je dat we vandaag geweest waren zonder de socialisten? Nou?'

'Ik ben ook sociaal-democraat', antwoordt Rune verbaasd. 'Wat dacht jij dan?'

'Zo klonk het niet.'

'Dan mag je net zo goed wel op je hoede zijn.'

'Natuurlijk mag je dat. Maar laat ze maar schuiven, dat komt wel goed. Je kunt het gerust aan hen overlaten. Wat ik je brom.'

'Ja, ja', zegt Rune. 'Maar …'

'We nemen nog een drankje', valt Artur hem in de rede.

Nee, Rune wordt niet kwaad op Artur. Wel op Jacob, maar daar merkt verder niemand iets van, want Rune is moe geworden, hij valt bijna in slaap op zijn stoel en die verrekte benen slapen en prikken. Het valt hem alleen op dat Eivors man giechelig wordt en naarmate het later wordt steeds scheller gaat praten. Het is prima dat mensen zichzelf zijn als ze drinken, maar moet dat op zo'n aanstellerige manier? Hij komt er niet achter wat hem zo ergert. Iets aan de hele persoon, alsof hij overal doorheen fladdert, alsof er geen schaduwen, geen regenachtige dagen voor hem bestaan. Zou je zo worden als je in een winkel staat en schaatsen verkoopt? Hoe moet hij zich staande houden als er een storm opsteekt?

Misschien heeft hij het helemaal mis. Misschien groeien de bomen toch tot in de hemel? Misschien heeft hij het zelf niet begrepen.

Hij wordt wakker wanneer Elna aan zijn schouder schudt.

'We moeten weg', zegt ze. 'Het is twaalf uur en Eivor en Jacob zijn een taxi aan het bellen.'

Dan is hij dus in slaap gevallen! Asjemenou. Maar zo gaat dat als zijn vrouw er niet bij is om met haar elleboog in zijn zij te porren.

Hij staat op en voelt dat hij heel moe is. Maar hij schijnt niet de enige te zijn, iedereen is uitgefeest. Elna, Erik en hij overnachten in een gelegenheid die Hagbergs pension heet en een bed is zijn enige wens. En dat hij daarna weer terug mag naar Sandviken. Dat is en blijft weliswaar een gat, ook al heeft het zich dan opgewerkt tot zoiets voornaams als een stad, maar hij woont er al zijn hele leven en voelt zich ermee verbonden. En als een oude man zich ergens mee verbonden voelt, dan moet je hem daar niet weghalen, want dan loopt het niet goed af ...

Ze staan in het krappe halletje afscheid te nemen. Hij geeft Jacob een hand en omhelst Eivor. Hij vindt dat ze er bleek uitziet, maar dat is misschien niet zo raar. Als je nog niet eerder getrouwd bent geweest, zie je misschien als een berg tegen de huwelijksnacht op ... Ach nee, ze is immers in verwachting, dan kan ze daar niet bleek van zijn. Ach jee, nou ja ...

'Veel geluk, meisje', zegt hij en hij drukt haar stevig tegen zich aan. 'Veel geluk en vergeet je familie in Sandviken niet.'

'Ik kom bij jullie op bezoek', zegt ze. 'Doe oma de groeten.'

'Ja, dat zal ik doen.'

En dan verdwijnen zij en Jacob in de eerste taxi.

'Aardige mensen', zegt Rune tegen Elna die naast hem op de achterbank van de tweede taxi zit. Voor zich heeft hij Eriks zwijgende rug.

'Ja', zegt ze.

'Hoe denk jij dat het hun zal vergaan?' vraagt hij.

Elna geeft geen antwoord, ze kijkt hem alleen met een vage glimlach aan.

In een huisje aan het Härenmeer, enkele tientallen kilometers van Anderstorp, brengen Eivor en Jacob Halvarsson vervolgens hun vier vrije dagen door, in de stromende regen. Het is er zo vochtig en koud, daar kunnen het fornuis, waar het doorheen tocht, en hun liefde niet echt tegenop. Het is net of ze niet goed weten wat ze aan elkaar hebben en die onzekerheid begon al in de huwelijksnacht toen ze in Eivors flatje aankwamen. Ze was moe, maar hij was vrolijk van alles wat hij die avond had gedronken en wanneer ze in bed met haar rug naar hem toe gaat liggen, wil hij niet afgewezen worden. Niet neuken in de huwelijksnacht, wat is dat nou? Maar dat zegt hij natuurlijk niet; hij probeert haar eerst om te praten en doet dan steeds hardhandiger pogingen om haar om te draaien. Even heeft ze de neiging zich dan maar zelf om te draaien en toe te geven, dan hebben ze het maar weer gehad. Maar nee, ze heeft er geen zin in, ze is moe, en waar moet dat heen als ze zich meteen al schikt naar zijn wensen en niet vasthoudt aan haar eigen gevoelens? Dan is hij maar chagrijnig, en dat wordt hij natuurlijk ook. Maar uiteindelijk valt hij in slaap en wanneer ze hem luid hoort snurken, huivert ze en ze moet zomaar huilen. Hij hoort haar niet en daarmee hebben ze hun eerste geheim voor elkaar ...

In een geleende auto naar een geleend huisje ... Het ligt mooi aan het meer, hun naaste buren zijn een boerenechtpaar bij wie ze melk kopen. Jacob staat beneden op de gladde stenen aan de oever te vissen in de zware regenbui die maar niet lijkt te willen ophouden. Eivor zit binnen voor het raam en ziet hem aan de waterkant staan, een man in een donkere regenjas met een zuidwester op, en ze bedenkt dat dat haar man is, zij is nu mevrouw Halvarsson, geboren Skoglund, Jacob en Eivor ... Met stempel en zegel, een boterbriefje en een eigen flat. Mevrouw Fåhreus heeft alleen haar schouders opgehaald en op haar vraag geantwoord met de woorden dat ze best mag trouwen zolang ze de huur maar op tijd betaalt. Die zal bovendien binnenkort waarschijnlijk worden verhoogd. De kosten ...

Of ze loopt door het vochtige gras, blijft af en toe doodstil staan, houdt haar gezicht omhoog en voelt de regendruppels op haar huid spatten. Het ritselt tussen de bladeren en ze is verbaasd dat ze is waar ze is, dat het allemaal nog zo ongewoon en zo vreemd is. Spannend, maar toch ...

Ze zeggen het geen van beiden hardop, maar ze kunnen allebei niet wachten tot ze weer naar huis mogen. De eerste ontboezemingen in hun gezamenlijke leven wisselen ze zwijgend uit.

Maar natuurlijk zijn er ook momenten van tederheid. Wanneer ze in het krappe keukentje met het eten bezig is en hij vanuit de deuropening naar haar staat te kijken en zijn ogen niet van haar af kan houden en glimlacht ... Het nachtelijk duister dat alles makkelijker maakt, aanrakingen, gesprekken, een eerste voorzichtig aftasten ... De nacht is hun moment. Juist 's nachts krijgen ze af en toe het gevoel dat hun huwelijk echt iets betekent, na alle ceremonie, telegrammen en beloften. Het gevoel dat ze met zijn tweeën zijn, een brug met twee brughoofden.

'Als het een jongetje wordt', zegt hij opeens wanneer ze naast elkaar liggen in de lichte zomernacht.

'Als het een meisje wordt', zegt zij.

Jan. Stefan. Magnus. Anette. Mia. Louise ... Ze jongleren met namen, lachen, wijzen elkaars voorstellen af, maken plezier.

In die korte momenten is Eivor gelukkig. Ze is veilig en wacht vrolijk tot ze weer naar huis mag. Er zijn maar weinig van die momenten en ze zijn kort, maar als ze maar zeker weet dat ze er zijn! Elke dag leren ze elkaar beter kennen, elke dag komen ze ongemerkt iets dichter tot elkaar. Ze leren elkaars reacties te herkennen en kunnen opeens voorspellen wat voor antwoord de ander zal geven.

Geluk bestaat, zegt ze tegen zichzelf. Een betere man dan Jacob kan ik niet krijgen. Hij is oppassend, hij ziet er goed uit, hij is ... We hebben elkaar gevonden en je weet toch niet wat eventueel beter was geweest. Daarentegen had het veel slechter gekund.

Julidagen aan het Härenmeer. De laatste avond maken ze een klein kampvuur aan de oever en verbranden hun afval. Ze zitten dicht bij elkaar onder een van de regenjassen en Eivor ervaart plotseling hoe prettig het kan zijn om met iemand anders samen te zitten zwijgen.

'Morgen gaan we naar huis', zegt hij. Ze knikt en denkt aan de twijnerij.

De twijnerij waar ze nooit meer zal terugkeren. En Algots? Zal ze daar ooit die beroemde kleren zitten naaien?

Op de komende herfst en winter zal Eivor later terugkijken als op een gelukkige tijd. Ook al was ze naïef en argeloos en al waren er een heleboel dingen die ze gewoon niet zag, toch zou ze verloochenen wie ze toen was als ze iets anders beweerde. Ze wilde gelukkig zijn, ze wilde een nestje bouwen dat – hoe bescheiden ook – toch de plek op aarde was waarvan ze kon zeggen: hier ben ik thuis. Het was een tijd waarin ze zich opsloot in eenvoudige, maar voor haar waardevolle routines: het ontbijt op tafel wanneer Jacob nog moe en weinig spraakzaam uit de badkamer kwam strompelen. Dan was ze zelf al meer dan een uur op. Had zich aangekleed, opgemaakt, misschien zelfs zijn schoenen gepoetst. Wanneer hij weg was, luchtte ze de kamers, ruimde op en deed boodschappen, en verdeelde de klusjes zo over de dag dat ze steeds iets te doen had. Wanneer hij vlak na zessen thuiskwam, stond het eten op tafel, altijd iets waarvan ze wist dat hij het lekker vond. 's Avonds keken ze tv (ze praatten veel met elkaar, maar bij vlagen) en als hij haar 's nachts wilde, dan wilde ze hem natuurlijk ook, zolang de zwangerschap het niet belette of hem ongeïnteresseerd maakte. Het was een tijd waarin alles ingekapseld was in het grote zwijgen, alles behalve het kind dat in haar groeide. Natuurlijk voelde ze zich vaak eenzaam. Soms, wanneer ze door het lege appartement liep, zag ze het somber in met het kind en het leven buiten de muren.

Maar dat hield ze natuurlijk voor zich. Daar hoefde ze Jacob niet mee lastig te vallen. Hij was de kostwinner, hij maakte het leven dat ze leidden mogelijk, en als ze soms te weinig huishoudgeld kreeg, dan zei ze daar niets van, maar dan kocht ze voor zichzelf een weekblad minder. Dan zat ze liever voor zich uit te staren. Wanneer hij thuiskwam en met een mengeling van trots en voldoening vertelde dat hij die dag drie fietsen had verkocht, terwijl het al bijna winter was, dan was zij ook blij en luisterde geduldig naar alle details: wie welke fiets had gekocht, welke kleur die had, en met welke accessoires hij de koop had weten aan te vullen.

Ze hadden een gemeenschappelijke tijdrekening gecreëerd: voor de geboorte van het kind en erna. Het 'ervoor' was nu, een in wezen overbodige periode. Maar alles wat daarna zou komen … Wanneer ze met elkaar praatten – meestal wanneer de enige televisiezender niets te bieden had – leefden ze zich af en toe uit in plannen en dromen die onzichtbaar met elkaar verweven werden. Jacob – hij was altijd degene die het woord voerde – vond dat ze eerst een grotere flat moesten zien te krijgen, het liefst in Sjöbo, waar Eivor in haar begintijd in Borås had gewoond. En daarna zouden ze een huis bouwen, misschien ook een zomerhuisje (In Varberg! Jacob droomde van Apelviken, het leek hem ideaal om daar de zomer door te brengen, en Eivor ook.) Maar eerst zouden ze natuurlijk een auto kopen en Jacob pakte een blocnote en een pen en ging zitten rekenen. Soms ging hij er 's avonds op uit om naar een auto te kijken die te koop werd aangeboden. Lang voordat het kind geboren zou worden, hadden ze de babyuitzet en een kinderwagen gekocht; de babyspullen koos zij uit, hoewel ze natuurlijk altijd rekening hield met wat hij waarschijnlijk het beste zou vinden. Het was een leven als dat van Doornroosje, een wakkere, maar toch slapende prinses, die zich elke dag afvroeg of ze gelukkig was en nooit de moeite nam daar een antwoord op te geven. Ze las zelden kranten – ze vond dat ze daar geen tijd voor had – en Jacob was degene die

haar nieuws uit de buitenwereld kwam brengen (naast het flikkerende tv-scherm natuurlijk. De man met het grijze haar en
de snor die haar met een superieure glimlach voortdurend op
de hoogte hield van de oorlogen die maar leken voort te duren.
Beelden van de jonge aanstaande president van Amerika, met
zijn opgetrokken schouders, zijn stijve rug en zijn witte tanden;
hij boezemde vertrouwen in, deze onoverwinnelijke strijder, die
altijd paraat stond. En zijn tegenpool, de kalende wildeman in
het oosten. Hij was het levende bewijs van wat iedereen wist,
namelijk dat communisten onbetrouwbaar en lelijk zijn.) Jacob
kwam dus rond zes uur thuis, behalve op zaterdag, wanneer hij
tot één uur werkte, en aan de eettafel (hij was iemand die dol
was op worst en een hekel had aan lever) bracht hij verslag uit
van de afgelopen dag, alsof hij aan de tafel had gezeten waar
over het lot van de wereld werd beslist. Dat was ook gedeeltelijk waar, aangezien Eivor in hem de voorwaarde zag dat ze
zo konden leven, dat ze niet het gevaar liepen dat ze in de kou
zouden komen te staan. Soms, wanneer hij somber gestemd was
na slechte dagen waarop hij niets verkocht en de klanten 's ochtends al onwillig en afwijzend waren, had ze met hem te doen.
Maar meestal ging het wel goed en vlogen de fietsen de winkel
uit, net als de voetballen, tafeltennisbatjes en spikes. Wanneer
hij het erover had dat hij waarschijnlijk ooit wel bedrijfsleider
zou kunnen worden, om daarna de grote sprong te wagen en
een eigen zaak te openen, was ze er altijd van overtuigd dat dat
klopte. Natuurlijk zou hij dat voor elkaar krijgen …

'De mensen krijgen steeds meer vrije tijd', zei hij. 'Daar spelen wij op in. Steeds meer vrije tijd. Dat houdt nooit op.'

'Nooit?'

'Nooit.'

Eind oktober moest hij naar Hindås voor een cursus. Hij zou
zaterdag en zondag weg zijn en het doel was dat hij het verschil
zou leren tussen het overtuigen en het overreden van een klant.
Toen hij voorstelde dat Eivor zaterdagnacht wel bij Artur en

Linnea kon logeren, zodat ze niet alleen hoefde te zitten, antwoordde ze dat ze zich prima zou redden. Het was niet nodig. Maar toen hij weg was en het zaterdagmiddag was geworden, vloog de eenzaamheid haar naar de keel en ze voelde dat ze iemand moest bellen. Maar in plaats van Linnea te bellen, draaide ze het nummer van Liisa, die tot haar geluk thuis was. Om een uur of vijf belde Liisa bij Eivor aan en daarna bewonderden ze samen de auto die Liisa helemaal zelf had betaald. Het was een roestige Ford, maar hij was van haar en hij was betaald.

Toen ging Liisa zitten en ze keek naar Eivors buik.

'Je ziet er bijna niks van', zei ze.

'Je ziet het echt wel!'

Nadat Eivor was getrouwd, eigenlijk al vanaf het moment dat het serieus werd tussen haar en Jacob, gingen zij en Liisa steeds minder met elkaar om. Ze voelde zich plotseling onzeker onder Liisa's onderzoekende blikken.

'Waar kijk je naar?' vroeg ze.

'Waarom kijk je zo bang?'

'Ik vraag alleen waar je naar kijkt.'

'Waar zou ik naar kijken?'

'Dat weet ik niet.'

'Ik kijk gewoon naar jou! Of ik je nog herken.'

'En?'

'Ik weet het niet ... Jawel, ik herken je nog wel.'

Ze kijkt mompelend om zich heen door de flat.

'Je kunt wel zien dat hier nu een man woont', zegt ze ten slotte.

'Dat is toch ook zo?'

'Ja, ja, dat weet ik wel. Kijk toch niet zo bang!'

'Ik ben toch niet bang?'

'Dan zul je wel altijd zo kijken, maar dat was ik dan vergeten.'

Het gesprek verloopt moeizaam en traag. Het is net of Eivor aldoor denkt dat Liisa haar wil aanvallen. Elke vraag, elke opmerking, hoe onschuldig ook, komt agressief op haar over.

'Ik vraag het maar', zegt Liisa, keer op keer, steeds geïrriteerder.

'Ik dacht dat je er iets mee bedoelde ...'

'Alleen wat ik zeg. Verder niet. Ben je helemaal vergeten hoe ik ben?'

En daarna, met plotselinge nadruk, alsof ze begrijpt hoe het zit: 'Wanneer ben je voor het laatst uit geweest?'

'Hoezo?'

'Uit. Weg uit dit huis.'

'Dat doe ik niet meer. Dat kan immers niet, nu ...'

Dan stelt Liisa voor een autotochtje te maken. Eivor wil niet, zegt dat het niet kan, maar Liisa geeft zich niet gewonnen. Waarom zou het niet kunnen? Ze moet Eivor bijna meetrekken en in de roestige Ford duwen. Maar uiteindelijk lukt het en Liisa start de auto.

'Ik ga nergens naar binnen', zegt Eivor.

'We gaan ook nergens naar binnen', zegt Liisa. 'Niet voordat we bij het Park zijn.'

Eivor staart haar aan alsof ze haar met een bijl had bedreigd. Ze bedoelt toch niet dat ze in het Park moet gaan dansen? Ze moet toch snappen dat dat echt niet kan ...

'Ik begrijp de situatie', zegt Liisa ironisch. 'Rustig maar! We gaan nergens naar binnen. Ik geef je alleen een rondleiding, zodat je kunt zien dat de wereld er nog is.'

En dan lacht ze en Eivor voelt zich zowel opgelucht als dom.

Liisa maakt een rondrit met haar door haar oude wereld. Hoewel Borås een stad is met een geconcentreerde, goed afgebakende stadskern, heeft Eivor het gevoel dat ze aan een expeditie naar een ver land meedoet ... Maar daar ligt de kunstzijdefabriek in de schemering, de stoom sijpelt door de muren ... Wie heeft er nu dienst op de twijnerij, wie moet er deze zaterdag werken en vervloekt alle drank die de collega's tot zich kunnen nemen ... Liisa antwoordt en Eivor vraagt hoe het met haar oud-collega's gaat. Ze mist hen opeens, de collega's die ze is kwijtgeraakt, en zelfs aan het vreselijke kabaal in de machinehal denkt ze met heimwee terug.

Ze vraagt of voorman Svanslös er nog steeds is, en Liisa werpt haar een verbaasde blik toe. Als voorman Svanslös ooit stopt bij Kunstzijde, dan is het omdat hij dood is.

Liisa rijdt door de stad. Het is zaterdag, de avond is nog jong, en ze voegen zich in de karavaan rondom het Södra torget. Alles is nog hetzelfde, voor de Sagabioscoop en Cecils tearoom staat een groep mensen en daar kruipt de karavaan voorbij. Er stapt iemand uit en een paar anderen springen gauw in een auto. Ze gaan harder rijden als ze de weg tussen Sandwalls brouwerij en een oud geelgeverfd houten huis inslaan. Dat is de 'dode weg'. Daar is geen mens en honderd meter lang valt er niets te beleven, totdat de Viskan en de hoek van het plein weer opduiken ... De kiosk, de meisjes die langs het hek heen en weer lopen, het geroep vanuit de auto's, de karavaan beweegt schokkerig voort, en dan begint er weer een rondje ... Al die mensen door wie Eivor aan de ene kant wel en aan de andere kant niet wil worden herkend. Alsof ze zich ergens voor schaamt. Ze hoort hier immers niet meer, ze bevindt zich op verboden terrein, en al na het eerste rondje zou ze liever willen dat Liisa zich uit de kring losmaakte en haar thuisbracht. Ze zegt niets, maar probeert zich onzichtbaar te maken ... Stel dat een van Jacobs vrienden haar zou zien? Zo groot is de stad niet en als je van één ding zeker kunt zijn dan is het wel dat elke onverwachte verschijning wordt gerapporteerd.

'Je ziet eruit of je een ... hoe zeg je dat? Een geest hebt gezien', zegt Liisa.

'Nee toch?'

'Waarom zeg je het niet eerlijk? Ik zie het toch ...'

Uiteindelijk brengt ze haar thuis en dan is Eivor weer alleen. Ze laat zich in een stoel zakken en vraagt zich af waarom ze niet eerlijk heeft gezegd dat ze is geschrokken van de ontdekking dat haar oude leven voorbij is. Ze kan niet terug, ook niet als ze dat op een dag zou willen. Wat voorbij is, is voorbij, er is geen weg terug, en dat was haar nu duidelijk geworden. Maar waarom had ze het ontkend? Als Liisa het toch al had begrepen? Waarom?

Ze weet het niet, en ook al doet ze haar best om er niet meer over na te denken, om te vergeten dat ze überhaupt bij Liisa in de auto heeft gezeten, dat ze zelfs maar met haar heeft afgesproken, toch raakt ze die onrust niet kwijt. Bovendien voelt ze zich schuldig tegenover Jacob, alsof ze hem heeft bedrogen door terug te keren naar de karavaan rond het Södra torget. Ze kan een potje gaan zitten huilen, maar daar schiet ze ook niets mee op.

Wanneer Jacob 's zondags thuiskomt, vol nieuwe kennis (in het vervolg zal hij de mensen overtuigen en niet meer overhalen tot een bepaalde keuze …) en vraagt hoe zij het heeft gehad, zegt ze natuurlijk dat het allemaal goed is gegaan – dat alles goed is! De dagen verstrijken en haar onrust wordt langzaam minder. Het uitje met Liisa was een uitzondering, een naderende dreiging die is afgewend door de tijd die voorbij is gegaan en die de gebeurtenis met een dikke laag dagelijkse sleur heeft bedekt. Als ze af en toe bang was dat er misschien iets niet goed was met de baby, dan was Jacob er om op zijn onhandige en gegeneerde manier haar hand vast te houden. Maar hij was er en daar ging het maar om.

Jaren later realiseerde Eivor zich dat ze totaal niet wist hoe hij die periode vanaf hun trouwdag tot aan de geboorte van Staffan had ervaren. Daarbij dacht ze niet aan wat er rond de geboorte gebeurde, maar aan wie er achter al die dromen en toekomstplannen verborgen zat. Toen, vele jaren later, kon ze zich niet herinneren dat hij ooit iets over zijn gevoelens had gezegd. De keren dat hij met zijn vrienden op stap was geweest en dronken thuis was gekomen niet meegeteld. Dan kon hij van alles zeggen, huilerig en sentimenteel, maar daarmee onthulde hij geen diepere waarheid. Het werd haar niet duidelijk wat er achter die rode ogen en die wazige blik schuilging, en ze had ook niet de rust om zich daarin te verdiepen. Wanneer hij dronken was, was ze altijd bang – ook al was hij nooit gewelddadig. Ze voelde zich dan gewoon zo alleen. Als hij dronken was, werd hij een vreemde en zat ze alleen maar te wachten tot hij zou gaan slapen.

In december was ze 's nachts soms opeens klaarwakker, zonder dat ze wist waar dat van kwam. Ze had niet gedroomd, ze was niet misselijk, niets. Ze deed gewoon haar ogen open in het donker, Jacob lag naast haar te snurken, en alles had gewoon moeten zijn, maar dat was het niet. Mensen worden vaak wat angstig als ze wakker worden zonder dat ze snappen waarom en Eivor was geen uitzondering. Nadat ze een poosje stil in het donker was blijven liggen stond ze op, ze trok haar pantoffels en haar badjas aan en slofte de woonkamer binnen. Ze deed het lampje met het rode kapje aan dat voor een van de ramen stond. Dan kroop ze op de bank en trok haar voeten onder zich. Het was donker in de kamer, de schaduwen waren onbeweeglijk …

Ze bedacht dat ze precies een jaar geleden naar Borås was gekomen en dat de stad haar toen zo onafzienbaar groot had geleken. Het was een jaar geleden dat ze op trillende benen naar de afdeling personeelszaken van Kunstzijde was gegaan en zo ontzettend bang was geweest dat ze haar plaats niet zou kunnen vinden in deze grote, vreemde wereld. Een jaar geleden had ze gedroomd van een zelfstandig leven met een baan bij Algots als het eerste grote doel. Maar nu was ze al acht maanden zwanger. Dik en zwaar, onhandig en klunzig met vaak uitslag in haar gezicht. In januari zou ze een kind krijgen en dan was ze nog niet eens negentien … Wanneer ze in het donker zat te luisteren naar de stilte, voelde ze een grote verbazing dat alles was geworden zoals het nu was. Niets was wat ze zich ervan had voorgesteld, helemaal niets.

Na die eerste nacht waarin ze plotseling klaarwakker in bed lag, kwam het nog vaak voor dat ze opstond en op de bank ging zitten. Soms ging ze voor het raam staan en dan keek ze vol verwondering naar de lege straat ...

Kerst en Oud en Nieuw vierden ze in alle rust met Linnea en Artur. Erik en Elna hadden tussen de feestdagen door ook uit Hallsberg zullen komen, maar Elna kreeg griep en omdat ze bang was Eivor te besmetten, spraken ze elkaar alleen telefonisch. Het werd 1961. Een echte winter kregen ze niet, alleen grijze, glibberige dagen. Jacob ging weer aan het werk en voor Eivor begon de laatste, oneindig lange wachttijd. Het was duidelijk dat het Jacob ook op de zenuwen begon te werken, want steeds vaker vond hij een excuus om 's avonds een uurtje de deur uit te gaan. Maar hij bleef nooit lang weg en hij dronk zelden meer dan een paar flesjes bier. Eivor ging naar de laatste controles. Ze was op 22 januari uitgerekend. Telkens wanneer ze 's ochtends op de kalender keek, was die datum weer iets dichterbij geslopen. Maar hij leek steeds onwerkelijker.

Het is 27 januari, zaterdagavond. Hoewel de uitgerekende datum al gepasseerd is – of misschien juist daarom – is Jacob weggegaan. Eivor heeft naar de radio zitten luisteren (de tv is een paar dagen daarvoor kapotgegaan) en ze is op de bank in slaap gevallen. Opeens wordt ze wakker en ze voelt dat de weeën begonnen zijn en ze roept naar Jacob: 'Nu, nu ...' Maar hij reageert niet en nadat ze nog eens heeft geroepen, dringt het tot haar door dat hij niet thuis is. Ze kijkt naar de tas die ingepakt in de hal staat en de schrik slaat haar om het hart omdat ze alleen is. Waar is Jacob? Nu zou hij thuis moeten zijn! Wat moet ze doen? Linnea bellen? Maar wat kan die doen? Niets ... Waarom komt hij niet ... Ze voelt haar hart slaan en ze is zo ontzettend bang. Moet ze nú alleen zijn? Dat komt nu wel heel slecht uit. Ze roept weer om Jacob, maar hij is er niet en op trillende benen loopt ze naar de telefoon en belt een taxi. Ze heeft het nummer maanden geleden op een briefje geschreven dat ze met een punaise aan de muur heeft geprikt. Natuurlijk kent ze het uit haar hoofd, maar nu vertrouwt ze zichzelf niet meer, en ze leest het nummer van het briefje terwijl ze draait …. In gesprek. Het is immers zaterdag. Mijn hemel.

Waar ís hij? Ze draait het nummer opnieuw, nog steeds in gesprek, en ze begint te trillen en bidt een verward gebed, terwijl ze bedenkt dat ze rustig moet zijn. Zo snel gaat het niet, het is immers haar eerste kind en er zijn buren bij wie ze kan aanbellen … Nu wordt er opgenomen, maar er zijn geen wagens, er zijn lange wachtrijen en de vrouw bij de centrale zegt dat ze moet wachten. Maar wanneer Eivor roept dat haar vliezen zijn gebroken en dat ze alleen is, wordt duidelijk dat ze een vrouw aan de lijn heeft, want ze zegt 'even geduld' en dan hoort Eivor hoe ze de eerste beschikbare wagen oproept … 'Iemand in het centrum. Lege taxi in het centrum', en dan zegt ze dat er een wagen onderweg is. Eivor begint aan een berichtje voor Jacob op de blocnote naast de telefoon, maar opeens voelt ze zich zo teleurgesteld dat hij er niet is om zijn deel van de verantwoordelijkheid op zich te nemen dat ze de pen neerlegt, haar jas aantrekt die ze niet dicht kan knopen om haar dikke buik, haar tas pakt en voorzichtig naar buiten loopt. De auto staat er al, de chauffeur is een oudere man die wel wat gewend is. Hij pakt haar tas, helpt haar met instappen en zegt tegen haar dat het allemaal prima in orde komt, ze moet niet huilen. Huilen? Sinds wanneer huilt ze? Dat had ze nog niet eens gemerkt, maar de tranen stromen over haar wangen en wanneer de auto wegrijdt, kijkt ze nog één keer om, maar Jacob is er niet …

Het wordt een lange nacht, ze ligt te wachten tot het gaat beginnen. Wanneer ze in haar papieren lezen dat ze getrouwd is, ook al is ze dan alleen naar de kraamkliniek gekomen, vragen ze of ze iemand moeten bellen, maar ze schudt haar hoofd. Jacob was er niet toen ze hem nodig had en nu wil ze hem niet zien. Nee, ze hoeven niemand te bellen. Het is allemaal in orde, en dan vraagt niemand verder nog iets. Ze ligt alleen in een witte kamer, af en toe komt er iemand bij haar kijken en zegt dat ze nog niet zo veel ontsluiting heeft en dat het dus nog uren kan duren. Naderhand weet ze er niets meer van wat ze al die uren heeft gedacht. Ze weet niet eens óf ze wel heeft gedacht. Er zijn alleen de witte muren, het gerammel in gangen verderop, de deur die af en toe opengaat. Het felle licht, haar eigen hartslag. En de woede en de teleurstelling over het feit dat Jacob er niet was ... Dat hij haar vreselijk in de steek heeft gelaten.

Tussen tien uur en één uur op 28 januari 1961 voert Eivor de zwaarste strijd van haar leven. Ze weet niet hoe vaak ze denkt dat ze het niet aankan, dat ze het niet langer uithoudt. Er staan vrouwen over haar heen gebogen, en de glimlach van de vroedvrouw verzacht haar strengheid enigszins. Er dringen woorden haar bewustzijn binnen: haar man staat buiten. En aldoor dat machteloze persen, wat nooit enig resultaat schijnt op te leveren. Maar een paar minuten over één, op een winterse zondag zonder sneeuw, is alles voorbij, de navelstreng wordt doorgeknipt en Eivor heeft een zoon gekregen. Wanneer Jacob binnenkomt, eerst alleen, dan samen met Linnea en Artur, is ze zo moe dat ze alleen maar wil slapen. Lang en diep. Daarna zal ze weer wakker worden en zich om haar kind bekommeren dat naast haar ligt, rood, verfrommeld en volkomen onbegrijpelijk ...

(Ergens in die uren van uitputting dringt het ook tot haar door dat Jacob mompelend uitlegt waarom hij niet thuis was. Iets over autopech en een horloge dat achterliep. En dat hij geen idee had dat het zo snel zou gaan. Een mompelend excuus dat ze niet wil horen, dat ze niet kan en niet wil accepteren. Hij was er niet toen hij er had moeten zijn en daar moeten ze mee leven, zij net zo goed als hij. Er is geen geldig excuus, of het had moeten zijn dat hij dood was neergevallen op straat. Zijn smoezen interesseren haar niet, die mag hij houden en er zijn eigen slechte geweten mee sussen.)

Ze was al ruim drie weken thuis met Staffan (zo moest hij heten, dat hadden ze van tevoren besloten; van alle voorstellen die ze voor de grap en in alle ernst hadden gedaan, was die naam als enige overgebleven), het was eind februari, toen ze op een ochtend nadat ze het jongetje had verschoond, de borst had gegeven en in bed had gelegd, besloot het deel van de berg wasgoed weg te werken dat niet uit babykleertjes bestond. Ze liet de vuile was op de keukenvloer vallen en ging voorzichtig op haar hurken zitten (ze was behoorlijk ingescheurd en ze had nog vrij veel last van alle hechtingen) en begon die te sorteren. Ze pakte een van Jacobs witte nylon overhemden, vroeg zich even af wanneer hij dat had gedragen, en toen viel er een pakje uit het borstzakje. Een miniverpakking condooms. Waar had hij die nu voor nodig? Toen ze eenmaal wisten dat ze in verwachting was, bijna tien maanden geleden, had hij geen condooms meer hoeven gebruiken. Ze neemt het pakje van vier in haar hand, opent het en ziet dat er nog maar één in zit. Dat kan toch helemaal niet? In ieder geval kan het haar niet overkomen. Het hoort thuis in de wereld van de damesbladen en de films, en dat die wereld niet echt is, had ze in een grijs verleden al eens geleerd tijdens haar kennismaking met de gewelddadigheid van Lasse Nyman.

Ze laat de was liggen en begint door de flat te ijsberen. Het kan toch gewoon niet waar zijn? Ontrouw? Wanneer? Ze blijft uiteindelijk bij een raam staan en staart naar de straat. Ze heeft de moed verzameld om helder te denken, en wat ze ziet is een onvoorstelbaar groot verraad. Ze is nu drie weken thuis sinds haar verblijf in de kraamkliniek en Jacob is elke dag meteen uit zijn werk thuisgekomen, heeft snel zijn jas ergens neergegooid en is bij het bed van het jongetje gaan staan. Dat wil zeggen dat hij alleen in de dagen en nachten dat zij in de kraamkliniek lag, de kans heeft gehad om ontrouw te zijn. En de zaterdagavond dat zij op de bank zat en haar vliezen braken en ze tot haar ontzetting merkte dat hij weg was, dat hij niet thuisgekomen was ... Hoe laat wás hij eigenlijk thuisgekomen? Een auto die niet wilde starten. (Welke auto? Wiens auto?) Een horloge dat achterliep. Ze kijkt uit het raam en het verraad is zo groot dat ze het niet kan dragen. Maar toch wil ze er nog niet aan. Zo slecht is toch niemand dat hij overspel pleegt terwijl zijn vrouw ligt te bevallen van hun beider kind? Niemand ...

Boos stopt ze de was weer in de papieren zakken. Het pakje met het eenzame condoom smijt ze op de tafel in de woonkamer, precies op de plek waar hij zijn koffiekopje altijd neerzet, zodat hij het binnen handbereik heeft wanneer hij tv zit te kijken.

Ik zeg niks, denkt ze, en dan herhaalt ze het hardop bij zichzelf. Maar ik zal hem recht in de ogen kijken. Ik zal hem blijven aankijken en mijn ogen niet neerslaan.

Dat laatste klinkt als iets uit een novelle in een damesblad. Maar wat dan nog? Laat er dan voor de verandering in het echt maar eens een situatie ontstaan die overeenkomt met alles wat ze in de lange periode van wachten heeft zitten lezen. Als dat gebeurt, zal ze een groet sturen aan degene die een stukje heeft geschreven dat echt klopt.

Ze blijft rondlopen. Haar angst en haar woede zijn met elkaar in gevecht, haar hart is een warboel van bloedende knopen. Als het waar is, gaat ze weg en dan neemt ze Staffan mee. Maakt niet uit waarheen. Hij verdient het niet eens om in de buurt van het kind te mogen zijn.

Hij heeft al zijn rechten verspeeld.

Ze staart naar een broodmes dat op de snijplank in de keuken ligt. Ze pakt het op en steekt het recht in zijn buik; zij was hoogzwanger en hij ...

Ze pakt het eenzame condoom en gooit het in de afvalbak. Maar een paar minuten later vist ze het er weer uit en legt het weer op tafel.

Wanneer hij thuiskomt, heeft hij iets lekkers van de bakker gehaald. 'Jouw lievelingsgebakjes.' Aan de buitenkant is ze volledig rustig, volkomen koel. Ze ziet hoe hij naar Staffan kijkt, ze hoort hem zeggen dat hij op zijn opa lijkt (gisteren leek hij nog uitsluitend op Eivor ...) Ze maakt het eten klaar en wanneer ze aan tafel zitten vraagt hij hoe haar dag is geweest (hoe het met het jongetje is gegaan, denkt ze!) en ze zegt dat het allemaal goed is gegaan. De uitslag op zijn hoofdje is verdwenen, de zalf die ze had meegekregen van de kraamkliniek heeft kennelijk geholpen. Of hij huilt? Natuurlijk huilt hij! Alle baby's huilen. Maar daar schrikt ze intussen niet meer van. Langzamerhand kan ze zijn kreten duiden. Linnea heeft haar de eerste week geholpen, ze kan haar altijd bellen als er iets is en dat is een veilig idee. Maar als Linnea er niet was geweest … Weet je nog hoe onzeker je was? Ja, natuurlijk weet ik dat nog. Dat is nog maar een paar weken geleden. De eerste keer dat ik hem moest verschonen dacht ik dat ik zou flauwvallen. Of hem zou laten vallen. Of dat hij gewoon dood zou gaan onder mijn onbeholpen handen. Het is toch ook pas mijn eerste kind. En ik leer het toch? Klink ik boos? Ik zal wel moe zijn. Ik heb geen nacht doorgeslapen sinds ik thuis ben, en dat zal de komende maanden ook niet gebeuren. Maak de pan maar leeg! Dat is de moeite niet om te bewaren. Hij zal zo wel wakker worden …

Ze verschoont luiers en ze geeft de borst, hij wast af en staat naast haar toe te kijken wanneer ze hem optilt, draagt, neerlegt of vasthoudt. Tot nu toe zag ze graag dat hij het jongetje oppakte, maar wanneer hij nu zijn handen naar hem uitstrekt, draait ze haar rug naar hem toe en zegt dat ze het beter zelf kan doen … Maar koffie zou wel smaken! Hij heeft gespuugd, hij zal wel weer te veel gegeten hebben. Nee, het doet nu minder pijn wanneer ze borstvoeding geeft. Dat was in het begin wel anders, toen zij en het kind allebei niet wisten hoe het moest en zij nerveus werd en hij begon te blèren. Een pasgeboren kind is hemels geluk én een hel op aarde. Ga nu maar weg, dan kan hij slapen …

Het jongetje slaapt tot nu toe goed en ze kijkt naar hem, zoals hij daar op zijn buikje ligt, warm en geurig, en ze haat het kleine pakje dat op tafel ligt. Het is net of Jacob met zijn actie het kind nog meer te pakken heeft dan haar. Wanneer ze hem met kopjes hoort rammelen, loopt ze de woonkamer in en gaat op een stoel zitten. Eigenlijk heeft ze geen tijd, door het hele huis heen liggen luiers en handdoeken. 's Avonds is voor haar het moment om zich voor te bereiden op de volgende dag. Maar nu gaat ze zitten. Hij zet de koffiepot neer en vraagt of ze weet wat er op de tv is. (Natuurlijk weet ze dat niet! Wanneer had ze tijd moeten hebben om een krant in te kijken? Welke krant? Had ze het trappenhuis in moeten lopen om de *Borås Tidning* van de buren te pikken? Godallemachtig ...) Dan schiet hem het gebak te binnen en hij loopt weer naar de keuken. Wanneer hij weer in de kamer komt, heeft hij ze op een schaal gelegd die ze als huwelijkscadeau hadden gekregen. Onderweg naar de bank zet hij de tv aan, maar hij bedenkt zich en zet hem weer uit.

'Er zijn alleen kinderprogramma's', zegt hij. 'Jammer dat *Sigges circus* nooit meer komt. Dat was goed. Maar ik heb in de krant gezien dat er nu alleen iemand gaat voordoen hoe je van die poppen maakt ... van die poppen die je op je hand hebt.'

Hij heeft dus zelf wel in de krant gekeken. Waarom vraagt hij het haar dan? Waarom gaat hij niet zitten, dan kan hij het cadeautje bekijken dat Eivor voor hem op tafel heeft neergelegd.

Dan ziet hij het. Met zijn hand halverwege het kopje. Hij schrikt, verstart, en ze ziet hem denken, ziet hoe hij snel probeert een uitweg te vinden. Op dat moment weet ze het helemaal zeker en ze smijt haar kopje op tafel zodat de koffie en de scherven in het rond spatten, ze rent de slaapkamer binnen en doet de deur achter zich op slot. Ze gaat op de rand van het bed zitten, doodstil, het oproer wordt in haar binnenste uitgevochten, en ze luistert. Het is stil in de woonkamer. Nu verzint hij zijn leugens, bedenkt ze. Had hij maar begrepen dat ze die niet verdraagt. Hoe de waarheid er ook uitziet, die kan ze aan. Als hij zich eruit probeert te draaien met een leugen, dan gaat ze weg. Gewoon weg! Maakt niet uit waarheen ...

Plotseling staat hij bij de deur en pakt de deurkruk vast. Hoelang ze al in de donkere slaapkamer zit, weet ze niet.

'Doe open', zegt hij. 'Waarom heb je de deur op slot gedaan?'

Ja, waarom? Je doet de deur op slot omdat je bang bent. Wanneer ze zijn stem hoort, voelt ze dat ze hem wil zien, dat ze hem recht aan wil kijken, net zoals ze eerder vandaag had bedacht.

Ze maakt de deur open en loopt langs hem heen de woonkamer in. Hij heeft de scherven van het koffiekopje opgeraapt zonder dat ze het heeft gehoord. En dan ziet ze dat hij ook zijn gebakje heeft opgegeten.

Ze kijkt hem aan wanneer hij gaat zitten.

'Wat bezielt je?' vraagt hij. (Hij klinkt nog geïrriteerd ook!)

'Heb je niets anders te zeggen?'

'Wat dan?'

'Je weet heel goed wat ik bedoel.'

'Als je dit hier bedoelt … Ja, waar komt dat vandaan?'

Vraagt hij dat aan haar? Rustig blijven … Denkt hij echt dat ze zo …

'Gadverdamme, wat ben jij een rotzak!' (Rustig, rustig …)

'Waarom zeg je dat, verdomme?'

'Ik lag te bevallen van Staffan. En jij … jij was …'

'Waar heb je het over?'

'Denk je dat ik op mijn achterhoofd gevallen ben?'

'Ik snap niet waarom je dat condoom op tafel hebt gelegd.'

'Dat heb ik in het zakje van jouw overhemd gevonden.'

'Overhemd?'

'Een overhemd dat je onlangs hebt gedragen. En in de was had gegooid.'

'Dat zal wel een oud pakje zijn dat ik vergeten was eruit te halen. Dat weet ik toch niet. Wat is er met je?'

'Kun je het niet vertellen?'

'Vertellen?'

'Wat je hebt gedaan toen ik in de kraamkliniek lag. Te bevallen van jouw zoon …'

'Wat moet ik toen gedaan hebben?'

'Je had het vast gezellig! Kun je het niet met mij delen?'

'Ik was aan het werk. Verdomme! Denk je dat ik met een andere vrouw op stap was? Hoe haal je het in je hoofd?'

'Vertel.'

'Wat? Ik kan er toch niets aan doen dat jij een condoom vindt in een overhemd van mij. Hou toch op.'

Ze ziet de barsten en scheuren ontstaan en ze drijft haar wiggen erin met alle kracht die de woede en het verdriet haar geven.

'Hoe kun je zo liegen?'

'Ik lieg toch niet.'

'Je liegt en je weet dat ik dat weet ... Verdomme.'

Ze drijft hem in een hoek en wanneer hij daar zit, komt zijn reactie als uit een diepe put.

'Hou je mond en ga naar bed. Ik wil er geen woord meer over horen.'

'Jij ...'

'Hou je mond, zei ik.'

'Hoe zag ze eruit?'

'Jij kent ... Verdomme!'

In de hoek gedreven en uit zijn hol gerookt is hij in een woeste sprong bij haar en hij geeft haar een klap. Ze gilt.

'Ik zei dat je je mond moest houden! Ik weet niet waar je het over hebt. Verdomme nog aan toe. Zo ver heb je me weten te krijgen met je getreiter. Kreng!'

Haar getreiter? Heeft ze zichzelf soms geslagen?

Kreng?

Ze staart hem aan en op dat moment wordt Staffan wakker. Ze staat op en wanneer ze de slaapkamer binnengaat, doet ze dat met het gevoel dat ze daar altijd in het donker bij haar zoon zal blijven, zolang ze leeft.

Maar wanneer het jongetje in slaap is gevallen, zit hij natuurlijk op de bank te huilen en om haar te roepen. Ze houdt haar handen voor haar oren en trekt zich niets van hem aan. Hij heeft haar geslagen, alsof het haar schuld was dat hij … Godallemachtig. Opeens zit hij naast haar en hij heeft haar zo hard tegen zich aan getrokken dat het pijn doet aan haar borsten. Snikkend vraagt hij of ze hem wil vergeven. Hij vertelt niets en als ze er weer naar zou vragen, zouden de tranen weleens plaats kunnen maken voor nieuwe klappen. Wanneer hij vindt dat hij genoeg gezegd heeft, terwijl hij eigenlijk helemaal niets heeft gezegd, kijkt hij haar aan.

'Vergeef me?'

Is het een vraag of een dreigement? Ze geeft geen antwoord. Wat heeft hij eigenlijk gezegd wat voor haar een reden zou kunnen zijn om hem te vergeven? Niets! Zijn antwoord was een klap in haar gezicht. En dan moet ze hem vergeven!?

'Ik moet een paar dingen klaarzetten voor morgen', zegt ze ontwijkend en ze staat op. Maar hij trekt haar weer terug op de rand van het bed, zo hard dat ze opnieuw bang wordt.

'Vergeef me …'

Als ik het niet doe, gaat hij weer slaan, denkt ze. Dat heb ik vanavond geleerd. Maar als ze geen voorbereidingen treft voor morgen, is het kleine wurm in het bedje de dupe. Ze moet eraan denken dat zij vanaf nu altijd op de tweede plaats komt.

'Ja', mompelt ze. 'Laat me nu met rust.'

Wanneer ze opstaat, merkt ze dat hij geen poging doet om haar tegen te houden, maar haar angst blijft totdat ze de slaapkamer uit is. Ze doet heel stilletjes, ze is bang dat het minste geluid zijn woede weer zal doen ontbranden.

Ze is met de luiers bezig en bedenkt dat hij vast opgelucht is, dat hij alles alweer bijna vergeten is. Zijn vrouw, die over een paar weken negentien wordt, heeft haar lesje immers geleerd.

Maar langzamerhand begon Eivor verbaasd te beseffen dat ze niet alleen kon leven met wat er was gebeurd, maar het ook kon vergeten. Af en toe werd ze zelfs overvallen door de verwarrende gedachte dat ze het allemaal maar had gedroomd. Ze had per slot van rekening geen plekken in het gezicht van de klappen en een gebroken kopje is een kopje dat nooit heeft bestaan. Wat ze in haar hart wel wist, verdrong ze dus toen ze besefte dat zij – omwille van haar zoontje – moest doen alsof er niets aan de hand was, alsof ze het alleen maar enorm had getroffen. Het zou jaren duren voor ze tegenover zichzelf kon toegeven dat wat er was gebeurd toen zij in het kraambed lag, de doodsteek was voor hun relatie. Toen, vele jaren later, kon ze er ook de consequenties van accepteren, maar dat was toen pas. In de tussenliggende tijd, al die zonnen en manen, was het een voortdurende krachtmeting met de eeuwige, vaak ook gelukkige, dagelijkse sleur. Het kind dat groeide, en dat van haar afhankelijk was voor zijn groei, was natuurlijk de meest beslissende gebeurtenis in haar leven. Het moederschap hield voor haar in dat ze voor het eerst het gevoel had dat iemand haar continu nodig had. In die jaren was ze onvervangbaar, en ook al voelde ze dat vaak als een te zware verantwoordelijkheid, er was vaak weinig voor nodig om haar weer uit de put te halen. Ze genoot van zijn dagelijkse vorderingen, van het eerste lachje waarmee hij onthulde dat hij een innerlijk, nog onontdekt gevoelsleven had, tot de eerste wankele stapjes, die eindigden met een val tegen een tafel en een boze schreeuw, waar zowel pijn als boze koppigheid uit sprak. Ze had nooit vrij, ze was er nooit vanaf, altijd was ze gebonden door die afhankelijkheid. Natuurlijk hielp Linnea haar vaak, en Elna soms ook als ze op bezoek was, maar wanneer ze dan door de stad zwierf of in een lunchroom zat (ze was ook een keer naar de witte toneelschuur in het Stadspark gegaan. Waarom wist ze niet en de voorstelling die ze zag, was dodelijk saai), kon ze de gedachte aan hem nooit helemaal van zich afzetten. Als ze werd aangereden, geschept door een auto? Als ze, als ze … Ze dacht vaak na over de dood, dat ze niet mocht sterven. Nog niet. Ze moest blijven leven zolang hij haar nodig had. Als ze al een keer een paar uurtjes voor zichzelf had, kwam ze vaak veel eerder thuis dan ze van plan was geweest – en dan nodig was geweest. Wanneer ze door de stad liep zonder kinderwagen, was ze zo mogelijk nog geïsoleerder dan wanneer ze alleen verantwoordelijk voor hem was, of dat nou binnen de vier muren van haar huis was of wanneer ze hem zag spelen in de zandbak op Bergdalslyckan. Nu hij er was, zat ze geïsoleerd in hun wederzijdse afhankelijkheid. Hij was haar excuus dat ze helemaal geen contact meer had met de weinige vrienden die ze in de stad had gemaakt voordat ze met Jacob was getrouwd. Er was geen tussenstadium waarin ze hem kon wegdenken en zich kon gedragen alsof hij er niet was. Jacob stond daarbuiten, die had ze niet eens nodig, bedacht ze weleens. Ze zou het zonder hem ook wel rooien. Zweden was geen land waar ze je van de honger lieten omkomen. Zijn loon, zijn geld was dus niet onvervangbaar. Die gedachte hield uiteraard niet in dat ze wilde dat hij weg was; het was gewoon haar manier om de situatie realistisch te bekijken en daarmee zichzelf te motiveren om ook de volgende ochtend weer op te staan en al haar tijd aan haar zoontje te besteden.

De manier waarop Jacob en zij met elkaar omgingen, werd een web van ineengevlochten gewoontes. Het duurde een hele poos voor ze weer met hem samen kon zijn zonder zich verraden te voelen, maar het was alsof ook haar weerstand ergens ophield; zij had ook behoeften, en ze was per slot van rekening met Jacob getrouwd. Wanneer hij 's avonds af en toe weg was, maakte haar dat niet uit. Iets in haar was afgestorven, daar was niets aan te doen. Of hij het merkte, wist ze niet; ze praatten zelden of nooit over hun gevoelens en in de slaapkamer hadden ze het licht altijd uit. Maar natuurlijk was ze blij dat hij loonsverhoging kreeg en steeds meer vrijheid in de sportzaak, en hij hield oprecht van zijn zoon. Het allerbelangrijkste was misschien wel dat hij nooit aanmerkingen maakte op haar manier van opvoeden. Ook al was ze vaak onzeker en besluiteloos, hij gaf haar altijd gelijk. Een heel enkele keer, vaak als hij een borrel ophad, zei hij ook dat hij vond dat ze het goed deed. Verrekte goed.

Toen Staffan tien maanden oud was, merkte ze voor het eerst dat het weer begon te kriebelen. Wanneer ze voor het raam stond en de mensen op straat voorbij zag lopen, gehaast op weg naar een onbekende bestemming, maar vrij ... Ze begreep niet meteen wat er met haar aan de hand was, eerst dacht ze dat ze gewoon moe was. Staffan was continu verkouden, al vanaf het begin van de herfst, en ze kon bijna nooit langer dan drie uur achter elkaar slapen. Het was een poosje zo uitputtend geweest, dat Linnea bij haar was komen logeren, terwijl Jacob thuis bij Artur ging slapen. Maar de dagen verstreken en de onrust kwam terug, en uiteindelijk besefte ze dat ze niet meer genoeg had aan de afhankelijkheid waar ze tot nu toe op had geleefd. Plotseling werd ze weer negentien. Straks zou Staffan door de eerste fase van zijn afhankelijkheid heen zijn en dan zou dat gevoel steeds sterker worden. Ze heeft ook bedacht dat het belangrijk is dat hij leert om bij andere mensen te zijn. Zij blijft natuurlijk degene die hem het naast staat, maar de weg naar een leven als volwassene is toch een weg door de troostende en spelende armen van veel mensen heen.

Maar verder komt ze voorlopig niet. Ze krijgt al schuldgevoelens en verzet zich inwendig bij de gedachte alleen al dat ze weer aan het werk zou kunnen gaan en een leven zou kunnen leiden buiten de muren van het huwelijk en het kind, ook al was het maar een paar uur per dag. Dan schaamt ze zich. Het zijn ondankbare gedachten, onverantwoordelijke gedachten, die het stempel van de jeugd dragen. Haar jeugd is kort geweest, zo kort dat ze nauwelijks heeft kunnen bloeien, maar nu is het te laat om terug te keren naar iets wat niet meer bestaat.

Maar toch ... toch!

In een aanval van plotselinge nieuwsgierigheid vraagt ze Jacob op een avond wat hij ervan zou vinden als ze weer ging werken. Natuurlijk niet meer dan af en toe een paar uurtjes. Hij ligt op de bank naar het flikkerende tv-scherm te kijken (iemand vertelt over het productieproces van kunstmest) en hoort niet wat ze zegt. Ze herhaalt haar woorden en hij draait zijn hoofd naar haar toe en kijkt haar met toegeknepen ogen aan.

'Waarom zou je dat nou doen?' vraagt hij.

'Voor de variatie.'

'Je zegt anders altijd dat je meer dan genoeg te doen hebt in huis!'

'Voor de variatie, zei ik toch. Meer niet.'

'Je hebt wel een zoon!'

'Wij hebben een zoon.'

'Ja, ja, natuurlijk. Wie moet er dan op hem passen?'

'Dat heeft Linnea al zo vaak aangeboden.'

'Maar waarom?'

'Dat heb ik toch gezegd?'

'Breng ik niet genoeg binnen?'

'Een paar kronen extra zouden we toch goed kunnen gebruiken?'

'Je bedoelt dus dat ik niet genoeg verdien?'

'Dat zeg ik niet! Hoor je niet wat ik zeg?'

'Ik zit feitelijk tv te kijken.'

'Wat kijk je dan?'

'Weet ik veel.'

'Misschien zouden we op reis kunnen gaan.'

'Waarheen?'

'Dat weet ik niet! Maakt niet uit waarheen. Waar we maar heen willen. Waar we het altijd over hebben, maar het eind van het liedje is altijd dat we geen geld hebben. Als we geld hadden ...'

'Je snapt toch wel dat je dat niet kunt doen?'

'Wat niet?'

'Het kind alleen laten.'

'Maar zo bedoel ik het niet!'

'Laten we er nu maar over ophouden. Snap je nou dat ze zulke rotprogramma's uitzenden?!'

En dat was het dan weer. Het gesprek loopt dood en ze geeft het op. Tijdelijk. De weg van de vage onrust naar een behoefte die ze niet kan ontkennen, bereikt zijn hoogtepunt tijdens de jaarwisseling en op een dag in januari 1962 vraagt ze Linnea of ze 's ochtends een paar uur op Staffan wil passen. Toen ze belde, had ze tegen Linnea gezegd dat ze naar de tandarts moest. Ze kon de verleiding gewoon niet weerstaan om dezelfde smoes te gebruiken als toen ze er op de kunstzijdefabriek tussenuit kneep en voor het eerst naar de afdeling personeelszaken van Algots ging. Daar gaat ze nu dus weer heen en ze loopt snel, ook al heeft ze tijd genoeg. Maar nu ze zo ver is gekomen dat ze heeft besloten om naar de mogelijkheden te informeren – een eenzaam besluit waar ze het met niemand over heeft gehad – is het net of ze van zichzelf ook haast mag hebben. Ze wordt weer jong. Ze ziet de mensen gebogen tegen de gure wind in lopen en bedenkt dat ze nooit zo'n belangrijk doel kunnen hebben als zij.

Daar is de fabriekspoort weer. Godzijdank, die is er nog. En het bord met de zwierige A, die samen met de andere letters het woord vormt dat op catalogi en kledingstukken prijkt, hangt er ook nog. In de poort komt ze een paar donkerharige meisjes tegen die een vreemde taal spreken. Ze hoort hen lachen en gaat nog sneller lopen. Ze mag nu niet te laat komen, het zal haar niet gebeuren dat ze met een blik van 'helaas' wordt aangekeken. Je hebt je kans gehad, maar nu zit er iemand anders op de stoel die voor jou was gereserveerd. De wereld wacht niet, en het deel ervan dat Algots heet al helemaal niet. Het zijn goede tijden en wie die trein mist, moet zelf maar zien. Ze loopt snel de stenen trappen op, ze hoort het ruisen van de door stoom aangedreven kledingpersen, ze gaat een gang in en daar is het. Hetzelfde kantoor. Maar ze wordt door een andere personeelsfunctionaris ontvangen en hij heeft de brief niet eens gelezen die ze op een nacht in december in haar eenzaamheid heeft geschreven. Hij zoekt in mappen die dicht tegen elkaar op planken staan, hij staart even naar de telefoon, alsof die Eivors kostbare brief zoek heeft gemaakt. Maar dan haalt hij zijn schouders op, leunt achterover in zijn stoel en vraagt Eivor of ze wil vertellen waar ze voor komt.

Natuurlijk wordt ze zenuwachtig. Niemand heeft haar ooit leren praten. Een brief schrijven mag dan moeilijk zijn voor haar, maar dan is er geen tijdsdruk. Praten daarentegen, haar wensen in haar eigen woorden naar voren brengen … Ze stottert en stamelt, ze begrijpt zelf nauwelijks wat ze zegt. Losse woorden die elkaar wanhopig proberen vast te grijpen om een begrijpelijke zin te vormen. (Ze vloekt inwendig. Dat ze dit verdomme nog niet eens kan! Ze is de wereld in geschopt zonder taal …)

Een halve baan of een deeltijdbaan dus, zegt de man van personeelszaken wanneer hij denkt dat ze uitgesproken is. (Maar voor hem is het natuurlijk niets bijzonders om tegenover een jonge vrouw te zitten die blozend en stamelend zegt wat ze wil. Hij ziet hier Finse, Griekse, Turkse en Joegoslavische vrouwen en Joost mag weten wat nog meer voorbijkomen. Dus eigenlijk is het opmerkelijk dat er in deze tijd een meisje uit Borås achter de naaimachine wil komen zitten.)

Eivor knikt.

'Ik heb immers een kind', zegt ze slap.

'Dat vertelde je.'

'Maar ik ben getrouwd!'

'Dat is mooi.'

Ze hoort de ironie in zijn opmerking, maar nu maakt ze zich alleen maar druk om wat zijn antwoord gaat worden.

'Je zei dat je diploma's … dat die hier liggen?'

Eivor knikt. Dat kan ze: knikken en vrolijk kijken. Wat een ellende dat ze zich zo'n sukkel moet voelen.

De personeelsfunctionaris, die een blazer draagt en een gestreept nylon overhemd met een tabboord, slaat een map dicht en kijkt haar aan. Ze vindt hem opeens heel jong.

'We nemen contact op', zegt hij.

'Krijg ik iets?'

Krijg ik iets? Ze hoort haar eigen woorden; ze is gewoon aan het bedelen. De man achter het bureau moest eens weten hoe erg ze het vindt dat ze hier zo nederig voor hem zit, maar hoeveel het tegelijkertijd voor haar zou betekenen als ze een plaats voor haar hadden!

'Wat ik al zei, we nemen contact op.'

Dat is alles.

Wanneer ze naar huis loopt door de gure wind (dit jaar is het winter in Borås), hoort ze zijn stem in haar hoofd. Wat bedoelde hij? Zal ze durven hopen of niet? Ze denkt na en probeert te interpreteren, maar ze weet niet hoe ze de personeelsfunctionaris moet inschatten. Zijn antwoord is zijn geheim en privilege.

Maar het antwoord komt een week later en wanneer ze de envelop openscheurt en het blaadje met trillende handen voor haar ogen houdt, ziet ze dat het bedrijf haar een deeltijdbetrekking kan aanbieden voor drie werkdagen van vijf uur per week.

En voor de tweede keer in evenveel jaar legt ze een verrassing voor Jacob op tafel neer, op de plek waar hij zijn koffiekopje altijd neerzet.

Jacob Halvarsson. Hij leest de brief die zijn wettige echtgenote van het prestigieuze bedrijf heeft gekregen. (Nou ja, niet iedereen vindt het geweldig. De werkkleding van Algots, de ene blauwe blouse na de andere, planken vol ...) Hij leest de brief en daarna vraagt hij of ze helemaal besodemieterd is. Hij heeft toch gezegd ... Waar is ze in vredesnaam mee bezig? Achter zijn rug om! Als hij had geweten dat ze het meende toen ze weer eens zo vreselijk zat te zeuren. Het is ook altijd wat! Is het dit niet, dan is het dat wel. Nooit een moment rust. En uitgerekend vanavond, nu die verrekte nietsnutten er een film tussen hebben weten te proppen op tv. Hij komt moe thuis uit zijn werk! Als zij denkt dat schaatsen zichzelf verkopen, dan heeft ze het mis. Nooit een minuut rust, en wat bedoelen ze hier nou eigenlijk mee? Drie dagen in de week. Welke dagen? Als ze tenminste kon uitleggen waarom. Heeft ze het thuis niet naar de zin? Wat heeft hij fout gedaan?

Ze luistert geduldig; ze heeft besloten hem niet in de rede te vallen. Het antwoord van Algots heeft haar kracht gegeven.

Nu kan hij zo veel en zo lang razen als hij wil. Maar wanneer hij uitgesproken lijkt en zij het wil gaan uitleggen, valt hij haar meteen in de rede.

'Daar komt niks van in', zegt hij. 'Dat snap je toch zelf ook wel?'

Ze wil al reageren, maar dan bedenkt ze zich. Nee, ze zegt vanavond niets meer. Maar morgen en overmorgen wel. Er staat dat ze de komende twee maanden elk moment mag beginnen en ze zal er niet als een gek op afstuiven. Natuurlijk moet hij de kans krijgen om aan het idee te wennen.

Ze doet wat ze had bedacht, maar zijn reactie is hetzelfde, en het eind van het liedje is altijd dat hij het er niet meer over wil hebben. Soms vloekt hij en soms doet zij dat en soms zij allebei. Na ruim een week waarin ze zich in hun loopgraven verschanst hebben meent Eivor te bespeuren dat hij met andere ogen naar haar kijkt. Alsof het tot hem door begint te dringen dat ze het meent. Dan pakt hij het anders aan en hij spreekt op smekende toon alsof dit hem veel verdriet doet. Maar zodra ze haar argumenten op tafel legt, zitten ze weer in de loopgraven. Hij mobiliseert Linnea en Artur, en Linnea vindt het wel érg vroeg. Wat de goede oude Artur vindt, daar komt ze nooit achter. Het lijkt wel of hij vooral benieuwd is hoe dit zal aflopen.

De grote en beslissende slag begint bij een gelegenheid die hen allebei verrast. Op een zaterdagavond laat staan ze allebei in de keuken hun tanden te poetsen. Opeens gooit Jacob de tube tandpasta naar Eivor. Zonder commentaar, zonder dat hij boos is. Hij grijpt haar stevig vast, trekt haar op de grond en begint haar nachtpon uit te trekken en zegt dat hij met haar wil vrijen, hier en nu, meteen! Voordat ze het weet, zit hij in haar en wanneer ze zich begint te verzetten is het allemaal al voorbij; hij komt klaar zodra hij bij haar is binnengedrongen. Hij houdt haar zo stijf vast dat het pijn doet en hij zegt dat hij zo bang is dat ze bij hem zal weggaan. Voor hem is dat het ergste; als ze weer buitenshuis gaat werken, dan is dat de eerste stap in een richting die haar van hem wegvoert. Eivor voelt de koude vloer onder haar rug. Het is zo'n vernedering voor haar dat het hem niets kon schelen of zij wel of geen zin had en dat vervult haar met afschuw. Wat hij zegt laat haar volkomen koud, zijn woorden doen haar niets, ook al bevatten ze wel een soort verklaring. Als ze nou in de woonkamer zaten of in bed lagen, net voordat ze het licht uitdeden, dan had ze naar hem geluisterd. Maar nu niet, niet hier op de keukenvloer, waar hij haar heeft overmeesterd met zijn kracht en alleen maar heeft getoond hoe zwak hij is.

'Vond je het lekker?' vraagt hij als hij is opgestaan.

'Natuurlijk niet', antwoordt ze.

'O, sorry dan.'

'Ach ja.'

Ze raapt de tube tandpasta op en legt die op het plankje.

'Waar denk je aan?' vraagt hij.

'Nergens aan.'

'Ik zie je denken.'

Ze merkt dat hij kwaad wordt, maar in plaats van bang te worden gaat ze opeens vlak voor hem staat en ze kijkt hem recht aan.

'Ik was niet van plan bij je weg te gaan', zegt ze. 'Maar als ik niet ga werken, zou ik dat wel kunnen doen.'

Ze gaat in de woonkamer op de bank zitten. Hij komt beurtelings tierend en huilend bij haar zitten, maar ze wordt er niet heet of koud van. Ze ziet zichzelf op de keukenvloer liggen en besluit dat ze zich niet door hem zal laten tegenhouden. Wat hij ook zegt, hoe ongelukkig hij ook beweert te zijn (en misschien ook echt is), hoe hij ook scheldt en smeekt en dreigt. Ze zit naar hem te kijken, ze hoort wat hij zegt, maar ze weet dat ze naar Algots zal gaan zodra ze een afspraak heeft gemaakt met Linnea. Of desnoods met iemand anders. Ze kan nu niet meer terug. Het is te laat. Ze is immers tot het inzicht gekomen dat ze nog maar negentien is.

Uren later is hij stil, wanneer hij doorheeft dat hij er niets mee bereikt.

'Volgens mij geef je niet eens meer om me', zegt hij en hij breekt zijn laatste verdedigingswal af.

'Natuurlijk wel', zegt ze. 'Daar gaat het niet om.'

'Ik heb het niet slecht met je voor.'

'Nee.'

Ging hij maar naar bed, denkt ze, en alsof hij haar heeft horen denken mompelt hij 'welterusten' en hij verdwijnt naar de slaapkamer. Ook al heeft ze hoofdpijn gekregen van vermoeidheid, toch blijft ze zitten. Het is net alsof ze alle stilte nodig heeft die ze maar kan krijgen.

Een paar dagen later loopt ze met Staffan in de wagen naar Liisa's huis. Ze heeft gebeld en Liisa heeft gezegd wanneer het uitkomt, wanneer ze late dienst heeft. Ritva is met een slager in de wijk Druvefors gaan samenwonen en Liisa woont nu alleen in de flat. Ze drinken koffie en voeren een gesprek dat aldoor wordt onderbroken door de onrustige strooptochten die Staffan op zijn wankele beentjes onderneemt. Liisa kijkt naar hem en zegt dat ze dat nooit zou kunnen, dat ze er het geduld niet voor zou hebben.

'Vast wel', antwoordt Eivor. 'Als je een kind hebt, dan ontdek je dat je een heleboel kunt!'

'Ik niet. Nooit.'

'Jij ook!'

Eivor vertelt haar van haar recente bezoek aan Algots en van de brief die ze heeft gekregen. Ze is zich ervan bewust dat ze naar Liisa is gegaan om de bevestiging te krijgen dat ze juist handelt. Liisa is misschien niet de eerst aangewezen persoon, omdat ze zelf geen kind heeft ('Ik zou weggelopen zijn', zegt Liisa keer op keer, terwijl ze verbijsterd aanziet hoe geweldig veel energie Staffan steekt in zijn pogingen om haar appartement af te breken …), maar Eivor kan niemand anders bedenken met wie ze kan praten. En misschien gaat ze ook naar Liisa omdat ze zeker weet dat die haar zal steunen.

Voor Liisa is het dan ook zo vanzelfsprekend als wat. Zelfstandig zijn, in je eigen onderhoud voorzien, een auto kopen van je eigen geld, dat moeten vrouwen leren na te streven. Als het zo'n fantastische wereld is waarin we leven, dan moet dat op de eerste plaats komen. En volgens haar zijn er tekenen aan de wand die erop wijzen dat de vrouwen de toekomst hebben. Niet dat ze nou zulke overdreven illusies heeft – we willen immers alleen maar trouwen en kinderen krijgen! – maar ze vestigt haar hoop op de komende generatie.

'Zou jij nu weer getrouwd zijn?' vraagt ze. 'Als je het had geweten?'

'Ik weet het niet', antwoordt Eivor aarzelend. 'Nou, als ik Staffan niet op een andere manier had kunnen krijgen, dan wel!'

'Maar je hebt toch geen boterbriefje nodig om in verwachting te raken?'

Ze schieten allebei in de lach. Liisa's woorden klinken zo komisch, terwijl ze natuurlijk ook gewoon gelijk heeft. Er komen steeds meer alleenstaande moeders, dat wordt steeds normaler. Wat dat betreft, leven ze in een overgangstijd. Aan de ene kant is de eis van maagdelijkheid nog net zo sterk als vroeger, maar een vrouw wordt nauwelijks meer als 'gevallen' beschouwd als ze ongehuwd moeder wordt.

Natuurlijk moet Eivor weer gaan werken zodra het maar enigszins mogelijk is!

Natuurlijk! Overbodige vragen zijn domme vragen.

Eivor is uitgelaten wanneer ze de kinderwagen weer naar huis trekt. Zo wil ze zich voelen: vrolijk en energiek en sterk genoeg om alles aan te kunnen.

Maar hoe ging het nu eigenlijk met Liisa? Dat is ze vergeten te vragen …

Het is 30 maart en twee dagen later, op 1 april, zal Eivor bij Algots gaan beginnen. Ze hebben afgesproken dat Linnea op Staffan zal passen wanneer Eivor weg is, en Jacob moet maar zien wanneer hij ophoudt zo'n verongelijkt gezicht te trekken. Eivor heeft een goed humeur en verheugt zich erop als een kind op zijn kerstcadeautjes. Dat het zo snel en probleemloos zou gaan had ze niet durven dromen. Maar misschien zijn de kansen nu eindelijk gekeerd en waaien er winden die haar voor één keer vooruit helpen ...

Het is dus 30 maart, 's ochtends, en de telefoon gaat. Eivor neemt met een vrolijk 'hallo' op.

Een week geleden heeft ze de verplichte medische bedrijfskeuring ondergaan.

En nu krijgt ze te horen dat ze volkomen gezond is.

Er is alleen één bijzonderheid: ze is zwanger.

'Nee', zegt Eivor.

'Jawel', zegt de stem van de vrouw.

'Nee', zegt Eivor nog eens en dan hangt ze op.

Ze huilt niet en ze bonkt niet met haar hoofd tegen de muur. Dat kan toch niet, dat mag ze niet. Staffan houdt zich immers aan haar ene been vast, hij wil alles ontdekken. Ze doet niets, ze reageert pas als Staffan zijn middagdutje doet en ze Linnea kan bellen om te zeggen dat ze overmorgen niet hoeft te komen. En de dag daarna ook niet. Het gaat niet door. Waarom het niet doorgaat? Nee, gewoon zomaar. Ze ... ze heeft zich bedacht.

Ze realiseert zich dat hij daar natuurlijk in wezen op uit was toen hij haar op de keukenvloer trok. Toen er geen argumenten meer waren, moest hij zijn toevlucht nemen tot zijn laatste wapen en dat werkte. Ze is in verwachting geraakt. Natuurlijk zou ze kunnen proberen een abortus te laten verrichten, maar om nou die onzekere en vernederende weg te kiezen .... Nee, dat kan ze niet. Ze geeft zich gewonnen. Het wordt weer niks met Algots. Over ruim acht maanden begint ze weer van voren af aan met doorwaakte nachten, bergen luiers en vuile was die almaar hoger lijken te worden. En ze kan erop rekenen dat ze binnenkort de dag weer mag beginnen met overgeven. Waarom niet op 1 april. Dat zou pas een grap zijn.

Nadat ze Linnea heeft gebeld, is Algots aan de beurt. Ze zal haar plicht doen, hoe bitter die ook is. Maar ze zal iemand anders niet beletten op de vrije stoel te gaan zitten. Zij heeft immers verloren. Wie ze aan de lijn heeft, weet ze niet, maar ze zegt het eerlijk: ze komt niet zoals was afgesproken. Waarom niet? Omdat ze in verwachting is.

In de tijd die volgde raakte ze niet eens gedeprimeerd. Het was net of dat ook geen zin had. Ze voelde alleen een benauwde berusting en daar kon ze met niemand over praten, zelfs niet Liisa, die op een dag opeens voor de deur stond en vrolijk vroeg hoe het beviel om weer aan het werk te zijn. Tegenover Staffan probeerde ze natuurlijk net zo te doen als anders, hij moest niet de dupe worden van de enorme tegenzin en onverschilligheid die ze voelde. Toen ze enkele dagen na het telefoontje aan Jacob vertelde dat ze zwanger was, deed ze dat tussen neus en lippen door, net toen hij van de eettafel opstond. Ze wendde haar gezicht af om niet te hoeven zien hoe opgelucht hij was, terwijl hij zei dat hij daar blij om was. En natuurlijk liet hij haar met rust, hij liet haar het gezicht afwenden. Ze was immers zwanger ...

Elke ochtend werd ze wakker in een duisternis, maar telkens als Staffan vrolijk kirrend van levenslust op haar sprong, dwong ze zichzelf ertoe licht te eisen en dan werd het licht ...

Dat ze de negentienjarige in zichzelf weer had teruggevonden, daar dacht ze niet meer over na. De eenvoudige waarheid over die tijd is dat ze helemaal niet nadacht.

Op een dag begin mei belde Elna vanuit Hallsberg om te vertellen dat opa Rune opeens het bed moest houden. Natuurlijk kwam dat niet als een verrassing. Vaatkramp en aangetaste longen had hij al jaren. Niemand begreep eigenlijk dat hij nog leefde. Maar nu leek het toch zo langzamerhand zijn tijd te worden en Elna zei dat hij haar en Staffan zo graag wilde zien. En Jacob natuurlijk ook. Elna zei dat Eivor niet meteen naar Sandviken hoefde te reizen. Zo veel haast was er nou ook weer niet bij. Maar misschien konden ze er samen heen.

Op het moment dat ze belde wist Elna al dat Eivor weer een kind zou krijgen. Eivor had er geen geheim van gemaakt, maar ze zei niet of het gepland was of niet. Ze zei alleen dat ze zwanger was en iets in haar stem waarschuwde de nieuwsgierige dat hij zijn vragen beter voor zich kon houden. Dat ze veranderd was, merkte iedereen die haar zag en kende, maar niemand kon er meteen de vinger op leggen wat er anders was. Misschien was ze wat bleker dan anders. Misschien ook wat stiller, ook al was ze nooit een prater geweest. Nee, ze moesten genoegen nemen met de vaststelling dat ze niet helemaal zichzelf was. De toekomst zou wel uitwijzen wat er eigenlijk aan de hand was.

Elna belde weer om te zeggen dat Rune achteruitging en ze spraken af dat ze samen naar hem toe zouden gaan. Eivor zou Staffan meenemen en Elna zou in Hallsberg op de trein stappen. Op die manier konden ze een paar uur met elkaar praten. Eivor kon horen dat Elna dat belangrijk vond. Zij ging alleen, want Erik kon geen vrij krijgen van het spoor. Maar in de zomermaanden knapte Rune tijdelijk op en het zou tot begin augustus duren voordat ze op reis ging. Toen was hij weer bedlegerig geworden en nu geloofde niemand meer dat hij weer beter zou worden.

Jacob kan of wil geen vrij nemen van zijn werk om mee te gaan naar Sandviken. Eivor weet niet wat het probleem is. Dat Jacob bang is voor de dood, zo bang dat hij wegloopt voor het idee dat hij ooit ook zal verdwijnen en zal opgaan in het grote duister, dat weet ze wel. Maar haar opa is immers nog niet dood. Ze gaan niet naar een begrafenis, maar op ziekenbezoek. Dat het vermoedelijk de laatste keer wordt, dat moet je dan maar accepteren. Maar ze neemt niet de moeite er met hem over te praten. Als hij niet wil, dan maar niet. Ze voelt zich ook niet gekwetst, hij heeft Rune alleen bij hun huwelijk ontmoet en ze hebben nooit een goed contact kunnen opbouwen. Nee, hij doet maar wat hij wil. Net als altijd.

'Ik doe hier wat klusjes', zegt hij.

'Je hoeft je niet te verontschuldigen. Het is maar dat je het weet. Breng je ons morgen naar de trein?'

Natuurlijk doet hij dat. Dan is het zondag en heeft hij vrij, en het heilige uitslaapritueel offert hij er natuurlijk graag voor op. Om acht uur staan ze op het station, Jacob heeft Staffan vanaf het busstation op zijn schouders gedragen. Staffan is uitgelaten en is groot genoeg om te begrijpen dat dit een bijzondere dag is. Eivor is moe, de lichte zomerjas spant om haar buik en haar nieuwe schoenen zijn te klein. Ze heeft het idee dat ze waggelt als een eend zoals ze daar naast Jacob en Staffan loopt. Elke ochtend schrikt ze als ze zichzelf in de spiegel ziet, ze is zo bleek geworden en die vreselijke puistjes gaan maar niet weg. Ze gebruikt steeds meer make-up, maar de bleekheid schijnt erdoorheen. En dan die aanhoudende warmte waar ze geprikkeld en misselijk van wordt. Soms verbaast ze zich erover dat Jacob het met haar uithoudt. Maar het is per slot van rekening zijn kind dat ze draagt.

Was hij maar niet zo stil. Of kan het hem gewoon niets meer schelen, nu hij een stokje gestoken heeft voor haar plannen om weer aan het werk te gaan?

Ze staan op het station en door de luidspreker hebben ze net gehoord dat de trein naar Herrljunga elk moment kan binnenkomen. Het station is bijna leeg, er zijn weinig reizigers. Een eenzame kruier komt met een bagagewagen aanzetten.

'Dan wens ik jullie een goede reis', zegt hij.

'De trein is er nog niet eens.'

Ze hoort zelf hoe chagrijnig ze klinkt. Chagrijnig, geïrriteerd, hij mag kiezen. Ze grijpt elke gelegenheid aan om hem te tergen en ze doet niet eens haar best om zich in te houden.

'Begrijp je wat het is om een kind te dragen?' vraagt ze plotseling.

Hij kijkt haar eerst niet-begrijpend aan. Hij draagt Staffan toch op zijn schouders?

'Hier', zegt ze en ze wijst.

Maar natuurlijk begrijpt hij niet wat ze bedoelt. Hoe zou hij dat trouwens ooit moeten kunnen? Hij, of welke andere man dan ook.

Hij stapt met hen in de trein, er is plaats genoeg. Hij aait onhandig over haar wang en stapt gauw weer op het perron. Wanneer de trein langzaam het station uit rijdt en ze Staffan omhooghoudt voor het raam zodat hij kan zwaaien, bedenkt ze dat Jacob het waarschijnlijk prachtig vindt om een paar dagen alleen te zijn. Misschien wilde hij daarom niet mee. Om in een leeg en stil appartement op de bank te kunnen liggen. Zich nergens druk om hoeven te maken. Of ... Nee, die gedachte verdraagt ze niet. Maar hij heeft het toch maar makkelijk. Hij hoeft niets te doen voor het geluk om kinderen te hebben; zij doet al het werk en hij kan zich op de leuke dingen concentreren.

Bos, telefoonpalen, open velden en stationsgebouwen wervelen voorbij. Staffan bekijkt het allemaal gefascineerd door het raampje.

Met plotselinge weemoed denkt ze terug aan een koude dag in januari toen ze de tegengestelde route aflegde om bij de kunstzijdefabriek te gaan werken. Wat dacht ze toen? Ze probeert het zich te herinneren, maar haar hoofd is leeg. Misschien is dat ook wel het beste. Het doet er ook niet toe, het leven is zoals het is. Toevalligheden, min of meer gepland. Aan de ene kant maakt het onbekende het leven draaglijk en spannend, aan de andere kant kun je je er nooit tegen wapenen. Als je eenmaal op deze wereld bent geboren, moet je maar proberen er zo goed mogelijk je weg te vinden, totdat het op een dag voorbij is.

In Hallsberg gaat het allemaal zo snel dat Eivor alleen maar naar Erik kan zwaaien en hem kan vragen hoe het met hem gaat.

'Vraag maar aan Elna', roept hij terug. 'Dag allemaal.'

En daar zit ze dan, haar moeder. Vlak tegenover haar. Ze is niets veranderd. Maar dat ze nog steeds diezelfde oude zomerjas draagt, snapt Eivor niet. Ze kunnen toch wel nieuwe kleren betalen? En ze had toch wel een beetje lippenstift kunnen opdoen? Maar dat zegt ze natuurlijk niet. Ze zit in haar hoekje en ziet hoe Staffan bij zijn oma op schoot klimt en aan haar hangt.

Oma! Mensen kinderen, het idee alleen al! Elna is achtendertig jaar oud en oma. En als het even tegenzit, is ze zelf op die leeftijd ook oma, als Staffan jong vader wordt. Wat een vreselijke gedachte! Wanneer moet ze dan leven? Wanneer mag ze eens iets anders zijn dan moeder of echtgenote en gewoon haar eigen leven leiden?

Maar wat houdt dat in?

Misschien is dat maar een hopeloos ijdele droom?

Maar als dat zo is, is het leven echt onbegrijpelijk.

'Alles goed?'

Ze schrikt op uit haar overpeinzingen en ziet dat Staffan zomaar in slaap is gevallen, als een jong poesje dat opeens moe is geworden en zich heeft opgerold. Hij ligt op de bank met zijn hoofd op Elna's schoot.

Eivor heeft het niet gehoord, dus Elna vraagt het nog eens.

Ja, natuurlijk gaat alles goed. Met man en kind. Er is geen nieuws. Alles is nog hetzelfde.

Maar Elna heeft wel nieuws.

'We gaan weg uit Hallsberg', vertelt ze.

'Waarom? Waarheen?'

'Ken je Vivi nog?'

'Natuurlijk ken ik die nog.'

Elna vertelt en Eivor hoort aan haar stem dat ze uitziet naar die grote verandering. Ze gaan verhuizen naar Skåne, naar Lomma om precies te zijn. Lomma bij Malmö. Vivi is getrouwd met het hoofd voorlichting van de Scandinavische Eternietfabriek, en daar heeft Erik een functie gekregen waarin hij veel meer verdient dan bij de Zweedse spoorwegen. En het bedrijf kan hen helpen met een hypotheek, zodat ze zelf een huis kunnen kopen.

'In september verhuizen we al', zegt ze.

Eivor reageert niet meteen. Eerst gaat ze na of ze jaloers is. Ja, wel een beetje. Ze is afgunstig op iedereen die iets verandert in zijn leven, die een stap durft te zetten. Het is geen prettig gevoel en ze schaamt zich er ook voor, maar ze kan er niets aan doen, het is er gewoon. Tegelijkertijd is ze natuurlijk blij. Elna vertelt het zo stralend. Ze is net een klein kind dat eindelijk een groot geheim mag vertellen dat ze heel lang heeft stilgehouden.

'En jij?' vraagt Eivor ten slotte.

'Ik kan ook werk krijgen als ik wil.'

'Ik dacht dat een baan bij het spoor genoeg vastigheid bood.'

'De tijden zijn veranderd.'

'Misschien veranderen ze wel weer.'

'Vind jij dat het daarnaar uitziet?'

Daar heeft ze geen antwoord op. Er schijnt genoeg werk te zijn. Waarom zouden anders al die Grieken en Joegoslaven het land binnenstromen? Werkloos zijn in Zweden is vandaag de dag een hele kunst als je niet lui bent. Of werkschuw, zoals dat zo mooi heet, veel te mooi …

'En ik zit dan dichter bij Vivi', zegt Elna.

'Had ze niet gezegd dat ze nooit zou trouwen?'

'Je kunt van mening veranderen. En hij is immers voorlichter.'

'Ik dacht dat ze een soort communiste was.'

'Ze zal wel van mening veranderd zijn, zeg ik toch.'

'Ja, dat moet dan wel.'

Het gesprek krijgt een holle galm. En Elna zal het wel het beste weten, het is per slot van rekening haar vriendin …

'Wat gaat Erik daar dan doen?'

'Eterniet, dat ken je toch wel? Iedereen wil tegenwoordig een huis van eternietplaten.'

Ja, dat weet ze wel. Maar Skåne. En hoe heette die plaats ook weer? Lomma? Ja, jemig …

'Wat leuk', zegt ze.

'Dat is nog niet alles.'

Heeft ze nog meer nieuws? Hebben ze gewonnen in de lotto? Of met gokken op paarden? Met die nieuwe V5-koersen?

Nee, helemaal niet. Het is iets waar Eivor nooit op zou kunnen komen.

'Je krijgt een broertje of zusje', zegt ze.

Het dringt niet meteen tot haar door. Ze ziet dat de trein in Skövde is gestopt, maar wat heeft ze nou net gehoord? Is Elna echt in verwachting, net als zij? Draagt ze echt een kind onder die hopeloos ouderwetse jas? Het is zo'n onvoorstelbare gedachte dat het haar bijna duizelt.

'Krijg jij een kind?' vraagt ze ten slotte.

'Ben je boos?'

'Nee, alleen verbaasd. Hoe zou ik nou boos kunnen zijn?'

'Zo klonk het even.'

'Waarom zou ik boos zijn?'

'Dat weet ik niet.'

Elna is drie maand heen. Waarom ze het Eivor niet eerder heeft verteld, weet ze eigenlijk niet. Het is er gewoon niet van gekomen. Maar waarom ze is verwachting is, dat kan ze wel vertellen. Aan de ene kant is het natuurlijk zo dat Erik graag een kind van zichzelf wilde hebben, dat is ook te begrijpen. Het zou raar zijn als het anders was. Wie weet had hij haar anders op een dag misschien verlaten voor een ander, een jongere vrouw, juist om die reden. En daarnaast is de wens ook bij haarzelf gegroeid om nog een kind te krijgen. Plotseling was het gevoel er gewoon, en ze moest natuurlijk opschieten, anders hoefde het niet meer. Het kan ook best te maken hebben met het feit dat Eivor inmiddels een kind heeft, het is moeilijk om alle gevoelens gescheiden te houden. Natuurlijk heeft ze getwijfeld, en nog een kind krijgen houdt ook in dat ze weer moet thuisblijven. Maar … nee, nu is ze alleen maar blij dat het zo is. En Erik helemaal.

'Dus ik verkeer in dezelfde omstandigheden als jij, alleen zie je het nog niet.'

'Ik weet niet wat ik moet zeggen.'

'Je kunt me toch feliciteren?'

'Ja, natuurlijk. Natuurlijk, gefeliciteerd. Het is alleen zo moeilijk voor te stellen dat mijn eigen moeder …'

Maar zo is het wel. Langzaam begint het Eivor te dagen dat Elna haar gewoon een nieuwtje heeft verteld. Een leuk nieuwtje, iets waar ze blij om is. Het is vooral die onverholen vreugde waar Eivor van in de war raakt. Hoe valt dat te rijmen met haar herinneringen aan een moeder die altijd maar ontevreden was, altijd maar boos op haar dochter? Met het feit dat ze soms razend was dat ze haar ooit had gekregen, dat haar leven erbij ingeschoten was door die ongelukzalige zwangerschap tijdens de oorlog? Er zit geen logica in, zwart wordt wit, zomaar opeens, zonder verklaring. En dat zegt ze ook ronduit, ergens ter hoogte van Södertälje, net op het moment dat Staffan wakker wordt en het verschonen van zijn luier een verder gesprek onmogelijk maakt.

'Ik begrijp niet dat je zo blij kunt zijn met een kind, terwijl je het mij mijn hele jeugd lang kwalijk hebt genomen dat ik er was! Dat snap ik niet, maar misschien is dat mijn probleem.'

's Avonds komen ze in Sandviken aan. Een zacht zomerbuitje valt gestaag op het station. Elna's broer Nils staat op hen te wachten. Hij heeft een auto, een Volvo PV, waar ze zich in persen.

'Hij gaat toch niet overgeven in de auto?' vraagt hij aan Eivor met een knikje naar Staffan.

'Meestal niet.'

'Dat wil ik niet meemaken.'

'We kunnen wel lopen als je daar bang voor bent. Dan hoef je daar niet over in te zitten.'

Elna zit voorin en geeft commentaar op alle veranderingen in het dorp. Eivor is moe en Staffan drukt zwaar op haar buik. Wanneer Nils een sigaret opsteekt, vraagt ze of hij die uit wil maken. Of in ieder geval het raampje wil opendraaien. En dan zijn ze er.

'Is het geverfd?' vraagt Elna verbaasd.

'Van binnen en van buiten', antwoordt Nils.

Rune ligt in bed in de slaapkamer, aan zijn eigen kant. Elna en Eivor schrikken er allebei van als ze zien hoe mager hij is geworden en wat voor grauwgele kleur zijn gezicht heeft. Dat de ziekte hem er uiteindelijk onder zou krijgen, wisten ze allang; eigenlijk is het vreemd dat hij het nog zo veel jaar heeft uitgehouden en zich koppig aan het leven heeft vastgeklampt. Maar nu ligt hij op zijn sterfbed, dat valt niet langer te ontkennen.

Hij slaapt als ze komen. De trein had vertraging (bij Hosjö hebben ze meer dan een half uur stilgestaan), en plotseling is de pijn zo erg geworden dat hij wel een paar tabletten heeft moeten innemen. Daarvan gaat hij knock-out, alsof hij met een knuppel op zijn hoofd is geslagen, en Elna en Eivor staan zwijgend bij zijn bed naar hem te kijken.

Moeder en dochter. Twee zwangere vrouwen.

Rune wordt pas de volgende ochtend weer wakker. Hij doet zijn ogen open in het zwakke ochtendlicht en weet niet waar hij is. Hij heeft gedroomd en de droom is nog steeds bij hem als hij wakker wordt, zo levendig dat hij aanvankelijk de slaapkamer waarin hij al meer dan veertig jaar wakker wordt niet herkent. Langzaam keert hij terug naar het leven. Zonder dat hij zijn hoofd hoeft te draaien weet hij dat zijn vrouw Dagmar al is opgestaan, en wanneer hij luistert hoort hij haar stem in de keuken. Maar met wie praat ze? Hij doet zijn best om het te verstaan, terwijl hij intussen nagaat of er nog leven in zijn benen zit en of hij ergens pijn heeft. De vreemde jeuk die onder de huid van zijn magere benen lijkt te zitten is er wel, maar pijn heeft hij niet. Als hij doodstil blijft liggen kan hij misschien een paar vredige uurtjes krijgen voordat de pijn weer terugkomt ... Maar met wie is Dagmar aan het praten? Hoe laat zou het zijn? Als hij afgaat op het licht dat onder het rolgordijn door sijpelt is het niet veel later dan zeven uur, of misschien is het dat nog niet eens. Eigenaardig. Misschien is het Ester, die met veel moeite de trap is opgeklommen vanaf de benedenverdieping met haar opgezette benen om te horen hoe het met hem is ...

Hij heeft gedroomd. Hij ligt met zijn gezicht naar het raam, hij kijkt naar het smalle streepje licht en takelt langzaam de beelden omhoog uit de diepe put van de slaap. In zijn droom was hij afwisselend jong en oud, hij rende door de fabriek waar hij opgesloten zat. Deuren en ramen waren dichtgespijkerd, hij was helemaal alleen met de gloeiende smelt en hij zocht wanhopig naar een uitgang. Maar toen hij aan de deurkrukken rukte, stond hij er opeens mee in zijn hand en werden ze wit als gloeiende stukken ijzer. Hij rende door de fabriek en in een hoek stond een telefoon die aan één stuk door rinkelde, maar hij durfde niet op te nemen ...

Lieve help, denkt hij. Dromen zijn zo mogelijk nog onbegrijpelijker dan de werkelijkheid. Misschien had hij pijn en heeft die deze verwarde beelden voor hem afgespeeld ... die niets betekenen. Maar toch is hij dankbaar dat hij niet wakker is geworden. Niets is erger dan pijn in wakkere toestand. Zo erg kan een nachtmerrie nooit zijn.

Hij tilt voorzichtig zijn hoofd op en luistert weer naar de stemmen in de keuken ... Zo te horen is het Ester niet ... En het zijn meer stemmen ...

Dan weet hij het weer. Elna en Eivor. Zijn dochter en kleindochter. Ze zouden gisteren gekomen zijn ... Ja, nu weet hij het weer. De trein die vertraging had, het tablet dat hij uiteindelijk wel moest innemen, en toen is hij kennelijk in slaap gevallen.

Verdomme! Wat is dat voor ontvangst? Maar zou Staffan ook niet meekomen? Een kind zou je toch moeten horen? Dan slaapt hij zeker nog. Hij tilt voorzichtig zijn ene hand op en strijkt ermee over zijn hoofd. Door het beetje haar dat hij nog heeft, denkt hij met afschuw. Ooit had hij een dikke bos zwart haar, zulk dik haar had bijna niemand. Maar nu … Grijze pieken die moedeloos als een ondergesneeuwde grafkrans over zijn slapen hangen. Als hij daar al om zou moeten huilen, kon hij wel aan de gang blijven …

Geïrriteerd fronst hij zijn wenkbrauwen. Dit kan zo niet! Hij wilde Elna, Eivor en Staffan graag zien, maar niet om over zijn verval te praten. Kon Dagmar nu maar even komen om de kamer te luchten, dan kon hij hen begroeten. Maar eerst moet het raam een paar minuten wijd opengestaan hebben en moeten alle oudemannenluchtjes verjaagd zijn …

Hij hoest, ze hoort hem en komt binnen.

'Ben je wakker?' vraagt ze glimlachend.

'Luchten', sist hij.

Ze knikt en doet het raam open. Dan kijkt ze hem weer aan, maar hij schudt zijn hoofd. Nee, hij heeft geen pijn. Nog niet.

'Hebben ze het jongetje bij zich?' vraagt hij ongerust.

'Ja hoor', zegt ze. 'Maar hij slaapt.'

'Hoe zie ik eruit?'

'Dat gaat best.'

En dan is hij klaar om hen te begroeten. Zijn familie, het achterkleinkind dat hem met grote ogen aankijkt. De pijn komt natuurlijk aansluipen, maar hij weigert koppig om zijn tabletten in te nemen. Als de prijs voor een enigszins helder hoofd pijn lijden is, dan zal hij die betalen.

's Middags, wanneer Staffan op de keukenbank ligt te slapen, komt Eivor alleen bij hem zitten. Ze vraagt of hij veel pijn heeft en hij trekt een grimas als antwoord.

'Hoe gaat het met jou?' vraagt hij. 'Staffan is al een flink ventje.'

Zonder dat ze het van tevoren had bedacht en zonder dat ze eigenlijk weet waarom, begint ze hem alles te vertellen. 's Ochtends hadden zij en Elna om de beurt verteld dat ze in verwachting waren. Eerst geloofde hij het niet, maar toen hij zich er eenmaal van had laten overtuigen had hij vriendelijk mopperend gevraagd of ze het niet wat beter hadden kunnen verdelen. Eivor had toen niets meer gezegd, maar nu ze alleen bij zijn bed zit, vertelt ze dat ze van plan was geweest weer aan het werk te gaan, maar dat Jacob erop tegen was en dat ze nu een kind krijgt in plaats van een baan. Ze ziet dat hij luistert en ze vertelt het zo gedetailleerd mogelijk. Het enige wat ze weglaat is het vernederende en noodlottige moment op de keukenvloer.

'Dat is ongelukkig', zegt hij wanneer ze uitgesproken is, en ze ziet dat hij het echt meent.

'Het is soms zo moeilijk', gaat ze verder.

'Ja', zegt hij langzaam. 'En dan moet je gewoon volhouden. Dat is het enige wat je kunt doen en waar je je misschien op kunt laten voorstaan. Dat je hebt volgehouden ...'

Hij stopt midden in een zin, alsof hij te veel heeft gezegd.

Maar dat is het niet. Hij wordt alleen weer herinnerd aan gedachten die hij zelf heeft gehad in dagen en nachten die tot in het oneindige werden gerekt door slapeloosheid en pijn. Hij is zich ervan bewust dat zijn enige vooruitzicht het einde is (hoewel hij niet gelooft dat het echt al zover is, ook al lijken Dagmar en de dokter, die soms snel even aan zijn ziekbed verschijnt, zeker van hun zaak). In dit bed zal hij aan zijn laatste reis beginnen, het bed dat hem steeds heeft ontvangen tijdens veertig jaar van hels gezwoeg. Zonder het eigenlijk te willen ligt hij na te denken over zijn leven en vaak komt hij terug bij Dagmar. Ze zijn al meer dan veertig jaar samen. Ze is al die tijd zijn vrouw geweest, heeft hem al die jaren terzijde gestaan, zijn kinderen gebaard en eten voor hem gekookt. Ze heeft het thuis zo gezellig voor hem gemaakt dat het de moeite waard was om — precies: vol te houden! In gedachten ziet hij haar met emmers water slepen, in de dampende kou staat ze zijn overhemden te wassen, alleen opdat hij op zondagochtend iets schoons en wits zou kunnen aantrekken. Ze heeft hem het grootste geluk van de wereld gegeven en daarna lag zij altijd wakker in het donker en viel hij altijd als eerste in slaap. Maar als hij wakker werd, was zij al op en dan had ze koffie voor hem gezet ...

Ze komt in al zijn herinneringsbeelden voor, stil en steeds krommer. Hij heeft zich in zijn bed liggen verbazen over haar volharding, en hij heeft zich met groeiend onbehagen afgevraagd wat hij haar eigenlijk heeft gegeven, wat kan opwegen tegen haar dagelijkse geploeter om de hopeloos korte eindjes aan elkaar te knopen. Ze sloot zich op in de slaapkamer wanneer hij zich te veel opwond en boos werd ... Al die jaren, altijd, altijd. Zelfs in hun lang voorbije jeugd toen ze door metershoge sneeuw naar de een of andere controlepost in het bos ploeterde en met een geleend horloge in de hand hem zijn tijden doorgaf wanneer hij voorbij stoof over het skispoor. Altijd gaf ze hem de indruk dat hij de beste was, ook al viel hij zelfs bij het kampioenschap van het een of andere afgelegen dorp niet eens in de prijzen. Misschien ziet hij haar dan juist het allerduidelijkst. Door en door verkleumd staat ze in haar eentje op hem te wachten in het bos waar hij met het snot uit zijn neus hijgend aankomt op zijn spekgladde ski's.

Hij kijkt naar Eivor die bij zijn bed zit. Zo jong is Dagmar ooit ook geweest. Wat dacht ze toen? Had zij ook dromen die genadeloos om zeep werden geholpen door zijn bulderende stem en door de vanzelfsprekende manier waarop hij altijd de baas had gespeeld? Hij trekt een lelijk gezicht bij die gedachte ...

'Heb je pijn?' vraagt Eivor.

'Nee, hoor', zegt hij. 'Ik denk alleen ...'

'Wat?'

'Nee ...'

'Vertel!'

'Dat de grootste veranderingen binnen het gezin niet door de radio of de tv zijn teweeggebracht, maar door de stofzuiger en de linoleum vloerbedekking.'

'Hoezo?'

'Dat zou jij moeten begrijpen. Want in jouw gezin ben jij vast degene die stofzuigt en de vloeren schrobt. Ik weet hoe het vroeger was. Of, beter gezegd, Dagmar weet dat. Zij en alle andere vrouwen die op de knieën hebben gezeten om het vuil van miljoenen half verrotte planken te boenen.'

'Ik kan me moeilijk indenken hoe het is om geen stofzuiger te hebben, wat ik dan zou doen.'

'Er is een tijd geweest dat jouw oma zich niet kon voorstellen dat er zoiets als een stofzuiger kon bestaan. En toen ze kwamen, stribbelde ik zo lang mogelijk tegen. Ik vond ze te duur ... Ík vond dat. Godnogaantoe ...'

Hij zwijgt en Eivor denkt na over wat hij heeft gezegd, maar ze ziet het zichzelf gewoon niet doen: op handen en voeten een vloer zitten schrobben. Het is een vreemde wereld die al niet meer bestond toen ze zelf eigen vloeren kreeg waar ze verantwoordelijk voor werd.

'Je kunt er niets meer aan doen', zegt hij even later. 'En een tweede kind hadden jullie misschien toch ooit wel gewild. Maar daarna ... Zorg dat het niet weer gebeurt, zodat je weer aan het werk kunt gaan. Je bent nog jong genoeg ...'

Hij hoort zelf hoe schraal zijn troost is. Maar wat moet hij dan zeggen? Jacob is vast niet beter of slechter dan andere mannen. Hij speelt ook de baas ... Maar Eivor schijnt te weten wat ze wil, zo jong als ze is. En tegenwoordig is het toch eenvoudiger om te voorkomen dat je een hok vol kinderen krijgt door pure onvoorzichtigheid? Dat is toch zo? Maar daar kan hij natuurlijk niet naar vragen. Dat zou me wat moois zijn! Wat een raar praatje voor een oude man op zijn sterfbed. Toen hij jong was had het gekund, maar nu niet meer ...

De volgende ochtend maken Eivor en Elna samen een lange wandeling en vertelt Eivor wat Rune heeft gezegd. Staffan is bij Dagmar en Rune gebleven. Rune, die 's nachts wakker heeft gelegen en het innemen van de tabletten zo lang mogelijk heeft uitgesteld, ligt eindelijk verzonken in een diepe slaap.

Tijdens de wandeling door het stadje blijft Elna af en toe staan, ze wijst en vertelt ... Daar op die heuvel, waar nu een schoolgebouw staat, zat in haar jeugd een melkwinkel. Daar stond een oude vrouw met een klompvoet achter de toonbank. Ze was altijd aardig en ze zei er nooit iets van als de kinderen hinkend achter haar aan kwamen ... Ook al is het centrum van de stad haast onherkenbaar veranderd, toch torent de fabriek nog steeds overal bovenuit. Het is een reus die zijn borst vooruitsteekt, en de hoge schoorstenen vormen de hoorns op zijn voorhoofd. En daar staat de witte villa waar zij als dienstbode heeft gewerkt voor ingenieur Ask en die vreselijke vrouw van hem, die van alles op de wereld het meest van Hitler hield. Er loopt nu een weg waar eerst de grote tuin lag, en er staat een grote Konsumsupermarkt, maar het huis is er nog en heeft nog steeds iets van de voorname, arrogante glans. Daar, in dat huis, besefte Elna dat ...

Eivor loopt naast haar en luistert geïnteresseerd. Elk detail dat Elna prijsgeeft, onthult iets van haar eigen leven, van wat haar heeft gevormd. Maar nu onderbreekt Elna zichzelf opeens.

'Wat wou je zeggen?'

'Niks ...'

Altijd zo ontwijkend, denkt Eivor. Altijd hetzelfde.

'Kun je nou niet één keer zeggen wat je denkt?'

Elna kijkt naar de grond en loopt weer door. Pas wanneer het witte huis achter hen ligt, vertelt ze dat ze daar besefte dat ze zwanger was. Dat ze zich daar ook in de kelder van top tot teen had gewassen voordat ze met de trein naar Gävle ging, waar ze een afschuwelijke, mislukte abortus zou ondergaan, dat vertelt ze niet. Dat is een geheim dat ze niet kan onthullen.

Dat ze ooit maar één ding wenste: van Eivor zien af te komen. (Dat is veel erger dan wat ik in Hallsberg allemaal heb geroepen, denkt ze. Dat waren gewoon de dingen die je zegt als je boos bent op je dochter. Maar die keer, twintig jaar geleden, was het menens ...)

Ze komen aan de rand van het dorp en opeens krijgt Elna de onstuitbare drang om iets te onderzoeken.

'Zullen we nog een eindje doorlopen?' vraagt ze en Eivor, die een zweem van enthousiasme op haar gezicht ziet, doet dat graag. Nu heeft ze het idee dat elk moment met Elna kostbaar is. Elke glimp die ze kan opvangen uit de tijd toen Elna even oud was als zijzelf nu ...

De eenzame zondagwandeling staat Elna nog helder voor de geest. Het is alleen zo onvoorstelbaar dat het meer dan twintig jaar geleden is. Ze weet niet waar ze precies van de hoofdweg was afgeslagen. Toen was het bovendien winter. Zou het hier geweest zijn? Nee, ze was verder gelopen ...

Eivor vraagt zich af wat ze zoekt, maar zegt niets, ze loopt gewoon achter haar aan naar het geheime kasteel ...

Daar is de weg! Elna weet het opeens helemaal zeker en ze slaan een laan in waarlangs geurige naaldbomen staan. De grond is zacht onder hun voeten.

En dan opent het bos zich en de luchtwachttoren staat er nog, als een met mos begroeide ruïne uit de tijd van een vroegere grootmacht. Op de grond liggen de rotte resten van naar beneden gevallen planken, alsof de toren last heeft van haaruitval en de ene haar na de andere kwijtraakt. Elna loopt om de toren heen en ziet dat de trap er nog staat. Er hebben planken voor gezeten, maar die versperring heeft iemand weer weggehaald.

'Zullen we naar boven gaan?' vraagt ze.

Eivor kijkt naar de scheve trap waaraan een heleboel treden ontbreken. Durft Elna die trap op te gaan? Dan zul je daarboven de hemel wel bijna kunnen aanraken ...

Elna loopt voorzichtig de trap op, Eivor houdt afstand.

'Dit mag natuurlijk nooit', zegt Elna.

'Als we niet stil zijn, stort de trap nog in', reageert Eivor.

Wanneer ze op het platform boven op de toren komen, herinnert Elna zich de wind die ze voelde toen ze daar twintig jaar geleden stond. Nu is die warm, maar het is toch net of het dezelfde is, ongebroken door al die jaren. Maar ze wilde om een andere reden terugkeren naar deze toren en ze speurt het hekje af. Dat zit vol inscripties, laag op laag, die eerder een web van strepen en rondjes vormen dan woorden met een betekenis. Maar uiteindelijk vindt ze wat ze zoekt en ze voelt dat haar hart begint te bonzen. Het is dus niet verdwenen, het staat er nog, wat ze met een spijker heeft gekerfd, toen ze hier stond en had besloten zich niet van de toren te storten.

Elna. 16-1-1942.

Eivor komt naast haar staan. Ze volgt Elna's vinger en ziet dat het er echt staat.

'Dat heb ik er met een spijker in gekerfd', zegt ze. 'Twintig jaar geleden.' Eivor heeft de datum gezien.

'Twee maanden voor ik werd geboren.'

Elna knikt, ze kijkt uit over het bos en vraagt zich af of de skiër zijn doel ooit heeft bereikt.

'Wat dacht je toen je hier die keer stond?' vraagt Eivor.

'Ik wilde springen.'

Ze heeft het gezegd. Zonder eromheen te draaien.

'Was het zo erg?' vraagt Eivor even later.

'Ja. Misschien nog wel erger. Ik had niemand …'

'Maar je bent niet gesprongen.'

'De meeste mensen springen niet. Bijna niemand.'

'Maar wat dacht je?'

Elna kijkt haar aan.

'Weet je nog hoe ik soms tegen je schreeuwde toen je klein was?' vraagt ze. 'Weet je dat nog?'

'Hoe zou ik dat vergeten kunnen zijn?'

'Dan begrijp je toch ook wat ik dacht? Dat ik niet wilde …'

'Ja. Ik begrijp het.'

'Het was zo erg dat ik het mijn ergste vijand niet zou toewensen. Ik geloof niet dat ik kan uitleggen wat voor gevoel dat was.'

Een windvlaag grijpt de oude luchtwachttoren vast en de droge planken kreunen.

'Ik ben blij dat je me dit hebt laten zien.'

'Ik was het niet van plan. Het schoot me opeens te binnen. Onderweg.'

Ze staan een poosje uit te kijken over de eindeloze bossen. Ieder in zijn hoekje, turend ...

'Zullen we weer naar beneden gaan?' vraagt Elna.

'Ik moet eerst nog één ding doen', zegt Eivor.

Ze peutert een spijker uit een rotte plank en kerft haar eigen naam naast die van Elna.

Eivor 6-8-1962.

'De volgende keer is het misschien iemand die hier zit', zegt Eivor en ze legt haar hand op haar buik. Natuurlijk is het kinderachtig, je naam in een plank kerven, maar ze had gewoon zin om het te doen.

Ze lopen de trap af en nemen het pad terug.

'Stonden er mensen op die toren in de oorlog?' vraagt Eivor.

'Ik weet het niet', antwoordt Elna. 'Niet toen ik daar was. Maar dat was op zondagochtend. Misschien konden ze zich niet voorstellen dat iemand zo brutaal zou zijn om op zondagochtend aan te vallen.'

Ze lacht en Eivor bedenkt dat het de eerste keer is dat zij en Elna van zichzelf zo kinderachtig mogen doen samen. Vreemd dat dat altijd zo moeilijk moet zijn.

Ze keren terug naar het stadje, naar de zieke Rune. Ze blijven nog een paar dagen en het grootste gedeelte van de tijd zitten ze in de keuken te wachten tot hij wakker wordt. In die dagen leert Eivor haar oma kennen van een kant die ze nog niet eerder had gezien. Nu Rune niet langer overheersend aanwezig is, kan ze haar voor het eerst duidelijk zien, en ze denkt vaak aan wat Rune heeft gezegd toen ze naast zijn bed zat. Dagmar komt uit een vroegere wereld waar bijna niets meer van over is. Ze is iemand van wie Eivor zich heel goed kan voorstellen dat ze op haar knieën de plankenvloer heeft zitten boenen, dat ze water heeft gedragen en haar ogen niet kon geloven toen ze voor het eerst een stofzuiger zag. Ze zijn er echt op vooruitgegaan, en ook al moet Eivor nu nog een paar jaar wachten, zij kan die nieuwe wereld binnengaan, iets wat Dagmar nooit zal mogen ervaren ...

Vroeg in de ochtend vertrekken ze uit Sandviken, terwijl een van de eerste herfststormen over de stad trekt. Wanneer Eivor bij Runes bed staat, zijn hand vasthoudt en afscheid neemt, denkt ze dat ze hem wel weer zal zien. Hij kan toch niet doodgaan! Ook al is zijn gezicht zo grauw en zijn zijn handen zo mager en koud ...

Wanneer de trein vertrekt staat Dagmar hen op het station uit te zwaaien. Eivor krijgt een brok in haar keel als ze haar een zakdoek tevoorschijn ziet halen om mee te wuiven. Ze gluurt naar Elna en weet opeens heel zeker dat die hetzelfde voelt, dat ze dezelfde brok in haar keel heeft ...

Eivor en Staffan kwamen weer thuis in Borås en eind september verhuisden ze naar een huurflat van drie etages in Sjöbo. Eivor vond het een tikje onplezierig om terug te keren naar de plaats waar ze had gewoond toen ze net in de stad was. Alsof ze herinnerd zou worden aan iets wat ze eigenlijk wilde vergeten. Maar ze zet die gedachten van zich af. Een modern appartement is toch het belangrijkste. Wat maakt het uit waar ze woont, als ze toch de deur niet uit hoeft? Behalve dan om boodschappen te doen en met Staffan te wandelen.

Plotseling is het alweer kort dag tot aan de bevalling van haar tweede kind. Natuurlijk ziet ze er soms tegen op, maar niet zoals toen ze zwanger was van Staffan. Ze denkt dat ze het nu wel kan, een kind baren. Ze weet wat haar te wachten staat, maar ze weet ook dat die pijn weer overgaat. Toen ze Staffan er goed en wel uit had geperst, was een van haar eerste gedachten geweest dat ze dit best nog een keer zou kunnen doorstaan ...

Langzaam raakt ze gewend aan het nieuwe huis. Ze leert de andere vrouwen kennen die in het portiek wonen, ze is blij dat Staffan een speelgenootje van zijn eigen leeftijd vindt, ze praat over waspoeder en over de prijs van de levensmiddelen ...

Pas in de laatste fase van haar zwangerschap accepteert ze niet alleen wat er te gebeuren staat, maar begint ze zich er ook op te verheugen. De dag die steeds dichterbij komt, stelt veel van de zware herinneringsbeelden in de schaduw en ze begint weer vooruit te kijken.

Ze is immers nog maar twintig. Over vijf jaar ... Lieve hemel, ze heeft echt nog een heel leven voor zich! Rune had natuurlijk gelijk; het is nog niet te laat. Het is nooit te laat. Ze moet haar ongeduld nog maar even bedwingen.

Ze steekt veel tijd in pogingen om Staffan uit te leggen dat hij een broertje of zusje krijgt. Natuurlijk begrijpt hij dat niet. Maar als ze het niet zou proberen, zou ze altijd het idee houden dat ze hem voor de gek had gehouden.

En Jacob?

Hij is haar man en hij is wie hij is. Hij praat nooit over zijn gevoelens. Wanneer hij 's avonds thuiskomt, eet hij, speelt met Staffan en valt voor de tv in slaap. Eén keer vraagt hij hoe het met haar gaat. Soms komt hij met gebak thuis. Als ze hem vraagt iets te kopen wat ze in Sjöbo niet kan krijgen, schrijft hij het op om het niet te vergeten.

Eivor realiseert zich dat ze eigenlijk blij is dat hij haar niet vaker vraagt hoe het met haar gaat. De tv, die altijd aan staat, is iets waarachter ze zich kan verstoppen, zodat ze rust heeft. Overdag praat ze al genoeg met Staffan.

En met de vrouwen die ze tegenkomt in het portiek en op

417

weg naar de winkel. Overdag is Sjöbo de vesting van de vrouwen en de kinderen.

's Avonds brandt er licht achter de ramen van de flats.

Er gebeurt zelden iets afwijkends.

Een vrouw springt uit het raam en valt te pletter op het asfalt en dat is een gruwelijkheid waar ze een paar dagen door van hun stuk zijn in de wijk. Ze was oud, ze was weduwe ... Ze kon het leven zonder haar man kennelijk niet aan.

Vaak denkt Eivor aan de woorden van Rune dat je moet volhouden ...

Volhouden – je moet volhouden ...

Op een nacht begin november, ongeveer een maand voor het kind geboren moet worden, wordt Eivor opeens wakker van schoppen en een hard gevoel in haar buik. Ze blijft doodstil liggen in het donker, met haar hand tegen haar buik, alsof ze de behoefte heeft om het ongeboren kind voor gevaar te behoeden. Jacob ligt met zijn rug naar haar toe te slapen. Hij ligt in elkaar gekropen en zijn ademhaling is zwaar en diep. Af en toe bromt hij in zijn droom.

Wanneer het kind niet meer schopt, is ze klaarwakker en weet ze dat ze niet meer in slaap zal kunnen komen. Moeizaam stapt ze uit bed, haar voeten gaan op zoek naar haar pantoffels en ze loopt de keuken in. Ze doet de deur van de koelkast open, maar kan niet besluiten wat ze wil hebben en laat de deur weer dichtvallen. De klok aan de keukenmuur staat op kwart voor drie.

Ze loopt de woonkamer binnen, gaat voor het raam staan en duwt haar voorhoofd tegen de koude ruit.

Ze kijkt in de richting van de flat waar ze in haar begintijd in Borås heeft gewoond en tot haar verbazing ziet ze dat er licht brandt achter het raam dat van het kleine eenkamerflatje moet zijn dat zij toen had. Zou dat echt kloppen?

Het enige raam waarachter licht brandt, terwijl de rest van de gevel donker is. Ze telt vanaf beneden, ja, het moet kloppen. Ze blijft lang naar het verlichte raam staan kijken en heeft plotseling het idee dat ze een schaduw heen en weer ziet bewegen door de kamer. Een opvolger, misschien ook een meisje dat nieuw is in de stad, van dezelfde leeftijd als zij. Met dezelfde dromen, dezelfde onrust ...

Hoelang is het geleden dat zij daar woonde? Twee jaar, nog niet eens. En wat is er in de tussentijd niet allemaal gebeurd. Mijn hemel, ze weet er de helft niet meer van ...

En nu staat ze hier en verwacht haar tweede kind. In een kamer achter haar ligt haar zoon en in een andere kamer slaapt haar man Jacob in hun tweepersoonsbed. Hier in de woonkamer hebben ze een bankstel, een bijna lege boekenkast, een radio, een pick-up en een tv-toestel. In een hoek van de kamer ligt het speelgoed van Staffan, in een andere hock de halter die Jacob pas heeft gekocht. Op een tafel naast de deur naar de hal staat haar naaimachine ...

Twee jaar. Opeens vindt ze dat de tijd vreselijk snel voorbij is gegaan. Zo had ze zich de toekomst niet voorgesteld toen ze zelf rondliep achter het raam waar ze nu naar kijkt. Toen ze zelf uit dat raam stond te kijken en dacht dat Sjöbo maar een halte was onderweg, een plek om te verlaten en nooit weer naar terug te keren.

Nee, het gaat allemaal niet zoals je verwacht. Maar daarom hoeft het nog niet minder te zijn. Ze is twintig jaar, in verwachting van haar tweede kind, ze is getrouwd met een man die niet drinkt en die blij is met zijn zoon en met het kind dat ze draagt. Zou ze dit willen ruilen voor iets anders? Voor een jachtige afdeling bij Algots? Voor een continu, onrustig zoeken naar iets anders, in auto's die onafgebroken rondrijden over een troosteloos plein? Ze weet het niet. En ook al wist ze het wel, dan maakte het nog niets uit. Ze is getrouwd, ze heeft een kind, ze verwacht het tweede, en daar verander je niets aan. Het is zoals het is ...

Maar toch. Er is zo veel wat aan haar knaagt terwijl ze uit het raam staat te kijken. Was dit tweede kind maar niet zo snel

gekomen. Hadden ze maar wat langer gewacht met trouwen …
Nee, ze was zwanger, ze moesten toen wel.

Ze voelt zich nog steeds onrustig.

Dat ze hier midden in de nacht naar haar oude raam staat te
kijken. Er klopt iets niets, ze wordt steeds herinnerd aan …

Maar ze kan hier niet staan vernikkelen. Natuurlijk is ze onrustig, de bevalling laat niet lang meer op zich wachten. Als het
kind nu maar gezond is …

Ze kruipt weer in bed en trekt het dekbed op tot aan haar
kin.

Natuurlijk is ze gelukkig.

Waarom zou ze niet gelukkig zijn?

1972

De ontdekking dat je zelf iemand wordt die je eerder had
veracht hoeft niet altijd te betekenen dat je afschuw voelt of
zelfverachting. Integendeel, kijk maar naar Eivor! Op een vrijdagavond begin november 1972 zit ze aan een tafeltje dicht bij
de dansvloer in het Göteborgse filiaal van de restaurantketen
Baldakinen, wanneer ze opeens, met een soort huivering van
fascinatie, beseft dat ze een van al die gescheiden huisvrouwen is
geworden die de dansgelegenheid bezoeken, om die in het beste
geval in gezelschap van een man te verlaten. Het is vroeg in de
avond, nog maar tien uur, en de grote klopjacht naar nachtelijk
gezelschap is het eerste, schijnbaar lome stadium nog niet gepasseerd. Eivor zit even alleen aan het tafeltje, terwijl haar vriendin (zo noemt ze Kajsa Granberg, ook al hebben ze niet meer
gemeen dan dat ze beiden op de luchthaven Torslanda werken)
zich waarschijnlijk in het damestoilet bevindt. Eivor heeft een
glas op tafel staan dat vol is met gemalen ijs, gin, Peter Hee-
ring kersenbrandewijn, limoensap en spuitwater, een Singapore
Sling, maar ze heeft het nog niet aangeraakt. Voordat Kajsa en
zij de tram naar de stad namen, hadden ze een fles wijn gedeeld
en een scheut cacaolikeur. Ze voelt zich prettig aangeschoten,
meer hoeft niet. Het orkest van Kurt-Roland klinkt goed, ook al
zit een van de grote luidsprekers precies achter haar hoofd (nou
ja, dan hoeft ze geen uitgebreid gesprek met Kajsa Granberg
te voeren en daar is ze alleen maar blij om. Die onbegrijpelijke bewondering van haar voor de muziek van Lasse Berghagen
... Nee, bedankt, dan hoort ze nog liever die bonkende drums
in haar oren dreunen. Misschien vindt Kajsa het trouwens ook
wel prima dat ze niet met haar hoeft te praten. Wat draagt zij
eigenlijk bij wat zo veel waardevoller is dan een eindeloze ado-
ratie voor Lasse Berghagen? Verhalen over hoe het vroeger was

in Borås? Mijn hemel ...) Maar hier zit ze dus te kijken naar de toenemende drukte op de dansvloer (ze spelen 'Mamie Blue', onweerstaanbaar in zijn zuigende monotonie) en ze vraagt zich af wat er in vredesnaam is gebeurd. Wat doet ze hier als een van de velen in Baldakinen? Zo denkt ze, en zonder noemenswaard te protesteren geeft ze zichzelf het antwoord. Dit is de plek waar mensen zoals zij komen, de goede burgers met hun jeugd en hun huwelijk achter zich, de dertigers die op zoek zijn naar een nieuw begin. Waarom zou ze hier niet zijn? Ze is dertig, bijna eenendertig. Haar huwelijk met Jacob Halvarsson is op de klippen gelopen toen hij bedrijfsleider werd en zich een beter georganiseerde vorm van ontrouw kon veroorloven. En voor haar was het allang duidelijk; elke dag werd ze er keihard aan herinnerd dat ze nu echt weg moest als het er ooit van zou komen. Natuurlijk kon ze wachten tot hij op een dag zou thuiskomen met de mededeling dat hij een jongere vrouw had gevonden en wilde scheiden. Dat die dag vroeg of laat gekomen zou zijn, daar twijfelt ze niet aan. Jacob en zij waren al een jaar of drie, vier behoorlijk flauw van elkaar en ze zeiden steeds minder tegen elkaar. Nee, als ze de eer aan zichzelf wilde houden moest ze snel weggaan en dat deed ze toen ook. In januari 1973 wordt het een jaar geleden dat ze met de kinderen naar Göteborg is verhuisd om het daar alleen te rooien. Natuurlijk voelde ze zich schuldig omdat ze Staffan en Linda midden in het schooljaar had losgerukt, maar toen het besluit eenmaal genomen was, kon ze geen dag langer bij Jacob blijven dan nodig was. En nu is er bijna een jaar voorbij. Ze is al zeker voor de tiende keer hier in Baldakinen ... Maar wat heeft dit jaar eigenlijk opgeleverd? Wat is er van haar nieuwe leven in Göteborg terechtgekomen? Van al haar ambities? Een behoorlijke woning in de Altfiolgatan in Frölunda voor de prijs van een eindeloze reis door de stad naar Torslanda elke ochtend en avond, een bewijs dat ze zichzelf en de kinderen een dak boven het hoofd kan verschaffen, kleren aan het lijf en brood op tafel. Nee, daar kan niemand wat van zeggen. Ze komt haar verantwoordelijkheden aan de kinderen goed na. Maar voor de rest ... Zijzelf? Eivor Maria Halvarsson? (Ze is de naam Halvarsson blijven gebruiken om dezelfde naam te hebben als haar kinderen, ook al voelt ze een steeds sterkere drang om haar meisjesnaam weer in ere te herstellen.) Van de rest is natuurlijk helemaal niets terechtgekomen, bedenkt ze. Haar ambities kijken haar elke ochtend glazig aan wanneer ze wakker wordt, het ontbijt voor de kinderen klaarmaakt en hen naar school stuurt. Ogen die haar chagrijnig aankijken en zeggen: 'Nee, vandaag ook niet! Maar wanneer dan, Eivor? De tijd raast maar voort. Die kun je niet stiekem stopzetten en opnieuw beginnen wanneer het jou uitkomt. Dat kan echt niet, Eivor.' Maar wat moet je? Twee kinderen, een van elf en een van tien, een volledige baan met de huishouding ernaast. Er zijn grenzen aan wat je aankunt. Regelmatig is ze 's avonds zo moe dat ze wel kan overgeven wanneer ze weer voor een dag klaar is met de kinderen en het eten, de was en de geldzaken. Wat moet je? Als de kinderen wat groter waren geweest, opgroeiende jongeren, dan was het makkelijker geweest. Dan wordt het makkelijker. En zo lang duurt dat nu niet meer ...

Dan wordt ze ten dans gevraagd. De muziek is nog steeds langzaam, zweverig: 'Let it be'. Ja, waarom niet. Laat maar gaan. Baldakinen is een oase, je danst alles van je af en hoeft niet meer na te denken. De kinderen zijn tot en met zondag bij hun vader in Borås; op zondagavond haalt ze hen weer van de trein. Ze hebben het er goed, de nieuwe vrouw van Jacob is lief voor hen. Twee vrije dagen, twee dagen voor zichzelf. Morgen zal ze nadenken, de stad in gaan, rondslenteren als het weer niet al te slecht wordt. Denken, plannen maken ... Het is nooit ergens echt te laat voor. Jong zijn is rampzalig en dertig worden is niet gemakkelijker. Nooit wordt het rustig in je leven, maar geen zorgen voor morgen. Nu niet ... Ze danst met iemand die zegt dat hij chef licht is bij de schouwburg, maar dat zal hij wel liegen. En waarom kamt hij zijn haar van het ene oor naar het andere om zijn kale hoofd te verbergen? Mannen …

Ze moet aan Bogdan denken. De afwasser op Torslanda, de vrolijke jongen met zijn onbegrijpelijke Zweeds, die liedjes van Taube zong. Ze moet bijna lachen en de zogenaamde chef licht denkt dat het door zijn grote dansvaardigheid komt en doet er nog een schepje bovenop … Bogdan, die op een avond voor de deur stond in de Altfiolgatan met een tas vol boodschappen, een kookboek en rode wijn. Die met Staffan en Linda speelde alsof hij nooit anders had gedaan. Die af en toe langskwam en ten slotte bleef overnachten en op zaterdagochtend vroeg wakker werd toen Staffan en Linda met grote, verbaasde ogen naar hem stonden te kijken. Die lachte en het de gewoonste zaak van de wereld vond. 'Ik weet toch dat je twee kinderen hebt', zei hij altijd. 'Altijd'? Na zes weken gooide hij de theedoek in het gezicht van de chef van de cafetaria, Enoksson, die iedereen behalve piloten behandelt alsof hij zwakbegaafd is. Bogdan zei dat hij kon oprotten en weg was hij, er kwam een ansichtkaart ergens uit Småland, van een fabriek waar deurlijsten werden gemaakt, en toen trad de grote stilte in die ontstaat wanneer iemand uit je leven verdwijnt … Was ze ooit verliefd op hem geweest? Daar heeft ze nooit achter kunnen komen. Maar na al die jaren met Jacob … Je verbreekt een gewoonte niet zomaar, en ze is voorzichtig. Bang om zich weer te binden … Nee, dat is niet waar! In haar hart wil ze zich waarschijnlijk juist wel weer binden, en ze is bang dat ze daarmee de grommende ambities voorgoed de deur uit schopt, zodat ze hun nek breken en haar niet meer kunnen lastigvallen …

Na 'Michele' brengt de man met het gedrapeerde haar Eivor weer terug naar haar tafeltje. Ze glimlacht en knikt even. Het is het simpelst om meteen duidelijk te maken dat ze verder geen interesse heeft.

De bandleden van Kurt-Roland in hun glimmende zilveren blouses nemen pauze. Kajsa zit weer aan het tafeltje en kijkt haar met haar onrustig dwalende ogen aan. Na deze pauze begint de avond pas echt. Er is geen tafeltje meer vrij, de mannen lopen spiedend rond en bereiden zich voor. Nu komt het erop aan.

'Is dat lekker?' vraagt Kajsa. Eivor proeft en knikt.

'Ik heb erover gelezen in de *Femina*', gaat Kajsa verder. 'Het is iets Indonesisch, toch?'

Eivor houdt het opeens niet meer uit met haar, ze staat op en baant zich een weg naar het krappe en volle damestoilet. Ze sluit zich op in een van de hokjes. Die gewoonte heeft ze altijd al gehad, om zich op te sluiten op het toilet om even rust te hebben. Ze weet nog goed dat ze dat ook deed op de dag dat ze met Jacob trouwde en dat is meer dan tien jaar geleden.

Weer die tijd! Moet ze plassen of gaat ze bloed huilen om haar verspilde leven? Geen van beide. Ze hoeft niet te plassen en haar leven is nog niet voorbij! Twee prachtkinderen heeft ze, ze is gezond en als de kinderen straks iets zelfstandiger zijn zal ze de wereld eens laten zien dat ze nog energie overheeft. De vraag is alleen waarvoor ze die zal gebruiken. Het lijkt haar niets om weer als naaister achter haar machine gebogen te zitten. Er moet iets anders te bedenken zijn, ook al heeft ze alleen basisonderwijs. Thuis in Frölunda heeft ze brochures over volwassenenonderwijs op het nachtkastje liggen. Er zijn wel mogelijkheden, als je maar doorzet en de handdoek niet in de ring gooit nog voor het gevecht is begonnen. Als je het geluk hebt om in dit welvarende land geboren te zijn, dan hoef je de kansen maar te grijpen die als druiventrossen aan de bomen hangen.

Nee, vrouw zijn is maar ingewikkeld. Dat je als vrouw meer wilt dan kinderen eten geven aan de eeuwige keukentafel van het bestaan. Of liever: dat je de sprong wilt wagen naar iets anders, iets meer, dat is de kern van de ellende, dat is echt iets om over na te denken wanneer je je in november 1972 hebt opgesloten in een wc-hokje in restaurant Baldakinen in Göteborg. Je hoort het gelach, de geforceerde gesprekken, het geluid van kranen en deuren, en je denkt terug aan je kindertijd. De stilstaande geur van slootkant en vochtig grind in Hallsberg. Bloedworst op tafel, de kloven in Elna's handen en de vingers van haar stiefvader Erik, die naar olie roken. Haar kindertijd bij een spoorwegknooppunt, die plotseling veranderde in een puberteit met grillige en onhanteerbare dromen die de jeugdbladen *Fickjournalen* en *Bildjournalen*, de jeugdradio en haar klasgenoten over haar uitstortten. Een tijd waarin ze zelf haar weg moest zien te vinden. Want wat voor hulp heeft ze eigenlijk gekregen bij de voorbereiding op een leven als volwassene? Het gemompel van haar moeder, haar onzekerheid die in wezen het enige was wat ze op haar dochter heeft weten over te brengen. Stijve, ingetogen vermaningen: goed je best doen, zo lang mogelijk doorleren (Maar waarom? Waarom zou je naar school gaan? Leg het uit, dan ga ik tot aan mijn laatste snik naar school ...), je goed gedragen, je beheersen. En toen werd ze de wereld in geduwd; het is net of ze in zee gegooid werd, opdat duidelijk zou worden of de jonge juffrouw Skoglund kon zwemmen of niet ...

Onzekerheid en de afwezigheid van een gespreid bedje is mijn erfdeel, denkt ze in haar hokje. Had iemand mij maar kunnen motiveren voor het leven! Nu heb ik het uit mezelf moeten halen en hoe moet je zin krijgen in lezen in een huis met alleen een telefoonboek en *Het Beste*? Ik heb precies gedaan waartoe ik werd gestimuleerd, ik heb leren naaien en ik ben gaan werken totdat ik een man ontmoette om mee te trouwen. Zo was het voorbestemd en zo heb ik het ook gedaan ...

En daar probeer ik nu uit los te komen, denkt ze terwijl ze een inscriptie op de muur leest, die er met een nagel of een schaar in is gekerfd: 'Hanna de hoer trakteert op kut en een kan koffie, tel. 236851 ...' Op een damestoilet!

De eerste stap was om dag en adieu te zeggen tegen Jacob. Bedrijfsleider, bestuurslid van sportclub Ymer, maar helaas altijd aangetrokken tot andere vrouwen. De vernedering dat hij niet eens trouw bleef toen ze zwanger was, zelfs niet toen ze in de kraamkliniek lag. Ze is opgekomen voor haar recht, ze wilde niet tot elke prijs huisvrouw en moeder zijn, ze heeft de sprong in het ongewisse gewaagd met haar twee kinderen, ze heeft de broodtrommel achtergelaten en zelf een nieuwe gekocht ... Ja, zo ver is ze. Maar het is niet genoeg, en als het haar niet lukt om verder te komen, om de cafetaria op Torslanda te verlaten, dan rolt ze zo weer een nieuw huwelijk binnen.

Kon je maar naar Baldakinen gaan zonder dat het van die onlogische consequenties heeft. Een man ontmoeten die niet met zijn tassen vol sokken en onderbroeken (met gele elanden erop) aan komt zetten die hij in haar laatjes stopt. Of haar en de kinderen meelokt naar een rijtjeshuis in Mölndal of Lerum ...

Er rammelt iemand aan de deurkruk, in de verte klinkt de muziek weer (nu gaat het er heftiger aan toe, dat hoort ze wel ...) en ze staat op van het toilet, werpt een blik in de spiegel (ze is nog dezelfde: donker haar, grote ogen. Alleen haar kapsel is anders, nu zijn hairspray en getoupeerd haar uit den boze; voorgoed of totdat de mode weer een onberekenbare omwenteling heeft gemaakt) en ze begeeft zich weer naar het restaurant. Ze is nog niet eens bij haar tafeltje als iemand een hand op haar schouder legt. Na een snelle blik (Dronken? Te oud? Kleding?) knikt ze ja en in de drukte op de dansvloer vangt ze een glimp op van de man met het gedrapeerde haar die een vrouw in zijn armen houdt.

Meteen na de pauze van elf uur van Kurt-Rolands band duikt hij op, net als ze haar Singapore Sling op heeft en besloten heeft dat nooit weer te bestellen. Hij heeft donker, krullend haar en draagt een beige pak, een wit overhemd en de verplichte stropdas. Ze voert haar razendsnelle inspectie uit en staat op.

Ze blijven samen dansen. Omdat Kajsa verdwenen is, komt hij bij het tafeltje zitten en schreeuwend proberen ze een gesprek te voeren. Maar dat is onmogelijk, dus dansen ze weer verder. Kalle heet hij, zegt hij. Kalle, en hij is vrachtwagenchauffeur bij ASG. Hij rijdt min of meer regelmatig van Kalmar naar Växjö, en soms naar Noord-Zweden, Sundsvall en

Härnösand. Hij vertelt zo opgewekt en onbevangen dat Eivor geen reden ziet hem te wantrouwen (ja, ze weet wel dat het uiterlijk niets zegt …) en wanneer hij vertelt dat hij vierendertig jaar is, pas gescheiden, en dat hij drie kinderen heeft, gelooft ze dat ook. Hij heeft vast foto's van zijn kinderen in zijn portefeuille, zo ziet hij eruit, hij doet wel een beetje denken aan Jacob. Bovendien is hij nuchter. Hij is met de auto en woont helemaal in Alafors, te ver om een taxi te nemen. Wanneer de band het laatste nummer heeft gespeeld (godzijdank geen 'Twilight Time') sluiten ze samen aan in de hal om hun jas op te halen, en hij eist geen onmiddellijk antwoord op zijn vraag of hij haar mag thuisbrengen. Hij staat gewoon zwijgend naast haar te wachten tot zij haar jas heeft.

Je moet natuurlijk niet bij een vreemde man in de auto stappen. Je moet niet op het uiterlijk afgaan. Hoe vaak eindigt het niet in het bos met een mes op de keel en een gruwelijke verkrachting? Als je je bewust bent van het feit dat je vrouw bent, weet je dat iedere onbekende man potentieel levensgevaarlijk is. En het is niet eens zeker of het minder gevaarlijk is wanneer je de man in kwestie kent. Maar zo kun je toch niet leven? denkt Eivor. Bang zijn voor alles en iedereen. Haar mensenkennis vertelt haar dat ze deze Kalle, die vrachtwagenchauffeur is, kan vertrouwen. En waar heb je anders mensenkennis voor?

Nee, als ze het portier aan haar kant maar niet op slot doet en haar ogen openhoudt, dan zal het wel loslopen …

Mijn hemel! Het is toch een aardige man! Hij heeft gevoel voor humor, echte Göteborgse humor, zijn blik is eerlijk, zij het niet engelachtig …

Ze vraagt zich af of ze hem binnen zou willen vragen. Ja, waarom niet? Hij heeft schone nagels en geen bierbuikje dat klotst achter zijn overhemd. Maar vooral die humor van hem. Wat zei hij ook weer over de hel? Het is de plaats waar de Engelsen koken, de Fransen politiek bedrijven en de Zweden voor het tv-amusement zorgen.

'Ja, graag', zegt ze en ze lopen samen naar buiten. Zijn auto staat aan de overkant van de straat, een Volvo stationwagon. Eivor moet even denken aan de PV uit haar jeugd, Eriks trots, de vakantiereis naar Stockholm met de oude Anders. Ook alweer zo lang geleden ...

'Eens kijken of ik het nog weet', zegt hij wanneer Eivor haar adres heeft genoemd.

'Wat?'

'Ik ben vroeger taxichauffeur geweest', zegt hij. 'Eerst de Västerleden en dan de Tonhöjdsgatan ...'

Hij vindt de weg, rustig en zeker, en Eivor ervaart dezelfde slaperige veiligheid als wanneer ze een enkele keer in een taxi zit. Een taxi krijgt geen botsing, die is immuun voor ongelukken. Hij zet de autoradio aan en ze rijden door het nachtelijke Göteborg. Een fijne, nauwelijks merkbare motregen die de winter aankondigt, wind uit het westen, hier en daar mensen die een lege taxi aanhouden ... Ze gluurt naar hem en ziet dat hij zijn lippen beweegt, alsof hij meezingt met de muziek die knarsend uit de autoradio komt.

'Welk nummer?' vraagt hij als ze in de Tonhöjdsgatan zijn.

'Nu klink je als een taxichauffeur', zegt Eivor. '18. 18b.'

Hij zet de auto langs het trottoir en schakelt de motor uit.

'Je kunt een kopje koffie krijgen', zegt ze. 'Maar stel je er verder niets van voor.'

'Nee', zegt hij. 'Dank je, graag.'

Hij gaat op de bank zitten, terwijl zij de keuken in loopt.

Hij is aardig, denkt ze terwijl ze wacht tot de koffie klaar is. Een vrachtwagenchauffeur zonder kapsones.

Maar natuurlijk is het geschift. Het enige wat je zeker weet in deze ellendige wereld is dat je nergens van op aan kunt en dat zelfs de zon donkere vlekken heeft. Het ergste is misschien dat het zo ontzettend snel komt dat ze het gevaar niet op tijd ziet, dat ze de knop zo snel niet kan omdraaien die haar instinct tot zelfbehoud inschakelt.

Het is zo erg dat het bijna komisch wordt. Hij heeft koffie-gedronken uit een blauw kopje en een tweede bakje gekregen. Ze heeft de radio aangezet waar nachtmuziek uit stroomt, ze hebben het over hun kinderen gehad en over de winter die voor de deur staat. Dan ontstaat er een korte pauze, hij zit in zijn hemdsmouwen en neemt een slok van de koffie. Ze ziet dat hij zijn jasje keurig opgevouwen heeft neergelegd, wat haar doet veronderstellen dat hij erg zuinig op zijn kleren is. Het is half twee en ze voelt een grote innerlijke rust ...

Hij zet zijn kopje neer en kijkt haar aan.

'Zullen we dan maar?' vraagt hij.

Ze kijkt hem aan.

'Wat zei je?' vraagt ze.

'Zullen we nu neuken?'

Het is alsof haar beste vriend haar een klap in het gezicht heeft gegeven. Of alsof ze onder de douche staat terwijl de muur instort en tienduizend mensen haar met open mond staan aan te gapen. Hoe haalt hij het in zijn hoofd? Doodkalm, zonder omhaal, alsof hij om een vuurtje vraagt. Ze staart hem aan, maar weet natuurlijk dat ze het niet verkeerd heeft verstaan. Op de achtergrond hoort ze Nancy Sinatra op de nachtradio. 'To know him is to love him'. Uit 1962. Daar luisterde ze naar toen ze in verwachting was van Linda.

'Zullen we dan maar?' vraagt hij nog eens.

Maar nu is ze weer bij de les. Diep van binnen is ze altijd voorbereid en wanneer ze antwoordt is haar stem hard, teleur-gesteld en boos.

'Ik zei dat je je er niets van moest voorstellen. Ga nu maar weg.'

'Wat heb je, verdorie?'

'Ga weg.'

'Je bent toch net zo geil als iedereen?'

'Misschien wel, maar niet op jou.'

'Kom op nou, verdomme!'

Hij staat op van de bank en zij vliegt van haar stoel. Ze is bang, maar meer nog vernederd.

'Als je me aanraakt, schreeuw ik. En dat horen de buren!'

Hij stopt, aarzelt, hij schijnt godzijdank niet zo'n agressieveling te zijn. Maar stel je voor dat hij dronken was geweest en doof voor alle weigeringen ...

Hij staat haar aan te kijken. Hij glimlacht nog steeds en voor Eivor is het onbegrijpelijk dat er achter dezelfde gelaatsuitdrukking twee volstrekt verschillende mensen kunnen zitten.

'Deugt er iets niet aan me?' vraagt hij.

Dan begrijpt ze het. Het is zo simpel. Ze heeft hem binnen genodigd en dat zegt genoeg. Dat ze heeft gezegd dat hij zich er niets van moest voorstellen hoort gewoon bij het ritueel, dat betekent niets. Als je binnen mag komen, mag je ook meer. Voor hem spreekt het vanzelf dat ze met elkaar naar bed zullen gaan. Ze ziet dat hij verbaasd lijkt, in de war. Wat een rotwereld om vrouw in te zijn, denkt ze.

'Ga weg', zegt ze en ze merkt dat ze heel moe is. 'Ga weg voor ik je wegjaag.'

Totaal verbouwereerd pakt hij zijn jasje en hij verdwijnt zonder een woord. Alleen nog een laatste blik. Een verbaasde man die er niets van begrijpt. Hij heeft geen bierbuik, een vriendelijke glimlach en toch wordt hem dat vanzelfsprekende recht ontzegd ...

Nachtradio en vernedering. 'I never promised you a rose garden'. Nee, dat heeft niemand haar beloofd, en zij op haar beurt heeft ook nooit valse beloften gedaan of dingen verkondigd die ze niet kon waarmaken. Ze zit ineengedoken op de bank te trillen van boosheid. Verdomme. Waar zijn nu al die vrouwelijke stadgenoten, haar zusters, zoals dat kennelijk tegenwoordig heet? Waar zijn die vrouwen die per se in vormeloze rokken willen lopen (heb meelij met een naaister die zulk broddelwerk moet zien! Het zijn fantasievolle creaties, dat wel, maar die naden ...), die Indische hoofddoeken over hun voorhoofd hebben getrokken, alsof de eerder onderdrukte boerenvrouwen het nu zo goed voor elkaar hadden. Waar zijn ze? Al die vrouwen die ze wel moest zien op straat en op het flikkerende tv-scherm 's avonds. Ronde brillen en bleke gezichten, de vrouwen die gelijkheid tussen de seksen profeteren, en vrouwenemancipatie in meer of minder verbijsterende formuleringen. De uitersten liggen ver uit elkaar. Sommige feministen zijn kennelijk van mening dat alle penisdragende mensen zouden moeten worden uitgeroeid, aangezien het overbodige lomperiken zijn in deze wonderbaarlijke tijd waarin komende generaties door middel van kunstmatige inseminatie kunnen worden voortgebracht. Dan heb je aan een paar mooie fokexemplaren meer dan genoeg. Van het ene uiterste is het een heel eind naar het andere, voor Eivor begrijpelijke uiterste, de eenvoudige en meestal niet zo luide woorden over de vanzelfsprekende rechten van de vrouw ... Nu hadden ze hier moeten zijn om de ijskoude bloem van de vernedering te zien ... Maar die vrouwen leven in een andere wereld, niet in een gewone huurflat in Frölunda. Volgens hen doen de arbeidersvrouwen te weinig aan hun eigen emancipatie. Maar wat weten zij ervan, die wonderlijke wezens die alles zo ontzettend mooi weten te vertellen? Hoevelen van hen moeten 's ochtends vroeg op om hun kinderen naar school te jagen om daarna zelf de hel van de binnenstad te doorkruisen op weg naar een cafetaria en onderbetaald werk aan de andere kant van de stad?

Eivor blijft met veel vragen zitten. Waarom ze zo kritisch is over de nieuwe, uitbundige generatie van strijdsters voor de vrouwenemancipatie weet ze niet. Waarschijnlijk is het jaloezie en zou ze inderdaad veel strijdbaarder moeten zijn. Elna, haar moeder, die naar Lomma is verhuisd met haar stiefvader Erik, heeft nooit een woord gezegd over wat vrouw-zijn eigenlijk inhoudt. Nu zit Eivor hier, bijna eenendertig jaar oud, een prachtvoorbeeld van die gigantische hulpeloosheid ...

Nee, dat is niet waar! Ze heeft die vrachtwagenchauffeur toch maar mooi de deur uit geschopt! Hij zoekt zijn heil maar bij een pornoblad en de handkar. Hier kon hij niet terecht en misschien heeft hij er iets van geleerd, hij stond er in ieder geval sneu bij te kijken.

Wat is er aan de hand? Wat is er gebeurd? Of beter gezegd: wat gaat er gebeuren? De toekomst staat altijd in het halletje te stommelen als een onderdaan die niet langer op audiëntie wil wachten ...

Die nacht ziet Eivor de tekenen aan de wand weer. Ze zijn onbarmhartig: als ze ooit zelfstandig wil leven en niet weer in een huwelijk wil belanden, dan moet het nu wezen. Dat het onmogelijk lijkt mag haar niet weerhouden. En of ze nu geen puf heeft of geen tijd, het moet er nu van komen. Anders kan ze evengoed reageren op huwelijksadvertenties en zichzelf aanbieden op de markt die onverzadigbaar lijkt, een carrousel met eindeloze rijen ervoor. Ze gaat maandag meteen naar het arbeidsbureau en dan zal ze al haar opgespaarde energie op tafel leggen en zeggen: 'Hier ben ik! Ik heb de brochures gelezen en ik ben er klaar voor. Geef me advies! Ik knik als jullie het juiste woord spreken.'

Ze heeft een vage droom dat ze op zou kunnen gaan in het machtige ziekenhuismilieu, een vermoeden dat ze een waardig lid zou kunnen worden van de in het wit geklede beroepsgroep. Geen billen afvegen, niet wassen of afwassen, maar de zieken bijstaan ... Al staat ze natuurlijk open voor andere voorstellen, als het maar zinvol is wat ze doet. Koffie inschenken en zweterige oude broodjes verkopen aan chartertoeristen met vliegangst is het tegenovergestelde, dat is gewoon iets wat gebeurt en wat geen mens opvalt. Alleen haar baas, Enoksson, misschien. Maar met die man, die het liefst alle piloten van de hele wereld hun natje en droogje zou bezorgen, kun je geen rekening houden. Mensenverachting, meer is het niet ...

Opeens lijkt het haar niet meer zo moeilijk. Een besluit is een besluit, daarna hoef je het alleen maar uit te voeren of dood te gaan. En hoeveel mensen hebben niet eerder het onmogelijke klaargespeeld? Generaties afgepeigerde vrouwen met een levenslot dat je je nauwelijks kunt voorstellen ... Hier in de flat in portiek C woont bijvoorbeeld die vrouw uit Nora ... Frida. Driemaal getrouwd geweest, en elke keer met een man die nog meer dronk dan zijn voorganger. Haar leven is één grote klauterpartij geweest door een niet aflatende stroom van lege flessen, vuistslagen in het gezicht wanneer ze geen bier had gekocht voor geld dat er niet was, of geen zin had om hem ter wille te zijn wanneer hij af en toe zin kreeg, vooral wanneer hij was wezen plassen en hij hem toch nog niet had teruggestopt. Bange kinderen die ze onder haar rokken probeerde te verstoppen, waar ze fatsoenlijke mensen van probeerde te maken, waar ze haar hartenbloed voor heeft geofferd, en die nu volwassen genoeg zijn om haar het geld te ontstelen dat ze met het schoonmaken van trappenhuizen bij elkaar verdient, om drugs te kopen die ze kunnen roken of, beter nog, rechtstreeks in hun aderen spuiten. Zij zit hier immers, en wonder boven wonder heeft ze haar laatste man er een paar weken geleden uit geschopt, de lege flessen opgeruimd en ze gaat nu, hoe onvoorstelbaar dat ook is, weer naar school. Vrouwen die dagelijks het gevecht aangaan met het onmogelijke zijn hier vlakbij te vinden. Niet op een verre, paradijselijke planeet. Hier, midden in Göteborg, waar de novemberwind om je oren huilt.

Wanneer Eivor zaterdagochtend wakker wordt (vroeg als altijd. Ook al zijn de kinderen in Borås, toch blijven ze altijd bij haar in haar slaap), weet ze nog precies wat ze 's nachts heeft bedacht. Ze staat op en maakt het ontbijt klaar. Haar besluit staat vast.

Ze is de vrachtwagenchauffeur bijna dankbaar dat hij zijn ware gezicht heeft laten zien en haar zo razend en bang heeft gemaakt dat ze er nu niet langer onderuit kan. De tijd van de uitvluchten is voorbij, nu moet ze ...

Maar alle mensen, wat is ze bang! Oog in oog met het onmogelijke, zonder andere wapens dan een slappe opvoeding in Hallsberg, een gebroken huwelijk in Borås en een half jaar werken in de lawaaiige twijnerij van een textielfabriek. Ze had echt wel beter bewapend kunnen zijn, dat beseft ze wel, terwijl ze brood roostert en naar de regen kijkt die met de doodsverachting van een zelfmoordenaar op het asfalt klettert. Maar je moet roeien met de riemen die je hebt, je wilskracht en energie gebruiken, op je tanden bijten tot ze knarsen, hopen dat de kinderen groot genoeg zijn om te begrijpen dat hun moeder niet gek geworden is, maar juist een weg is ingeslagen waarbij ze alle steun en aanmoediging verdient.

En die angst? Bang zijn is normaal. Bang om zwanger te raken, bang om een slechte moeder te zijn, dat hoort bij het leven in dit kleine, broze slakkenhuis. Je moet gewoon een houten kruis door het hart van de angst rammen en hopen dat het er net zo op reageert als een vampier.

Ze gaat de stad niet in, maar maakt in plaats daarvan het huis schoon. Terwijl het zaterdagvoetbal bezig is op tv, controleert ze de kleren van de kinderen, ze verstelt wat versteld kan worden en de vodden die niet nog een winter mee kunnen gooit ze zonder pardon weg.

Proeven van een droom die tot besluit is gepromoveerd is geen slechte bezigheid voor een zaterdag. Als Kajsa Granberg belt en vraagt of ze even langs mag komen, zegt Eivor nee, ze draait er niet omheen en zegt dat ze iets anders te doen heeft. En Kajsa begrijpt het, ze begrijpt het helemaal ... Een man is een man en moet teder en omzichtig behandeld worden, anders loopt hij weg. Mijn hemel, zo erg als Kajsa ben ik toch nog niet, denkt ze naderhand. Leven voor die ene, fantastische week op Rhodos, het dansen op vrijdag en niets meer dan dat ...

Ze voelt zich zo sterk dat ze medelijden heeft met haar lotgenote Kajsa Granberg. Misschien moet ze proberen met haar te praten, haar van het nauwe spoor af zien te krijgen dat nergens heen leidt. Heeft zij niet ook een heimelijk verlangen naar een ander leven? Bestaan er eigenlijk wel mensen die dat verlangen niet hebben?

Iemand?

Op zondagavond staat ze om zeven uur op het centraal station om Staffan en Linda op te halen. Ze voelt zich merkwaardig vrolijk. Wat een eigenaardige, bijna niet te bevatten ervaring om uit te zien naar de grauwe maandag …

De trein naar Borås komt met tien minuten vertraging piepend binnen en daar ziet ze haar kinderen, hand in hand. Hun ouders wonen zeventig kilometer bij elkaar vandaan, maar nu zijn ze weer thuis. En de avond is natuurlijk voor hen. Ze zal haar oren wijd openzetten voor alles wat ze te vertellen hebben en ze zal hun een veilig gevoel geven door met plezier naar verhalen over hun vader te luisteren.

Op maandagochtend komt Enoksson, de chef, buiten adem en met veel misbaar binnenstuiven. De zondagse draverijen op Åby waren een verpletterende nederlaag geworden. De paarden leken wel gek en de pikeurs moesten hun sulky's manoeuvreren alsof ze in een botsautootje in Liseberg zaten. Hij heeft niet één keer gewonnen, geen enkele coupon heeft hem winst opgeleverd. Gadverdamme, wat een rotzondag, en dat moet nu goedgemaakt worden met een veldtocht tegen al het lanterfantende personeel, de zweep moet erover in de cafetaria die hij pacht.

Neem nu dat vrouwtje Halvarsson bijvoorbeeld! Wat hem het meest ergert aan haar is dat ze nooit iets doet waar hij haar op kan pakken. Ze slaat nooit iets verkeerd aan op de kassa en haar schort is altijd schoon. Maar wat erger is, ze houdt haar hoofd hoog, ze kruipt niet in elkaar wanneer hij binnen komt stormen en wil weten of er genoeg servetten zijn en wat er nog extra besteld moet worden. En of de koffieautomaat nog steeds kuren heeft. Nee, ze knikt alleen even, kijkt hem aan alsof hij zomaar iemand is en ook al werkt ze hier al ruim een half jaar toch schrikt hij er nog steeds van wanneer ze onbevreesd – nee: brutaal! – spontaan 'hallo' roept en dan onbekommerd verdergaat met het vullen van het bruine kopje voor de suikerklontjes. Hij zou haar voor straf moeten neuken! Straks denken de mensen nog dat zij de baas is!

Enoksson heeft nog last van de naweeën van Åby en hij gaat snel zijn kantoor binnen dat vlak naast de heren-wc zit en waar altijd een urinelucht door de muur komt sijpelen. Maar daar ziet in ieder geval niemand hem en kan hij zich, grommend en brommend, op zijn facturen en rekeningen storten.

Maar het lijkt wel of deze maandagochtend volgens hetzelfde stramien verder zal gaan als de onfortuinlijke zondag, want hij is nog maar net bezig zich in een belachelijk hoge rekening van de Skånebakker te verdiepen, als zij al in de deuropening staat. Ze heeft verdomme niet eens geklopt en hem geen kans gegeven zich voor te bereiden.

'Ik heb met Berit overlegd', zegt ze. 'Zij blijft een uurtje langer, dan kan ik om twee uur weg. Ik heb een afspraak.'

Dan breekt toch je klomp? Tegenwoordig maken ze kennelijk hun eigen werkrooster! Terwijl de zware verantwoordelijkheid voor het bieden van goede service in deze cafetaria, de laatste buitenpost van de arme reiziger voordat hij de lucht in geslingerd wordt, toch op de schouders van David Enoksson rust. Service die geboden kan worden dankzij de ingenieuze arbeidsroutines die hij voor zijn personeel heeft bedacht. Of heeft hij dat recht misschien ook verspeeld tijdens de nachtmerrieachtige race op de Åbybaan? Maar natuurlijk komt hij niet verder dan een knikje en wat vaag gemompel: 'O, nou ja, natuurlijk.' Hij kan niet tegen haar op. Wat is dit toch een rotwereld, straks zijn de hordes caissières er helemaal de baas. Hij begrijpt de toenemende vlucht uit het land echt wel. De zware zakken met geld die weggesleept worden voor de inflatie en de torenhoge belastingdruk en de democratisering van bedrijven die ook een onmetelijke last betekent. Bruggen zouden eronder bezwijken.

Caissières die voor hun rechten opkomen, vrouwen die voor hun rechten opkomen, wat een machteloze tijd ... En de Skåne-bakker heeft de prijs van de broodjes alweer verhoogd.

Torslanda is een vliegveld aan het eind van de wereld, een randverschijnsel in de luchtvaart. Gelegen op Hisingen, op een winderige plek met windstoten die vanaf de Noordzee op de landingsbanen af komen jagen, heeft het eigenlijk alleen betekenis als knooppunt in de binnenlandse luchtvaart van Zweden. De bezoeken uit de buitenwereld zijn niet talrijk, meestal doorbreekt alleen de DC-9 uit Amsterdam, die dagelijks een tussenlanding maakt op weg naar Oslo, het hardnekkige geronk van gelande binnenlandse toestellen. Een enkele keer komt er een verdwaalde kist van Sabena aanwaaien en een paar maanden geleden kreeg een Spantaxtoestel een brandindicatie in motor 2, en vroeg toestemming voor het maken van een noodlanding, wat natuurlijk meteen voor veel onrust zorgde.

Maar meestal verlopen de dagen volgens de gewone routine, privévliegtuigen die naar Anderstorp en Karlstad moeten, en tussendoor de zware vliegtuigen naar Stockholm. De echte afwisseling wordt gevormd door de chartertoestellen die hun last naar afgelegen sterrenstelsels brengen. Om hier op het door de wind geteisterde Hisingen te staan en te weten dat de Griekse zon ook Zweedse winterlichamen verwarmt, om die verwachting te delen, om bij te staan met koffie op het moment van de reis, met de loeiende straalmotoren voor de ruiten, dat verleent Eivors werkdagen nog een min of meer draaglijke dimensie. De mensen die in de rij staan voor haar kassa gaan over een paar uur eten in een restaurant in de oude stad van Rhodos, omgeven door vreemde geuren, zwerfkatten en de zoele, zwarte Middellandse Zeenacht. De donkere tuinen bij het casa castellana, de warme wind en zo ver van Zweden dat het net is of dat niet meer bestaat ... Ze begrijpt de mensen wel die op reis gaan. Ze zou zelf wat graag mee willen. Maar op haar eenendertigste is ze nog nooit verder geweest dan Kopenhagen, een paar armzalige uurtjes in de stromende regen tussen twee veerponten. Hoelang is dat geleden? Vijftien jaar? Nee, meer, bijna twintig … Maar wie zegt dat het te laat is? Elke dag kan de laatste zijn, maar toch draait de wereld nog steeds koppig door.

Uitgerekend deze maandag voelt ze dat ze de tijd heeft om te wachten. Alles op zijn tijd. Ooit zal zij hier snel een kopje koffie staan drinken voordat ze Scanairs Adventure binnenstapt met als bestemming: een andere wereld.

Het arbeidsbureau. Een balie. Een vrouw van haar eigen leeftijd. Een naambordje: KATARINA FRANSMAN (Ze heeft vast haar naam veranderd, niemand wil meer Svensson heten. Alsof je het van je naam moet hebben …) Maar ze maakt wel een vriendelijke indruk. Ongekunsteld, en ze begint niet meteen te roepen dat ze het zo vreselijk druk heeft. Afgebroken peuken in een asbak, afgekloven nagels.

Aan haar vertelt Eivor deze middag in eenvoudige woorden, rustig en bedachtzaam, wat ze wil. Ze hoeft haar energie en enthousiasme niet te laten zien door te gaan stuntelen. Nu weet ze het immers zeker. Ze weet het zeker …

'Dat wordt een lange weg', zegt Katarina Fransman en ze kijkt haar aan.

'Dat weet ik.'

'Je hebt er kennelijk lang over nagedacht?'

'Mijn hele leven.'

'En nu vind je het dus tijd worden om er iets aan te doen?'

'Ja. Precies.'

'Jammer dat je alleen lagere school hebt.'

'Er zijn zo veel dingen jammer. Alles, bijna.'

Katarina Fransman kijkt haar glimlachend aan, maar zegt niets.

'Wat dacht je nou net?' vraagt Eivor en ze leunt naar voren over het bureau.

'Niks … Hoezo?'

'Ik vroeg het me gewoon af. Je keek zo bedenkelijk.'

'Het gaat jaren duren voor je verpleegster bent.'

'Ook al werk ik maar één jaar voor ik met pensioen ga, dan ben ik al blij.'

'Dat geloof ik haast niet.'

'Maar je begrijpt wat ik bedoel? Als het de moeite waard is, kun je erop wachten. Maar niet met je armen over elkaar.'

'Ja, dat begrijp ik wel.'

'Maar je twijfelt?'

'Nee, helemaal niet. Ik twijfel niet. Ik hoor wat je zegt. Daar zit ik hier voor. Om advies te geven. Om de mogelijkheden te bespreken.'

'Zeg eens eerlijk!'

'Wat?'

'Of ik volgens jou koffie moet blijven verkopen op Torslanda. En dit verder moet vergeten.'

'Nee, absoluut niet. Kreeg je die indruk? Maar … de verpleging in. Je begrijpt zelf wel dat je dan vanaf nul moet beginnen. Je moet weer naar school. Misschien wel heel lang.'

'Kan ik überhaupt iets worden als ik dat niet doe?'

'Ik zie hier dat je naaister bent.'

'Nee, bedankt.'

'Wacht even! Ik dacht …'

Ja, Katarina Fransman is een denkend mens. Eivor heeft vertrouwen in haar. Wanneer haar telefoon gaat, neemt ze snel op en zegt dat ze bezig is. Geen vijf minuten, geen tien. Ze is gewoon bezig. Ze is kennelijk iemand die iets af wil maken en geen vijf ballen tegelijk in de lucht wil houden.

Maar wat levert het op? Formulieren en brochures, opleidingseisen, leeftijdsgrens, avondschool … Laboratoriumassistente, bejaardentehuis, chronisch zieken. Eivor kijkt aldoor of ze de woorden ziet die zeggen: hier is de weg naar de verpleegkunde. Volg de witte pijl. Aan het eind ben je verpleegster. Maar Katarina Fransman houdt de boot af. Het is volkomen duidelijk dat ze niet gelooft in Eivors hardnekkige droom.

'We moeten er misschien allebei nog eens over nadenken', zegt ze. 'Als jij nadenkt over wat ik heb gezegd en ik denk na over hoe we het voor jou kunnen organiseren ... wat het ook wordt. Dan kom je daarna nog een keer langs.'

Eivor ziet de stapels papier die voor haar liggen. Hoeveel kubieke meter hout is er voor de productie daarvan nodig geweest? Papieren waarin wordt beschreven wat er in deze moderne maatschappij allemaal mogelijk is op het gebied van adviezen en leningen.

'Over een paar weken', zegt Katarina Fransman met een blik in haar agenda.

'Dit ga ik vanavond nog lezen!'

'Aanstaande maandag dan, om half elf. Kun je dan?'

'Ik kan altijd.'

Dan raapt ze de papieren bij elkaar, haar toegangskaartjes voor een ander leven, en ze gaat weg. Als ze buiten staat, dringt het tot haar door hoe verbazingwekkend veel mensen er voor de uitgestalde vacatures stonden en bij de telefoons die gebruikt kunnen worden om meteen contact te leggen met onzichtbare werkgevers. Waar ligt dat aan? Zou het echt waar zijn wat op de voorpagina's van de kranten staat en wat de sombere nieuwslezers 's avonds vertellen? Crisis? Nu? In 1972?

Natuurlijk niet.

Ze loopt snel naar de tram. Göteborg, een stad op de wereld en een wereld op zich. Vanuit de resten van de oude handelshuizen jaagt de hoogtechnologische industriële samenleving de toekomst in. En daar wil ze bij zijn! Zij wil meedoen. Om achter het hek te blijven staan en boos en jaloers toe te kijken is niets meer voor haar.

Wanneer ze in de volle tram staat, beseft ze opeens dat ze een ervaring meedraagt van een eindeloze vrijheid. Ze is dertig, maar ze heeft haar halve leven nog voor zich en ze kan nadenken over wat ze wil worden. Voor de tweede keer in haar leven! En nu weet ze immers veel meer dan toen ze in de trein stapte naar het naaiatelier van Jenny Andersson in Örebro, om nog maar te zwijgen van de keer dat ze stamelend tegenover de personeelsfunctionaris van de kunstzijdefabriek in Borås stond. Mijn hemel ...

Het is nergens te laat voor. Ze heeft nog tijd van leven. De tijd van kleine kinderen en thuiszitten is voorbij, straks kan ze voor zichzelf gaan leven en hoeft ze niet altijd rekening te houden met haar plichten jegens anderen. En daar gaat ze zich nu op voorbereiden! Als ze geen verpleegster wordt, dan zijn er nog zo veel andere dingen. Wat had Katarina Fransman gezegd? Laboratoriumassistente ...

Er komt een zitplaats vrij en ze wringt zich tussen twee struise oude dames met grote boodschappentassen.

Eigenlijk had ik haar veel meer moeten vragen, bedenkt ze. Aan welke eisen moet je voldoen als je gids wilt worden? Of reisleidster? Of receptioniste in een hotel? Ik moet me voor aanstaande maandag beter voorbereiden. Geen tijd verliezen, maar ook niet over mijn woorden struikelen. Ik hoef geen brand te blussen, ik moet een richting kiezen op de kruising, en er staat niemand in mijn nek te hijgen ...

Vanavond wanneer de kinderen naar bed zijn zal ze de papieren doorlezen, nadenken, de voors en tegens tegen elkaar afwegen, de vragen opschrijven die ze Katarina Fransman de volgende keer wil voorleggen.

Wat kan de sneeuwbrij in Göteborg haar schelen, wat maakt het uit dat de winter in de lucht hangt? Niets!

Dan stapt ze uit de tram, ze doet boodschappen bij de Konsum en thuis komen haar twee schatten van sleutelkinderen op haar af rennen.

Wat houdt ze toch van hen! Zinloos veel, gretig, alles overschaduwend! Het doet haar zo ontzettend goed dat zij blij zijn dat zij hun moeder is, en dat ze zo razend levenslustig zijn. Dat geluk is grenzeloos. Ze verlangt niet terug naar toen ze klein waren, nu zijn ze tien en elf en als zij door het appartement stuiven, wordt het driekamerflatje voor haar het heelal. Omwille van hen zal ze leven tot ze doodgaat ... En niet als koffiejuffrouw, maar als ... Nee, nu eerst eten koken! En als ze straks in bed liggen ... Maar nu niet.

Het is negen uur. De tv staat aan zonder geluid. Ze heeft alle brochures en handleidingen over de tafel uitgespreid en leest ze een voor een.

Het is zo veel. Sommige dingen zijn gemakkelijk te begrijpen, maar er zijn ook zaken waar ze Katarina Fransman naar moet vragen. Maar het is haar wel duidelijk dat er veel mogelijk is, als ze zich maar inzet en niet te snel opgeeft. Kennelijk kan ze ook geld lenen, en heeft Enoksson niet al een paar keer eerder een hele baan in tweeën gedeeld? Of misschien kan ze hier in Frölunda werk vinden? Ze staat nu per slot van rekening ingeschreven bij het arbeidsbureau en het zou een godsgeschenk zijn als ze de lange reis naar Torslanda niet meer elke dag hoefde te maken ...

Ze steekt een sigaret op, loopt naar het raam en gaat naar buiten staan kijken, de novemberavond in. Het waait en de regen lijkt langzaam te veranderen in natte sneeuw. Het is dus weer zover. Je kunt je weer dik inpakken en je erover opwinden dat je als mens niet het recht is gegund om een winterslaap te houden.

Er staat een man op straat, tegenover haar flat aan de andere kant van de straat. Hij staat aan de rand van de lichtkegel van een van de lantaarnpalen die langzaam heen en weer wiegen op de windvlagen.

Hij kijkt naar de flat waar Eivor in woont.

Wanneer ze hem ontdekt, doet ze een stap naar achteren om niet gezien te worden. Ze rookt en kijkt verstrooid naar de donker geklede figuur. Iemand die is buitengesloten, die ze er niet meer bij wilden hebben.

Wat heeft zij daarmee te maken? Ze keert terug naar de tafel, werpt een blik op het zwijgende tv-scherm en gaat terug naar haar papierwinkel.

Wanneer ze ermee klaar is en wil gaan slapen is het over half twaalf. Ze geeuwt en doet de lamp boven de bank uit. Om de sigarettenlucht te verdrijven doet ze het raam open en zet het op een kier.

Dan ziet ze dat de donker geklede man er nog steeds staat. Op dezelfde plaats, onbeweeglijk in de halfschaduw. Een bleek gezicht tegen de zwarte achtergrond, dat spiedend opkijkt naar de flat en naar haar raam.

Ze fronst haar wenkbrauwen en vraagt zich af waarom hij daar op straat staat, uren achtereen. Wie zoekt hij? Ze blijft een hele poos roerloos naar hem staan kijken. Dan weet ze zeker dat hij naar haar raam kijkt. Ze merkt dat haar hand trilt wanneer ze die uitstrekt om het lampje op de vensterbank uit te doen.

Net wat ze dacht. Wanneer het licht uitgaat, duurt het maar een paar seconden voordat de donker geklede man de straat uit loopt.

Ze loopt de hal in en voelt of de deur op slot zit. Dan doet ze de veiligheidsketting erop en blijft doodstil staan. Ze is bang. Maar waarvoor? Dat er iemand op straat staat? Nee, maar ze weet gewoon zeker dat hij naar haar raam stond te kijken, dat hij op de een of andere manier contact met haar zocht.

Er is nog iets. Dat dringt tot haar door wanneer ze de ketting erop doet.

De manier van bewegen van de man had iets bekends, hoe hij zijn schouders optrok toen hij verdween.

Ze gaat op de bank zitten en steekt een sigaret op. De gloeiende punt licht op in het donker.

Wie is het?

Ze komt er niet op en ze wil het liefst geloven dat het allemaal inbeelding is. Ze heeft geen vijanden, ze kent niemand die haar zou bespioneren. Of het moest Kalle de vrachtwagenchauffeur zijn die het niet kan verkroppen dat ze hem de deur heeft gewezen en die nu zijn uitstaande vordering komt opeisen. Maar het was Kalle niet, daar is ze zeker van.

Maar wie dan wel?

Ze kan geen geschikte kandidaat verzinnen. Ze moet het zich verbeeld hebben. Misschien is het iemand die de Aronssons kent die in de flat naast haar wonen? Of Backman een verdieping lager. Zo zeker kan ze toch niet weten dat hij uitgerekend naar haar raam stond te kijken?

Maar hij ging weg toen zij het licht uitdeed. Waarom zou het toeval zijn dat hij juist toen vertrok? Terwijl hij daar uren had gestaan!

Wie?

Ze gaat met een vervelend gevoel naar bed. Nachtelijke schaduwen voorspellen weinig goeds ...

Maar het moet verbeelding zijn! Verdomd nog aan toe!

Ze gaat boos overeind zitten in bed. Ze heeft geen vijanden, ze heeft geen afgewezen mannen die in haar leven snuffelen.

Maar toch staat ze op, ze sloft de woonkamer in en kijkt uit het raam.

De nachtelijke straat is leeg, de koude regen stroomt op het asfalt neer.

Ze gaat weer in bed liggen. De formulieren en de vraag wie die man was dwarrelen door elkaar in haar hoofd.

Verbeelding natuurlijk, anders niet.

De volgende ochtend is ze hem vergeten. Wankelend van vermoeidheid staat ze op om het ontbijt voor de kinderen klaar te maken. Bovendien is Linda's ene gymschoen zoek, het is een ochtend met gegil en gedoe. Wanneer de kinderen goed en wel de deur uit zijn, is ze zo laat dat ze niet eens meer tijd heeft voor een kop koffie, maar ook meteen weg moet.

Het is een ochtend met regen en wind en ze vraagt zich ongerust af of Staffan en Linda niet in veel te dunne kleren naar school zijn gegaan. In de tram sukkelt ze in slaap en wanneer ze op Torslanda is aangekomen vraagt ze Berit of die haar over een kwartier wakker wil maken. Ze sluit zich op in het personeelstoilet, gaat op de bril zitten, leunt met haar hoofd tegen de muur en valt in slaap.

Berit bonst op de deur. Het is dinsdag, er vertrekken charters naar Lanzarote en Mallorca, de koffieautomaat heeft kuren, iedereen schijnt alleen met biljetten van honderd te kunnen betalen en het is een rommelige bedoening. Door de luidsprekers krijgen de reizigers bericht dat er vertragingen zijn en Eivor en Berit kreunen. Maar ook aan deze dag zal weer een einde komen. Het wordt twee uur en Anna en Birgit komen hen aflossen. Enoksson heeft zich nog niet laten zien, hij is vast in de stad om te onderhandelen met de Skånebakker, daar heeft Berit iets over gehoord ...

De sneeuwbrij in. Eivor gaat naar huis. Vandaag moeten ze maar aardappelpuree met worst eten, voor iets ingewikkelders heeft ze geen puf. En daarna gaat ze slapen. Daar houden haar kinderen altijd rekening mee, dan spelen ze rustig en doen zelfs ijverig hun huiswerk, als ze dat hebben. Maar dat ze zo moe is dat ze alleen maar worst op tafel kan zetten, daar schaamt ze zich over. Haar kinderen behoorlijk eten voor te zetten heeft ze altijd als een dure plicht gezien, en altijd als ze bij Jacob in Borås zijn geweest, vraagt ze wat ze er hebben gegeten. Meestal eten ze op zondag bij opa Artur en oma Linnea, en die schotelt hun echt geen worst voor. Voor één keer moet het maar, al mogen de brochures het eten in het vervolg niet meer in de war schoppen.

Misschien zou ze haar kinderen moeten inwijden in haar plannen? Dat hun moeder ergens naar onderweg is, naar iets nieuws waarvan ze alleen maar weet dat het een verbetering zal zijn? Nee, nog niet, eerst moet het iets concreter zijn. Een doel, een tijdpad. De volgende winter of over twee zomers. Het heeft geen zin hen met vaagheden lastig te vallen, daar worden ze maar onrustig van.

'Er zijn bloemen voor je gekomen', zegt Linda wanneer ze in de hal staat.

'O', zegt ze. 'Waar is Staffan?'

'Die is aan het tafeltennissen.'

Ze is kennelijk erg moe. Het is dinsdag, zijn vaste tafeltennisdag en bovendien gaat hij daarna altijd bij zijn beste vriend Niklas eten. Dan is alleen Linda de pineut wat de aardappelpuree met worst betreft. Wat zei ze nou? Bloemen?

Ze hangt haar kletsnatte jas op, trekt haar laarzen uit (ze moet binnenkort nieuwe kopen, bedenkt ze, het liefst met een iets hogere hak!) en loopt de kamer binnen. Op tafel ligt een boeket. Ze trekt verbaasd het papier eraf. En Linda staat naast haar en slaat haar nieuwsgierig gade.

Een boeket in gele en rode tinten. Maar geen kaartje.

'Van wie is het?' vraagt Linda.

'Ik weet het niet', zegt Eivor. 'Wie heeft ze gebracht?'

'Ze hingen aan de deur toen ik thuiskwam. Waarom krijg je bloemen van een onbekende?'

Dat is een goede vraag, wat een slim kind. Wie heeft haar in vredesnaam bloemen gestuurd? En waarom?

Ze kijkt Linda aan en schudt haar hoofd.

'Ik zal wel een geheime aanbidder hebben', zegt ze. 'Maar ze zijn wel mooi.'

'Mag ik ze in een vaas zetten?'

'Ja, doe maar. En je mag ze bij Staffan en jou op de kamer zetten. Dan ga ik koken.'

'Wat eten we?' vraagt Linda uit de keuken, waar ze op een stoel is geklommen om bij de vaas te kunnen die haar het geschiktst lijkt.

'Aardappelpuree met worst.'

'Lekker! Wat zal Staffan op zijn neus kijken.'

Eivor zucht en vouwt het papier op waar het boeket in heeft gezeten.

Wie heeft haar bloemen gestuurd?

Het wordt avond. De kinderen zijn ondergestopt en Staffan is eindelijk tot rust gekomen, nadat hij uitgerekend vandaag, voor het eerst, de beste van zijn leeftijdsklasse heeft verslagen in twee opeenvolgende sets. Hij is door het dolle heen vanwege de overwinning, na zo'n triomf ben je als elfjarige niet zo gauw moe als anders. Dan pas komt Eivor op het idee van wie die bloemen misschien afkomstig zijn. Een verband dat haar helemaal niet bevalt.

Want die avond staat de donker geklede man weer op straat.

Zouden de bloemen zonder kaartje van die schaduw afkomstig zijn geweest?

Wie, o wie …

Eigenlijk zou ze naar beneden moeten gaan om uit te zoeken wie daar staat. Of aanbellen bij Aronsson en hem vragen mee te lopen naar beneden. Hij werkt op de werf van Eriksberg en lijkt niet bang aangelegd. Maar … nee, dat doet ze toch maar niet …

De brochures en handleidingen blijven liggen. Ze probeert tv te kijken, maar dat is onmogelijk zolang hij beneden op straat staat.

Moet ze de politie bellen? Maar wat moet ze dan zeggen? Ze zouden haar maar uitlachen …

Ze staat in de donkere woonkamer naar hem te kijken. Hoe kan iemand zo stil blijven staan, denkt ze. Hij moet het toch koud hebben?

Ze kijkt naar hem en dan heeft ze weer dat vage vermoeden. Die gestalte heeft iets bekends. Ze heeft hem eerder ontmoet. Maar waar? En wanneer?

Nee, ze komt er niet op, maar met een steeds sterker wordende angst beseft ze dat ze weet wie het is. Beslist …

Plotseling is hij weg. Ze moest zich van zichzelf een paar minuten op het tv-journaal concentreren. Als ze weer naar het raam loopt, is hij weg. Ze vliegt naar de hal en voelt aan het slot en de veiligheidsketting. Ze heeft hem ditmaal niet zien verdwijnen, hij kan wel zijn overgestoken naar haar portiek en …

Ze duwt haar oor tegen de deur en luistert. Heel even wordt ze overvallen door het verlammende gevoel dat hij al voor de deur staat, op dezelfde manier als zij, met zijn oor tegen de deur geduwd, maar een paar centimeter van haar wang.

Allemachtig, zeg! Waarom zo opgefokt? Wie wil haar kwaad doen? Niemand toch! Ze dwingt zichzelf om weer bij de tv te gaan zitten nadat ze nog een keer uit het raam heeft gekeken en heeft gezien dat de straat leeg is.

Die nacht blijft ze boven op de dekens liggen en ze doet maar af en toe een hazeslaapje. Eén keer wordt ze met een schok wakker en dan weet ze zeker dat er iemand in de kamer van de kinderen is. Met bonzend hart gaat ze er naar binnen, met een broodmes dat ze onderweg heeft gepakt, maar alles is rustig. Ze trekt de deken over Linda heen, strijkt Staffan over zijn bruine warrige haardos en is woedend op zichzelf omdat ze niet tot rust kan komen. Als hij de volgende avond weer komt, gaat ze naar beneden, met of zonder Aronsson. Ze hoeft immers niet naar hem toe te lopen, ze kan gewoon langs hem heen lopen, alsof ze op weg is naar de fruitwinkel die 's avonds open is.

Ze is dertig jaar en ze hoeft toch niet wakker te liggen vanwege een ingebeelde dreiging. Ze is toch een volwassen vrouw! Wat zou Katarina Fransman haar aanraden als ze haar nu zag? Dat ze maar op zoek moet gaan naar een dokter in plaats van naar werk.

Woensdag 7 november. Een heldere, koude lucht boven Göteborg. Het weer is plotseling omgeslagen, maar een van de meteorologen van de luchthaven, die altijd koffiedrinkt in de cafetaria, weet te vertellen dat er ten westen van Engeland een zwaar onweersfront ligt, dat Zweden die nacht al zal binnendringen.

'Wanneer wordt het winter?' vraagt Eivor.

'Dat ligt eraan hoe je het bekijkt', zegt de meteoroloog.

'Winter kan toch maar één ding betekenen?' zegt Eivor.

'Er zitten overal minstens twee kanten aan. Ook aan het weer.'

'Man! Kun je niet gewoon antwoord geven?'

De meteoroloog kijkt haar verongelijkt aan. Hij is een jaar of vijftig, een weerman die geen tegenspraak gewend is.

'Binnenkort', zegt hij kortaf. 'Misschien wordt het dit jaar vroeg winter.'

'Misschien?'

'Ik voorspel niet. Ik lees kaarten, ik interpreteer satellietfoto's, ik stel weerrapporten samen. Daarom zeg ik "misschien". Bedankt voor de koffie.'

Hij verdwijnt naar zijn toren en tegelijkertijd komt de chef, David Enoksson, aanstormen uit zijn kantoor. Hij ziet eruit alsof hij door een zwerm bijen wordt achtervolgd, maar het is nog veel erger. Iemand heeft de euvele moed gehad om naar zijn kantoortelefoon te bellen en te vragen naar een personeelslid. Ongehoord … Hij kan natuurlijk geen woorden vinden voor zijn verontwaardiging.

'Telefoon voor je', zegt hij tegen Eivor.

Ze loopt achter hem aan het kantoor binnen en ze voelt haar hart in haar keel kloppen. Er is vast iets met de kinderen. Wie zou anders hiernaartoe bellen?

Ze pakt de hoorn op die op het bureau ligt, terwijl David Enoksson als een gevangenbewaarder plaatsneemt bij de deur.

'Hallo', zegt ze en ze houdt haar adem in.

Ze hoort het ruisen in de hoorn, ze hoort iemand ademhalen.

Nog een keer: 'Hallo?'

Een klik in de hoorn. De verbinding is verbroken.

Ze blijft met de hoorn in de hand staan en kijkt Enoksson aan alsof hij het haar zou kunnen uitleggen.

'Er was niemand', zegt ze.

'Denk je dat ik tijd heb voor grapjes?' zegt Enoksson boos. 'Denk je dat een uitspanning als deze zichzelf managet? (Ja, dat zegt hij echt!) Ik zit tot over mijn oren in de rekeningen en de bestellingen die in het honderd gelopen zijn …'

'Wie was het?' valt Eivor hem in de rede.

'Ja, dat weet ik niet. Hij heeft zijn naam niet gezegd. Dat doen ze tegenwoordig zo vaak niet ...'

'Maar ...'

'Het was een man. Dat is alles wat ik kan zeggen.'

'En hij wilde mij spreken?'

'Mag ik Eivor spreken?' vroeg hij. 'Niet meer en niet minder.'

Eivor legt de hoorn op het toestel. Wie was het?

Ze loopt weer naar de drukke cafetaria, maar blijft werkeloos bij de deur staan die Enoksson snel achter zichzelf en zijn facturen heeft dichtgedaan. Het wordt haar nu zo langzamerhand te veel. Een donker geklede man die 's nachts voor haar huis staat, bloemen zonder afzender, een dode telefoonlijn. Wie sluipt er achter haar aan?

Ze klopt op de deur en gaat weer naar binnen. Enoksson zit achter zijn overladen bureau aan zijn nagels te peuteren.

'Heeft hij verder echt niks gezegd?' vraagt ze.

'Helaas niet. Maar misschien kun je hem vragen je in het vervolg na werktijd te bellen.'

Wat een idioot! Ze weet toch niet wie het is! Laat die verrekte Enoksson toch opvliegen! Ze blijft hier geen minuut langer dan nodig is! Als ze geen kinderen had, zou ze meteen opgestapt zijn en had ze hem, net als Bogdan uit Joegoslavië, een plakkerige vaatdoek in het gezicht gegooid ...

'Had je nog wat?' vraagt hij.

Ze geeft geen antwoord, ze loopt gewoon weg en smijt de deur achter zich dicht. Berit zit achter de kassa en kijkt geamuseerd naar haar.

'Is ome David niet lief?' vraagt ze.

'Hij is een stomme hufter', antwoordt Eivor.

'Zo praat je toch niet over je baas?'

Berit lacht en richt haar aandacht op een klant die een dienblad voortschuift, terwijl Eivor met het afwaswagentje tussen de tafels door rijdt en begint op te ruimen. Zij en Berit wisselen elkaar af, de ene dag achter de kassa, de andere tussen de tafeltjes. Eivor stapelt borden op en veegt de tafeltjes schoon. Achter haar schettert een stem uit de luidsprekers dat er een vertraagd toestel uit Malmö zal landen.

Eén enkele gedachte: wie?

Wie?

Maar 's avonds wanneer de kinderen slapen en zij bij het raam durft te gaan staan is de man er niet. Er staat geen schaduw op de plaats waar het schijnsel van de straatlantaarn abrupt ophoudt. Het is leeg, het onbekende fantoom is kennelijk weg. Ze blijft een hele poos staan kijken, alsof ze op hem wacht …

Veel te laat reageert ze op de tabaksrook. Ze is zo verzonken in de aanblik van de nachtelijke straat dat ze de geur van tabak in de kamer niet opmerkt. Pas wanneer ze opeens een dunne rooksliert ziet die naar het tochtende raam wordt gezogen, heeft ze door dat er iemand achter haar in de schaduw van de woonkamer staat. Vlak bij haar, misschien maar een paar stappen van haar af. Iemand die geruisloos door de voordeur naar binnen is gekomen.

De kinderen, denkt ze wanhopig en ze draait zich om, bereid om alles of niets te zien. Oog in oog met de dood …

Hij staat tegen de deurpost geleund, de lamp in de hal verlicht maar de helft van zijn gezicht. (Veel later zal ze bedenken dat deze man kennelijk altijd het donker en de schaduw kiest, uit gewoonte, op alles voorbereid.)

'Ik wilde je niet laten schrikken', zegt hij zacht en opeens ziet ze wie het is. Het vage vermoeden dat ze hem kende wordt bevestigd en ze vindt het onbegrijpelijk dat ze het nu pas doorheeft. Of heeft ze ervoor gekozen om te verdringen wat ze aldoor al wist …

Lasse Nyman. Na zestien jaar.

'Ik wilde je niet laten schrikken', zegt hij weer. 'Maar zo doe ik. Ik weet geen andere manier.'

Hij loopt naar de tafel en ze hoort dat zijn voetstappen volkomen geruisloos zijn, als een kat op onbekend terrein. Hij bukt en drukt zijn sigaret uit in de asbak en ze vangt een glimp op van een tatoeage op zijn arm, net onder zijn horlogebandje.

Dan kijkt hij haar glimlachend aan. Ook dat herkent ze, de pijn op zijn gezicht, het witte masker, de gekwelde glimlach.

'Je vraagt je af hoe ik binnen ben gekomen?' vraagt hij met zijn zachte stem. 'Of hoe ik je hier heb gevonden? Nou, dat zal ik je vertellen. Je hoeft niet bang te zijn. Ik ben niet gevaarlijk. Mag ik gaan zitten?'

Ze knikt en kijkt naar hem. Zijn haar is nog hetzelfde, alleen korter; geen vetkuif, maar een korte pony. Een donkerblauwe spijkerbroek, groene laarzen, een dikke trui met een polokraag en een zwarte poplin jas. Hij is forser geworden, maar zijn gezicht is nog even smal als zestien jaar geleden. De duidelijke jukbeenderen, de dunne lippen, zijn ogen die onafgebroken naar een punt ergens boven haar hoofd staren. Ja, hij is het wel, Lasse Nyman, die teruggekeerd is uit het verleden, uit een tijd die nu zo ver weg is dat het lijkt alsof die nooit heeft bestaan. Het leven in Göteborg in 1972 is echt, het Hallsberg van 1956 bestaat niet meer, heeft nooit bestaan.

'Het is langgeleden', zegt hij. 'Wil je niet gaan zitten? Ik ben niet gevaarlijk. Ik wilde je niet laten schrikken.'

'De blocmen', zegt ze en hij knikt.

'Het telefoontje?'

'Dat ook. Maar ik was opeens bang dat je me niet wilde zien, dus toen heb ik opgehangen.'

'Waarom stond je beneden op straat?'

'Als je getrouwd was geweest, was ik niet gekomen', zegt hij. 'Dat moest ik eerst weten voor ik je opzocht. En misschien moest ik ook moed verzamelen. Het was wel goed voor me om daar beneden te staan blauwbekken. Er gaat heel wat door je heen. Herinneringen …'

Ze knipt een lamp aan, gaat op een stoel zitten en probeert

te beslissen of hij echt is of niet. De autodief, de moordenaar … Plotseling ziet ze een kerkhof en een grafzerk voor zich. Een door de wind geteisterde dorpskerk en daar, diep onder de grond, de resten van een oude man die eens in zijn keuken zat te eten samen met zijn broer …

'Ik weet totaal niet wat ik moet zeggen. Ik ben zo verbaasd. Ik wist niet …'

'Dat ik vrij was?'

'Ja … Nee … Ik weet het niet …'

Hij haalt een halfvolle halveliterfles whisky uit de zak van zijn donkere jas.

'Heb je een paar glazen?' vraagt hij.

'Ik hoef niet.'

'Eén glas dan?'

Ja, natuurlijk heeft ze dat. Ze staat op, loopt naar de keuken en wanneer ze terugkomt, ziet ze dat hij de dop eraf heeft gedraaid en al een slok heeft genomen. Ze zet het glas voor hem op tafel neer en ze realiseert zich dat ze de afgelopen zestien jaar vaak aan hem heeft gedacht, maar altijd met het idee dat ze hem nooit meer zou zien. Ze heeft hem gehaat om wat hij haar toen heeft aangedaan, en die haat was zo intens, juist omdat hij voorgoed weg was en nooit meer terug zou komen. Maar nu zit hij hier en ze is totaal onvoorbereid en heeft geen andere gevoelens dan een grote verbazing.

'Het is zestien jaar geleden', zegt hij.

'Hoe heb je me gevonden? Hier?'

Hij steekt een sigaret op en ze ziet dat hij vieze vingers heeft, net als toen …

Hij negeert haar vraag. Hij wil op zijn eigen manier vertellen, in zijn eigen tempo.

'Ik heb twaalf jaar gekregen', zegt hij. 'Als ik die helemaal had uitgezeten, was ik in 1969 vrijgekomen. Maar ik kwam na acht jaar vrij. Als ik me goed had gedragen, was het misschien zes jaar geworden. Maar ik ben een paar keer ontsnapt … In 1964 hebben ze me laten gaan. Op 10 april. Het laatste jaar heb ik in Västervik gezeten. Daarvoor ben ik een heleboel inrichtingen af geweest. Norrköping, Härnösand, Falun, weer Härnösand. Als je ontsnapt, stoppen ze je daarna in een andere gevangenis, maar ze vergeten dat die gevangenissen er allemaal hetzelfde uitzien. Dat was in ieder geval toen wel zo. Maar in 1964 was het voorbij. Toen mocht ik gewoon naar buiten wandelen. Van Västervik ben ik naar Kalmar gegaan ...'

Opeens zwijgt hij, in gedachten verzonken ...

1964. Toen was Staffan drie en Linda nog maar twee. Wanneer ze in die tijd aan hem dacht, zag ze hem altijd voor zich in een grijze cel. Tralies, een brits, zijn leren jack hoog opgetrokken in zijn nek.

'Het is raar', zegt hij. 'Ik weet nu even niet waarom ik je heb opgezocht. Eerst wist ik dat wel.'

'Wat?'

'Nou ... dat ik je weer moest zien. Al die jaren heeft dat echt wat voor me betekend.'

'Ik geloof niet dat ik het begrijp.'

'Nee, dat zal wel niet ...'

Plotseling gaat hij rechtop zitten, heftig, alsof hij weg wil gaan.

'Ik heb acht jaar gezeten', zegt hij. 'Die keer. Later is het meer geworden. Maar het was acht jaar. Kun jij dan misschien een kwartier luisteren? Een kwartier maar. Zonder me in de rede te vallen? Dan zal ik het je vertellen ...'

Maar het kwartier wordt een uur en het wordt laat. Met zijn nasale, wat hese stem, bouwt hij een brug tussen dat moment zestien jaar geleden toen er een spijkermat voor de auto werd gegooid die hij bestuurde en hij werd weggesleept over het asfalt, tot aan deze nacht in november waarop Eivor in een stoel zit een paar meter bij hem vandaan. (Al die jaren heeft hij zich vaak afgevraagd hoe zij de afloop had ervaren. Wat zag zij toen hij werd weggesleept? Een zielige jongen, die door drie of vier agenten naar beneden werd geduwd ...)

'Ik kreeg twaalf jaar', zegt hij. 'Maar twaalf jaar of vijftig, dat had niet uitgemaakt. Ik hoorde nauwelijks wat de rechter zei. Ik was er zo zeker van dat ik zou weten te ontsnappen zodra ik in een echte gevangenis was aangekomen. Toen ik in het huis van bewaring zat, keek ik er zelfs naar uit. Een echte gevangenis, met echte gevangenen om mijn krachten en verstand mee te meten. Snap je? Ik begreep er niets van. Voor een puber is twaalf jaar maar een getal zonder inhoud. Ik werd naar Norrköping gebracht, waarom nou net daarheen weet ik niet, misschien was er een cellentekort, en mijn enige gedachte was: ontsnappen. Elke dag. De bewaarders en de andere gevangenen probeerden mij te kalmeren, ze wilden me laten begrijpen dat twaalf jaar wel wat langer duurt dan tot het ontbijt de volgende dag. Maar ze konden opkrassen, en het duurde bijna een jaar voordat ik doorhad dat ik zat waar ik zat. Opgesloten. Twaalf jaar lang. Toen deed ik een totaal mislukte vluchtpoging, ik probeerde bijna recht door de muur te breken. Het enige wat ik wist te bereiken was dat ik een bewaarder twee tanden uitsloeg toen ze aan kwamen rennen en mij van het hek trokken waar ik in ge- klommen was ... Toen kreeg ik de eerste grote klap. Ik ben waarschijnlijk in één nacht tien jaar ouder geworden. Ze gooi- den me in de isoleercel en daar begreep ik dat ik in de bak zat en dat ik bijna dertig zou zijn als ik weer vrijkwam, tenzij ze me strafvermindering gaven. Je kunt je wel voorstellen hoe dat was. Als ze niet aldoor op me hadden gepast, had ik toen zelfmoord gepleegd. Dat heb ik ook geprobeerd, maar ze waren er te snel bij. Het was trouwens niet de eerste keer dat ik met mijn kop tegen de muur beukte. Dat had ik in het huis van bewaring ook gedaan ... Maar toen vooral omdat ik zo rusteloos werd van het stilzitten terwijl de wereld buiten doordraaide ... Ik geloof dat ik zes maanden lang niets heb gezegd. Als iemand aardig wilde zijn en goeiemorgen zei dan kon hij een snauw krijgen ... Maar er zat daar een vent, al best oud, hij is nu dood, een trillende zwendelaar die per ongeluk een familielid had doodgeslagen die niet over de brug wilde komen met een lening ... Hij begreep het, en hij praatte met me, maar liet mij het tempo bepalen. Van hem leerde ik dat je tijd kunt meten, dat het een sommetje is, twaalf jaar is vierduizend driehonderdtachtig dagen en nachten, en daar kun je de ene na de andere dag van aftrekken. De Chinezen geven de jaren een naam. Voor mij was het acht keer het jaar van de hond en van de hel ... Ik probeerde te ontsnappen, maar ik kwam nooit één muur over. Hoe die jaren eigenlijk voorbijgegaan zijn, ik weet het niet. Ik sliep en ik probeerde uit te breken, ik naaide postzakken en ik sliep. Die jaren zijn weg ... Ze, nee, ik weet het niet. Maar uiteindelijk kwam ik vrij, als een trillende sukkel van vierentwintig stond ik met een koffer en een paar duizendjes op zak in Västervik. Ik ging naar de haven, weet ik nog, op Slottsholmen en staarde naar het water. Ik durfde nauwelijks iemand in de ogen te kijken. Maar ik had een vriend in Kalmar, Nisse Galon, die ik in de bajes had leren kennen. Hij zei dat ik bij hem mocht komen als ik vrijkwam. Hij wist hoe het was om weer in de wereld te zijn na een heleboel jaren achter de tralies; hij had ooit gezeten voor doodslag ... Ik mocht een poosje bij hem en zijn vrouw logeren, zodat ik me weer op straat kon leren bewegen, kon proberen te snappen wat er in al die jaren was gebeurd. Maar ik zat zo vol ... Ja ... Ik moest op de een of andere manier de schade van acht jaar inhalen. Alsof ik daarna pas met mijn eigen leeftijd kon leven, als je begrijpt wat ik bedoel ... Maar, hoe dan ook, Nisse Galon had ook bepaalde verwachtingen, hij regelde een baantje voor me bij de machinefabriek in Kalmar en onderdak in een oud gebouw. Daar bleef ik vier maanden, toen ging ik ervandoor. Ook al had ik acht jaar gezeten, toch schrikte dat me niet af en ik begon opnieuw. Je denkt dat je het altijd wel redt, en na acht jaar kan het niet erger meer worden. Ik had een jongen ontmoet in Kalmar, met wie ik samen in de gevangenis van Falun had gezeten en hij wist een kluis in Emmaboda ... Nee, dat was een andere keer, het was in Orrefors, dat was het. Ik had net leren lassen op de machinefabriek, het ging goed, het was een boel geld die keer, vierduizend de man. En ik weet nog dat het net was of dat de vergoeding was voor een van die acht jaren. Nog zeven geslaagde kraken en dan had ik mezelf weer ingehaald. Het was een goede kerel met wie ik was gaan samenwerken. Hij was verstandig terwijl ik waarschijnlijk wat al te doldriest was. In een paar maanden werkten we een keurige tournee af. Nisse Galon was natuurlijk kwaad, maar daar kon ik niet mee zitten. Ja, en toen ... Mijn maat had een vriendin en vond dat hij een poosje vooruit kon met het geld, ik begon Kalmar te klein te vinden en had geld genoeg om een auto te kopen en naar Stockholm te rijden. Ik weet nog dat ik in Norrköping stopte, voor de gevangenis parkeerde en tegen de muur piste. Het was een mooie reis. Buiten Nyköping stond een meisje te liften en zij was niet helemaal onbekend met de vrouwengevangenis in Hinseberg, dus we maakten er een leuke avond van in Södertälje ... Het was de eerste vrouw sinds ... ja, verdomme, je snapt het wel. Daar moeten we het straks maar over hebben. Maar ze had een vriend in Stockholm en daar moest ze heen, ze durfde niet bij hem weg te blijven. Ik heb haar later nog een paar keer gezien, ze was hoer in Stockholm ... Ze was geloof ik vriendin met die meid die doodgestoken is in een caravan aan de Valhallavägen. Ze was aan de drugs en zag er niet uit. Maar toen ze daar bij Nyköping stond te liften zat er nog pit in ... Ik zette de auto neer, liet me vollopen en ging naar mijn ouders. Mijn moeder was bang en begon te huilen. Mijn vader, die natuurlijk dronken was net als altijd, stond aan het ene oor te trekken dat hij nog had en vroeg of ik dat ook kwam afsnijden. Ik kon alleen maar zo snel mogelijk weer weggaan. Daarna ben ik nooit meer thuis geweest. Mijn moeder is later overleden, dat hoorde ik pas lang na de begrafenis. Maar mijn vader leeft nog, onkruid vergaat niet. Nooit. Ik ben in Stockholm gebleven. Heb overal en nergens gewoond. Toen, rond 1965, begon het natuurlijk met de drugs.

Ik weet niet waar het aan ligt, maar ik ben er altijd een beetje bang voor geweest. Misschien omdat ik getuige ben geweest van een van de eerste echt grote klappen. Twee van die types spoten zichzelf de een of andere rotzooi in, waspoeder geloof ik, en gingen voor mijn ogen dood in een slooppand in Klara, naast het gebouw van het *Aftonbladet* als ik me goed herinner. Dat is me altijd bijgebleven, dus ik hield het bij drank en af en toe een beetje hasj. Ik ben in die jaren wel een tamelijk goede dief geworden. We waren met een groepje en we gingen altijd meteen voor geld. Nooit voor iets anders, als je helers en alle mogelijke andere tussenschakels nodig hebt, houdt dat vroeg of laat altijd een zwakke plek in en dan zit je in de puree. Nee, we pakten geld. Toen waren er nog kluizen in omloop. Maar dat hield op toen bleek dat je met een bankroof een goede slag kon slaan. Ik begon met een postkantoor in Bandhagen. Negentienduizend leverde mij dat op, geen centje pijn, en toen werd het opeens een stuk minder aantrekkelijk om op mijn knieën te zitten zwoegen om met veel pijn en moeite in een heleboel kluizen in te breken. Bij banken viel echt wat te halen. Toen ik een keer rondslenterde bij een spaarbank in Jakobsberg, had ik het idee dat een andere vent achterdochtig naar mij en de bank stond te kijken. Dat was Göte Engström ... Hij wordt nu de gevaarlijkste misdadiger van Zweden genoemd, misschien heb je weleens van hem gehoord. Nou ja, hoe dan ook, hij had hetzelfde plan als ik, bij dezelfde bank. Omdat hij er het eerst was, mocht hij het doen en het resultaat was niet misselijk. Ik weet niet hoeveel hij eraan heeft overgehouden, maar hij kon er meer voor kopen dan bier en een broodje. Dat waren een paar mooie jaren, 1965, 1966 en begin 1967. Ik had een flat aan de Skånegatan, daar was ik onderhuurder van ... Altijd in Zuid, weet je, ik zette de bloemetjes buiten met het geld dat ik had binnengehaald. Ik moest nog een paar jaar inhalen ... Maar toen liep het natuurlijk mis. Het was een wat grotere bank in Enköping die ik had uitgekozen. Maar ik had iemand nodig om te rijden, en daar zou ik natuurlijk spijt van krijgen. Als je het alleen doet, dan red je het wel, als je er anderen bij betrekt dan weet je het nooit. Maar ik had dus een jongen die wel buiten in de auto wilde zitten. Alles ging goed totdat hij zo high bleek dat hij de weg dubbel zag en wij recht tegen de pijler van een viaduct reden. Hij was overal van af, hij overleefde het niet. Maar ik werd wakker in het ziekenhuis met een ingedrukte borstkas en van daaruit ging ik linea recta naar Hall. Ik kreeg een jaar en een paar maanden. In die tijd begon het roerig te worden onder de dieven. Het bleek namelijk dat je het als dief niet per se eens hoefde te zijn met alle andere dieven, als je begrijpt wat ik bedoel. In die tijd was alles immers zo verrekte radicaal geworden in Zweden. Ik herinner me iemand, de Bruggenbouwer werd hij genoemd, die een heleboel mensen hun aanbetaling had ontstolen voor het een of andere duistere project in Spanje. Hij reed recht op een protestmars in, een Vietnambetoging, nadat hij een bank had beroofd. Hij kwam vast te zitten en werd natuurlijk gearresteerd. Als je het met hem over gevangenispolitiek wilde hebben, riskeerde je een vork in je buik … Maar hoe dan ook, het begon ook in de gevangenissen te spelen. De meesten waren natuurlijk te stom om zich er druk over te maken en de oude dieven wilden dat alles bleef zoals het was. Maar er was een tussengroep of hoe je dat moet noemen, die begon te praten over menselijke waardigheid en een fatsoenlijke behandeling, ook voor gedetineerden. Het kon mij niet heel veel schelen, ik deed zo arrogant en afwijzend mogelijk. Niemand hoefde mij iets te leren. Maar ik kreeg er ongemerkt wel wat van mee en wat me vooral te denken gaf was dat gedoe dat je niet per se als dief geboren hoefde te zijn. Je hoefde niet al in de wieg een dief of een gestoorde crimineel te zijn. Terwijl ik eerder altijd had gehoord dat je de rotte eieren herkent aan hoe ze kruipen als ze een half jaar oud zijn. Het was natuurlijk een revolutionaire gedachte dat ik zo was geworden en dat ik dat niet altijd al zo was geweest. In die tijd werkten er opeens een heleboel welzijnswerkers en zo in de gevangenis en ten slotte raapte ik mijn moed bij elkaar en ik vroeg aan een van hen om mijn verhaal aan te horen. Het was een goeie, want hij was het met me eens dat ik waarschijnlijk een boef was geworden vanwege de situatie thuis en een boel andere rotzooi, maar hij zei ook dat je altijd ook zelf verantwoordelijk bent. Ook al ben je met slaag opgevoed, dan geeft je dat toch niet het recht om dat op anderen te verhalen. Zo ongeveer … Natuurlijk zag ik dat toen nog niet zo scherp, nu pas vallen de stukjes in elkaar. Maar het was wel een begin. Al is het maar de halve waarheid, want ik was immers nog steeds een dief en ik had niet meteen de ambitie om iets anders te worden. En als ik die al had, was dat weer over zodra ik vrij was. Na een jaar in de bak ben je geestelijk een wrak als je buiten de poort staat en de gedachte dat je ooit een normaal leven zou kunnen leiden is als een schop in je kruis. Maar die keer ging het meteen fout. Bij het eerste postkantoor werd ik gepakt, in Enskede. Er waren toevallig patrouillerende agenten vlak in de buurt en toen ze mijn speelgoedpistool zagen, schoten ze me in het been. Ik kreeg weer een jaar, terug naar Hall, en toen begon ik serieus over een keuze na te denken. Óf ik zou ook aan de drugs raken, wegsuffen en vergeten dat ik leefde, óf ik zou proberen voorgoed van de hele rotzooi af te komen. De welzijnswerkster met wie ik toen ging praten deed een heleboel tests. Ik deed eraan mee op voorwaarde dat ik alle resultaten te horen kreeg. Toen ze klaar was, vertelde ze dat ik emotioneel onzeker was, gemakkelijk beïnvloedbaar, maar tegelijkertijd zo koppig als een ezel. Dat was niet bepaald nieuws voor me. Aangezien ik technisch aangelegd was, leek het haar een goed idee als ik iets van monteur werd. Ze bezorgde me boeken en toestemming om te studeren en ik ging aan de slag. Dat was in … 1969 moet dat geweest zijn, vlak na Oud en Nieuw. Ik had ook een vriendin, al een jaar, een goed meisje, zij zat niet in het criminele wereldje, maar werkte onvoorstelbaar genoeg in een boekhandel. Zij zag het wel zitten met me, maar alleen als ik ophield met de banken en de postkantoren. Wij hadden het goed en ik was het zo ontzettend beu om steeds maar weer de bak in te draaien. Aan drugs wilde ik gewoon niet beginnen. Ik weet helemaal niet waarom niet. Dat wilde ik gewoon niet. Maar toen studeerde ik keihard, het ging best goed en toen ik vervolgens drie maanden strafvermindering kreeg wegens goed gedrag, lachte het geluk me toe. Maar ik was de deur nog niet binnen bij haar, Britta heette ze, toen ik te horen kreeg dat ze niet meer wilde, er was een andere man in beeld gekomen en zo. Ik ging natuurlijk weg en sindsdien heb ik geen studieboek meer aangeraakt. Dat is nu een paar jaar geleden. En … Ja, verdomme. Ik ben aldoor van plan geweest om jou nog een keer in mijn leven op te zoeken om … ja, laat ik zeggen om mijn verontschuldigingen aan te bieden voor wat er toen is gebeurd, in 1955.'

'1956.'

'Ja, dat zal dan wel, 1956.'

'Het is zo lang geleden. Daar hoeven we het nu toch niet over te hebben?'

'Nee. Maar ik mag toch wel mijn verontschuldigingen aanbieden? Of …'

'Hij is toch dood.'

'Dat bedoel ik niet. Maar dat ik jou erin heb meegesleept. Dat ik over mijn autozaakjes blufte. Verdomme. Een stoere Stockholmer die een meisje uit Hallsberg meetrekt de hel in. Daar voel ik me schuldig over. De hele tijd al.'

Ze kijkt hem aan. Als hij ergens zijn verontschuldigingen voor zou moeten aanbieden en voor door het stof zou moeten gaan, dan wel voor wat hij haar heeft aangedaan op de achterbank van een van de auto's waarin ze rondreden. Maar daar schaamt hij zich dus niet voor? Hij staat er niet eens bij stil wat hij toen allemaal voor haar heeft verpest, dat hij niets heel heeft gelaten van al haar mooie voorstellingen van liefde en tederheid …

Maar dat is zestien jaar geleden en iedereen onthoudt andere dingen. Zoals je zelf verandert, zo veranderen je herinneringen ook. Wat voor jou een zonnige dag was, kan in de herinnering van de ander een kille, trieste, verregende zomerdag zijn. En wanneer ze hoort wat Lasse Nyman te vertellen heeft, hem zestien jaar ouder ziet worden, wordt haar een volkomen onbekende wereld onthuld. Wat weet zij van het gevangenisleven? Het leven van de wettelozen, behalve de afwijzende of enkel angstaanjagende krantenkoppen? Maar dat hij die nachtmerrie heeft weten te overleven … Zo klein en bang als hij toen was, zo hulpeloos onder de stoere, harde buitenkant die wel gips leek …

'Hoe heb je me gevonden?' vraagt ze.

'Dat was niet zo moeilijk', antwoordt hij. 'Ondanks alles heb je een heleboel contacten als je zo'n leven leidt als ik. Ik heb in Hallsberg geïnformeerd. Daar was iemand die wist dat je naar Borås was verhuisd en dat je kennelijk Halvarsson heette. Toen ben ik naar Borås gegaan en na een paar dagen liep ik iemand tegen het lijf die het idee had dat jij weleens met Jacob van de sportzaak getrouwd kon zijn, en toen heb ik opgebeld en gezegd dat ik van de belasting was en dat ik je huidige adres nodig had. Zo makkelijk was het. Waarom ik hier met een loper naar binnen ben gegaan, weet ik niet. Ja, misschien was ik bang dat je niet open zou doen. Zou je dat gedaan hebben?'

'De deur opengedaan?'

'Ja?'

'Waarschijnlijk wel.'

'Maar dat weet je niet zeker?'

'Ik had wel opengedaan. Nou goed?'

'Ja, ja, verdorie. Niet boos worden! Kun je niet iets vertellen over hoe het jou is vergaan? Twee kinderen. En Göteborg …'

'Zo te horen weet je alles al.'

'Ik weet niets. Maar het hoeft natuurlijk niet, als je niet wilt.'

Nee, daar heeft ze geen zin in. Nu in ieder geval niet. Dat Lasse Nyman is opgedoken uit de schaduwen is zo onwerkelijk dat ze nu echt niet over haar leven kan vertellen. Misschien een andere keer, maar niet nu, midden in de nacht.

'Wat doe je nu?' vraagt ze.

Hij haalt zijn schouders op.

'Ik word door niemand op de hielen gezeten', zegt hij ontwijkend. 'Er komen heus niet een heleboel smerissen hier binnenstormen, als je daar soms bang voor bent.'

'Maar waar woon je? Hier in Göteborg?'

Hij schudt zijn hoofd en drinkt de laatste druppels uit de whiskyfles.

'Zuid is nog altijd Zuid', zegt hij. 'Daar heb ik nog een kamer. Tenminste, vorige week nog wel. Nee, ik kom hier alleen … op bezoek, zo kun je het misschien noemen.'

Ze heeft plotseling het idee dat hij teleurgesteld is. Maar wat had hij dan verwacht? Een uitzinnige vreugde over het weerzien? Dan is hij echt nog een kind, net als toen hij zat op te scheppen over zijn grote Amerikanen, over Stockholm, over het leven waarin alles voor het oprapen lag …

'Ik moet morgen weer vroeg op', zegt ze.

'Ik ga', antwoordt hij en hij stopt de lege fles in zijn jaszak.

(Nooit sporen achterlaten, denkt ze. Altijd op de vlucht, altijd op je hoede.)

'Waarheen?' vraagt ze.

'Dat komt wel in orde …'

Nee, hier mag het niet stoppen. Nu hij na zestien jaar weer is opgedoken, zouden ze ten minste een keer met elkaar moeten praten, wanneer ze het niet meer zo'n onwerkelijk idee vindt dat hij tegenover haar zit. Morgen, bij daglicht, niet midden in de nacht zoals nu.

'Als je nergens heen kunt, kun je hier wel op de bank slapen', zegt ze.

'Maar de kinderen dan?'

'Ik maak ze 's ochtends wakker. Dan leg ik het uit.'

'Wat?'

'Dat je … een oude vriend bent of zoiets.'

'Ja. Nou, dan blijf ik graag.'

'Dan kunnen we morgenmiddag nog wat praten. Maar nu moet ik gaan slapen.'

'Natuurlijk.'

'Hoelang ben je van plan in Göteborg te blijven?'

'Ik heb geen plannen. Ik ga … ja, daarna …'

Ze geeft hem een deken, een kussen en een sloop.

'Ik hoop dat je hier kunt slapen', zegt ze.

'Ik ben heel wat primitievere omstandigheden gewend', antwoordt hij.

'Welterusten dan.'

'Welterusten … En bedankt.'

Ze trekt de deur achter zich dicht en gaat op de rand van haar bed zitten. Het is een paar minuten voor twee. Ze zet de wekker en gaat op het bed liggen met een deken over zich heen. In de woonkamer is geen geluid te horen.

Nu moeten we maar zien hoe goed ik kan slapen. Het zou helemaal niet raar zijn als ik de hele nacht wakker zou blijven liggen. Maar ik hoop dat ik kan slapen, dan zie ik morgen wel of hij hier echt is en wat dat dan betekent. Zestien jaar geleden was hij mijn droom, maar die werd ruw ontmaskerd. Wie zegt dat we nu nog iets met elkaar te bespreken hebben? Als dat toen ook al niet zo was.

Misschien geldt nu het omgekeerde? Misschien heeft hij zich in al die jaren een beeld van haar gevormd dat totaal niet met de werkelijkheid overeenkomt? Heeft ze misschien toch iets voor hem betekend?

Ze zou graag willen weten wat. Al zou dat wel onvoorstelbaar zijn …

Maar dat komt morgen, nu moet ze slapen …

Wanneer ze wakker wordt van de wekker in de grijze ochtendschemering is hij weg. De deken ligt opgevouwen op de bank, het kussen ziet er nauwelijks gebruikt uit. Onder het lege glas ligt een stukje papier, een opengescheurd en binnenstebuiten gekeerd sigarettendoosje. Ze wrijft de slaap uit haar ogen en gaat zitten om de woorden te lezen die hij heeft achtergelaten.

Eivor.
Ik verdwijn in alle stilte. Ik denk dat het zo het beste is. Misschien zien we elkaar nog eens. Bedankt dat je me hebt ontvangen. Pas goed op jezelf.
Lasse N.

Misschien is het zo wel het beste, bedenkt ze. Ik heb genoeg aan mijn hoofd. Ik hoef er niet over na te denken dat hij hier is geweest en over wat hij doet. We hoeven die dingen van vroeger niet weer overhoop te halen. Ik leef mijn leven, hij het zijne. Ooit zijn we elkaar tegengekomen door een toeval dat vandaag niets meer betekent.

Misschien was het maar goed dat hij verdwenen was.

Ze haalt het kussen en de deken van de bank en gaat de kinderen wakker maken. Ze deinst terug voor de gedachte dat ze straks zo groot zijn dat ze hun warme lichamen niet meer aan het begin van elke dag tegen zich aan kan drukken om een kort, intensief moment van absolute veiligheid te ervaren. Dan weet ze dat ze bestaat. Zij en niemand anders …

Katarina Fransman laat zien dat ze een verbazingwekkend efficiënte jongedame is, die Eivor versteld doet staan met goed doordachte voorstellen en die niet te beroerd is om Eivor uit de droom te halen. Uit de droom van de verpleging. Natuurlijk! Natuurlijk kan ze verpleegster worden. Er is eigenlijk niets wat je niet kunt worden als je maar bereid bent om er alles voor te doorstaan. Maar het kan wel zes, zeven jaar duren voor ze klaar is. En dat als alleenstaande moeder van twee kinderen? Nee, ze vraagt of Eivor daar nog een keer goed over wil nadenken! Vooral omdat Katarina andere voorstellen op tafel kan leggen. Kortere en meer realistische studieroutes.

'Je moet ook nog een beetje kunnen leven terwijl je aan de

studie bent', zegt ze. 'Je zult toch al niet echt aan jezelf toekomen. Het wordt afzien en doorbijten. Heel vaak. Je hebt zelf gezegd dat je na de lagere school geen zin meer had in leren. Nu heb je een heel andere motivatie om te studeren. Maar je moet niet denken dat je de boeken maar hoeft te pakken en gewoon verder kunt gaan waar je ooit was gebleven. Je kunt je er beter van bewust zijn hoe moeilijk het nu al is, dan valt het straks niet tegen. Ik zit hier misschien als advocaat van de duivel, maar dat doe ik voor je eigen bestwil. Geloof me. Ik ben zelf ook een vrouw.'

Ten slotte concluderen ze dat Eivor nog even moet wachten met haar definitieve beroepskeuze. Wat ze ook kiest, ze moet toch eerst haar basiskennis vergroten en zien hoe dat gaat. Als ze dan eenmaal weet wat ze aankan, kunnen ze verdere besluiten nemen. En Eivor kan het alleen maar met haar eens zijn. De vrouw tegenover haar weet waar ze het over heeft, ze zet het mes in al Eivors verkeerde voorstellingen.

'Ik heb zitten dromen', zegt Eivor.

'Dat is ook helemaal niet erg', antwoordt Katarina Fransman. 'Maar je moet je dromen in bedwang houden. Ze moeten niet met je op de loop gaan. Anders kan het volledig uit de hand lopen en eindigt het allemaal in een teleurstelling.'

De schoorvoetende voorspelling van de meteoroloog komt uit: het wordt dat jaar vroeg winter in Göteborg. Al voor de Kerst ligt er een dun laagje sneeuw over de stad. Die dag, 15 december, is het een paar graden onder nul wanneer Eivor 's avonds naar het Frölunda torg glibbert voor de eerste voorbereidende bijeenkomst van haar studie, een introductie voor de studenten die in het nieuwe jaar gaan beginnen. Ze loopt snel de Lergöksgatan door, ze is laat zoals gewoonlijk. Op tijd komen valt niet mee als je twee kinderen hebt. Er is altijd wat. En ze ziet tegen deze bijeenkomst op, ook al heeft Katarina Fransman geprobeerd haar gerust te stellen door te zeggen dat ze er mensen zal tegenkomen die in precies dezelfde situatie verkeren als zijzelf. Ja, misschien in een nog lastiger parket. Bovendien heeft ze glimlachend gevraagd of Eivor er ook niet stiekem naar uitkijkt. Omdat het een uitdaging is die alle dagelijkse sleur overhoop haalt. Iets waar ze zenuwachtig van wordt, waardoor ze weer weet dat ze leeft ... Ja, natuurlijk is dat zo. Maar nu ziet ze er zo tegen op dat ze het liefst rechtsomkeert zou willen maken. En dan nog een paar minuten te laat komen ook! Waarom moest Staffans ijshockeyhandschoen ook juist vandaag kapotgaan? Het is ook altijd wat ...

Daar is de Ekebäckskerk en het is al vier voor zeven. Ook al zou ze gaan hardlopen, dan nog komt ze te laat. En wie durft er te rennen over dit ijzige trottoir? Waarom strooien ze niet?

Er is de laatste maand zo veel gebeurd, er flitst zo veel door haar hoofd terwijl ze verder glijdt. Ze heeft bijna geen tijd gehad om over Lasse Nymans nachtelijke bezoek na te denken, en dat is maar goed ook. Het zou alleen maar verontrustende herinneringen hebben opgeroepen, terwijl het nu niet om het verleden gaat, maar om de toekomst. En daar heeft ze het al moeilijk genoeg mee zonder dat ze wordt overvallen door wat in haar verre kindertijd in Hallsberg begraven ligt.

Geweldig dat ze de troosteloze reizen door de stad naar Torslanda en die ellendeling van een Enoksson niet meer hoeft te maken. Dat Katarina Fransman plotseling werk voor haar had gevonden in Frölunda, op loopafstand van haar huis. Het is allemaal zo snel gegaan. De ene dag de cafetaria en de zenuwachtige charterreizigers, die ruziemaakten om hun biertjes, de volgende dag achter de toonbank van de slijterij in Frölunda. Maar vermoedelijk was het maar goed ook dat ze geen moment de kans heeft gekregen om te aarzelen of zenuwachtig te worden. Nu werkt ze al twee weken in de slijterij en het bevalt haar daar goed. Ze heeft aardige collega's en ze heeft veel minder reistijd. En als het te vermoeiend zou blijken om haar studie te combineren met een hele baan, dan mag ze er parttime werken. Vijf halve dagen of drie hele dagen per week ... Het moet een goede godin geweest zijn die Katarina Fransman op haar weg heeft gebracht. Dit is meer dan gewoon geluk hebben ...

Frölunda torg. Ze moet aan de overkant zijn, bij het middelste gebouw. Ze probeert haar nervositeit te verjagen door te denken aan de ergernis die ze heeft veroorzaakt toen ze ontslag nam bij de cafetaria. Maar Enoksson heeft het aan zichzelf te wijten. Toen ze daar in dienst kwam, had hij zijn zuurste gezicht opgezet en verklaard dat er van een wederzijdse opzegtermijn van meer dan een week geen sprake kon zijn. Maar toen ze in zijn naar urine riekende kantoor stond en vertelde dat ze de vrijdag daarop zou stoppen, vatte hij dat op als een persoonlijke belediging, hij begon met zijn handen te wapperen en te praten over ondankbaarheid en dat ze het hele reilen en zeilen van het bedrijf in gevaar bracht ...

Er zijn veel te veel Enokssons op deze wereld, denkt ze, terwijl ze haastig het plein oversteekt. Van die ingebeelde kwasten die denken dat de wereld instort als hun smerige koffie of hun droge bruidsgebakjes niet over de toonbank gaan ...

Maar ze is voor zichzelf opgekomen en daaruit put ze moed. Ze had zich goed voorbereid en Berit en de anderen steunden haar.

'Zoals u tekeergaat, mag u blij zijn dat er hier überhaupt nog mensen willen werken', had ze gezegd.

'Als ik iemand nodig heb, kan ik die zo van de straat plukken', had hij boos geantwoord. (Ze herinnert zich dat hij rood was aangelopen en ze had heel vals gedacht dat hij met een beetje geluk misschien een hersenbloeding zou krijgen en dood zou neervallen op zijn facturen van de Skånebakker, zijn aartsvijand ...)

'Dat moet u dan maar doen', had ze bits gezegd. 'Ga de straat maar op. Maar u komt alleen terug. Als u denkt dat het een geschenk uit de hemel is om hier uw vieze koffie te mogen verkopen, dan hebt u het mis. Misschien zult u dat nog eens begrijpen. Maar dat betwijfel ik ...'

Hij was helemaal verkrampt. Zijn mond hing open en hij leek wel een vis met ademnood. Zij had het laatste woord gehad …

Hier is het! Ze doet haar muts af, fatsoeneert haar kapsel en merkt dat ze buiten adem is. Het is zeven minuten over. Niets aan te doen … Ze loopt door het cursuscentrum op zoek naar het juiste lokaal. Dit moet het zijn. Nu staat ze voor de deur, net als toen ze op de lagere school zat. De les is begonnen en als je dan naar binnen gaat is het net alsof je een felverlichte circuspiste op loopt, uitgeleverd aan alle blikken …

Ze hangt haar jas op en blijft met haar hand op de deurkruk staan.

Vooruit dan maar, denkt ze en ze doet de deur open.

Het ziet er helemaal niet uit zoals ze zich had voorgesteld. Geen rijen bankjes, geen lessenaar. In het vertrek staat een grote ronde tafel met koffiekopjes en asbakken erop.

Een jongeman van een jaar of vijfentwintig staat op en knikt naar haar.

'Eivor Maria Halvarsson?' vraagt hij.

'Ja', zegt ze. 'Eivor. Ik ben een beetje laat …'

'Dat is niet erg', zegt hij en ze gelooft dat hij het nog meent ook.

Ze vindt een lege stoel aan de tafel en gaat zitten.

Ze zijn met zijn negenen, de leraar (of studiebegeleider, zoals hij zichzelf noemt nadat hij zich heeft voorgesteld als Carl-Erik Norberg) niet meegeteld. Zeven mannen en twee vrouwen.

Wanneer Eivor naar hen kijkt, is haar eerste gedachte dat ze niet de oudste is. Ten minste vier van de mannen die aan tafel zitten, zijn dichter bij de veertig dan bij de dertig. Is dat nou belangrijk? Nou, voor haar wel. Ze hoeft niet de jongste te zijn, maar liever niet de oudste. Net als dat ze niet de beste hoeft te zijn, als ze maar niet onderaan bungelt …

Behalve Eivor is er nog één vrouw. Ze zit tegenover haar en ze glimlacht wanneer Eivor naar haar kijkt. Voor zich op tafel heeft ze een namenlijst. Ze loopt het rijtje af waar haar eigen naam ook op staat en meteen daaronder nog een vrouwennaam, Margareta Alén, geboren in 1945. Ze is dus jonger, maar niet zo veel, ze zijn wel van dezelfde generatie ...

Het is allemaal heel gezellig en het doet absoluut niet schools aan. Eivor kan haar lachen haast niet inhouden wanneer ze denkt aan hoe ze het zich had voorgesteld. Volwassen mensen in kinderkleren. Driekwart broeken en korte gebloemde rokken. Een haarband en een snotneus. Maar hier zit ze tussen volwassenen en ze luisteren naar Carl-Erik Norberg, die het over studieplannen en geduld heeft.

'Jullie moeten alleen naar jullie zelf kijken en je niet met anderen vergelijken', zegt hij. 'Hier kan niemand de beste van de klas worden. Je kunt alleen slagen of mislukken in vergelijking met jezelf. Vergeet dat nooit.'

Hier geloof ik in, denkt Eivor snel. Dit ... dit gaat wel lukken. Ik vind het hier nu al leuk. Na tien minuten. Ja, dit komt wel goed.

Ze schrikt op. Ze is in haar eigen gedachten verzonken geraakt en heeft niet opgelet. Maar niemand schijnt het gemerkt te hebben en Carl-Erik Norberg vertelt verder. Over cursusmateriaal en studieoverzichten ...

Een uur later is het voorbij. Ze beginnen op 10 januari. (Eivor weet nog dat ze jaren geleden ook op die datum is begonnen bij de kunstzijdefabriek ... Maar dat was nog voor het begin van de jaartelling ...) Iedereen gaat snel een andere kant op, ze leren elkaar later nog wel kennen.

Eivor loopt naar huis.

Over minder dan een maand is het al 10 januari. Maar het voelt toch alsof dat nog te lang duurt. Had ze morgen maar kunnen beginnen.

Ze krijgt de kans om iets te leren. Talen, maatschappijleer, aardrijkskunde, geschiedenis! Ze zal in ieder geval nog een paar geheimen van het leven ontdekken. Om misschien uiteindelijk zelfs nog een paar van de vragen van de kinderen te kunnen beantwoorden.

Want Staffan en Linda zullen niet de kans krijgen om te stoppen met school, dat staat voor haar vast. Als het onderwerp aan de orde komt, zal ze hun vertellen dat ze er al die jaren spijt van heeft gehad ...

Maar dat is niet waar, denkt ze. Ik heb er nooit spijt van gehad. Ik was wie ik toen was. Alleen door het goede voorbeeld te geven kan ik er misschien voor zorgen dat Staffan en Linda zin krijgen om verder te leren ...

Het is prettig om door de decemberavond te lopen en zich sterk te voelen en vol verwachtingen. En om nog een half uur te kunnen slapen nadat de kinderen naar school gegaan zijn. En 's middags eerder thuis te komen. Zich niet meer in het gedrang in bussen en trams te hoeven begeven.

Kan het beter?

Ze blijft staan en ademt de koude decemberlucht in. Zou ze misschien domweg gelukkig zijn? Hier op straat, op weg naar huis? Ze denkt terug aan die vrijdagavond in Baldakinen bijna twee maanden geleden, aan wat ze toen dacht, opgesloten in een wc-hokje. Als ze toen had geweten dat het allemaal zo snel zou kunnen veranderen ... Dat eigenlijk niets onmogelijk is, als je maar niet met je armen over elkaar blijft zitten. Dat er altijd een wereld te veroveren is, ongeacht of je dertig bent en alleen lagere school hebt.

Ze loopt verder. Ze krijgt het nog druk. Over minder dan tien dagen is het Kerstavond en ze heeft nog nauwelijks tijd gehad om daarover na te denken. Maar nu moet ze zich erop concentreren dat de kinderen een fijne Kerst krijgen. Het komend voorjaar zou ze weleens wat minder aandacht voor hen kunnen hebben ...

Ze gaat sneller lopen. Het is net of ze geen minuut te verliezen heeft.

De Kerstdagen, ja. Ze heeft telefonisch overlegd met Jacob

hoe ze het zullen doen en ze heeft naar de wensen en verwachtingen van Staffan en Linda geluisterd. Zoveel is haar wel duidelijk dat een Kerstavond waar zijzelf en Jacob niet allebei bij zijn, een te zware opgave voor hen zou worden. De scheiding zelf en de verhuizing naar Göteborg hebben ze verbazingwekkend goed doorstaan, misschien vooral omdat Jacob niet al te ver weg woont en ze elk weekend naar hem toe kunnen. Eivor vraagt zich vaak af of ze ondanks alles niet beseffen dat Jacob en zij er allebei beter op geworden zijn.

Zoals gewoonlijk vieren ze Kerstavond bij oma Linnea en opa Artur in Borås. Voor hen zou het een teleurstelling zijn als ze het anders deden. Ze hebben nooit commentaar gehad op de scheiding. Ze hebben steeds hun best gedaan om net te doen als altijd, en omdat ze hun twee kleinkinderen meestal wel één keer per week zagen, is het verschil voor hen eigenlijk niet zo groot geweest.

Jacob en Eivor zijn het er verder over eens geworden dat de kinderen vanaf Kerstavond tot en met Oud en Nieuw bij hem blijven. Eivor vindt het ook goed dat ze eraan wennen langere perioden bij hem te zijn dan alleen de korte weekenden. Bovendien voelt ze een steeds grotere behoefte om een hele week achtereen, tien dagen bijna, haar eigen gang te kunnen gaan. En vooral nu ze zich zal proberen voor te bereiden op de studie in het nieuwe jaar.

Tot zover is alles in orde. Ze huivert bij de gedachte dat Jacob anders had kunnen zijn dan hij is. Ze heeft veel te veel verhalen gehoord over mannen die zich niets van hun kinderen aantrekken.

Jacob was zeker een goede keus toentertijd. Dat het niet goed uitpakt, komt in de beste families voor.

Ze slaat de Altfiolgatan in en bedenkt dat ze vanavond een lijstje moet maken van wat er voor de Kerst nog allemaal moet gebeuren. En ook al krijgt ze hem misschien niet af voordat ze al te moe wordt, ze gaat ook aan een brief aan Elna en Erik in

473

Lomma beginnen. Maar ze heeft haar brief nog niet eens gepost als er al een poststuk uit Lomma op de mat valt. Elna schrijft dat ze net als anders met Kerst naar Sandviken zal gaan, samen met Erik en Jonas. En dan komen ze door Göteborg. Misschien zouden ze elkaar even tussen twee treinen door kunnen zien om kerstgroeten en cadeautjes uit te wisselen ...

Op 24 december begeeft Eivor zich 's ochtends naar het centraal station met kinderen, koffers en pakjes. Toen ze de vorige dag de berg bagage zag groeien, had ze bijna in paniek de telefoon gegrepen, en op de een of andere wonderlijke wijze was ze erin geslaagd een taxi te reserveren. Op het station is het een enorme chaos, ze moet twintig minuten in het gedrang staan voor ze haar koffers kwijt kan bij het bagagedepot. Ze vraagt zich nu al angstig af hoelang het straks gaat duren om de bagage weer op te halen wanneer ze de trein naar Borås moeten halen. Ze neemt een kind aan elke hand en zoekt een paar lege plaatsen in de stationsrestauratie. Wanneer ze de gestreste meisjes achter de kassa's en de wagentjes met dienbladen ziet, vraagt ze zich af hoe het er op Torslanda aan toegaat, of Enoksson misschien zelf achter de kassa is gaan zitten om het vele kerstgeld op te strijken ...

De trein uit Malmö heeft meer dan een half uur vertraging, dus wanneer Eivor haar moeder, haar stiefvader Erik en haar broertje Jonas eindelijk in het oog krijgt, hebben ze nog maar een uurtje samen voor ze naar haar eigen trein toe moet.

Maar ze zijn er dan toch en na veel vijven en zessen staan de koffie en de flesjes frisdrank op tafel.

Telkens wanneer ze Elna met Jonas samen ziet schrikt ze. Ook al is hij inmiddels tien jaar, even oud als Linda, ze vindt het nog steeds onvoorstelbaar dat hij haar eigen broer is. Bovendien lijkt hij op Erik en heeft hij niet de donkere kleuren van Elna en Eivor, die ze van opa Rune hebben geërfd.

Sinds opa Rune aan een hersenbloeding is overleden vieren Elna en haar gezin altijd Kerst bij Eivors oma Dagmar. Eivor had graag mee gewild, maar dan zouden Linnea en Artur teleurgesteld zijn. Wat ze ook deed, altijd was er iemand ontevreden en ze moest volstaan met het sturen van een kerstbrief en geld voor bloemen via Elna. Maar het doet haar nog steeds pijn wanneer ze eraan denkt dat ze er niet bij was toen opa Rune stierf. Met hem had ze een soort geheime verstandhouding sinds die keer dat zij en Elna in Sandviken waren en ze beiden in verwachting waren ... Dat is nu ruim tien jaar geleden ... Opeens lijkt het wel of alles tien jaar geleden is gebeurd. Nu ze hier op het station zit en de chaos compleet is, lijken het hele leven en de werkelijkheid compleet krankzinnig. Waar rennen al die mensen naartoe? Waarheen zijn ze onderweg? Het is net of ze hier altijd al rondrennen, de ene Kerstavond na de andere, sinds mensenheugenis, met pakjes slingerend rond armen en benen ...

Ze hebben weinig tijd en het gesprek wordt geforceerd. Eivor heeft ernaar uitgezien om te kunnen vertellen dat ze gaat studeren, maar nu vindt ze het opeens onmogelijk om meer te vertellen dan dat ze van baan veranderd is.

Elna kijkt haar verbaasd, bijna geamuseerd aan.

'Bij een slijterij?' vraagt ze. 'Waarom ga je in vredesnaam bij een slijterij werken?'

'Het betaalt beter en het is in Frölunda', antwoordt Eivor en ze baalt ervan dat er geen tijd is om te vertellen wat de echte redenen zijn. Ze weet nog hoe het tien jaar geleden was (Daar heb je die tien jaar weer!) toen Elna vertelde dat zij en Erik naar Lomma gingen verhuizen. Ze herinnert zich haar afgunst en ze beseft dat ze nu had willen vertellen dat zij ook een andere weg wil inslaan met haar leven. Maar dat is onmogelijk. Erik, als oud-spoorwegman, gaat er als een haas vandoor om de treintijden te controleren, en Linda durft niet alleen naar de wc als het zo druk is ... Nee, het blijft bij pakjes en kerstwensen uitwisselen. Jonas is natuurlijk gefascineerd door zijn zus die twee kinderen heeft die even oud zijn als hijzelf. Hij snapt niet hoe dat kan. Hij zit met grote ogen naar Eivor te kijken en ze krijgt zin om tegen hem te zeggen dat zij het ook heel raar vindt.

'Hoe is het in Lomma?' vraagt Eivor.

'Goed', antwoordt Elna.

'Erik ziet er moe uit.'

'Vind je?'

'Hoe is het eigenlijk op de eternietfabriek? Je leest veel over … hoe heet het …'

'Asbest', vult Jonas aan. Hij kijkt haar ernstig aan en spreekt het woord helemaal goed uit.

'De mensen zeggen zo veel', zegt Elna.

'En hoe is het met jou?'

'Ik was van plan daar het volgend voorjaar te beginnen. Eindelijk.'

'Als wat?'

'Om te beginnen met schoonmaken, denk ik. Ik weet het niet.'

'Kan Vivi je echt niet aan iets beters helpen?'

'Haar man in dat geval. Maar ik geloof niet dat het zo goed gaat met hen op dit moment …'

Wat er niet zo goed is tussen Vivi en haar man, het hoofd voorlichting, krijgt Eivor niet te horen, want op dat moment komt Erik terug en moeten ze snel de laatste kerstwensen uitwisselen voordat Eivor met de kinderen op de trein naar Borås moet. Erik helpt haar de koffers op te halen. Ze verbaast zich erover dat hij buiten adem is als hij de koffers dat kleine stukje heeft gedragen en op het perron begint hij opeens zo te hoesten dat de tranen uit zijn ogen stromen. Het is duidelijk dat hij ziek is. Elna kan haar ongerustheid niet verbergen, Eivor kijkt recht door haar schijnbare onaangedaanheid heen. Maar er is geen tijd meer om het erover te hebben, de trein komt met een schok in beweging, ze zwaaien naar elkaar en wensen elkaar nog maar een keer prettige Kerstdagen …

Erik blijft door Eivors gedachten spoken. Zijn grauwbleke

gezicht, de plotselinge hoestaanval waar hij bijna in stikte. In achtergelaten kranten in de cafetaria heeft Eivor af en toe iets gelezen over de gezondheidsrisico's die de eternietfabriek mogelijk oplevert. Het houdt kennelijk verband met een onderzoek dat is uitgevoerd bij enkele bouwvakkers in Borås. Iets over dat isolatiemateriaal waarvan haar broertje Jonas de naam kende. Maar Erik en Elna hebben er nooit iets over gezegd, ze hebben het onderwerp zelfs nooit ter sprake gebracht. De dingen die in de krant staan zijn ook meestal overdreven, en de mensen die in Lomma wonen, weten vast wel wat goed is voor henzelf. Niemand offert toch vrijwillig zijn gezondheid op? Maar hij was wel bleek en dat hoesten klonk akelig. En zo mager als hij de laatste jaren is geworden. Hij ziet er niet meer zo uit als toen hij zijn PV stond te poetsen in Hallsberg, of toen hij thuiskwam van zijn werk op het rangeerterrein. Hij is zo snel oud geworden. Onnatuurlijk snel. Terwijl hij nog maar vijfenveertig is ...

Eivor heeft zich vaak afgevraagd waarom ze eigenlijk uit Hallsberg zijn vertrokken. Natuurlijk zou hij meer gaan verdienen, zou Elna in de buurt van haar oude vriendin Vivi komen te wonen, en zouden ze hulp kunnen krijgen bij het bouwen van een eigen huis. Maar er ontbreekt iets in het plaatje. Was Erik echt bereid om het werk in de vrije buitenlucht bij het spoor zomaar te verruilen voor een stoffige en vieze fabriekshal? En Elna had in Hallsberg toch ook wel schoonmaakwerk kunnen krijgen? Nee, er klopt iets niet, er is iets wat Eivor niet begrijpt.

Maar begrijp je ooit waarom mensen doen wat ze doen? vraagt ze zich af terwijl de trein een korte stop maakt op het station van Rävlanda. Een mens snapt zichzelf soms niet eens.

Eivor bedenkt dat haar moeder Elna al tegen de vijftig loopt. Ze is al ver over de helft, dichter bij de ouderdom dan bij de jeugd. Wat heeft ze eigenlijk aan haar leven gehad? Twee kinderen. Het ene kwam veel te vroeg en heeft haar geremd toen ze voor het eerst het leven in wilde, het tweede kind kwam veel te laat. En nu ze eindelijk buitenshuis zal gaan werken, kan ze dus alleen schoonmaakwerk krijgen. Daar is natuurlijk niets minderwaardigs aan, integendeel. Maar toch ... Hoe ervaart zij dat? Het inzicht dat het ondanks alles toch te laat is om helemaal opnieuw te beginnen?

Kon ze er maar over praten, denkt Eivor. Eén keer. Het eerlijk vertellen. Het is eigenaardig dat mensen zoals wij het nooit over ons leven hebben, alsof onze diepste gedachten en gevoelens lelijke of onsmakelijke dingen zijn die het daglicht niet verdragen. Of alsof het een teken van zwakte is om te erkennen dat je soms 's nachts wakker ligt en het liefst gillend de straat op zou willen rennen. Maar dat doe je niet. Niet als je uit een rechtschapen en blijmoedig arbeidersgezin uit Sandviken komt. Ze trekt een lelijk gezicht en schudt langzaam haar hoofd over haar gedachten. Mijn hemel, ze hebben nog een lange weg te gaan ...

Haar gedachten springen van de hak op de tak, de kinderen lopen door de wagon, maar ze passen goed op, ze weten wat ze wel of niet mogen en op Kerstavond nemen ze geen van beiden het risico om iets te doen wat niet mag.

Station Sjömarken. Dan zijn ze er haast. Maar ze heeft nog tijd om over een paar dingen na te denken voordat ze opgeslokt zal worden door de kerstviering. Opa Rune. Zijn leven. Een leven in de ijzerfabriek van Sandviken, een onafgebroken zwoegen. En toen lag hij daar dood te gaan en daarna was het net of hij nooit had bestaan. Wat vertelt die kleine, simpele grafsteen over zijn plichtsgetrouwheid, zijn nooit aflatende inzet voor de opbouw van dit land? Niets. Maar zonder de zwijgende massa, waar hij deel van uitmaakte, was er niets geweest. Het spoor niet, de wagon waar ze in zit niet, de stationsgebouwen niet ... Niets, en geen woord van dank. Ja, hij heeft die medaille gekregen die hij nooit wilde zien, die oma in het kastje moest wegstoppen omdat hij hem weg zou gooien als hij hem vond. Wat stond erop?

'Het Koninklijke Patriottische Genootschap heeft vandaag aan Rune Skoglund toegekend ... zilveren medaille ... borst-

478

beeld van de koning ... (borstbeeld! Ze hadden beter voor een röntgenfoto van Runes longen kunnen kiezen. Die had iets kunnen vertellen!) Eerste formaat, om aan een geel-groen lint om de hals gedragen te worden als beloning voor lange en trouwe dienst.' Ze herinnert zich de tekst van de oorkonde nog woordelijk. En daarboven schitterde een zespuntige ster. Van Elna weet ze hoe hij erop had gereageerd. Iedereen werd erdoor verrast. Rune, die de plicht en de geleidelijke maatschappelijke verandering altijd als doel van zijn leven had gepredikt, was na het krijgen van deze onderscheiding opeens totaal veranderd. Wat een bevestiging had moeten zijn van alles waarvoor hij had geleefd werd opeens het tegenovergestelde, alsof hij een trap tegen zijn maag had gekregen in plaats van een vriendelijke handdruk of een schouderklopje. Die dag was het net of zijn goede humeur, dat ondanks vermoeidheid of ziekte onverwoestbaar was geweest, opeens begon weg te kwijnen en vanaf die dag was hij gesloten en leverde hij niet anders dan bittere commentaren, alsof hij plotseling een gigantisch onrecht of bedrog had ontdekt ... En toen zweeg hij voorgoed, hij klokte voor het laatst uit en verliet het leven, een naam op een formulier, 'uittreksel uit het bevolkingsregister', reden: overleden ...

'We zijn er', zegt Linda.

'Waar denk je aan?' vraagt Staffan.

Ze kijkt hen aan, begint opeens te glimlachen en krijgt een brok in haar keel.

'Aan de kerstman', antwoordt ze. 'Wat dachten jullie dan?'

En dan staan ze op het perron. Jacob is niet alleen, zelfs Artur is meegekomen om hen op te halen. Maar Linnea is natuurlijk nog thuis met de kerstmaaltijd bezig ...

Eivor ziet nog het beeld van opa Rune voor zich wanneer ze uit de trein stapt. Hoe hij in zijn bed lag, in de lakens kneep, doodstil, alsof hij eigenlijk niet met de dood in gevecht was, maar met een eindeloze wanhoop die met het leven te maken had ... Maar lang kan ze het beeld niet vasthouden en als ze het perron af zijn gelopen, is het weg. Het is immers Kerstavond, en daar staan Jacob en opa Artur en ze kijken allebei zo vrolijk.

Kerstavond wordt net zo geslaagd als je maar zou kunnen wensen. Wanneer Eivor op de bank gaat liggen, waar Linnea een bed voor haar heeft opgemaakt, en de kerstboom staat te branden met zijn elektrische lampjes, voelt ze hoe een grote tevredenheid zich door haar lichaam verspreidt. De volwassenen hebben de test van het jaar goed doorstaan; de kinderen zijn tevreden in hun bed gekropen. En nu krijgt zij haar eigen langverwachte cadeautje. Tien dagen voor zichzelf. Over een paar uur zal ze opstaan en de eerste trein nemen die op Eerste Kerstdag naar Göteborg vertrekt, en ze heeft tegen Jacob gezegd dat hij haar niet naar het station hoeft te brengen, ze wil lopen, en ze heeft besloten een omweg te maken langs haar oude werkplek, de kunstzijdefabriek. Het gebouw zal er toch nog wel staan? Of zijn alle sporen verdwenen?

De oude hond sloft over de vloer, ze hoort Artur en Linnea snurken in de slaapkamer en Eivor kruipt in elkaar en trekt de deken op tot aan haar kin. Het is al na middernacht, ze valt in slaap en droomt dat ze in haar eigen bed ligt in Göteborg ...

Wanneer ze 's ochtends door Borås loopt, is de stad leeg. Een eenzame taxi verdwijnt over de Skaraborgsvägen en ze komt bij haar oude fabriekspoort. Alles is zo merkwaardig stil, eng stil bijna. De zwijgende schoorstenen, de dode kleppen waaruit vroeger de stoom spoot, het bruine, dikke water dat zo langzaam beweegt dat je het bijna niet ziet. Maar inwendig hoort ze het lawaai van de twijnerij en daar staat Moses in afwachting van de eeuwigheid kousjes te verwisselen in hetzelfde uitzinnige tempo als altijd ...

En Liisa? Wat doet zij? Waar is ze gebleven? Ze zijn elkaar toevallig een keer tegengekomen in de Yxhammarsgatan in het laatste jaar dat Eivor in Borås woonde. In de herfstwind hadden ze adressen uitgewisseld en Liisa had verteld dat ze bij een postorderbedrijf werkte en in Druvefors woonde, omdat haar oude huis was afgebroken. Maar er was nooit een brief gekomen en Eivor heeft er ook nooit een geschreven.

Maar op deze grijze ochtend, Eerste Kerstdag, voelt Eivor de sterke behoefte om het contact met Liisa weer op te pakken. Nu de fabriek tot een ruïne is verworden, met ingeslagen ruiten en roestige hekken, moet ze bij de levende mensen zijn om een verbindende schakel met het verleden te vinden. Ze loopt langs de Viskan naar het station, steekt het Krokshallstorget over, en in een vies telefoonboek in het verlaten stationsgebouw zoekt ze Liisa's telefoonnummer op. Ja, daar staat ze: Sirkka Liisa Taipiainen, Trandögatan 9, telefoonnummer ... Ze heeft geen pen in haar tas, en schrijft het nummer met lippenstift op de achterkant van een kassabon. Het adres is hetzelfde als van een jaar geleden, dat herinnert ze zich nog, maar het telefoonnummer komt haar niet bekend voor.

Ik ga haar bellen, denkt ze. Misschien is ze met de Kerstdagen in Finland. Maar daarna. Ik heb niet zo veel vriendschappen dat ik ze niet zou kunnen onderhouden ...

De trein is bijna leeg. Een slaperige conducteur knipt zwijgend haar kaartje. Door het treinraampje ziet ze witte velden ...

Wanneer ze thuiskomt, loopt ze door de flat alsof ze zich ervan wil vergewissen dat ze echt alleen thuis is, dat er niemand verstopt zit die haar eenzaamheid bedreigt. Dan gaat ze op de bank zitten niks doen. Verstrooid pakt ze een pakje sigaretten, maar ze haalt er geen sigaret uit, zelfs dat lijkt al te energieverslindend.

Ze zit op de bank en beseft dat ze zich niet schuldig voelt dat ze het heerlijk vindt om alleen te zijn zonder kinderen, zonder verplichtingen. Is dit ooit eerder voorgekomen? Dat ze niet bij haar kinderen was en niet continu last had van een knagend schuldgevoel? De egoïstische, ontaarde moeder, die de euvele moed heeft alleen maar aan zichzelf te denken, ook al is het maar een paar miezerige seconden in het leven dat met onbegrijpelijke snelheid voortraast ... Nee, dit is de eerste keer en als ze kon zingen had ze dat nu gedaan. Hoe hadden Elna en Vivi zichzelf ook weer genoemd toen ze door Dalarna fietsten die zomer in de oorlog? De Daisy Sisters? Twee meisjes die bijna onfatsoenlijk gelukkig waren, omdat ze volledig vrij en onafhankelijk waren. En toen kwam zij ...

Zo zal het wel zijn, bedenkt ze. Als vrouw moet je profiteren van de korte ogenblikken dat je mag zingen. Een zangduo vormen onder het fietsen, van de gelegenheid gebruikmaken, want voor je het weet, is het te laat. Dat mijn moeder en ik verschillend zijn, ziet iedereen. Maar hoeveel zijn er die beseffen dat we ook op elkaar lijken? En vooral: wie beseft dat we nog veel meer op elkaar hadden kunnen lijken?

Namiddagschemering. Ze zet de tv aan en gaat in de keuken theewater opzetten. Eigenlijk zou ze eten moeten koken, maar dat doet ze niet. Ook dat is vrijheid, dat je maar wat kunt aanrommelen met het eten en snel even een boterhammetje kunt nemen.

Terwijl ze in de keuken staat te wachten tot het water kookt, wordt er aangebeld. Dat kan toch niet? Wie belt er bij haar aan op de middag van Eerste Kerstdag? Een verlate kerstboomverkoper die nog niet door zijn voorraad heen is?

Er wordt weer gebeld en ze overweegt snel of ze zal opendoen of niet. Misschien is het Kajsa Granberg wel, die de grote eenzaamheid niet meer aankan. En ook al is het Kerst en moet je iets voor je naaste overhebben, toch voelt Eivor dat ze Kajsa er vandaag niet bij kan hebben. Maar zou ze niet naar familie in Arvika gaan? De bel gaat weer en aan het bellen hoort Eivor dat het iemand is die niet van plan is het op te geven, iemand die weet dat ze thuis is. Ze schakelt de pit uit en gaat opendoen. In het trappenhuis staat Lasse Nyman in een keurig geperst pak met een blauwe stropdas waarvan ze een glimp opvangt achter een donkerrode sjaal. Ze herkent hem haast niet van zijn nachtelijke bezoek van een maand geleden, en nog minder van die keer zestien jaar geleden.

'Een kwartiertje maar', zegt hij. 'Dan mag je me er weer uit gooien.'

'Dat zei je de vorige keer ook', antwoordt ze.

'Maar toen bood jij me aan dat ik op de bank kon slapen! Het was niet zo dat ik weigerde weg te gaan.'

'Wat wil je?' vraagt ze en ze merkt dat haar stem afwijzend klinkt. Ze wil immers met rust worden gelaten en ze is al helemaal niet gesteld op bezoek van schaduwen uit het verleden.

'Vijftien minuten', zegt hij. 'Dat is alles.'

Ze laat hem binnen. Hij trekt zijn jas uit en hangt hem aan een hangertje. Ze staat naar hem te kijken en vraagt zich af sinds wanneer hij gebruikmaakt van hangertjes.

'Ga zitten', zegt hij.

'Wat wil je?' vraagt ze.

'Dat zal ik je vertellen. Maar dan moet je wel gaan zitten.'

Ze doet wat hij zegt en ditmaal schijnt hij het te menen van dat kwartiertje. Hij praat snel en beslist, alsof hij haast heeft. Hij haalt iets uit de zak van zijn jasje.

'Zie je wat dit is?' vraagt hij.

'Een bal?'

'Een golfbal. Gekocht bij je ex-man in Borås. Nee, val me niet in de rede! Ik zal het uitleggen. Ik heb een kwartier, toch?'

En dan beschrijft hij hoe hij de sportzaak in Borås is binnengegaan waar Jacob het tot bedrijfsleider heeft geschopt. Vanwege de kerstdrukte hielp hij zelf mee in de winkel. Lasse heeft net zo lang rondgekeken totdat Jacob op zoek ging naar een klant en toen heeft hij deze golfbal van hem gekocht. Maar nog belangrijker is dat hij met deze bedrijfsleider over de Kerst heeft gesproken, over wat je het best zou kunnen kopen voor een jongen van elf en een meisje van tien, en de bedrijfsleider heeft lachend verteld dat hij ook twee kinderen van die leeftijd heeft. Lasse Nyman zuchtte en zei dat het triest was om gescheiden te zijn en je kinderen bijna nooit te kunnen zien, en toen zei de bedrijfsleider dat hij het getroffen had, want hij zou dit jaar zijn kinderen tien hele dagen bij zich hebben met Kerst. En Lasse Nyman kon vertrekken met de informatie die hij had willen hebben voor de prijs van een golfbal.

'Zo ben ik', zegt hij. 'Daar kan niemand iets aan veranderen. Ik win inlichtingen in op de manier zoals ik dat kan. Maar voordat je me eruit gooit, kun je misschien luisteren naar waarom ik dat heb gedaan.'

Eivor is bereid te luisteren. Tegen wil en dank is ze gefascineerd door zijn wonderlijke dwaaltochten langs de rand van haar leven.

'Ik bied je een reis aan naar het zuiden', zegt hij. 'Een week in de zon. Ik betaal alles. Je krijgt alles wat je wilt! Het beste hotel … En natuurlijk een eigen kamer. Daar gaat het niet om … We vertrekken morgenvroeg en zijn over een week terug. Je hebt toch wel een paspoort?'

Ze knikt verward. Ja, ze heeft een paspoort, dat heeft ze een paar jaar geleden aangevraagd en betaald, in de ijdele hoop dat het inhoudt dat ze misschien ook op een dag wegvliegt van Torslanda. Maar waar heeft hij het eigenlijk over?

Hij haalt een mapje van een reisbureau uit de binnenzak van zijn jasje en spreidt de tickets en verschillende reisbescheiden uit over de tafel. Kofferlabels, verzekeringsbewijzen …

'Verslijt me maar voor gek. Zeg maar wat je wilt! Maar denk liever dat ik iemand ben die snel handelt als hij eenmaal een besluit genomen heeft. Het vliegtuig vertrekt morgenvroeg om zeven uur van Torslanda. Naar Madeira. Ik ben er nooit geweest, maar het leek me leuker dan de Canarische eilanden … Morgen om zeven uur en dan zijn we op 2 januari om elf uur 's avonds weer terug. En als er een probleem zou ontstaan, zal ik een gewoon vliegticket naar huis voor je betalen …'

'Je bent niet wijs', zegt ze. 'Moet ik morgenvroeg naar Madeira vliegen? Wij samen, jij en ik?'

Hij knikt.

'Precies', zegt hij. 'We reizen samen, maar we hebben allebei een eigen kamer. En als je me daarginds niet meer wilt zien, dan beloof ik dat ik bij je uit de buurt zal blijven.'

Wantrouwig kijkt ze naar de tickets die op tafel liggen. Op een ervan staat haar naam. 'Eivor Halvarsson, bestemming Funchal, vertrek om ...' Hij meent het dus echt! Ze kijkt op van de tickets en staart hem aan.

'Je bent gek', zegt ze.

'Het is een kerstcadeautje', zegt hij geduldig. 'Ik meen elk woord dat ik zeg.'

Plotseling wordt ze boos. De boosheid komt zo snel opzetten dat ze ervan in de war raakt. Ze verliest niet vaak haar zelfbeheersing, maar nu wordt ze echt goed kwaad. Wat verbeeldt die kerel zich wel? Zestien jaar geleden trok hij haar met geweld mee op een waanzinnige reis die eindigde met een moord en hij verkrachtte haar op de achterbank van een gestolen auto. Nu zit hij hier, verbreekt de eenzaamheid waar ze zo naar had verlangd en schijnt te denken dat ze sinds die dagen in de herfst van 1956 alleen maar heeft zitten wachten op de kans met hem naar Madeira te mogen reizen. Waar denken mannen wel niet allemaal recht op te hebben? Al bedoelt hij het nog zo goed, het is natuurlijk toch een belediging, dat kun je niet anders zien.

En dat zegt ze ook tegen hem. Ronduit. Wat verbeeldt hij zich wel? Hij kan zijn tickets meenemen en naar Madeira reizen als hij wil. Ze wil hem niet meer zien. Die ene keer was meer dan genoeg. Daar heeft ze voor de rest van haar leven genoeg aan.

Maar hij lijkt niet onder de indruk van wat ze zegt, hij schijnt zich er niets van aan te trekken dat ze boos is. Hij kijkt bijna geamuseerd en trommelt met zijn vingertoppen op tafel.

'Dat is nu zo lang geleden', zegt hij alleen maar. 'Ik heb mijn straf uitgezeten. Ik heb de prijs betaald ...'

'Maar niet voor wat je mij hebt aangedaan!'

'Het is zo lang geleden. Ik weet het niet meer.'

'Maar ik wel!'

'Ik hoor dat je boos bent, maar ik begrijp niet waarom. Ik kom je immers alleen maar vragen of je mee wilt naar Madeira. Als je ergens anders heen wilt, kan het vast wel veranderd worden. Ik heb geld …'

Hij klopt op zijn borstzakje om aan te geven dat hij de waarheid spreekt.

'Waar heb je dat geld vandaan?' vraagt ze.

'Ik ben natuurlijk een boef', zegt hij. 'Maar daar heeft dit geld niets mee te maken. Deze reis heeft daar niets mee te maken …'

'Hoe kan ik daar zeker van zijn?'

'Denk je echt dat ik een bank zou beroven om jou een reisje naar Madeira aan te kunnen bieden?'

'Ik weet niet wat ik ervan moet denken. Ik ken je niet.'

Heel even lijkt hij bijna verongelijkt. Lieve hemel, denkt Eivor. Dit is de krankzinnigheid ten top. Hij meent het echt. Hoe ziet het er eigenlijk uit in zijn bovenkamer?

'Ik kom je morgenvroeg om kwart voor zes met een taxi halen', zegt hij en nu is de verongelijkte uitdrukking weg, nu is alles wat hij zegt weer vanzelfsprekend.

'Hou nou maar op', zegt ze. 'Je kunt een kop koffie krijgen, maar daarna moet je weg. En neem die tickets mee.'

Maar hij schudt zijn hoofd en de tickets blijven liggen waar ze liggen.

'Ik ga nu weg', zegt hij. 'Je hebt nog ruim de tijd om in te pakken. En naar Borås te bellen. Ik kom morgenvroeg. Vergeet vooral je paspoort niet. Maar over geld hoef je je niet druk te maken. Dat heb ik.'

Hij haalt zijn portefeuille tevoorschijn en legt drie biljetten van duizend naast de tickets.

'Die kun je vast krijgen', zegt hij. 'En neem ook een warme trui mee.'

'Een warme trui?'

'Dat stond in de brochure die ik heb gelezen. Het kan 's avonds koud worden. Maar verder is het mooi. Er schijnen veel bloemen te zijn op dat eiland.'

'Neem dat geld mee en ga weg', zegt ze.

Hij laat het geld liggen en staat op.

'Kwart voor zes', zegt hij. 'We moeten uiterlijk een uur voor vertrek op Torslanda zijn. Dat zijn de regels.'

Daarna gaat hij weg en op tafel liggen vliegtickets, drie briefjes van duizend, kofferlabels en verzekeringspapieren ...

Wat daarna komt, zal Eivor zich altijd herinneren als Grote Inpaknacht. Ze haalt haar oude koffer uit de kast en stopt die vol met kleren om hem meteen daarna leeg te kiepen op het bed en hem weer in de kast te smijten. Ze ijsbeert door de flat, het ene moment is ze razend en gooit ze de tickets en de duizendjes in de vuilniszak, het volgende moment zit ze op een stoel naar het flikkerende tv-scherm te kijken en vraagt ze zich af of ze gek geworden is. Niet dat ze ook maar een moment van plan is om met Lasse Nyman naar Madeira te gaan. Maar ze kan het toch niet laten om haar koffer tevoorschijn te halen, na te denken over een eiland waar ze niet meer over weet dan dat het ergens in de Atlantische Oceaan ligt en bij Spanje of Portugal hoort. Met zandstranden, of is het er misschien rotsachtig? Een terras met uitzicht op de zee en de lucht, een brandende ochtendzon en een machtige vuurbal die naar de horizon afzakt en schaduwen voortbrengt en een koele avondbries, die het nodig maakt de warme trui aan te trekken die je hopelijk niet vergeten bent in te pakken. Droombeelden, romantische montages van beelden uit reisbrochures en tv-films. Dwaasheden waar ze zich boven verheven zou moeten voelen. In Zweden is het winter, met vieze sneeuw en ijzige winden uit het noorden, vanaf de eilandengroep Kvarken en de Botnische Golf. Daar moet ze aan denken ...

Maar de tickets liggen er en wat ze ook denkt, het is maar al te duidelijk dat hij het meende. Morgen om kwart voor zes belt hij bij haar aan om te zeggen dat de taxi klaarstaat. Ze is haar paspoort toch niet vergeten? Ze kan het maar beter nog een keer controleren.

De afgrond, bedenkt ze. Zo is het precies. Dat je naar beneden staat te kijken en voelt hoe die aan je trekt. Een moment van je leven waarop je niet meer op je eigen oordeel kunt vertrouwen, maar bent overgeleverd aan een duistere kracht die je wil laten springen. Kennelijk bezit Lasse Nyman een dergelijke kracht, anders zou ze hem niet weg hebben laten gaan zonder de tickets en de duizendjes. Dan had ze hem niet eens laten uitspreken ... Weet hij dat misschien zelf ook? Kent hij zijn eigen aantrekkingskracht? Misschien vertrouwt hij erop dat het nog hetzelfde is als zestien jaar geleden, toen ze zonder aarzelen door het nachtelijke Hallsberg naar hem toe rende om hem te volgen waarheen hij maar wilde, misschien denkt hij dat die kracht nog ongebroken is.

Is dat ook zo?

Durft ze zichzelf die vraag te stellen?

Maar dat is toch waanzin, denkt ze. Hij heeft vast geen kwaad in de zin. Integendeel, misschien is dit zijn manier om zijn schuld aan mij af te betalen, zijn manier om zijn excuses aan te bieden? Hij is vast niets van plan. (Op het voucher dat hij op tafel heeft laten liggen heeft ze gelezen dat er twee kamers zijn gereserveerd in een hotel dat Constellation heet.) Hij zal haar met rust laten als zij dat wenst. Hij wil vast alleen maar aardig zijn en gezelschap hebben. Ik weet immers niets van zijn leven, behalve wat hij een maand geleden heeft verteld, die nacht dat hij hier op de bank zat, en het klonk als een behoorlijk armzalig leven. Alleen, verlaten. Maar toch is het natuurlijk idiotie ...

In Värmland is een zagerij tot de grond toe afgebrand. De bommen prikken door de kerstvrede in Vietnam heen. De paus zegent ...

Ze kijkt naar het nieuws op het tv-scherm. Een korte onderbreking tussen kerstmannen en oude speelfilms door. Ze probeert zich te concentreren, maar het blauwe licht valt op de tickets die op tafel liggen.

Nooit zal ze het moment precies kunnen aangeven, het punt waarop ze van gedachten veranderde. Maar hier ergens was het, met de nieuwslezer en het blauwe licht, dichter komt ze er niet bij.

Als ze nu eens in die waanzin mee zou gaan? Als ze nu voor één keer de sprong eens waagde en het risico nam hard neer te komen? Naar een vreemd land reizen is eerder altijd een onmogelijke gedachte geweest, maar nu ligt hier een echt ticket op tafel (zelfs haar persoonsnummer klopt, hoe hij dat heeft weten te achterhalen ...) Als ze het er nu eens op zou wagen? Heeft ze hier eerder deze herfst niet juist over nagedacht, dat het leven zo kort is, een ruimte die steeds verder inkrimpt, alsof het plafond, de muren en de vloer steeds meer op haar af komen? Dat ze gewoon haar plekje moet opeisen?

Er is een film op tv, *Sten Stensson gaat naar de stad*. Nils Poppe kijkt ook altijd even onnozel en verbaasd ...

Als ze op het aanbod in zou gaan, zonder schuldgevoelens, maar ook zonder het idee dat daarmee zijn schuld jegens haar vanwege de gebeurtenissen van zestien jaar geleden is vereffend ... Kan ze dan zijn verontschuldigingen (als het haar daar tenminste om te doen is, dat weet ze niet zeker ...) niet evengoed in ontvangst nemen op een zandstrand, ergens waar het niet sneeuwt?

Zonder dat ze eigenlijk weet waarom, misschien om zichzelf te testen, haalt ze haar koffer uit de kast. (Ze moet weer aan Borås denken. De dag dat ze uit Hallsberg was gekomen en door de straten liep, zenuwachtig omdat ze met dat onhandige ding in de bus naar Sjöbo moest. Ze bloost bijna wanneer ze bedenkt waar ze allemaal tegen op heeft gezien in het leven. Tegen op gezien, zich schuldig over gevoeld, bij gebloosd ... Het eeuwige lot van de vrouw ...) Ze legt de koffer op het bed, klapt het deksel op en bedenkt dat ze die gewoon kan vullen met kleren en dat ze daarna Jacob kan bellen om te zeggen dat ze besloten heeft met Oud en Nieuw naar het buitenland te gaan. Ja, dat besluit heeft ze inderdaad snel genomen. Maar sinds wanneer is dat verboden? Klaagt niet iedereen daarover, dat de mensen niet spontaan genoeg zijn? Dat ze niet een beetje meer bij de dag leven, zoals de geitenwollensokkentypes die van de passiviteit hun levensfilosofie hebben gemaakt ... Nee, ze zegt niet dat ze een hippie is geworden. Kan hij niet proberen te luisteren naar wat ze zegt?

Ze hoort het gesprek met Jacob al in haar hoofd en daar is haar slechte geweten alweer. Een moeder van twee kinderen reist niet zomaar naar Madeira, en al helemaal niet zonder dat ze dat minstens een jaar van tevoren heeft gepland. En dan ook nog op eigen houtje (Lasse Nyman kan ze natuurlijk onmoge-lijk noemen. Dat zou Elna ter ore kunnen komen en ja, lieve deugd ...), terwijl ze maar een heel klein beetje Engels kent van de tv. En 'damn it' kun je niet in elke situatie gebruiken. Ja, een man wel. Dat ligt anders. Maar een moeder van twee kinderen fladdert er niet zomaar vandoor. Ze is toch oud genoeg om dat te kunnen weten ...

En juist die laatste gedachte maakt haar zo ontzettend razend dat ze ondergoed en jurken uit laatjes en kasten rukt. En ze propt haar beide badpakken in haar koffer, die ze in een eigen-aardig opgewonden toestand inpakt. Pas als ze naar het resultaat staat te kijken beseft ze dat ze aan het wankelen is.

En zo blijft ze bezig. Om negen uur heeft ze haar kleren voor de tweede keer op het bed gegooid en de koffer in de kast ge-smeten. Ze heeft aan tafel gezeten en een brandende lucifer on-der het ticket met haar naam erop gehouden, ze heeft er een donkere vlek op zien komen.

Ze beseft dat ze wil gaan. Niet zozeer met Lasse Nyman, maar nu ze de kans heeft om weg te gaan is dat belangrijker dan het feit dat ze dan samen met hem reist. Wat haar zo razend maakt is dat ze de afzonderlijke gedachten niet kan onderscheiden die met elkaar in gevecht zijn als in een heftig straatgevecht. Waarom is ze altijd zo verward? Waarom vindt ze het zo moeilijk om knopen door te hakken? Dat heeft ze altijd al moeilijk gevonden; ze heeft naar Elna en Erik geluisterd en naar Jenny Andersson, en daarna kwam Jacob en hij vond het vanzelfsprekend dat hij besliste wat het beste was. Eén keer heeft ze zich daartegen verzet en toen ging het erom naar welke film ze zouden gaan! En daarna voelde ze zich zo schuldig dat ze voor hem door het stof had kunnen kruipen.

Ze grijpt de telefoon en belt Jacob. Wanneer hij opneemt, heeft ze geen idee wat ze zal zeggen.

'Slapen de kinderen al?' vraagt ze.

Hij klinkt natuurlijk verbaasd wanneer hij antwoordt. 'Natuurlijk', zegt hij. 'Wat dacht jij dan? Het is al tien uur geweest!'

'Ik vroeg het me gewoon af.'

'Gaat het niet goed met je?'

'Natuurlijk wel. Waarom vraag je dat?'

'Waar bel je voor?'

Zijn stem klinkt streng, alsof hij een ongehoorzaam kind vermaant stil te blijven zitten onder het eten. En dat begrijpt ze heel goed. Alleen een verwarde vrouw die het nog geen middag uithoudt zonder haar kinderen belt 's avonds laat op zonder dat ze een boodschap heeft.

Maar zo is het immers niet!

'Morgen vertrek ik', zegt ze.

'Wat?'

'Naar Madeira.'

'Zeg dat nog eens ...'

'Je hoorde me wel. Madeira.'

'Zeg, Eivor ...'

'Ja?'

'De kinderen slapen. En ik lag feitelijk ook al in bed. We

gaan morgenochtend vroeg skiën. Had je nog iets bijzonders?'

'Ik vertrek morgenvroeg om zeven uur. Ik logeer in hotel Constellation. We … Ik reis met Tjäreborg. Mocht er iets zijn. Ik leg hier een briefje op tafel. Doe de kinderen de groeten.'

'Je bent niet goed wijs. Je …'

'Voor één keer heb ik juist het gevoel van wel', valt ze hem in de rede. 'Als je wilt, kun je morgenvroeg om zes uur bellen. Dan ben ik hier niet …'

Dan hangt ze op.

Opeens heeft ze het gevoel dat ze zich van een moeilijke taak heeft gekweten. Dat ze een test heeft doorstaan. Natuurlijk doen haar schuldgevoelens er alles aan om boven te komen en weer bezit van haar te nemen, maar ze dwingt zichzelf die te weerstaan en voor de derde keer die avond begint ze haar koffer in te pakken.

Ze is de hele nacht in de weer en als ze af en toe het vertrouwen verliest in waar ze mee bezig is, loopt ze door de flat en slaat met haar gebalde vuisten tegen haar slapen.

Om vijf uur zit ze met een kopje koffie voor zich aan de keukentafel en ze staart naar de dichte koffer die op de grond staat.

Er hangt een glimmend naamkaartje aan het handvat.

Ik spoor niet, denkt ze. Voor geen meter.

Om zeventien voor zes wordt er aangebeld.

'Je bent je paspoort toch niet vergeten?' vraagt hij.

'Nee', antwoordt ze.

Hij tilt de koffer op en kijkt toe hoe zij de voordeur afsluit.

Ze zitten zwijgend achter in de taxi. Opeens moet ze denken aan een andere achterbank in een andere tijd, maar die gedachte zet ze snel van zich af.

Mijn god, denkt ze. Ben ik dit echt?

Ze zit in de gesloten cafetaria, terwijl Lasse Nyman incheckt. Er liggen geen broodjes in de vitrines, de deur naar het kantoor van Enoksson zit dicht en is vast met dubbele sloten vergrendeld.

Laten we alsjeblieft snel vertrekken, denkt ze. De lucht in, zodat ik niet meer weg kan rennen.

Klokslag zeven uur stijgt de DC-9 van Con-air op met passagiers voor de Algarve en Funchal. 'De verwachte aankomsttijd in Lissabon is …' Ze zit bij een raampje, het is de eerste keer dat ze vliegt en wanneer het toestel door de wolken snijdt en een schitterende zon op een winters sneeuwlandschap schijnt, wordt alles zo onwerkelijk dat ze er werkelijk in begint te geloven …

Ik maak me er niet druk om dat ik er niets van snap, denkt ze. Het komt zoals het komt en daar kan niemand iets aan doen. Zo kijk ik normaal gesproken niet tegen het leven aan, maar nu laat ik de verantwoordelijkheid aan God of zo iemand over …

'Het is prettig om ergens heen te gaan waar niemand je herkent', zegt Lasse Nyman.

'Waar niemand je kent, bedoel je zeker?'

'Zei ik dat niet?'

'Nee, je zei "hérkent".'

'Dat was dan uit gewoonte. Eens een boef, altijd een boef.'

'Kun je het je veroorloven om dit voor mij te betalen?'

'Ik heb op het goede paard gewed. Het was snel, zoals het hoort. En er waren er niet veel die dat wisten. Draverijen dus.'

'O.'

Het straalvliegtuig brengt Eivor en Lasse in vliegende vaart naar het kleine eilandje in de Atlantische Oceaan. Ze praten niet veel tijdens de reis. Eivor zit het grootste gedeelte van de tijd met haar voorhoofd tegen het raampje naar beneden te kijken, naar de wolken waar af en toe gaten in komen waardoor ze verre akkers en steden kan zien. Het blijft bij nietszeggende beleefdheden. Hij lijkt te begrijpen dat ze met rust gelaten wil worden en zij vindt dat hij een onrustige indruk maakt. Er wordt weer iets zichtbaar van wat ze nog weet van zestien jaar geleden. Onder het donkerblauwe jasje vangt ze een glimp op van de resten van een zwartleren jack.

Ik probeer het later wel te begrijpen, denkt ze. Nu laat ik de gebeurtenissen gewoon over me heen komen. Ik vlieg en dat heb ik nooit eerder gedaan. Ik ben niet bang en ik heb nu al zin in de volgende keer, ook al bevind ik me nog steeds op de onbegrijpelijke hoogte van tien kilometer. Dichter bij de maan en bij God dan ik ooit ben geweest. Ik stort niet neer, want ik heb twee kinderen die me nodig hebben. Zolang zij er zijn, kan me niets gebeuren.

Tussenlanding in Lissabon en vervolgens weer verder, over de donkerblauwe zee naar het smalle rotsplateau van het vliegveld van Madeira, Santa Catarina. Eivor ziet de hoge rotsen ver onder zich opduiken, een rotsachtige wig die uit de zee omhoogkomt, ingebed in groen. Het vliegtuig daalt, er komt een zwarte strook asfalt op haar af en de grote rubberen banden komen met een bons in een vreemde wereld neer. De remkleppen klappen open en het toestel rijdt steeds langzamer en blijft ten slotte met zijn neus naar het witgrijze luchthavengebouw staan.

Wanneer Eivor de vliegtuigtrap af loopt, wordt ze door een zacht motregentje verwelkomd. Achter het luchthavengebouw torenen de steile, met bos beklede vulkanische heuvels op en verdwijnen in de wolken.

Op dat moment weet ze dat het allemaal echt is wat er gebeurt. Daarentegen lijkt alles wat ze achter zich heeft gelaten, Göteborg, de Kerst en de chagrijnige wind vanaf het Kattegat, wel een onwerkelijke droom.

De werelden zijn van plaats veranderd.

'Hou je paspoort bij de hand', zegt Lasse Nyman wanneer ze naar het luchthavengebouw lopen.

'Ik heb het hier', zegt ze en ze klopt op haar handtas.

En wanneer de vrolijke douanier met het zwarte krulhaar en het gebruinde gezicht in haar pas bladert en de foto vergelijkt met haar gezicht, voelt het alsof het een van de belangrijkste momenten in haar leven is. Vergeleken worden met niemand minder dan jezelf en worden goedgekeurd. Niemand vraagt naar haar man of haar kinderen, wie nu de boodschappen doet en de vuilniszakken buiten zet, de was doet en de pleisters plakt. Hier is ze alleen zichzelf. Ze krijgt een stempel in haar pas. *Entrada. Aeroporto Funchal, Guarda fiscal serv. fronteiras …*

Het is 26 december 1972.

Niets is onmogelijk, denkt ze even terwijl ze staan te wachten op de koffers die over de rolband aan moeten komen. Voor de meeste mensen is dit vast een vanzelfsprekend recht. Ze vinden het logisch om hun paspoort te laten zien en behandeld te worden als vrije en onafhankelijke burgers. Veel mensen zouden haar vast uitlachen als ze wisten wat ze dacht. Maar wat had Carl-Erik Norberg ook weer gezegd op de introductiebijeenkomst van een paar weken geleden? Dat je alleen met jezelf moest vergelijken? Nooit stiekem naar een ander moest gluren? Ja, precies. Ze mag dan nog niet zo ver zijn, maar ze staat niet meer op dezelfde plek als gisteren en daar gaat het maar om. Dan vinden anderen maar dat het weinig voorstelt – voor haar is dit al heel wat.

Ze zitten in een bus die over de slingerende weg naar Funchal rijdt. Het is net of ze over een smalle, uitgehouwen richel balanceren op dit eiland dat uit niets anders dan steile, scherp gesneden bergen lijkt te bestaan. Het wolkendek barst open en de zon schijnt met felle kracht op de bus. Binnen enkele minuten is het hoogzomerwarm.

Lasse Nyman zit zwijgend naast haar. Daar is ze blij om, ze zullen straks nog meer dan genoeg praten. Maar zoals het nu is, kan ze zich bijna inbeelden dat ze alleen reist en alleen verantwoordelijk is voor zichzelf.

Alleen op de wereld, vrij en zelfstandig.

En dan zijn ze in Funchal. Een oorverdovend kabaal van claxons op de Rua João de Deus, de smalle brug over de Ribeira de Santa Luzia en dan naar het westen, naar het grote hotelcomplex vlak buiten de stad … Zo veel verwarrende indrukken. Kleuren, mensen, geuren … Naast de chauffeur zit iemand die Dorte heet en een aan Zweedse oren aangepast, kordaat Deens spreekt in de rasperige microfoon. Maar Eivor hoort er maar af en toe een zin of een woord van … *Escudos* … Een klacht heet kennelijk *reclamação* … Ik luister straks wel naar je, Dorte, denkt ze. Nu wil ik gewoon om me heen kijken. En al die geuren …

Uitlaatgassen en magnolia's. Groente en open vuur. Midden in het leven, midden in de wereld.

Geloof het of niet, maar hier is ze!

En het wordt avond en het wordt ochtend, met licht en met warmte, en de dagen zijn vol van leven dat staat te trappelen …

De derde dag wordt Eivor heel vroeg wakker. Ze ligt doodstil in haar kamer en voelt de zachte wind die door de open terrasdeur naar binnen stroomt.

De derde dag … Ze probeert zich te herinneren wat er toen volgens de Bijbel gebeurde. Op de eerste dag zweefde de geest boven de wateren en werd het uiteindelijk licht, dat weet ze nog goed. Maar wat kwam er daarna? Nacht en dag, jaargetijden, hemel en sterren? Nee, eerst was natuurlijk de vaste grond onder de voeten gekomen, het gras en de bomen. Of … Nee, ze weet het niet meer, wat haar betreft kan de mens net zo goed op de derde dag zijn fatale entree hebben gemaakt …

Ze staat op, slaat een deken om zich heen en loopt het terras op. Ze blijft zich erover verbazen hoe snel het licht wordt, net zoals de dag verandert in nacht zonder dat het ooit avond wordt. Ze huivert van het beton dat koud aanvoelt onder haar blote voeten. Diep onder haar ligt de zee. Het hotel balanceert net als alles op dit eiland op een steile berghelling. Een paar honderd meter van het land rijzen eigenaardige rotsen op uit de zee. Over de weg die naar de stad leidt, komt een karavaan van gammele bestelwagens aan en ezelkarren met ladingen groenten. De korte ochtendschemering is al voorbij. Weer een dag hier, de derde …

Ze verlaat het terras en kruipt weer in bed. Ze maakt zich

zorgen en beseft dat ze moet nadenken.

De vorige avond zijn de problemen begonnen. Voor het eerst sinds het vertrek waren haar schuldgevoelens weer komen opzetten, haar voortdurende angst. Toen werd ze herinnerd aan haar gewone zelf, de Eivor Maria van alledag.

Maar bijna twee dagen lang is alles goed gegaan, beter dan ze ooit had kunnen hopen.

De eerste dag, die eigenlijk alleen een middag was, ging heen met het neerzetten van de spullen in haar kamer, uitpakken, omkleden en eten. Ze hebben een kamer aan dezelfde gang gekregen, maar niet naast elkaar en het is een opluchting voor Eivor dat Lasse Nyman niet al te dicht bij haar zit. Ze gaan met de lift naar boven en in de gang gaan ze ieder een kant op. Opeens heeft ze het idee dat hij weifelt. Ze ziet een onbestemde, onrustige blik in zijn ogen, alsof hij spijt heeft dat hij haar heeft meegevraagd. Ze bedenkt dat hij kennelijk ook last heeft van tegenstrijdige gevoelens, achter zijn tot nu toe onbekommerde en laconieke optreden. Hij vraagt of ze die avond samen zullen eten. Natuurlijk gaan ze eten … Hij zegt dat hij heeft gezien dat er een bar zit op de verdieping onder de receptie. Kunnen ze daar misschien afspreken? Over een paar uur … Om half zeven? Dan pakt hij zijn koffer en gaat naar zijn kamer …

Wie heeft gezegd dat ze niet met elkaar moeten afspreken? Hij biedt haar deze reis aan en heeft gezegd dat hij er niets voor hoeft te hebben, haast niet eens haar gezelschap. Ze kan haar eigen gang gaan en tot nu toe is er geen enkele aanwijzing dat hij niet meent wat hij zegt. Maar waarom dan die bijna beschroomde vraag of ze samen zullen eten? Het zou onlogisch zijn om niet samen te gaan eten. Ze kent toch verder niemand op dit eiland?

Wanneer ze de bar binnenkomt en hem in een hoekje bij de tap ziet zitten krijgt ze het gevoel dat hij daar al een hele poos zit. Hij heeft zich niet eens omgekleed. Maar als ze naast hem plaatsneemt, ziet ze dat hij toch niet dronken is. Hij schiet alleen overeind, alsof hij ergens van geschrokken is.

Ze eten in een klein restaurant vlak bij het hotel dat de barkeeper hun heeft aanbevolen. Het is een kelder met gewelfde stenen muren. Boven de grote, zware houten tafels hangen ijzeren houders waar je een spit aan kunt hangen en ze eten dan ook gegrild rundvlees, *espedata*. Hij wil bier en zij neemt een karaf rode wijn. Ze praten over de reis, over het hotel, het restaurant en het eten. Een conversatie waarmee ze genoeg afstand van elkaar houden. Wanneer ze bij het hotel terugkomen, gaat hij weer naar de bar. Eivor wil liever alleen zijn en als ze zegt dat ze moe is, knikt hij alleen maar.

'Het ontbijt is hier beneden', zegt hij.

'Ja', zegt ze. 'Bedankt voor het eten.'

Dat heeft hij natuurlijk betaald. De drie briefjes van duizend die hij in Göteborg bij haar op tafel had gelegd, zitten in haar tasje. Ze weet niet wat ze ermee zal doen. Ze heeft zelf maar vierhonderd kronen bij zich, maar toch heeft ze het gevoel dat ze het daarmee moet zien te redden hier. Vroeg of laat wordt het onverdraaglijk om hem alles te laten betalen, dat weet ze. Steeds maar dankjewel zeggen, haar schuld telkens laten toenemen ...

De eerste dag slenteren ze door Funchal. Af en toe barst er opeens een plensbui los waarvoor ze in het eerste het beste café moeten schuilen. Ze kennen geen van beiden de weg in deze vreemde stad, en durven geen van beiden het initiatief te nemen. Maar wanneer ze rondslenteren vindt Eivor het vervelend dat hij niets zegt. Ze wil zo graag praten over wat ze ziet en ervaringen uitwisselen, maar omdat hij zo zwaarmoedig en gesloten is, zegt zij ook niets. Maar als hij zwijgt, komt ze er ook niet achter waarom hij haar heeft meegevraagd naar Madeira, dat wil hij nog steeds niet zeggen. Omdat de tijd er nog niet rijp voor is of ... Ze weet het niet. Maar alles is zo nieuw en spannend om haar heen dat het gevoel van onbehagen niet lang standhoudt. Ze is hier nu en met piekeren schiet ze niets op. Het komt wel, het komt wel ...

'Wat is het hier mooi', zegt ze wanneer ze 's middags naar restaurant The English Country Club zijn gegaan om te lunchen.

'Ja', zegt hij.

'Heb ik al gezegd hoe blij ik ben dat je me hebt meegevraagd?'

'Dat zit wel goed.'

'Neem jij koffie?'

'Ik heb liever een biertje.'

Zo ongeveer. Eivor probeert hen tweeën van een afstand te bekijken. Een stel dat niet opvallend slecht bij elkaar past. Twee Zweedse toeristen die elkaar zo goed kennen dat ze samen kunnen zwijgen.

Later die middag, op weg terug naar het hotel, blijft Eivor voor een kledingwinkel staan. Ze bekijkt een paar jurken die aan een rek hangen.

'Als er iets bij zit wat je wilt hebben, moet je het maar kopen', zegt hij.

'Ik kijk alleen even', antwoordt ze.

's Avonds nemen ze een taxi naar een visrestaurant waar ze zwarte degenvis, *espada*, eten. Tot haar verbazing wil hij ook wijn en wanneer hij een paar glazen op heeft, begint hij opeens te praten.

'Een mens zou vaker op reis moeten gaan', zegt hij.

'Als je geld hebt.'

'Geld ... Geld ... Je zou hier ergens moeten wonen. Weg van die rotsneeuw ... Je zou meer moeten reizen.'

'Als je geld had.'

'Geld', zegt hij weer, zonder zijn verachting te verbergen. 'Wat is nou geld?'

De ober komt en schenkt de laatste druppels uit de fles in hun glazen en Lasse Nyman maakt een gebaar dat hij een nieuwe fles op tafel wil hebben. Eivor vindt zijn manier van bestellen arrogant, maar daar zegt ze natuurlijk niets van.

Meer wijn, en dan vertelt ze over iets wat ze in de map met

excursies van het hotel heeft gelezen. Over een kloof en een bijzondere vallei. Hij laat haar niet uitspreken, maar valt haar in de rede.

'Natuurlijk gaan we daarheen', zegt hij. 'We huren een auto …'

Maar de volgende ochtend zit Eivor tevergeefs op hem te wachten in de ontbijtzaal. Pas wanneer de in het wit geklede obers beginnen af te ruimen gaat ze naar boven en klopt op zijn deur. Het duurt even voor hij opendoet en wanneer hij voor haar staat, ziet ze meteen dat hij niet uitgeslapen is. Bovendien ruikt hij naar drank. Eivor neemt aan dat hij de vorige avond nog doorgegaan is met drinken nadat ze waren teruggekomen bij het hotel en in de lobby afscheid hadden genomen. Misschien had hij gewacht tot ze in de lift was gestapt, was hij het hotel uit gelopen, en had hij een taxi genomen terug naar het centrum van de stad …

'Ik denk dat je dat uitstapje maar alleen moet maken', zegt hij. 'Ik zal je er geld voor geven. Je kunt toch rijden?'

Hij loopt de kamer in en gaat op zoek naar zijn portefeuille. Eivor ziet dat hij zijn kleren her en der heeft neergegooid. Ze blijft voor de drempel staan, ze wil niet naar binnen.

'Ik red me wel', zegt ze. 'Tot later.'

Zonder op antwoord te wachten loopt ze weg. Eigenlijk vindt ze het best leuk om alleen te gaan. Dat maakt het avontuur groter.

De portier helpt haar met het huren van een Morris Mini en een half uur later rijdt ze over de weg naar het westen. Na een kilometer of tien slaat ze af naar het binnenland en begint ze aan de beklimming van de lavaberg. Ze komt langs bananenplantages, de weg slingert in onafgebroken haarspeldbochten naar boven, naar de wolken. De begroeiing verandert snel van karakter, er komen steeds meer eucalyptusbomen en overal stromen beekjes van de rotsen. Ook al is het maar veertien kilometer van Funchal naar de bergtop Eira do Serrado, toch doet ze er bijna een uur over. Ze parkeert de auto en stapt uit. De hoge lucht is fris en helder en ze heeft hier een duizelingwekkend uitzicht, welke kant ze ook op kijkt. Maar haar blikken gaan naar de vallei die ze ver onder zich kan ontwaren, het nonnendal, *Curral das Freiras*. Naar die goed verscholen plaats is ze onderweg en met één voet op het rempedaal – ze heeft weinig vertrouwen in de gammele Morris – begint ze aan de afdaling. Hier is ooit een groep nonnen naartoe gevlucht toen het eiland door rampspoed werd getroffen, bedenkt ze. Hier waren ze onbereikbaar voor genadeloze Franse piraten en hier zijn ze gebleven. Als ze in het dal aankomt en het kleine dorp binnenrijdt, is de zon weg en een rafelige mist zweeft zachtjes over de lage huizen van grijze steen, de magere geiten en de weinige mensen die op de dorpsweg te zien zijn. Ze stapt uit en als ze omhoog kijkt naar de berg waar ze net bovenop stond, is het net of ze zich diep in de onderwereld bevindt. Er hangt een eigenaardige stilte in het dorp. Een ruigharige kat geeft kopjes langs haar benen en opeens moet ze denken aan de kat van de komediant. Ze loopt doelloos door het dorp. Niemand spreekt haar aan, niemand lijkt haar zelfs maar op te merken. Ze loopt naar het witte kerkje en duwt de zware houten deur open. In de kerk is het donker en vochtig en wanneer haar ogen aan het donker gewend zijn, ziet ze dat er druppels van het lekke dak vallen. De kerkbanken zijn verrot, voor het grote kruisbeeld ligt een plas water.

De mensen moeten hier wel arm zijn, denkt ze. Het laatste wat gelovigen laten vervallen is wel hun kerk.

Ze loopt weer naar buiten en gaat op het lage muurtje zitten dat de kerk omgeeft. Op de weg ziet ze enkele zwijgende vrouwen lopen met bossen hout op de rug en met kleine kinderen die achter hen aan lopen.

Het dal van de vrouwen, denkt ze. Vrouwen die zich verstoppen, vrouwen die dragen, die op kleine kinderen passen. Waar zijn de mannen? Ze kijkt om zich heen, maar ze ziet alleen een oude man die voortschuifelt met een stok, krom, zijn blik gericht op de grond die op hem wacht. Kon ze maar met de vrouwen praten die langs lopen over de weg, die van de steile heuvels terugkomen waar ze hout hebben gesprokkeld voor hun haard. Dan kon ze hun vragen hoe ze leven …

Maar ze heeft toch ogen in haar hoofd! Ze dragen, ze wassen, ze koken, ze passen op hun kinderen. Net als zijzelf, net als alle vrouwen. Ze gaan anders gekleed, ze hebben andere namen en ze roepen naar elkaar in een taal die ze niet verstaat, maar toch lijken er meer overeenkomsten dan verschillen te bestaan. Een huilend kind troosten is geen kwestie van taal, maar iets wat alle vrouwen doen, net zoals ze weten bij welke temperatuur vuil loslaat uit kledingstukken.

Zonder dat ze haar gedachten nader zou kunnen ontleden voelt ze zich verbonden met deze zwijgende vrouwen in het dal dat door hoge bergen wordt omgeven. Als ze de moed had gehad, had ze haar gevoelens kenbaar kunnen maken door een huilend kind op schoot te nemen, of door een brooddeeg te bereiden. Ze bedenkt dat mensen verschillend zijn, maar niet wezenlijk anders. De ene mens of de andere, de ene vrouw of de andere …

Net wanneer ze weer in de auto wil stappen, hoort ze dat achter haar een kind begint te huilen. Ze draait zich om en ziet een klein meisje met blote benen dat een gat in haar ene knie is gevallen. Zonder zich te bedenken haalt ze een pleister uit haar tasje en loopt naar het kind toe. Met voorzichtige vingers veegt ze zo veel mogelijk vuil weg en plakt de pleister op de wond. Het meisje stopt met huilen en kijkt haar met grote ogen aan. Wanneer Eivor rechtop gaat staan merkt ze opeens dat ze omringd wordt door de zwijgende, in het zwart geklede vrouwen. Maar ze lachen naar haar. Open monden die gaten onthullen of rijen zwarte tanden, een gevolg van te veel zwangerschappen of voortdurende armoede. Maar ze glimlachen vriendelijk en een van hen zegt iets tegen haar in de taal die ze niet begrijpt; ze praat en knikt tegelijk. Eivor stapt in haar auto en wanneer ze wegrijdt ziet ze dat de schare zwartgeklede vrouwen naar haar zwaait.

Ze keert terug naar Funchal en levert de auto in. Wanneer ze betaalt, is het een prettig idee dat dit haar eigen uitstapje was waarvoor ze bij niemand in het krijt staat. Dat geld heeft ze zelf verdiend, het zijn de laatste resten van het laatste salaris van die verrekte Enoksson op Torslanda ...

Het is al middag en Lasse heeft zich nog steeds niet laten zien. Ze heeft geen zin om weer op zijn deur te kloppen en ze vraagt zich opeens af waarom ze bij het zwembad van het hotel op hem zit te wachten. Hij heeft het gezegd, dus daar mag ze hem aan houden. Ze gaat de stad in en koopt de jurk die ze de vorige dag had gezien. Hij is lila met een witte halsbies. Ze past de jurk en weet dat ze hem wil hebben.

Om vijf uur is ze terug in het hotel en ze gaat op het terras zitten koffiedrinken. Aan het tafeltje naast haar zit een man van haar eigen leeftijd te roken. Hij kijk haar aan, glimlacht en vraagt in het Engels of ze uit Londen komt. Hij heeft een zwaar Portugees accent. Ze schudt haar hoofd en zegt 'no'. 'Scandinavia?' vraagt hij en ze knikt. Hij vraagt of het haar bevalt op Madeira, hoelang ze er al is en hoelang ze nog blijft. Eivor antwoordt zo goed en zo kwaad als dat gaat in haar belabberde Engels. De man is beleefd en vriendelijk en doet geen poging om aan haar tafeltje te komen zitten. Hij rookt gewoon zijn sigaret op, staat op en neemt afscheid. 'Adeus', dat is alles.

Wanneer Eivor een paar uur later uit haar kamer komt om in een nabijgelegen restaurant te gaan eten, zit Lasse Nyman in de lobby op haar te wachten. Hij ziet er frisgewassen uit en lijkt heel wat beter in vorm te zijn dan 's ochtends. Al staan er wel twee lege whiskyglazen voor hem op tafel.

'Hoe was het?' vraagt hij.

'Je had erbij moeten zijn', antwoordt Eivor.

'Ik weet een visrestaurant', zegt hij ontwijkend.

Het zit vlak bij zee. Ze moeten lange trappen af lopen om er te komen. Ze horen het gebulder van de golven vlakbij en af en toe glimt het schuim in het schijnsel van de vele matte lantaarns van het restaurant.

Lasse Nyman is een ander mens. Zijn eerdere zwijgende en gesloten afwezigheid is weg. Eivor ervaart het als een bevrijding. Misschien kan hij zich nu eindelijk normaal gaan gedragen.

'Het is hier mooi', zegt hij. 'Ontzettend mooi.'

'Waarom heb je me eigenlijk meegevraagd?' wil ze weten.

'Snap je dat niet?'

'Nee?'

'Ik ben gek op je. Altijd al geweest.'

'We hebben elkaar zestien jaar geleden heel even gekend. Een paar dagen. En je weet … Ik hoef het daar niet over te hebben. Maar het is zestien jaar geleden. Niets is meer zoals toen.'

'Jij wel.'

'Natuurlijk niet.'

'Waarom moet alles altijd anders worden, verdomme?'

Hij drinkt van de wijn en trekt een lelijk gezicht. Zijn blik is onvast en Eivor heeft de irritatie in zijn stem wel gehoord. Maar daar laat ze zich niet door uit het veld slaan. Ze wil het nu weten.

'Je hebt banken beroofd', zegt ze. 'En je hebt jarenlang in de gevangenis gezeten. Dat heb je verteld. En je weet dat ik getrouwd geweest ben en twee kinderen heb. Je hebt mijn man zelfs gezien. Maar dat zijn maar oppervlakkigheden. Ik zie er misschien nog hetzelfde uit in mijn gezicht en heb nog dezelfde kleur haar, maar van binnen is niets meer hetzelfde als toen. Snap je wat ik bedoel?'

Hij schijnt niet te horen wat ze zegt.

'Ik ben gek op je', zegt hij alleen.

'Kun je geen antwoord geven?'

'Waarop?'

'Waarom je mij mee hebt gevraagd hierheen?'

'Dat heb ik toch al gezegd …'

Nee, ze dringt niet tot hem door, het pantser zit er nog. Ze haalt haar schouders op en pakt een van de grote zeegarnalen tussen haar vingers.

'Weet je wat ik vannacht heb gedaan?' vraagt hij opeens en ze merkt dat hij dronken is. Hij moet flink hebben ingenomen toen hij in de lobby van het hotel zat.

'Nee?'

'Er is hier een casino. Daar ben ik geweest en ik heb al mijn geld verspeeld.'

Ze schrikt maar herinnert zich de drie duizendjes in haar tas.

'Ik heb het geld nog dat je op tafel hebt gelegd', zegt ze. 'Is het zo slecht gegaan? Ik ben nog nooit in een casino geweest.'

Hij kijkt haar ernstig aan, zijn pupillen zijn groot en glanzend. Dan breekt er een veel te grote glimlach door op zijn gezicht en hij schudt zijn hoofd.

'Ik plaag maar wat', zegt hij. 'Ik heb verloren. Maar niet zo veel dat het wat uitmaakt. Geld moet rollen. Maar je schrok, hè?'

Ze kijkt hem verbaasd aan. Schrok ze? Waarvan?

'Waar zou ik van geschrokken zijn?' vraagt ze. 'En die duizendjes kun je nu krijgen.' Ze pakt haar tasje op dat op de stenen vloer naast haar stoel staat.

'Nee', brult hij. 'Die zijn van jou. Verdomme ...'

Dan wordt ze bang. Zijn gebrul verrast haar, zijn ogen zijn veel te groot en zijn blik schiet alle kanten op. Ze besluit de maaltijd zo snel mogelijk te beëindigen. Verder wordt er ook niets meer gezegd, maar wanneer ze opkijkt, kijkt ze recht in zijn starre, onderzoekende ogen.

'Nu gaan we naar de stad', zegt hij wanneer ze de trap oplopen.

'Ik ben moe', zegt ze.

'Kletskoek', zegt hij.

Ze reageert niet, is op haar hoede.

Midden op de trap blijft hij opeens staan en hij pakt haar

bij de arm. In het bleke licht van een hotel dat wat hoger op de steile helling ligt, ziet ze zijn glanzende ogen en de geur van wijn slaat haar tegemoet wanneer hij zich over haar heen buigt.

'Je moet goed begrijpen dat ik je niet heb meegenomen zodat je hier de een of andere smerige Portugees kunt oppikken', zegt hij.

Ze begrijpt niet wat hij bedoelt. Zou zij ...

'Ik zie alles', gaat hij verder. 'Ik zie jou wel, maar je ziet mij niet.'

'Waar heb je het over?'

'In het café. Naast het hotel. Je zat jezelf aan te bieden aan een smerige Portugees.'

Dat kan hij niet menen! De conversatie met de man aan het tafeltje naast het hare, met wie ze een paar onschuldige zinnen heeft uitgewisseld ...

Het is te gek voor woorden.

'Je weet niet waar je het over hebt', zegt ze. 'Laten we gaan ...'

Dan is het net of er een hamer door het donker aan komt suizen. Het gaat zo snel en het komt zo onverwacht. Zijn vuist raakt haar boven het oog en ze valt achterover.

'Je moet mij niet proberen te belazeren', zegt hij hijgend. Dan trekt hij haar overeind en houdt haar vast.

'Begrijp je dat?'

Ze is volledig van de kaart. Het was een harde klap en het feit dat ze die totaal niet zag aankomen maakt de pijn erger. Waarom slaat hij haar? Wat heeft ze gedaan? Niets.

'Waarom sla je mij?' vraagt ze. 'Ik heb toch niets gedaan?'

Dan slaat hij weer, ditmaal met zijn vlakke hand, een aantal klappen achter elkaar.

'Ik heb het wel gezien', roept hij terwijl hij slaat. 'Ik heb wel gezien waar je mee bezig was. Dat je met hem zat te flirten ... Vuile ...'

'Hou op!' schreeuwt ze. 'Hou op!'

'Als je het maar weet', zegt hij en hij schudt haar door elkaar. En dan geeft hij haar nog een klap.

Hij laat haar los en zij wil wegrennen. Maar hij pakt haar meteen weer vast.

'Nee', zegt hij. 'Nee, je mag niet wegrennen. We gaan samen. En je moet goed begrijpen dat het jouw schuld was. Eigenlijk zou je je excuses moeten aanbieden.'

Haar wangen gloeien en het bloed bonst zwaar na de klap boven haar linkeroog. Maar midden in de shock over zijn onverwachte aanval ontkiemt ook een woede, een razernij die er geen rekening mee houdt dat hij weer kan slaan.

'Laat me los', sist ze. 'Laat me los.'

Ze rukt zich los, maar hij heeft haar alweer vast.

'Ik sla je dood', zegt hij, volkomen rustig. 'Nu gaan we en je hebt het helemaal aan jezelf te wijten.'

Hakken tikken op de stenen trap. Hij pakt haar bij de arm en begint haar naar boven te duwen. Ze komen een Engelssprekend echtpaar tegen dat op weg is naar de zee.

De tranen stromen over haar gezicht, tranen van woede.

'Veeg af', zegt hij. 'Anders kun je nog een klap krijgen. Het is je eigen schuld. Je hebt me het bloed onder de nagels vandaan gehaald en dat moet je niet doen. Per slot van rekening heb ik je reis betaald.'

'Je krijgt het tot op de laatste öre terug', schreeuwt ze. Hij tilt zijn hand op, maar dan geeft ze een schop tegen zijn been en rent weg. Ze is bijna bij het hotel als hij haar inhaalt.

'Nu zetten we er een streep onder', zegt hij. 'Je hebt je lesje wel geleerd.'

Ze loopt rechtstreeks het hotel in. Hij loopt ergens achter haar. Maar nu raakt hij haar niet meer aan. Ze neemt haar sleutel in ontvangst en loopt naar de trap zonder om te kijken.

Een paar uur later staat hij op haar deur te bonzen, maar ze doet niet open en antwoordt niet op zijn vraag of ze slaapt. Ze blijft gewoon op de witte bank voor zich uit zitten staren.

De ochtend van de derde dag ... Ze ligt dus weer in bed nadat ze op het terras had gestaan en de korte ochtendschemering snel in dag had zien veranderen. Onderweg terug naar haar bed was ze voor de spiegel aan de muur naast de badkamerdeur blijven staan om naar de blauwe plek boven haar oog te kijken. Wanneer ze haar kaken beweegt doet het pijn.

Nu er een nacht is verstreken probeert ze rustig na te denken en te begrijpen wat er is gebeurd, waarom hij haar heeft geslagen. De vorige avond was ze daar veel te verontwaardigd voor geweest.

Maar nu het weer ochtend is ...

Ze denkt aan Jacob. Die sloeg haar als hij zich schuldig voelde of als zij gelijk had en hij geen argumenten meer had. Als de woorden op waren, gebruikte hij zijn vuisten. Maar dat klopt in dit geval toch niet? Zij en Lasse Nyman hebben nauwelijks met elkaar gesproken ...

Weer denkt ze na over wat hij heeft gezegd. Hij heeft haar dus in het café zien zitten praten met de Portugees aan het tafeltje naast haar. En dat was dus al genoeg om hem jaloers te maken. Jaloers? Dat is toch volslagen onmogelijk?

Of niet? Misschien is ze toch bezig te ontdekken wat zijn motieven waren om haar deze reis aan te bieden. Misschien is hij gek genoeg om te denken dat hij iets heeft gekocht wat een relatie moet worden, voor de prijs van een charterreis naar Madeira. Helemaal onwaarschijnlijk is het niet. Eivor heeft haar vriendinnen horen praten en er schijnen geen grenzen te bestaan aan wat mannen zich in het hoofd kunnen halen.

Dat je af en toe een klap krijgt is gewoon, daar zijn maar weinig uitzonderingen op.

Ze ligt aan hem te denken. De pochende autolener op wie ze zo vreselijk verliefd werd, de man die 's avonds op straat staat om haar in de gaten te houden en daarna haar deur openmaakt met een loper en haar zijn levensgeschiedenis vertelt. De hele persoon heeft iets zieligs, hij zit ingepakt in dikke lagen verbeelding en zelfbedrog.

Een bankrover die gevoelsmatig nog niet uit de luiers is.

Ze merkt dat ze zich weer begint op te winden, haar boosheid steekt de kop weer op. Niemand heeft het recht haar te slaan, niemand! Als hij zich bedrogen voelt omdat hij zich hier iets anders van had voorgesteld, dan zal ze hem het geld voor de reis tot op de laatste öre terugbetalen. Hij kan de pot op met zijn jaloezie, daar heeft zij geen boodschap aan. Misschien moet ze met een aardige Portugees op stap gaan om hem een lesje te leren. Niemand heeft het recht om haar te slaan, dat zal haar niet nog eens overkomen.

Ze staat op, neemt een douche en kleedt zich aan om te gaan ontbijten. Ze is niet bang om hem tegen te komen. Integendeel, nu voelt ze zich sterk. De dagen die nog over zijn gaat ze zonnebaden en genieten. Aan de blauwe plek boven haar oog kan ze niets veranderen.

Wanneer ze beneden komt, zit Lasse Nyman in een hoekje van de eetzaal, gebogen over een kop koffie. Hij ziet grauw en hij slaat zijn ogen neer wanneer hij haar in het oog krijgt. Maar ze loopt recht op zijn tafeltje af en kijkt hem aan.

'Ik moet mijn excuses aanbieden', mompelt hij. 'Ik weet niet wat me bezielde ...'

'Niemand slaat me', zegt ze. 'Niemand.'

Dan loopt ze naar een tafel aan de andere kant van de eetzaal en gaat zitten. Met haar rug naar hem toe. Maar ze heeft nog geen tik op haar eitje gegeven of ze begint al medelijden met hem te krijgen. Het is vast geen pretje om wakker te worden met een kater en zo'n herinnering, denkt ze. Dat je een vrouw zonder reden hebt geslagen. Mijn hemel ... Ze kijkt over haar schouder en ziet hem met gebogen hoofd zitten. Een kind, denkt ze. Een in de steek gelaten kind dat alleen op zijn vuisten vertrouwt. Vroeger al en nu nog steeds. Ze probeert zich voor te stellen hoe het is om gevangenis in en gevangenis uit te gaan, om voortdurend op de vlucht te zijn en te leven met diep in je hart de wetenschap dat je de ergste misdaad hebt gepleegd die er bestaat, het vermoorden van een onschuldig mens.

Wanneer ze een tweede kopje koffie heeft gekregen, pakt ze haar koffiekopje, loopt naar zijn tafeltje en gaat zitten. Hij kijkt haar schichtig aan.

'Waarom deed je het?' vraagt ze.

'Ik weet het niet.'

'Ik heb zomaar een praatje gemaakt met die Portugees. Als dat er iets toe doet.'

'Ik had waarschijnlijk te veel gedronken.'

'Je hebt het recht niet om mij te slaan. Wat ik ook doe. En je krijgt elke öre terug die deze reis kost. Zodra we thuis zijn.'

'Dat wil ik niet.'

'Waarom heb je me eigenlijk mee gevraagd? Ik vind echt dat ik het recht heb dat nu te weten.'

Geen reactie.

'Wat stelde je je er eigenlijk van voor?'

'Niets', antwoordt hij zonder op te kijken.

'Dat geloof ik niet.'

'Maar zo is het wel!'

Ze ziet hoe misselijk hij nog is van de drank, vol wroeging, trillerig en bang. Een klein berouwvol ventje dat midden onder de les in zijn broek heeft geplast. Zoals Staffan toen hij zijn spaarvarken kapot had geslagen zonder dat hij had gevraagd of dat mocht.

Hij schijnt niet te willen zeggen waarom hij haar heeft meegevraagd, de motieven blijven duister, ook al vermoedt Eivor dat hij gewoon een avontuurtje wil, dat hij op raadselachtige wijze wil aanknopen bij iets van vroeger, en is vergeten dat er nooit iets is geweest.

'Verdomme', zegt hij en hij likt zijn droge lippen.

'We hebben het er niet meer over', zegt ze.

Het is een warme dag. Eivor zit te soezen aan de rand van het zwembad, ze draait haar lichaam met de zon mee. Lasse Nyman zit onder een parasol. Af en toe verdwijnt hij naar de bar om een biertje te drinken.

Eivor begint over de terugreis na te denken.

Wanneer ze in het zwembad ligt, ontdekt ze dat Lasse Nyman aan de bar met iemand zit te praten. Een in het wit geklede man, donker haar, gebruind gezicht. Maar hij laat zich toch niet in met Portugezen, met bewoners van Madeira? Behalve wanneer hij iets gedaan wil krijgen, eten op tafel of een taxi van het centrum van Funchal terug naar hotel Constellation.

Ze klimt uit het bad en ze kan er niets aan doen, maar ze is toch een beetje nieuwsgierig. Na drie dagen op het eiland heeft ze nog met niemand gesproken. Verder dan het uitwisselen van beleefde opmerkingen met de mensen van de hotelreceptie en met het vrolijke meisje dat haar kamer schoonmaakt is ze niet gekomen. Ze slaat een badlaken om zich heen en loopt naar de bar. Nu Lasse zelf zo sociaal bezig is, kan hij haar er nauwelijks van betichten dat ze achter de mannen aan zit.

'Dit is Lourenço en dit is Eivor', zegt Lasse Nyman. Hij zwaait met zijn ene arm en ze ziet dat hij weer hard op weg is dronken te worden.

Hij stelt me voor alsof ik zijn vrouw ben, denkt ze en ze knikt naar de Portugees, die een jaar of dertig lijkt. Hij draagt een wit overhemd en een witte katoenen broek. Aan zijn bruine voeten bungelen sandalen en hij heeft een grote gouden ring aan zijn ene hand.

'*Hej, hej*', zegt Lourenço in gebroken Zweeds.

'Hij heeft in Zweden gewoond', legt Lasse Nyman uit. 'In Södertälje nog wel. Erger kan haast niet.'

'Södertälje, ja', zegt Lourenço. 'Scania Vabis. Vrachtwagens ...'

'Hall', zegt Lasse Nyman.

'Pall?'

'Nee, Hall. Gevangenis.'

'Nee. Nooit gevangenis. Nooit politie.'

Hij ontkent het heftig en lijkt opeens verward, maar Lasse Nyman grijnst alleen maar naar hem en geeft Eivor een veelbetekenende knipoog. Is hij dat van gisteren alweer vergeten? vraagt ze zich af. En is hij de kater van die ochtend in de ontbijtzaal alweer te boven?

'Ik ben bewaarder geweest in de gevangenis', liegt hij. 'Cipier.'

'Cipier?'

'Ja, precies. Cipier.'

Lasse Nyman laat zich van de barkruk glijden en zet koers naar een tafeltje in de schaduw. Lourenço en Eivor lopen achter hem aan.

'Heb je in Zweden gewoond?' vraagt ze wanneer ze zijn gaan zitten.

'Je hebt me toch gehoord?' reageert Lasse Nyman. Hij begint luidruchtig te worden.

'Nu vraag ik het', zegt Eivor. 'Jij niet.'

Lourenço kijkt onzeker van de een naar de ander.

'Bier', roept Lasse Nyman naar een ober die aan de rand van het zwembad in het water staat te kijken. '*Beer ...*'

'Voor mij niet', zegt Eivor. 'Ik wil iets fris en ik betaal het zelf.'

'Vijf jaar in Zweden', zegt Lourenço wanneer de glazen op tafel staan en Eivor haar vraag heeft herhaald. 'Vijf jaar in Södertälje.'

'Maar je komt hiervandaan? Van Madeira?'

'Ja, uit Funchal. Ik ben weer teruggegaan. Ik heb een schoenwinkel gekocht van een oom.'

'Een smak geld verdienen in Zweden en dan terug naar huis', zegt Lasse Nyman en hij doet geen poging zijn afschuw te verbergen. Hij wipt op zijn stoel en glimlacht naar Lourenço.

'Goed loon maar duur wonen in Zweden', reageert Lourenço.

'Hier zal dat wel niet veel kosten. Jullie hebben slechte hui-

zen op Madeira, Lourenço. *Very bad.*'
'Nee. Goede huizen. Het is hier warm. Geen sneeuw.'
Eivor voelt haar onbehagen toenemen. Lasse Nyman zit deze
Portugees te provoceren.
'Hou nou op', zegt ze, maar hij negeert haar.
'Veel meisjes in Södertälje', zegt hij.
Lourenço schudt heftig zijn hoofd.
'Nee, nee. Getrouwd.'
'In Södertälje?'
'Nee, hier. In Funchal. Drie kinderen.'
'Ja, maar ... Je had toch wel vriendinnen in Södertälje? Veel
kutjes, toch?'
Lourenço bloost en kijkt Eivor aan. Hij zet zijn glas neer.
'Ik moet weg', zegt hij.
'Niemand koopt toch schoenen op dit moment van de dag?
Doe rustig aan, man. Neem nog een biertje!'
'Nee.'
'Das toch ook niet aardig van je. Vertel eens over de meiden
in Södertälje!'
'Hou op', zegt Eivor weer.
'Nu moet Lourenço vertellen wat hij van Zweden vond!'
Eivor ziet dat Lourenço razend wordt. Hij smijt zijn bierglas
op de stenen, zodat de glassplinters alle kanten op vliegen.
'Ik zeg ... Zweden is een rotland. Niet iedereen, de meesten
niet. Maar veel wel. Rotzakken zoals jij. Zweden zijn de bes-
ten, verder deugt niemand, klotegastarbeiders. Maar ik ... ik
zeg ... hoe noem je dat, *narrow-minded* ... bekrompen ... zoals
de Amerikanen. Denken dat de wereld van hen is. Hier zijn jullie welkom, wij zijn gastvrij, niet zoals in Zweden. Kloteland.
Dikke lul ... Jij niet, maar hij ... Verdomme.'
En dan is hij weg. Aan de tafeltjes om hen heen zijn de gesprekken verstomd. Twee obers komen aanlopen. Eivor zou dol-
graag ergens anders willen zijn, ver, heel ver weg. Maar Lasse
Nyman schijnt nergens last van te hebben.

'Raar dat je in je hotel niet eens met rust wordt gelaten', zegt hij luid tegen een van de obers. De andere heeft een veger gehaald en is bezig de glassplinters op te ruimen.

'Ik dien een klacht in tegen dit hotel', zegt hij. 'Als die klootzak zich hier nog eens laat zien. Lourenço Castanheiro heet hij, dat heeft hij gezegd.'

'Hij komt hier niet meer', zegt de ober.

'Het was zijn schuld niet', valt Eivor hem in de rede. 'Hij daar deed vervelend. Als die man, die Lourenço, hier niet meer mag komen, dien ik een klacht in.'

'Hou op', zegt Lasse Nyman.

'Jij moet ophouden', schreeuwt ze en ze staat op. Ze zal nooit begrijpen hoe ze dat durfde, in het openbaar, met nieuwsgierige mensen om zich heen.

'Wat ben jij ontzettend vervelend', gaat ze verder met een stem die trilt van woede. En dan rent ze weg.

Die avond eet ze alleen. Ze loopt recht door de lobby zonder op of om te kijken (hij kan daar immers zitten, onzichtbaar, dat is al eerder vertoond), ze houdt een wrakke taxi aan op straat en gaat achterin zitten. De chauffeur is jong, hij kijkt om en glimlacht. Overal die vriendelijkheid, denkt ze even. Waar wil ze naartoe? Ze probeert de naam van de overdekte markt van Funchal uit te spreken, de *Mercado dos Lavradores*; daar heeft ze over gelezen in een van de toeristische brochures die ze eerder uit het hotel had meegenomen. Bij die markt moet een aantal restaurants zitten waar je lekker kunt eten. De chauffeur knikt en schroeft het volume van de autoradio, waar boze popmuziek uit stroomt, tot een bijna ondraaglijk niveau op. Dan rijdt hij zonder om te kijken de weg op.

Nadat ze is uitgestapt, slentert ze een poosje rond bij de grote markthal van okerkleurige baksteen (die doet haar aan een tempel denken, waar kruisbeelden zouden moeten hangen in plaats van deze rijen opengesneden dierenlichamen en je zou er gebeden moeten horen in plaats van deze luid discussiërende verkopers van etenswaren. En al die vliegen …) en ziet hoe de vele kraampjes worden opgeruimd voor de avond. De ongelijke stenen vloer is bezaaid met geplette vruchten en slierten ingewanden, en de lucht van oud, opgedroogd bloed volgt haar overal. Ze loopt rond en kijkt, maar het is net of maar een deel van haar aanwezig is. Het andere deel is voortdurend in gevecht met Lasse Nyman, en in haar gedachten is hij degene die valt, met grote bloeduitstortingen boven zijn ogen.

Ze kiest op goed geluk een restaurant uit, loopt een steile trap op en komt in een ruimte die volgepropt is met tafeltjes, die allemaal bezet zijn. Ze wil net omkeren en weggaan wanneer een oplettende ober haar opvangt en haar vriendelijk maar beslist naar de korte zijde van een lange tafel leidt, die voor de rest volzit met Duitse toeristen. Ze krijgt een vettige menukaart in handen gedrukt en probeert het moeilijk leesbare handschrift te duiden. Een ober duikt naast haar op en hij wijst hardnekkig naar de duurste gerechten. Maar ze heeft niet zo veel trek, dus ze houdt voet bij stuk en wijst naar een vissoep, *caldeirada* en een karaf rode wijn. De Duitsers aan de tafel zijn hun maaltijd net aan het afsluiten met een soort karamelpudding en natuurlijk kan het nagerecht niet genuttigd worden zonder nog een pul bier erbij voor iedereen. Ze zit naar hen te kijken en vraagt zich af hoe het toch komt dat Duitsers óf ontzettend dik en opgeblazen zijn óf zo mager als kankerpatiënten in het laatste stadium. Als zij maar nooit zo dik wordt …

De soep wordt gebracht, ui, aardappel en olijfolie in een bruin bord. Ze veegt haar lepel schoon met de papieren servet en begint te eten …

Opeens krijgt ze ontzettend last van heimwee, die natuurlijk meteen wordt gevolgd door haar allertrouwste levensgezel, het schuldgevoel, het slechte geweten, het gevoel tekort te schieten. Ze heeft al een paar uur niet aan Staffan en Linda gedacht en ze schaamt zich als ze zich dat realiseert. Ze hebben het natuurlijk prima bij Jacob en bij opa en oma, maar toch … Maar toch.

Als je kinderen hebt moet je je eigen leven voor een groot deel opgeven, denkt ze vaag terwijl ze eet en van de zure wijn drinkt. Hoeveel vrouwen zouden eigenlijk aan kinderen beginnen als ze dat van tevoren wisten? Als ze maar half vermoedden wat het inhoudt? Misschien hangt daarom de onkunde ook als een zwaar verduisteringsgordijn voor het moederschap?

De wijn kan haar mistroostigheid niet verdrijven. Ze overweegt nog een karaf te bestellen, maar ze is veel te rusteloos om langer dan nodig in dit drukke lokaal te blijven. Ze slaagt erin de aandacht te trekken van de gejaagde en zweterige ober en ze betaalt een rekening waaruit weinig anders op te maken valt dan wat het eindbedrag is. Ze weet niet hoeveel fooi ze zou moeten geven, maar legt gelaten een bedrag dat waarschijnlijk veel te hoog is op het schoteltje en staat op.

De avond is koel en ze huivert als ze op straat komt. Ze heeft zin om terug te lopen naar het hotel, maar ze weet niet zeker of ze dat durft. In het donker met veel ruimte tussen de straatlantaarns wordt de vreemde wereld dreigend. Maar ten slotte begint ze toch te lopen en slaat ze de *Rua da Alfândega* in. Wie zal haar nou iets doen, een vrouw met een grote blauwe plek boven haar ene oog, denkt ze boos en ze stapt flink door. Nu wil ze naar huis. Dit is de eerste en de laatste keer geweest dat zij zich een vakantiereis laat aanbieden. Maar het is niet de laatste keer dat ze de kou gedag zegt en de zon opzoekt! Ook dat is een belofte, en ze bekrachtigt die met een stille vloek terwijl ze de lange heuvel op loopt die van Funchal naar het uitgestrekte hotelcomplex leidt.

Ze is net klaar met het schrijven van de ansichtkaarten die ze eerder die dag heeft gekocht, wanneer er op de deur wordt geklopt. Het klinkt zo zacht en bijna bescheiden dat ze zeker weet dat het Lasse Nyman niet is. Maar natuurlijk is hij het wel en hij staat bij haar voor de deur te huilen. Ze is zo verbaasd dat ze niet op het idee komt de deur dicht te slaan, maar ze stapt opzij en laat hem binnen. Ze kan niet uitmaken of hij nuchter is of niet, maar hij loopt in ieder geval met vaste tred naar haar bank. Hij zit in zijn ogen te wrijven en ze vraagt zich vals af of hij misschien een ui in zijn zak heeft. Maar ze heeft hem weleens eerder zien huilen, op de achterbank van een auto twintig jaar geleden ...

'Weet je waarom ik naar Madeira wilde?' vraagt hij opeens en zijn stem is zwak en hees.

'Omdat je de Canarische eilanden te gewoontjes vond?'

Hij schudt zijn hoofd.

'Hier kun je kalmerende medicijnen krijgen zonder recept', zegt hij en om zijn woorden te onderstrepen haalt hij vierkante doosjes met valium en Stesolid uit zijn zak.

'Dit zijn minstens duizend tabletten', zegt hij. 'Vijfentwintig milligram. Van twee apotheken. In Zweden had ik misschien vijfentwintig stuks kunnen krijgen, op recept. Maar hier kan ik zo veel meekrijgen als ik maar wil.'

En wanneer ze het daaropvolgende halve uur zit te luisteren naar alles wat hij te vertellen heeft, meent ze te begrijpen dat hij geen krokodillentranen huilt. Het leed waarover hij vertelt is echt. Wat hij zegt, wijkt slechts in details af van wat hij een paar maanden geleden heeft verteld in haar flat in Göteborg. Maar nu is het geen verslag van de gebeurtenissen die de ruggengraat van zijn leven vormen, maar eerder een ontboezeming over de eigenlijke inhoud, de beschrijving van zijn nachtmerrie, die nog net zo ondraaglijk en smartelijk is als altijd. Hij geeft zich bloot en zet de kastdeuren open, niet wijd open, maar toch zo ver dat ze meent te zien wat er onder het stof verborgen zit. De wanhopige zeventienjarige met zijn magere gezicht en zijn vieze vingers komt weer tevoorschijn en ze heeft niet het gevoel dat zijn klaagzang onoprecht, overdreven of pathetisch klinkt. Zijn leven is vast net zo ellendig als hij het beschrijft. Zijn zenuwen zijn kapot, in de loop der jaren heeft zijn zenuwstelsel steeds meer de vorm aangenomen van een cactus met telkens nieuwe doornen. De witte doosjes met het groene etiket waar ROCHE op staat, zorgen er dus voor dat hij niet instort, ze zijn de lijm waarmee hij in elkaar blijft zitten.

Hij doet zijn ontboezemingen schoorvoetend. Ze maakt eruit op dat hij zich schaamt en zich schuldig voelt omdat hij in de hoek zit waar de klappen vallen – terwijl de echte schuldige degene is die hem daar heeft doen belanden. Ze kijkt naar hem, naar de smoezelige boord van zijn overhemd, naar het jasje waar een knoop af is en naar de handen die aan de pillendoosjes friemelen alsof het stukken zijn in een schaakpartij die langgeleden al had moeten worden afgebroken. De koning ligt al om, maar de speler wil het nog niet opgeven.

Hij zwijgt. Eivor hoort hoe af en toe een regendruppel tegen het plastic scherm van het terras tikt. Ze vraagt zich af wat ze moet doen, haar zwijgende medelijden is niet genoeg. Maar iemand die zichzelf binnenstebuiten keert en de meest vernederende ervaringen prijsgeeft, wekt niet per se medeleven op, maar bijna altijd een paradoxaal gevoel van onbehagen bij degene die luistert. Medelijden gaat vaak gepaard met afkeer.

'Ik ben zo ontzettend eenzaam', zegt hij. 'Compleet mislukt.' En met de nodige zelfspot: 'Het is me nog niet eens gelukt in de topvijftien van gevaarlijkste misdadigers van Zweden te komen. Wat heeft mijn leven voor waarde? Behalve dan voor de producenten van deze tabletten?'

'Ik weet niet wat ik moet zeggen'

Zijn problemen zijn te groot voor me, denkt ze. Het is wat anders dan de schrammen die ik gewend ben. En wat stellen mijn huisvrouwenangsten voor in vergelijking met hoe hij zijn leven ervaart?

'Kijk', zegt hij en hij laat zijn polsen zien. Eivor ziet vaag de littekens van niet helemaal geslaagde aanvallen op de polsaderen. 'En hier', gaat hij verder en hij buigt zijn hoofd. Met zijn vingers trekt hij het haar opzij en Eivor ziet de vervorming van het schedelbeen waar hij met zijn hoofd tegen de muur van de cel heeft gebeukt.

'Ik probeer continu zelfmoord te plegen', zegt hij. 'Vroeg of laat gaat het me lukken.'

'Dat moet je niet doen', zegt ze.

'Waarom niet?'

Wat kan ze daarop zeggen? Niets natuurlijk.

'Ik gedraag me beestachtig', zegt hij. 'Keer op keer.' Dat is zijn manier om deemoedig te zijn. 'Zonder reden val ik je aan, mensen die alleen maar aardig willen zijn, schop ik tegen de schenen. Alles wat ik doe is een poging om van me af te bijten, me niet te laten inpakken. Zo is het altijd geweest.'

'Ik denk dat ik het begrijp', zegt ze.

'Niemand begrijpt het.'

Hij kijkt haar aan.

'Had ik maar iemand om van te houden', zegt hij.

Ze is meteen weer op haar hoede en dat merkt hij. Hij raapt zijn pillendoosjes bij elkaar, stopt ze in zijn zakken en staat op.

'Ik ga maar eens', zegt hij.

'Dat hoeft van mij niet als je dat niet wilt.'

'Ik heb je lang genoeg gestoord.'

'Dat zeg jij, ik niet.'

Maar hij staat al bij de deur, met zijn hand op de kruk.

'Je moet niet zo veel drinken', zegt ze.

Hij schudt zijn hoofd en als ze het had gedurfd had ze een arm om hem heen geslagen, dan had ze dat kleine stapje gezet buiten het tot niets verplichtende medeleven om.

Wanneer ze hem de volgende dag in de ontbijtzaal ziet, is hij veranderd. Hij wenkt dat ze bij hem moet komen zitten en ze ziet dat hij schoongewassen is en bovendien uitgeslapen lijkt.

'Het was een opluchting gisteren', zegt hij. 'Het heeft me echt goed gedaan.'

'Dat is mooi!' (Ze hoort haar eigen woorden: armzalig, levenloos. Maar wat moet ze dan zeggen? Het is zo groot en ongrijpbaar ...)

Maar het gevolg is toch dat de drie dagen en avonden die nog resteren voordat ze weer naar huis gaan anders worden. Ze maken samen uitstapjes, kopen cadeautjes en zwemmen. Van het Convento de Santa Clara, het klooster op de berghelling boven Funchal, rijden ze op een ossenslee naar beneden, ze eten samen en luisteren naar oude mannen die met gitaarbegeleiding sentimentele en schijnbaar oneindige fado's ten gehore brengen. Op een avond haalt hij haar over om mee te gaan naar het casino en voordat ze weet hoe het zover is gekomen, staat ze te luisteren naar zijn uitleg van blackjack en chemin de fer en speelt ze roulette. Daarbij ziet ze in een duizelingwekkend moment de croupier een hele stapel zwarte fiches haar kant op schuiven nadat nummer negentien was gevallen waarop ze *plein* had ingezet. En hij is de hele tijd uitbundig en attent. Wanneer ze inziet dat het niet gewoon een voorbijgaande fase is, durft ze te ontspannen en ervaart ze hem plotseling als charmant en levenslustig. Kon ze nu die wispelturigheid van hem maar volgen. Maar nu hij met zichzelf in het reine schijnt te zijn gekomen (als dat de rest van de reis zo blijft, is ze al blij!) is hij het gezelschap dat ze eerder zo vaak heeft gemist.

De laatste avond. Ze hebben in hetzelfde restaurant gegeten als de avond dat ze op Madeira aankwamen, ze zijn er lang blijven zitten en hebben veel wijn gedronken. Eivor merkt dat ze tipsy is, maar het is een warm en prettig soort van aangeschoten zijn. Lasse Nyman heeft haar vermaakt met kostelijke verhalen uit het eigenaardige leven in de bajes, over aparte figuren die hij daar heeft meegemaakt. Hij heeft ook haar vragen beantwoord over hoe hij bepaalde overvallen eigenlijk heeft uitgevoerd en hij heeft alles verteld, is nergens voor weggelopen. Wanneer hij vertelt over een zwendelaar die Het Zwanenmeer werd genoemd, die in het leven niets liever wilde dan eigenaar worden van een graafmachine, moet ze hem wel aardig vinden. Wanneer hij is zoals nu, zonder agressie, zonder pillendoosjes, wanneer hij echt is op een manier die ze begrijpt ... Nu voelt ze zich niet onveilig, nu bevindt ze zich niet in een wereld waar ze niets van weet.

Daarom gaat er ook geen belletje rinkelen wanneer hij voorstelt nog een drankje te nemen op zijn terras. Het is immers de laatste avond, de volgende middag gaan ze naar huis, en volgens enkele charterreizigers die net uit Zweden zijn gekomen, is de echte winterkou daar mooi op tijd voor Oud en Nieuw gearriveerd.

Nieuwjaar, ja. Op Nieuwjaarsdag komen ze thuis en Eivor heeft besloten dan naar Borås te gaan. Jacob kan hoog of laag springen, maar als ze een week in het buitenland is geweest, kan hij haar nauwelijks beletten haar kinderen eerder op te zoeken dan afgesproken.

'Wat ga jij doen?' vraagt ze wanneer ze op zijn terras zitten en uitkijken over de zwarte zee, waarvan het schuim af en toe te zien is in het schijnsel van een vuurtoren die met zijn lichtbundel over de haven van Funchal zwaait.

'Ik denk dat ik naar Stockholm ga', zegt hij. 'Ik pak een vliegtuig, dat komt wel goed.'

Wanneer hij zijn stoel dicht naast de hare schuift en haar hand pakt, trekt ze zich niet terug. Hoelang geleden is het dat een man voor het laatst haar hand heeft vastgehouden? Bogdan ... Veel te lang geleden. Misschien denkt ze in haar hart dat het geschift is, maar waarom eigenlijk? Zij heeft ook verlangens, normale verlangens waar al te vaak niets mee is gedaan, die zijn opgedroogd en waarvan alleen de verschrompelde resten zijn overgebleven. Wat er zestien jaar geleden is gebeurd, is nu opeens zo ver weg, hier op het terras in Madeira, en de klappen op de trap, de blauwe plek ... Nee, het kan haar niets schelen!

Maar als hij opstaat en haar zijn kamer in begint te trekken, blijft ze staan.

'Ik wil niet zwanger raken', zegt ze.

'Heb ik je dat niet verteld?' vraagt hij met een verbaasde blik op zijn gezicht.

'Wat?'

'Dat ik geen kinderen kan krijgen. Daar mankeert ook iets aan. Hormonen.'

Natuurlijk wordt het geen groot succes. Veel te veel wijn, tastende onzekerheid ... Maar wanneer ze stil ligt en hij dicht tegen haar aan in slaap is gevallen, heeft ze er toch geen vervelend gevoel over. Hij wilde iemand om van te houden, en dat wilde ze zelf toch ook, al heeft ze dat tegenover zichzelf nog nooit toegegeven.

Maar ze wil niet wakker worden in zijn bed, dus staat ze voorzichtig op, ze trekt het hoognodige aan en neemt de rest van haar kleren in haar hand mee naar haar eigen kamer. Op de gang hoort ze stemmen uit een kamer en iemand heeft een lied van Evert Taube opstaan ...

Je weet zo weinig van jezelf, denkt ze vaag, net voor ze in slaap valt. Dingen waarvan je zeker wist dat ze nooit zouden gebeuren, die gebeuren toch. Maar misschien hou je het daarom uit. Omdat het onverwachte ondanks alles toch gebeurt.

Ze trekt de dunne deken op tot aan haar kin, doet haar ogen dicht en luistert naar het ruisen van de zee ergens buiten in de nacht.

Het vliegtuig stuitert op het asfalt van de landingsbaan, slipt en remt terwijl de sneeuw rond de straalmotoren dwarrelt. De grond is wit en ze zien de dampende adem uit de monden van de mannen die op het vliegtuig af komen lopen wanneer het verder is getaxied en tot stilstand is gekomen.

'Verdorie, zeg', zegt Lasse Nyman.

Eivor heeft haast. Ze wil gauw naar Frölunda, en naar haar kinderen.

Met Lasse Nyman heeft ze afgesproken dat ze contact zullen houden. Ze is blij dat hij kennelijk heeft begrepen dat wat er de vorige avond is gebeurd maar eenmalig was. Hij heeft zich niet aan haar vastgeklampt en heeft tegen haar niet gedaan alsof ze opeens op het punt staan te gaan samenwonen.

'Koud, hè?' zegt hij wanneer ze in de rij staan voor de paspoortcontrole.

'Gatsie, ja.'

En meer zeggen ze niet.

Veel later, wanneer alles allang voorbij is, en zij terug kan denken aan wat er op het vliegveld gebeurde toen ze terugkwamen van Madeira en overvallen werden door de strenge kou die Scandinavië in een krampachtige greep hield, komt de gedachte soms bij haar op dat ze het toen al voelde aankomen. Ze vindt zichzelf niet iemand die gewoonlijk oog heeft voor details die afwijken van het normale of voor signalen die aangeven dat er iets staat te gebeuren. Maar naderhand vraagt ze zich af of het wel zo toevallig was dat hij discreet langs een paar oudere dames was geglipt die voor hen in de rij stonden en zo druk in de weer waren met pakjes en manden dat het hun nauwelijks zou zijn opgevallen als het dak onder de dicht opeengepakte sneeuwmassa's was bezweken. Misschien was het wel een bewuste actie, om een nauwelijks zichtbare afstand te creëren tussen hemzelf en haar. Een afstand die zijn betekenis kreeg in het licht van wat er gebeurde toen ze door de paspoortcontrole heen waren. Wanneer zij geduldig haar beurt heeft afgewacht achter de vrouwen met hun mandjes en eindelijk in de aftandse bagagehal is aangekomen, waar de lopende banden een eeuwige stroom koffers uit de onderwereld brengen, staat hij al bij de bagageband waar een bord boven hangt met hun vluchtnummer erop. Ze begint zijn kant op te lopen. Met een beetje geluk hoeven ze niet nog eens in de rij te staan voor ze de groene gang door mogen lopen langs meer of minder oplettende douanebeambten. Ze ziet zijn rug en van drie verschillende kanten komen er mannen aan die naast hem gaan staan.

Dan gaat het zo snel dat ze later niet meer weet of het wel echt gebeurd is. De drie mannen die allemaal in anoniem grijs zijn gekleed, storten zich op hem en voordat hij iets anders kan doen dan zorgen dat hij niet valt, heeft hij handboeien om en wordt hij weggevoerd. Eivor is niet de enige voor wie het allemaal te snel gaat. In die korte seconden staat alleen een kind met grote ogen toe te kijken hoe Lasse Nyman wordt weggevoerd.

Ze doet het enige wat ze kan doen, ze loopt naar het punt naast de bagageband waar hij zonet stond om heel zeker te weten dat hij niet gewoon onzichtbaar is geworden. Maar hij is er natuurlijk niet en terwijl ze naar de traag stromende vloed van koffers kijkt die schoksgewijs over de band bewegen, beseft ze dat ze natuurlijk niet verbaasd zou moeten zijn. *Ik ben natuurlijk een boef. Maar daar heeft dit geld niets mee te maken.* Dat antwoordde hij toen ze hem vroeg of hij het zich wel kon veroorloven om haar mee te nemen op reis. Een antwoord dat zo snel kwam dat haar was ontgaan hoe ontwijkend het was. Natuurlijk had ze moeten begrijpen dat haar verblijf op Madeira is betaald met geld dat een geschrokken caissière op een postkantoor of een bank in een plastic zak heeft moeten stoppen terwijl Lasse Nyman haar met een pistool of een mes bedreigde. *Eens een boef, altijd een boef.* Ze heeft gewoon gehoord wat ze wilde horen, maar nu ze haar koffer gevonden heeft en die van de band tilt, en Lasses koffer rondjes ziet draaien als een achteloos achtergelaten voorwerp, merkt ze dat ze in ieder geval geen last heeft van schuldgevoelens. Hij heeft de overval gepleegd, zij niet.

Ze wil net zijn koffer van de band tillen als ze opeens een ingeving krijgt, zich omdraait en ziet dat de koffers van alle passagiers door het douanepersoneel worden gecontroleerd. Ze laat zijn bruine koffer staan, zodat die zijn ononderbroken kringloop op de zwarte band moet vervolgen, en loopt weg. (Het beeld van de koffer die even eenzaam en verlaten is op zijn lopende band als een kleine meteoriet in een koud en oneindig universum zal nog vaak in haar hoofd opkomen.)

Ze is volkomen rustig wanneer ze haar koffer openmaakt voor een oplettende douanebeambte en ze bedenkt dat ze toch op zijn minst haar zelfbeheersing moet kunnen bewaren als ze

Lasse daar op de een of andere manier mee kan helpen, waar hij ook is ...

Had hij een voorgevoel dat hij gepakt zou worden? Ze zal één keer de kans krijgen het aan hem te vragen, maar dan zijn er zo veel dingen die belangrijker zijn. De vraag glipt weg samen met zo veel andere die voorgoed onbeantwoord blijven.

Pas wanneer ze weer thuis is in haar flat in Frölunda raakt ze van slag. Ze zit in de woonkamer, die haar verwijtend en vijandig gezind schijnt, en waar het muf en benauwd is. Ze bedenkt dat hij altijd in het donker en in de schaduw haar leven binnenkomt, uit het niets, van een onbekende plek buiten in de kou, en dat hij ook altijd weer op dezelfde manier verdwijnt, of weggesleept wordt met op zijn rug gedraaide handen. Ze heeft met hem te doen. In gedachten ziet ze een marmot die hulpeloos in zijn rad rondrent. Steeds wordt hij weer onderuitgehaald en hij krijgt nooit echt de kans om te breken met het leven dat vroeg of laat geheid terugvoert naar een plekje in een Zweedse gevangenis. De tijd die hij in vrijheid doorbrengt is steeds te kort om genoeg moed te verzamelen om die stap te zetten.

En natuurlijk zijn er ook de onvermijdelijke vervolgvragen: wat had ze kunnen doen? Ze is geen zendeling, geen non of sociaal werkster, en ze kan niet eens bijzonder goed luisteren, maar was er iets wat ze hem had moeten kunnen bieden, als ze ook maar een greintje gevoel had gehad? Een deur die zij ook had kunnen zien en waar ze niet achteloos aan voorbij had hoeven lopen? Er hangt een onduidelijk zelfverwijt in de flat en het duurt een hele poos voor ze de puf heeft om op te staan, het raam open te zetten en haar jas op te hangen.

Ze gaat niet naar Borås. Ze pakt de telefoon niet eens om hun gelukkig Nieuwjaar te wensen en te vertellen dat ze heelhuids terug is gekomen. Ze zit op de bank na te denken. Deze eerste dag van het nieuwe jaar denkt ze aan zichzelf en aan de toekomst met een grondigheid waar ze zichzelf niet toe in staat had geacht. Alleen zijn en de situatie onder controle hebben, het leven zien als een landschap waarin je je op het hoogste punt bevindt. Ze stelt zichzelf de eenvoudige vraag of dit het begin van het einde is of het einde van het begin en ze besluit, natuurlijk zonder helemaal overtuigd te zijn, dat de laatste beschrijving het meest van toepassing is op haar positie in het leven. Nu, in het nieuwe jaar, zal ze het waarmaken. Als ze in de toekomst iets van haar leven maakt, zal haar dat misschien milder stemmen ten opzichte van een hele reeks eerdere gebeurtenissen.

Januari 1973. Een wintermaand die zo fel is dat alle eerdere winters er zacht en mild bij afsteken. In deze winter lijken de noordwestenwinden eeuwig te duren, ze knagen door alle afweer heen, bijten zich door bontjassen en dikke lagen truien en kriebelend ondergoed heen. Eivor bedenkt dat ze zich deze maand zal herinneren als de maand van de blauwe neuzen, want zo verkleumd heeft ze haar kinderen nog nooit gezien als ze thuiskomen uit school, en ze spelen steeds maar heel even buiten. Het uitstapje naar Madeira lijkt nu zo onwerkelijk – ze had net zo goed een bliksembezoek kunnen brengen aan een ster die fonkelt in de koude winternacht, waarin de temperatuur vaak onder de magische grens van -20 °C zakt. Alleen als ze het bruine kleurtje ziet dat nog niet helemaal verdwenen is, weet ze dat ze echt op Madeira is geweest. Wanneer ze er bij verschillende gelegenheden over vertelt aan haar kinderen of aan een collega bij de slijterij, heeft ze soms zelf het idee dat ze zit te liegen. Vooral omdat ze aldoor een belangrijk deel van de reis moet weglaten. Lasse Nyman. Op Nieuwjaarsdag komt er geen krant, maar op 2 januari, in de trein naar Borås, op weg om haar kinderen te halen, leest ze dat de bankovervaller Lasse Nyman zonder drama's is gearresteerd op de luchthaven van Torslanda. Ze leest ook dat het geld waarmee haar verblijf op Madeira is betaald vermoedelijk afkomstig is van een filiaal van de Enskilda Banken in Midden-Zweden, om precies te zijn Katrineholm, waar Lasse Nyman naartoe is gebracht en in voorlopige hechtenis wordt gehouden. Als ze in het boemeltreintje zit, voelt ze intuïtief dat ze hem niet voor het laatst heeft gezien. Hij zal weer bij haar aan de deur komen en dat zal geen zestien jaar meer duren. Ze zit uit te kijken over het winterlandschap en de verlaten stations waar de trein onwillig stopt in de hoop dat er iemand zal instappen, en ze bedenkt dat ze hem binnen zal laten zonder hem het gevoel te geven dat ze niet zeker weet of ze dat echt wel wil. Als het erop aankomt, is het een kwestie van vriendschap, bedenkt ze. Kunnen we vrienden worden ondanks de grote rode strepen die in ons gemeenschappelijke verleden zijn gezet? Hij heeft me verkracht, hij heeft me ertoe aangezet het huis van twee oude stumpers binnen te gaan om hen weerloos te maken, hij heeft me gedwongen getuige te zijn van een zinloze moord, hij heeft me een blauw oog geslagen 's nachts op een trap op een eiland in de Atlantische Oceaan, hij heeft me de kans gegeven even te ontsnappen aan de dagelijkse sleur met geld dat hij van een bank had geroofd. Dat zijn feiten, emotionele feiten die je nooit helemaal naast je neer kunt leggen. Het is de vraag of de korte momenten van toegenegenheid en veiligheid tegen al die zware ballast opwegen.

Of maakt het schip al zo veel slagzij dat het stuurloos is, dat het alleen nog een toekomst als wrak tegemoet kan zien? Ze weet het antwoord niet, maar ze hamert er in gedachten op dat de vragen op zich al van doorslaggevend belang zijn als ze hem wil kunnen begroeten wanneer hij vroeg of laat voor haar deur staat.

Dus Lasse Nyman is in hoge mate aanwezig in die ijzige januarimaand waarin ze met nerveuze koppigheid het gevecht aangaat met de nieuwe levensweg die ze is ingeslagen. Jacob reageert afwijzend en vol onbegrip op haar studieplannen wanneer ze hem daarover vertelt. (Dat doet ze wanneer ze de kinderen in het nieuwe jaar ophaalt, ze maakt gebruik van haar overwicht wanneer hij verbluft naar haar gebruinde gezicht kijkt en beseft dat ze echt op reis is geweest. De ansichtkaarten zijn natuurlijk nog niet aangekomen.)

'Waarom?' vraagt hij. 'Daar moet je toch een doel mee hebben?'

'Voorlopig doe ik het om de kans te krijgen me een doel te stellen', antwoordt ze.

Hij vraagt en zij antwoordt. Vaak luidt het antwoord dat ze nog geen antwoord kan geven en ze merkt dat hij geïrriteerd raakt. Dat is misschien wel de reactie waar Katarina Fransman het ooit over had: de angst van de man als de vrouw haar schort aan de wilgen hangt en de deur uit gaat. Maar als hij zelfs het welzijn van de kinderen niet als tegenargument kan gebruiken, doet hij er het zwijgen toe. Hij moet immers wel toegeven dat het ook voor hen voordelen meebrengt dat ze dichter bij huis werkt en bovendien meer verdient. De enige reactie die ze van Elna en Erik krijgt, is een raadselachtige ansichtkaart met een foto van de eternietfabriek en 'Veel succes!'. Het wantrouwen en de scepsis druipen ervan af. Op een avond belt Eivor naar Lomma, maar dan weten Elna en zij het onderwerp van haar studie volledig te omzeilen, wat een sterk staaltje is. Maar het moeilijkste is nog wel om er met de kinderen over te praten. Dat hun moeder weer in de schoolbanken zit, vinden ze moeilijk te begrijpen. Daar heeft ze toch al eens gezeten toen ze klein was, voordat zij er waren? Ze zijn bang en nieuwsgierig tegelijk en na een gesprek met haar kinderen krijgt Eivor steeds sterker het gevoel dat haar studie een belachelijke misstap is. Maar tegelijkertijd beseft ze ook dat het onmogelijk is het bijltje er nu al bij neer te gooien. Als het mislukt, dan moet het geen verkeerde stap van een keukenkrukje zijn, maar een val van de brug over de Göta älv. Ze kan zich niet zonder slag of stoot gewonnen geven.

Ze heeft een hoekje van de woonkamer als studeerplek ingericht. In de kelder heeft ze een oude mangeltafel gevonden die ze op een avond laat inpikt en haar flat binnensleept. Ze koopt een bureaulamp en naait een kussen voor op de keukenstoel die alleen wordt gebruikt wanneer Jacob op bezoek is. Ze zet de tafel voor het raam en de bloempotten op de vensterbank verplaatst ze naar de keuken zodat er ruimte is voor een paar mappen en kladblokken. De grootste verandering is echter dat de kinderen te horen krijgen dat ze geen speelgoed meer mogen meenemen naar de woonkamer. Nu moeten ze genoegen nemen met hun eigen kamer en ze zegt het op zo'n scherpe toon dat ze het meteen begrijpen. Maar natuurlijk liggen er soms wel modelvliegtuigjes en krijtjes op de mangeltafel wanneer ze thuis komt uit de slijterij, en de onschuldige snoetjes van haar kinderen vertellen haar dat ze weer eens de uiterste grenzen aan het verkennen zijn, een bezigheid die altijd een belangrijk deel uitmaakt van hun gezinsleven.

Veel later, wanneer alle plannen allang in het honderd zijn gelopen, vindt ze het vooral moeilijk te accepteren dat ze nooit echt de kans heeft gekregen om zich te bewijzen. Had ze maar een paar maanden gehad, dan had ze het misschien beter kunnen verdragen. Maar zoals het nu liep … Een grote en moeizaam voorbereide expeditie die al op de eerste dag schipbreuk lijdt.

Het begint zoals rampen gewoonlijk beginnen, onaangekondigd. Haar intuïtie heeft nog geen enkel waarschuwingssignaal afgegeven. Ze is voor het eerst naar haar avondcursus geweest en loopt van het Frölundaplein naar huis met de last waar ze zo lang naar heeft uitgezien: huiswerk. Ze moet iets leren, ze moet aan haar ontdekkingsreis beginnen. Het is tien uur, het is een van die zeldzame januariavonden waarop de wind is geluwd en haar niet in het gezicht bijt. Ze wil snel naar huis om thee te drinken en een broodje te eten en nog een paar uur in de boeken te duiken die ze in een plastic tas van de ICA draagt. Ze is net zo hoopvol gestemd als jaren geleden, toen ze haar eerste weekloon had gebeurd bij de kunstzijdefabriek in Borås en de wereld in ging om spullen te kopen. Het is een van die zeldzame momenten waarop ze er volledig zeker van is dat er geen enkel probleem bestaat dat zij niet aankan. En het is echt een wrede speling van het lot dat die zekerheid meteen wordt verpulverd alsof er een ontploffende granaat naartoe is gegooid. Er zit een rijtje winkels aan de weg waar ze langs moet naar huis en wanneer ze een winkel met verpleegartikelen passeert en een haastige, verstrooide blik op de etalage werpt – schijnbaar wordt je oog in het donker altijd naar een lichtbron getrokken en kun je die niet voorbijlopen zonder te kijken – realiseert ze zich opeens dat ze nog niet ongesteld is en al bijna een week over tijd is. Ze verandert niets aan de lengte van haar pas of aan haar snelheid bij die gedachte, ze loopt verder met haar bovenlichaam een beetje gebogen en bedenkt dat het niet voor het eerst is, een week te laat is voor haar niet abnormaal. Maar toch zet haar intuïtie op dat moment haar ondergrondse waarschuwingssysteem in werking en zendt een signaal uit dat haar bij de lurven grijpt. Eerst als een nauwelijks voelbare ongerustheid die ze niet kan plaatsen, daarna – en dan is ze bijna thuis – als het steeds sterker wordende gevoel dat een grote ijzeren hand haar langzaam steeds steviger vastgrijpt.

'Het kan en mag niet zo zijn', zegt ze hardop tegen zichzelf terwijl ze zenuwachtig in haar handtas naar de sleutel van de voordeur zoekt. Ze laat de plastic tas met boeken vallen, haar etui rolt eruit en blijft in de vieze, platgetrapte sneeuw liggen. *Heb ik je dat niet verteld? Dat ik geen kinderen kan krijgen? Hormonen.* Ze stopt het etui weer in de plastic tas en doet de deur open. *Daar mankeert ook iets aan.* Een vluchtige zin, een verdrietig en berustend man over het definitieve bewijs van zijn mislukking. Maar het kan evengoed een fraai gecamoufleerde leugen zijn geweest. Natuurlijk! Lasse Nyman liegt, zijn leven is een caleidoscoop van steeds weer andere leugens waarmee hij altijd wel een bepaald resultaat beoogt. *Heb ik je dat niet verteld?* Was het echt een onschuldige maar bedrieglijke vraag tussendoor, alsof ze al wist dat hij onvruchtbaar was maar dat weer was vergeten?

Ze staat boven voor haar deur en staart naar het naambordje met HALVARSSON erop, alsof ze haar ogen niet kan geloven. Natuurlijk zou het zo kunnen zijn dat hij haar weer voor de gek heeft gehouden, maar daar bedrieg je iemand toch niet mee? Ze weet dat liefde vergezeld kan gaan van de meest groteske leugens en listige aanvallen vanuit een hinderlaag, maar toch niet in een verband waarin het niets betekent? Zoiets doe je gewoon niet alleen om één nacht door te brengen in het bed van iemand bij wie je plotseling bent binnengelaten. Hij gaat toch niet met granaatwerpers en onder dekking van een squadron jachtvliegtuigen op een postkantoor af waar maar één personeelslid zit? Ze doet de deur open en zegt tegen zichzelf dat ze zich druk maakt om niets. De reis naar Madeira, Lasse Nyman die opeens tegen de grond wordt geslagen bij aankomst op Torslanda, de spanning vanwege al het nieuwe waar ze voor staat, dat zijn oorzaken genoeg voor een tijdelijke ontregeling van haar menstruatie.

Maar natuurlijk is ze zwanger en wanneer ze een paar weken later het bericht van de apotheek krijgt, is dat slechts een bevestiging van iets wat ze in feite aldoor al zeker wist. Zo zeker dat ze in gedachten al een keer heeft gezegd dat het geen probleem is. Als ze zwanger is, kan ze gewoon een abortus aanvragen en ondergaan. Erger hoeft het niet te zijn. Ze leven per slot van rekening niet meer in een tijd waarin je alleen met behulp van de rivier en een molensteen aan ongewenste kinderen kunt ontsnappen. *Heb ik je dat niet verteld? Dat ik geen kinderen kan krijgen?* Ze schrikt er bijna van dat ze totaal niet teleurgesteld is in Lasse Nyman, maar alleen verachting voor hem voelt. Ze betrapt zichzelf erop dat ze hem op een stoel voor een muur ziet zitten, vastgebonden, met tien geweerlopen die dreigend naar zijn hart wijzen. Of met een touw om zijn nek boven op iets wat aan een steiger doet denken en waarin een valluik opengaat. Misschien zou er nog iets anders dan boze opzet of onbegrijpelijke wraakzucht achter die leugen gezeten kunnen hebben, maar voor de gelegenheid weet ze alle stromen van welwillende gevoelens af te sluiten en ze beseft dat er geen verzachtende omstandigheden zijn. Wie zal zeggen of hij dit niet al van het begin aan had gepland? Vanaf het moment dat hij naar haar op zoek ging, toen hij beneden op straat stond te loeren als een koppige spion, en ten slotte het laatste beetje verzet uit haar handen wist te wrikken en haar zover wist te krijgen dat ze uit eigen beweging bij hem in bed kroop. Dat Lasse Nyman niet dom is, dat hij in het bezit is van al het benodigde geduld om werk op bestelling te doen voor de duivel, dat begrijpt ze. Maar toch ... *Daar mankeert ook iets aan.* Zo gewiekst heeft hij dus gebruikgemaakt van haar medelijden om een bres te slaan zodat hij zonder moeite zijn laatste aanval kon inzetten. In ieder geval hoeft ze nu geen medelijden meer met hem te hebben omdat hij in een onzichtbare ondergrondse cel zit.

En als ze in deze verlichte tijd een abortus wil ondergaan zal niemand haar een strobreed in de weg leggen. Bovendien hoeft ze haar verhaal maar een klein beetje mooier te maken door een paar marginale details te veranderen. Lasse Nyman verandert bij de maatschappelijk werker en de arts in een anonieme Portugees in de stad Funchal, op een avond met te veel rode wijn en onduidelijke details van iets wat op de achterbank van een auto was gebeurd en heel goed een verkrachting had kunnen zijn. Nee, ze komt geen problemen tegen, ze weet absoluut zeker dat ze dit kind niet wil en daar is ze niet van af te brengen. Begin februari zal ze al naar het ziekenhuis gaan en het enige wat haar eigenlijk dwarszit, is dat ze zich niet op haar boeken kan concentreren en dat ze zich ergert aan de kinderen. Maar ze houdt zichzelf voor dat ze ook had kunnen uitglijden en een arm of een been had kunnen breken. Wat ze nu aan tijd en energie verliest, kan ze in het voorjaar alweer ingehaald hebben. En als ze dan ook nog standvastig heeft leren zijn, is dat ook nog een belangrijke les geweest waar ze in de toekomst iets aan kan hebben. Ze is zo zeker van haar zaak dat ze zelfs een paar onrustige, doorwaakte nachten besteedt aan de hypothetische vraag of ze zich omstandigheden zou kunnen voorstellen waaronder ze dit kind geboren zou willen laten worden. Maar het antwoord is steeds hetzelfde en ze voelt zich enorm sterk omdat zij, de kleine Eivor, toch maar een stevig stalen pantser heeft onder die huid die steeds meer van zijn bruine kleur verliest ...

Precies een week voordat ze de abortus zal ondergaan pakt ze toevallig tijdens de koffiepauze op de slijterij een ochtendblad op en leest dat Lasse Nyman ontsnapt is uit het huis van bewaring in Katrineholm. De kop van het artikel trekt haar aandacht: 'Bankrover op vrije voeten', en pas wanneer ze zich realiseert dat het over Lasse Nyman gaat, herkent ze hem op de wazige foto boven het artikel. Die moet jaren geleden gemaakt zijn, want hij heeft nog een kapsel waar je brylcreem voor nodig hebt. Maar zijn ogen zijn dezelfde, alsof hij in de loop van een pistool kijkt in plaats van in de lens van een camera. Angst, dat loerende, afwachtende trekje, wanneer kan hij ontsnappen en zijn levenslange vlucht voortzetten? Ze zou de politie moeten inlichten dat hij haar zeker zal komen opzoeken, maar de vrees zelf betrokken te raken bij overvaltoestanden, en misschien verantwoording af te moeten leggen omdat ze heeft meegedaan aan het opmaken van gestolen geld, maakt korte metten met die gedachte. Wel bereidt ze zich meteen geestelijk voor op zijn komst, en keer op keer repeteert ze wat ze tegen hem zal zeggen als hij voor de drempel staat die hij nooit meer over zal komen.

De tweede avond is het al zover. Het is even na elven en Eivor zit net met haar boeken aan de mangeltafel, wanneer er wordt aangebeld. Terwijl ze naar de deur loopt, vraagt ze zich af hoe hij de voordeur aan de straat is binnengekomen. Heeft hij sleutels of lopers voor alle deuren van deze wereld? En hoe is hij ditmaal uit zijn cel ontsnapt? Door het oog van de naald ...

Hij staat voor de deur en ze ziet meteen dat hij gestolen kleren draagt. Misschien zou de gebreide muts met reclame voor een of ander sportevenement eerlijk gekocht kunnen zijn, maar de bruine wollen jas heeft hij beslist niet samen met een winkelbediende gepast en de zwarte laarzen met een rits opzij evenmin.

Natuurlijk laat ze hem binnen, de verboden drempel had

alleen symbolische betekenis. Ze kunnen immers niet in de deuropening met elkaar staan praten en met regelmatige tussenpozen op de rode knop drukken om het licht in het portiek aan te doen.

'Je hoeft je jas niet uit te doen', zegt ze. 'Je moet zo weer weg. Ditmaal mag je niet blijven.'

Ze ziet hem verstrakken en ze vraagt zich af of hij zo wanhopig is dat hij haar ook deze keer zal neerslaan.

'We moeten zachtjes praten', zegt ze. 'De kinderen slapen.'

Ze gebruikt de kinderen als verdedigingswal.

Hoe is het toch mogelijk dat ze zijn reactie op de mededeling dat ze tijdens die ene verdwaalde liefdesnacht in Funchal zwanger is geraakt totaal niet had voorzien? Dat zal ze zich daarna nog vaak met het nodige zelfverwijt afvragen. Ze had gedacht dat ze een spel had voorbereid, maar ze was vergeten dat ook haar tegenspeler de nodige tekst moest krijgen. Ze is dus volledig onvoorbereid en zijn heftige reactie verrast haar volkomen.

'Je hebt gelogen', zegt ze als ze het hem heeft verteld. 'Je zei dat je geen kinderen kon krijgen. Maar dat loog je.'

'Ik dacht dat het zo was', zegt hij en de leugen is zo doorzichtig dat ze niet eens de moeite neemt daar iets van te zeggen.

En dan, het grote moment: Lasse Nyman die eerlijk is en een toestand van geluk beschrijft!

'Een kind is altijd al mijn liefste wens geweest', zegt hij. 'Een kind kan alles veranderen. Dit wordt de laatste keer dat ik in de bak zit.'

'Ik hou dit kind niet', antwoordt Eivor. 'Je neemt maar een kind met iemand anders. Die het wel wil.'

'Ik wil dat kind. Je mag geen abortus plegen', zegt hij, en ook al fluistert hij bijna, toch hoort ze de wanhoop in zijn gespannen stem.

'Jawel', zegt ze. 'Maandag. En nu moet je weg.'

'Als je dat doet, maak ik mezelf van kant', zegt hij en ze huivert wanneer ze beseft dat een fluistering meer pijn kan doen dan een schelle gil.

'Ga nu weg', zegt ze weer.

'Ik maak mezelf van kant', zegt hij. 'Dat doe ik echt.'

'Dat doe je helemaal niet', zegt ze. 'Ga weg of ik bel de politie.'

'Bel de politie maar', zegt hij. 'Of anders geef ik me vrijwillig aan. Maar dat kind zal ik hebben.'

'Nee', zegt ze, en dan gelooft hij haar en rent weg.

Maar wanneer Eivor veel later op het politiebureau de details te horen krijgt van wat er is gebeurd, vooral omdat ze een welwillende agent treft, zijn er geen bewijzen dat hij géén zelfmoord heeft gepleegd. Dat hij een auto heeft gestolen een paar straten van Eivors woning en de grote weg naar Stockholm op is gereden, dat hij gezien is bij een pompstation in Lerum, dat is allemaal zorgvuldig gedocumenteerd in de archieven. In een omstandige taal kan ze zijn laatste uren in dit leven volgen, soms zelfs met de tijdstippen erbij geschreven. Maar de vraag waarop ze een antwoord wil hebben heeft hij meegenomen in zijn graf en ze zal dus nooit weten of zijn laatste woorden waar waren of dat het dreigement een verkapte leugen was. Wanneer ze bij het bureau van de vriendelijke agent zit en het proces-verbaal leest (hij haalt zelfs koffie voor haar in een kartonnen bekertje en verlaat daarna discreet het vertrek) doet ze dat met de ongebruikelijk hoge vorm van concentratie die ervoor zorgt dat je alles onthoudt wat je leest. De bladzijden glijden haar bewustzijn binnen als beeldbanden, ze weet zich veel later nog een vetvlek te herinneren in de kantlijn op de laatste bladzij. Hoe dan ook, hij is een zijstraat ingerend en heeft daar een Volkswagen van het model 1969 gepikt, waarvan de eigenaar een klein, onooglijk meubelzaakje heeft aan de Västra Hamngatan. Dat is op zich al opmerkelijk, bedenkt ze. Een Volkswagen. Zestien jaar geleden had hij een hekel aan kleine auto's, dat was voor hem een noodoplossing als er echt geen Amerikaanse auto's voorhanden waren. Of betekende het nu niets meer voor hem? Had hij ge-woon de eerste de beste auto genomen, moedeloos, wanhopig? *Ik wil dat kind.* Ze zal met die gesmoorde kreet moeten leren leven, bedenkt ze, terwijl ze verder leest. De volgende halte waar hij gezien wordt is het pompstation in Lerum dat 's avonds open is. Daar tankt hij en rijdt weg zonder te betalen, 19,2 liter. Eivor vraagt aan de agent die net binnenkomt, balancerend met het lekkende kartonnen bekertje, of dat niet vrij veel is. Die beves-tigt dat, de tank moet min of meer leeg zijn geweest toen hij het verlichte pompstation binnenreed. Die avond wordt het station bemand door G. Lind, 23 jaar oud, woonachtig te Jordås. G., denkt ze. Gustav, Gottfrid, Gunvor … Nee, Gunvor in ieder ge-val niet, want verderop wordt de bediende met 'hij' aangeduid en ze maakt er in gedachten Gustav Lind van. Deze man heeft de tegenwoordigheid van geest om naar buiten te rennen en het kenteken te noteren. Na een telefoontje naar de politie wordt de jacht ingezet. Dat is natuurlijk niet vanwege de negentien liter benzine, maar vanwege het signalement dat overeenkomt met dat van Lasse Nyman. Even ten noorden van Alingsås wordt de Volkswagen gesignaleerd door een patrouillewagen, die tot overmaat van ramp een lekke band krijgt; dan treedt er een mis-verstand op bij de radiocommunicatie en pas twintig minuten later zit er een andere politiewagen achter de Volkswagen aan. *Ik maak mezelf van kant.* Als hij dat van plan was, had hij toch niet zo ver hoeven rijden? Maar misschien moest hij al zijn moed nog bij elkaar rapen, bedenkt ze, misschien wilde hij er nog een keer goed over nadenken.

Nee, ze kan het niet geloven, maar ze vraagt zich af wat er was gebeurd als de ongelukzalige politieauto geen lekke band had gekregen en als de persoon die het contact tussen de politie-wagens coördineerde meteen had begrepen dat de auto met de lekke band buitenspel was gezet. Maar toevalligheden verlopen niet volgens bekende wetten en verder is alleen duidelijk dat de reis ten noorden van Vårgårda eindigt, om precies te zijn drie kilometer voor de kerk van Södra Härene, waar de Volkswagen de weg over schiet en frontaal tegen een boom knalt. Wat voor boom wordt niet vermeld. Misschien wist de verbaliserende agent dat gewoon niet? Remsporen kan de politiepatrouille die ter plaatse komt niet ontdekken. Het was ook niet glad geweest en de meubelverkoper had in december nog geïnvesteerd in vier nieuwe winterbanden voor zijn auto. Aangezien er geen getuigen zijn van de laatste seconden van Lasse Nymans leven blijft de oorzaak van het eenzijdige ongeval onduidelijk. Misschien is hij achter het stuur in slaap gevallen, dat komt vaker voor. Maar van die laatste veronderstelling van het nuchtere rapport weet Eivor zeker dat het niet klopt. In slaap gevallen, nee, dat kan ze gewoon niet geloven …

En daarmee is het raadsel bezegeld en het zal nooit opgelost kunnen worden. Stortte zijn wereld opeens volledig in toen hij in de Volkswagen zat op de donkere winterweg? Doemde de boom op in het licht van de koplampen en is hij er in een onweerstaanbare drang om overal een eind aan te maken frontaal tegenaan gereden? Ze loopt alle denkbare mogelijkheden na, ze rekt haar fantasie en voorstellingsvermogen tot het uiterste op, maar er is geen enkele verklaring waarbij ze het idee heeft van ja, precies, dat heeft hij gedacht in de laatste minuten of seconden van zijn leven, zo was het, het raadsel is opgelost en nu weet ze het. Ze legt het proces-verbaal neer en ze zit alleen in het krappe kantoortje van de agent. Op de gang hoort ze een brullende man ergens tegen protesteren in gebroken Zweeds, troosteloos rinkelt een telefoon die door niemand wordt opgenomen. Ze ziet ondanks alles een logica in wat er is gebeurd. Lasse Nyman en de auto waren één, als hij in het harnas moest sterven, dan moest het in een auto gebeuren. Er hangt een wandkaart in het vertrek, ze staat op, loopt erheen en zoekt Vårgårda op en het zwarte kruis dat de kerk van Södra Härene markeert en dan beseft ze dat ze naar bekend gebied kijkt. Door dat landschap is ze ooit zelf heen gejaagd, samen met Lasse Nyman. Daar zijn toen alle dromen van haar jonge leven, al haar onschuld, binnen een paar heftige en vreselijke dagen verwoest. Lasse Nyman heeft zichzelf doodgereden op slechts enkele tientallen kilometers afstand van de plek waar hij ooit zijn revolver had getrokken en een oude man in zijn hals had geschoten. De opgejaagde haas heeft een rondje gemaakt van zestien jaar en is bijna terug bij het uitgangspunt als de jacht plotseling voorbij is.

Wanneer ze het politiebureau verlaat, sneeuwt het en de temperatuur is merkbaar gestegen. Ze zou moeten nagaan waar en wanneer Lasse Nyman begraven wordt, maar ze weet dat ze dat niet gaat doen. Een krans of haar aanwezigheid in een onbekende kerk of crematorium verandert nergens iets aan, en de last die ze nu moet dragen is een heel andere.

Ze herinnert zich nauwelijks iets van de dag waarop ze in de krant las dat Lasse Nyman was verongelukt, slechts een paar uur nadat hij haar huis uit was gerend. Ze komt nog het dichtst bij een waarheid wanneer ze zichzelf van een afstand bekijkt en ziet dat ze zich gedraagt alsof er niets is gebeurd. Met het gevoel dat ze even een van de duistere, maar toch fundamentele mechanismen heeft aangeraakt die haar leven bepalen, heeft ze vermoeid geconstateerd dat ze kennelijk heel goed een laconiek masker kan opzetten, ook al stort de wereld om haar heen in. Ze kan zich geen ongewone of onverwachte reactie van zichzelf herinneren. Het is raar, die uiterlijke onaangedaanheid en de zware, onwerkelijke rust in haar binnenste. Natuurlijk heeft ze achteraf beseft dat ze alles fout heeft gedaan (haar onbarmhartige oordeel over zichzelf luidt: dom en koppig), het was een levensgrote vergissing om niet te doen wat ieder ander mens onder deze omstandigheden gedaan zou hebben, namelijk hulp zoeken toen ze die het hardst nodig had. Maar dat deed ze dus niet, ze probeerde alles zelf op te lossen. Zij was zwanger, zij droeg de last, dus zij was ook verantwoordelijk voor haar eigen beslissingen. Maar ze is er ook niet van overtuigd dat de bemoeienis van meer of minder verstandige buitenstaanders haar ertoe had kunnen brengen de abortus te ondergaan waartoe ze had besloten. Midden in de absurde stilte die volgde op de grote knal, kwam er een buitengewone besluitvaardigheid over haar. Zoals vermoeidheid tot een onverwacht helder inzicht kan leiden, hoeft het feit dat je verlamd bent van schrik ook niet per se te betekenen dat je besluiteloos bent. Haar besluit staat vast wanneer ze op maandagochtend naar het ziekenhuis belt om te zeggen dat ze niet komt. Ze geeft geen uitleg, ze zegt alleen dat ze niet komt. En ongemerkt begint ze zich op de komst van nog een kind voor te bereiden. Ze gaat nog steeds naar haar avondcursus, met een zenuwachtig lachje in haar binnenste, maar ze laat de modelvliegtuigjes en de krijtjes op de oude mangeltafel liggen en als ze op een middag thuiskomt uit haar werk en Linda daar zit te tekenen zegt ze alleen dat ze haar ogen niet moet verpesten en de lamp aan moet doen. Op dezelfde bijna onopvallende manier begint ze ook een verhaal in elkaar te flansen. Juist dat neemt ze zichzelf natuurlijk later, terecht, het meest kwalijk, wanneer alle consequenties in het schrille licht zijn komen te staan en het te laat is geworden om er iets aan te doen. Had ze maar eerlijk verteld dat Lasse Nyman de vader van het kind was, maar dat hij helaas dood was, dan was alles misschien niet simpeler geworden, maar dan was het in ieder geval wel waar. Maar in plaats daarvan haalt ze er een fictief personage van Portugese herkomst bij, noemt hem Leon (die naam komt ze toevallig in de krant tegen, in het verslag van een bokswedstrijd, en voor zover ze zich herinnert was dat een Cubaan) over wie ze niet van plan is meer te vertellen. Wanneer de zwangerschap in het voorjaar zichtbaar wordt en ze die in een brief aan Lomma en daarnaast ook in persoonlijke gesprekken bekendmaakt, begrijpt natuurlijk niemand haar. (Of jawel, Katarina Fransman misschien, die ze toevallig op straat tegenkomt. Eivor denkt dat Katarina wel vaker vrouwen heeft meegemaakt die gaan studeren en willen werken aan een eigen identiteit buiten het beperkte leventje thuis, maar dan de schrik te pakken krijgen, de aftocht blazen en zo snel mogelijk weer zwanger zien te raken.) Maar verder begrijpt niemand haar. Jacob kan een zeker leedvermaak niet verbergen, ook al is hij vooral verontwaardigd dat hun gezamenlijke kinderen er een onecht broertje of zusje bij krijgen, zoals hij het uitdrukt. Dat voorjaar en die zwangerschap is voor haar een periode waarin het niet om nederlagen of overwinningen draait. Het onberekenbare leven heeft gewoon weer met zijn enorme vuist op tafel gebeukt en ze moet gewoon haar onbegrijpelijke plicht doen. Het is een tijd waarin ze dichter bij haar kinderen komt te staan dan ooit, hun contact krijgt een diepere dimensie. Staffan en Linda zijn natuurlijk degenen die er het minst van snappen – voor zover er gradaties van nietbegrijpen bestaan. Ze schildert de onbekende Leon af als iemand met bijna mythische trekken en ze doet haar uiterste best om kalm en beheerst te zijn, om hun veilige gezinsleven niet op het spel te zetten. Het is niet onjuist om te beweren dat ze denkt dat ze in haar opzet is geslaagd; pas veel later beseft ze dat dat niet het geval is. En dan is het zoals gezegd al te laat om nog op de rem te trappen. Dan is het meisje er al. De kleine Elin.

Wanneer ze eind maart voor het laatst naar de avondcursus is geweest, legt ze meteen een verdedigingslinie rondom haarzelf en de kinderen aan. Alleen Jacob laat ze er op gezette tijden door. Elna, die haar onmiddellijk is gaan bombarderen met brieven en telefoontjes, probeert ze op een armlengte afstand te houden. Nu concentreert ze zich op de huishouding en de kinderen, naast de dagelijkse uren in de slijterij. Als er al sprake is van berusting, dan merken anderen dat niet. Ze denkt immers niet in termen van nederlaag en mislukking. Integendeel, ze loopt met een heel andere beslissing rond: om zodra het mogelijk is weer door te gaan met haar streven naar een beroepsidentiteit buitenshuis. Het zal tijd kosten, jaren, maar toch niet zo veel dat het zinloos is.

Niemand begrijpt haar beslissing, al helemaal niet omdat de zwangerschap een gevolg schijnt te zijn van een kort, met rode wijn overgoten vakantieavontuur. Misschien zou je mogen beweren dat ze het zelf ook niet snapt. Ze was immers vastbesloten geweest om niet nog meer kinderen op de wereld te zetten, ze had gedacht dat haar tijd met kleine kinderen voorbij was. Twee zijn genoeg en het leven is zo kort dat je haast moet maken als je ook nog tijd wilt hebben voor iets anders. In dat licht gezien is het natuurlijk onbegrijpelijk dat ze de abortus niet laat doorgaan. De woorden van Lasse Nyman *Dan maak ik mezelf van kant* kunnen deze merkwaardige ommezwaai onmogelijk verklaren. Eivor heeft geen religieuze aanvechtingen, er zijn geen witte gestalten die haar vanuit een hemel voortdurend in de gaten houden, niemand houdt haar zonden bij op het schoolbord. Het is eerder zo dat ze weer in een situatie is beland waar ze totaal niet op is voorbereid, een situatie die ze met de weinige ervaring die ze heeft alleen op deze manier kan hanteren. Ze weet met andere woorden niet eens zeker of ze de abortus ook echt zou hebben ondergaan als Lasse Nyman was blijven leven. Misschien was ze alsnog voor de poort van het ziekenhuis blijven staan om vervolgens rechtsomkeert te maken. Ze weet het niet, en in die periode doet ze ook niet heel erg haar best om de antwoorden te vinden. Daar is ze te moe voor.

Het wordt voorjaar 1974. In mei zijn de dagen warm en Eivor staat te zweten achter de toonbank van de slijterij. Het is donderdag, maar er is veel vraag naar alcohol en het personeel heeft al vaak verzucht dat het Zweedse volk almaar meer brandewijn schijnt te drinken, ondanks de enorme prijsstijgingen en ongeacht welke dag van de week het is. Eivor reikt naar een fles Glenfiddich, de duurste maltwhisky die ze verkopen, en wanneer ze op het wankele trapje staat, bedenkt ze dat de trap die ze zelf in haar leven heeft beklommen heel wat minder regelmatig is dan het trapje onder haar voeten. Ze is tweeëndertig. Staffan is dertien, Linda twaalf en Elin, die op de ochtend van 1 oktober 1973 is geboren (het was een vlotte bevalling, de vroedvrouw hoefde maar een paar hechtingen te zetten) is alweer zeven maanden oud. Het is met andere woorden een trap waarvan de onderste treden dicht bij elkaar zitten.

Het loopt tegen sluitingstijd en Madsén, de chef, staat al verwijtend met zijn sleutelbos te rammelen naar klanten die nog op zo'n onbehoorlijk laat tijdstip binnenkomen. Eivor verkoopt een fles wodka aan een klant die ze eigenlijk om legitimatie had moeten vragen. Zijn ogen glimmen en de onmiskenbare geur van een biertje tegen de kater slaat haar tegemoet. Maar ze slaat gewoon het bedrag aan, schuift hem het wisselgeld toe en stopt de fles in een plastic zak. Ze heeft haast, ze moet Elin ophalen bij de oppasmoeder die ze tot haar vreugde in een portiek naast het hare heeft gevonden. Als ze 's ochtends een keer laat is, en dat komt voor, hoeft ze Elin alleen maar in een dekentje te wikkelen. De oppasmoeder, die in 1956 uit Hongarije naar Zweden is gekomen, heeft er alle begrip voor dat ochtenden weleens te kort kunnen zijn. Maar ze denkt nu niet aan Elin, het kleine blonde meisje dat een donkerharige vader heeft die Leon heet en die zijn eerste brief aan zijn kind nog moet schrijven. Nee, ze denkt aan Staffan. De dertienjarige die uiterlijk zo op zijn vader lijkt dat het bijna komisch is. Staffan, wiens stem opeens overslaat en die 's avonds mysterieuze uitstapjes maakt, die zijn huiswerk is gaan verwaarlozen terwijl hij daar eerder nooit moeite mee had. Die nauwelijks reageert als Eivor iets vraagt, die zijn zus Linda een klap verkoopt wanneer ze het allerminst verwacht, wanneer er geen enkele aanleiding voor is. Eivor heeft geprobeerd zijn gedrag als normaal te beschouwen, hij zit in een moeilijke fase, puber zijn is niet niks. Maar het wordt steeds moeilijker en Jacob begrijpt hem ook niet. Ze bekijkt de situatie nu per dag en echte problemen hebben zich ook niet voorgedaan tot gisteravond, toen Staffans klassenleraar belde en zei dat Staffan helaas met een groep jongens optrok die bier dronken en diverse bedwelmende oplosmiddelen snoven. (Zo had hij het geformuleerd en Eivor gaat ervan uit dat hij de waarheid draaglijker wil maken door zo'n omschrijving te gebruiken.) Vanavond zal ze met hem proberen te praten, al weet ze totaal niet hoe ze die onbekende wereld tegemoet moet treden waarvan ze in haar onnozelheid dacht dat haar kinderen er nooit in zouden terechtkomen. Donderdagavond is daarvoor een geschikte avond, want dan is Linda naar turnen en bovendien mag ze blijven slapen bij haar beste vriendin, die in de Lergöksgatan woont.

Elin slaapt en Staffan is nog niet thuis. Eivor heeft in de lichte lenteavond naar hem uit staan kijken, maar ze zag alleen een eenzaam jongetje van hooguit acht jaar oud een bal tegen een van de garagedeuren trappen. Het kind maakte een oneindig trieste en verlaten indruk op haar, totdat ze zich herinnerde dat Staffan daar een paar jaar geleden ook weleens stond, verzonken in zijn eigen gedachten en dromen, en af en toe een bal tegen de garagedeuren schopte. Ze loopt naar de keuken, maar weet dan opeens niet meer wat ze daar kwam doen. Pas wanneer ze de koelkast opendoet, herinnert ze zich vaag dat ze had overwogen zich moed in te drinken met het scheutje rode wijn dat in het kastje boven het fornuis verstopt staat. Maar het blijft bij een overweging, ze kan niet met haar zoon over de gevaren van thinner praten als ze zelf wijn heeft gedronken. Het is natuurlijk belachelijk, dat beseft ze zelf ook wel, om van een slokje wijn een morele kwestie te maken. Het was wat anders geweest als ze een dagelijkse consumptie had vergelijkbaar met die van haar vaste klanten. Bijvoorbeeld de deftige weduwe Ekstrand, die nauwelijks minder dan honderd liter witte wijn drinkt in een jaar, bij voorkeur zure Hongaarse. Zelf taalt ze niet naar alcohol. Waar de enige fles rode wijn die ze in huis heeft vandaan komt, en bij welke gelegenheid die is gekocht kan ze zich niet eens herinneren.

Is ze bang? Ziet ze ertegen op? Wat is ervan waar, hoeveel is overdreven, hoeveel is terechte waarschuwing? De klassenleraar, Engström, is nieuw, ze heeft hem nog niet ontmoet, en als ze Staffan mag geloven is hij zo'n type dat Charles Bronson als huurmoordenaar in eindeloze filmvarianten moet omleggen, 'de eerste moord om er schot in te brengen'. Hij had een gehaaste indruk gemaakt aan de telefoon, alsof hij zijn avonden besteedde aan het waarschuwen van een eindeloos aantal nietsvermoedende ouders. Toch leek hij haar niet iemand die te pas en te onpas alarm slaat ...

Eindelijk staat Staffan in de deuropening, met een snotneus en onder de modder. Kwaad rukt hij zijn donzen jack uit en schopt de korte zeillaarzen uit alsof het krabben zijn die aan zijn tenen hangen. Hij mompelt iets onduidelijks tegen haar en wil al naar zijn kamer gaan als Eivor hem tegenhoudt en zegt dat ze met hem wil praten.

'Waarover?' vraagt hij en hij is meteen op zijn hoede, als een grenssoldaat op zijn post.

'Over wat je 's avonds doet!'

'Niets.'

'We hoeven hier toch niet in de hal te blijven staan? We kunnen er toch even bij gaan zitten?'

'Ik sta hier goed.'

'Staffan ...'

'Hou op!'

'Je klassenleraar heeft gisteravond gebeld.'

Wat er dan gebeurt valt misschien te beschrijven als dat je lijdt aan de bedrieglijke illusie dat je een huiskat in je armen hebt, terwijl het in werkelijkheid een tijger is. Opeens rent hij op haar af en schreeuwt recht in haar gezicht: 'Wat heeft hij gezegd? Wat wilde die klootzak? Ik zou zijn lul moeten afsnijden. Dat ga ik morgen doen! Het eerste uur! Wat wilde hij?'

Eivor is natuurlijk sprakeloos. Oog in oog staan met haar dertienjarige zoon en naar zo'n woeste tronie staren. Maar ook al is ze bijna bang voor hem, toch ziet ze details in zijn gezicht die haar eerder nooit echt zijn opgevallen. Hij is bleker dan ze eigenlijk had gedacht, zijn wangen en kin zitten hier en daar vol puistjes, die zo klein zijn dat je ze pas ziet als je er met je gezicht vlakbij komt. (Wanneer vond hij het voor het laatst goed dat ze hem omhelsde? Een jaar geleden? Zo veel tijd is er al voorbijgegaan sinds hij op een dag niets van haar liefkozingen moest hebben en zich er uiteindelijk actief tegen verweerde!) Ze zegt dat hij moet kalmeren en hij stopt ook abrupt, alsof ze hem een klap heeft gegeven.

'Je hoeft alleen maar ja of nee te zeggen', zegt zij. 'Drink je bier?'

'Nee.'

'Snuif je?'

'Nee.'

'Nooit?' (Voor het eerst heeft ze het idee dat ze met de leugens van een volwassene te maken heeft. Eerder waren het de vage smoezen van een kind dat kleingeld had gejat, met lucifers had gespeeld of iets dergelijks. Maar nu komt ze in aanraking met een ander soort onwaarheid, een tegenstand waarvan hij kennelijk bereid is de consequenties te aanvaarden, ook al lijkt hij meer bang dan agressief.)

'Nee.'

De stem die soms overslaat, geeft nu een antwoord als een hamerslag.

'Begrijp je niet dat dat gevaarlijk is?'

Ze ziet geen andere mogelijkheid dan zijn antwoord te negeren. Liever dat dan hem dwingen toe te geven wat ze allebei al weten, namelijk dat hij liegt.

'Ik zeg toch dat ik dat niet doe?'

'Wil je net zo worden als die dronkenlappen die op het plein rondhangen? Dat zal ik nooit laten gebeuren en papa ook niet!'

'Welterusten.'

Hij loopt regelrecht zijn kamer binnen, smijt de deur dicht en doet hem op slot, en wanneer ze erop bonst en roept dat hij open moet doen, zet hij zijn cassetterecorder zo hard aan dat er een ondoordringbare geluidsmuur tussen hen ontstaat. Later zal ze nog kalme en relatief beheerste gesprekken met hem voeren, maar bij deze dichte deur en die dreunende popmuziek begint ze voor het eerst te vermoeden dat de verandering in zijn gedrag en zijn ontwijkende woede iets met de komst van Elin en de mysterieuze meneer Leon te maken hebben. Dan begint voor haar het moeizame mentale proces dat leidt tot het inzicht dat het haar helemaal niet gelukt is haar gezin te beschermen toen ze het nieuws over Elin als een bom liet inslaan. Hij moet het als zo'n groot verraad hebben beschouwd dat alle uitingen van liefde en zorg die ze hem altijd had betoond erdoor tenietgedaan werden.

De zomer van 1974 bezorgde Eivor veel hoofdbrekens en als Staffan 's nachts niet thuiskwam ging ze hem zoeken. Zodoende maakte ze een heleboel angstige nachtelijke wandelingen langs de geheime plekken, de kelders, binnenplaatsen en bruggen van Frölunda. In de perioden dat hij thuis was en het gewone, vrolijke kind was dat hij waarschijnlijk in wezen nog altijd was, koesterde ze zelfs de ijdele hoop dat alles voorbij was, dat hij niet in de klauwen was terechtgekomen van wat ooit was gekenschetst als 'bedwelmende oplosmiddelen'. Maar die perioden waren kort, en toen er op een avond in augustus – slechts enkele dagen voor de school weer zou beginnen – twee agenten voor de deur stonden die Staffan als een vies, half bewusteloos bundeltje tussen zich in hielden, wist ze al dat het van kwaad tot erger zou gaan als ze geen oplossing vond die hem in één klap zou losrukken van de onderkruipsels die hem naar beneden trokken. In de zomer was hij met Jacob en diens nieuwe vrouw op vakantie geweest in Båstad. Het was de bedoeling dat hij daar een hele maand zou blijven – Linda was er ook bij – maar na vier dagen belde Jacob om te zeggen dat het niet ging en dat Staffan in de trein zat die 's avonds om tien voor zes in Göteborg zou aankomen. Toen viel ook de mogelijkheid weg dat hij misschien naar Borås zou kunnen verhuizen en moest ze maar weer zien hoe ze zich redde. Wie zal zeggen hoe het was afgelopen als ze toen niet had beseft dat ze hulp nodig had? Ze was de instorting nabij, bovendien was Elin in die tijd continu verkouden en aan het geduld van de loyale en bedachtzame Linda kwam natuurlijk ook een keer een eind, nu zij ook begon te puberen met alles wat daarbij hoorde. Maar op een dag, halverwege augustus, zocht Eivor opeens het blaadje op waarop ze ooit een telefoonnummer had geschreven, en met veel moeite lukte het haar het adres en telefoonnummer te achterhalen van Sirkka Liisa Taipiainen, die nu in Dalarna woonde, om precies te zijn in de Smidesgatan in Borlänge. En nadat ze het nummer had gedraaid en Liisa met een vreugdekreet reageerde toen Eivor zei wie ze was, voelde ze meteen dat ze van haar hulp zou kunnen krijgen. Ze hebben elkaar jaren niet gesproken, maar toch is het net of ze de draad zo weer op kunnen pakken. Liisa schijnt niets van haar heftige impulsiviteit te hebben verloren en zegt dat ze elkaar beslist onmiddellijk moeten zien.

'Ik heb kinderen', zegt Eivor.

'Wie niet? Dan spreken we toch ergens halverwege af!'

'Waar is dat? Ik weet nauwelijks waar Borlänge ligt ...'

'Jij weet ook nooit iets, Eivor. Maar maak je nu niet druk om waar het ligt. Waar is halverwege, hoe heet het daar. Waar alle treinen stoppen ...'

Eivor kreeg bijna hartkloppingen toen het tot haar doordrong dat Liisa de naam Hallsberg zocht. Hallsberg ... Ze durfde de naam haast niet uit te spreken, maar Liisa riep meteen: 'Ja, precies ... Hallsberg, ja! Dat is halverwege! Wanneer kun je?'

Eivor wist Jacob over te halen om het laatste weekend van augustus bij de kinderen in Göteborg te blijven en ze werd door Liisa opgewacht op het perron van Hallsberg. Ze was een half uur eerder aangekomen dan de trein uit Göteborg en Eivor zag haar meteen, ondanks de drukte op het station. Liisa, die door het hele land vrienden scheen te hebben, had het zo geregeld dat ze konden overnachten bij een kennis van een vriendin van haar broer (Eivor had er geen idee van gehad dat Liisa broers had) die in Hallsberg woonde, niet ver van de plek waar Eivor haar hele jeugd had doorgebracht. Ze ontmoetten elkaar 's zaterdags rond de middag en ze bleven tot zondagmiddag drie uur in Hallsberg. Gedurende die tijd sliepen ze haast niet, maar dat maakte hun geen van beiden iets uit. Ze liepen te praten en zaten te praten, tijdens het eten praatten ze en toen ze in bed lagen, praatten ze. Het was een dag waarop ze geen moment stil waren. Wie hen zag, vond hen waarschijnlijk een opmerkelijk stel, zo verschillend als ze waren. Liisa droeg een wit overhemd over een versleten, gerafelde spijkerbroek en klompen aan haar blote voeten, terwijl Eivor veel moeite had gestoken in het samenstellen van een geschikte outfit voor haar weerzien met Liisa. Ze had voor haar kast in Frölunda gestaan en gedacht: hoe wil ik dat Liisa me ziet? Uit een wirwar van kleren die algauw over het bed en de vloer van de slaapkamer verspreid lagen, had ze een roestbruine zomerjurk gekozen en een paar schoenen met hoge hakken in een bijpassende kleur. Ze staren elkaar in eerste instantie verbluft aan, maar pas 's avonds komen ze terug op het grote verschil in kleding als een voorbeeld van hoe verschillend ze zich hebben ontwikkeld. Dan zitten ze weer in het drukke spoorwegrestaurant dat verdeeld is in een bargedeelte en een eetzaal waar je een droevige vette hap kunt krijgen, die op een lopende band uit de keuken komt. Het restaurant is zo ingrijpend verbouwd dat Eivor het niet meer herkent. Er zit een vrouw van middelbare leeftijd achter de kassa die haar vaag bekend voorkomt, maar helemaal zeker is ze er niet van. Haar ontmoeting met Hallsberg is ook in andere opzichten nogal verwarrend en ze kan niet ontkennen dat ze zich een beetje ontgoocheld voelt. Toen ze in de trein zat, had ze zich in gedachten voorgesteld dat ze allerlei vroegere klasgenoten weer zou zien, dat Hallsberg in de uren dat zij daar was zou terugkeren naar zijn slaperige bestaan van twintig jaar geleden. Maar als Liisa en zij aan het wandelen zijn, ziet ze alleen maar onbekende gezichten. Er zijn nog maar weinig dingen hetzelfde als vroeger: een paar winkels, delen van de bebouwing, het station en de hoge bomen op het stationsplein. Maar wat haar echt onaangenaam treft, wat haar sentimenteel maakt en haar een huiveringwekkend gevoel van vergankelijkheid bezorgt, is wanneer ze voor de gele huurflat staat waar ze is opgegroeid en ziet dat het rode huis van Anders weg is. Er is niets van over, de tuin niet, de berk niet die voor zijn keukenraam stond, en de grote lijsterbes ook niet. Er ligt een geasfalteerd plein, een parkeerplaats voor een rijtje nieuwbouwhuizen aan de Pålsbodavägen. Ze probeert Liisa te vertellen hoe het er vroeger uitzag, over Anders, over het leven dat ze toen leidde, maar ze geeft het op en zwijgt. Het is te persoonlijk, ze komt er niet uit, ze kan geen woorden vinden die levend genoeg zijn om Liisa's interesse te wekken. Wanneer ze Liisa steeds ongeduldiger ziet worden haalt ze haar schouders op, ze keren om en nemen de weg terug waarlangs ze gekomen waren. Met tegenstrijdige gevoelens ziet Eivor het milieu van haar jeugd weer terug en ze ziet dat er van oude herkenningspunten alleen onduidelijke schaduwen zijn overgebleven (Hallsberg ruikt niet eens meer zoals vroeger!), zou ze het liefst zo snel mogelijk willen vertrekken. Je kunt niet teruggaan in de tijd en denken dat je daar nog iets kunt ophalen wat je was vergeten, realiseert ze zich, en ze moet er niet aan denken dat ze om de een of andere reden in haar eentje naar Hallsberg gekomen was en hier had moeten blijven ...

Wanneer ze bij een vervuilde fontein pal tegenover het hotel van Hallsberg op een blauw geverfd bankje zitten, zijn ze het over één ding roerend eens. Namelijk dat er intussen zo ontzettend veel is gebeurd. Tien jaar is echt een hele poos, dat merk je wel wanneer degene die je na zo'n tijd weerziet eindeloos veel verrassingen in petto blijkt te hebben. Je kunt natuurlijk niet alles beschrijven wat er in de tussenliggende tijd is voorgevallen, je moet je beperken tot het aanstippen van de belangrijkste gebeurtenissen, die hopelijk zo goed gekozen zijn dat er een rode draad zichtbaar wordt. Dat doet Liisa dan ook, met haar onmiskenbare Finse accent, terwijl ze met één klomp in het grind zit te boren, waar allemaal peuken en afgebroken lucifers in liggen. Liisa overspant de periode van tien jaar met een brug die op twee duidelijk uitgesproken fundamenten rust: aan de ene kant een schijnbaar eindeloze rij mannen die haar hebben bedrogen, aan de andere kant Liisa's steeds sterkere drang tot verzet. In Borås (Eivor rekent snel uit dat het ongeveer rond de tijd van Staffans geboorte moet zijn geweest) heeft ze een Joegoslaaf ontmoet die was meegekomen op de eerste golf van gastarbeiders die in de jaren zestig waren geworven voor de industrie die zelfs de voortdurend groeiende Finse kolonie niet op eigen kracht draaiende kon houden. Het was een overrompelende liefde en toen hij een beter betaalde baan in Olofström had gevonden en vroeg of ze meeging, had ze geen bedenktijd nodig en ze haalde meteen haar laatste loon op bij de kunstzijdefabriek. Maar in Olofström doet ze een deur open van een barak waarvan zij denkt dat die naar de eeuwige liefde zal leiden, alleen om hem aan te treffen in de armen van een andere vrouw. Maar ze heeft dat eerste verraad door de vingers gezien en ze blijft een hectisch jaar bij hem, met continu bedrog, continu verbroken beloften dat het niet weer zal gebeuren. Maar wanneer hij in een aanval van compleet ongerechtvaardigde jaloezie bijna al haar haar uittrekt, beseft ze dat ze trouw moet blijven aan zichzelf en ze pakt haar biezen, zoals ze dat noemt. Ze is naar Stockholm gegaan en heeft daar allerlei verschillende baantjes gehad, tijdelijke omstandigheden, tijdelijke bedden. Een tijd waarin het even zo slecht met haar ging dat ze ook rondslenterde over een van de klassieke verzamelplaatsen van het verval, het centraal station. Ze vertelt broodnuchter dat zij daar ook heeft rondgehangen, dronken, ongewassen, luidruchtig en met eczeem op armen en handen. Wat haar heeft behoed voor overlijden in een smerig portiek, stikkend in haar eigen braaksel, was dat ze zich nooit in contanten liet betalen, maar altijd in natura: geld, drank of een slaapplaats. De laatste schans van haar trots heeft ze altijd weten te verdedigen, ook al was het vaak net of alle legers van de wereld om haar heen gegroepeerd stonden. Ooit had ze in haar benevelde onmacht een stoel kapotgeslagen op het hoofd van een van haar trouwste zuipmaatjes. Ze had toevallig wat geld, zodat ze een taxi kon nemen naar de Värtahaven en een enkele reis naar Helsinki. Op de boot had ze een Finse lichtmatroos ontmoet die haar nu eens geen drank aanbood, maar haar een uur lang de huid vol schold en haar daarna min of meer onder de douche schopte. Hij woonde in de buurt van Stockholm, in Gustavsberg om precies te zijn, en na twee dagen in Helsinki, waar ze zich alleen maar rusteloos voelde en een buitenstaander, was ze met hem mee teruggegaan naar Zweden. Een paar maanden later waren ze getrouwd, ze was toen al zwanger en de lange periode van zwaar weer leek eindelijk voorbij. Maar toen ze thuiskwam met haar pasgeboren zoontje duurde het niet lang of papa de lichtmatroos kreeg genoeg van de krampjes en het gekrijs dat de godganse dag doorging en het had niet veel gescheeld of hij was met het kind gaan gooien. Liisa verliet hem natuurlijk, nu herkende ze verraad meteen, en via een nieuwe serie tijdelijke woningen, en nieuwe meer of minder betrouwbare vrienden, was ze ten slotte in Hedemora beland, waar ze een jaar in een snackbar had gewerkt, en het jaar daarna was ze in Borlänge terechtgekomen, waar ze werk vond bij de Domnarvet staalfabriek, een werkgever die ze sindsdien trouw is gebleven. 'Maar dit is in zekere zin nog niet eens de helft van het verhaal', zegt ze terwijl ze verstrooid naar een mus, die zijn kopje boven de rand van een diep voetspoor in het grind uitsteekt. 'Het eigenlijke verhaal is natuurlijk wat voor uitwerking dit allemaal op mij heeft gehad. Wat is er vandaag nog over van het Finse meisje dat ooit naar Zweden vertrok om goud te twijnen in Borås? Die de best denkbare les had meegekregen van haar oude opa Taipiainen, dat de wereld uit een aantal verbanden bestaat die je moet doorzien, ontrafelen en veranderen. Die zeker ook haar mond opentrok als het te ver ging met de onrechtvaardigheid, maar die compleet verkocht was toen een donkere Joegoslaaf zijn oog op haar liet vallen. Die daarna een soort waarnemer werd binnen de kolonie van asociale daklozen en de Zweedse welvaart vanuit kikvorsperspectief kon bekijken, maar die ten slotte haar hele last afwierp en de verloren draad weer oppakte. Wie was ze toen en wie is ze nu?' Daar gaat haar verhaal van de laatste tien jaar eigenlijk over, zegt ze, en ze kijkt op van haar klompen en tuurt met toegeknepen ogen tegen de middagzon in.

'Ik heb een theorie', zegt ze. 'Zoals dat zo mooi heet. En dat is dat gewone mensen nu pas de verbanden ontdekken waar ik het over had. De politiek. Wat er eind jaren zestig is gebeurd, Vietnam en alles, waar wij ons eigenlijk niet druk om maakten, wat we vooral een hoop geschreeuw en gedoe vonden, iets wat ons niet aanging omdat het nog steeds goed ging met de economie hier in Zweden. Maar nu het weer krapper begint te worden, nu niets meer vanzelfsprekend is, gaan de gewone mensen het verband weer zien, politiek. En dan wordt het menens!'

Eivor weet niet wat ze daarop moet zeggen en ze vraagt of ze ergens zullen gaan koffiedrinken. Even kijkt Liisa haar peinzend aan, maar dan glimlacht ze. Ze staan op van het bankje en lopen weg.

Ze zullen overnachten op de bovenverdieping van een oud, verwaarloosd houten gebouw midden in Hallsberg, in het appartement dat Liisa's kennis-van-een-kennis bewoont. Ze werkt in een bejaardentehuis aan de rand van de stad en heeft dit weekend nachtdienst. Dus hebben Liisa en Eivor het kleine flatje voor zichzelf. Van beneden klinkt een tv waarvan het geluid te hard staat. Eivor is op een oude rode pluchen bank gekropen, terwijl Liisa in een stoel zit met haar blote benen op een tafeltje. Wanneer Eivor vertelt van haar tien jaar, merkt ze dat ze Liisa's voorbeeld probeert te volgen, dat ze af en toe een gebeurtenis noemt en het opvullen van de grote gaten aan Liisa's fantasie overlaat. Voor het eerst vertelt ze het ware verhaal over Madeira, over de onechte Leon en de echte Lasse Nyman. Ze merkt dat Liisa haar een paar keer in de rede wil vallen om een vraag te stellen, maar dat laat ze niet toe, ze gaat gewoon harder praten en vertelt verder. Tot slot vertelt ze over de plotselinge impuls die ze voelde om het telefoonnummer op te zoeken en een poging te doen om Liisa weer te vinden, en ze vraagt haar ronduit wat ze moet doen om te voorkomen dat het met Staffan helemaal misloopt. Liisa antwoordt niet meteen en zit langzaam haar hoofd te schudden.

'Het leven is ook niet zachtzinnig', zegt ze zacht en Eivor hoort de warmte in haar stem.

En dan opeens, alsof het leven toch één lange, lokkende zaterdagavond is, springt ze op uit de stoel en zegt dat ze honger heeft, dat ze massa's eten nodig heeft om te kunnen leven.

'Maar ik ben niet dik', zegt ze. 'Ik weeg nu minder dan in Borås.'

'Ik weet niet eens hoeveel ik weeg', zegt Eivor.

'Jij weet ook nooit iets.'

Dan begrijpt Eivor pas dat Liisa dat echt meent, achter de gekscherende en vriendelijk plagerige toon.

Ze eten allebei hetzelfde, te lang gebakken tartaartjes met verschrompelde, smakeloze friet. Ze drinken wijn en Eivor probeert nog eens te vertellen hoe het is om weer in Hallsberg te zijn. Maar Liisa valt haar al snel in de rede.

'Met die herinneringen kun je niks', zegt ze ongeduldig. 'We zijn allemaal kinderen geweest. Rotkinderen. Ik had vroeger een vriendinnetje, we waren een jaar of zeven, acht. Een ander meisje was jarig en wij mochten niet komen. Toen poepten we op een blaadje en daar bonden we rode linten omheen en dat gaven we haar als verjaardagscadeautje en toen renden we zo snel mogelijk weg. Zo zijn we allemaal geweest.'

Eivor voelt opeens de behoefte om zich te verdedigen, om tegenstand te bieden.

'Voor mij is dit belangrijk', zegt ze. 'Ik teer niet op oude herinneringen, als je dat soms denkt. Maar op dit moment vind ik het moeilijk om er niet bij stil te staan dat ik hier tien jaar van mijn leven heb gewoond.'

'Oké,' zegt Liisa, 'maar ...'

Dan onderbreekt ze zichzelf en ze wijdt zich met vernieuwde krachten aan de bedroevende maaltijd. Eivor kan aan haar manier van eten zien dat ze koortsachtig nadenkt, dat ze ergens op zit te broeden ... Wanneer ze hun borden hebben weggeschoven komt het.

'Kom in Borlänge wonen', zegt ze. 'Je kunt er een woning en een baan krijgen. Bij Domnarvet. Net als ik.'

'Terug naar een fabriek dus?'

'Daar horen we thuis', zegt Liisa met nadruk. 'Daar of ergens anders waar gewone mensen werken.'

En met schijnbaar onuitputtelijke krachtreserves, met argumenten waar ze Eivor mee om de oren slaat, probeert ze haar over te halen om te verhuizen, zich los te rukken, opnieuw te beginnen, voor zichzelf maar vooral ook voor Staffan. Borlänge is een kleine stad. Natuurlijk zijn er problemen, veel problemen, maar toch is het overzichtelijk. Je kunt de stad de baas in tegenstelling tot Stockholm of Göteborg, waar de stad jou de baas is. Als ze iets aan haar situatie wil doen, moet ze haar tijdelijke wortels uit de grond trekken (Liisa zegt keer op keer dat je je meubels ten minste eens in de drie jaar uit het raam moet gooien), en zich losmaken uit een milieu dat – naar wat Liisa ervan heeft begrepen – misschien wel minder is dan Borlänge. Met onregelmatige pauzes duurt dit gevecht de hele avond en nacht door, en wanneer ze de dag daarop afscheid nemen heeft Eivor beloofd dat ze er serieus over zal nadenken. Ook heeft ze Liisa een onbeperkte volmacht gegeven om nader te onderzoeken waar ze in Borlänge werk en een woning zou kunnen vinden.

Maar voor het zover is dat ze ieder op een perron staan te wachten op hun vertraagde trein, met de rails tussen hen in, en ze elkaar over het spoor heen de laatste groeten toeroepen, krijgt

Eivor nog enkele wijze lessen mee. Toen ze zich 's nachts ieder in een hoek van de pluchen bank hadden geïnstalleerd en zomaar wat zaten te kletsen, vroeg Eivor opeens wat Liisa bedoelde toen ze zei dat zij nooit iets wist.

'Snap je dat niet?' vraagt ze. Ze is oprecht verbaasd, dat ziet Eivor meteen. 'Begrijp je het nog niet? Goh, wat ben jij traag van begrip, zeg!'

En in een hernieuwde poging om het uit te leggen, een poging die een pedagoog tot wanhoop zou drijven, haalt ze de grondbeginselen van het leven er weer bij die ze Verband en Omgeving noemt. Ze beweert dat Eivor zichzelf nooit heeft kunnen zien als een deel van een groter geheel dan haar gezin en het werk dat ze op dat moment heeft. Maar waarom beroofde Lasse Nyman banken en sneed hij zijn vader een oor af? (Wie zegt trouwens dat de oude Nyman zo'n makkelijk leven had?) Waarom begrijpt ze nooit iets van wat er om haar heen gebeurt, alsof ze het slachtoffer is van een verbijsterende reeks ongelukkige omstandigheden? Maar ze is geen uitverkoren landingsbaan voor neerstortende vliegtuigen, de geschiedenis krijgt geen black-out telkens wanneer zij zich op straat vertoont of haar gordijn optrekt. Ze begaat continu de grote vergissing te denken dat zij de enige is! (Of – verbetert Liisa zichzelf – de vergissing om zich te laten wijsmaken dat ze de enige is!) Ze is geen satelliet die ronddraait in zijn eenzame ruimte, ze maakt deel uit van een groter verband. En zolang ze de verklaringen voor wat er gebeurt niet buiten zichzelf zoekt, zal ze door het leven blijven kruipen als een kreupele wiens krukken gestolen zijn.

Ook al klinkt het allemaal verwarrend en tegenstrijdig wat Liisa op dat moment zegt (wat het gedeeltelijk ook is), toch beseft ze dat ze alles moet opslaan wat ze hoort, om later verder te verwerken en te gebruiken. En meer vraagt Liisa ook niet.

'Ik ben geen ... Hoe noem je dat? Geen slavendrijver. Maar soms is het goed om iemand te hebben die je een schop onder je kont kan geven.'

'Heb jij zo iemand?'

'Ja, hoor. Zo veel. Op mijn werk. En Arvo ...'

'Wie?'

'Mijn zoon! Arvo!'

'O ja, natuurlijk ...'

Maar wie denkt dat de ontmoeting in Hallsberg tussen Sirkka Liisa Taipiainen en Eivor Maria Halvarsson gekenmerkt wordt door sombere ernst, slechts af en toe onderbroken door kleurloze maaltijden of uitbarstingen van ongeduld, heeft het van a tot z verkeerd begrepen. Het is precies omgekeerd, het zijn twee vrouwen die elkaar terugzien terwijl ze van elkaar gedacht hadden dat ze in een onbekende uithoek van het land of van de wereld waren verdwenen, twee vrouwen die hartelijk lachen en nog altijd blijk geven van levenslust, al heeft die wel een knauw gekregen. Want waarom hadden ze anders bijvoorbeeld om vier uur 's ochtends elkaars kleren gepast en waren ze vervolgens bijna gestikt van de lach toen ze het resultaat zagen? Bovendien kan Eivor dan nog duidelijker zien wat Liisa eerder op de avond heeft gezegd: dat Eivor gekleed gaat als iemand die ze niet is, maar die ze denkt te moeten zijn. En op zondagochtend slenteren ze in alle vroegte door het uitgestorven plaatsje en hun lach galmt tussen de muren van de huizen.

Wanneer Eivors trein 's middags om even voor drieën binnenkomt en Liisa als achter een schuivende coulisse verdwijnt, stapt ze met ongewone lichtvoetigheid in. Ze reist naar Göteborg met een gevoel dat ze is bevrijd uit een bankschroef waarvan ze het bestaan niet eens had gekend. Ze heeft lang gedacht dat ze grip had op de werkelijkheid, maar nu ziet ze in dat ze die eigenlijk op veel gebieden juist altijd heeft vermeden. Ze kan wel een paar uitzonderingen bedenken (haar poging om te studeren, de reis naar Madeira, het contact met Katarina Fransman, haar nieuwe baan), maar het is toch net of ze hoofdzakelijk heeft zitten navelstaren en zich daar mistroostig over heeft gevoeld.

Terwijl ze in de trein zit, groeit haar ongeduld. Natuurlijk! Ze heeft immers een belangrijke beslissing te nemen. Om 18.29 uur is ze er. Op het station staat een dronken man met een kreeft in zijn hand te zwaaien.

1981

Ooit had ze een droom. Op een nacht in een ver verleden, ergens halverwege de jaren zeventig. Het is een merkwaardige droom, aangezien ze hem opslaat en er steeds naar terugkeert, er steeds iets nieuws in ziet wat ze eerder niet had opgemerkt.

Normaal gesproken heeft Eivor een uiterst nuchtere instelling ten opzichte van de dromen die ze zich in zeldzame gevallen nog herinnert als ze wakker is. Vaak is het maar een vormeloze chaos, alsof gebeurtenissen en mensen in een bak zijn gegooid en daarna door haar hersenen door elkaar gehusseld zijn. Nooit kan ze enige logica ontdekken in de in stukken geknipte en door elkaar geraakte flarden werkelijkheid en ook nauwelijks opwindende symboliek. Nee, wat ze af en toe nog weet als ze naar haar werk fietst met de laatste resten van de slaap nog in haar ogen en haar lichaam, zet ze snel uit haar hoofd.

Maar met deze droom is het wat anders. Ze bevindt zich in een kamer die een mengeling is van het naaiatelier van Jenny Andersson in Örebro, waar ze twintig jaar geleden heeft leren naaien, en een ander vertrek dat ze slechts gedeeltelijk herkent. Wat ze daar doet, weet ze niet (ook dat is de taal van de droom; ze droomt dat ze zich dat afvraagt ...). Maar opeens zijn haar moeder Elna, haar twee dochters Linda en Elin, en Jacobs moeder Linnea er ook. Het zijn dus alleen maar vrouwen en ze staan met elkaar te giebelen. Opeens valt Eivor iets vreemds op: het leeftijdsverschil dat er in het echt is, is verdwenen, ze zijn allemaal even jong, een jaar of vijftien, zestien. (De ontmoeting in de droom schijnt ergens in de jaren vijftig plaats te vinden, getuige hun kleding en kapsel, maar op de achtergrond zingt Barbra Streisand en die was er toen toch nog niet?) Opeens is het gegiebel afgelopen en beginnen ze door elkaar heen te praten. Welke woorden er worden uitgewisseld tussen Eivor en de mensen die haar in de droom bezoeken, weet ze niet meer. Maar ze weet nog wel dat ze steeds van tevoren weet wat er gezegd gaat worden en dat dit inzicht de giebelende idylle verandert in een nachtmerrie waaruit ze onmiddellijk probeert te vluchten.

Wanneer ze wakker wordt, heeft ze het dekbed van zich af geschopt en is haar nachtpon drijfnat van het zweet. Het duurt een hele poos voor ze zich kan oriënteren in de donkere slaapkamer (het is winter en de straatlantaarn waarvan ze normaal gesproken een zwak schijnsel kan zien onder het rolgordijn, is door iemand vernield) en ze beseft dat ze wakker is geworden van iets in haarzelf, van een droom. Maar ze valt al snel weer in slaap en pas enkele dagen later begint ze na te denken over de vrouwen die bij elkaar kwamen in de kamer die door haar hersenen was gecreëerd ...

Vanaf die dag blijft die droom bij haar en ook al is er nu bijna zes jaar verstreken, toch piekert ze er nog steeds over, alsof het een raadsel is dat een antwoord van haar wil.

Zo ook op dit moment, een ochtend vroeg in november 1981, waarop ze net weggaat van haar werk bij Domnarvets ijzerfabriek in Borlänge omdat haar dienst er weer op zit. Ze loopt van de westelijke poort naar haar oude fiets, die met een ketting erom in een fietsenrek staat. Het is koud, en huiverend trekt ze haar jas dichter om zich heen. En dan stormt die oude droom haar bewustzijn weer binnen. Maar ze zet hem met een vloek van zich af. Nu komt het even niet uit. Ze heeft genoeg aan zichzelf! Vandaag is ze net weer ongesteld geworden en ook al is ze achtendertig jaar oud en heeft ze haar vruchtbaarste tijd gehad, toch kan ze zich daar nog niet zomaar in schikken. Maar natuurlijk is het niet zo simpel. Ze is minstens even moe van haar gevecht tegen het besef dat ze in wezen helemaal niet nog een kind wil. Dus ze loopt daar naar haar fiets, en ervaart het leven als één langgerekte kwelling. Elke dag vechten met haar onmogelijke beslissingen, elke dag de cabine van de hijskraan in klimmen en neerkijken op haar collega's en bedenken dat het verre van zeker is dat ze op haar post mag blijven in deze tijden van recessie. Elke dag dezelfde sleur, en de oude besluiteloosheid die ze achter zich liet toen ze ooit besloot van Göteborg naar Borlänge te verhuizen is dus weer teruggekomen. Wat is deze verbitterde ongerustheid die ze in zich draagt terwijl ze lusteloos naar haar fiets loopt anders dan de vermaledijde terugkeer van de verwarring? Natuurlijk is het dat! En als zij zo'n ontzettende sukkel is dat ze haar ogen wil sluiten voor de realiteit, dan gaat ze haar gang maar. Niemand houdt haar tegen! Ze is een vrij mens in een vrij land ...

Ze buigt zich over de ketting die om het wiel van haar fiets zit. Achter haar scheurt een Saab weg. Aan het geluid te horen is het haar collega Åke Nylander, die altijd Lazarus wordt genoemd, die snel naar huis wil, naar zijn verzameling video-films die voor het grootste deel uit porno bestaat. (Hij wordt Lazarus genoemd om de eenvoudige reden dat hij de bijzondere gewoonte heeft om in de koffiepauze in slaap te vallen en daarna als uit de doden op te staan als er weer gewerkt moet worden!) Het slot werkt niet mee en ze scheldt en trekt. Dat het ook altijd zo ... Verdomme ...

En dan kan ze er opeens niet meer tegen, ze komt overeind en geeft een schop tegen de fiets zodat hij omvalt in het rek. Ze weet niet of ze de fiets kort en klein zal slaan of op het natte asfalt zal gaan zitten huilen. Maar ze doet geen van beide, ze blijft gewoon staan en op dat moment dringt het tot haar door dat het zo niet verder kan. Er moet iets gebeuren, er moet veel gebeuren, en daar moet ze meteen mee aan de gang, anders is het te laat – als het niet al te laat is!

Ze staart naar haar fiets. Dan neemt ze snel een besluit. Ze zet hem overeind, maar laat de ketting zitten en begint de Siljans-vägen af te lopen. Ze heeft tijd nodig om na te denken, en de ijzige kou doet haar bijna goed.

Ze loopt met haar handen in de zakken van haar donsjack en probeert een ingang te vinden naar haar besluiteloosheid. Het is net of haar hele innerlijk een rangeerterrein is waar de goederenwagons in opstand zijn gekomen en waar zij nu de rommel moet opruimen.

Er komt een collega voorbijlopen, die haar groet. Ze hoort het niet en wanneer ze het de volgende dag op haar werk te horen krijgt, snapt ze er niets van.

Maar nu is de volgende dag nog ver weg en helaas is de afstand naar de Hejargatan (wat een rotnaam vindt ze dat!) veel te kort en is het zaak de tijd goed te gebruiken. Wanneer ze eenmaal thuis is, moet haar geliefde nachtwaker Peo eten hebben, net als de achtjarige Elin, en misschien is Linda ook thuis en heeft ze iemand nodig om mee te praten ... Nee, ze kan zich maar een kleine omweg veroorloven en er is veel waar ze opnieuw over na moet denken. Opnieuw beginnen, de rommel afbreken, een uitweg vinden, een manier om het leven in de jaren tachtig aan te kunnen, dat werkelijk staat te wachten als een badvrouw met staalborstels in haar handen.

Ze loopt door het centrum van Borlänge. De kerstverkoop is al begonnen en de mensen krioelen om haar heen in deze ordeloze chaos van winkels die het stadshart van Borlänge vormen. Een stadskern die zo rommelig is dat hij ondanks zijn geringe afmetingen toch een doolhof kan lijken voor wie hier niet thuis is. Af en toe werpt ze een afwezige blik op de grote etalages en ze vraagt zich verstrooid af wat ze Elin voor Kerst zal geven. Wat wil een achtjarige graag hebben? Een achtjarige aan het begin van dit nieuwe decennium ... Voor hotel Brage strompelt een dronkenlap rond. Hij valt en ze huivert als ze ziet dat het nog maar een jonge jongen is.

Ze merkt dat ze de draad kwijtraakt en begint opnieuw. Ze probeert een nieuwe ingang en denkt terug aan die keer ruim zes jaar geleden toen ze besloot West-Frölunda in Göteborg te verlaten en hierheen te komen. Naar Dalarna. Zou ze dat ook gedaan hebben als ze had geweten hoe het zou worden? Ja, vast. Daar heeft ze geen spijt van. Ze weet nog dat ze al een paar maanden nadat de verhuisspullen in Borlänge waren aangekomen verbaasd was dat ze ooit in Göteborg had gewoond. En als ze dan ook nog denkt aan alle mooie dingen die ze ondanks alles de afgelopen zeven jaar heeft meegemaakt ... Om nog maar te zwijgen van hoe het met Staffan had kunnen aflopen als ze in Göteborg gebleven waren ... Hij is nu twintig en woont niet meer thuis ...

Haar gedachten waaieren uit, ze raakt de draad kwijt en pakt hem weer beet. En dit keer lukt het, ze kan er een kluwentje van maken.

De lange mars van Eivor Maria Skoglund. (De achternaam Halvarsson heeft ze uiteindelijk opgegeven, haar jongste dochter heet Elin Skoglund.)

Op een avond in november die de serieuze voorbode is van een lange, koude winter. Haar gezicht is bleek, haar donsjack donkerblauw ...

Op een dag in juni 1975 – Staffan en Linda hebben net vakantie gekregen – worden alle spullen in de vrachtwagen geladen die ze naar Borlänge zal brengen. Naar Eivors gevoel is dit eerder het einde van iets dan het begin van iets nieuws. De laadbak van de vrachtauto, die vol meubels en dozen staat, wekt vage gevoelens van verdriet in haar op. Wanneer de chauffeur, een vriend van Jacob van wie ze nog nooit had gehoord, laat staan dat ze hem eerder had ontmoet, een vuil dekzeil over de lading trekt, heeft ze het idee dat het een berg afval is onderweg naar een stinkende vuilstort en niet haar hele hebben en houden dat naar een driekamerflat in het centrum van Borlänge wordt gebracht. Maar natuurlijk komt dat alleen doordat ze moe is, de afgelopen week stond het hele huis op de kop en heeft ze bijna geen oog dichtgedaan. Zoals altijd wanneer ze oog in oog staat met het begin van een nieuwe periode in haar leven waarover ze eigenlijk niets weet, ervaart ze het als onwerkelijk. De vrachtauto die hier op straat staat, zou evengoed op weg kunnen zijn naar Mexico als naar een stad aan de Dalälven. Maar hij gaat naar Borlänge en de chauffeur die klaar is met het vastsjorren van het dekzeil kijkt haar ongeduldig aan. (Toen Jacob eindelijk besefte dat het Eivor ernst was met haar plannen om uit West-Frölunda te vertrekken, heeft hij haar meer geholpen dan tijdens hun hele huwelijk. Hij heeft via onbekende kanalen de vrachtauto geregeld voor een merkwaardig zacht prijsje – als er maar geen lastige bonnetjes worden geschreven! De chauffeur is dus een vriend van hem, van wie ze alleen weet dat hij Janne heet en 'van alles en nog wat' doet voor de kost, want dat laatste heeft ze hem gevraagd. Jacob heeft de verhuizing geregeld en ze heeft zijn hulp dankbaar aanvaard, blij dat zij het niet hoefde te toen, ze had het toch al druk genoeg.) Ze loopt nog één keer door het lege appartement, realiseert zich met een mengeling van onbehagen en opluchting dat ze hier nooit meer terugkomt, doet dan de deur op slot en gooit de sleutel in de brievenbus. In een plotselinge opwelling trekt ze het plastic los dat over het naambordje heen zit, peutert de letters eraf die de naam 'E. Halvarsson' vormen, en strooit ze als rijstkorrels het trappenhuis in, terwijl ze snel de trap af loopt naar de chauffeur die ongeduldig op haar wacht. De kinderen zijn bij Jacob in Borås en zullen pas de volgende dag naar Borlänge komen, wanneer Eivor in het beste geval al klaar is met uitpakken en de meubels ongeveer op hun plaats staan. Liisa heeft beloofd dat ze haar in Borlänge zal opwachten met een paar vrienden van haar, echte mannetjesputters.

Het is zaterdagochtend tien uur wanneer ze in de vrachtauto klimt en naast Janne de chauffeur gaat zitten, die op zijn lippen kauwt en naar een cassettebandje met Franse muziek (muziek om bij te vrijen!) luistert.

'Klaar?' vraagt hij en hij kijkt haar aan.

Ze knikt.

Wanneer de vrachtauto de dichte, uitgestrekte bebouwing van Göteborg achter zich heeft gelaten en de lange reis naar Dalarna echt is begonnen, kruipt Eivor in elkaar in haar hoekje en doet haar ogen dicht. Ze doezelt weg en haar gedachten vormen eigenaardige patronen in haar hoofd …

Een paar weken nadat Eivor en Liisa elkaar in Hallsberg hadden ontmoet – Het Grote Weerzien zouden ze dat later noemen – begonnen de brieven, ansichtkaarten met vreemde plaatjes en telefoontjes uit Borlänge algauw binnen te stromen. Het zou niet moeilijk worden om een huis in Borlänge te vinden. Al in de eerste helft van de jaren zeventig waren de gevolgen van de gulzige, hoogmoedige recordjaren zestig duidelijk geworden, niet in de laatste plaats doordat het steeds moeilijker werd om huurders te krijgen voor de pasgebouwde woonwijken. Borlänge was geen uitzondering, en van verschillende woningcorporaties waar Liisa contact mee had opgenomen, kwamen er meer of minder verleidelijke brochures. Toen, half september 1974, begon Eivor voorzichtig het onderwerp verhuizen bij Staffan en Linda aan te kaarten. Staffan, die even geschrokken had geleken omdat hij zo ver was afgezakt dat hij uiteindelijk als een vies bundeltje was thuisgebracht door twee vermoeide agenten, hoorde haar woorden onverschillig of ongeïnteresseerd aan. Maar Eivor had inmiddels geleerd om naar zijn ogen te kijken in plaats van te luisteren naar de weinige woorden die hij over zijn lippen kon krijgen, en ze had er een zweem van nieuwsgierigheid in gezien. Verder verrieden die ogen alleen dat hij veel te weinig sliep. Linda's reactie was een categorisch en onmiddellijk 'nee'. Natuurlijk wilde ze niet naar een andere school, ze wilde haar vriendinnen, haar prille puberverliefdheden en haar turnen niet opgeven. Maar toch vond Eivor het gemakkelijker om met haar reactie om te gaan, ze konden erover praten en discussiëren, ook al liep het vaak uit op huilen en slaande deuren. In zekere zin was Linda's reactie natuurlijk verwant aan haar eigen gevoelens. Eivor begon te twijfelen aan haar besluit. Deed ze er wel goed aan? Wat had ze eigenlijk in Borlänge te zoeken? Wat voor garantie had ze dat er achter de eventuele idylle in Dalarna geen andere problemen op de loer lagen die misschien nog wel erger waren dan die in Frölunda? Was ze misschien weer aan het weglopen voor een probleem in plaats van het aan te pakken? Dat schreef ze ook aan Liisa en ze kreeg woedende telegrammen als antwoord, je reinste oorlogsverklaringen, waarin Liisa de vloer aanveegde met haar voorzichtige bezwaren tegen de hele onderneming. Maar zolang Liisa niet kon melden dat er werk op Eivor lag te wachten hoefde ze geen haast te maken. Als het wat langer duurde, was het ook niet erg, en nu Staffan weer goed bezig scheen te zijn op school en de kringen meed waar hij zich eerder struikelend in had begeven, was er geen reden voor een ongeorganiseerde vlucht. Vanuit Borås volgden Jacob en opa en oma haar prille plannen met een mengeling van ongerustheid en toegeeflijkheid. Pas begin 1975, toen Liisa op een avond door de telefoon riep dat er werk was, en Staffan de schoolboeken weer in een donker hoekje had weggestopt, begon het allemaal echt te worden. Toen Linda vervolgens ook niet meer zo veel weerstand bood, vooral vanwege een ongelukkige verliefdheid op een veel te oude en berekenende popmuzikant, nam Eivor energiek het heft in handen. Binnen enkele dagen nam ze een reeks beslissingen die het hele proces in werking stelden en ze had nauwelijks tijd om zich met Elin bezig te houden, die midden in het onrustigste kruipstadium zat. Het was net of ze boven op de heuvel waren aangekomen en of het hele zaakje nu vanzelf en steeds sneller ging rollen. Het werk dat Liisa had kunnen beloven (Eivor realiseerde zich vaak dat Liisa echt haar best deed!) bestond eigenlijk uit twee delen. Een tijdelijke baan en de belofte om in de toekomst bij dezelfde baas te mogen werken als Liisa, de Domnarvets ijzerfabriek, als kraanmachinist. Hoe Liisa dat eigenlijk voor elkaar had gekregen, daar kwam Eivor nooit achter. Voor Liisa scheen het alleen maar vanzelfsprekend te zijn om de helpende hand te reiken. Hoe dan ook, Eivor kon aan de slag in een bejaardentehuis (midden in de stad, zoals Liisa nadrukkelijk opmerkte) en ze mocht beginnen wanneer ze maar wilde. En verder wist Liisa dus, via haar onzichtbare connecties, dat ze over niet al te lange tijd zou mogen toetreden tot het trotse gilde der kraanmachinisten. (Toen dat uiteindelijk drie jaar bleek te duren, vroeg Eivor zich vaak af of Liisa haar met een dooie mus uit Göteborg had gelokt, en ze vroeg zich ook af of ze zonder die belofte wel vertrokken zou zijn. Maar ze was nooit boos op Liisa vanwege de belofte die eventueel maar een verzinsel was. Waarom zou ze? Liisa zette zich enorm in voor haar verhuizing, en ook al raakte haar energie weleens op, toch liepen veel dingen beter dan ze ooit had durven dromen. Bovendien maakte het immers niet meer uit; toen was de verhuizing al een feit en waren ze bezig een nieuw leven op te bouwen aan de Hejargatan.) Samenvattend zou je kunnen zeggen dat toen Eivor eindelijk in de zwaarbeladen vrachtauto stapte, ze zelf niet goed wist waarom ze aan deze reis begon. Toen ze op die vroege zaterdagochtend door Göteborg reden, deed ze haar ogen dicht in een vergeefse poging om niet te zien wat er gebeurde …

De eerste dagen in Borlänge verliepen nogal tumultueus. Liisa en haar gespierde mannen waren weliswaar ter plaatse (Liisa had zelfs een boeket zomerbloemen geplukt die ze haar gaf toen ze uit de vrachtauto stapte en dat vond Eivor natuurlijk ontroerend), het uitladen van de wagen ging snel en Janne kon weer snel koers zetten naar het zuidwesten. Maar het appartement? Ze had geen tijd gehad het te bekijken, ze had alleen een paar tekeningen thuisgestuurd gekregen en verder was ze afgegaan op de informatie van Liisa, die het wel had bezichtigd. Een troosteloze flat (het duurde een hele poos voor ze de moed had het aantal verdiepingen te tellen), een appartement dat weliswaar pas geverfd was, maar toch verval uitstraalde. En toen ze de trap op liep naar de tweede verdieping, met een bloempot als een beschermheilige in haar handen, werd ze verwelkomd door haar toekomstige buurman, die voor zijn deur stond. Later hoorde ze dat hij Arvid Andersson heette, maar nu zag ze alleen een man met een dikke buik, die stond te tollen op zijn benen en gekleed ging in een broek waarvan de gulp openstond, zodat zijn vieze overhemd erdoor naar buiten kwam. Kortom: een man die zo dronken was dat hij nauwelijks op zijn benen kon staan, maar haar toch met een klinkende zoen op haar wang welkom wilde heten. Hij stonk zo vreselijk uit zijn mond dat Eivor bijna flauwviel. Ze duwde hem weg met behulp van de bloempot en liep snel haar appartement binnen. Maar de goede buur was boos om haar onvriendelijkheid en kwam achter haar aan. Als Liisa niet op dat moment de trap op was komen rennen om te vragen wat ze van het appartement vond, was Eivor misschien wel op de wc gaan zitten met de deur op slot. Liisa trok wit weg, greep Arvid Andersson bij zijn kraag, sleepte hem het appartement uit, duwde hem zijn eigen flat binnen en smeet de deur dicht. Eivor stond midden in de kamer met haar bloempot en voelde haar hart bonzen in haar keel.

'Die mensen heb je overal', zei Liisa, die probeerde het incident tot redelijke proporties terug te brengen. (Daar had ze natuurlijk gelijk in. Een dronken man in het trappenhuis van een Zweedse flat, die een nieuwe bewoner welkom wil heten met een ongecontroleerde omhelzing is niets bijzonders. Dat komt gewoon voor.)

'Woont hij hier?' vraagt Eivor.

'Voor het merendeel zijn het goeie mensen die hier in de flat wonen. Maar sommigen drinken en dat is niet gekker dan dat anderen dat niet doen. Dat moet jij toch weten? Jij hebt in een slijterij gewerkt.'

Liisa's kleerkasten waren allebei Finnen en onder aanvoering van Liisa sjouwden en sleepten ze. Eivor had met behulp van de tekeningen bedacht waar de meubels moesten komen te staan en toen de flat gemeubileerd begon te raken begon ze wat minder last te krijgen van de buikpijn die ze eerder had gehad. En toen nog een buur, mevrouw Solstad, die links naast Eivor woonde, zich kwam voorstellen en er precies dezelfde mening over meneer Andersson op na bleek te houden als Liisa, voelde ze zich niet meer zo alleen. De twee spierbundels verdwenen met een verlegen glimlach en een paar gemompelde Finse zinnen en Eivor zette koffie voor zichzelf en Liisa.

'Wilden ze er echt niets voor hebben?' vraagt Eivor, terwijl ze zich in de keuken probeert te oriënteren.

'We helpen elkaar', antwoordt Liisa. 'De volgende keer zijn wij aan de beurt.'

'Maar ik kan toch niet van die zware spullen sjouwen zoals zij?'

'Er zijn altijd bloempotten. En hulp reken je niet in kilo's. Dat doen mijn vrienden in ieder geval niet.'

De balkondeur staat open. Het is een mooie, warme dag in Borlänge.

'Welkom', zegt Liisa en ze heft haar kopje bij wijze van groet.

'Dank je.'

'Wat vind je ervan?'

'Ik weet het nog niet. Het is te vroeg om al iets te vinden ...'

Die hele nacht is Eivor aan het inrichten zodat het al wat lijkt wanneer de kinderen de volgende dag komen. Bovendien wil ze Jacob geen aanleiding geven voor spottende opmerkingen als het niet hoeft. De zomernacht is licht en ze vraagt zich af voor de hoeveelste keer ze nu bezig is alleen een huis in te richten.

Wanneer Jacob zondagochtend om een uur of elf de kinderen komt brengen, loopt het natuurlijk allemaal weer anders dan ze had gedacht. Elin is wagenziek geweest en heeft bijna de hele weg lang overgegeven. Staffan doet absoluut niet zijn best om aardig te zijn en Linda heeft spijt en wil helemaal niet meer in Borlänge wonen. Ze weigert uit te stappen en blijft in de auto zitten terwijl Jacob Elin draagt en Staffan achter hen aan sjokt met een spottende vastbeslotenheid in zijn blik. Er deugt niets van het appartement, Jacob trekt aan plinten en schudt zijn hoofd, Staffan maakt stampij omdat er een cassette verdwenen is (net die ene cassette ...) en Linda zit dus in de auto. Op deze vreselijke zondagochtend heeft Eivor eigenlijk maar één supporter, namelijk Elin. Eivor bijt op haar tanden en gaat voor het fornuis staan, zwijgend en boos, om eten te koken. Maar ze heeft besloten zich goed te houden, ze moet wel, net als gewoonlijk, net als altijd! Terwijl de jongeheren en –dames het zich kunnen permitteren ontevreden te zijn en aan deurlijsten te trekken, moet zij zich groot houden, want als zij zich ook zo zou gedragen was het hek van de dam. Stel je voor dat zij in de auto was gaan zitten mokken. Dat zij had lopen klagen dat de vloer scheef was. Godallemachtig ... Dat is absoluut de rol van de vrouw niet in dit leven! Ze schiet niet eens uit haar slof als ze het eten op tafel heeft gezet en naar de auto loopt om Linda te roepen. Ze zit op de achterbank, verdiept in een tijdschrift, en heeft zich met haar cassetterecordertje op batterijen van de buitenwereld afgesloten. Maar wanneer Eivor doodkalm de autodeur opentrekt en even doodkalm zegt dat het eten klaar is, legt ze het tijdschrift gewoon neer en loopt mee.

Jacob gaat 's middags weer terug naar Borås en langzamerhand daalt de rust neer in het appartement aan de Hejargatan. Wanneer de kinderen na veel vijven en zessen in bed liggen, is Eivor zo moe dat ze geen puf heeft om zich uit te kleden en ze gaat boven op het dekbed liggen. Maar natuurlijk slaapt ze niet. Ze ligt na te denken over wat ze heeft aangericht. Altijd diezelfde eenzame verantwoordelijkheid, altijd die schuldgevoelens, altijd alleen maar kritiek. Ze ziet op tegen de zomer, het is slechts het begin van een nieuwe periode vol problemen en het enige echte verschil is dat ze nu enkele tientallen kilometers noordelijker wonen.

Maar de zomer die ze vreest zal haar te hulp komen. Linda en Staffan worden al snel opgevangen door kinderen uit de flat en ze hebben er voordeel van dat ze uit Göteborg komen. In plaats van hun accent te camoufleren doen ze er juist nog een schepje bovenop. Een week na hun aankomst in Borlänge zit Staffan al achter een meisje aan in het portiek naast het hunne en Linda heeft allerminst gebrek aan hoopvolle vrijers.

Ook maken ze samen zwerftochten waarbij ze de stad en de mensen leren kennen. Op een avond kan Eivor zich bij het naar bed gaan voor het eerst in lange tijd concentreren op de gedachte hoeveel ze van haar kinderen houdt ...

Op midzomerdag gaat ze voor het eerst aan het werk in het bejaardentehuis. Het is een frisse ochtend en het geurt langs de weg waarover ze loopt. Ze bedenkt dat ondanks alles, ondanks alles ... ja, was het toch goed wat er is gebeurd. Nu woont ze hier met haar gezin, nu zal ze hier voet aan de grond krijgen.

En de lange tijd die nu volgt, tot aan het beslissende jaar 1977, zal ze zich niet herinneren als dode jaren. Het wordt natuurlijk allemaal niet wat ze zich ervan had voorgesteld, maar ook niet echt erger dan ze had gevreesd. Ze heeft haar tijd nodig voor haar werk en voor de kinderen. Ze probeert Staffan en Linda zo goed mogelijk door de moeilijkste puberjaren heen te loodsen. Elin is een klein handenbindertje dat steeds zelfstandiger wordt en verder heeft Eivor eigenlijk ook nergens tijd voor. Liisa is er natuurlijk wel, maar zolang ze geen collega's zijn, zien ze elkaar maar af en toe; weliswaar nemen ze zich continu voor om daar verbetering in te brengen, maar ja, daar ben je er nog niet mee ...

In een van die winters heeft ze dus die droom, ze vangt de signalen op uit de duisternis en slaagt er niet in de vraag naar de betekenis ervan naast zich neer te leggen. Die blijft haar achtervolgen en ze blijft maar piekeren.

Na drie jaar breekt eindelijk de heldere septemberdag in 1977 aan waarop Liisa komt vertellen dat het nu eindelijk zover is. Nu kan ze de mannen opzoeken die de afdeling personeelszaken van de grote fabriek bestieren en mag ze zich daar laten inschrijven. Eivor is alleen thuis. Elin is een verdieping hoger bij een vriendinnetje aan het spelen en waar Staffan en Linda zijn, daar heeft ze geen idee van. Wanneer Liisa voor de deur staat, is Eivor net in slaap gesukkeld op de bank in de woonkamer en het duurt even voor ze begrijpt waar Liisa het over heeft. Maar als ze het eenmaal doorheeft, weet ze niet of ze nog wel wil; het is zo lang geleden en ze denkt er nooit meer aan. Ze heeft het goed naar haar zin in het bejaardentehuis, ook al moet ze als ongekwalificeerde werkkracht het zwaarst tillen en het grofste schoonmaakwerk doen. Het zijn vooral de oudjes die ervoor zorgen dat ze het er naar haar zin heeft. De meesten hebben op de een of andere manier iets te maken gehad met Domnarvet. Zoals gebruikelijk wonen er voornamelijk vrouwen in het bejaardentehuis, en van bijna al die vrouwen heeft de man of de vader vroeger bij Domnarvet gewerkt. Ze heeft een goed contact met hen opgebouwd en het idee dat ze hen nu in de steek zou moeten laten ... Nee, daar moet ze nog eens goed over nadenken.

'Je hebt bedenktijd tot maandag', zegt Liisa. 'Maar dan verwachten ze dat je je neus komt laten zien. En vergeet niet dat het nu andere tijden zijn!'

'Hoezo?'

'Ze kunnen kiezen. Er zijn er genoeg die mee willen vechten om het bot. Maar zo is het eigenlijk altijd al geweest. Soms laat je je alleen verleiden te denken dat het anders is.'

'Ik weet niet of ik het wel wil.'

'Als je het maandag maar weet. Maandagochtend!'

En als om het belang van haar woorden te onderstrepen, wil ze niet eens een kopje koffie blijven drinken. 'Je moet nadenken, dus laat ik je met rust.' Dan raapt ze de plastic tassen bij elkaar waarvan ze er altijd wel een paar bij zich schijnt te hebben en ze stormt het appartement uit. Ze laat een stofwolk achter alsof ze te paard de zonsondergang tegemoet is gereden ...

Net als altijd wanneer Eivor een knoop moet doorhakken is ze niet in staat zichzelf te zien als de hoofdpersoon om wie een aantal satellieten draaien waarmee ze in meerdere of mindere mate rekening moet houden. Het is precies omgekeerd, de satellieten zijn bepalend en zijzelf is slechts een bijfiguur. Nu ze moet proberen uit te maken of ze met haar werk in het bejaardentehuis wil stoppen om de stap door de poorten van Domnarvet te wagen ('waar mensen zoals wij thuishoren, in het hart van de Zweedse industrie', galmt de stem van Liisa), denkt ze dus aan Staffan, Linda en Elin. Wat is voor hen het beste? Maakt het hun iets uit waar zij haar geld verdient? Welk werk zal haar de meeste voldoening geven, zodat ze thuis het minst chagrijnig is? Hoe zien ze hun moeder het liefst: als de ongekwalificeerde maar geliefde bejaardenhulp, of als kraanmachinist Eivor Skoglund uit de Hejargatan? (En wat houdt het eigenlijk in om in zo'n cabine te zitten?) Die vragen moet ze eerst beantwoorden; pas als ze dat gedaan heeft, kan ze zich een mening gaan vormen over haar eigen eventuele voorkeur. Een andere weg om tot een beslissing te komen vindt ze niet te verantwoorden. (Dat Liisa vermoedelijk razend zou zijn en zou dreigen het contact te verbreken als ze zelfs maar vermoedde hoe Eivor denkt, mag niet baten. Ook al had Eivor het gewild, dan had ze nog niet gedurfd.)

Dit is Staffans laatste schooljaar. Vanaf het moment dat ze in Borlänge zijn komen wonen is het over het algemeen goed gegaan. Als hij een keer spijbelde was het uit pure, onvervalste luiheid en was er geen sprake van uitstapjes naar duistere drugsnesten of erger. Hij heeft zich gemakkelijk aangepast en Eivor heeft de zware angst van het laatste jaar in Göteborg opzij durven zetten. Maar tot haar grote teleurstelling wil hij beslist niet verder leren, ook al kan hij dat makkelijk. Hij heeft beloofd zijn school zo goed mogelijk af te maken, maar verder weigert hij het haar naar de zin te maken. Alsof het haar om haar eigen belang zou gaan! Wat zijn verdere plannen zijn, daar heeft Eivor slechts uiterst vage voorstellingen van. 'Geld verdienen' is het antwoord dat ze steeds krijgt. Zijn gedachten over hoe dat in zijn werk moet gaan blijven geheim dankzij de voortdurende dreiging van openlijke strijd als Eivor door blijft vragen. Wanneer Staffan een paar uur na Liisa's bezoek thuiskomt om zijn eten naar binnen te werken, te douchen, zich te verkleden en daarna weer snel te verdwijnen, vertelt Eivor hem het nieuws. Zijn enige commentaar terwijl hij kleren uit zijn kast trekt, is natuurlijk de vraag of het beter betaalt. Wanneer ze zegt dat ze veel meer zou verdienen bij Domnarvet, antwoordt hij dat ze daar uiteraard zo snel mogelijk moet beginnen. En weg is hij. Eivor raapt de kleren op die hij kwistig heeft rondgestrooid (het is al vaker bij haar opgekomen dat pubers hun huis beschouwen als een hotel waar je eet, slaapt en waar de was voor je wordt gedaan ...) en besluit dat ze geen genoegen neemt met het antwoord dat ze heeft gekregen. Wat vindt hij nou echt? Dat wil ze weten, ook al moet ze het met een tang uit hem trekken.

Op zondagmiddag neemt ze Elin mee op de fiets naar de drafbaan van Romme. Linda heeft ondanks hevige concurrentie een bijbaantje weten te bemachtigen in een van de worstkramen voor de zondagen dat er draverijen worden gehouden. Eivor is nooit eerder op de drafbaan geweest, maar aangezien het een mooie zondag in september is en ze rusteloos is met het oog op maandagochtend, besluit ze dat ze best eens een kijkje kan gaan nemen bij haar dochter die worst verkoopt. Wanneer ze over de Tunavägen fietst met Elin achterop, realiseert ze zich dat het de eerste keer wordt dat ze een van haar kinderen betaald werk ziet doen. De tijd dat ze hun eigen kamer opruimden voor een zakcentje ligt plotseling oneindig ver achter haar.

De paarden rennen zo hard dat het schuim in het rond spat. Eigenaardige namen (Baron Håkansson, Lady Alekärr!) vliegen door de lucht, net als duizenden bonnetjes van verspeeld geld. Elin is meteen gefascineerd door de paarden en staat met haar gezicht tegen het hek gedrukt. Eivor houdt een oogje op haar terwijl ze naar de worstkraam toe loopt waar, volgens de beschrijving, Linda zou moeten werken. Ze wil liever niet gezien worden, in ieder geval niet tussen de omlopen door, wanneer zich snel rijen vormen voor de worstkramen. Het valt niet te voorspellen hoe Linda zal reageren als ze haar moeder opeens ziet. Het duurt even voordat ze haar eigen dochter herkent van wie ze een glimp opvangt aan het eind van een van de rijen.

Maar ze is het, daar staat ze warempel wisselgeld terug te geven! Eivor staat naar haar te kijken en voelt zich opeens blij van binnen. Veel vrouwen schijnen er vreselijk tegen op te zien, maar Eivor kan haast niet wachten tot haar kinderen zelfstandig zijn en zijzelf haar zelfstandigheid terugkrijgt. Ze kan zich niet voorstellen dat ze zich nutteloos zal voelen als haar kinderen volwassen zijn. Integendeel, als het één keer zover is ... Ze maakt de gedachte niet af, want ze ziet dat Elin verdwenen is en ze loopt snel terug naar het hek waar ze haar had achtergelaten. Maar Elin zit gewoon op haar hurken gekleurde totocoupons op te rapen. Eivor blijft naar haar staan kijken, de dochter van Lasse Nyman, en ze beseft met een plotseling gevoel van onbehagen dat Elin niet zo lang meer genoegen zal nemen met het verhaal dat ze een onbekende vader heeft die Leon heet en op Madeira woont. Maar zal Eivor werkelijk in staat zijn te onthullen wie haar echte vader is? Tot nu toe heeft ze zich altijd verstopt achter het holle excuus dat zij ook niet weet wie haar vader is ...

Ze kijkt naar de paarden die aan de verre lange zijde worden klaargemaakt voor de start en ze vraagt zich af hoe ze zou reageren als haar vader opeens opdook uit de schaduwen en zich voorstelde. Een man die nu ongeveer vijfenvijftig moet zijn, die Nils heet en die ooit de Zweedse grens bewaakt heeft, niet al te ver van Borlänge. (Hadden Elna en Vivi trouwens hier niet afgesproken toen ze aan hun fietstocht zouden beginnen? Ja, dat heeft Elna eens verteld. De Daisy Sisters hebben elkaar hier in Borlänge voor het eerst ontmoet. Hier zat Eivor dus als kiem in Elna's buik toen ze terugkeerde naar Sandviken. Niet te geloven hoe hun sporen elkaar kruisen ...) Maar wil ze dat? Wil ze haar vader echt wel ontmoeten? Ze kijkt naar Elin en haar groeiende stapel coupons (gebroken illusies), en stelt vast dat ze het niet wil. Joost mag weten wat voor problemen dat zou kunnen opleveren! Het is zo al mooi genoeg ...

De paarden draven voorbij; Eivor gaat bij het hek staan en volgt ze met haar blik. De pikeurs schreeuwen naar elkaar en één equipage ligt al hopeloos achter. Plotseling hoort ze iemand naast zich vloeken in het zangerige dialect van Dalarna. Ze kijkt opzij en ziet het profiel van een blonde man die met afschuw naar een aan de verre lange kant galopperend paard kijkt. Hij schraapt geërgerd met één voet door het grind en wil de paarden kennelijk niet meer zien, want hij draait zich om en ontdekt Eivor, die niet zo snel weg kan kijken.

'Ooit zoiets gezien?' vraagt hij. 'Zoals daar gereden werd! In het vierde spoor! Alsof er nog maar honderd meter te gaan was! Hè?'

'Ik weet het niet. Ik heb geen verstand van paarden.'

'Nou, die pikeur ook niet.'

Hij noemt een naam en staart zwijgend naar de paarden die over het laatste rechte stuk aan komen rennen.

'Bah', zegt hij en hij kijkt Eivor weer aan. Dan bukt hij en geeft Elin een groene totocoupon.

'Die is voor jou', zegt hij.

Elin kijkt Eivor vragend aan en als die knikt, legt ze hem boven op haar uitdijende stapel.

'Eerst de carrousel', zegt hij. 'Toen de zweefmolen, en nu is verdorie alleen de tombola nog over.'

'O?' zegt Eivor vragend.

'Ja? Zo zeg je dat toch? Dat je wat je verliest op het carrousel goed moet maken met de zweefmolen. Maar wat doe je als ze allebei met verlies draaien? Dan moet je uitwijken naar de tombola of de achtbaan, of wat er maar voorhanden is.'

Hij werpt een blik in zijn drafprogramma.

'Als ik niet op haar wed, wint ze natuurlijk', zegt hij en hij tikt met zijn vingertop op het programma, alsof hij een bericht aan het paard wil doorseinen.

'Welk nummer heeft hij?' vraagt Eivor.

'Zij. Het is een zij! Nummer negen! Ze heeft een goed spoor, maar daar zal ze wel uit raken.'

'Ik zal haar aanmoedigen.'

'Doe dat. Misschien helpt het. Maar ik betwijfel het.'

'Heeft ze geen naam?'

'Klaver Bloem.'

'Wat mooi!'

'Verdacht mooi …'

En dan ziet ze hem verdwijnen naar de totohal en denkt er niet meer over na. Maar toch kijkt ze uit naar een paard met het nummer negen op een gele ondergrond en ze ziet hoe het vlak voor de finish verslagen wordt. Tijdens de volgende omloop, wanneer er geen mensen voor de worstkraam staan, gaan Eivor en Elin daarheen. Linda schrikt wanneer ze hen ziet, maar tot grote opluchting van Eivor is ze kennelijk in zo'n goede bui dat ze het wel aankan om haar moeder en kleine zusje op een openbare plaats te zien.

'Wat moeten jullie hier?' vraagt ze.

'Kijken naar de paarden.'

'Had je dat niet kunnen zeggen? Dat jullie hier zouden komen?'

'Dat heb ik vanmorgen pas bedacht, toen jij al weg was. Kunnen we trouwens ieder een broodje worst krijgen?'

'Ach …'

'Ja, ik meen het! We hebben honger. Elin, wil je worst? Zie je wel! Met alleen mosterd. Ik betaal ervoor, hoor, maak je maar geen zorgen.'

Linda is op dat moment alleen in de kraam en na een haastige blik over haar schouder schuift ze het biljet van tien kronen terug dat Eivor op de vlekkerige toonbank heeft gelegd.

'Dat kun je toch niet maken?' zegt Eivor en ze is meteen bang dat iemand haar dochter het meest fundamentele handelsprincipe ziet schenden.

'Haal dat geld weg', sist Linda en Eivor stopt het briefje snel weer in haar zak.

'We stappen zo weer op de fiets', zegt ze. 'Ben je voor het eten thuis?'

'Dat weet ik niet.'

'Ik wil iets met je bespreken.'

'Wat?'

'Dat is een lang verhaal, daar kan ik hier niet aan beginnen.'

'Zeg wat het is!'

'Kom maar thuis eten, dan hoor je het wel! Dag! Bedankt voor de worst!'

De paarden rennen, achter haar hoort ze een klok luiden en het geroezemoes wordt harder om vervolgens in twee delen te worden gesplitst, een teleurgesteld gemompel en hier en daar onrustig applaus. Eivor loopt naar de uitgang met Elin aan de hand. Ze bedenkt dat Linda nu bijna even oud is als zij was toen ze Elins vader, Lasse Nyman, voor het eerst ontmoette, bij de gele flat in Hallsberg. Ze kijkt naar Elin en heel even gelooft ze haar eigen ogen niet. Maar daar is Elin, vastberaden houdt ze haar stapeltje afgedankte totocoupons vast. Springlevend en steeds meer het evenbeeld van haar vader, hetzelfde smalle gezicht en dezelfde lichtblauwe ogen. (Ze heeft zich weleens afgevraagd hoe de ouders van Lasse Nyman eruitzagen, maar zodra het afgehouwen oor als een bloederig beeld opduikt in haar hoofd, wuift ze het weg. Ook zij moeten onbekend blijven, Elin moet het ook zonder grootouders aan vaderskant stellen.)

Maar Linda, de kleine Linda, die gisteren nog een kind was en nu al volwassen … Hoe vaak heeft ze zichzelf niet beloofd dat ze Linda beter zou voorbereiden op de kennismaking met de volwassen wereld en dat ze haar weerbaarder zou maken dan ze zelf vroeger was. Maar wat heeft ze eigenlijk weten te bereiken? De wereld is in twintig jaar zo veranderd dat Eivor vaak denkt dat haar ervaringen ouderwets geworden zijn en helemaal niets met Linda's leven te maken hebben. De gesprekken die ze hebben gevoerd over de meest pijnlijke en bedreigende onderwerpen mondden altijd uit in een twijfelachtige stilte. Linda staarde haar moeder aan alsof ze niet goed bij haar hoofd was en Eivor voelde zich alleen maar dom en bedacht dat ervaring waarschijnlijk in omgekeerde richting overgebracht zou moeten worden. Omdat Linda waarschijnlijk meer weet dan zij. Maar tegelijkertijd steigert ze bij die gedachte, ze legt die naast zich neer met het idee dat dat maar een uitvlucht is. Linda moet nog volwassen worden, ze heeft nog helemaal geen ervaring opgedaan (tenzij ze een eerder leven heeft gehad!) en het is domweg Eivors plicht om haar de waarschuwingssignalen te leren herkennen die aangeven waar de zandbanken liggen ... Maar ze dringt nooit door het onzichtbare gordijn heen dat haar dochter tussen hen in hangt. Alleen wanneer ze ongelukkig is, meestal ongelukkig in de liefde, kan Eivor haar bereiken, en dat zijn momenten van grote vertrouwelijkheid. Maar zodra Linda de verstoorde balans weer heeft hersteld, trekt ze zich terug en is alles weer net als eerst.

Is ze al met iemand naar bed geweest? Zelfs dat weet ze niet en ze durft het niet te vragen. Maar waarom durft ze dat niet? Doet ze dat pas als het misschien al te laat is? Maar godzijdank kan ze in het ergste geval een abortus krijgen; het lijkt erop dat ze wat dat betreft de donkere middeleeuwen achter zich hebben gelaten, ook al zijn er natuurlijk duistere krachten die grommen in hun hol.

Ik moet met haar praten, denkt ze. Vanavond.

Ze is er namelijk van overtuigd dat Linda voor het eten zal thuiskomen. Haar ogen glommen van nieuwsgierigheid. Ze denkt natuurlijk dat wat ze te horen zal krijgen over haar gaat.

Ze maakt het oude fietsslot los en bedenkt dat ze eindelijk eens een kettingslot moet kopen, wanneer ze iemand hoort roepen. Ze draait zich om en ziet de man met wie ze net een praatje heeft gemaakt op een holletje naderen. Hij wappert met een totocoupon.

'Deze mag ze ook wel hebben', zegt hij en hij glimlacht naar Elin.

'Klaver Bloem?'

'Ja, precies. Alsjeblieft!'

Hij gaat op zijn hurken zitten en Elin pakt het bonnetje aan. Eivor vindt het vreemd dat Elin nauwelijks verlegen is bij deze onbekende man. Meestal kruipt ze weg tussen Eivors benen wanneer vreemden belangstelling voor haar tonen. Het komt vast door het natuurlijke, spontane optreden van de blonde man. Hij gedraagt zich niet overdreven of aarzelend. Hij heeft vast zelf kinderen, denkt Eivor.

'Dat was het', zegt hij wanneer hij is opgestaan. 'Het is niks, dat gokken. Het is niet eens spannend.'

'Nee?'

'Nee. Wat is er voor spannends aan als je toch wel weet dat je verliest?'

'Ik dacht dat je ... Ja, dat je er iets van verwacht.'

'Is dat bij jou zo?'

'Bij mij? Nee, ik wed niet. Ik ben hier nooit eerder geweest.'

'Maar verwacht jij iets?'

'Wat?'

'Nee, niks. Ik klets maar wat. Vergeet het. Gaat ze bij jou achterop?'

Eivor knikt en Elin laat zich zonder protest op de fiets tillen.

'Is het afgelopen?' vraagt Eivor.

'Voor mij wel. Maar nee, er zijn nog een paar omlopen te gaan.'

'Kom je hier vaak?'

'Veel te vaak.'

Ze begint te lopen met de fiets aan de hand en hij loopt ernaast. De septemberzon prikt in Eivors ogen.

'Op zo'n dag kun je beter naar het bos gaan', zegt hij chagrijnig.

'Ja ...'

Hij kijkt haar opeens geïnteresseerd aan.

'Maar jij wedt niet? Wat doe je hier dan? Heb je zelf een paard?'

'Of ik een paard heb?'

'Ja?'

'Ik heb een dochter die in een van de worstkramen staat.'

'O. Ja, ik vroeg het me gewoon af.'

Opeens blijft hij staan; midden in een pas houdt hij in, alsof hij opeens kramp krijgt. Hij kijkt haar verbaasd aan.

'Nou loop ik hier', zegt hij. 'En ik had nog verder kunnen doorlopen, maar intussen weet ik dat ik mijn auto daarachter heb staan, bij de drafbaan. En dan loop ik hier alsof dat niet zo is, of alsof het me niet kan schelen.'

Hij trekt een lelijk gezicht en maakt plotseling een geplaagde indruk in het felle licht van de septemberzon dat geen schaduwen werpt. Het is net of hij gevangen zit in de lichtbundel van een ouderwetse reflectorlamp, en Eivor bedenkt dat ze hem nu vermoedelijk exact ziet zoals hij is. Zoals hij daar staat, midden op de weg, met zijn handen in de zakken van zijn korte leren jack, zo is hij echt. Dit is het uitgangspunt waar alle wisselende gezichtsuitdrukkingen, bewegingen en gebaren uit voortkomen.

Blond, slecht geknipt; zijn pasgewassen haar valt ongelijk op zijn voorhoofd en bij zijn oren. Blauwe ogen en een mager, bleek gezicht. Een leren jack, een spijkerbroek en zwarte lage instappers. Op de ene mouw van het leren jack zit een symbool dat Eivor niet kent. Het lijkt wel een grote, harige vlieg, maar dat zal het wel niet zijn.

'Ik heet Peo', zegt hij machteloos, alsof hij een van meet af aan verloren strijd opgeeft. 'Ik zal mijn auto moeten gaan halen.'

'Anders neemt iemand anders hem misschien mee', reageert Eivor.

Dan glimlacht hij.

'Soms zou ik dat helemaal niet erg vinden', zegt hij.

Hij wil nog iets zeggen, maar bedenkt zich aarzelend, knikt alleen en begint terug te lopen naar de drafbaan. Eivor staart met een lege blik naar het punt op de weg waar hij zojuist stond, ze stapt op de fiets en rijdt naar huis. Zonder dat ze het ziet, laat Elin de bonnetjes een voor een wegfladderen als gebroken vlindervleugels.

De man die daar zo onbeholpen op de weg stond, met dat eigenaardige symbool op zijn mouw, heeft haar eraan herinnerd hoe eenzaam ze is. Een eenzame vrouw die denkt dat ze een zondags uitstapje maakt naar een drafbaan, terwijl ze eigenlijk gewoon rechtstreeks onderweg is naar de middelbare leeftijd.

Linda staat in de deuropening, schopt haar klompen uit en vraagt wat er is. Eivor vertelt van de personeelsafdeling die de volgende dag bezoek van haar verwacht, maar Linda is ongeduldig, valt haar in de rede en vraagt wat ze nou eigenlijk wil zeggen.

'Dat is het enige', zegt Eivor. 'Over zoiets wil ik natuurlijk eerst met jullie overleggen.'

'Ík ga toch niet bij Domnarvet werken?' vraagt Linda verbaasd en Eivor denkt heel gemeen dat domheid nooit zo overheersend is als in de puberteit, wanneer je nooit luistert naar wat iemand zegt.

'Jou maakt het dus niet uit wat ik doe?' vraagt Eivor, zonder dat ze goed begrijpt waarom. Nu Linda doorheeft dat zij niet de hoofdpersoon is, maakt de nieuwsgierigheid plaats voor demonstratieve ongeïnteresseerdheid.

'Nee', mompelt ze alleen.

'Waar denk je aan?' vraagt Eivor geprikkeld.

Linda lijkt het niet te horen, dus ze herhaalt haar vraag, zo hard dat Elin met een ongeruste blik in de keukendeur verschijnt.

'Niets', zegt Linda. 'Gaan we al bijna eten?'

'Als Staffan thuis is.'

'Hoe laat komt-ie dan?'

'Dat weet ik niet. Maar we kunnen afspreken dat de bediening over een uur begint.'

'Welke bediening?'

'Van hotel Skoglund.'

'Doe niet zo gek!'

'Ik doe niet gek.'

'Dit is toch geen hotel?'

'Dat vraag ik me soms af.'

Linda staat op alsof haar een persoonlijke belediging is toegevoegd.

'Wat zou je ervan zeggen als ik punker word?' vraagt ze.

'Als je je haar groen verft en je kleren kapotknipt?'

'Ja?'

'Niks.'

'Niks?'

'Wat zou ik moeten zeggen?'

'Kan het je niks schelen wat ik doe?'

'Natuurlijk wel! Maar … nu moet ik eten gaan koken.'

'Het moet wel snel. Ik heb haast.'

'Het gaat altijd snel.'

'Wat eten we?'

'Karbonade.'

'Maar geen vet.'

'Nee! Zeker geen vet.'

Eivor is in de keuken met het eten bezig en schudt haar hoofd over het absurde gesprek. Maar ze moet er ook wel om lachen en bedenkt dat ze haar gesprekken met Linda misschien wel altijd zo moet voeren. Misschien is dat de logica van de moderne tijd, een schijnbaar zinloos gekeuvel waarmee je plotseling tot de kern doordringt? Dat zou toch best kunnen? Lieve hemel, er zijn zo veel dingen veranderd sinds ze zelf zo oud was als Linda. Dingen die ze in haar wildste fantasieën niet had kunnen vermoeden … Alsof de wereld met regelmatige tussenpozen, een of meerdere keren per generatie, op de kop gezet moet worden om daardoor weer op zijn pootjes terecht te komen.

In een aanval van behulpzaamheid waar Eivor van opkijkt, ruimt Linda na het eten de tafel af en begint aan de afwas. Eivor beseft natuurlijk dat ze niet kan vragen waar Linda's haast gebleven is. Dat zou haar waarschijnlijk alleen een grauw en een snauw opleveren. Nee, ze vraagt niets, maar doet iets heel ongewoons. Ze blijft aan tafel zitten en doet helemaal niets. Ze kijkt naar Linda die oneindig langzaam de borden schoonwrijft.

'Wat zou je ervan zeggen als ik ging trouwen?' vraagt ze opeens.

Linda laat de afwaskwast vallen en staart haar aan.

'Zeg dat nog eens?' zegt ze. 'Wat zei je?'

'Ik vroeg wat je ervan zou vinden als ik ging hertrouwen.'

Linda antwoordt niet, maar begint hard te lachen en gaat weer verder met de afwas.

'Nou?'

Boos gooit Linda een onafgespoelde vork op het afdruiprek.

'Mam! Zodra ik klaar ben met de afwas ga ik! Je hoeft geen praatje met me te maken als je dat soms denkt.'

'Ik meen het!'

'Dat je gaat hertrouwen?'

'Nee, dat zei ik niet. Ik vroeg alleen wat je daarvan zou vinden. Dat is wat anders.'

'Doe dat, dan heb je mij hier voor het laatst gezien!'

'Hoe bedoel je?'

'Net wat ik zeg. Denk je dat ik de een of andere sukkel in huis wil hebben?'

'Je hoeft niet te schelden.'

'Dat heb jij me geleerd!'

'Je woont hier toch niet alleen?'

'Jij wilde van mij een antwoord toch?'

'Ja, maar ...'

'Nu heb je je antwoord.'

Het gesprek zakt in en loopt dood. Linda maakt nog maar één opmerking, wanneer ze klaar is met afwassen en op het punt staat de deur uit te gaan.

'Je meende het toch niet, hè?' vraagt ze.

'Welnee', antwoordt Eivor moedeloos. 'Natuurlijk niet.'
'Waarom zei je het dan?'
'Dat weet ik niet.'
'Nee. Dan ga ik nu.'
'Ja. Dag.'
'Dag.'

In de tijd die op dit gedeeltelijk absurde gesprek volgt, valt het Eivor op dat Linda haar af en toe gadeslaat alsof het haar beter lijkt haar goed in de gaten te houden. Ze heeft een vorsende, wantrouwige blik in de ogen, maar ze zegt niets. Eivor komt er ook niet achter of ze Staffan heeft geïnformeerd over het feit dat er kennelijk duistere krachten aan het werk zijn in hun moeder …

Maar die sluimerende onderstromen in hun huis zijn natuurlijk ondergeschikt aan de omwenteling die volgt op Eivors afspraak bij de afdeling personeelszaken van Domnarvet. Ze heeft haar baan in het bejaardentehuis opgezegd en op een dag in oktober staat ze voor de westelijke poort van de ijzerfabriek. Het is vroeg, ze heeft het koud en zenuwachtig bedenkt ze dat het fout is wat ze doet, volkomen fout. Ze had bij de oude arbeidersweduwen moeten blijven, ze had niet op de poort moeten kloppen van deze reusachtige fabriek van staal en baksteen, waar continu een blauwe vlam uit een van de schoorstenen komt. (Soms denkt ze dat die blauwe vlam haar naar de staalfabriek heeft gevoerd. Omdat ze wilde zien wat de bron ervan was en wilde weten wat er nou eigenlijk binnen die muren gebeurde.) In een glanzende folder – die haar aan een brochure van een reisbureau deed denken – heeft ze in het kort iets kunnen lezen over haar nieuwe werkplek en verder heeft Liisa haar verteld wat ze kan verwachten. Bij een eindeloos aantal kopjes thee – Liisa heeft opeens bedacht dat ze geen koffie verdraagt – heeft ze les gehad van Liisa, die haar de waarheid heeft verkondigd. Een waarheid die in Liisa's presentatie zo verward en tegenstrijdig is dat Eivor die wel moet geloven. Zoveel weet ze immers wel van het leven dat de kortste weg tussen twee punten nooit een rechte lijn is. Het is zelfs de vraag of die wel bestaat! Daarom lijkt Liisa's hortende maar enthousiaste introductie van de fabriek wel te kloppen met eerdere ervaringen. Nu ze op deze vroege maandagochtend naast de ingang staat, nog niet bereid om de laatste stappen over de grens te zetten en in de rij mannen (ze ziet alleen mannen en zolang ze geen vrouw voorbij heeft zien komen blijft ze hier staan) te worden meegetrokken, schieten alle vermanende woorden van Liisa door haar hoofd. 'De mannen gaan je pesten. Je moet meteen van je af bijten.' Ook heeft Liisa haar verteld wat het werk van een kraanmachinist inhoudt. Die beschrijving kwam op Eivor wel erg tegenstrijdig over. Aan de ene kant is het verantwoordelijk werk waarbij je je geen fouten kunt permitteren. Maar tegelijkertijd stelde ze het voor als een fluitje van een cent. Eivor vermoedt dat het misschien twee kanten van dezelfde zaak zijn: je bent trots op je vak, en je draait er je hand niet voor om – hoe moeilijk het ook is! Maar helemaal zeker is ze er niet van.

Er zijn twee vrouwen langs haar heen gelopen en snel door de poort verdwenen. Nu kan ze niet langer wachten. Óf ze gaat naar binnen óf ze gaat weg. Ze heeft buikpijn wanneer ze de onzichtbare grens overschrijdt en koers zet naar het hokje naast de poort, waar de portier zit. Vaag herinnert ze zich een andere poort, die van de kunstzijdefabriek in Borås, en ze schrikt wanneer ze beseft dat het bijna precies twintig jaar geleden is …

Ook al heeft Eivor het nooit toegegeven en heeft ze bij niemand haar hart uitgestort, toch moet de periode die nu volgde heel zwaar zijn geweest – je zou het bijna een hel mogen noemen. In haar nieuwe baan waren er voortdurend conflicten en aan het thuisfront vonden eveneens ingrijpende gebeurtenissen plaats. Hoe vaak ze niet van plan is geweest het op te geven en weg te kruipen (en hoe vaak ze zich echt heeft opgesloten op verschillende wc's) weet niemand, dat weet ze zelf haast niet eens. Maar zoveel is zeker, dit is het moeilijkste jaar dat ze ooit heeft mee-gemaakt. Na afloop daarvan, toen ze helemaal nog niet wist of het allemaal voorbij was en of ze er heelhuids doorheen was ge-komen, zeiden mensen in haar omgeving dat ze een grote ver-andering had doorgemaakt en dat ze in bepaalde opzichten niet meer te herkennen was. Maar zelf kon ze niet bepalen of dat klopte of niet. Voor haar was het alleen net of ze was bevrijd na-dat ze een heel jaar lang in een strak aangedraaide bankschroef had gezeten.

Echter, wat aanvankelijk – dacht ze – slechts een zacht mot-regentje was, ontwikkelde zich al snel tot een regen van kleine, scherpe meteoorstenen. Dat ze er in het begin niet zo veel pro-blemen mee had, lag natuurlijk aan de woorden van Liisa die de hele tijd in haar hoofd klonken, dat ze meteen lik op stuk moest geven. *Je moet meteen van je af bijten.* De ploeg waar ze in kwam, bestond natuurlijk alleen uit mannen; mannen van alle leeftijden weliswaar, maar – zoals gezegd – alleen mannen. Zij was de enige vrouw in de ploeg, op de eerste week na, toen Ann-Sofi Lundmark, haar voorgangster die zou stoppen om-dat ze zwanger was van haar derde kind, haar de kraan leerde bedienen. Ann-Sofi was niet erg mededeelzaam wat betreft za-ken die niet direct met de bediening en het onderhoud van de kraan te maken hadden. In de eetpauzes lette Eivor goed op hoe ze met haar mannelijke collega's omging, maar ze was nooit getuige van een duel. Eventuele strijdbijlen waren kennelijk al opgeborgen of begraven en zolang ze met zijn tweeën waren als vrouwen, stelde niemand Eivor op de proef. Wel volgden ze haar ijverige pogingen om de kraan te temmen uiterst kritisch en nauwlettend. Wanneer ze iets fout deed of een opdracht ver-keerd begreep die met een handgebaar naar haar werd geseind vanaf de vloer, die ontzettend ver weg leek, zag ze natuurlijk wel hoe iedereen zijn hoofd schudde, en ze had het idee dat ze hen door het lawaai in de grote fabriekshal heen kon horen zuchten en steunen. Op Ann-Sofi's laatste dag vroeg Eivor haar op de man af hoe ze vond dat het ging. Ze zaten in de cabine, hun dienst zat erop en ze wachtten alleen nog tot de volgende ploeg hen kwam aflossen. Ann-Sofi knikte en glimlachte ontwijkend. Ja, het ging best goed, vond ze. 'Het zal best lukken. Vast wel.' Maar Eivor, die nu al in de zenuwen zat voor komende maandag, wanneer ze alleen in de cabine zou zitten, hield vol: meende ze dat echt? Of zei ze dat zomaar, nu ze toch geen verantwoordelijkheid meer had en zich helemaal op haar zwangerschap kon concentreren? (Ze kon over niets anders praten dan kinderwagens en verschillende soorten luiers en daar had Eivor zich al een paar keer over opgewonden. Jeetje, dacht ze, kan dat mens het nergens anders over hebben? Ze heeft al twee kinderen, zo nieuw is het toch allemaal niet? Natuurlijk voelde ze zich daar meteen schuldig over, zo gingen twee vrouwen niet met elkaar om ... Maar Ann-Sofi Lundmark had iets ouwelijks, ook al was ze nog maar zesentwintig, en daar stoorde ze zich natuurlijk aan omdat ze bang was dat ze zelf ook zo zou worden!) Maar meer kreeg ze er niet uit, Ann-Sofi mompelde alleen dat het wel goed kwam en een paar minuten later verlieten ze de cabine en zat de werkdag erop.

Ann-Sofi Lundmark had zo veel haast om weg te komen dat ze zich niet omkleedde maar er als een haas vandoor ging alsof ze na een eindeloos lange winter naar het strand rende. Toen Eivor de vrouwenkleedkamer uit kwam, waar ze haar overal had uitgetrokken, liep ze Albin Henriksson tegen het lijf, het oudste lid van de ploeg. Hij was tweeënzestig en was Domnarvet al vanaf zijn vroegste jeugd trouw. Hij was klein en gezet, en had wat grijze plukjes rond zijn oren. Hij klakte altijd tevreden met zijn kunstgebit wanneer hij iets zei. Hij had Eivor aan haar toekomstige collega's voorgesteld en hij had iedereen – behalve zichzelf natuurlijk – 'die gek hier' en 'die gek daar' kunnen noemen, zonder te worden tegengesproken. Dat was een week geleden toen Eivor voor de poort had gestaan en het benauwd kreeg bij het idee dat ze mee moest in de stroom arbeiders die zich voor het hokje langs spoedden. Maar toen ze de portier haar naam had verteld en de weg naar de kleedkamer had gevonden, had Albin Henriksson haar niet eens de kans gegeven om te knikken en 'hallo' te zeggen. Hij had meteen al het gras voor haar voeten weggemaaid.

'Een nieuw wijf in de kraan', had hij geschreeuwd vanuit het hoekje waar hij over zijn voorhoofd zat te wrijven alsof hij over een ingewikkeld vraagstuk nadacht. 'Ik ben Albin Henriksson', had hij gezegd, terwijl hij haar een hand gaf. 'Je trekt je niks aan van wat de anderen zeggen en luistert naar mij. Die gek daar heet Lazarus. Als je ziet hoe hij na de koffie wakker schiet, begrijp je waarom. En hier hebben we Holmsund … Hoe heet je ook alweer van je voornaam?'

'Sodemieter op', zegt Holmsund, wiens gezicht de onmiskenbare tekenen vertoont van een lange, vochtige nacht. Met zijn tweeëntwintig jaar is hij de jongste van de ploeg.

'O ja, Janne, nou weet ik het weer', zegt Albin doodleuk. (Dat wist hij natuurlijk de hele tijd al, maar hoe zou Eivor nu al onderscheid kunnen maken tussen grapjes en ernst? Ook al heeft ze Liisa's woorden in haar achterhoofd: 'Ze proberen je te grazen te nemen zodra ze de kans krijgen.')

'Die gek heeft zich een keer versproken', gaat Albin verder. 'Hij dacht dat Holmsund een team in de eredivisie hàd en zoiets blijft natuurlijk niet ongestraft. Voor dergelijke waanzin moet je gestraft worden. Of niet?'

'Dat weet ik niet', antwoordt Eivor en ze probeert beslist te klinken.

'Nee, hoe zou je dat ook kunnen weten?' zegt Albin en hij trekt haar mee naar de laatste twee ploegleden. Ze zijn beiden in de dertig en zitten ieder in een hoek, als twee helden die al verslagen zijn voor het gevecht is begonnen. Een van hen heeft gek genoeg geen bijnaam. Hij heet gewoon Göran Svedberg en woont met zijn gezin in Dala-Järna, van waaruit hij elke dag naar Borlänge heen en weer reist. Hij is stil en houdt iedereen op een afstand. De man in de andere hoek wordt Macadam genoemd en niemand kent de oorsprong van die bijnaam. Misschien ligt het aan zijn slechte gewoonte om tanden te knarsen, filosofeert Albin. 'Dat weet je nooit zo precies in dit leven ...'

'Nou, ik ben dus Eivor Skoglund', zegt ze met een knikje naar de mannen die in hun overal naar haar zitten te kijken.

'Getrouwd met Nacka?' vraagt Holmsund en hij kijkt op van zijn trillende handen. Hier weet ze wat op te zeggen, die heeft ze vaker gehoord! De voetballer uit Stockholm-Zuid, de wijk waar Lasse Nyman ook vandaan kwam, die dezelfde achternaam heeft als zij.

'Niet meer', probeert ze en Holmsund trekt geïnteresseerd één wenkbrauw op. Eivor krijgt het gevoel dat het een goed antwoord was, ze heeft gedaan wat Liisa haar had voorgehouden, van zich af gebeten.

'Maar nu moet je naar je kleedkamer', zegt Albin, die haar met zijn magere hand bij de arm pakt. 'Macadam gaat namelijk nu zijn overal aantrekken en hij wil niet dat iemand zijn onderbroek ziet.'

'Kiezen op elkaar', zegt Macadam. 'Anders pak ik je gebit af.'

Eivor draait zich om naar de deur om weg te gaan en staart recht naar het uitdagende onderlichaam van een vrouw die breeduit op een opgeplakte foto staat. Ze voelt hun ogen in haar rug, pakt de deurkruk vast en loopt naar buiten. Wanneer de deur dichtvalt, vraagt ze zich af waar ze aan begonnen is. Ze meent dat ze iemand 'kut' hoort roepen in de ruimte die zij zojuist heeft verlaten en ze loopt naar de vrouwenkleedkamer, waar ze voor het eerst kennismaakt met Ann-Sofi Lundmark, die naar haar buik zit te staren.

Maar nu is er dus een week voorbij en Albin Henriksson, die graag snel naar huis wil om aan zijn auto te sleutelen – Eivor heeft er alles over gehoord tijden de koffiepauzes – neemt de tijd om haar te vragen hoe zij het vindt gaan. Wanneer ze hem alleen treft, zonder dat hij omringd wordt door ploegmaten en zich continu geroepen voelt om het gezelschap te domineren, merkt ze wat ze in haar leven zo vaak bij mannen heeft gezien: dat ze heel anders worden buiten het gesloten, mannelijke territorium. Albin heeft weliswaar haast, hij klakt weliswaar ongeduldig met zijn gebit, maar zijn luidruchtige en bemoeizuchtige houding is vervangen door een rustiger variant, die Eivor veel beter bij hem vindt passen. (Ze heeft geen duidelijk beeld van de vrouwen van deze mannen, maar ze denkt niet dat ze zo anders zijn dan zijzelf. Gewoon, denkt ze. Dik en mager, nu eens chagrijnig en dan weer vrolijk, net als ikzelf.)

'Wat vind jij?' is haar tegenvraag.

'Een beetje langzaam', antwoordt hij. 'Een beetje traag. Maar niet slecht. Je krijgt de slag wel te pakken. En dan is het niet gek daarboven als het rustig is. De meeste wij... de meesten gaan dan zitten breien. Ik heb trouwens nieuwe wanten nodig voor de winter. Dan weet je dat vast.'

'Maar verder dan?'

'Hoezo, verder? Het komt wel goed, zoals de man in de gaskamer zei. Nu heb ik geen tijd meer voor je. Ga naar huis, naar je man!'

'Ik ben gescheiden.'

'Ga dan dansen bij Brage!'

'Nee, bedankt.'

'Ja, dan weet ik het ook niet. Maar ik ga nu weg. Er is weer iets mis met die verrekte uitlaat. Ik maak hem wel met reparatiepasta van de drogist. Een nieuwe uitlaat is tegenwoordig niet te betalen.' En weg is hij.

Eivor kan naar buiten gaan, het bulderende kabaal van de staalfabriek achter zich laten en de koele oktoberlucht in haar longen zuigen. Op weg naar huis gaat ze bij de ijzerwinkel langs om een kettingslot voor haar fiets te kopen. Eigenlijk had ze ook nog boodschappen willen doen voor het weekend, maar ze besluit dat uit te stellen tot de volgende dag, ze is veel te moe.

Ze fietst naar huis en vraagt zich af wat ze eigenlijk doet. De hijskraan bedienen die langs het plafond glijdt, ja, dat is duidelijk; ze transporteert en verplaatst de uitgerolde platen en legt ze goed. Maar de grote stukken metaal die met regelmatige tussenpozen worden gewalst tijdens de drukke diensten, wat moet dat worden, waarin bestaat de waarde van die platen? Worden het zijstukken van schepen? Of moeten ze nog verder bewerkt worden? Eigenlijk is het weer hetzelfde als langgeleden toen ze in het enorme kabaal uit alle macht twijnmachines stond te laden. Ze neemt deel aan een klein geïsoleerd deel van een groot proces dat ze niet kan overzien. Een paard dat met oogkleppen op door het leven draaft.

Zal ze ooit in haar leven werk doen waarvan de zin haar helemaal duidelijk is, zonder dat ze grote leemtes hoeft op te vullen met gissingen en meer of minder waarschijnlijke fantasieën? In het bejaardentehuis had ze wel het gevoel dat de zin van haar inspanningen continu zichtbaar was. Als je iemand wast die zich heeft bevuild en een glimlach tevoorschijn ziet komen op een oud, doorgroefd gelaat, dan weet je waar je het voor doet. Maar nu, in de staalfabriek? Ze vraagt het zich af ...

Eivor heeft geluk gehad. Haar linkerbuurvrouw, mevrouw Solstad, heeft uit zichzelf aangeboden om voor een bijna symbolische vergoeding op Elin te passen, wanneer Eivor aan het werk is. Eivor staat al een hele poos op de wachtlijst voor een crèche, maar die lijst is lang en ze maakt zich geen illusies. Ze wil net bij mevrouw Solstad aanbellen wanneer ze besluit om vijf minuutjes voor zichzelf te stelen. Ze heeft haar hoofd al even om de hoek van haar eigen flat gestoken, maar daar was het helemaal stil. Natuurlijk voelt ze zich schuldig dat ze tijd voor zichzelf neemt, ook al is het maar vijf minuten. Een goede moeder doet zoiets niet ... Dan maar geen goede moeder, denkt ze en ze gaat haar flat binnen en doet de deur van de badkamer open om haar handen te wassen ...

Daar zit Staffan, die vergeten is de deur op slot te doen. Eivor schrikt en naderhand zal ze bedenken dat het een situatie is waarin ze alles tegelijk zag. Niet zoals gewoonlijk wanneer een beeld pas achteraf in delen uiteenvalt en de details prijsgeeft. Nee, hier ziet ze alles op hetzelfde moment: Staffan die zich op de rand van het bad zit af te trekken, met zijn spijkerbroek op zijn knieën en zijn ogen gericht op een pornoblad. Maar tot haar verbazing ziet ze ook dat hij haar enige paar nette schoenen met hoge hakken aan zijn blote voeten draagt. Hij staart haar aan, verlamd, en ze bedenkt dat ze dit helemaal niet wil, voor hem niet. Ze voelt dat ze een kleur krijgt en slaat snel de deur dicht.

'Oeps', is het enige wat ze weet uit te brengen en daarna gaat ze snel naar haar slaapkamer. In de consternatie kan ze maar één verstandige gedachte denken: wat moet dit ongelooflijk rot voor hem zijn! Dat ze hem met zijn broek naar beneden heeft verrast. Ze gaat wanhopig op zoek naar de woorden waarmee ze hem kan vertellen dat het niet erg is. Maar daar gaat het immers niet om, het gaat erom dat zij het heeft gezien! Ze zou het liefst terug willen rennen naar de badkamer om tegen hem te zeggen dat ze niets heeft gezien. Of dat ze het alweer is vergeten. Of dat … Ja, wat? Ze gaat op de rand van haar bed zitten. Het duurt bijna tien minuten voor ze hem uit de badkamer hoort komen. Het doet haar bijna pijn om te bedenken hoe het voor hem is, maar ze is niet in staat naar hem toe te gaan en wanneer hij een paar minuten later de deur uit gaat, denkt ze dat dat misschien ook het beste is. Net doen of er niets is gebeurd, hoewel ze het allebei weten, een geheim delen en net doen of het niet bestaat. Als hij zich nu maar niet zo vernederd voelt dat hij rare dingen gaat doen … Ze rent de keuken in en kijkt uit het raam, maar ze ziet hem al niet meer in de donkere oktoberavond.

De avond wordt één lange kwelling. Wanneer Eivor zichzelf ten slotte dwingt om Elin op te halen bij mevrouw Solstad, kan ze helemaal niet zo vrolijk reageren op haar uitgelaten dochter als die verdient. Elin hangt aan haar kleren wanneer ze staat te koken en ze praat aan één stuk door over alles wat ze de afgelopen dag heeft beleefd. Bijvoorbeeld dat een van de parkieten uit zijn kooi was ontsnapt en een paar uur lang boven op een kast heeft gezeten. Eivor mompelt alleen iets met samengeknepen lippen, ze vloekt inwendig wanneer de aardappelen stuk koken en ze zet de borden met een klap op tafel. En later, wanneer Elin in bed ligt, is ze veel te snauwerig en bits tegen haar en Elin kijkt haar verbaasd aan met haar grote ogen wanneer ze pertinent weigert meer dan één verhaaltje voor te lezen. Dan gaat ze in de halfdonkere woonkamer zitten en zet de tv aan. Ze zet het geluid uit en kwaad kijkt ze naar het zwijgende scherm.

Natuurlijk wist ze dat hij masturbeerde. De laatste twee jaar zitten er af en toe vlekken op de lakens, maar dat kan ze zonder al te veel problemen als logisch accepteren. Het ellendige gevoel waar ze nu mee zit, de bezorgdheid die haar rusteloos maakt, is dat ze hem in de steek heeft gelaten. Is het ooit bij haar opgekomen dat je niet alleen op je dochters moet passen, hen bij de hand moet houden op weg de gecompliceerde buitenwereld in? Wie zei dat het voor Staffan minder moeilijk was? Niemand, en aangezien ze zich niet kan voorstellen dat Jacob ooit met zijn zoon heeft gepraat, was dat haar verantwoordelijkheid geweest. Zoals ze overal verantwoordelijk voor is. Ze leert het ook nooit dat de kinderen voor haar rekening komen. Jacob is een schaduwfiguur buiten in de kou, die kan helpen met geld en met verhuizen en die een paar keer per maand gewoon aardig kan zijn. Maar de verantwoordelijkheid voor de menselijke kant ligt bij haar, en zij wordt altijd geconfronteerd met haar eigen tekortschieten.

Die spannende schoenen met een hakje heeft ze een jaar geleden gekocht, op een vrijdag toen ze net haar loon uitbetaald had gekregen. Toen ze van de slijterij naar huis liep, voelde ze zich opeens ontzettend hitsig. Uit boosheid dat ze haar zin in een man niet kon verdringen liep ze een schoenenzaak binnen en kocht het meest geraffineerde paar dat ze er kon vinden. Hoe vaak ze ze heeft gedragen? Lang niet vaak genoeg, denkt ze met een mengeling van mistroostigheid en boosheid. Maar nu draagt haar zoon ze dus als hij ... Ze probeert rustig en nuchter na te denken. Het is waarschijnlijk niets onnatuurlijks, hij is gewoon aan het experimenteren. Voor het bevredigen van de lust zijn steeds nieuwe ontdekkingen nodig. Seksualiteit (waarom kan ze nooit 'neuken' denken; zo heet het toch in de taal van de gewone mensen?) is pijn en verdriet, er is niemand die zegt dat zij altijd onder moet liggen en hij altijd boven, en als je het zo bekijkt is het ook niet raar dat haar zoon wil voelen hoe het is om zijn moeders schoenen met hoge hakken te dragen ... Daar zou ze het met haar mannelijke collega's over moeten kunnen hebben. Op het werk zou je ervaringen moeten kunnen uitwisselen in de pauzes, die nu met zinloos geklets worden verdaan. (Ook al is er nog maar een week voorbij, ze heeft de contouren van de gesprekken al gezien waar de eet- en koffiepauzes mee gevuld worden. Het is altijd hetzelfde. Als het over de drafsport gaat waar iedereen het zo druk mee schijnt te hebben, dan was er tijdens de laatste wedstrijden minstens één pikeur die reed als een mietje. Liverpool speelde als een stelletje wijven, dat stuk chagrijn heeft een beurt nodig ... als we niet snel opslag krijgen hebben we niet eens meer genoeg om een arme Finse in d'r kont te neuken. En de foto's aan de muur, steeds andere, maar in wezen hetzelfde. De commentaren zijn doods en vreugdeloos, maar kennelijk noodzakelijk: die heeft een vette kut en die heeft borsten die je een paar keer om je lul kunt winden. Die heeft een mond die wel ... Daar gaan we een pik in tekenen. Geef die viltstift eens die daar ligt ... Nee, die niet, die. Til je kont eens op ... Daar ja, geef hier.) Eivor staart naar het tv-scherm en vraagt zich opeens af hoe ze die vernederende praatjes heeft kunnen aanhoren. En bovendien, praten ze niet juist zoals ze praten omdat zij erbij is? Om aan te geven dat vrouwen die met veel moeite doorgedrongen zijn op een gebied dat altijd voor mannen gereserveerd was, het maar te accepteren hebben dat het een mannenwereld is die ze betreden? Dat ze die opmerkingen

594

maken als een deel van hun aanval op haar, ze willen haar een lesje leren, haar murw maken. Ann-Sofi Lundmark! Die daar zwanger en wel zat en helemaal niet scheen te reageren? Dat kan toch niet? Of hadden ze haar al geleerd dat ze haar mond moest houden, hadden ze haar getemd? Misschien had ze langgeleden de strijd al opgegeven?

Eivor merkt dat ze boos wordt. Liisa heeft haar er dan wel op voorbereid dat het geen maagdenkooi is waarin ze binnengaat, maar dat het zo zou zijn ... Ze loopt naar het tv-toestel en zoekt een andere zender op: een man staat te zingen voor een decor dat een boot voorstelt. Ze zet het geluid aan. Opera! Gadver ... Ze keert terug naar de stilte en besluit de vieze praatjes niet te tolereren. Mooi niet!

Maar Staffan ... Ze denkt overal nog eens over na, voelt dat haar boosheid verdwijnt en plaats maakt voor een bijna weemoedige tederheid. Ze zou zo graag haar armen om hem heen willen slaan, luisteren naar al die duizenden emoties die hij heeft ... Maar waar moet ze beginnen? Dat is weer een van die verzegelde deuren van het leven en hier zit ze, zonder landkaart of sleutel, en op tv blijven ze maar zingen ...

Ze wordt wakker van het flikkerende beeld; het programma is afgelopen, het is al laat. Ze schakelt de tv uit en gaat even bij Elin kijken. Linda en Staffan zijn allebei nog niet thuis en het schiet haar te binnen dat Linda dit weekend bij een vriendin zou blijven slapen. Zou ze dat echt doen? vraagt ze zich af. Of is ze bij een vriendje? Wat weet ik ervan? Niets! Ze gaat aan de keukentafel zitten en pakt het huishoudboekje dat ze sinds een paar maanden bijhoudt. Zonder al te hoge verwachtingen, want wat heeft het voor nut als je toch altijd geld tekortkomt? Ze probeert zich voor te stellen hoe het zou zijn als je nooit geldzorgen had, als je eigenaar was van een staalfabriek, als je niet als een aangeschoten haas door het stof hoefde te rennen voor een loon dat nooit genoeg is voor iets extra's ... Revolutie, denkt ze. Dat is iets voor mij! Kameraad Skoglund, die nog niet eens weet hoe het Zweedse parlement in elkaar zit. Die stemt op de sociaal-democraten omdat de meeste collega's dat ook doen, en omdat rechts nooit deugde in de enge sprookjes die ze als kind had gehoord ...

Ze schuift het huishoudboekje opzij. Ze is vijfendertig en ze weet bijna niets. Door kranten en tv wordt ze blootgesteld aan een constant spervuur van informatie uit een wereld die er vreselijk slecht aan toe schijnt te zijn. Maar het is net als eerder op de avond: ze ziet het wel, maar ze hoort het niet. Natuurlijk! Ze weet dat er mensen honger lijden en ze stopt haar kronen in de diverse collectebussen die naar haar uitgestoken worden. Ze weet dat er in zo'n beetje elke kelder kernwapens liggen. Ze weet wat er in haar omgeving speelt, de voedselprijzen stijgen en voor je loon moet je vechten. Maar verder? De wereld is groot, maar één geheel. Wanneer denkt ze daarover na, wanneer vindt ze dat belangrijk? Nooit, of bijna nooit! En Staffan en Linda? Nee, geen woord. Elna? Ook niet? Erik? Ze moet helemaal terug naar opa Rune. Die dacht na. Maar Jacob? Of Lasse Nyman? Heeft zij de wereld in de steek gelaten of is het andersom? Wie heeft haar iets gevraagd, iets van haar geëist, haar voorbereid? Jenny Andersson zat in haar naaiatelier onder de hanenbalken in Örebro en zei tegen haar (ernstig en nadrukkelijk!) dat haar klanten deftige mensen waren en wee haar gebeente als ze zich niet netjes gedroeg! Bij de kunstzijdefabriek in Borås liepen er woedende voormannen rond, op Torslanda zat God de Vader zelf aan zijn nagels te peuteren op een kantoor waar het naar urine stonk. Dan blijft alleen Liisa over. Jaren geleden, in Borås, schreeuwde ze al en ze is haar stem niet kwijtgeraakt. Ze staat anders in de wereld dan Eivor, net een nieuwsgierige hond die steeds ruikt wat er gebeurt en vervolgens achterdochtig kijkt naar wat er voor zijn poten ligt. Maar Liisa is Liisa en Eivor is Eivor, windrichtingen die nooit bij elkaar komen, maar elkaar alleen maar even raken ...

Kan het niet anders? vraagt ze zich af. Het antwoord is duidelijk: natuurlijk wel. Maar ze komt er immers niet aan toe! De kinderen zijn niet zomaar drie smoesjes. Drie wisselende alibi's. Ze heeft maar weinig tijd voor zichzelf en dan is ze zo moe dat het haar plicht is om te slapen. Als ze maar tijd had, dan had ze vast ook energie, maar zonder energie is er ook geen nieuwsgierigheid. De behoefte om te weten, om deelachtig te zijn, ligt diep weggestopt onder een loden last van dagelijkse plichten die uitgevoerd moeten worden. Wie kan er eens goed voor gaan zitten om de krant te lezen als er een stapel was op de vloer van de badkamer ligt? Of met een spandoek meelopen in een optocht als je zoon in de bosjes ligt te kotsen? Mijn tijd komt nog, denkt ze en ze luistert naar de verre, bonzende geluiden van het drinkgelag dat om de zo veel tijd in het weekend gehouden wordt bij die lieve buurman rechts van haar. Ik ben vijfendertig jaar, ik heb drie kinderen en ik hou van hen. Maar het leven is nog lang niet afgelopen en ik weet dat het nog bijna nergens te laat voor hoeft te zijn …

Hoewel het midden in de nacht is, laat ze de badkuip vollopen en kruipt erin. Ze kijkt naar haar lichaam en komt tot de conclusie dat ze dat nooit zou willen ruilen voor een van die lijven op de foto's die in de krappe ruimte in de staalfabriek hangen, waar ze eet en koffiedrinkt.

Toen Eivor later in haar leven terugkeek op de lange periode die nu volgde, waarin ze zich in een bijna permanente staat van oorlog bevond in de fabriek, bedacht ze altijd dat ze er toch veel mee had gewonnen. De ervaring, het gevoel dat ze de grens had overschreden waarmee ze haar talent eerder altijd had ingeperkt (je moet je beperkingen kennen!) zonder dat ze er feitelijk over had nagedacht of dat wel klopte, dat was allemaal pure winst. Ze was door een hel gegaan, maar het was het waard geweest. Maar tegelijkertijd – dat gaf ze grif toe – huiverde ze af en toe wanneer ze eraan dacht hoe weinig het vaak had gescheeld of ze had het opgegeven, haar overal ingeleverd, haar hoofd gebogen en zich gewonnen gegeven. Waarom ze eigenlijk had doorgezet, hoe moeilijk de omstandigheden ook waren, daar kwam ze zelf niet helemaal uit. Misschien – maar dat wist ze dus niet zeker – wilde ze gewoon geen energie spenderen aan een aftocht. De kracht die ze nog overhad kon ze beter gebruiken om verder te vechten tot aan de totale nederlaag, dan om weg te kruipen en zich op te sluiten op de wc. Maar ze dacht niet dat ze ooit helemaal zou kunnen verklaren hoe ze het had gedurfd.

Wat er gebeurde was eigenlijk verdacht eenvoudig en het begon – net zoals ze had vermoed – al op de eerste maandag dat ze op haar werk kwam zonder dat Ann-Sofi naast haar zou staan als haar Zwangere Lijfwacht. Ze had slecht geslapen en was vroeg. In de staalfabriek was het net als overal in de industrie: je moest zo laat mogelijk komen, vooral op maandagochtend. Maar ook al duurt het nog meer dan een half uur voor haar dienst begint, ze is niet de eerste. Albin Henriksson is er al twintig minuten, hij heeft zich omgekleed en is er helemaal klaar voor. Hij is iemand die het gedurende de werkweek over niets anders heeft dan de vrijdag, maar die zich al op zaterdagavond zorgen begint te maken of de fabriek er maandagochtend nog wel zal staan. In zijn hoofd vindt een voortdurende samenzwering plaats: duistere machten breken de staalfabriek af of overleggen in een achterkamertje of Albin Henriksson er wel of niet mag blijven werken. Maar elke maandagochtend staat de fabriek er nog en hij is de poort nog niet binnen, met een kwade blik op wie er maar toevallig in het portiershokje zit, of hij heeft alweer de schurft aan de vijf lange dagen die voor hem liggen. Niemand heeft het zo vaak over zogenaamd ziek thuisblijven, maar niemand heeft ook zo weinig ziektedagen. Wanneer Eivor binnenkomt, ijsbeert hij door de gang voor de kleedkamers als een beklaagde die wacht tot hij naar binnen wordt geroepen om het vonnis te horen. Hij staart haar aan alsof hij een geest heeft gezien. Eivor knikt en glimlacht, zegt goedemorgen, maar Albin Henriksson kijkt recht door haar heen. Hij pakt haar met zijn magere vingers bij de arm en zegt dat de pest nu ook naar Borlänge is gekomen, de besmetting heeft de Dalälven bereikt, dat heeft hij vanochtend op het nieuws gehoord. Vroeger gold de naam Domnarvet overal ter wereld als een garantie voor de kwaliteit van de producten van de fabriek, maar die tijd schijnt onherroepelijk voorbij te zijn. De vooruitzichten zijn somber: slechte tijden, voorboden van oorlog. De staalfabriek kan rekenen op een drastische inkrimping van het aantal werknemers als er niets gebeurt. Juist die woorden ('als er niets gebeurt'), hoe vaag ook, zeggen hem dat het ditmaal ernst is. Toen de directie bulderde dat de Lange Nacht over de staalfabriek was neergedaald, maakte hij zich daar niet zo druk over. Dat zeiden ze altijd in tijden van CAO-onderhandelingen, en daarnaast ook met regelmatige tussenpozen, om de arbeiders van een voldoende dosis ongerustheid te voorzien. Zo heeft het leven het hem geleerd en daarom zitten die vage woorden hem niet lekker. Dat zegt hij ook tegen Eivor. Maar Eivor, die nieuw is en er al genoeg over inzit of ze het werk wel aankan dat ze moet doen, is natuurlijk niet meteen in staat om aan te voelen wat die nieuwe grote dreiging is waar Albin Henriksson het over heeft. En het idee dat ze de kans zou lopen ontslagen te worden een week nadat ze is begonnen, slaat natuurlijk nergens op. In andere landen, in andere fabrieken, maar hier toch niet?! Albin Henriksson schijnt te begrijpen dat ze er niets van snapt, en stort zich dan op Holmsund, die aan komt waggelen door de gang, duizelig en met een kater, zijn haar in de war en ongewassen. Hij heeft ook niets gehoord (wie heeft er nou verdomme tijd om naar de radio te luisteren?) en hij wil ook niets horen. Hij wil met rust gelaten worden en hij zal het binnenwerk uit de klok slopen, die onverbiddelijk naar het begin van de dienst tikt. Hij gromt naar Albin en struikelt over de drempel van de kleedruimte, hij wilde dat hij het benijdenswaardige vermogen van broeder Lazarus had om in slaap te vallen zodra daar een paar minuten voor beschikbaar zijn. Maar voor hem zit er niets anders op dan koers te zetten naar de wc en te proberen de resten uit te kotsen van het grote feest dat natuurlijk gevierd moest worden toen Brage erin slaagde Malmö FF onderuit te halen. Het was een hele toer, maar zo zie je maar dat een koe best een haas kan vangen …

Eivor gaat haar kleedruimte binnen en Albin Henriksson gaat tekeer als een pas ontwaakte agitator omdat niemand doorheeft wat er aan de hand is. Pas wanneer de stille Göran Svedberg uit Dala-Järna is gearriveerd, heeft hij iemand om mee te praten. Eigenlijk zegt Göran Svedberg nooit een woord te veel, maar die ochtend heeft hij het nieuws zelf ook gehoord toen hij met zijn vrouw en hun pasgeboren baby in de keuken zat. In de auto heeft hij bedacht dat hij, ook al werkt hij hier al vijf jaar, toch bij de mensen hoort die als eersten het noodlottige bevel kunnen krijgen: 'Willen degenen die het laatst zijn binnengekomen het pand nu verlaten!' Je moet natuurlijk niet overdrijven, denkt hij. De nieuwsberichten zijn 's ochtends altijd extra dreigend, alsof de Zweedse arbeiders eerst bang gemaakt moeten worden voordat ze weer aan het werk gaan. Er ligt nog niets vast, het is maar een aankondiging, en binnen deze industrie zijn er vast genoeg mensen die terug kunnen slaan. Dat zegt hij ook tegen Albin Henriksson en hij weet niet of hij zijn collega gerust probeert te stellen of zichzelf. Macadam en Lazarus komen op het laatste moment binnenstormen, wanneer de vertrekkende ploeg zich graag snel wil verkleden, dus wordt het een ontzettend rommelige bedoening. Boven het gemompel en gevloek uit hoor je alleen Holmsund en Macadam ruziemaken omdat Holmsund beweert dat ze elkaar in hun vrolijke dronkenschap ergens gezien hebben dit weekend.

Toen Eivor in de kraancabine zat, zwetend en met bonzend hart, en alles goed probeerde te doen, viel het haar natuurlijk niet op dat de mannen beneden op de vloer tegen elkaar aan het schreeuwen waren. Ze had genoeg te stellen met de hendels, met op het laatste moment de juiste te kiezen, alles zo voorzichtig en vooral zo langzaam mogelijk te doen, om te voorkomen dat de kraan met haar op de loop ging. Ze verbaasde zich erover dat de kleine bewegingen die zij met de hendels maakt, zo veel konden uitrichten. De kolossale stalen platen, pas uitgerold en dampend, die begonnen te bewegen aan de kettingen waaraan ze hingen wanneer zij aan een hendel trok. Haar cabine was net de cockpit van een vliegtuig, en welke vlieger heeft nou tijd voor iets anders dan zijn instrumenten? Toen het pauze was en ze naar beneden ging om bij de anderen in de krappe ruimte te gaan zitten waar ze aten en koffiedronken, kwam ze ook nergens achter, aangezien iedereen nu op de hoogte was van de dreiging en niemand erover durfde te praten. Het was te vroeg, het was te veel maandag, maar het was vooral te beangstigend. Dan was het beter om gewoon flauwekulpraatjes te maken en net te doen alsof er niets aan de hand was. De ellende die is voorbestemd komt vroeg genoeg ...

Daarom duurt het nog een paar dagen voordat Eivor de onrust voelt die zich door de fabriek heeft verspreid, maar ze is nog te veel bezig met de reacties van haar collega's op haar werk en ze doet er alles aan om geen aanleiding te geven voor spottende opmerkingen. Als ze het minste of geringste fout doet, als ze niet goed genoeg oplet, krijgt ze dat in de pauze meteen te horen en de onderliggende bedoeling is duidelijk: die stomme wijven ook ... Die Lundmark hebben we uiteindelijk weten te temmen en als dank laat ze zich zwanger maken.

In de eerste koffiepauze van deze eerste maandag wordt ze bovendien buiten haar medeweten een onverwachte, maar welkome afleiding. In plaats van na te denken over al het ongeluk dat de toekomst in petto heeft, kun je je natuurlijk ook met die nieuwe teef bezighouden en kijken wat ze waard is. Macadam vraagt waarom ze er zo lang over deed om een plaat om te keren die scheefgevallen was. Janne Holmsund zit grijnzend in een hoekje en meent dat een kater weer overgaat, terwijl onhandigheid blijvend is. Eivor vindt helemaal niet dat het langzaam ging, en dat zegt ze ook, maar met een breed gebaar legt Macadam uit dat het echt wel langzaam ging en dat ze er geen slome duikelaar bij kunnen gebruiken. Eivor wil reageren, maar Albin Henriksson komt tussenbeide en wijst naar Lazarus, die met zijn kin in zijn hand in slaap is gevallen. Dan barst er een discussie los over de slaper, die kennelijk een soort pionier is. Hij heeft dat nieuwe wonder al gekocht dat video heet, waarmee hij waarachtig in zijn eigen kamer pornofilms kan afspelen op tv. Dat technische monster heeft kennelijk ongekende mogelijkheden. Neem alleen al het fantastische feit dat je iets op kunt nemen wat op een normaal tijdstip wordt uitgezonden. Dat je in het holst van de nacht, en ook 's ochtends vroeg trouwens, voor je tv kunt gaan zitten om keer op keer alle mooie doelpunten te bekijken die in een ijshockeywedstrijd gemaakt zijn, zonder dat je in spanning hoeft te zitten over de afloop ... Maar het is nu nog zo nieuw dat ze niet begrijpen dat Lazarus, die normaal gesproken zo ontzettend op de penning is, daar duizenden kronen in heeft durven investeren (hoe komt hij aan dat geld?). Ze kunnen hem er ook niet naar vragen, want hij slaapt!

In de lange pauze van die maandag, ongeveer halverwege hun dienst, vat Eivor moed en ze vraagt of het echt nodig is, al die pin-ups aan de muur. (Daar komt zelfs Liisa later nog vaak op terug, dat ze dat de eerste dag al durfde; dat was misschien nog wel het meest indrukwekkende van haar actie.) Haar vraag wordt door een compact zwijgen gevolgd, zo onverwacht komen haar woorden dat zelfs Lazarus met een schok wakker schrikt. Eivor wijst naar een negerin met weelderige vormen en gespreide benen die voor haar neus hangt en zegt dat ze het niet erg prettig vind om daarnaar te moeten kijken als ze koffiedrinkt. Ze krijgt niet echt een antwoord, alleen een koor van gekreun, gemompel, tongklakken en een geladen, zwijgende vijandigheid. Dan begaat ze de vergissing te denken dat haar woorden doel hebben getroffen en dat hun zwijgen in wezen een teken is dat ze zich schamen en er misschien zelfs over nadenken. Maar wanneer ze de volgende ochtend weer in het schaftlokaaltje komt, ziet ze hoe ver ze ernaast zat. De muren hangen van onder tot boven vol met foto's. Iemand heeft zelfs een foto van een reuzenpenis op de zitting van haar stoel geplakt. Er hangen niet alleen meer foto's, ze zijn ook erger, en de ergste van allemaal (een dikke man op een bed, die onder handen wordt genomen door twee piepjonge, donkere meisjes), hangt aan de muur waar ze wel naar móét kijken, tenzijs ze naar het plafond wil staren. Iemand heeft kennelijk ook het grote geluk gehad om een foto te vinden van 'Eivor, 19, uit Strömsnäsbruk. Hobby's: jongens en kleren', die haar lichaam over de middenpagina's van een blad gedrapeerd heeft. Ze deinst terug wanneer ze over de drempel is gestapt, en ze merkt dat ze bloost. Wanneer ze de foto op de stoelzitting ziet, zou ze het liefst het vertrek uit willen rennen, maar iets houdt haar tegen. Iets zegt haar dat ze de slag al bij voorbaat verloren heeft als ze nu niet blijft. Dan kan ze nooit weerstand bieden en dan zit het er dik in dat ze net zo eindigt als Ann-Sofi Lundmark, getemd en onderworpen. Ze gaat zitten en doet net of ze niks ziet, en dat is natuurlijk ook een soort nederlaag. Maar wat moet ze zeggen? Wanneer ze opkijkt, ziet ze een paar grijnzende, voldane gezichten. Misschien met uitzondering van Göran Svedberg, en misschien ook Albin Henriksson, wiens glimlach onecht en geforceerd lijkt. Maar de anderen ... Pas wanneer de pauze bijna om is komt de confrontatie. Dan vraagt Macadam of ze lekker zit, en wordt ze zo razend dat ze hem met een kleur op de wangen toebijt dat hij haar met rust moet laten, dat ze kunnen oprotten met hun foto's.

'Het oog wil nu eenmaal ook wat', zegt Macadam met een duidelijke hint dat Eivor niet aan de foto's kan tippen.

'Klootzakken', schreeuwt Eivor en ze rent naar buiten.

De rest van de dag wordt er verder niets gezegd. Maar Eivor zit te klungelen in haar cabine en ze is onzeker, continu ziet ze het hoofdschudden op de vloer en ze hoort een koor van zwarte engelen in haar oren zuchten. Een paar keer krijgt ze tranen in haar ogen en ze vloekt en scheldt in haar eenzaamheid boven in de cabine. De eetpauzes zijn een kwelling, ze moet zichzelf geweld aandoen om de schaftruimte binnen te gaan, te gaan zitten en haar boterhammen te pakken. Wanneer de dag om is en ze eindelijk de fabriek kan verlaten doet ze dat met de gedachte dat ze nooit meer terugkomt. Niet zolang ze met dit soort figuren moet omgaan. Niet zolang er nog versleten mensen in het bejaardentehuis zitten die met een in zichzelf gekeerde glimlach haar handen vastpakken, alleen om te voelen dat ze nog leven ...

's Avonds loopt ze naar de hoek van de Smidesgatan en de Mästargatan waar Liisa woont. Maar haar zoon Arvo is alleen thuis en hij weet niet waar Liisa is. Uit, weg, maar hij weet niet waarheen. Wanneer ze weer op straat staat, besluit ze een wandeling te maken. Ze loopt over de Tunavägen, naar Åselsby, en vraagt zich af wat ze er eigenlijk mee opschiet dat ze nu in dezelfde fabriek werkt als Liisa, als ze nooit dezelfde werktijden hebben, als hun diensten elkaar niet eens overlappen. Bovendien zit Liisa op de afdeling ernaast, en toen Eivor aan de telefoon – de dag dat ze was begonnen – beschreef met wie ze werkte, had Liisa geantwoord dat ze wist wie het waren maar dat ze hen niet kende. Maar nu heeft ze er behoefte aan met Liisa te praten, haar te vragen wat ze moet doen. (Wat is er op andere afdelingen gebeurd? Zulke pornofoto's hangen toch niet alleen in haar schaftruimte? Liisa had ze vast gewoon van de muur getrokken, maar Eivor is Liisa niet en ze heeft advies nodig.) Ze denkt aan de andere vrouwen die op dezelfde kraan werken als zij en met wie ze maar even snel heeft kennisgemaakt. Wat vinden die van de pornofoto's? Ze zouden er toch iets tegen moeten kunnen doen als ze het er alle drie over eens zijn? Het is koud, maar ze blijft lopen. Ze is nog steeds zo uit haar doen vanwege de gebeurtenissen van die dag (en ook kwaad dat ze zo veel dingen fout heeft gedaan in haar cabine) dat ze weet dat ze niet zal kunnen slapen als ze zich niet eerst moe loopt.

Ze komt op een industrieterrein en wil net omkeren als er plotseling een auto naast haar afremt. Ze is meteen op haar hoede, zet al haar stekels op en kijkt met een afwijzende uitdrukking op haar gezicht opzij. Maar dan ziet ze dat het een auto van een beveiligingsbedrijf is en als het voorste zijraam naar beneden wordt gedraaid, herkent ze de man die ze een paar weken geleden op de drafbaan van Romme heeft ontmoet.

Ze beginnen een voorzichtig gesprek dat nergens over gaat en nergens toe leidt. Ze kennen elkaar immers niet. Eivor weet niet eens hoe hij heet en heeft geen moment meer aan hem gedacht sinds ze elkaar op de drafbaan hadden gezien. Opeens krijgt ze het gevoel dat ze vijftien jaar terug is gezet in de tijd, naar het plein van Södra torget in Borås en het eindeloze rondrijden in de Amerikaanse auto's. Heen en weer wandelen langs de Viskan, auto's die stoppen en zijzelf die bukt om te kijken wier erin zitten en zichzelf de vraag stelt: zijn dit figuren voor wie ik moet oppassen of durf ik in te stappen? Maar nu is het 1977, ze bevindt zich in Borlänge, en ze praat met een man in uniform. Ze staat tegenover een nachtwaker, een soldaat uit de nachtelijke legers van de moderne tijd, die vertelt dat hij zowel voor bedrijven als voor de gemeente werkt. Duistere, verlaten gangen … Als hij iemand tegenkomt in die stille vertrekken, dan is het een vijand … Hij vraagt wat ze hier doet en ze zegt eerlijk dat ze zich moe probeert te lopen, en dat ze net weer naar huis wilde gaan. Hij vraagt waar ze woont en of hij haar kan thuisbrengen. Ze knikt (ze is niet moe, maar ze heeft het koud!) en gaat naast hem voorin zitten. Hij zegt dat het eigenlijk niet mag, maar … wat maakt het ook uit! Het is warm in de auto, er staat rustige nachtmuziek op en wat haar betreft had hij Borlänge uit mogen rijden, de eindeloze wegen op die omgeven worden door even eindeloze bossen. Maar de Hejargatan is vlakbij en hij remt bij haar voor de deur af. Een beetje verlegen zegt ze dat ze zijn naam is vergeten, maar hij lacht alleen maar en antwoordt: 'Peo, dat is een afkorting van Per-Olof.' Ze stapt uit, wenst hem een goede nacht en laat het portier dichtvallen. Dan loopt ze naar haar voordeur en hoort de auto wegrijden.

De volgende avond, nadat er weer een dag in de fabriek was verstreken en Eivor voor de verandering met alle drie de kinderen aan tafel zat te eten, ging de telefoon. Linda rende erheen om op te nemen en zei dat het 'iemand voor jou, mam' was en Eivor zag weer die achterdochtige blik in haar ogen. Het was de nachtwaker, die vroeg of ze een keer met hem uit wilde, maar alleen als ze zin had. Haar eerste impuls is nee zeggen, vriendelijk maar beslist: nee, ze heeft geen tijd (ze zou nooit zeggen dat ze niet wíl. Dat doet een vrouw met zelfrespect niet, tenzij een man haar de kleren van het lijf rukt. Niet willen kan maar met één ding te maken hebben. Zo heeft ze het geleerd.) Maar ze zegt ja, een volmondig ja, en ze spreken af dat hij haar zaterdagochtend zal bellen en dat ze dan verder kijken. Daarna wordt ze natuurlijk blootgesteld aan een kruisverhoor van de kant van Linda en Staffan en ten slotte wordt ze zo kwaad over alle drukte dat ze het eerlijk vertelt: ze gaat uit met een nachtwaker die Peo heet. En nou stil! De plotselinge uitbarsting komt zo onverwacht dat Linda en Staffan ook echt hun mond houden. Elin kijkt bovendien zo benauwd dat Eivor haar wel een brede glimlach moet toewerpen en even door haar haar moet woelen. Na het eten ruimt Staffan snel borden en bestek op en maakt zich klaar om onmiddellijk te verdwijnen. Hij kijkt haar niet aan, Eivor kan niet uitmaken of het dwarsigheid is of een slecht geweten, of misschien zelfs schaamte wat zich in zijn blik verbergt. In een hulpeloze poging om hem enige tederheid te betuigen aait ze snel over zijn ene hand. Kon ze maar in een geheime taal naar hem seinen dat zij zich niet druk maakt over de hooggehakte schoenen en zijn sessie in de badkamer, dat het niks afdoet aan haar liefde voor hem ...

Maar zijn hand en hijzelf zijn al weg. Er ligt alleen nog een trui met een groot gat in de ene mouw.

Onwillekeurig voelt ze een prettige spanning bij de gedachte dat ze de nachtwaker Peo weer zal ontmoeten. Uit pure zelfbescherming heeft ze zichzelf met een grimas afgevraagd of ze echt zo uitgehongerd is dat ze op de eerste de beste lokroep reageert, maar dat gelooft ze zelf niet. Hij leek aardig, op een bijna komische manier verlegen, en aan de manier waarop hij Elin optilde kon je merken dat hij echt oog had voor haar als mens. Ze heeft geen idee wat ze ervan verwacht, daar wil ze niet eens over nadenken. Dagdromen over een man staat zo ver van haar af dat ze niet weet of ze het wel zou kunnen. Bovendien zit ze met dat getreiter met die pornofoto's. Vandaag waren het er iets minder, dat zag Eivor wel, maar ze had besloten geen nieuwe stommiteiten te begaan voordat ze er helemaal zeker van was dat ze niet bibberig van verontwaardiging in de hijskraan zou zitten. Eén ding tegelijk! Eerst de cabine die onder het dak door glijdt, dan de foto's in het schaftlokaal, dan … Ja, dan wat komen moet. Maar op donderdag (de foto's hangen er nog) zit Katarina Björk, een mager wicht uit Aspeboda, die de kraan bestuurt in de ploeg vóór die van Eivor, nog in de kleedkamer en Eivor merkt dat ze zin heeft in een praatje. Ze vraagt hoe het gaat en Eivor antwoordt eerlijk: het gaat zozo, maar ze laten haar in ieder geval zitten en ze zijn nog niet naar boven geklommen om haar uit de cabine te trekken. Katarina Björk luistert aandachtig en Eivor zou graag willen weten hoe dit bleke meisje de mannen in haar ploeg de baas blijft. Maar dat kan ze haar nu nog niet vragen, zo openhartig kun je niet meteen zijn. Wanneer Katarina Björk in de deuropening staat, knikt en 'tot ziens' zegt, weet Eivor zeker dat ze de volgende keer echt met haar zal kunnen praten. Dat gebeurt ook en weer een paar dagen later heeft ze ook contact met Mari Velander, die begint als Eivor naar huis gaat. Ze is tweeënveertig, stevig gebouwd en ze doet Eivor denken aan een actrice die ze in een aantal oude Zweedse films heeft gezien die op tv zijn uitgezonden en van wie ze zelfs de naam nog weet: Bullan Weijden. Ze voelt zich meteen op haar gemak in het gezelschap van Mari Velander. Ze lijkt op Liisa, niet qua uiterlijk, maar in haar manier van doen. Dezelfde directe benadering. Recht op haar doel af! Eivor wil net bij de kraan weglopen, wanneer Mari Velander meedeelt dat ze van plan is de pornofoto's weg te halen, of wil Eivor dat misschien doen? Voordat Eivor antwoord kan geven, heeft ze zich alweer bedacht. Ze wuift met haar handen en zegt dat ze het beter zelf kan doen, tegen haar kunnen de mannen niet op. Ze weet dat Eivor de ergste ploeg heeft getroffen, maar ook al kijken sommige mannen bij haar in de ploeg met gefronste wenkbrauwen naar de foto's, ze durven natuurlijk niet tegen de stroom in te roeien. Zolang het bij één of twee foto's bleef, maakte ze zich er niet druk om. Mannen zijn nou eenmaal verschrikkelijk kinderachtig! Maar nu gaat het te ver. Of niet? Eivor knikt heftig en voelt zich ontzaglijk dankbaar. Ze is dus niet de enige die last heeft van de foto's die voor haar neus hangen. Misschien lukt het toch om ze weg te krijgen! Zonder dat Liisa erin betrokken hoeft te worden! Een eigenaardige wereld ... Ze loopt snel weg en bij de deur naar de grote hal botst ze tegen Lazarus op. Ze doet geen enkele moeite om te voorkomen dat ze tegen hem aan loopt.

In de tijd van openlijke oorlogvoering die nu volgt over wel of geen pornofoto's wordt Eivor er opnieuw aan herinnerd dat veranderingen schoksgewijs optreden en zelden een van tevoren zichtbare route volgen. Voordat ze op een dag het lumineuze idee krijgt dat het begin van een radicale verandering zal betekenen, voordat de Hijskraanbende een doorbraak forceert en zich achter de vijandelijke linies installeert, is de strijd meestal taai en wordt er zelden een rechtstreeks duel uitgevochten. Mari Velander had de foto's van de muur gehaald en die dag was een verscheurde kleurenfoto van een vrouw die over een ijsbeervel kronkelde het enige wat Eivors oog trof. Maar de dag daarna hingen de muren weer vol. Nu begon zij ze ook weg te halen (later deed Katarina Björk ook mee en was hun Bende compleet) en het ging zo ver dat Holmsund haar op een dag een mep verkocht toen hij een kater had en ze twee keer tegen hem had geschreeuwd dat hij een schoft was. Natuurlijk was iedereen in rep en roer, zelf Göran Svedberg wond zich op en vond dat ze moesten bedaren. Maar Macadam en Lazarus kozen (zij het aarzelend) partij voor Holmsund en vonden dat Eivor zich niet moest bemoeien met wat zij aan de muur hingen. Albin Henriksson klakte met zijn gebit en herhaalde eindeloos dat hij zoiets nog nooit had meegemaakt, je reinste wildwest. Maar vond Eivor niet dat sommige van de vrouwen toch best een mooi lijf hadden? Natuurlijk waren ze niet elke pauze zo bezig, ze kwamen hier per slot van rekening om te werken en ze hadden de pauzes nodig voor het doel waarvoor ze ingesteld waren: eten en rusten. De foto's aan de muur, besefte Eivor (en dat werd door Mari Velander bevestigd), waren maar een klein onderdeel in de strijd van de mannen voor hun eigen territorium. Spottende opmerkingen over haar kleding, over wat ze fout deed in de cabine, seksueel getinte toespelingen, insinuaties en verhalen over vrouwen die er wel pap van lusten waren nog vervelender. Continu die speldenprikken, nooit eens een gevoel van saamhorigheid met haar ploeggenoten. Mari Velander (en ook Liisa, die natuurlijk van de vete hoorde en zich onmiddellijk bij de Bende aansloot) begrepen precies wat ze bedoelde, maar ze zeiden ook dat het nog wel even kon duren. De ijzerfabriek was generaties lang een mannenbolwerk geweest; nu waren ze bang en voelden ze zich bedreigd. Over die kinderachtigheid zouden ze uiteindelijk wel heen groeien.

Het was een moeilijke tijd voor Eivor. Soms kon ze er niet meer tegen en dan zat ze in haar cabine te huilen. Op een keer was ze al onderweg naar personeelszaken om haar ontslag in te dienen. Maar toen was de Bende er en besloot ze om het nog één dag vol te houden ... Tijdens het korte samenzijn voor en na haar dienst, besefte Eivor dat ze in de fabriek zware tijden en oorlogswinters tegemoet gingen. Ze luisterde en vroeg, kreeg uitleg over de financiële crisis die de zware industrie trof, en op een dag had ze het gevoel dat het haar ook aanging. Haar eerste reactie was weliswaar een raadselachtige dankbaarheid dat ze er deel van uitmaakte, maar die maakte al snel plaats voor bezorgdheid. Langzaamaan meende ze te begrijpen waarom het was zoals het was (en vooral waarom vrouwen altijd het eerst de dupe waren: zij hebben mannen door wie ze zich kunnen laten verzorgen en hoeven de baan van een man niet in te pikken. Zij kunnen weer thuisblijven bij de kinderen en er eventueel nog een paar krijgen. Ze hebben altijd iets te doen. Maar een werkloze man die 's nachts door het huis ijsbeert ...) Toen ze naar haar eerste vakbondsvergadering ging om uitgebreidere informatie te krijgen over de problemen op de fabriek, merkte ze tot haar verbazing dat ze begreep waar het over ging. Toen uiteindelijk bleek dat de fabriek ditmaal met de schrik was vrijgekomen (de grote granaatregen zou pas later komen), had Eivor de ervaring dat ze voor het eerst van haar leven deel uitmaakte van een geheel dat ze begreep. Maar die periode was ook om andere redenen moeilijk en dat had natuurlijk te maken met Peo de nachtwaker, die zoals beloofd zaterdagochtend vroeg belde. Eivor lag nog te slapen. (Linda had beloofd dat ze 's ochtends voor Elin zou zorgen, zodat Eivor kon uitslapen. Ze had iets goed te maken vanwege een nieuwe ongelukkige liefde waar ze Eivor alles over had verteld.) Toen Eivor de hoorn oppakte nadat Linda haar wakker had gemaakt, was ze zo slaperig dat ze hem vroeg of hij over een uur terug wilde bellen. (En hij dan? dacht ze toen ze in de badkamer stond. Hij werkte 's nachts, wanneer sliep hij eigenlijk?)

Ze gingen met zijn auto naar Falun en hij nam haar mee uit eten in een pizzeria aan een plein met een standbeeld van Engelbrekt Engelbrektsson. Na de pizza maakten ze een wandeling door de stad, ze liepen naar de slakkenhopen bij de mijn en zochten ook nog naar het huis waarin Ernst Rolf, de koning van het Scandinavische variété, moest hebben gewoond. Daarna reden ze weer terug naar Borlänge. Het was allemaal totaal niet spannend (het duurde een hele poos voordat Eivor zich ook maar enigszins tot Peo aangetrokken voelde) maar ze maakten steeds weer een nieuwe afspraak, ze vonden gemeenschappelijke interesses en ze begonnen het naar hun zin te hebben in elkaars gezelschap. Peo was dus geboren in Dalarna en hij was tweeëndertig; dat had Eivor die keer op de drafbaan goed geraden. (Hij stak er trouwens veel tijd in om haar in de ingewikkelde mysteries van de drafsport in te wijden.) Hij woonde in een kleine flat aan de Amsbergsvägen, net waar de Dalälven een grote bocht maakt. Hij was niet getrouwd en was al nachtwaker sinds hij na zijn militaire dienst in Skövde was afgezwaaid. Toen Eivor na een maand in gedachten probeerde samen te vatten wat ze van zijn hobby's wist, kwam ze tot een vrij verbluffend resultaat: de drafsport en paddenstoelen zoeken! Maar inmiddels schoten er al vonkjes heen en weer en Eivor wist zeker dat er meer schuilging achter zijn verlegen uiterlijk.

Toen het hun uiteindelijk beiden begon te dagen dat ze verliefd waren (het was inmiddels al december en het sneeuwde onophoudelijk in Borlänge) had Eivor ook begrepen dat er veel dromen, gevoelens en gedachten zaten achter het donkerblauwe gewatteerde jack dat 's nachts verruild werd voor een donkergroen nachtwakersuniform. Inmiddels was hij ook bij Eivor thuis geweest en door de kinderen, die op de hoogte waren gesteld, goedgekeurd. Eivor werd in ieder geval daarna niet bestookt met woedende protesten. Maar ze vroeg zich natuurlijk af hoe ze gereageerd zouden hebben als hij opeens uit de slaapkamer gekomen was en aan de ontbijttafel was gaan zitten. Eivor had zich steeds vaker afgevraagd hoe ze het eigenlijk zo lang – jaren! – had uitgehouden zonder met een man naar bed te gaan. Tijdens haar huwelijk met Jacob was er in haar behoeften voorzien, maar die waren daarna natuurlijk niet verdwenen. Door de vele mislukte relaties tijdens de jaren in Göteborg (met uitzondering van Bogdan, die te snel was verdwenen) was ze zo teleurgesteld geraakt dat ze het gordijn had dichtgetrokken en geprobeerd had zichzelf wijs te maken dat de voorstelling voorbij was. Maar nu ze zich eenmaal aangetrokken voelde tot haar verlegen nachtwaker, bloeiden die behoeften weer op, en voor het eerst van haar leven kreeg ze zin om zelf het initiatief te nemen als hij dat niet heel snel deed.

Het was pakweg veertien dagen voor Kerst toen Eivor op een middag op dat krankzinnige idee kwam. Ze ploeterde te voet door de sneeuwbui naar huis vanaf haar werk (ze ging tijdelijk niet op de fiets) en bedacht hoe beu ze de voortdurende toespelingen op geslachtsdelen en neuken was, toen ze zich opeens afvroeg hoe ze zouden reageren als ze op een dag foto's van naakte mannen ophing in het schaftlokaal. Hoe zouden ze daarmee omgaan? *Het oog wil ook wat* ... Eerst verwierp ze het idee, maar het kwam terug en voordat ze die avond in slaap viel, had ze besloten haar ingeving te volgen en om dat in haar eentje te doen. Of dat laatste een goed idee was, wist ze niet zeker. Ze besefte dat ze nog steeds een ondervoede behoefte had om te laten zien dat ze op eigen benen kon staan. Maar was het toch niet belangrijker dat ze ervoor zorgde dat de hele Hijskraanbende achter haar stond? Misschien was het trouwens een idioot plan. Kon ze de gevolgen echt overzien? Ze lag in het donker te piekeren, maar ze kwam er niet uit en besloot ten slotte om er een nachtje over te slapen – ook al geloofde ze niet echt dat dat zou helpen. Ze kwam tot een compromis: ze wijdde Mari Velander in en ze zou de lach nooit vergeten die in haar keel opborrelde en haar waarderende woorden: 'Ja, dat moet je doen.'

Hierdoor aangemoedigd ging ze naar een tabakszaak in de buurt van de fabriek en kocht een blad (ze meende zich te herinneren dat het *Stopp* heette) waarop een in het leer gestoken blondine prijkte, die wijdbeens op een motorfiets zat. Ze bladerde erdoorheen en vond een advertentie voor een tijdschrift voor mannelijke homoseksuelen (waarom niet voor vrouwen? vroeg ze zich vals af) en de volgende dag deed ze haar bestelling op de bus. Het pakje arriveerde binnen een week met zoals beloofd een discrete vermelding van de afzender en 's avonds barricadeerde Eivor zich in haar slaapkamer. Nadat ze de bladen met een zekere weerzin had doorgebladerd, begon ze de ene foto na de andere uit te knippen. Toen ze klaar was, leek haar sprei wel een bizar prikbord en ze probeerde zich voor te stellen hoe bijvoorbeeld Linda gereageerd zou hebben als ze was binnengekomen.

De dag daarna zette ze haar wekker een half uur eerder dan anders, en aangezien ze zichzelf alleen een kop koffie als ontbijt gunde, kwam ze bijna een uur eerder op haar werk dan gewoonlijk. De portier keek haar argwanend aan, alsof ze daar helemaal niets te zoeken had, maar ze liep snel voor hem langs en hoopte dat Albin Henriksson er nog niet was. Maar het schaftlokaal was leeg en nadat ze de naakte vrouwen van de muur getrokken had, begon ze haar foto's op te hangen. Ze had zich goed voorbereid en wist precies tegen welke foto Holmsund aan moest kijken en welke geschikt zou zijn voor Macadam ... Ze hield de deur continu in de gaten, voor het geval Albin Henriksson om de een of andere reden op zou duiken. Maar er kwam niemand, ze maakte het af en wierp nog snel een blik op haar werk voordat ze zich naar haar kleedkamer haastte.

Natuurlijk ontstond er grote opschudding toen de eerste pauze aanbrak en de ploeg naar het schaftlokaal slenterde. Eivor had besloten zo veel mogelijk van de reacties mee te krijgen, en toen het bijna tijd was, daalde ze af uit haar kraan, een paar minuten eerder dan anders. De verslagenheid die ze toen tot haar vreugde mocht meemaken was nog groter dan ze had verwacht. Hun mond hing open van verbazing en voor het eerst van haar leven besefte Eivor dat het echt kan gebeuren dat je je ogen niet gelooft. Ze ging zitten en keek hen geamuseerd aan (natuurlijk was ze ook zenuwachtig!), terwijl ze de dop van haar thermosfles draaide. Degene die de stilte verbrak, was Lazarus. Hij staarde naar haar, naar de foto's en weer naar haar, alsof hij zojuist getuige was geweest van een moord of een mishandeling.

'Wat zullen we nou krijgen, verdomme', zei hij. 'Wie heeft dit hier opgehangen?'

Er was maar één antwoord op die vraag en Eivor was er klaar voor.

'Het oog wil ook wat', antwoordde ze. 'Zo veel stelt het verder immers niet voor.'

'Ja, maar …' (nu was de beurt aan Holmsund), '… dit is smerig. Haal die viezigheid weg …'

'Dat vind ik wel een schatje', zei Eivor en ze wees naar een van de foto's.

'Schatje? Verdomme …'

En toen rukten Holmsund, Macadam en Lazarus de foto's van de muur. Alleen Albin Henriksson stond er onbeweeglijk bij, klakkend en mompelend dat hij zoiets nog nooit …

De foto's werden met zo veel woede afgescheurd dat Eivor heel even bang was dat ze haar ook te lijf zouden gaan. Dat ze vernederd waren was nog te zacht uitgedrukt, de klap die Eivor had uitgedeeld was een persoonlijke belediging voor ieder van hen afzonderlijk én voor hen samen als collectief. Maar toen de foto's als een hoop snippers op de grond lagen, zei niemand iets. Iedereen keek aandachtig in zijn koffiekopje alsof zich daar het meest opzienbarende geheim verborgen hield. De dag daarna herhaalde Eivor de procedure, met dit verschil dat ze minder foto's ophing. Haar voorraad was niet onuitputtelijk en ze wist niet hoelang de strijd zou duren. Inmiddels had het gerucht zich al over de afdelingen verspreid. Dit was een strijd die niemand onberoerd liet, maar tegelijkertijd praatten alleen de vrouwen erover. Voor de mannelijke arbeiders die erbij betrokken waren, was dit zo'n ongehoorde aantasting van hun rechten en vrijheden dat er gewoon geen reactie op mogelijk was. Het enige wat er gebeurde was dat de meiden (Eivor had de knipsels verdeeld) doelbewust en vastbesloten foto's bleven ophangen en dat de mannen ze weer weghaalden. Twee weken duurde het, slechts enkele dagen voor Kerst werd de strijd gestaakt en werd de laatste foto opgehangen en weer van de muur gerukt. De zwijgzame Katarina Björk had gevraagd of ze het niet eens met een paar posters van dieren in het bos konden proberen, die ze thuis had. Mochten die blijven hangen? Zouden de naakte vrouwenlichamen terugkomen? (Eivor had naar haar voorstel geluisterd en ze werd warm van binnen toen ze begreep hoeveel moed het Katarina Björk had gekost om haar voorstel stamelend naar voren te brengen. Dat kende ze ...) Maar niemand haalde haar posters weg en er werden ook geen nieuwe pin-ups opgehangen.

Na een paar dagen van afwachtend zwijgen begon Albin Henriksson op een dag commentaar te leveren op een foto van een vos en hij vertelde een onwaarschijnlijk verhaal over een jacht waaraan hij beweerde ooit te hebben meegedaan. Op dat moment begon Eivor te geloven dat het misschien wel was gelukt. Dat ze er niets over hadden gezegd was één ding, maar dat ze nu over iets anders begonnen! Dat was een doorbraak! Ook al moesten zij en de andere vrouwelijke kraanmachinisten nog steeds veel sneren en toespelingen aanhoren, toch was het net of die milder geworden waren, niet zo vanzelfsprekend, niet zo hard. Ze hadden het er soms over als ze elkaar in de kleedkamer zagen, en Mari Velander beweerde dat de mannen een beetje geschrokken waren. Tegelijkertijd waarschuwde ze hen dat ze niet moesten denken dat de oude foto's niet weer terug zouden komen. Dat kon heel goed gebeuren en dan moesten ze weer toeslaan. Maar er was iets veranderd en Eivor begon het naar haar zin te krijgen in haar nieuwe werkkring. Ze had gemerkt dat er steeds minder op haar gevit werd als ze een mislukte manoeuvre uitvoerde in de kraancabine en ze begon thuis te raken in de barse gemeenschap van haar ploeg. Achter de gespannen en spottende houding van Holmsund en de anderen ontdekte ze iets wat haar beviel. Als ze het over problemen bij Domnarvet hadden, vooral de dreiging die boven hun hoofd hing, viel niemand haar meer in de rede als ze iets vroeg en niemand draaide zich meer demonstratief zuchtend om wanneer zij iets zei of haar mening over iets gaf. De gedachte aan terugkeer naar het bejaardentehuis kwam steeds verder van haar af te staan. Per slot van rekening speelde het leven zich hier af, in ieder geval zolang ze jong was. Natuurlijk miste ze de handen van de oudjes af en toe wel, de onbeweeglijkheid in het bejaardentehuis, maar dat was niet waar ze op dit moment behoefte aan had. Op de fabriek was elke dag een nieuwe uitdaging voor haar en nu, een paar dagen voor Kerst, drong het tot haar door dat ze het nog nooit zo naar haar zin had gehad in een baan. Ze zat hier en hier wilde ze blijven! Het was net alsof ze met gemak alles aankon waar ze zich vroeger met moeite toe moest zetten en ze meende ook te merken dat haar goede humeur oversloeg op de kinderen. Er gebeurde veel in die periode en elke ochtend wanneer ze wakker werd, had ze weer ontzettend veel zin om ertegenaan te gaan.

Maar midden in die hectische periode ging op een zaterdagmiddag opeens de telefoon en in het gesprek dat volgde, werd Eivor er weer aan herinnerd dat je geen enkele situatie ooit volledig in de hand hebt. Het leven is een drassige helling waar niets zeker is, niets onveranderlijk. Ze had weleens gedacht dat het onmogelijk was om als mens niet mee te veranderen met een veranderlijke wereld. Maar probeerden veel mensen dat niet juist toch? Ze hielden vast aan de eerste de beste man, vrouw of baan die op dat moment veiligheid leek te bieden en vervolgens vergaten ze dat de modderige bodem altijd in beweging blijft. Had ze zelf toen ze met Jacob getrouwd was niet zo gedacht en was ze elke nacht niet gaan slapen in de vaste overtuiging dat ze altijd gelukkig zou zijn? Toen ze die zaterdagmiddag de telefoon opnam (ze was ervan overtuigd dat het Peo was; ze verwachtte een telefoontje van hem), was ze verbaasd toen ze hoorde dat het Elna was, die belde vanuit Lomma. Ze hadden elkaar maanden geleden voor het laatst gesproken. Onder normale omstandigheden zou Eivor zelf vast allang hebben gebeld om te horen hoe het was, maar in de hectische maanden die ze nu achter de rug had, was dat erbij ingeschoten.

Nu hoorde ze Elna's ietwat stroeve stem in haar oor. Maar het lag niet alleen aan de stem. Eivor besefte meteen dat er iets was gebeurd en hield haar adem in. Elna naderde haar doel omzichtig door te vragen hoe het met hen ging en of er veel sneeuw lag …

Eivor viel haar in de rede en zei dat ze hoorde dat er iets was. Eerst was het stil in de hoorn. Toen zei Elna dat de eternietfabriek zou sluiten. Zij en Erik waren allebei ontslagen, alles ging weg. Driehonderdvijftig werknemers hadden de zak gekregen. Toen Eivor van de eerste schrik bekomen was vroeg ze waarom, en Elna vertelde eerlijk dat niemand dat wist. De directie had alleen laten weten dat het bedrijf zo onrendabel was dat het een verdere verlaging van de grenswaarde voor asbest, die door de directie van de arbodienst was aangekondigd, niet zou overleven. (Eivor wist dat men vermoedde dat asbest gevaarlijk was, maar de grenswaarden waar Elna het over had, zeiden haar niets.) De enige vraag die bij haar opkwam was wanneer het zou gebeuren. Elna zei dat ze het niet wist, niemand wist dat! En wat ze moesten als de eternietfabriek werd gesloten wist ze ook niet. In Lomma was geen werk voor driehonderdvijftig arbeiders. En hoe moest het met hun huis?

Ze praatten bijna een uur met elkaar (daar maakte Peo met een grimas op zijn gezicht 's avonds een opmerking over, want hij had het grootste gedeelte van die tijd in een telefooncel staan kleumen!) en op een gegeven moment begon Elna te huilen. Eivor wist niet hoe ze erbij kwam, maar ze was ervan overtuigd dat Elna alleen thuis was. Ze zag haar voor zich, zittend op de kruk naast het plankje waar de telefoon op stond. Ze wist niet wat ze moest zeggen. Misschien was luisteren het beste wat ze op dit moment kon doen.

De wanhopige klaagzang die haar oor bereikte scheen geen enkel positief geluid te bevatten. Toen ze vroeg hoe Erik eronder was, wat hij ervan vond, antwoordde Elna iets wat ze niet verstond en ze nam niet de moeite het nog een keer te vragen. Het enige wat ze zei – en ze hoorde zelf hoe weinig overtuigend het klonk – was dat de nabijheid van Malmö toch bepaalde mogelijkheden bood. Maar ze wist immers, zoveel had ze er wel van begrepen in de drukke maanden op de fabriek, dat de hele Zweedse industrie wankelde. Zelfs de oude vlaggenschepen werden getroffen en een verbetering leek nog niet in zicht, al deden politici daar plichtsgetrouw regelmatig vage beloften over. Toen ze ten slotte een eind maakten aan het gesprek en Eivor ophing, had ze geen heldere gedachte in haar hoofd. Ze zag alleen een grote leegte voor zich en daarin zat Elna op een stoel voor zich uit te staren. Verder kwam ze niet, want toen slaagde Peo er eindelijk in haar te bereiken en ze spraken af dat hij over een paar uur bij haar zou komen.

In het nieuwe jaar begonnen ze hun relatie. Ze gingen voor het eerst met elkaar naar bed nadat ze oudejaarsavond hadden gevierd bij vrienden van Peo. Toen ze meeging naar zijn flat aan de Amsbergsvägen was ze dronken, maar niet zo erg dat ze niet meer wist wat ze deed. Elin was bij mevrouw Solstad, Linda zou bij een vriendin blijven slapen en Staffan zat met zijn vrienden in een huisje in Idre Fjäll en zou 3 januari pas terugkomen. Toen ze eenmaal in zijn bed lag, had ze eigenlijk alleen maar zin om naast hem te liggen en zijn lichaamswarmte te voelen. Met hem vrijen nu hij zo veel wijn had gedronken zou een mislukking worden, dat wist ze en ze was bang dat het haar bij latere gelegenheden zou beïnvloeden. Maar toen hij toenadering zocht zei ze niets, en ook al beleefde ze er weinig plezier aan, zo heel erg vervelend was het ook weer niet. Ze viel in slaap met hem boven op zich en in zich en bedacht dat ze zich merkwaardig genoeg helemaal geen zorgen maakte over hoe het met Linda of Staffan ging.

De dag daarna zei hij (starend naar de vloer) dat hij van haar hield en hij vroeg of ze niet konden trouwen. Voor Eivor kwam dit zo snel dat ze erom lachte alsof hij een grap had gemaakt. Maar toen ze zijn reactie zag, besefte ze dat hij het meende en toen begon ze meteen tegen te stribbelen. Natuurlijk was ze gek op hem, dat begreep hij toch wel? Hadden ze de afgelopen nacht niet in hetzelfde bed geslapen? Maar samenwonen? Of nog heftiger: trouwen ... Nee, dat was ... Dat was te veel, te vroeg. En zeker te vroeg in de ochtend. Ze ging zo snel mogelijk naar huis, haalde Elin op bij mevrouw Solstad, die haar wist te vertellen dat de politie 's nachts het huis van Arvid Andersson had ontruimd, waar niet minder dan drie keer een gevecht was losgebarsten. In het trappenhuis zag Eivor splinters van de deur van de buurman over de stenen vloer verspreid liggen.

Trouwen? Samenwonen? Mijn hemel, ze kenden elkaar immers nauwelijks ... Maar hij had gemeend wat hij zei ... Ze besloot grimmig dat mannen raadselachtige wezens waren. Nooit zou ze hen begrijpen. Ze had hem immers verteld dat ze het zo naar haar zin had op de fabriek. Dat het werk voor haar het belangrijkste was, nu de kinderen zich zo langzamerhand zelf konden redden. Dan moest hij toch begrijpen dat een nieuw huwelijk echt de ver-van-haar-bedshow was. Ze was graag bij hem, graag nog vaker dan tot nu toe. Maar trouwen? Samenwonen? Nee, dat nooit ...

En daarmee basta. Wanneer ze hem weer zag, zou ze hem dat precies vertellen en als hij haar dan niet meer wilde, zou ze niet alsnog toegeven. Dan moest ze het gemis maar dragen (dat ze hem zou missen wist ze zeker!) en eenzaamheid was voor haar niets nieuws. Maar nu mocht niets haar meer in de weg staan. Niets!

Als ze op Nieuwjaarsdag niet zo'n kater had gehad en niet zo moe was geweest had ze toen vast al doorgehad dat het allemaal niet zo simpel was als ze zichzelf wilde wijsmaken. Dan had het idee dat hij misschien niets meer van haar wilde weten als zij niet met hem wilde samenwonen haar waarschijnlijk wel meteen zorgen gebaard. Nu duurde dat een paar dagen, om precies te zijn tot de woensdag daarna, toen ze naar de film waren geweest en gingen eten bij de Chinees. Toen hij daar herhaalde wat hij had gezegd, sloeg de schrik haar om het hart. Plotseling werd haar duidelijk dat hij bijna ongemerkt een belangrijk deel van haar leven was geworden, dat ze hem nodig had om zich vrouw te kunnen voelen en om haar werk aan te kunnen. Om het leven aan te kunnen. Ze had op zijn tijd iemand nodig om mee te praten – bijna altijd eigenlijk. Toen ze in het restaurant zat en besefte dat hij misschien de benen zou nemen werd ze bang en ze begon te weifelen of ze misschien niet toch met hem kon gaan samenwonen. Waarom was ze daar zo bang voor? Wie zei dat het niet gewoon goed kon zijn? En waarom zou ze niet kunnen blijven werken?

Toen hij vroeg wat ze dacht ('je piekert zo!') glimlachte ze alleen en ze gaf een ontwijkend antwoord. Maar toen ze later die avond in bed lag en bijna in slaap viel, dacht ze dat ze misschien toch … ooit.

Die winter sneeuwde het overvloedig en toen Eivor in maart 1978 zesendertig werd, lag de stad ingebed achter hoge sneeuwwallen.

Vier jaar later, in december 1981, ging Eivor met de trein naar Lomma om haar stiefvader Erik nog één keer te zien. Hij had asbestose gekregen door zijn werk in de eternietfabriek, waar hij platen had verzaagd en in het vezelstof had gestaan. Nu ligt hij in de longkliniek van Lund en hij wordt niet meer beter. De eternietarbeider die vroeger goederenwagons had gerangeerd op het spoorwegemplacement van Hallsberg weet wat hem te wachten staat: de asbestvezels hebben zich in zijn longen afgezet en hij zal langzaam stikken. Twee weken voordat Eivor in Borlänge op de trein stapt, heeft Elna gebeld om te zeggen dat Erik 's ochtends met een ambulance naar het ziekenhuis is gebracht en Eivor begrijpt dat het einde nu snel nadert. Een van de vrouwelijke kraanmachinisten, die altijd invalt als er iemand ziek is, heeft beloofd Eivors diensten waar te nemen.

Ze kwam 's avonds laat in Lomma aan en de volgende dag nam ze samen met Elna de bus naar het ziekenhuis in Lund.

Daar lag hij in zijn bed, tot op het bot vermagerd, zijn huid strak als een veel te stijf opgezette tent. Hij had veel pijn en kreeg zuurstof toegediend om niet te stikken. Zijn ogen schreeuwden het uit hoe bang hij was om dood te gaan. De angst had hem zo te pakken dat hij met zijn schorre stem niet eens aan Eivor kon vertellen hoe verbitterd hij was. Dat deed Elna voor hem.

Eivor was er niet bij toen hij stierf. Na drie dagen moest ze weer terug naar Borlänge en toen ze thuis de deur binnenstapte stond Peo daar om te zeggen dat Elna had gebeld en dat Erik een paar uur daarvoor was overleden, toen zij in de trein zat.

Toen Eivor naar Lomma reisde deed ze dat met het gevoel dat ze verloren had. Ze zat in de trein en bedacht dat haar leven weer eens een kant op was geduwd waar ze niet heen wilde, en dat ze daar niets aan kon doen. Het gevoel dat ze verloren had was weliswaar meer een berustende gedachte dan een feit, maar toen ze in de trein zat, achtte ze de kans klein dat ze in haar leven ooit nog een keer tegen de wind in zou zeilen. Ze wist niet eens zeker of ze dat wel wilde. Zo moe en mistroostig was ze dat het haar allemaal niets meer kon schelen – op één uitzondering na! Een paar dagen geleden was Linda, die achttien was en nog thuis woonde omdat ze geen werk had, 's avonds opeens haar slaapkamer binnengekomen. Ze was op de rand van haar bed komen zitten en had verteld dat ze in verwachting was. Daarna bleef ze doodstil zitten. Toen de betekenis van die woorden tot Eivor was doorgedrongen was ze net zo stil naast haar gaan zitten. Ze bad niet, maar vloekte inwendig, stom en hulpeloos. Het leek wel of ze bij een kist zaten, en Eivor wist totaal niet wat ze moest zeggen. Uiteindelijk verbrak Linda het zwijgen en zei kortaf dat ze het kind wilde houden. Toen had Eivor gevraagd wie de vader was en toen Linda de naam noemde was het slechts een bevestiging van iets wat ze al wist – of vreesde! Het afgelopen jaar was Linda, steeds geslotener en steeds bitterder omdat ze er niet in slaagde werk te vinden, omgegaan met een jongen van haar eigen leeftijd die in dezelfde situatie verkeerde.

Hij heette Tomas (zijn vader werkte natuurlijk bij Domnarvet) en leek zo mogelijk nog verlorener dan Linda. Hij bleef af en toe eten en dan praatte Eivor met hem. Tot haar grote schrik had ze ontdekt dat hij de moed had opgegeven. Het enige waar hij op hoopte was dat hij ooit veel geld zou winnen met het wedden op paarden, de voetbaltoto of de lotto; dat waren zijn huisgoden en al zijn energie ging op aan pogingen erachter te komen hoe hij hen zou kunnen vermurwen. Van hem verwacht Linda dus een kind en de onmacht maakt haar sprakeloos. Hoe zal ze Linda kunnen laten inzien dat ze een vergissing begaat als ze een kind geboren laat worden in de situatie waarin zij (en ook Tomas) nu zit? Hoe kan ze haar doen begrijpen dat een kind geen oplossing is, geen manier om hoe dan ook zin te geven aan het leven. Het is te vroeg, ze is te jong, Eivor kan het weten!

Dat denkt ze als ze in de trein zit naar Lomma. De poedersneeuw stuift voor het raam van de coupé langs, ze passeren Säter en Hedemora ... Linda is nog maar ruim een maand heen. Het is in ieder geval nog niet te laat en als ze eenmaal weer terug is uit Lomma zal ze alles in het werk stellen om haar duidelijk te maken dat een abortus het enig denkbare is. Ze moet er niet aan denken dat Linda alleen zou komen te zitten met een kind in een verlaten flat, nog geen twintig jaar oud, en dat ze op een dag opeens in de spiegel kijkt en zich afvraagt wat er van haar leven is geworden. Iedereen heeft het recht te beslissen over zijn eigen leven, maar ze kan niet werkeloos toekijken hoe Linda met open ogen haar ondergang tegemoet gaat.

Eivor kijkt uit over het witgrijze winterlandschap dat voorbij wervelt. Een bevroren wereld, net zo bevroren als zijzelf, en bij het eindstation wacht de dood. Een koffiekarretje komt voorbij ratelen, maar ze schudt haar hoofd en kruipt in elkaar op haar bank. Het raam tocht, nergens kun je de kou ontwijken. Ze denkt aan Staffan die nu twintig is en al meer dan een jaar op zichzelf woont. Hij kan zich goed redden, hij heeft zijn heil gevonden bij die nieuwigheid, de videorecorder, die iedereen koopt of wil gaan kopen. Een paar vrienden van hem hebben een zaak geopend waar ze films verhuren en Staffan helpt hen. Eivor heeft hem weleens gevraagd wat hij nou precies doet, maar daar was hij vaag over. Hij haalt films op in Stockholm, hij helpt in de winkel en hij gaat achter films aan die niet zijn teruggebracht. Eivor keek hem aan, hij had weliswaar gezegd dat het werk hem goed beviel, maar ze vond hem wat al te gemaakt vrolijk, wat al te opgefokt. En ze weet dat ze min of meer openlijk films verkopen of verhuren met een inhoud waarnaast de foto's aan de wanden van het schaftlokaal van Domnarvet zo onschuldig zouden ogen als kindertekeningen in een of ander christelijk weekblad. Toen ze daar eens iets van zei, keek hij haar alleen niet-begrijpend aan en antwoordde dat ze natuurlijk moeten verkopen wat de mensen willen hebben. Dat kan toch niet anders?

De koffiekar komt terug – Eivor zit in de achterste wagon – en ze bedenkt zich en krijgt koffie in een rood kartonnen bekertje.

Hij redt zich wel, denkt ze, en wat kan ze eigenlijk nog meer wensen vandaag de dag? Zoals het er nu uitziet? Het winterlandschap heeft zijn ijskoude schoonheid, maar achter dat plaatje verbergt zich het verval, de ineenstorting van een maatschappij, waar niets tegenover wordt gesteld. In plaats van gezamenlijk verzet te bieden tegen de krachten die de laatste tijd het land beschouwen als een graaipartij waarbij het erom gaat zo veel mogelijk in te pikken, is de verdeeldheid groter dan ooit. Ze heeft dat in haar eigen ploeg gemerkt, nu de dreiging die er in 1977 was, niet meer alleen een schaduw is, maar nu de inkrimpingen echt zijn begonnen. Iedereen kruipt weg in zijn hoekje en probeert onzichtbaar te worden voor de vijand: als ik hier maar doorheen kom, dan ... Ze heeft weleens gedacht dat het waarschijnlijk net zoiets is als op elkaar gepakt in een dodencel te zitten, waar de deur af en toe wordt opengerukt en soldaten er lukraak enkele gevangenen uit pikken die het dichtstbij zitten om hen mee te nemen en te executeren. Dan probeer je jezelf onzichtbaar te maken en als je alleen overgebleven bent, doe je je ogen dicht en denk je dat je daardoor onkwetsbaar bent ...

De trein raast door een land dat stikt in zijn eigen angst en er blijft weinig over van de dromen dat het zo'n vaart toch wel niet zal lopen. Maar Eivor weet dat het slim is om bang te zijn voor de toekomst, en ze is er zeker van dat de vrouwen dat het duidelijkst zien. Met de andere kraanmachinisten kan ze praten. Voor hen is het onmogelijk de werkelijkheid niet onder ogen te zien. Daar vind je de wil tot verzet ...

Over een paar maanden wordt ze veertig. Twintig jaar geleden stapte ze de wijde wereld in, de eerste etappe voerde van Hallsberg naar Borås. Ze drinkt van de koffie en laat haar gedachten de vrije loop. De komende zomer wonen Peo en zij alweer vier jaar samen. Aanvankelijk wilde ze dat niet, omdat ze bang was dat een nieuwe relatie zou betekenen dat ze niet langer in de fabriek kon blijven werken, maar hij had haar er ten slotte van kunnen overtuigen dat hij natuurlijk niet wilde dat ze zou stoppen. Waarom zou hij dat willen? Als ze samenwoonden, moest dat op gelijke voorwaarden. Ze hadden allebei hun eigen leven en ze deelden wat ze wilden delen. Hij verpulverde haar steeds dubieuzere argumenten, vond dat ze overal leeuwen en beren zag, en uiteindelijk gaf ze hem gelijk. Haar angst was zinloos, die kwam voort uit omstandigheden die allang achterhaald waren. Peo was Jacob niet, de tijd stelde nieuwe eisen, en ze hoefde haar wensen niet ondergeschikt te maken aan de zijne. Dus op een dag, eind mei 1978, was hij bij haar ingetrokken in de flat aan de Hejargatan. Hij kon het goed vinden met de kinderen en eerst werd alles alleen maar gemakkelijker met hem in huis. Om de beurt deden ze boodschappen, kookten ze en betaalden ze. Het was natuurlijk wel lastig dat hij 's nachts werkte en dat had een paar keer tot botsingen geleid; vooral met Staffan, die zijn muziek zo hard had staan dat Peo niet kon slapen. Maar met oordopjes en een beetje geven en nemen hadden ze het overleefd. Het was een mooie tijd geweest waarin niet elke avond in het teken had gestaan van de angst voor de volgende dag. Een leven dat de moeite waard was!

Wanneer had ze eigenlijk gemerkt dat er iets was veranderd? Ze kijkt naar het winterlandschap en probeert zich – als gewoonlijk tevergeefs – het exacte moment te herinneren waarop de as een andere kant op was gaan draaien. Maar zo'n punt bestaat natuurlijk niet, alles is continu in beweging, je kunt de oorsprong van veranderingen meestal niet precies aanwijzen – op één grote uitzondering na: de dood. Wanneer het leven ophoudt, onverwacht of na een lange tijd van wachten, is het mogelijk het exacte moment vast te stellen. Maar verder ... Zoals zij het ziet, begon Peo na twee jaar samenwonen eisen te stellen (iets wat hijzelf ontkende). 'Je kunt toch van mening veranderen?' zei hij toen Eivor hem herinnerde aan wat ze hadden afgesproken voordat ze gingen samenwonen. Altijd dat koppige 'je kunt toch van mening veranderen?'. En aangezien Eivor hem daarin alleen maar gelijk kon geven hield ze vaak haar mond en ze keek naar zijn gezicht dat een en al onbegrip uitstraalde. 'Waarom zanik je eigenlijk zo? Je wordt toch geen ouwe zeur?' Na zo'n ruzie was het vaak weer een tijdje goed tussen hen, totdat ze merkte dat zij weer alle boodschappen deed en schoonmaakte, dat ze alles alleen deed. Maar pas sinds de afgelopen zomer, toen hij zei dat hij natuurlijk van haar drie kinderen hield, maar dat het niet hetzelfde was als een kind van jezelf, was er een ontwijkende stilte tussen hen ontstaan. En ze weet totaal niet hoe ze ermee moet omgaan ...

Met een schok vertrekt de trein na een oponthoud op een station. Waar zijn ze? In Sala. Nu al? Ze denkt terug aan die middag een maand geleden toen ze haar fiets voor de westelijke fabriekspoort had laten staan. Toen ze besloot eindelijk iets te doen aan haar eigen wankelmoedigheid, de noodzakelijke knopen door te hakken en daar de consequenties van te aanvaarden, wat die ook mochten zijn. Toen wist ze nog niet dat Linda in verwachting was. (Of wel? Had ze dat niet altijd al zien aankomen, omdat ze er steeds bang voor was geweest?) Ze kon maar niet besluiten of ze nog een kind zou nemen en of ze zichzelf daarmee het oeroude voorwendsel zou bezorgen om de kraancabine te verlaten en van alle verdere opmerkingen af te zijn dat ze het brood uit de mond stootte van een man die kostwinner was van een heel gezin en het harder nodig had. Wist ze niet dat er zwaar weer op komst was? Dat steeds meer mensen werkloos werden? Was het haar ontgaan, daarboven in haar kraancabine? En ze had toch een man die haar kon onderhouden? Wat verdienden ze wel niet? Meer dan wij ... Ik moet doorzetten, dacht ze altijd. Dat moet. Het is mijn baan net zo goed als die van iemand anders. Het is niet mijn schuld dat anderen zonder werk zitten. Het wordt er niet beter door als ik stop. En thuis keek Peo haar verwijtend aan: een kind, een eigen kind ...

Toen ze na de lange reis in Lomma aankwam, laat op de avond, had ze besloten dat ze pas weer terug zou gaan naar Borlänge als ze wist wat ze moest doen. Ze moest van die tegenstrijdige gevoelens af. Uit pure vermoeidheid had ze zichzelf dit ultimatum gesteld, en ze zou zich er hoe dan ook aan houden.

De dagen in Lomma, de ijzige wind van de Sont, busreizen naar Lund en avonden in het zwijgende huis, waar Jonas af en toe opdook vanuit de schouwburg in Landskrona waar hij als timmerman werkte ... Eivor keek naar de ongelijkmatige sneeuwvlekken en bedacht dat de aanblik van een compleet met sneeuw overdekt landschap een warm gevoel veroorzaakte, terwijl de akkers met hier en daar een sneeuwvlek haar eerder deden denken aan een kleumende bedelaar in lompen. Als ze haar moeder Elna zag, had ze het idee dat ze naar haar eigen toekomst keek. Elna was nog maar zevenenvijftig, maar in Eivors ogen had ze net zo goed zeventig kunnen zijn. Haar haar was grijs geworden, haar kleren waren kleurloos en hingen eigenaardig moedeloos om haar lichaam. Maar Eivor schrok vooral van de manier waarop ze haar handen zat te wringen. Het herinnerde haar aan het bejaardentehuis, de smalle vingers die nooit wenden aan het nietsdoen. En nu zat haar moeder er ook zo bij, met een schichtige blik, grijs en verloren.

Ze kreeg te horen wat er was gebeurd. Met horten en stoten, alsof het haar veel pijn deed (wat immers ook zo was), vertelde Elna haar dochter alle details die ze wist over het wrede lot van de arbeiders van de asbestfabriek. In alles wat ze zei hoorde Eivor de donkere onderstroom van boosheid over het grootste verraad van alles: dat je leven je ontfutseld was, dat je van je hartslag werd beroofd. Want verraad was het zeker! Hoeveel jaar hadden de directie en de artsen al geweten dat de asbestvezels die zo mooi glinsterden als de zon de fabriek in scheen, dat die glanzende stofdeeltjes de veroorzakers waren van een langzame en pijnlijke dood? Die microscopische vezels die je inademt en die zich gretig vasthaken in het longweefsel, graven zich in en vormen kolonies van loyale handlangers van de dood. Zolang de fabriek het goed deed, werden alle gevaren ontkend. Er werden informatiebijeenkomsten gehouden om alle ongerustheid weg te nemen, er werd een brief gestuurd naar alle werknemers waarin tot bezinning werd gemaand: 'We kunnen daarom stellen dat het huidige milieu in de fabriek geen aanleiding geeft om te vrezen voor asbestose of kanker … Lomma, 10 september 1975.' (Elna heeft de brief tevoorschijn gehaald, Eivor leest de tekst en denkt aan Erik, die nu ligt te stikken in de longkliniek van Lund.) Toen de fabriek werd opgedoekt en Euroc, de nieuwe eigenaar, geen belang had bij zwijgen, was het al te laat. Wie in het stof van de kollergangen en de zaagmachines had gewerkt zou het asbest in zijn lichaam nooit meer kwijtraken. De vezels zouden nog jarenlang levens blijven eisen, misschien zelfs tot in de volgende eeuw, na het jaar 2000.

Eivor dacht terug aan de keer dat Elna had verteld dat Erik en zij zouden verhuizen naar Lomma. Dat was begin jaren zestig en ze waren zo hoopvol geweest dat Eivor jaloers was geworden. Nu lag Erik in het ziekenhuis, veroordeeld tot de dood door verstikking, en Elna zat tegenover haar met een woede die zo groot was dat ze die nooit meer los zou durven laten. Als ze dat wel deed, zou ze er zelf door meegevoerd worden en er ook aan onderdoor gaan. Eivor besefte natuurlijk wel dat ze niets kon doen. Het leven verloren, al verloren. Erik ging dood, niets kon hem redden, en Elna moest, net als alle anderen, het grote verdriet op de beslissende momenten zelf dragen. Eivor kon haar wel troosten en steunen, maar verdriet kun je niet delen. Later kon ze misschien helpen, maar om nu met haar over de toekomst te praten terwijl Erik nog leefde, zou respectloos zijn. Toen Jonas (haar broer, hoe onbegrijpelijk ook!) en Eivor op een avond een poosje alleen in de kamer zaten, zei hij ook dat niemand iets kon doen zolang Erik nog leefde. Eivor vond hem een verstandige jongeman. Zijn boosheid over wat er was gebeurd en wat nog steeds gebeurde was zodanig dat hij die kon beheersen en er daardoor gebruik van kon maken. Voor hem was het belangrijk om te vertellen hoe dit had kunnen gebeuren, om er op die manier voor te zorgen dat het niet weer zou gebeuren. 'Geloof niemand. Beslis zelf.' Dat was zijn devies en hij vertelde dat ze in de schouwburg waar hij werkte van plan waren een toneelvoorstelling op te zetten over het lot van de eternietarbeiders. Ze keek naar de verbeten, wilskrachtige uitdrukking op zijn gezicht, en even dacht ze mistroostig aan Staffan, die gewelddadige films verkocht onder de toonbank. Maar dat was een oneerlijke gedachte! Als ze iemand wilde aanvallen, dan zichzelf! En als het voor haar niet te laat was, dan gold dat des te sterker voor Staffan.

Op de tweede dag, toen ze terug waren van hun bezoek aan Erik (die keer was hij gaan huilen, Eivor kon er niet tegen en had de ziekenkamer moeten verlaten om aan de aanblik van deze wanhopige dood te ontkomen), kwam Vivi op bezoek. Elna had Eivor er niets over verteld, maar ze begreep dat het afgesproken was. Vivi, die getrouwd was geweest met de voorlichter van de eternietfabriek, was in blinde woede bij hem weggegaan toen ze erachter kwam wat er in de fabriek gebeurde. Toen ze had ontdekt dat ze het bed deelde met een man die brieven opstelde die de gemoederen moesten sussen en de arbeiders moesten wijsmaken dat er geen gevaar was, had ze hem meteen verlaten. Ze vertelde het aan Eivor zonder haar best te doen om haar woede in te houden. Toen ze zijn naam noemde, blies ze als een kat met uitgestoken klauwen. Nu, op zevenenvijftigjarige leeftijd, had ze haar universitaire studie weer opgepakt. In haar jeugd had ze gedroomd van archeologie en die droom was uitgekomen, maar het merendeel van haar tijd besteedde ze aan politieke activiteiten. In tegenstelling tot Elna scheen ze nog energie over te hebben. Ook al had zij geen man die op sterven lag in een ziekenhuis, toch was het leven allerminst zachtzinnig met haar omgesprongen. Eivor vroeg zich af wat erger was: veranderen in een zwakke, grijze schim of je dromen eeuwig zien ronddraaien als gekooide tijgers.

'Wie had dat veertig jaar geleden kunnen denken?' zegt Vivi langzaam wanneer ze 's avonds aan de koffie zitten.

Jonas is in Landskrona, in de schouwburg, en de drie vrouwen zitten in de woonkamer. Op een plank ziet Eivor foto's van zichzelf als kind; ze kijkt de fotograaf met een nieuwsgierige glimlach aan. En daarnaast Erik, Elna en de pasgeboren Jonas. Een gelukkig gezin dat pas in Lomma was komen wonen.

'Wie had dat gedacht', gaat Vivi verder. 'Dat we hier zouden zitten. In Lomma. En jij met een volwassen dochter. Toen waren we ... hoe noemden we onszelf toen ook alweer? Jeetje, ik weet het niet meer!'

'De Daisy Sisters', antwoordt Elna. De woorden komen langzaam alsof ze eigenlijk geen puf heeft om ze uit te spreken. Vivi merkt het en buigt zich naar haar toe terwijl ze intussen een liedje begint te neuriën.

'Weet je nog?' vraagt ze. 'Dit zongen we, zo hard dat de vogels uit de bomen vielen. Ik voorop en jij een paar meter achter me. Mijn hemel ...'

'Toen we jou die keer in Malmö bezochten, probeerde ik het

erover te hebben', antwoordt Elna, met een zweem van bitterheid in haar stem. 'Maar toen zei jij dat je niet in herinneringen moest blijven steken.'

'Je weet dat ik altijd al een grote bek heb gehad! En dat heeft niet alleen maar voordelen. En daarna ben ik er anders over gaan denken …'

'Waarom noemden jullie jezelf de Daisy Sisters?' vraagt Eivor. 'Dat hebben jullie nooit verteld.'

Vivi kijkt Elna vragend aan. Weet zij het nog? Nee, dat weten ze geen van beiden. Ze zullen Daisy wel een mooie Amerikaanse naam gevonden hebben …

'Ik weet nog dat ik de Serrano Sisters beter vond klinken', zegt Elna en er speelt een zwakke glimlach over haar gezicht.

'Ja, dat herinner ik me ook', zegt Vivi langzaam. 'Rosita Serrano' – ze legt het Eivor uit – 'was in die tijd een beroemde zangeres.'

'Maar waarom moesten jullie een naam hebben?'

'Dat hoorde toen zo. Nu waarschijnlijk nog steeds. Meer zat er niet achter.'

Eivor zit te luisteren naar het gesprek van Vivi en Elna. Twee vrouwen die ooit samen op fietsvakantie zijn geweest, op jacht naar de onzichtbare en prikkelende grens met de oorlog. Ze hoort hen lachen bij de herinneringen (zelfs Elna schijnt zich even te kunnen bevrijden van de gedachte aan de stervende Erik). Of ze het willen of niet, ze hebben de leeftijd bereikt waarop je dingen moet samenvatten. Niet afsluiten en vergeten vooruit te kijken, maar samenvatten, het geheel overzien. Terwijl ze luistert, denkt ze aan haar eigen problemen. Linda die haar kind wil houden en zijzelf die niet weet wat ze wil, maar die toch woedend wordt als ze merkt dat ze niet zwanger is.

En de fabriek.

Is ze bereid nog een keer degene te zijn die zich schikt, die haar beroepsidentiteit en haar plezier in haar werk opoffert om thuis te zitten omdat ze vrouw is, omdat het zo hoort, omdat de tijden slecht zijn, waar je ook kijkt? Wat is haar wil eigenlijk waard? Heeft die onder bepaalde omstandigheden helemaal geen waarde?

Winteravond in Skåne. Vivi neemt afscheid nadat ze heeft beloofd dat ze Erik een dezer dagen zal bezoeken. Elna en Eivor staan in de hal, terwijl ze haar zwarte winterjas aantrekt. Haar auto staat voor de deur, een Volkswagen, waarin ze naar haar flatje in Lund zal rijden. (Haar scheiding was net een bijlslag geweest: ze had niet alleen haar man verlaten, maar ook het huis waarin ze woonden, alles wat ze samen hadden. Ze had alleen haar persoonlijke bezittingen meegenomen toen ze wegging.) Ze heeft geen kinderen, bedenkt Eivor. Ze kan zo weggaan. Die vrijheid heeft ze. Maar had ze zelf haar kinderen willen missen voor de prijs van die vrijheid? Nee, ze weet zeker van niet, ook al is dat het enige waar ze niet aan twijfelt. Zonder de kinderen was haar leven totaal verspild geweest. En in een wereld die steeds meer wordt gekenmerkt door ... ja, waardoor? Ze onderbreekt zichzelf, de gedachte leidt nergens toe. Haar kinderen zijn de sporen die haar leven heeft achtergelaten en daar is ze dankbaar voor. Waarom zou ze zichzelf dan ongerust maken met gedachten die niets opleveren?

Vivi is weg en ze zijn weer alleen.

'Gaat het goed met jou?' vraagt Elna.

Eivor knikt. 'Ja, ja ... Het gaat allemaal best.'

'En ... Met Per-Olof?'

'Peo? Ja, prima.'

'Werkt hij nog steeds 's nachts?'

'Ja, daar is hij nachtwaker voor.'

Ze hoeft geen gesprek met me te voeren, denkt Eivor. Lieve hemel, lieve wat dan ook, snapte ze dat maar! Ik durf het niet! Ik kan het niet! Dat hebben we nooit gekund ...

Maar toch begint ze dit keer zelf een serieus en openhartig gesprek. Ze vertelt over Linda, over Peo, over een kind al dan niet, over hoe ze steeds in de hoek gedreven wordt op de fabriek.

'Ik weet niet wat ik moet zeggen', antwoordt Elna wanneer ze is uitgesproken.

'Je hoeft niets te zeggen. Het is fijn dat je hebt geluisterd.'

'Ik zou je zo graag willen helpen.'

'Dat weet ik.'

Die nacht ligt ze wakker en ze hoort dat Elna op is en rondloopt. Ze weet niet hoe het komt, maar opeens weet ze wat ze moet doen. Het is net of het beeld van Erik met zijn zuurstofslangen en zijn vergeefse gevecht tegen de verstikkingsdood alles eenvoudig maakt. Ze hebben hem zijn leven afgepakt. Wat is eigenlijk het verschil? Alle druk die op haar wordt uigeoefend om te stoppen met werken alsof dat verdomme haar plicht is! Wie beweert dat eigenlijk? Wie praten die mannen op de werkvloer na? Denken ze dat het hun eigen mening is? Als ze het wil redden in dit leven, als ze Linda ervan wil overtuigen dat ze op dit moment beter geen kind kan krijgen, als ze zelf misschien nog een kind wil hebben als ze zwanger wordt en mits ze kan blijven werken, dan moet ze naar zichzelf leren luisteren. En naar Elna, want ook Elna's zwijgen spreekt van het verraad waarvan Erik het slachtoffer is geworden. Naar Vivi, en naar haar collega-kraanmachinisten. Naar degenen die in eenvoudige woorden vertellen waar het in het leven echt om draait. Als ze nu, bijna veertig jaar oud, eindelijk beseft dat het in het leven toch altijd ploeteren blijft, moet ze het niet ingewikkelder maken dan nodig is.

Ze staat op en gaat voor het raam staan. In de verte schitteren de lichtjes van Malmö. Ze denkt aan haar droom: de vrouwen in het exclusieve naaiatelier van Jenny Andersson. Begrijpt ze die nu? Met een begrip dat dieper gaat dan de gewone logica? Als een samensmelting van emoties en ervaringen ...

Er beweegt iets in de nacht. Tegen de witte achtergrond van een sneeuwvlek vangt ze een glimp op van een kat. Misschien ziet het leven er zo uit? Dat je even te zien bent in het donker en daarna ben je weer weg. Kijk naar de sterren en zie je eigen kleinheid – of grootheid. Maar grijp het moment waarop je zichtbaar bent en blijf zo lang je kunt. Sterf na een inspanning die enige zin heeft gehad. Niet zoals Erik, met de klauwen van de eternietfabriek om je keel.

Niet doodgaan met klauwen om je keel.

Daar gaat het om, bedenkt ze. Om zo veel mogelijk weerstand te bieden tegen al die klauwen die je naar beneden willen halen, je willen verstikken. Linda's kind is ook een klauw, een stalen klauw. En in haar eigen geval: de fabriek, de verwijtende blikken.

Niet doodgaan met klauwen om je keel.

Ze kruipt weer in bed. Aan de wand hangt een schilderijtje dat ze nog kent uit haar jeugd in Hallsberg. Het hing boven de bank in de woonkamer, een afbeelding van vissersboten die op de kop op het strand liggen ...

Maar zal ze het kunnen? vraagt ze zich af. Wanneer het zo gemakkelijk is om te zwichten, wanneer de grijze legers van de dagelijkse sleur rondom haar oprukken, en daar staat ze dan, omsingeld en blootgesteld aan duizenden ogen.

Wat heeft ze eigenlijk voor keus?

Geen keus.

Geen enkele.

Ze heeft nog een heleboel vragen. Ze ziet ertegen op. Maar toch ... Erik in zijn bed ...

Zeggen wat ze vindt, verdedigen wat ze wil. Meer hoeft niet, maar dát moet.

Nu weet ze het. Maar weet ze het morgen nog steeds?

In de woonkamer staat de slapeloze Elna, roerloos als een verlaten, vergeten standbeeld.

Eivor slaapt en diep in haar dromen ziet ze zichzelf voor de ijzerfabriek staan, naast haar fiets. Afwezig, maar toch ook niet ...

Een beeld, een droom die ze zich niet meer herinnert als ze wakker wordt.

Andere romans van Henning Mankell bij De Geus

Daniël, zoon van de wind

Eind negentiende eeuw ontfermt de Zweedse avonturier Bengler zich over een negerjongetje, dat hij Daniël noemt en meeneemt naar Zweden. Als Bengler onverwachts het land moet verlaten, blijft Daniël achter in de hoede van een eenvoudig boerengezin.

Verteller van de wind

Het tragische leven en sterven van de jongen Nelio, die, na zijn vlucht voor de rebellen op het Afrikaanse platteland, op tienjarige leeftijd de leider wordt van een groep straatkinderen in de stad. Eerder verschenen als *Comédia infantil.*

Tea-Bag

Een Afrikaans meisje dat zichzelf Tea-Bag noemt, komt via Spanje in Zweden terecht. Daar woont ze een lezing bij van de dichter Jesper Humlin. Zij en enkele van haar lotgenoten willen hun ervaringen opschrijven en Humlin besluit hen te begeleiden.

Ik sterf, de herinnering leeft

Henning Mankell schrijft over aids: over de ravage die de ziekte aanricht onder de Afrikaanse bevolking en over de onverschilligheid van de rest van de wereld. Maar ook over zijn eigen angst voor de ziekte, en over zijn diepe verbondenheid met het continent waar hij al jarenlang een groot deel van het jaar verblijft.

Diepte

Aan het begin van de Eerste Wereldoorlog probeert Lars Tobiasson-Svartman, een in zichzelf gekeerde dieptemeter, in opdracht van de Zweedse marine een veilige vaarroute uit te stippelen langs de grillige kust. Als hij tijdens zijn tocht een vrouw ontmoet die alleen op een rotsachtig eiland woont, verliest hij de controle over zijn gevoelens.

Aan de oever van de tijd

Een oude man begint zijn verhaal over pater Raul, een priester die via de zee naar Mozambique kwam. Pater Raul nam de beeltenis mee van een baardige, magere man, vastgespijkerd op een kruis. De verteller laat zien hoe zijn volk al snel leerde zwijgen en de eigen goden voor zichzelf hield. Hij vertelt ook hoe pater Raul zijn geloof verloor. Wanneer de oude man in slaap valt, neemt zijn zoon Roberto het verhaal van hem over.

Italiaanse schoenen

De ex-chirurg Fredrik woont op een eiland met zijn hond en kat. Een oud geheim is de aanleiding voor deze zelfverkozen eenzaamheid. Op een morgen ziet hij een vrouw op het ijs. Het is Harriet, de vrouw die hij bijna veertig jaar geleden verliet zonder iets te zeggen. Ze heeft niet lang meer te leven en vraagt hem een oude belofte na te komen: haar meenemen naar een vennetje in het bos, waar ze ooit zouden gaan zwemmen als ze getrouwd waren. Dit is het begin van een bevreemdende reis, die Fredrik voor nog meer verrassingen zet.

Overig werk van Henning Mankell bij De Geus

Spannende boeken

Voor de jeugd